華文女性小說世紀讀本

穿過荒野的女人

蘇偉貞、劉俊 主編

成大出版社

目錄

一

序一　女性・原初・想像

■蘇偉貞／成功大學中國文學系教授

一本選集標示了該書的主旨與作家的文學定位，同時呈顯了編者的眼光、品位與用心。

二〇〇七年，成功大學中國文學系現代文學所（後改為現代文學組）開創，我應聘專任，離開待了二十年的《聯合報・聯合副刊》職位，副刊回到我出生成長之地臺南，赴任之初系上建議開授課程包括女性文學專題，初進學院，不免忐忑，幸好有寫作身分的支撐，我暗忖不妨編選一套華文女性小說世紀讀本，一方面可當教材，一方面思考梳理自身對文學作品的認知。此刻，距一九七三年離家北上讀大學，轉眼三十五年，時空洄游，重返路徑生出一種原初之感，浮凸效果，此寫作原初的內傾，發為文字往往以一種樸素的面貌開始，成為日後作品風格與實踐的源頭。換言之，重返之路，不意促發了我對寫作原初的內省與取徑擇揀，亦成為此讀本編選的視角與基調。李渝〈朵雲〉、施叔青〈壁虎〉、李昂〈花季〉、蘇偉貞〈陪他一段〉、朱天文〈這一天〉，日後作品都可以在這裡找到原型。

著手編選「華文女性小說世紀讀本」之初，形式上「女性小說」既是清楚的主體核心，那麼要面對的便是「華文」、「世紀讀本」的名詞界定。這就涉及了文學時空橫的發展與縱的承續。

新文學以降，小說寫作以往構造的是中國文學，然隨著時代裂變，海外、星馬、臺港澳文學開枝散葉既是地理政治也是人文發聲的修辭，近年流行的辭彙是中文或華文文學，[1]值此，想要編選一套文學讀本，當然是個大工程，文學仍是個進行式，從史的概念，我有意收束定焦於新文學源起的二十世紀以及女作家發表於二十世紀之小說，文本主題則訂定為女性相關議題。

在此基礎上，我開始進入不斷列寫、修改作家名單流程，及至大量閱讀作品的時間壓力、反覆思考作家文學史影響的焦慮合併浮現，事實很清楚，這不是我一個人能完成的事，我毫不猶豫地去信邀請南京大學好友劉俊教授共同編選，一如既往，他二話不說立即答應「下海」，除了情誼，這當然與個人學養勝任有關。我們初步分工，訂下體例，他主選中國女作家且負責撰寫作家生平與導讀。我則負責臺港、馬華、海外華文女作家。之後我們持續交換意見，商榷名單及調整所選作品，因受限厚度，不得不做出割捨與退讓，主要說服自己，最終不得不強迫自己接受無可奈何的共識。

但真正開學前，考慮對張愛玲研究的掌握，我先開了張愛玲專題，已經寫好及未寫的作家生平及導讀一併拖了下來。不想劉俊快手快腳的依約在隔年夏交稿，不久出國任加拿大滑鐵盧大學孔子學院中方院長，再回到南京大學，已是二〇一二年元旦，他去國兩年，從未問我編書事，我猜想，他是君子，放心一切，殊不知二〇〇八年全球金融風暴延燒，牽連出版日益困難，臺灣市場小，我不忍增添出版社負擔，唯有壓著書稿。二〇一三年，劉俊淡定說起也許先出大陸版，此時角色對調，我二話不說一口同意。

---

①王德威：〈媒體•文學與家國想像〉，蘇偉貞編：《時代小說聯合報文學獎短篇小說首獎集（上）》（臺北：聯經，2001年版），頁xvii。

重回那張終選名單，真有隔世之感。

凝視這張定調的臺港星馬海外女作家名單：林海音（1918-2001）、張愛玲（1920-1995）、童真（1928-）、於梨華（1931-）、陳若曦（1938-）、西西（1938-）、歐陽子（1939-）、李渝（1944-2014）、施叔青（1945-）、李昂（1952-）、平路（1953-）、蘇偉貞（1954-）、朱天文（1956-）、朱天心（1858-）、黃碧雲（1961-）、邱妙津（1969-1995）、賴香吟（1969-）、陳雪（1970-）、黎紫書（1971-）。即使做為一名「普通的讀者」，都有太多不甘與詰問，但以編者身分，深知也只能如此。

不甘與詰問的女作家有：康芸薇、孟瑤、徐鍾珮、張漱菡、琦君、郭良蕙、聶華苓、吉錚、葉陶、季季、李黎、蔣曉雲、蕭颯、曹麗娟、袁瓊瓊、陳玉慧、陳淑瑤、鍾文音等，都因不一因素，唯有迴避視線與她們側身而過，此將成為編選者永遠的沉痛。

不爭的是，綜理此讀本，依年序陳衡哲到黎紫書，在世代接續與書寫位置奇特的形成一張前文所言文學的橫縱發展與承繼，誠如劉俊的陳衡哲生平與導讀所言，一九一七年陳衡哲創作的白話短篇小說〈一日〉，發表在《留美學生季報》，〈一日〉反映中國女留學生在美國的一天流程及人際互動，此時魯迅的〈狂人日記〉尚未問世，從此角度看，〈一日〉稱得上是中國現代文學中第一篇白話小說，陳衡哲更是中國女性留學海外的先驅。反觀馬華作家黎紫書作品多取材馬來西亞家鄉人事陰暗面，以此建構海外女性族群異質書寫的圖騰，可說是海外華文小說的開拓者。從留學生到移民異鄉，女性處境從來不是進步或退步的問題。奇特的是〈蛆魘〉及讀本所收陳衡哲〈巫峽裡的一個女子〉都寫女性困厄僻遠山間，〈巫峽裡的一個女子〉寫女子逃匿婆婆打罵和丈夫避走巫峽山界，〈蛆魔〉裡的女子為擺脫倫常噩夢失足落湖身亡以另一形式遁出人界，二者主訴內外緣微妙的連接到童真〈穿過荒野的女人〉帶孩子離開家庭婚姻追求知識因走出去而獨立的女子楊薇英遭遇，童真對筆下女性追求自我的塑造不失樂觀厚道，小說最後，楊薇英覆信希望共組家庭的追求者：「我已經試著走過了最艱難的一段，我想獨自走下去。」壯哉斯言，楊薇英並非拒絕幸福，而是選擇實踐自我，如此一念，瞬間反寫了女性命運。而從寬而論，林海音〈殉〉、張愛玲〈心經〉、於梨華〈黃昏・廊裡的女人〉、歐陽子〈蛻變〉、西西〈像我這樣的一個女子〉、平路〈婚期〉、朱天心〈新黨十九日〉、黃碧雲〈嘔吐〉、賴香吟〈島〉，都具有這樣的成色與反思。另陳若曦〈查戶口〉是少數文革題材的小說，女主人公彭玉蓮是我行我素的共和國潘金蓮，丈夫大學副教授卻不吵不鬧不離，以此保全知識分子獨立思考尊嚴，彭玉蓮如動物本能的女性意識，是對社會制度最大的嘲諷與挑戰。

此外，兩篇帶有同志成色的作品，陳雪〈尋找天使遺失的翅膀〉是第一人稱告白體之作，可說是一次書寫的實踐，而邱妙津〈玩具兵〉則是她將自我從女性身體「流放」出去擬仿男性身體語言之作。

實踐與變形，上述作品皆演繹了法國女性學者西蘇（Cixous）倡議女性寫作（écriturefeminine）

的意義，即在「把自己寫進文本」，通過書寫，將女性自身的奮鬥嵌入世界和歷史。[2]至於作品折射的女性想像，出入家國、身世、情慾等虛實課題，形成一「想像的共同體」，具體而微擴大並深化文學版圖與對話。

中國女作家部分，劉俊輯選的是陳衡哲（1890-1976）、盧隱（1898-1934）、冰心（1900-1999）、淩叔華（1900-1990）、馮沅君（1900-1974）、林徽因（1904-1955）、丁玲（1904-1986）、蕭紅（1911-1942）、蘇青（1914-1982）、施濟美（1920-1968）、茹志鵑（1925-1998）、王安憶（1954-）。相關編選理念請參閱他所寫的編序。

要說明的是，張愛玲〈心經〉版權生變，小說存目，僅收作品導讀。

是女性主義先驅吳爾芙（Virginia Wolf）的話：「事實上，身為一個『外人』，我沒有國家。身為一個女人，我不需要國家，身為一個女人，我的國家就是全世界。」[3]敏感的讀者也許一眼便洞見句式關鍵詞：外人、女人、國家、世界。而「外人」，又是關鍵的關鍵。然而，對女性言，「國家=全世界」的跨界思辨未必切身或感興趣，但「外人」之感，卻可能時時刻刻。因此如何反映自身與突圍？寫作往往成為通往世界的一條祕徑。

綜觀新文學以降，華文女性書寫場與批評的荒蕪，曾經牛步輾轉，來到新世紀，究竟進步還是

② 埃萊娜・西蘇（Hélène Cixous）著，黃曉紅譯：〈美杜莎的笑聲〉，顧燕翎、鄭至慧主編：《女性主義經典》（臺北：女書文化，1999年版），頁87。

③ Virginia Woolf, *Three Guineas*, New York: Harbing Book, 1938, P. 108.

退步？女性角色與遭遇反映於書寫，究竟開闊還是狹幅？女性主義學者伊蘭・修華特（Elaine Showalter）的名篇篇名〈走過荒野中的女性主義批評〉勾描女性文學處境十足貼切，而童真〈穿過荒野的女人〉以小說角色不畏荒野穿越自我做為這本選集女性代表人物給予的一個肯定的回應。

序二　女性生活和女性心理的歷史寫照

■劉俊／南京大學文學院教授

按照本書的定義，女性小說是「由女作家創作的關於女性生活反映女性心理的小說」。這類小說在「五四」時期出現，是與當時的反封建思潮結合在一起的。由於婦女在中國幾千年的封建社會結構中處於最底層，受壓迫最烈，因此「五四」反封建的一個重要內容和突破口，就是提倡「婦女解放」。「五四」時期號召「打倒孔家店」的吳虞，在一九一七年六月以其夫人吳曾蘭的名義，發表了一篇〈女權平議〉。在文章中，他認為「天尊，地卑，扶陽，抑陰，貴賤，上下之階級，三從七出之謬談，其於人道主義，皆為大不敬，當一掃而空之」。[1]李大釗〈在現代的女權運動〉一文中，則提出「二十世紀是被壓迫階級底解放時代，亦是婦女底解放時代；是婦女們尋覓伊們自己的時代，亦是男子發現婦女底意義的時代」。[2]在這樣的一種社會思潮影響和推動下，「五四」女作家們以她們的創作實績，開創了中國二十世紀女性文學（小說）的新紀元。

在反封建這個大前提下表現女性的現實人生和心靈世界，構成了二十世紀華文女性小說的最初姿態。雖然此時的反封建與反男權具有某種「同構」的關係——封建勢力對女性的壓迫，常常是借助男性的力量呈現出來的，但剛剛進入新文學世界的女作家們在最初卻並沒有表現出強烈的反男權

① 吳虞：〈女權平議〉，《吳虞文錄》（上海：上海亞東圖書館，1921年版）。
② 李大釗：〈現代的女權運動〉，〈婦女評論副刊〉，《民國日報》，第25期，1922年，署名守常。

意識，因此「五四」時期女作家們對封建勢力的反抗，也就沒有通過反男權這樣的角度或渠道展開，而是將反封建指向對準了有「問題」的社會和傳統的封建文化。作為「五四」新文學女作家先驅的冰心，在她最初的女性小說寫作中，就不自覺地將對女性世界的展示和對社會問題的思考結合了起來。作為一個女性作家，冰心在她的〈秋雨秋風愁煞人〉中雖然具有女性視角，書寫的也是女性世界，可是卻並沒有特別突出和強調女性意識，而是將自己對女性的思考，納入到當時盛行的「問題小說」之中——也就是說，冰心的〈秋雨秋風愁煞人〉不過是以女性為載體，來表現「社會問題」。

相對於〈秋雨秋風愁煞人〉較為明顯的「社會化」傾向，廬隱的〈麗石的日記〉則在將女性納入「社會問題」思考的同時，帶有了更多從女性自身來思考問題的跡象。在這篇表現女性同性愛的小說中，廬隱在通過表現女性借助「戀愛自主、婚姻自由」以反封建這一「五四」主題的同時，也對女性「戀愛」和「婚姻」的對象——男性——表現出了一種不太信任的姿態，這既使〈麗石的日記〉在表現社會問題時具有了一種「另類」的色彩，也使廬隱的女性書寫帶有了性別思考的色彩：女性「自主」和「自由」的獲得，到底是體現在同性愛中還是體現在異性戀中。小說最後雖然女主角還是回歸了異性戀的「傳統」，但廬隱在小說中頗具「前衛」色彩的思考，使「五四」時的女性小說，具有了一種別具特色的高度。

與冰心和廬隱通過女性書寫表現「反封建」的宏大主題不同，淩叔華顯然更關注女性的日常人生。她的〈中秋晚〉寫的是個女人使小性子的悲劇，因為對一個觀念和心理感覺（雖然這個觀念和心理感覺帶有濃烈的封建意味）的堅持，女主角失去了她的婚姻。在這篇小說中，淩叔華寫出了那個時代的一種女性悖論：女性在堅持自己的觀念和心理感覺時，似乎體現了對男性的反抗，可是這種反抗的無力及反抗理由的荒謬本身，卻使女性陷入更深的悲劇——而更為可悲的，是女性身陷悲劇而不自知。對女性身上這種悖論的發現和表現，表明淩叔華的女性小說，具有一種對女性命運個人化的獨特思考。

如果說冰心、盧隱和淩叔華在「五四」時期的女性小說書寫，更多地是寫實地描述女性在那個時代的各種現實遭遇、心理反應、情感形態，並融入作者自己的感受心得和女性關注，那麼陳衡哲的小說〈巫峽裡的一個女子〉，則是以寫實和象徵兼具的方式，對女性的現實處境和精神特質，進行了高度概括式的表現。雖然小說在人物塑造方面缺乏藝術的精緻，但聚焦於對女性「出走」（現實層面）和「堅韌」（象徵層面）這兩方面的表現，體現了作者對女性命運的獨特思考，而在寫實基礎上融入象徵手法，也使二十世紀二〇年代的女性小說，在藝術上具有了某種先鋒性。

當陳衡哲在自己的筆下關注女性的出走姿態和堅韌氣質之時，馮沅君卻在女性的出走姿態中發現了內在的精神矛盾。在〈旅行〉中，馮沅君寫出了在時代轉換之際，一個現代女性「將毅然和傳統戰鬥，而又怕敢毅然和傳統戰鬥」[③]的決斷和猶豫——這樣的決斷和猶豫當然不只屬於小說中的女主人公，而是屬於那一整個時代的女性。馮沅君寫這篇小說的時候，「五四」運動已經過去快十

③魯迅：〈中國新文學大系‧小說二集序〉，《魯迅全集》第六卷（北京：人民文學出版社，1981年版），頁245。

年了，可是女性仍然在戰勝傳統和戰勝自己的「旅途」上苦苦掙扎。

從冰心的〈秋雨秋風愁煞人〉到馮沅君的〈旅行〉，正是「五四」以後的第一個十年，在文學史上，這十年常被統稱為「第一個十年」或文學史上的「五四時期」。從這十年的女性小說中不難看出，對女性與傳統、與同性、與異性、與自身關係的思考和表現，成為這個時期女性小說關注的焦點。

進入二十世紀三〇年代，因應著時代風雲的變幻，女性小說在表現女性自身的狀態和處境時，有了新的特點。蕭紅的〈王阿嫂的死〉在表現女性命運時，引入了殘酷而又血淋淋的階級壓迫，蕭紅筆下的王阿嫂不但是個女性，而且是個受階級壓迫的女性，她的死就是階級壓迫的結果──於是，女性作者在關注女性與傳統、與同性、與異性、與自身關係之外，又添入了女性與階級的關係──作為弱勢群體，女性在階級關係中的受壓迫狀況，顯然要比男性來得更為慘烈，或許就是這為什麼蕭紅在寫王阿嫂的時候，其筆觸給人一種粗糲和強悍的印象──在某種程度上講，與其說這是蕭紅的文字粗糲和強悍，不如說是王阿嫂這樣遭受慘烈的階級壓迫的女性命運非如此粗糲和強悍的文字不足以表達。

二十世紀三、四〇年代在中國歷史上是充滿血與火的年代，戰爭和革命成為這個時代裹挾民眾的巨大洪流，女性在其中載浮載沉自難倖免──事實上女性在其中的生存處境較之男性更加艱難。當蕭紅三〇年代在〈王阿嫂的死〉中著重表現女性遭受階級壓迫的慘狀之時，四〇年代的丁玲則在〈我在霞村的時候〉中表現了女性在時代洪流中面臨的另一種遭遇：革命。當貞貞為了革命而獻身

（貞操），革命卻用封建意識對之加以道德譴責之際，在貞貞身上背負的女性與封建傳統、女性與革命、女性與身體、女性與民族國家幾種關係的糾纏，使得丁玲的〈我在霞村的時候〉對女性的書寫顯得更加複雜，女性在面向時代時的處境和姿態也顯得頗為委屈和尷尬。在這個過程中，身為女性同時又是革命者的作家丁玲，可能比其他二十世紀女作家都更深地以自己的人生介入了女性小說的書寫。她因女性小說書寫而造就的個人命運，成為了二十世紀女性小說的另一種「文本」——革命維度的介入，無疑使二十世紀女性小說所表現的那種女性特有的內在矛盾，更具張力。

在革命的維度上，〈我在霞村的時候〉中那種利用女性同時又譴責女性的描寫並不是反思女性處境和女性命運的唯一走向，五〇年代茹志鵑在〈百合花〉中塑造的「我」和「新媳婦」形象，就在革命的氛圍和語境下，塑造了一種新型的「男」、「女」關係：小戰士在「我」面前十分羞澀，而「新媳婦」對小戰士的態度，則體現了女性在男性面前已經具有一種決定性的力量——這一切當然都是革命造成的，如果不是在革命隊伍中，按照當時一般的中國社會和鄉村男女關係的結構，男性在女性面前何來羞澀？更別說在女性面前受挫了。茹志鵑的〈百合花〉著實借助「革命」的力量，對傳統的「男」、「女」兩性關係進行了顛覆。

當蕭紅、丁玲和茹志鵑從三〇年代到五〇年代在階級壓迫和革命世界裡表現女性的處境、狀態和命運的時候，林徽因、張愛玲、蘇青、施濟美卻從與女性密切相關的美、慾望和自主性維度展開對女性的生命探索——這一維度的存在表明，即使是在血與火交織的殘酷年代，女性的世界中也仍然有著對美、對自身慾望和對自己自主性的自覺追求。林徽因的〈鍾綠〉記錄了林徽因對女性

「美」的感嘆——「美」的人和物，似乎都有不長久的命運。於是，對「美」的發現、憐惜和悲嘆，就成了林徽因表現三〇年代女性時不同於蕭紅的突出特點——她是溫婉的、精緻的，即便是在表現對「美」的悲劇結局的時候，林徽因的姿態和文字也是優雅的。

與林徽因在〈鍾綠〉中對女性「美」進行聚焦並以溫婉、精緻和優雅的筆墨對之加以表現不同，張愛玲的〈心經〉表現的是女性在感情世界中的迷失——女兒對父親的不倫之戀，給女兒和母親都帶來了巨大的痛苦，然而這種痛苦的根源在於「以幻為實，以夢為真」，[④]體現的是人類更為廣大的痛苦——也許張愛玲的深刻就於，她對女性迷失的表現以愛上了不該愛的人為「表」，以呈現人類的共同痛苦為「裡」，這就使得她的女性小說具有了「哲理」的高度，在二十世紀華文女性小說中獨樹一幟。

同為四〇年代作家的蘇青，在對女性表現的深刻性上或許不如張愛玲，但她以自己的率真和坦白，對在女作家筆下一向諱莫如深的女性慾望，進行了大膽的揭示，形成了自己的特色。在〈蛾〉中，蘇青不但充分肯定女性的自然生理慾望，而且對女性為了生理慾望如飛蛾撲火般奮不顧身的精神大加讚賞——從「五四」時期女性爭取「戀愛自主、婚姻自由」到四〇年代對慾望的肯定，女性從對社會結構和文化制度的「外在」反抗，發展到對生理本能和身體慾望從觀念到肉體的雙重「內在」釋放。很顯然，女性小說的發展到了蘇青筆下，又有了新的特質。

---

④見本書「張愛玲」篇蘇偉貞的導讀。

對女性慾望的主動把握，成為女性控制自己身體乃至把握世界的一種自主方式。在稍後於〈蛾〉的〈悲劇和喜劇〉中，施濟美通過她小說中的女主人公，表現了一種女性在男女交往和感情互動中掌握主動權的新姿態。女性的自主性相對於「五四」時期和三〇年代乃至四〇年代的其他女性小說，有了極大的提升。在這篇小說中，女主人公對自己感情、身體和人生的把握，已不再受時代、社會、家庭、經濟和男性的約束，而是完全依靠自己的意志，做自由的選擇。施濟美的這篇小說，呈現了四〇年代女性在「革命」維度的另外一維，如何沿著「五四」開創的「女性解放」的道路，經由廬隱、淩叔華、陳衡哲、馮沅君、蘇雪林、林徽因、張愛玲、蘇青，在經歷了各種曲折之後，逐步實現了對自己從身體到情感的完全掌控——男性在施濟美的筆下，已成為等待女性「判決」並且只能接受判決結果的被動者。

女性成長和解放在「革命」的一維也經歷了從飽受階級壓迫（〈王阿嫂的死〉）到在革命隊伍中經受革命行為與封建思想造成女性的兩難困境（〈我在霞村的時候〉），再到因為革命使女性在男性面前翻身解放（〈百合花〉）這樣一個同樣充滿曲折但也最終走向女性自主的過程。這一過程在二十世紀八〇年代初的王安憶筆下，則以〈雨，沙沙沙〉中雯雯的抒情化姿態，走向了「革命」之後的日常生活性——二十世紀華文女性小說的「革命」一維，至此與「五四」以來在日常人生中表現女性的自主、獨立和解放這一維度最終合流。

冰心（1900-1999）

作家介紹

冰心（1900-1999），本名謝婉瑩，福建長樂人。一九一八年進協和女子大學（後併入燕京大學）學醫，後改學文學。「五四」時期被「震」上文壇。一九一九年發表處女作〈兩個家庭〉，早期作品包括短篇小說〈斯人獨憔悴〉、〈去國〉，散文〈笑〉、〈往事〉等，在文壇頗有影響。一九二一年參加文學研究會，一九二三年赴美國學習英國文學，在美期間寫成〈寄小讀者〉等散文寄回國內發表，轟動一時。新文學運動早期最有成就和影響的女作家之一。

一九二六年自美回國後，冰心先後在燕京大學、清華大學和北京女子文理學院任教。一九二九年與社會學家吳文藻結婚。抗戰勝利後東渡日本，任教於日本東京大學。一九五一年回到大陸，曾任中國文聯副主席、中國作家協會顧問。

在近半個世紀的創作生涯中，冰心著有詩集《繁星》（1923）、《春水》（1923），短篇小說集《超人》（1923）、《往事》（1930）、《南歸》（1931）、《姑姑》（1932）、《去國》（1933），散文集《寄小讀者》（1926）、《關於女人》（1943）、《歸來以後》（1958）、《我們把春天吵醒了》（1960）、《櫻花讚》（1962）、《拾穗小札》（1964）、《記事珠》（1982），散文小說集《晚晴集》（1980），兒童文學作品《小桔燈》（1960）等。

冰心出身海軍軍官家庭，家庭氛圍較為溫馨和開化，因此從家庭中感受到了較多人生的溫暖，也比同齡女性能更早地呼吸到自由的空氣，這對她後來的人生和創作產生了重大影響，使她既能以母愛、童真和自然三位一體去構想美好的人生，也能對人間的種種不平投以關注、思索和同情的目光。前者突出地體現在她的詩作中，後者則主要以小說來表現。一九四九年以後，冰心的創作重心轉向「最喜愛的文學形式」──散文，這個時期的散文創作，在延續早期散文清新雋麗風格的同時，還充滿了喜悅明朗的樂觀精神。

作品導讀

冰心在「五四」時期創作的小說，以探究人生問題的「問題小說」為重點，〈兩個家庭〉、〈斯人獨憔悴〉、〈秋雨秋風愁煞人〉等重在揭示「舊社會、舊家庭的不良現狀」，[1]目的在「感化社會」、「叫人看了有所警覺」、「想去改良」，表現了冰心強烈的社會關懷。一九二一年發表的〈超人〉，體現了冰心思想的深化——如果說此前冰心在她的「問題小說」中對社會問題還是「只問病源，不開藥方」，那麼在〈超人〉中，冰心則開出了自己的「藥方」：「愛的哲學」。小說中的主人公何彬，原本是個冷心腸的青年，信奉尼采的超人哲學，覺得「世界是虛空的，人生是無意識的。人和人，和宇宙，和萬物的聚合，都不過如同演劇一般……」。然而，幼年的往事——「慈愛的母親，天上的繁星，院子裡的花……」——感動了他，使他對病中的祿兒伸出了援助之手。當祿兒病好以後送來花籃感激他的時候，何彬在回信中宣告了他（也是冰心）「愛的哲學」的誕生：「世界上的母親和母親都是好朋友，世界上的兒子和兒子也都是好朋友，都是互相牽連，不是互相遺棄的。」在隨後發表的〈煩悶〉（1922）和〈悟〉（1924）中，冰心更進一步發展了她的「愛的哲學」，將「愛的哲學」推向了人間萬物。

冰心的家鄉福建自近代以來得風氣之先，較早受到西風東漸的吹拂，加上冰心父親是海軍軍

---

①冰心：〈我做小說，何曾悲觀呢？〉，《晨報》，1919年11月1日。

官，見識開闊，思想新潮，因此中國傳統文化對女性的壓制，在冰心那裡並沒有產生太大的作用。這使冰心自幼能夠在一種相對自由、寬容和開放的環境下成長，並在中學、大學階段接受新式教育——家庭環境和新式教育的共同作用，使得身為女性的冰心，較早地對置身於新舊文化發生劇烈激蕩時代的女性命運，形成了自覺的反思意識。當她在文學（小說）中表現社會問題的時候，女性問題自然會成為她「問題小說」的一個重要方面。

〈秋雨秋風愁煞人〉寫的是幾個女性在新舊時代轉換時期不同的命運。「我」（冰心）和英雲、淑平是中學同學，淑平是個「性格非常的幽嫻靜默」、「極其用功」的學生，可是她為了準備大考，用功過度，竟因病而亡。至於英雲，「要論到她的道德和學問，真是一個絕特的青年。性情更是十分的清高活潑，志向也極其遠大」，「天然的自有一種超群曠世的豐神」，「顯得和眾人不同」。然而，就是這樣一個優秀的新女性，卻最終沒能擺脫落入舊家庭成為紈綺公子太太的命運，不但中學沒有畢業就成了「何太太」，而且當初要上大學，「往下研究高深的學問」的理想，也成了泡影。

在某種意義上講，英雲有點類似魯迅說的「鐵屋子」裡被「驚起」的「較為清醒的幾個人」，她在新式學校接受了新思想的教育，最終卻要回到舊生活中去，這無疑使她痛苦萬分。「我要做的事情，都要消極的摒絕，我所不要做的事情，都要積極的進行。像這樣被動的生活，還有一毫人生的樂趣嗎？」正如她在給「我」（冰心）的信中所寫的那樣：「淑平是死了，我也可以算是死了。」

在〈秋雨秋風愁煞人〉中，三個新女性「我」（冰心）、淑平和英雲，淑平肉體死亡，英雲精神死亡，「我」（冰心）雖然僥倖置身「溫煦如春」的室內，可是由於想到昔日好友淑平和英雲的悲劇結局，不禁在心中也「秋雨秋風愁煞人」起來。「死者長已矣，生者且偷生」，面對英雲在信中的囑託，「只有你還是生龍活虎一般的活動著！我和淑平的責任和希望，都併在你一人的身上了。你要努力，你要奮鬥，你要曉得你的機會地位，是不可多得的，你要記得我們的目的是『犧牲自己服務社會。』」「我」（冰心）決心「要以你們的精神，常常的鼓勵我。要使我不負死友，不負生友，也不負我自己」。

一般而言，時代變化對女性產生的影響要強於對男性的影響，在中國社會，傳統文化對女性形成的結構性壓迫，也使這一悠久傳統在鬆動之際會在女性那裡形成強烈的反應——這也就是為什麼〈秋雨秋風愁煞人〉中的三個女性會在時代變化面前，付出更多（淑平甚至因為努力用功上進而付出了生命的代價）、期許更大（「犧牲自己服務社會」）、痛苦更深（英雲回到「舊軌道」的痛苦不用說了，就是三人中看上去最幸福的「我」，也還是從同為女性的其他兩人的結局中，感到了「秋雨秋風愁煞人」的淒苦）。通過這三個人物的人生遭際，作者冰心顯然是要借助女性，在小說中展示變化中的時代所帶來的社會問題——新人物在舊勢力面前掙扎的無力和悲劇的結局。只不過，相對於那些被「驚起」的鐵屋子中的男性，醒來的新女性似乎痛苦更深。

身為女性作者，冰心以女性人物、女性視角和女性立場，對「五四」時期的社會問題——新舊時代轉型期人們（女性）的處境和命運——進行了自己的思考。值得注意的是，雖然冰心幾乎是本能地從自己的女性立場，揭示了「五四」時期的女性處境，但從總體上看，此時的冰心，對女性問題的思考是與當時蔚為大觀的思想潮流和「問題小說」相一致、相同步的——也就是說，〈秋雨秋風愁煞人〉雖然以「女性人物、女性視角和女性立場」展開呈現，但它在很大程度上只是提供了一種女性題材和女性人物，在深入表現女性主題（更為強烈自覺的女性意識）方面，並不明顯。甚至，從某種意義上講，它幾乎可以被視為一位女作家進行的男性寫作——就此而言，它反映了中國現代女作家在女性意識甦醒的初期，她們的著力點，主要還是以表現女性生活為載體，呈現一般的社會問題。更明確地說，也就是通過女性反映男性社會中的一般問題，就此而言，冰心的〈秋雨秋風愁煞人〉，還處於女性主義寫作模仿男性、以男性標準為自己標準的第一階段。

秋雨秋風愁煞人

一

秋風不住的颯颯的吹著，秋雨不住滴瀝滴瀝的下著，窗外的梧桐和芭蕉葉子一聲聲的響著，做出十分的秋意。墨綠色的窗簾，垂得低低的。燈光之下，我便坐在窗前書桌旁邊，寂寂無聲的看著書。桌上瓶子裡幾枝桂花，似乎太覺得幽寂不堪了，便不時的將清香送將過來。要我抬頭看它。又似乎對我微笑說：「冰心呵！窗以外雖是『秋雨秋風愁煞人』，窗以內卻是溫煦如春呵！」

我手裡拿著的是一本《絕妙好詞箋》，是今天收拾書櫥，無意中撿了出來的，我同它已經闊別一年多了。今天晚上拿起來閱看，竟如同舊友重逢一般的喜悅。看到一闋〈木蘭花慢〉：「故人知健否，又過了一番秋……更何處相逢，殘更聽雁，落日呼鷗……」到這裡一頁完了，便翻到那篇去。忽然有一個信封，從書頁裡，落在桌上。翻過信面一看，上面寫著「冰心親啟」四個字。我不覺呆了。莫非是眼花了嗎？這卻分明是許久不知信息的同學英雲的筆跡啊！是什麼時候夾在這本書裡呢？滿腹狐疑的拆開信，從頭到尾看了一遍。看完了以後，神經忽然錯亂起來。一年前一個悲劇的印象，又湧現到眼前來了。

英雲是我在中學時候的一個同班友，年紀不過比我大兩歲，要論到她的道德和學問，真是一個絕特的青年。性情更是十分的清高活潑，志向也極其遠大。同學們都說英雲長得極合美人的態度。以我看來，她的面貌身材，也沒有什麼特別美麗的地方。不過她天然的自有一種超群曠世的豐神，便顯得和眾人不同了。

她在同班之中，同我和淑平最合得來。淑平又比英雲大一歲，性格非常的幽嫻靜默。資質上雖然遠不及英雲，卻是極其用功。因此功課上也便和英雲不相上下，別的才幹卻差得遠了。

前年冬季大考的時候，淑平因為屢次的半夜裡起來溫課，受了寒，便咳嗽起來，得了咯血的病。她還是掙扎著日日上課，加以用功過度，腦力大傷，病勢便一天一天的沉重。她的家又在保定，沒有人朝夕的伺候著，師長和同學都替她擔心。便趕緊地將她從宿舍裡遷到醫院。不到一個禮拜，便死了。

淑平死的那一天的光景，我每回一追想，就如同昨日事情一樣的清楚。那天上午還出了一會子的太陽，午後便陰了天，下了幾陣大雪。飯後我和英雲從飯廳裡出來，一面說著話便走到球場上。樹枝上和地上都壓滿了雪，腳底下好像踏著雨後的青苔一般，英雲一面走著，一面拾起一條斷枝，便去敲那球場邊的柳樹。枝上的積雪，便紛紛的落下來，隨風都吹在我臉上。我連忙回過頭去說道：「英雲！你不要淘氣。」她笑了一笑，忽然問道：「你今天下午去看淑平嗎？」我說：「還不定呢，要是她已經好一點，我就不必去了。」這時我們同時站住。英雲說：「昨天雅琴回來，告訴我說淑平的病恐怕不好，連說話都不清楚了。她站在淑平床前，淑平拉著她的手，只哭著叫娘，你看……」我就呆了一呆便說：「哪裡便至於……少年人的根基究竟堅固些，這不過是發燒熱度太高了，信口胡言就是了。」英雲搖頭道：「大夫說她是腦膜炎。盼她好卻未必是容易呢。」我嘆了一口氣說：「如果……我們放了學再告假出去看看罷。」這時上堂鈴已經響了，我們便一齊走上樓去。

二

四點鐘以後，我和英雲便去到校長室告假去看淑平。校長半天不言語。過了一會，便用很低的聲音說：「你們不必去了，今天早晨七點鐘，淑平已經去世了。」這句話好像平地一聲雷，我和英雲都呆了，面面相覷說不出話來。以後還是英雲說道：「校長！能否許可我們去送她一送。」校長遲疑一會，便道：「聽說已經裝殮起來，大夫還說這病招人，還是不去為好，她們的家長也已經來到。今天晚車就要走了。」英雲說：「既然已經裝殮起來，況且一會兒便要走了，去看看料想不妨事，也不枉我們和她同學相好了一場。」說著便滾下淚來，我一陣心酸也不敢抬頭。校長只得允許了，我們退了出來，便去到醫院。

靈柩便停在病室的廊子上，我看見了，立刻心頭冰冷，才信淑平真是死了。難道這一個長方形的匣子，便能夠把這個不可多得的青年，關在裡面，永遠出不來了嗎！這時反沒有眼淚，只呆呆的看著這靈柩。一會子抬起頭來，只見英雲卻拿著沉寂的目光，望著天空，一語不發。直等到淑平的家長出來答禮，我們才覺得一陣的難過，不禁流下淚來，送著靈柩，出了院門。便一同無精打采地回來。

我也沒有用晚飯，獨自拿了幾本書，踏著雪回到宿舍。地下白燦燦的，好像月光一般。一面走著，聽見琴室裡，有人彈著鋼琴，音調卻十分的淒切。我想：「這不是英雲嗎？」慢慢地走到琴室門口聽了一會，便輕輕的推門進去。燈光之下，她回頭看我一眼，又回過頭去。我將書放在琴台上，站了一會，便問道：「你彈的是什麼譜？」英雲仍舊彈著琴，一面答道：「這調叫做『風雪英雄』，是一個撒克遜的騎將，雪夜裡逃出敵堡，受傷很重，倒在林中雪地上，臨死的時候做的。」說完了這話，我們又半天不言語。我便坐在琴椅的那邊，一面翻著琴譜，一面嘆口氣說：「有志的青年，不應當死去。中國的有志青年，更不應當死。你看像淑平這樣一個人物，將來還怕不是一個女界的有為者，卻又死了，她的學問才幹志向都滅沒了，一向的預備磨礪，卻得了這樣的收場，真是叫人灰心。」英雲慢慢的住了琴，抬起頭來說：「你以為肉體死了，是一件悲慘的事情。卻不知希望死了，更是悲慘的事情呵！」我點一點頭，也不知道她是什麼意思。英雲又說道：「率性死了，一切苦痛，自己都不知道不覺得了。只可憐那肉體依舊是活著，希望卻如同是關閉在墳墓裡。那個才叫做……」這時她又低下頭去，眼淚便滴在琴上。我十分的驚訝，因為她這些話，卻不是感悼淑平，好像有什麼別的感觸，便勉強笑勸道：「你又來了，好好的又傷起心來，都是我這一席話招的。」英雲無精打采地站起來，擦了眼淚說：「今夜晚上我也不知為何非常的煩惱焦躁，本來是要來彈琴散心，卻不知不覺彈起這個淒慘的調來。」我便蓋上琴蓋，拿起書籍道：「我們走罷，不要太抱悲觀了。」我們便一同步出琴室，從雪花隙裡，各自回到宿舍。

三

春天又來了，大地上蓬蓬勃勃地充滿了生意。我們對於淑平的悲感，也被春風扇得漸漸的淡下去了，依舊快快樂樂地過那學校的生活。

春季的大考過去了，只等甲班的畢業式行過，便要放暑假。

畢業式是那一天下午四點鐘的。七點鐘又有本堂師生的一個集會。也是話別，也是歡送畢業生。預備有遊藝等等，總是終業娛樂的意思。那天晚上五點鐘，同學們都在球場上隨意的閒談遊玩。英雲因為今晚要扮演游藝，她是劇中的一個希臘的女王，便將頭髮披散了，用紙條卷得鬈曲著。不敢出來，便躲在我的屋裡倚在床上看書。我便坐在窗臺上，用手摘著藤蘿的葉子，和英雲談話。樓下的青草地上玫瑰花下，同學們三三兩兩的坐著走著，黃金似的斜陽，籠住這一片花紅柳綠的世界。中間卻安放著一班快樂活潑的青年，這斜陽芳草是可以描畫出來的，但是青年人快樂活潑的心胸，是不能描畫的呵！

晚上的餞別會，我們都非常的快樂滿意。劇內英雲的女王，尤其精彩。同學們都異口同聲地誇獎，說她有「婉若游龍、翩若驚鴻」的態度。隨後有雅琴說了歡送詞，畢業生代表的答詞。就閉了會。那時約有九點多鐘，出得禮堂門來，只見月光如水，同學們便又在院子裡遊玩。我和英雲一同坐在臺階上，說著閒話。

這時一陣一陣的涼風吹著，衣袂飄舉。英雲一面用手撩開額上的頭髮，一面笑著說著：「冰心！要曉得明年這時候，便是我們畢業了。」我不禁好笑，便道：「畢了業又算得了什麼。」英雲說：「不是說算得什麼，不過離著服務社會的日子，一天一天的近了。要試試這健兒好身手了。」我便問道：「畢業以後，你還想入大學麼？」英雲點首道：「這個自然，現在中學的畢業生，車載斗量，不容易得社會的敬重。而且我年紀還小，閱歷還淺，自然應當再往下研究高深的學問，為將來的服務上，豈不更有益處嗎！」

我和英雲一同站了起來，在廊子上來回地走著談話。廊下的玫瑰花影，照在廊上不住的動搖。我們行走的時候，好像這廊子是活動的，不敢放心踏著，這月也正到了十分圓滿的時節，清光激射，好像是特意照著我們。英雲今晚十分的喜悅，時時的微笑，也問我道：「世界上的人，還有比我們更快樂的嗎？」我也笑道：「似乎沒有。」英雲說：「最快樂的時代，便是希望的時代。希望愈大，快樂也愈大。」我點一點頭，心中卻想到：「希望愈大，要是遇見挫折的時候，苦痛也是愈大的。」

這時忽然又憶起淑平來，只是不敢說出，恐怕打消了英雲的興趣。唉！現在追想起來，也深以當時不說為然。因為那晚上英雲意滿志得的莞然微笑，在我目中便是末一次了。

暑假期內，沒有得著英雲的半封信，我十分的疑惑，又有一點怪她。

秋季上學的頭一天，同學都來了，還有許多的新學生，禮堂裡都坐滿了。我走進禮堂，便四下裡找英雲，卻沒有找著。正要問雅琴，忽然英雲從外面走了進來，容光非常的消瘦，我便站起來，要過去同她說話。這時有幾個同學笑著叫她道：「何太太來了。」我吃了一驚。同時看見英雲臉紅了，眼圈也紅了。雅琴連忙對那幾個同學使個眼色，她們不知所以，便都止住不說。我慢慢地過去，英雲看見我只慘笑著，點一點頭，顏色更見悽惶。我也不敢和她說話，回到自己座上，心中十分疑訝。行完了開學禮，我便拉著雅琴，細細的打聽英雲的事情。雅琴說：「我和她的家離的不遠，所以知道一點。暑假以後，英雲回到天津，不到一個禮拜，就出閣了，聽說是聘給她的表兄，名叫士芝的，她的姨夫是個司令，家裡極其闊綽。英雲過去那邊，上上下下沒有一個不誇她好的。對於英雲何以這般的頹喪，我卻不知道，只曉得她很不願意人提到這件事。」

從此英雲便如同變了一個人，不但是不常笑，連話都不多說了。成天裡沉沉靜靜的坐在自己座上，足跡永遠不到球場，讀書作事，都是孤孤零零的。也不願意和別人在一處，功課也不見得十分好。同學們說：「英雲出閣以後，老成的多了。」又有人說：「英雲近來更苗條了。」我想英雲哪裡是老成，簡直是「心死」。哪裡是苗條，簡直是形銷骨立。我心中常常的替她難過，但是總不敢和她做長時的談話。也不敢細問她的境況，恐怕要觸動她的悲傷。因此外面便和她生分了許多，並且她的態度漸漸的趨到消極，我卻仍舊是積極，無形中便更加疏遠了。

一年的光陰又過去了。這一年中因為英雲的態度大大的改變了，我也受了不少的損失，在功課一方面少得許多琢磨切磋的益處。並且別的同學，總不能像英雲這樣的知心，便又少了許多的樂趣。然而那一年我便要畢業，心中總是存著快樂和希望，眼光也便放到前途上去，目前一點的苦痛，也便不以為意了。

四

我們的畢業式卻在上午十點鐘舉行，事畢已經十二點多鐘。吃過了飯，就到雅琴屋裡。還有許多的同學，也在那裡，我們便都在一處說笑。三點鐘的時候，天色忽然昏黑，一會兒電光四射，雷聲便隆隆地震響起來，接著下了幾陣大雨。水珠都跳進屋裡來，我們便趕緊關了窗戶，圍坐在一處，談起古事來。這雨下到五點鐘，便漸漸地止住了。開起門來一看，球場旁邊的雨水還沒有退去，被微風吹著，好像一湖春水。樹下的花和葉子，都被雨水洗得青翠爽肌，嬌紅欲滴。夕陽又出來了，晚霞烘彩，空氣更是非常的清新。我們都喜歡道：「今天的餞別會，決不至於減了興趣了。」

開會的時候，同學都到齊了。畢業生裡面，卻沒有英雲。主席便要叫人去請，雅琴便站起來，替她向眾人道歉，說她有一點不舒服，不能到會。眾人也只得罷了。那晚上扮演的游藝，很有些意思。會中的秩序，也安排得很整齊，我們都極其快樂。滿堂裡都是歡笑的聲音，只是我忽然覺得頭目眩暈。我想是這堂裡，人太多了，空氣不好的緣故。便想下去換一換空氣，就悄悄的對雅琴說：「我有一點頭暈，要去疏散一會子，等到畢業生答詞的時候，再去叫我罷。」她答應了。我便輕輕的走下樓去。

我站在廊子上，涼風吹著，便覺清醒了許多。這時月光又從雲隙裡轉了出來。因為是雨後天氣，月光便好似加倍的清冷。我就想起兩句詩：「冷月破雲來，白衣坐幽女。」不禁毛骨悚然。這時忽然聽見廊子下有吁嘆的聲音，低頭一看玫瑰花下草墊上，果然坐著一個白衣幽女。我吃了一驚，扶住欄杆再看時，月光之下，英雲抬著頭微笑著：「不要緊的，是我在這裡坐著呢。」我定了神便走下臺階，一面悄悄的笑道：「你一個人在這裡做什麼？雅琴說你病了，現在好了嗎？」英雲道：「我何嘗是病著，只為一人向隅滿座不樂，不願意去攪亂大家的興趣就是了。」我知道她又生了感觸，便也不言語，拉過一個墊子來，坐在她旁邊。住了一會，英雲便嘆一口氣說：「月還是一樣的月，風還是一樣的風，為何去年今夜的月，便十分的皎潔，去年今夜的風，便吹面不寒，好像助我們的興趣。今年今夜的月，卻十分的黯淡，這風也一陣一陣的寒侵肌骨，好像助我們的淒感呢？」我說：「它們本來是無意識的，千萬年中，偶然的和我們相遇。雖然有時好像和我們很有同情，其實都是我們自己的心理作用，它們卻是絕對沒有感情的。」英雲點首道：「我也知道的，我想從今以後，我永遠不能再遇見好風月了。」說話的聲音，滿含著淒慘。——我心中十分的感動，便懇切地對她說道：「英雲——這一年之中，我總沒有和你談過心，你的事情，雖然我也知道一點，到底為何便使你顧喪到這個地步，我是始終不曉得的，你能否告訴我，或者我能以稍慰你的苦痛。」這時英雲竟嗚嗚咽咽地哭將起來。我不禁又難受又後悔，只得慢慢的勸她。過了一會，她才漸漸的止住了，便說：「冰心！你和我疏遠的原故，我也深曉得的，更是十分的感激。我的苦痛，是除你以外，也無處告訴了。去年回家以後，才知道我的父母，已經在半年前，將我許給我的表兄士芝。便是淑平死的那一天下的聘，婚期已定在一個禮拜後。我知道以後，所有的希望都絕了。因為我們本來是親戚，姨母家裡的光景，我都曉得，是完完全全的一個舊家庭。但是我的父母總是覺得很滿意，以為姨母家裡很從容，我將來的光景，是決沒有差錯的，並且已經定聘，也沒有反復的餘地了。」這時英雲暫時止住了，一陣風來，將玫瑰花葉上的殘滴，都灑在我們身上。我覺得涼意侵人，便向英雲說：「你覺得涼嗎？我們進去好不好？」她搖一搖頭，仍舊翻來覆去的弄那一塊濕透的手巾，一面便又說：「姨母家裡上上下下有五六十人，庶出的弟妹，也有十幾個，都和士芝一塊在家裡念一點漢文，學做些詩詞歌賦，新知識上是一竅不通。幾乎連地圖上的東西南北都不知道，別的更不必說了。並且紈絝公子的習氣，沾染的十足。我就想到這並不是士芝的過錯，以他們的這樣家庭教育，自然會陶冶出這般高等游民的人材來。處在今日的世界和社會，是危險不過的，便極意的勸他出去求學。他卻說：『難道像我們這樣的人家，還用愁到衣食嗎？』仍舊洋洋得意的過這養尊處優的日子。我知道他積錮太深，眼光太淺，不是一時便能以勸化過來的。我姨母更是一個頑固的婦女，家政的設施，都是可笑不過的。有一天我替她記帳，月間的出款內，奢侈費，應酬費，和廟寺裡的香火捐，幾乎占了大半。家庭內所叫做娛樂的，便是宴會打牌聽戲。除此之外便不知道世界上還有什麼樂境。姨母還叫我學習打牌飲酒，家裡宴會的時候，方能做個主人。不但這個，連服飾上都有了限制，總是不願意我打扮得太素淡，說我也不怕忌諱。必須濃妝豔裹，抹粉塗脂，簡直是一件玩具。而且連自己屋裡的瑣屑事情，都不叫我親自去做，一概是婢媼代勞。『戲罷曾無理曲時，妝成只是熏香坐。』便是替我寫照了。有時我煩悶已極，想去和雅琴談一談話，但是我每一出門，便是車馬呼擁，比美國總統夫人還要聲勢。這樣的服裝，這樣的侍從，實在叫我羞見故人，也只得終日坐在家裡。五月十五我的生日，還宴客唱戲，做的十分熱鬧。我的父母和姨母想，這樣的待遇，總可以叫我稱心滿意的了。哪知我心裡比囚徒還要難受，因為我所要做的事情，都要消極的摒絕，我所不要做的事情，都要積極的進行。像這樣被動的生活，還有一毫人生的樂趣嗎？」

五

我聽到這裡，覺得替她痛惜不過。卻不得不安慰她，便說：「聽說你姨母家裡的人，都和你很有感情的，你如能想法子慢慢的改良感化，也未必便沒有盼望。」英雲搖頭道：「不中用的，他們喜歡我的緣由：第一是說我美麗大方，足以誇耀戚友。第二便是因為我的性情溫柔婉順，沒有近來女學生浮囂的習氣。假如我要十分的立異起來，他們喜悅我的心，便完全的推翻了，而且家政也不是由我主持，便滿心的想改良，也無從下手。有時我想到『天生我材必有用』和『大丈夫勉為其難者』這兩句話，就想或者是上天特意的將我安置在這個黑暗的家庭裡，要我去整頓去改造。雖然家政不在我手裡，這十幾個弟妹的教育，也更是一件要緊的事情。因此我便想法子和他們聯絡，慢慢的要將新知識，灌輸在他們的小腦子裡。無奈我姨父很不願意我們談到新派的話。弟妹們和我親近的時候很少，他們對於『科學遊戲』的興味，遠不如聽戲遊玩。我的苦心又都付與東流，而且我自己也捲入這酒食征逐的旋渦，一天到晚，腦筋都是昏亂的。要是這一天沒有宴會的事情，我還看一點書，要休息清淨我的腦筋，也沒有心力去感化他們。日久天長，不知不覺地漸漸衰頹下來。我想這家裡一切的現象，都是衰敗的兆頭，子弟們又一無所能，將來連我個人，都不知是落個什麼結果呢。」這時英雲說著，又淚如雨下。我說：「既然如此，為何又肯叫你再來求學？」英雲道：「姨母原是十分的不願意，她說我們家裡，又不靠著你教書掙錢。何必這樣的用功，不如在家裡和我作伴。孝順我，便更勝於掙錢養活我了。我說：『就是去也不過是一年的功夫，中學畢業了就不再去了，這樣學業便也有個收束。並且同學們也闊別了好些日子，去會一會也好。我侍奉你老人家的日子還長著呢。』以後還是姨夫答應了，才叫我來的。我回到學校，和你們相見，真如同隔世一般，又是喜歡，又是悲感，又是痛惜自己，又是羡慕你們。雖然終日坐在座上，卻因心中百般的糾紛，也不能用功。因為我本來沒有心腸來求學，不過是要過這一年較快樂清淨的日子，可憐今天便是末一天了。冰心呵！我今日所處的地位，真是我做夢也想不到的。」說到這裡，英雲又幽咽無聲。我的神經都錯亂了，便站起來拉著她說：「英雲！你不要……」這時樓上的百葉窗忽然開了一扇，雅琴憑在窗口喚道：「冰心！你在哪裡？到了你答詞的時候了。」我正要答應，英雲道：「你快上去罷，省得她又下來找你。」我只得撇了英雲走上樓去。

我聆了英雲這一席話，如同聽了秋墳鬼唱一般，心中非常的難過。到了會中，只無精打采地說了幾句，完了下得樓來，英雲已經走了。我也不去找她，便自己回到宿舍，默默的坐著。

第二天早晨七點鐘，英雲便叩門進來，面色非常的黯淡。手裡拿著幾本書，說：「這是你的《絕妙好詞箋》，我已經看完了，謝謝你！」說著便將書放在桌子上，我看她已經打扮好了，便說：「你現在就要走嗎？」英雲說：「是的。冰心！我們再見罷。」說完了，眼圈一紅，便轉身出去。我也不敢送她，只站在門口，直等到她的背影轉過大樓，才悵悵的進來。咳！數年來最知心的同學，從那一天起，不但隔了音容，也絕了音信。如今又過了一年多了，我自己的功課很忙，似乎也漸漸的把英雲淡忘了，但是我還總不敢多憶起她的事情。因為一想起來，便要傷感。想不到今天晚上，又發現了這封信。

這時我慢慢地拾起掉在地上的信，又念了一遍。以下便是她信內的話。

敬愛的冰心呵！我心中滿了悲痛，也不能多說什麼話。淑平是死了，我也可以算是死了。只有你還是生龍活虎一般的活動著！我和淑平的責任和希望，都併在你一人的身上了。你要努力，你要奮鬥，你要曉得你的機會地位，是不可多得的，你要記得我們的目的是「犧牲自己服務社會」。

二十七夜三點鐘英雲

淑平呵！英雲呵！要以你們的精神，常常的鼓勵我。要使我不負死友，不負生友，也不負我自己。

秋風仍舊颯颯的吹著，秋雨也依舊滴瀝滴瀝的下著，瓶子裡的桂花卻低著頭，好像惶惶不堪的對我說：「請你饒恕我，都是我說了一句過樂的話。如今窗以內也是『秋雨秋風愁煞人』的了。」

廬隱（1898-1934）

作家介紹

廬隱（1898-1934），本名黃英，福建閩侯人。一九一七年畢業於北京女子師範學校，一九一九年就讀於北京女子高等師範學校。一九二一年參加文學研究會，並開始小說創作。一九二二年曾去朝鮮、日本遊歷，同年回國後從女高師畢業，先後在安徽、上海、福建等中學和師範學校任教。一九二三年與郭夢良結婚（郭夢良一九二五年因病去世）。一九二七年任北京女子中學校長，並兼任北京平民教育促進會編輯，參與開辦華嚴書店，編輯《華嚴》雜誌。一九三〇年與李唯建結婚，旋去日本，同年回國。一九三一年執教於上海工部局女子中學，一九三四年因難產去世。

「五四」時期廬隱和冰心在文壇齊名。一九二一年文學研究會成立時，廬隱是出席者中唯一的女性，同年她在《小說月報》上發表短篇小說〈一個著作家〉，早期作品〈餘淚〉、〈或人的悲哀〉、〈海濱故人〉、〈淪落〉、〈前塵〉等大都發表於《小說月報》。著有短篇小說集《海濱故人》（1925）、《曼麗》（1928）、《靈海潮汐》（1931）、《玫瑰的刺》（1933），中篇小說《歸雁》（1930）、《女人的心》（1933），長篇小說《象牙戒指》（1931）、《火焰》（1935），散文集《雲鷗情書集》（與李唯建合著，1931）、《東京小品》（1936），傳記《廬隱自傳》（1934）

等。

盧隱自幼家境貧寒，靠自己的苦讀才獲得在社會上立足的能力，因此對於女性在現代社會的艱難處境，有深切的體會和感受。她的早期創作雖然大都為「問題小說」，但自〈海濱故人〉發表後，盧隱關注的「問題」更多地與女性的社會處境有關，她日益強化的女性立場和女性意識，最終使她筆下的社會問題更多地體現為「與婦女相關的問題」。遺憾的是，由於盧隱的早逝，她的文學世界沒能充分地展開，即便如此，盧隱仍然以自己短暫的一生和她筆下眾多的女性形象，給後人留下了難以忘懷的身影──那是一個（一群）在新舊交替時代奮身與時代、制度和命運抗爭的女性身影。

作品導讀

對於廬隱，茅盾曾經說過：「『五四』時期的女作家能夠注目在革命性的社會題材的，不能不推廬隱是第一人。」[1]那些表現社會問題的「問題小說」（如〈一個著作家〉、〈一封信〉、〈兩個小學生〉、〈靈魂可以賣嗎？〉等）和另一類追問「人生是什麼」的小說（如〈海濱故人〉、〈或人的悲哀〉、〈麗石的日記〉、〈淪落〉等），共同構成了廬隱第一個短篇小說集《海濱故人》的主要內容。或許與廬隱自幼的生存環境和後來的成長歷程有關，從總體上看，廬隱的小說始終彌漫著一種悲哀的色調，給人以感傷與悲觀的印象。廬隱自己曾經說過，人生「比作夢還要不可捉摸」，這樣的人生觀顯然帶有一種強烈的不穩定性和不確定性意味。在廬隱的小說中讀者不難發現，無論是露莎（〈海濱故人〉的人物），還是麗石（〈麗石的日記〉的人物），看上去她們似乎是在追求人生的意義，可是對人生的前途究竟在哪裡卻頗為茫然，人生總是在「悲哀的海裡」掙扎而不得解脫幾乎成了廬隱小說的一個基本主題和核心基調。蘇雪林就曾經說過，廬隱的作品「總是充滿了悲哀，苦悶，憤世，嫉邪，視世間事無一當意，世間人無一愜心。」[2]

---

① 茅盾：〈廬隱論〉，《文學》，3卷1號，1934年7月1日

② 蘇雪林：《二三十年代作家與作品》（臺北：廣東，1979年版）。

〈麗石的日記〉以廬隱喜歡用的日記體形式，借「我」把好友麗石的日記公開的方式，袒露了麗石和沅青兩位女子之間的同性之愛。對於小說（日記）中的麗石來說，她的身邊友人有各種「愛情故事」：歸生在海蘭那裡遭遇失敗；雯薇婚後感到「勞碌、煩躁」、「厭煩」和「無法解脫」。這樣的愛情人生使麗石對一般的愛情和婚姻充滿畏懼，使得她不但「不願從異性那裡求安慰，因為和他們──異性──的交接，總覺得不自由」，而且和沅青兩人「從泛泛的友誼上，而變成同性的愛戀了」。在二十世紀二〇年代初，廬隱在自己的筆下涉及同性戀題材，不可謂不「前衛」。

在〈麗石的日記〉這篇小說中，麗石的情感追求和人生道路，顯露出在一個對女性的壓制開始鬆動的時代，女性在選擇自己的生活方式時，已具有強烈的自主性。麗石對異性交往感覺不自由，卻在與同性的愛戀中感到「樂趣」和「興奮」，並作著「未來的快樂夢」，敢於大膽地承認沅青是她的「安慰者」和「鼓舞者」，坦言「不是為自己而生」而「實在是為她（沅青）而生呢！」這樣的女性形象，出現在「五四」運動剛剛過去的一九二三年，不能不說是作者廬隱思想觀念「前衛」的體現。

不過從根本上講，〈麗石的日記〉的「前衛」性，並不完全體現在對同性戀題材的涉及和對獨特的女性形象的塑造上，更能體現廬隱思想觀念「前衛」性的，是她對「五四」時期關於「婦女問題」一般思考的超越。在「五四」時期，眾多思想啟蒙者們對「婦女問題」的關注，集中體現在如何將婦女從封建專制下解救出來，使「婦女」能夠獲得與男性平等的經濟權、戀愛權、人格權和生存權，在這個過程中，通過自由戀愛婚姻自主來實現對封建壓迫的反抗，就成為這一時期思想啟蒙者和新文學作家對於婦女解放所能提供的主要答案。然而，作為一個女性作家，廬隱卻從自身的性別立場出發，發現了女性通過婚姻戀愛——將希望寄託在男性身上——尋求自身解放的某種不可靠性和虛妄性。在〈海濱故人〉中，廬隱就表露出女性對於異性能否像女性自身一樣可靠有所懷疑的念頭，這樣的念頭到了〈麗石的日記〉，就更是明確為只有在同性身上，才能尋找到感情的寄託和人生的「樂趣」。如果從女性不但要從封建壓制下解放出來，同時也需要從對男性的「依附」中擺脫出來這樣的角度來理解廬隱，她的女性身分給她帶來的超拔見識，以及對「五四」時期有關「婦女問題」的一般性解決方案的超越，就顯而易見了。

然而，廬隱對女性自身解放的「另類」思考，在展現她的女性意識深度的同時，也對女性希冀擺脫「依附」男性這一想法在現實中難有獲得實現的可能，有著充分的認識。在〈麗石的日記〉中，沅青最後還是離開了麗石，接受了家庭的安排，到天津去會她的表兄去了。雖然沅青要走的消息令麗石倍感痛苦，可最終她卻不得不接受這嚴酷的事實——更嚴酷的事實是，沅青在和表哥接觸後，不但對自己和麗石的愛情進行了否定，「我們從前的見解，實在是小孩子的思想，同性的愛戀，終久不被社會的人認可，我希望你還是早些覺悟吧」，而且還對表兄大加讚賞：「我表兄的確是個很有為的青年，他並且對我極誠懇，我到津後，常常和他聚談，他事事都能體貼入微，而且能任勞怨！……」可以說，這又回歸了「依附」男性的「正途」（老路）。沅青的改變，不但體現了「人類真是固執、自私的呵！我們稚弱的生命完全被他們支配了！被他們戕賊了！我們理想的生活，被他們所不容」，同時也令麗石產生「我更不幸，為什麼要愛沅青」的念頭。

或許是廬隱對女性現實處境和感情宿命的認識具有一種「另類」的深刻，使得她的觀念在現實中有些「超前」——自然也就難以獲得實現的機會。「另類」、「深刻」和「前衛」都會導致廬隱在現實面前總是遭遇挫折和無奈，這或許就是她的作品「都要染上悲哀的色調」[3]最為根本的原因吧。

③ 廬隱：《廬隱自傳》（昆明：雲南人民出版社，2011年版）。

麗石的日記

今日春雨不住響的滴著，窗外天容愔淡，耳邊風聲淒厲，我靜坐幽齋，思潮起伏，只覺悵然惘然！

去年的今天，正是我的朋友麗石超脫的日子，現在春天已經回來了，並且一樣的風淒雨冷，但麗石那慘白梨花般的兩靨，誰知變成什麼樣了！

麗石的死，醫生說是心臟病，但我相信麗石確是死於心病，不是死於身病，她留下的日記，可以證實，現在我將她的日記發表了吧！

十二月二十一日

不記日記已經半年了。只感覺著學校的生活單調，吃飯，睡覺，板滯的上課，教員戴上道德的假面具，像俳優般舞著唱著，我們便像傻子般看著聽著，真是無聊極了。

圖書館裡，擺滿了古人的陳跡，我掀開了屈原的〈離騷〉念了幾頁，心竊怪其愚——懷王也值得深戀嗎？……

下午回家，寂悶更甚；這時的心緒，真微玄至不可捉摸……日來絕要自制，不讓消極的思想入據靈台，所以又忙把案頭的《奮鬥》雜誌來讀。

晚飯後，得歸生從上海來信——不過寥寥幾行，但都係心坎中流出，他近來因得不到一個歸宿地，常常自戕其身，白蘭地酒，兩天便要喝完一瓶……他說：「沉醉的當中，就是他忘憂的時候。」唉！可憐的少年人！感情的海裡，豈容輕陷？固然指路的紅燈，只有一盞，但是這「萬矢之的」底紅燈，誰能料定自己便是得勝者呢？

其實像海蘭那樣的女子，世界上絕不是僅有，不過歸生是永遠不瞭解這層罷了。

今夜因為復歸生的信，竟受大困——的確我搜盡枯腸，也找不出一句很恰當的話，那是足以安慰他的……其實人當真正苦悶的時候，絕不是幾句話所能安慰的喲！

十二月二十二日

今天因俗例的冬至節，學堂裡放了一天假，早晨看姑母們忙著預備祭祖，不免起了想家的情緒，憶起「獨在異鄉為異客，每逢佳節倍思親」，愴然下淚！

姑丈年老多病，這兩天更覺頹唐，乾皺的面皮，消沉的心情，真覺老時的可憐！

午後沅青打發侍者送紅梅來，並有一封信說：「現由花廠買得紅梅兩株，遣人送上，聊襲古人寄梅伴讀的意思。」我寫了回信，打發來人回去，將那兩盆梅花，放在書案的兩旁，不久斜陽銷跡，殘月初升，那清淡的光華，正籠照在那兩株紅梅上，更見精神。

今夜睡得極遲，但心潮波湧，入夢仍難，寂寞長夜，只有梅花吐著幽香，安慰這生的漂泊者呵！

十二月二十四日

窮冬嚴寒，朔風虎吼，心緒更覺無聊，切盼沅青的信，但是已經三次失望了。大約她有病吧？但是不至如此，因為昨天見面的時候，她依舊活潑潑地，毫無要病的表示呵，咳！除此還有別的原因嗎？……我和她相識兩年了，當第一次接談時，我固然不能決定她是怎樣的一個人，但是由我們不斷的通信和談話看來，她大約不至於很殘忍和無情吧！……不過：「愛情是不能買預約券的，也不是一成不變的……」變幻不測的人類，誰能認定他們要走的路呢？

下午到學校聽某博士的講演，不期遇見沅青，我的憂疑更深，心想沅青既然沒病，為什麼不來信呢？當時賭氣也不去理她，草草把演講聽完，愁悶著回家去了；晚飯懶吃，獨坐沉思，想到無聊的地方，陡憶起佛經所說：「菩薩畏因，眾生畏果。」我不自造惡因，安得生此惡果？從此以後，謹慎造因罷！情感的漩渦裡，只是愁苦和忌恨罷了，何如澄澈此心，求慰於不變的「真如」呢……想到這裡，心潮漸平，不久就入睡鄉了。

十二月二十五日

昨夜睡時，心境平穩，惡夢全無，今早醒來，不期那紅灼灼的太陽，照滿綠窗了。我忙忙自床上坐了起來，忽見桌上放著一封信，那封套的尺寸和色澤，已足使我澄澈的心紊亂了。我用最速的目力，把那信看完了，覺得昨天的懺悔真是多餘，人生若無感情維繫，活著究有何趣？春天的玫瑰花芽，不是虧了太陽的照拂，怎能露出嬌豔的色澤？人類生活，若缺乏情感的點綴，便要常淪到乾枯的境地了。昨天的芥蒂，好似秋天的浮雲，一陣風洗淨了。

下午赴漱生的約，在公園聚會，心境開朗，覺得那莊嚴的松柏，都含著深甜的笑容，景由心造，真是不錯。

十二月二十六日

今天到某校看新劇，得到一種極劣的感想——當我初到劇場時，見她們站在門口，高聲嘩笑著，遇見來賓由她們身邊經過，她們總作出那驕傲的樣子來，惹得那些喜趁機侮辱女性的青年，竊竊評論。他們所說的話，自然不是持平之論，但是喜虛榮的缺點，卻是不可避免之譏呵！

下午雯薇來——她本是一個活潑的女孩，可惜近來卻憔悴了——當我們回述著兒時的興趣，過去的快樂，更比身受時加倍，但不久我們的論點變了。

雯薇結婚已經三年了，在人們的觀察，誰都覺得她很幸福，想不到她內心原藏著深刻的悲哀，今天卻在我面前發現了。她說：「結婚以前的歲月，是希望的，也是極有生趣的，好像買彩票，希望中彩的心理一樣，而結婚後的歲月，是中彩以後，打算分配這財產用途的時候，只感得勞碌，煩躁，但當阿玉——她的女兒——沒出世之前，還不覺得……現在才真覺得彩票中後的無趣了。孩子譬如是一根柔韌的彩線，被她捆住了，雖是厭煩，也無法解脫。」

四點半鐘雯薇走了，我獨自回憶著她的話，記得《甲必丹之女》書裡，有某軍官與彼得的談話說：「一娶妻什麼事都完了。」更感煩悶！

十二月二十七日

呵！我不幸竟病了，昨夜覺得心躁頭暈，今天竟不能起床了，靜悄悄睡在軟藤的床上，變幻的白雲，從我頭頂慢慢經過，爽颯的風聲，時時在我左右迴旋，似慰我的寂寞。

我健全的時候，無時不在栗栗中覓生活，我只領略到煩攪，和疲敝的滋味，今天我才覺得不斷活動的人類的世界，也有所謂「靜」的境地。

我從早上八點鐘醒來，現在已是下午四點鐘了。我每回想到健全時的勞碌和壓迫，我不免要懇求上帝，使我永遠在病中，永遠和靜的主宰——幽秘之神——相接近。

我實在自覺慚愧，我一年三百六十日中，沒有一天過的是我真願過的日子。我到學校去上課，多半是為那上課的鈴聲所勉強；我恬靜的坐在位子上，多半是為教員和學校的規則所勉強；我一身都是擔子，我全心也都為擔子的壓迫，沒有工夫想我所要想的。

今天病了，我的先生可以原恕我，不必板坐在書桌裡，我的朋友原諒我，不必勉強陪著她們到操場上散步……因為病被眾人所原諒，把種種的擔子都暫且擱下，我簡直是個被赦的犯人，喜悅何如？

我記得海蘭曾對我說：「在無聊和勉強的生活裡，我只盼黑夜快來，並望永永不要天明，那末我便可忘了一切的煩惱了。」她也是一個生的厭煩者呵！

我最愛讀元人的曲，平日為刻板的工作範圍了，使我不能如願，今夜神思略清，因拿了一本《元曲》就著爍閃的燈光細讀，真是比哥倫布發現了新大陸還要快活呢！

我讀到〈黃粱夢〉一折，好像身駕雲霧，隨著驪山老母的繩拂，上窮碧落了。我看到東華帝君對呂岩說：「……把些個人間富貴，都作了眼底浮雲。」又說：「他每得道清平有幾人？何不早抽身？出世塵，盡白雲滿溪鎖洞門，將一函經手自翻；一爐香手自焚，這的是清閒真道本。」似喜似悟，唉！可憐的怯弱者呵！在擔子底下奮鬥筋疲力盡，誰能保不走這條自私自利的路呢！

每逢遇到不如意事時，起初總是憤憤難平，最後就思解脫，這何嘗是真解脫，唉！只自苦罷了！

十二月二十九日

二十八日熱度稍高，全身軟疲，不耐作字，日記因闕，今早服了三粒「金雞納霜」，這時略覺清楚。

回想昨天情景，只是昏睡，而睡時惡夢極多，不是被逐於虎狼，就是被困於水火，在這恐怖的夢中，上帝已指示出人生的縮影了。

午後雯薇使人來問病，並附一信說：「我吐血的病，三年以來，時好時壞，但我不怕死，死了就完了。」她的見解實在不錯！人生的大限，至於死而已；死了自然就完了。但死終不是很自然的事呵！不願意生的人固不少，可是同時也最怕死；這大約就是滋苦之因了。

我想起雯薇的病因，多半是由於內心的抑鬱，她當初作學生的時代，十分好強，自從把身體捐入家庭，便弄得事事不如人了——好強的人，只能聽人的讚揚，不幸受了非議，所有的希望便要立刻消沉了。其實引起人們最大的同情，只能求之於死後，那時用不著猜忌和傾軋了。

下午歸生的信又來了，他除為海蘭而煩悶外，沒有別的話說，恰巧這時海蘭也正來看我，我便將歸生的信讓她自己看去，我從旁邊觀察她的態度，只見她兩眉深鎖，雙睛發直。等了許久，她才對我說：「我受名教的束縛太甚了……並且我不能聽人們的非議，他的意思，我終久要辜負了，請你替我盡友誼的安慰吧！……這一定沒有結果的希望！」她這種似迎似拒的心理，看得出她智情激戰的痕跡。

正月一日

今天是新年的元旦，當我睡在床上，看小表妹把新日曆換那舊的時，固然也感到日子的飛快；光陰一霎便成過去了。但跟著又成了未來，過去的不斷過去，未來的也不斷而來，淺近的比喻，就是一盞無限大的走馬燈，究有什麼意思！

今天看我病的人更多了，她們並且怕我寂寞，倡議在我房裡打牌伴著我，我難卻她們的美意，其實我實在不歡迎呢！

正月三日

我的病已經好了，今天沅青來看我，我們便在屋裡圍著火爐清談竟日。

我自從病後，一直不曾和歸生通信──其實我們的情感只是友誼的，我從不願從異性那裡求安慰，因為和他們──異性──的交接，總覺得不自由。

沅青她極和我表同情，因此我們兩人從泛泛的友誼上，而變成同性的愛戀了。

的確我們兩人都有長久的計畫，昨夜我們說到將來共同生活的樂趣，真使我興奮！我一夜都是作著未來的快樂夢。

我夢見在一道小溪的旁邊，有一所很清雅的草屋，屋的前面，種著兩棵大柳樹，柳枝飄拂在草房的頂上，柳樹根下，拴著一只小船，那時正是斜日橫窗，白雲封洞，我和沅青坐在這小船裡，御著清波，漸漸馳進那蘆葦叢裡去。這時天上忽下起小雨來，我們被蘆葦嚴嚴遮住，看不見雨形，只聽見淅淅瀝瀝的雨聲。過了好久時已入夜，我們忙忙把船開回，這時月光又從那薄薄涼雲裡露出來，照得碧水如翡翠砌成，沅青叫我到水晶宮裡去游逛，我便當真跳下水，忽覺心裡一驚，就醒了。

回思夢境，正是我們平日所希冀的呵！

正月四日

今天因為沅青不曾來，只感苦悶！走到我和沅青同坐著念英文的地方，更覺得忽忽如有所失。我獨自坐在葡萄架下，只是回憶和沅青同遊同息的陳事：玫瑰花含著笑容，聽我們甜蜜的深談；黃鶯藏在葉底，偷看我們歡樂的輕舞；人們看見我們一樣的衣裙，聯袂著由公園的馬路上走過，如何的注目呵！唉！沅青是我的安慰者，也是我的鼓舞者，我不是為自己而生，我實在是為她而生呢！

晚上沅青遣人送了一封信來說：「親愛的麗石！我決定你今天必大受苦悶了！……但是我為母親的使命，不能不忍心暫且離開你。我從前不是和你說過，我有一個舅舅住在天津嗎？因為小表弟的周歲，母親要帶我去祝賀，大約至遲五六天以內，總可以回來。你可以找雯薇玩玩，免得寂寞！」我把這信，已經反復看得能夠背誦了，但有什麼益處，寂寞益我苦！無聊使我悲！渴望增我怒！

正月十日

沅青走後，只覺懨懨懶動，每天下課後，只有睡覺，差強人意！

今天接到天津的電話，沅青今夜可以到京，我的心懷開放了，一等到柳梢頭沒了日影，我便急急吩咐廚房開飯；老媽子打臉水，姑母問我忙甚麼？我才覺得自己的忘情，不禁羞慚得說不出話來。

到了火車站，離火車到時還差一點多鐘呢！這才懊悔來的太早了！盼得心頭焦躁了，望得兩眼發酸了，這才聽見嗚嗚汽笛響，車子慢慢進了站臺，接客的人，紛紛趕上去歡迎他們的親友，我只遠遠站著，對那車窗一個個望去；望到最後的一輛車子，果見沅青含笑望我招手呢！忙忙奔了過去，不知對她說什麼好，只是嬉嬉對笑，出了站臺，雇了車子一直到我家來，因為沅青應許我今夜住在這裡。

正月十一日

昨夜和沅青說的話太多了，不免少睡了覺，今天覺得十分疲倦，但是因沅青的原故，今夜依舊要睡的很晚呢！

今天沅青回家去了，但黃昏時她又來找我，她進我屋門的時候，我只樂得手舞足蹈！不過當我看她的面色時，不禁使我心脈狂跳。她雙睛紅腫，臉色青黃，好像受了極大的刺激。我禁不住細細追問，她說「沒有什麼！作人苦罷了！」這話還沒說完，她的眼淚卻如潮湧般滾下來，後來她竟俯在我的懷裡痛哭起來，急得我不知怎樣才好，只有陪著她哭。我問她為什麼傷心？她始終不曾告訴我，晚上她家裡打發車子來接她，她才勉強擦乾眼淚走了。

沅青走後，我回想適才的情境，又傷心，又驚疑，想到她家追問她，安慰她，但是時已夜深，出去不便。只有勉強制止可怕的想頭，把這沉冥的夜度過。

正月十二日

為了昨夜的悲傷和失眠，今天覺得頭痛心煩，不過仍舊很早起來，打算去看沅青。我在梳頭的時候，忽沅青叫人送封信來，我急急打開念道：

> 麗石！麗石！
> 人類真是固執的，自私的呵！我們稚弱的生命完全被他們支配了！被他們戕賊了！

我們理想的生活，被他們所不容，麗石！我真不忍使你知道這惡劣的消息！但是我們分別在即了，我又怎忍始終瞞你呢！

我的表兄他或者是個有為的青年——這個並不是由我觀察到的，只是我的母親對他的考語，他們因為愛我，要我與這有為的青年結婚，咳！麗石！你為什麼不早打主意，穿上男子的禮服，戴上男子的帽子，妝作男子的行動，和我家裡求婚呢？現在人家知道你是女子，不許你和我結婚，偏偏去找出那什麼有為的青年來了。

他們又仿佛很能體諒人，昨晚母親對我說：「你和表兄，雖是小時常見面的，但是你們的性情能否相合，還不知道，你舅舅和我的意思，都是願意你到天津去讀書，那末你們倆可以常見面，彼此的性情就容易瞭解了。如果合得來，你們就訂婚，合不來再說。」麗石！母親的恩情不能算薄，但是她終究不能放我們自由！

我大約下禮拜就到天津去。唉！麗石！從此天南地北，這離別的苦怎麼受呢？唉！親愛的麗石！我真不願離開你，怎麼辦？你也能到天津來嗎？……我希望你來吧！

唉！失望呵！上帝真是太刻薄了！我只求精神上一點的安慰，他都拒絕我！「沅青！沅青！」唉！我此時的心緒，只有怨艾罷了！

正月十五日

我自得到沅青要走的消息，第二天就病了，沅青雖刻刻伴著我，而我的心更苦了！這幾天我們的生活，就如被判決的死囚，唉！我回想到那一年夏天，那時正是雨後，蘊淚的柳枝，無力的蕩漾著，階前的促織，切切私語著，我和沅青，相倚著坐在淺藍色的欄杆上。沅青曾清清楚楚對我說：「我只要能找到靈魂上的安慰，那可怕的結婚，我一定要避免。」現在這話，只等於往事的陳跡了！

雯薇憐我寂寞和失意，這兩天常來慰我，但我深刻的悲哀，永遠不能銷除呵！

今天雯薇來時，又帶了一個使我傷心的消息來，她告訴我說：「可憐的欣于竟墮落了！」這實在使我驚異！「他明明是個志趣高尚的青年呵？」我這麼沉吟著，雯薇說：「是呵！志趣高尚的青年，但是為了生計的壓迫——結婚的結果——便把人格放棄了；他現在作了某黨派的走狗，諂媚他的上司；只是為四十塊錢呵！可憐！」

唉！到處都是汙濁的痕跡！

二月一日

懊惱中，日記又放置半月不記了，我真是無用！既不能徹悟，又不能奮鬥，只讓無情的造物玩弄！

沅青昨天的來信，更使我寒心，她說：「麗石，我們從前的見解，實在是小孩子的思想，同性的愛戀，終久不被社會的人認可，我希望你還是早些覺悟吧！

我表兄的確是個很有為的青年，他並且對我極誠懇，我到津後，常常和他聚談，他事事都能體貼入微，而且能任勞怨！……」

唉！人的感情，真容易改變，不過半個月的工夫，沅青已經被人奪去了，人類的生活，大約爭奪是第一條件了！

上帝真不仁，當我受著極大的苦痛時，還不肯輕易饒我，支使那男性特別顯著的少年酈文來糾纏我，聽說這是沅青的主意。她怕我責備，所以用這個好方法堵住我的口，其實她愚得很，戀愛豈是片面的？在酈文粗浮的舉動裡，時時讓我感受極強的苦痛，其實同是一個愛字，若出於兩方的同意，無論在誰的嘴裡說，都覺得自然和神聖，若有一方不同意，而強要求滿足自己的慾望，那是最不道德的事實，含著極大的侮辱。酈文真使我難堪呵！唉！沅青何苦自陷？又強要陷人！

二月五日

今天又得到沅青的信，大約她和她表兄結婚，不久便可成事實。唉！我不恨別的，只恨上帝造人，為什麼不一視同仁，分什麼男和女，因此不知把這個安靜的世界，攪亂到什麼地步？……唉！

我更不幸，為什麼要愛沅青！

我為沅青的緣故，失了人生的樂趣！更為沅青故得了不可醫治的煩紆！

唉！我越回憶越心傷！我每作日記，寫到沅青棄我，我便恨不得立刻與世長辭，但自殺我又沒有勇氣，抑鬱而死吧！抑鬱而死吧！

我早已將人生的趣味，估了價啦，得不償失，上帝呵！只求你早些接引！……

我看著麗石的這些日記，熱淚竟不自覺的流下來了。唉！我什麼話也不能再多說了。

淩叔華（1900-1990）

作家介紹

淩叔華（1900-1990），原名淩瑞棠，廣東番禺人。先後就讀於直隸第一女子師範學校和燕京大學。一九二二年進入燕京大學讀書，一九二四年發表處女作〈女兒身世太淒涼〉，一九二五年發表成名作〈酒後〉，一九二六年與陳源（西瀅）結婚。一九二八年出版第一部短篇小說集《花之寺》，是《現代評論社》中唯一的女作家，也是後來「新月派」的重要小說家。一九二九年與丈夫一起到武漢大學任教，並主編《武漢文藝》。一九四〇年起在燕京大學任教。一九四六年因丈夫出任聯合國教科文組織常駐代表而與其雙雙出國，曾旅居英國、法國、美國、加拿大等國。一九五四年赴新加坡任南洋大學文學院教授。一九六一年返回英國後，長期旅居英國，曾多次在倫敦大學、牛津大學、愛丁堡大學做關於中國近代文學及中國書畫的演講，並舉辦個人畫展。自一九六〇年開始多次回國參觀訪問，一九八九年回國定居，一九九〇年在北京去世。

淩叔華的創作數量總的看來不算很多，計有短篇小說集《花之寺》（1928）、《女人》（1930）、《小孩》（1930）、《小哥兒倆》（1935），散文集《愛山廬夢影》（1960），英文自傳《古韻》（*Ancient Melodies*）等。

雖然淩叔華的創作數量不大，但影響不小。淩叔華出身世家，其父與康有為是同榜進士，喜文章善丹青，為「北京畫會」的骨幹，與齊白石等人過從甚密。這樣的家學淵源，為淩叔華日後的為文作畫，打下了典雅精緻的古典底子；上大學後淩叔華學的是外文，同時師從周作人等新文學名家，這使她接續上了外國文學和新文學的血脈；與陳源結婚後，又進入了「現代評論派」和「新月派」的紳士圈子；在後來的寫作與教學過程中，她又和英國著名女作家維吉尼亞・吳爾芙有過通信聯繫，而獲得點撥……種種人生因緣和文學際會，使淩叔華在中國現代文學史中，成為一名融古今中外於一體、受到魯迅等一代名師充分肯定而風格獨具的現代女作家。

作品導讀

魯迅在〈中國新文學大系・小說二集序〉中，這樣評價淩叔華的小說創作：「她恰和馮沅君的大膽，敢言不同，大抵很謹慎的，適可而止的描寫了舊家庭中的婉順的女性。即使間有出軌之作，那是為了偶受著文酒之風的吹拂，終於也回復了她的故道了。這是好的，——使我們看見和馮沅君、黎錦明、川島、汪靜之所描寫的絕不相同的人物，也就是世態的一角，高門巨族的精魂。」

魯迅關於淩叔華小說創作的這段評價，可謂既深刻又準確。淩叔華和同時代的作家冰心一樣，出身名門，但她庶出的地位，似乎又與冰心在家中的處境有所差別，因此冰心能夠將她在家中感受到的無盡的「愛」，轉化成她文學世界中的「愛的哲學」，而淩叔華則將她在家中的所見、所聞和所感，轉化成了「世態的一角，高門巨族的精魂」。雖然淩叔華和冰心都有「閨秀」的「來歷」，但很顯然，冰心從「閨秀」的背景中昇華出的是「愛」和更廣大的社會關懷，而淩叔華則從「閨秀」的底子裡滲出了「怨」和精英社會的人性波瀾。

從總體上看，淩叔華的小說視野，基本上聚焦在「微觀」世界，她的目光，似乎總是在家族、家庭的範圍內徘徊，寄託其上的思索，也大致以家族、家庭的小小悲歡為限——當然，她藉以表現這些悲歡的載體，通常是女性。在她的作品（如〈繡枕〉、〈酒後〉等）中，那些有著高門巨族投影的女性，雖有「舊家庭中的婉順的女性」和「間有出軌之作」的現代女性之別，但是在這些女性無以言說卻揮之不去的「怨」，以及渴望「出軌」卻又最終回復故道的人性波瀾中，正體現出淩叔華對於社會巨變中的女性人生有著自己獨特的思考。

〈中秋晚〉這篇小說，極具巧湊性：中秋之夜，敬仁與新婚太太正在甜蜜地一起過婚後的第一個中秋，不巧敬仁的乾姐姐此時病危，敬仁急著趕過去。太太則覺得團圓節要有團圓宴，而團圓宴的核心則是要吃團鴨──太太認為團圓宴不吃團鴨，很可能是不祥的徵兆。就是為了等吃這個團鴨，敬仁失去了和乾姐姐見最後一面的機會，這直接導致了敬仁和太太感情的惡化，也最終導致在隨後的四年裡，他們的愛情和家庭走向完全破裂──也不過短短的四個中秋節，一場人生的夢，就做完了。

如同淩叔華的其他小說一樣，〈中秋晚〉結構精緻，衝突精微，夫妻間的日常瑣碎小事，引發的後果卻頗為嚴重──敬仁太太一生的幸福，就毀在了她對團圓節要吃團鴨的迷信和堅持中。美好的願望和期盼耽誤了敬仁五分鐘，卻影響了她後來的整個人生，也成了她人生悲劇的最終根源。這樣平淡、平凡的人生悲劇，呈現的卻是淩叔華對人生底蘊的洞察和深思，精巧的構思，突顯的是淩叔華不凡的藝術功力。

淩叔華是善於描寫心理的，這個特點甚至使她被沈從文、蘇雪林等作家比作英國女作家曼殊斐爾。對於筆法細膩注重心理描寫的曼殊斐爾，徐志摩認為：「隨你怎樣奧妙的、細微的、曲折的，有時刻薄的心理，她都有恰好的法子來表現。」蘇雪林借用徐志摩對曼殊斐爾的評價來評論淩叔華，認為「淩叔華的作品對於心理的描寫也差不多有這樣妙處」。在〈中秋晚〉中，我們看到敬仁對於乾姐姐的微妙感情，朦朧而又堅定——在敬仁的內心深處，他真正愛的，恐怕是他的這個乾姐姐吧。如果沒有她的死亡和太太對「團圓」的堅持，也許敬仁心中的這兩個世界——乾姐姐和太太——不會這麼早就發生衝突，然而，這一切還是不可避免地、非常湊巧地在中秋之夜發生了。敬仁幽深的心理世界在一個衝突的場景中不自覺地暴露了出來。

徐志摩和凌叔華是好朋友，在《新月》創刊號上，他對於凌叔華的小說曾經有過一個很別致的評價，認為「作者是有幽默的，最恬靜最耐尋味的幽默」。回顧〈中秋晚〉中敬仁太太的一生，經歷了從堅持（要求敬仁吃團鴨）到抗爭（與敬仁爭吵賭氣回娘家）、到妥協（默認敬仁的放縱荒唐）、到承受（獨自躲到廚房默默流淚）、到無奈（認命）的發展過程。從凌叔華對「太太」的這個人生展示中，我們似乎可以感受到她不無嘲諷意味的幽默——人生的一切盤算，最後都只能落個空。

當然，凌叔華對「太太」不只是嘲諷式的幽默——那與其說是針對「太太」的，不如說是針對人類的。對於「太太」，凌叔華其實是同情的，在那樣一個婦女沒有經濟權的時代，婦女的觀念擺脫不了「舊」的因襲，婦女的人生離不了對男人的依附，她人生的悲劇性結局，其實早就註定了吧。「乾姐姐」只是一個由頭而已。正如「太太」的母親所說：「……這都是天意，天降災禍，誰躲得過！我看你也要看開點，修修福，等來世吧。」

光看這段話，凌叔華似乎在作品中表達了女性「認命」的「心聲」，細想想其實又不盡然，寫出「太太」母親的感慨，正表明了凌叔華認識到女性身陷悲劇而不自知的悲哀。她的這一筆在看似

「低頭」中表現出了批判的力量。她的好友蘇雪林曾說：「叔華女士文字淡雅幽麗秀韻天成，似乎與力量二字合拍不上，但她的文字仍然有力量，不過這力量是深蘊於內的，而且調子是平靜的。」這段話，可謂知音之論。

中秋晚

中秋節的那晚，月兒方才婷婷的升上了屋脊，澄青的天不掛一絲雲影，屋背及庭院地上好像薄薄的鋪了一層白霜，遠近樹木亦似籠罩在細霰中。正廳裡不時飄出裊裊的香煙及果餅菜肴的氣味。

敬仁此時正拜過祖先，仍舊穿著馬褂，戴著瓜皮帽，在廳上來回走，笑吟吟的望著他的夫人親手收拾上供的東西。她一邊吩咐廚子——

「一會兒開飯，這碗魚不必再燒了，栗子雞得加些料酒再煨，素菜裡放些糖煮一煮……這盤團鴨沒有燉軟和，再燉燉吧。」

「對哪，再燉燉這盤團鴨。裡邊再加些玉蘭片，可以嗎？」敬仁走到她的身前問她。從他的笑容上，就知道他是十分滿意她的布置了。

「好的，再放些玉蘭片，把火腿骨頭都撈出來，千萬不要把這湯弄肥膩了。」廚子聽罷，收了菜碗出去。

敬仁坐在一張大椅上，把帽子摘下，斜挨在椅子扶手上迷濛著眼在那裡休憩，他認得她今晚穿的衣裙，是春天新婚第三天穿過的那一套湖色華絲葛，肩帔上袖口及裙腳都繡著金碧折枝花。今日因為走動多些，她臉上不似平日那樣蒼白，從頰上勻著的淡淡胭脂裡透露出可愛的桃花色。他覺得她今晚非常的美。他想如果他是歐美人，此時一定就上去摟抱著她熱烈的接吻了，但在中國人，夫妻的愛情是不興外露的。

「你今晚喝花雕，還是葡萄酒？」太太走近他微笑著問。

他心裡正在甜糊的迷醉，也沒聽清她問的是什麼，只知道不是吃的，便是喝的，也就隨口應道，

「你喜歡那樣便那樣。」

「我不懂喝酒的，今晚請人陪你喝喝，好嗎？」

「我今晚只要同你喝酒，不用別人陪的。」他眯眼笑著，示意叫太太坐在他旁邊。

「我喝兩杯就要醉的，你喝十幾杯也不顯得怎樣。」她會意的坐在他左手椅上，圓圓的下嘴巴，襯上含情的笑靨更覺得可愛。

他此時忍不住一把拉住她的手，笑道，

「我要你喝醉……我們倆是第一次一同過中秋呢。這是團圓節……應該團圓的……可惜媽媽不在這裡，你做菜的口味她也喜歡的。」

他想到他的愛母在鄉間單身與妹妹過節的孤寂，不覺神馳了一晌。

「我娘告訴我，吃過了團圓宴，一年不會分離。」

「……我們出去看看月亮再開飯吧。」敬仁同太太並肩走出院中。

回頭吃飯的時候，剛上到第二盤菜，太太還沒有喝完一杯酒，敬仁正要同她乾杯，忽然看門的老董跑進來回說——

「老爺，大石作那邊打電話來請老爺即刻過去說話，大夫說姑太太快不行了。」

「那一個大夫說？」敬仁變了色，站起就想走。

「沒有說那個大夫說的。電話已經掛上了，他們是借人家的電話。」老董退出了廳門。

「怎麼乾姐姐病得這樣快？前天王大夫不說能治好嗎？我想不會怎樣吧。」太太說著，臉上也立刻罩上了一層霜。

「我去給她再找兩個好醫生看看罷，可憐她家公婆都不捨得錢治她的病……」他說著離了席要走。太太也覺不好過，但是極不願敬仁此時就走，因為團鴨還沒有上。沒有吃團鴨，團圓宴還是不團圓，她恐怕這是他們來日的徵兆。因此她一把拉他坐下說，

「吃些飯再去吧。今晚上的飯是要吃的。」

敬仁心裡難受，想著上回相見時，乾姐姐那枯瘦死白的臉上，一雙無神晦暗的困眼望著帳頂流淚，他再也無心吃菜。但他知道中秋宴的飯是要吃的，他就喊說——

「拿飯來吧，預備車，我就要出門！」

當差盛上飯來，他急急泡上些魚湯，匆匆吃了。

「怎麼還不端上團鴨來？老爺快吃完了。」太太此時有些發急，她怕他不能吃到團鴨便走。

團鴨端上桌時，他已在漱口，匆匆穿馬褂。她心下十分不快，腮上桃色全沒了。很可憐的望著他說，

「你吃塊鴨子再去，大節下團鴨也不吃一塊！」她揀了一塊肥的，夾到敬仁的小碟子裡。

「沒有工夫吃了，人家在那咽氣盼我，我那能吃得下！」

她覺得十分委屈，又怕這不吃團鴨，真會成了朕兆，她就低聲央著他——

「不吃團鴨是不好的，敬仁，你得吃這一塊。」

敬仁覺得情不可卻，只得坐下夾了起來達到嘴內，覺得油膩，又吐了出來。又胡亂咽口飯，重新漱了口，喝了一口茶。

「車預備齊了嗎？」他匆匆往外走。

「早齊了。他們又打電話來催，說姑太太要找老爺說話。」

「告訴他們我這就去了。」他匆匆坐上了車，車夫拉著就飛跑。

此時已近夜半，月兒已到中天，那清澈慘白的月光射在玻璃窗上，格外使人覺到淒寂生感。太太坐在臥室窗前惘惘胡思，想到今夜家宴，便覺得悚然，好像惡運的魔神此時正在圍住那一小塊沒有吃進去的鴨肉，商議如何擺佈敬仁。

她好像置身在迷暗的森林中，恐怖，寒慄，憂愁纏住了她。她只盼望有個人來看慰她，用手領她出來。她想只要能默默拉著她的親人的手——自然頭一個是敬仁——她就可以去了大半的恐怖憂愁了。

好了，敬仁回來了。她跑出院子迎住問，

「怎樣了，還不要緊吧？」

敬仁滿臉蒼白，眼睛紅晦，一進大廳便倒身在客座炕床上，嘶喊道，

「還問呢？我早去五分鐘，就見到她了。都是你要我吃那碗飯，耽誤了十分鐘……可憐她只有一個乾弟弟在京城裡，臨死都會不到……死得太可憐了。」他嗓子有些發澀。此時仿佛看見方才乾姊的景況，一張瘦削慘白的臉，睜著陰晦帶淚漬的眼，披著稀鬆亂髮，蓋著張白布被單，上頭撒了些黃錢，床前地上一對死白油燭點著，中間插了一股香。越想越淒慘，不覺長長嘆了口氣。

「咳，我們真對她不住……可憐她嫁了一年就守寡，又沒有一男半女，臨死時連一個乾弟弟都不見著。……都是你強我吃那碗飯，張媽告訴我她咽氣時，還喊人找我呢。咳，我真對她不住！」

太太本來最忌諱大節日說死人，聽敬仁連連埋怨自己心裡未免不耐煩，只得勉強忍住搭訕道——

「別只埋怨我吧，大節下少見一個死人好多著呢。」

不想這一個好字刺激了敬仁的耳，他很不以為然她那不耐煩的神氣——

「想不到你這個年青青的女人，心腸這樣硬，人家孤冷冷的死了，你還說不要去看她好多著呢。有什麼好？」他轉悲為怒，憤憤的說。這是結婚後第一次他覺得他的太太不對。他說完伸腳把鞋子使勁向上一摔，不想一隻沉重的鞋，竟把小茶几上的花瓶碰了下來，落地砸一個粉碎。

太太怔怔的聽他發作，正想想話回敬，發洩發洩她今晚的委屈；不料他又發氣把花瓶砸破了，又是一個不吉祥，一時間又悲又氣的再也撐不住了。

「怎的了，你今晚是不是成心給我過不來！」她帶哭聲說。「大節下，飯也不肯吃，瓶子也摔

破了。……還過什麼好日子！我也……」

她抽咽的哭起來，敬仁也想不到他太太竟至如此生氣。心下正十分懊喪，不覺也煩躁起來。

「誰有意摔破瓶子？你大節下還咒我過什麼好日子呢？……『你也』怎樣？怎不說了？」

太太嗚咽嗚咽，把一塊白洋紗手帕都用濕了，還斷續的說，

「誰說誰也怎樣？……你……你……大節下來找我別扭。」

從太太換手巾擦淚時，他望見她紅腫的鼻子顯得非常碩大，那兩片覺得可愛的嘴唇，已褪盡胭紅的顏色，只見一個醬紫的扁著想哭的嘴。她的眼睛平常本來就不美俏，因為相愛，所以覺不出毛病來，此時他看出她的眼角是吊起的。忽想起母親說過「吊眼女人最難鬥」。這是結婚以後第一次他覺得他的女人難看。

「誰找你的別扭？……咳，沒法子同你們女人講話。」他惘惘愴愴走到中庭，抬頭望望圓圓的皓月好像正對他冷笑，不覺長長吁了口氣。繞著院子走了幾匝，摸摸身上夾衫沾了冷露微微濕了。他於是走回臥房。

太太還在抽咽，他不耐煩去理她，一個人先上床睡倒了。

他一晚上睡不著，偷眼望見他太太哭得唇也青了，眼也腫了，又是可憐，又是可恨，但是他拿定主意不肯下氣先去理她。快近天明了，他望她已經連著衣服躺在小炕床上休息，他便也合眼睡著了。

他方才合上眼，便夢見新死的乾姐姐穿戴著七八年前在他家同住時的裝束，笑著招手喚他，他

驚醒了。他輾轉回想前七年他發瘧疾時，她坐在他床前，替他母親招呼他吃藥的情境。他不肯吃那金雞腦丸，嫌它不乾淨的樣子，她含了一眶淚苦苦哄他吃下去。他從她手裡一口一口的喝那杯白糖水送丸藥下去。末了一口，他的唇碰到她滑膩帶著粉香的手上，心裡另有一種說不出甜蜜的感觸，不覺狂嗅了一下。她的腮飛紅，他微微笑了笑便睡倒。以後乾姊見了他，雖是有些不好意思，但是對他的事，更顯出關切的樣子。乾姊是從幼年便許給了馮家。第二年出嫁時，她哭的很痛，他也陪著難受。嫁後一年，就成了寡婦。整五年不相見，直到今年春天，他們才在京城見面。他想到這裡，不覺又嘆起氣來。

「對不起她！我竟不能守住她咽氣。她恨我嗎？」他想著便從床上爬起來，窗紗發白，已經六點半了。

他滿心不痛快，回想昨晚同他太太鬧氣，很是無聊。見他太太拿袖子蓋著眼睡，不覺動了憐惜。但他不肯下氣去認不是，他覺得自己並沒做錯。走過小炕床前搭訕說了句，

「還不到床上睡去！這地方那能睡覺？」

太太默不出聲。他出了臥房，急忙穿了衣，跑去料理乾姐姐的喪事去了。

這一天直到晚上十點，他才料理停妥那些衣衾棺槨。馮家不能多出錢，他覺得乾姐臉上過不去，於是自己把鋪子裡收回的餘利二百多塊錢都掏出墊著花。只那付棺木，他便墊了一百六十元。棺材鋪裡人說這棺材還不是好的。

「我這回總算盡了我的心了。」他摸著他口袋裡的空皮夾，走到家院子裡自語道。

太太蓬亂著頭髮，眼睛哭得非常紅晦，好像看不見人的樣子。挨在床欄上正同一個陪房女僕講話，見他進來都住了口。他搭訕著揀了張椅子坐下，嘆了口氣道，

「咳，可忙完這喪氣事了！」

「老爺吃過晚飯了吧？」女僕端過一碗茶問道。

「也算吃過了。辦喪事人家，那能吃著舒服飯。你們開了飯了吧？」

「我們等到九點半才吃的飯。太太只吃一口兒。……」女僕歇了歇又說，「這桌上兩條帳單老爺看見了嗎？他們說老爺答應在今天算清的。」

「哎呀，我沒想起來還帳的錢今天花掉了，怎好呢？」敬仁撓著前頭的短髮有些著急，向著太太問道。

「我前天交給你手的一百塊錢，用完了沒有？先拿出來還這筆賬吧。」

「不是我昨天已經開了單給你了嗎？你昨天不看，這時卻問我要錢，我卻沒白花你一個錢。……我又沒有個乾弟弟送我錢花，來照管我的事。」

太太一肚皮委屈，正想借題發洩，所以嘮叨了起來。

「嘿，你這人奇怪，這兩天中了什麼邪氣，只想找我別扭。你說的什麼話，什麼乾弟弟送錢花。人家已經死了，你不要造罪瞎說話吧。……我真要躲開你。」

「我也早知道你是多嫌我。我回娘家躲了你就是了，何必找我鬧氣，……大節下就給我下不了臺，我什麼虧負了你！」她又哭起來，一邊喊道，

「楊媽，撿東西，回娘家去，我家裡也不在乎多養我一口人。……我不是……」她哭著站起來撿東西。

敬仁一聲不響，只在地上走。等她撿完了東西，走出去，自己嘆了口氣，也走出門去了。

這晚上她滿眶眼淚回到娘家，一住就是三天。敬仁的朋友都勸敬仁去接她，他心下不高興，也沒去接。每天下太陽時候，他便跟著幾個以前不常來往的朋友逛逛遊藝園，聽聽戲；跟在時髦女人的後頭看看熱鬧；時常到小飯館吃便飯，喝白干酒；醉了時便去坤書場放高嗓子叫好；夜間常到一兩點鐘回家。

一個月以後，敬仁丈母娘已聽了不少敬仁在外游蕩的話柄，心下替女兒著急起來。重陽節那天，她便送了女兒回到敬仁的家來。夫妻之間，雖不再齟齬，總覺得彼此心中新立了一塊冰冷的石碑，上邊刻著你們不過是同吃飯同衾枕的人而已一些字。

敬仁遊藝園逛熟了，第二年春天便升了格，做了石頭胡同一家的熟客。他的雜貨鋪在第二個中秋節便典給了人。拿這款的一半替石頭胡同的兩個姑娘還寶成金店和老介福綢緞莊的賬。

他的太太在春天二月小產了一個才七個月的很美貌的小男孩，大夫說懷孕時動了肝火，急怒傷了胎的原故。太太因此懨懨的病了三個月，面貌枯黃憔悴，老了許多。敬仁常不在家，漸漸覺得她是非常醜陋，說話也懶得答她。

第三年敬仁的母親來，看見敬仁專好冶游，一個祖遺的鋪子都典走了，只剩下一間紙行，雖不曾典，已經把契紙押了給人。她說自己兒子不聽，只得埋怨媳婦太笨，不能服侍兒子，所以他才出外游散了家財，所以一天到晚也不拿好臉給媳婦看。第三個中秋晚上，太太獨自躲到廚房望著爐火擦淚，不敢哭出聲來。

這晚上敬仁忽然想起前三年的中秋夜他乾姊姊咽氣的事來。對他母親訴說他太太一頓。老太太素來愛重乾女兒的。當夜聽完，便罵了她一場。

八月底敬仁太太又小產了一個才六個月的男孩子。因為他沒長出正式的鼻子，只有一隻耳朵，手指也不全的。大家都說是精怪，醫生看了，說，這是受了楊梅毒的流胎罷了。

第四年的中秋節，敬仁住過的正廳，已經蜒滿了蜘蛛網子，月亮升上屋脊時，只見幾個黝黑森人的蝙蝠，支起雙翅在月下飛來飛去扇弄它們的影子。廚房旁邊一間小屋裡有兩個女人說話，一個是敬仁太太，一個是太太的母親吧。

「咳，你後天一定得搬出去嗎？」

「不搬怎行呢？明天已經到期交割。還虧我央乞人家多留一天。」

「敬仁一定不來接你嗎？」

「他不會來。昨兒聽王二爺說，他已經去三不管住閑了。」

「咳，……想不到他們家落到這樣地步！」

「……誰也沒想到……可是，娘呵，都是我的命中註定受罪吧！」她擤了擤鼻涕，咽哽道：「我出嫁後的頭一個八月節晚上就同他鬧氣，他吃了一口團鴨，還吐了出來，我便十分不高興，後來他又一腳碰碎了一個供過神的花瓶，我更知道不好了。」

「……這都是天意，天降災禍，誰躲得過！我看你也要看開點，修修福，等來世吧。」

老太婆說過，連連嗽了幾聲。接著擤鼻涕聲。

兩點鐘後，小屋內燈油漸盡，紙窗慢慢暗下來，還有兩三隻燈蛾迎住紙窗「碰，碰」「不，不」的亂撲，不一會兒燈滅了，燈蛾也掉在冷露裡，滾了一身白霜，帶著去見造物主了。此刻小屋內已送出呼鼾聲，時時夾著，「哎——喲，喲，喲」，似乎繼續做燈蛾撲窗的尾聲。

月兒依舊慢慢的先在院子裡鋪上薄薄的一層冷霜，樹林高處照樣替它籠上銀白的霰幕。蝙蝠飛疲了藏起來，大柱子旁邊一個蜘蛛網子，因微風吹播，居然照著月色發出微弱的絲光。

陳衡哲（1890-1976）

作家介紹

陳衡哲（1890-1976），筆名莎菲，湖南衡山人。出生在江蘇武進，幼年在父親、舅舅和姑媽的輔導、幫助下，接受了傳統和現代兩種教育，打下了較好的「舊學」和「新學」的基礎。一九一一年陳衡哲到上海進愛國女校；一九一四年考入清華學堂留學生班，成為清華選送公費留美的女大學生之一，同年赴美留學。留美期間，陳衡哲先在紐約瓦薩女子大學（Vassar College）攻讀西洋史，兼修西洋文學，一九一八年獲文學學士學位。接著她以該校的獎學金入芝加哥大學繼續深造，一九二〇年獲碩士學位。同一年，陳衡哲應北大校長蔡元培之邀，回國到北京大學任教授，並與任鴻雋結婚。一九二二年後又在東南大學、四川大學等校任教。抗戰期間輾轉昆明、香港、廣州、重慶等地。抗戰勝利後，陳衡哲全家回到上海。一九四六年再度赴美，翌年回國，留居上海，一九四九年後曾任上海政協委員，長期因病在家休養，一九七六年在上海去世。

一九一七年陳衡哲創作的白話短篇小說〈一日〉，以「莎菲」的筆名發表於《留美學生季報》，此時魯迅的〈狂人日記〉尚未問世，故此篇小說成為中國現代文學中的第一篇白話小說。回國後陳衡哲又陸續在《新青年》、《獨立評論》、《努力週報》、《東方雜誌》、《小說月報》和

《現代評論》上發表小說、散文和評論。這些作品後來結集為短篇小說集《小雨點》（1928）和散文集《衡哲散文集》（1938）。一九三五年，出版了英文自傳《一個年輕中國女孩的自傳》（*Autobiography of A Chinese Young Girl*）。

雖然陳衡哲的小說〈一日〉在「五四」時期的影響力不如魯迅的〈狂人日記〉，但從現代白話小說出現的時間上看，陳衡哲可以說是中國新文學小說「第一人」。由於陳衡哲是中國女性留學海外的先驅，加上她在美國時交往的朋友為一時俊彥，如胡適、任鴻雋（後成為她的丈夫）等均為推動「五四」新文化運動的重要人物，因此她能站在時代的前沿，以女性身分和立場介入、看待和思考這一時代的巨變。從她的小說、散文及自傳中，不難發現中國現代知識女性在邁向現代的過程中，勇敢而又掙扎的身影。

作品導讀

陳衡哲是學西洋歷史出身的歷史學家，文學不是她的本行，但她的好友胡適說她「身上每一個細胞都充滿著文藝氣息」，在中國新文學誕生的初期，「她曾作奮鬥的歌吼」，是新文學史上頗有貢獻的女作家。

陳衡哲出身官宦家庭，在她的成長過程中，她的舅舅和姑姑對她影響極深。舅舅在華南任職，感受歐風美雨，將各種世界見聞告訴陳衡哲，並鼓勵她讀書求知上進，教導她「應該努力的去學習西洋的獨立的女子」。多少年後陳衡哲還記得舅舅「常常對我說，世上的人對於命運有三種態度，其一是安命，其二是怨命，其三是造命。他希望我造命，他也相信我能造命，他也相信我能與惡劣的命運奮鬥」。舅舅的一番話對於少女陳衡哲而言：「在當時真可以說是思想革命，它在我心靈上所產生的影響該是怎樣的深刻！」除了舅舅以外，姑姑的影響也非常重要，陳衡哲的姑姑不但「是一位任重致遠的領袖人才」，而且有「艱苦卓絕的修養」，遠勝於「那些佳人才子式的『才女』們」。

舅舅為陳衡哲帶來的「西風」和姑姑為她樹立的女性榜樣，影響了陳衡哲的一生：「西風」所蘊含的開放性和女性應具有的自強、自立、自信精神，正體現了陳衡哲往後人生的主要內容和基本特點：以包容的眼光看待世界，以女性的立場思索人生。

在美國留學時的陳衡哲，與胡適、任鴻雋（叔永）等人為友，開風氣之先，在海外率先以自己的創作實踐支持新文學。胡適在〈小雨點・序〉裡這樣寫道：「當我們還在討論新文學問題的時候，莎菲（陳衡哲）卻已開始用白話做文學了。〈一日〉（一九一七年刊於《留美學生季報》）便是文學革命討論初期的最早的作品。〈小雨點〉也是《新青年》時期最早的創作的一篇。民國六年以後，莎菲也做了不少的白話詩。我們試想那時期新文學運動的狀況，試想魯迅先生的第一篇創作——〈狂人日記〉——是何時發表的，試想當時有意做白話文學的人怎樣稀少，便可以瞭解莎菲的這幾篇小說在新文學運動史上的地位了。」對陳衡哲的小說創作給予高度肯定的還有後來成為她丈夫的任鴻雋，在他為《小雨點》所做的序中，任鴻雋認為「作者是專修歷史的人，她的文學作品，不過是正業外的小玩意。但她的文學作品卻也未嘗沒有她的訓練與修養，我們看了這十來篇小說，至少可以看出她文學技術的改變與進步。」從總體上看，任鴻雋認為陳衡哲的小說特色主要體現在如下三點：一是技巧成功，二是感受銳敏，三是人生見解獨特。

〈巫峽裡的一個女子〉寫的是一個女子的奇遇：為了躲避婆婆的打罵，她和丈夫逃到了巫峽的山上。結果到了巫峽山中之後，起初「他們靠著那洞外的野糧和偶然打到的飛禽走獸，也就勉強能支持下去。但天氣是漸漸的冷起來了，樹葉漸漸的落了，草也漸漸的枯了，他們應該再想個方法去找些糧食呵」，於是丈夫下山去想辦法，不料丈夫的「辦法」竟是「偷」——這自然維持不了多久，丈夫一次下山後再也沒有回來。女子就一個人帶著孩子，在巫峽的荒山中，悠悠地度過了五載，「峽外的生活，峽外的世界，她已經記不得；就是記得，也不過是些夢境罷了」。

這篇小說，似寫實似象徵，如真似幻。從寫實的層面解讀，小說表現了舊勢力（丈夫的後媽婆婆）對年輕人的壓迫，最後年輕人只能「出走」以求生路；從象徵的層面理解，小說表現了女性的堅韌、處境的艱難及對艱難處境的克服。或許在小說中的「她」看來，雖然到了巫峽之中，沒有了平地，沒有了鄰居，過去的一切猶如夢境，但這個世界，是個真正屬於自己的世界。

在陳衡哲所處的時代，像她這樣能走出國門的女性，實屬鳳毛麟角，自然地，對於女性自身的地位和處境的思考，也就成為最能引發陳衡哲關注的興趣所在。在《衡哲散文集》中，第二編「婦女問題」，就是專門討論婦女解放及社會責任等相關問題的——由此可見陳衡哲對婦女問題相當重視並有著長期的、一貫的投入和思考。〈巫峽裡的一個女子〉在某種意義上講，也可以看作陳衡哲在以文學的方式，實現著她對婦女問題的思考。小說中的女子「我」是個受壓迫者（婆婆打罵），也是個反抗者（出走）；是個困頓者（陷於巫峽中），也是個堅韌者（帶著自己的孩子在山中堅守了五年）；是個孤獨者（與世隔絕），也是個開創者（走出了新的人生路）……考慮到陳衡哲喜歡以寓言、童話的方式表現對世界的理解和認識（如〈小雨點〉、〈西風〉、〈運河與揚子江〉等），因此不妨把〈巫峽裡的一個女子〉也視為陳衡哲在以一種象徵的方式，凝聚起她對婦女處境、命運和生存形態的綜合思考。

陳衡哲在〈小雨點・自序〉中說：「我的小說不過是一種內心衝動的產品。……他們存在的唯一理由，是真誠，是人類感情的共同與至誠。」從這段話中不難看出，陳衡哲的小說創作，主要不是源自她的個人經驗，而是出於對「人類情感的共同與至誠」的感應。難怪阿英認為：「她的取材也不像一般女性作家的狹小，她是跳出了自己的周圈在從事創作。」陳敬之則認為，「她之所以顯然與一般女作家有所不同者」，就在於「她不僅能夠從各方面找尋寫作題材，而不必以身邊人物和身邊瑣事為限；而且還能夠以卓越的意境，華麗的詞藻，運用她的類似象徵派的手法與幾乎接近理想主義的作風，藉以表現她在文藝創作上的獨特風格。」[1]於是，懷著真誠的感情，超越個人生活經驗，以女性的視角和立場，常用寓言、童話和象徵的手法，表現人生，呈現思考，就成為陳衡哲小說的個人特色。

①陳敬之：《現代文學早期的女作家》（臺北：成文，1980年版）。

巫峽裡的一個女子

她到了峽裡已經五年了。她已經不記得那峽外的生活。她不能記得世界上有平地。她仿佛記得，從前她住的地方，是有鄰居的。況且鄰居很多，大家有時還要吵嘴。但是現在都模糊得像夢境一樣了。

她怎麼會到這個峽裡來的呢？她自己也不很記得清楚了。五年前，她不是還在她的婆婆的家裡嗎？她的婆婆是她丈夫的後媽。她在家裡的時候，天天挨打挨罵；他們又窮，她的丈夫又找不到工作。有一天，他們兩人商議，不如逃到荒山中去罷，在那裡或者能找到一點活路，反正不會比在家裡更苦的。他們商議定了，有一晚，乘著月光，她背著一包破舊衣服，他手裡拿著一袋粗賤食物，背上背了他們的三歲兒子，悄悄的逃了出來。

他們走了大半晚，到了天明的時候，實在走不動了。他們就吃了一點生紅薯，倒在地下睡著了。他們醒來時，太陽已經照在頭上。他們一看，不好了，不要被她的婆婆追上了。於是各人背著各人的擔負，再向深山裡進行。可是越向裡走，越是荒野。山上都是光光的，連石縫裡也找不出一點青草來。於是他們悔起來了。但他們又不敢退回去，知道回去是要被她的婆婆打死罵死的。他們只得努力向前行。偶然碰著些青草矮樹，他們便坐下來吃一點嫩芽草根，因為他們不敢多吃那袋糧食，恐怕吃完了就要餓死。

他們這樣的走，走了三天，忽然遠遠的看見一帶樹林。他們走近前去看看，原來是一林的矮小松樹。但是這個地方並不惡，松林下還有黃黃的土，土上還亂生著些野草。他們喜歡極了，便放下了各人的擔負，在樹下休息著。但他們的小兒子卻不肯休息，他到處亂跑，覺得很有趣。不一會兒，他忽然跑得不見了。他們著了急，立刻分頭去找他。可是他已經跑回來了，口裡還嚷著，說那裡有多大的一間屋子呢。他們跟了他去看看，原來隔松林不遠，倒有一個山洞，那洞深得很呢。他們再走進去看看，那洞卻還潔淨，也很舒服。他們就決計不再走了，就在這裡住下了。

於是他們又走出洞外，看這裡到底是個什麼地方。他們朝下一看，只見很遠很遠的下面，有一條黃泥的溝子。她說這莫非就是她的公公常常來往的大江嗎？他起初說不是，因為那個大江——他自己也曾走過的大江——是很寬的一條江，況且那裡的水流得很急，這條河的水倒好像是停著不動的。但他再仔細看時，覺得那條河到底就是大江。因為他們現在已經到了一座很高的山上了。他們又朝上一看，山還高著呢，他們不過是在半山中罷了。但是對面的山也高著呢，他們差不多看不見天了。他們再四面望望，只見到處是壁立的高山，一些兒人影也沒有，不要說房子了。這到底是什麼地方呢？他們從前聽見他的爹爹說過，離開他們的村莊六十里路，有一個大峽，叫做巫峽，那裡的山都是和天相接的，那山裡不但沒有人住，連老鷹也飛不上去。他們現在所到的地方，莫非就是那個巫峽嗎？於是她哭起來了，這樣的荒山中，怎能住呢？但前後左右，都是一樣的高山，你要走也走不到別的地方的。她哭了一會，只得決計住下了再說。

他於是出外再去察看那塊黃土，看能不能種點穀子。不一刻他回來了，面上帶著笑容說，那松林底下的土倒很肥呢。他們就打開那個盛食物的袋子，取出了些包穀紅薯和麥子，預備去把他們種在那塊地上。他們都是年壯的人，三歲的兒子，也會幫著搬搬泥土了，所以竟能勤勤懇懇的，把那塊荒地墾植起來。那峽中的雨水又多，倒也不愁乾旱。

他們又看看他們帶來的雜糧，知道還夠他們三人十幾天的吃，況且即便吃完了，他們也不至於餓死，因為那裡的草木很多，其中頗有可以充饑的。還有一棵樹，結著果子，好像就是花紅果。他們於是就把那個山洞打掃起來。他們把他們帶來的一個布包，用來掛在洞口，居然是一間房子了。他們又找些枯草和松針，把他們鋪在洞底裡；又用石頭來砌了一個小爐子，燒些樹枝和松果，洞裡也就不冷濕了。

他們勤勤懇懇，忍忍耐耐，居然把一塊斜坡上的土地，變成一片谷田，不到半年，將夠他們三口兒的吃食了。同時，他們靠著那洞外的野糧和偶然打到的飛禽走獸，也就勉強能支持下去。但天氣是漸漸的冷起來了，樹葉漸漸的落了，草也漸漸的枯了，他們應該再想個方法去找些糧食呵！於是他們又商量著，天寒水枯的時候，上水的船是很多的，船隻過峽的時候，不是要加用幾個人工嗎？他決計下山到船上去找一點活做，回來時好帶點糧食和別的需要物給她。

他要下坡了，她心裡覺得很難過，覺得要哭。她自己也不免奇怪起來。他們從前也曾常常分離的，為什麼這一會覺得那樣悲傷呢？她覺得他若走了，她就成為一個孤身了，孤身的生活，是從來沒有經過的，從前至少還有一個打她罵她的婆婆和她同住著。她此刻差不多情願被她的婆婆打罵，不願一人獨居在荒山中了。

但他終於下坡了，下去，下去。他愈變愈小了，看不見了。不，看得見的。那下面遠遠的一點黑子，不是她的丈夫嗎？但那個黑子終於看不見了。於是她哭著，抱著她的兒子，回到那個洞裡去。那洞裡多麼冷呵，多麼黑暗呵！為什麼她從前不曾覺得呢？到了晚上，她更怕了。她又怕鬼來要她的命，又怕野獸來吃她的兒子。她緊緊的抱著他，坐了一夜，到了天明，才合了一合眼。但是一合眼，便看見無數的惡鬼餓獸，把她駭得叫不出聲來，睜開眼睛看看，又不見了。

她這樣的過了三天，看看她的丈夫還是不回來。但她也漸漸的慣了，不像前幾天那麼怕了。到了第五天晚上，她正抱著她的兒子睡覺，忽然看見一個黑影子，在洞外一晃。她說不好了，這回一定是那個鬼來要她的命了。但她再看一看，可不是她的丈夫回來了嗎？他還挾著一個大包呢。打開包來一看，吃的，用的，樣樣都有。他們喜極了。但這些東西是從那裡來的呢？她知道他在五天之內，決計賺不到那麼多錢的。他告訴她，他很慚愧，這是他在一只木船上偷來的，但他也是迫於不得已呵！

她也沒有話說。於是他就常常的去幹這件營生。她獨自在山洞中也過慣了，鬼和野獸也不來嚇她了。但有一次，他竟不回來了。他向來至多不過十日，一定回來的。但是現在已經十日了。十日，十一日，半個月，一個月，兩個月，半年，一年……看上去他是永不會回來的了。她成天成夜的哭著，但有什麼用處呢？她又想，他為什麼不回來呢？莫不是淹死在水裡嗎？但他是會游水的。莫不是偷物的時候被人捉到了嗎？那或者他還有回來的一天。但那個一天又似乎永遠不會到的。呀！他一定是死了。於是她又怕起來了。從前的鬼和野獸又來要她的命了。

一年，一年，她這樣的過她的苦生活。但慢慢的她也就慣了。她的兒子也漸漸的大了，他已經能幫她種田了。但她始終不敢叫他下坡去，怕他一去又不回來，像他的爸爸一樣。現在她是決計不能再把他失去的了。

是的，她在那巫峽裡的荒山中，已經過了五年了。她的兒子是已經八歲了，她的丈夫是已經不見了四年半了。峽外的生活，峽外的世界，她已經記不得；就是記得，也不過是些夢境罷了。她有時看看山下的河，仿佛看得見船隻。她想那些船上難道真的有人嗎？世界上除了她和她的兒子以外，難道還有別的人嗎？但是她又模糊記得，她從前也曾和別的人同住過的，走出屋外，還有鄰居呢，還有賣什物的人呢。這真奇怪，難道她從前真的過過這樣的生活嗎？難道她曾經在平地上住過嗎？她的兒子不能信，她自己也不能信。

馮沅君（1900-1974）

作家介紹

馮沅君（1900-1974），本名馮淑蘭，字德馥，另有筆名淦女士、沅君、易安等，河南唐河縣人。為著名哲學家馮友蘭的胞妹，自幼學習四書五經、唐宋詩詞及古典文化。一九一〇年入縣立端本女子小學堂。辛亥革命興起後，輟學在家自修。一九一七年考入北京女子高等師範學校。「五四」運動前後，參與學生運動。一九二二年畢業於北京女子高等師範學校國文系並考取北京大學研究所研究生，研習中國古典文學，一九二五年畢業，先後在金陵大學、中法大學、暨南大學、復旦大學、安徽大學、北京師範大學、北京大學等校任教。一九二九年與文學史家陸侃如結婚。一九三二年赴法國，在巴黎大學學習。一九三五年獲博士學位後回國，先後在河北女子師範學院、中山大學、武漢大學、東北大學、山東大學等校任教。一九四九年起，長期任山東大學中文系教授。一九五五年任山東大學副校長，曾任山東省文聯副主席等職。一九七四年六月十七日病逝。

馮沅君自一九二三年開始進行小說創作，以淦女士為筆名在《創造季刊》與《創造週報》上發表〈旅行〉、〈隔絕〉和〈隔絕以後〉等篇。計出版有短篇小說集《卷葹》（1926）、《春痕》（1926）和《劫灰》（1928），另著有學術著作《中國詩史》（與陸侃如合著，1931）、《中國文學史簡編》（與陸侃如合著，1932）等。

馮沅君出身官宦之家，童年和兄長一起接受較為嚴格的傳統家塾教育，少女時代進新式學堂接受現代教育，這使她能夠在具有舊文化根基的基礎上用新思想進行思考，這對她的小說創作和學者人生產生了重大影響。「五四」時期，她以一個新文學作者的姿態出現，創作的作品大都描寫為獲得婚姻自由、戀愛幸福而反抗舊禮教的青年之情緒和生活。在她的小說中，充滿了「五四」青年大膽的行為和叛逆的精神，在當時震動和感動過許多讀者。中年以後，她則以著述豐碩的女學者身分活躍在大學講堂上，用學術行為傳承中國傳統文化（文學）。如果說馮沅君在她的小說世界中，以形象感性地為現代女性爭取思想、情感和生存的自由空間，那麼在她的學術世界中，馮沅君則以自己的成功，證明了現代女性完全可以憑自己的才智和努力，獲得這樣的自由空間。

作品導讀

與冰心、廬隱、陳衡哲等「五四」時期的同時代女作家相比，馮沅君與他們既有相似之處，也有不同之點。相似之處，是她們都在作品中從現代女性的角度，表現了對封建禮教的反抗，對自由戀愛的嚮往和對愛情的全新認識；不同之點，則在於馮沅君在作品中對現代愛情的思考和表達方式，有自己的個人特色。

魯迅在論及淩叔華時，曾說比較起來馮沅君大膽、敢言，在同一篇文章中，他這樣評價馮沅君：

> 馮沅君有一本短篇小說集《卷葹》——是「拔心不死」的草名……其中的〈旅行〉是提煉了〈隔絕〉和〈隔絕之後〉（併在《卷葹》內）的精粹的名文，雖嫌過於說理，卻還未傷其自然。那「我很想拉他的手，但是我不敢，我只敢在間或車上的電燈被震動而失去它的光的時候，因為我害怕那些搭客們的注意。可是我們又自己覺得很驕傲的，我們不客氣的以全車中最尊貴的人自命」，這一段，實在是「五四」運動之後，將毅然和傳統戰鬥，而又怕敢毅然和傳統戰鬥，遂不得不復活其「纏綿悱惻之情」的青年們的真實的寫照。和「為藝術而藝術」的作品中的主角，或誇耀其頽唐，或炫鬻其才緒，是截然兩樣的。

魯迅的這段評價，可以說把馮沅君的創作特色，畫龍點睛地勾勒了出來。相對於冰心的「愛」、廬隱的「另類」、淩叔華的「怨」和陳衡哲的「至誠」，馮沅君的特點在於，當她以女性立場表現愛情的時候，常常會體現為一種「思想的果敢」和「行動的猶豫」——所謂「思想的果敢」，是指在她的筆下，主人公（常常是女主人公）對於自己的精神、情感和人生追求，有著自覺的意識、明確的目的、沖決藩籬的勇氣和敢為天下先的自豪；所謂「行動的猶豫」，則是指這些人物當她們將自己的精神、情感和人生追求付諸行動的時候，表現出的卻常常是怯懦、畏縮、缺乏決斷和首鼠兩端。

在〈旅行〉這篇小說中，「我」和「他」為了愛而外出旅行，可是在旅行中，他們一方面在心裡為自己的行為自豪和驕傲，另一方面卻也在為「我不敢」拉「他」的手而苦惱，現代的「婚姻自主戀愛自由」觀念和傳統的「男女授受不親」思想在他們的內心正進行著劇烈的交戰——正如魯迅所說的那樣，「將毅然和傳統戰鬥，而又怕敢毅然和傳統戰鬥」，思想和行為的分裂所形成的巨大張力，構成了「我」和「他」的內心痛苦，也使「我」和「他」的這趟旅行，在某種意義上具有了一種象徵性：這將是一趟意義深遠卻又相當艱難的「旅行」。

〈旅行〉所呈現的故事情節，放諸當時的時代環境，既有離經叛道的色彩，也有男女私會、第三者插足鬧婚外情的意味，這使這篇小說在帶有社會批判性力量（針對封建道德）的同時又不無情感探險劇的浪漫。從「我」的敘述中，可以知道「他」並不是一個自由人，在「他」的身上還有著與另一個女子「舊禮教舊習慣造成的關係」，這對身為女性的「我」來說，與「他」外出旅行，所承受的心理壓力和社會擔當，要比男性的「他」來得更為沉重。相應的，「我」的內心波瀾，也要比「他」來得更加巨大。

在〈旅行〉中，馮沅君對女性的表現，是從兩個方面展開的。一方面，作為「新女性」，「我」對與「他」外出旅行乃至在旅館同居，邁出了勇敢的一步，表現出了精神上的強悍：「無論別人怎樣說長道短，我總不以為我們的行為是荒謬的。退一步說，縱然我們這行為太浪漫了，那也是不良的婚姻制度的結果，我們頭可斷，不可負也不敢負這樣的責任。」另一方面，「我」也在與「他」的愛的關係問題上，充滿了一種理想的烏托邦式的想像，那就是：「我」和「他」雖然「夜同衾共枕，擁抱睡眠」，但卻能保持柏拉圖式的「純潔的愛」，仿佛擁有了這種戰勝了肉體之愛的精神之愛，向世人昭示了「我」和「他」不是為了慾望而走到一起的，「我」和「他」的愛情才具有了道德的正當性和合法性。

這樣的一種女性心理，從更深的層面，體現了馮沅君在表現女性追求愛情的過程中，那種「思想的果敢」和「行動的猶豫」兩者間的矛盾。她筆下的那些女性，在向舊傳統和舊道德反抗時，觀念上是如此明晰和決斷，可是在行動上卻又總是有所折扣——並且還下意識地為自己的這種折扣尋找理由。這樣的女性心理，固然反映了女性在掙脫「舊」的束縛時極其不易的程度，同時也意味著女性要想完全走向「解放」，獲得「絕對的無限的」愛，她們要「旅行」的路途還很遙遠——這個遙遠既指社會歷史發展進程，也是指女性徹底打碎內心無形枷鎖的艱難過程。

值得注意的是，馮沅君在她作品中對女性的思考，不僅只是站在「新女性」的角度思考「新女性」本身，她還通過作品中的人物，對「新女性」所「侵犯」到的「舊女性」，寄予了無限的同情，並對「新女性」自身有所反省。在〈旅行〉中，「我」對「他」的「舊關係」就曾經有過這樣的心理悸動：「要減少他在法律上的罪名與我們在社會上得來的不好的批評，只要把他們中間名義上的關係取消。怎麼我的心會這樣險！怎麼這樣不同情於我們女子呵！我明知道是不應該的，但我不能否認我心裡真希望他們……。」身為現代女性知識分子，在為「新女性」的愛情吶喊、反映「新女性」的人生追求的同時，卻能反省「新女性」的行為會對同為女性的「舊女性」帶來怎樣的影響，這樣的思想深度，也是馮沅君在表現女性愛情時，有別於同時代其他女作家的地方。

旅行

人們做的事，沒有所謂經濟的和不經濟的。二者的區別全在於批評的觀察點是怎樣。就如我們這次旅行罷，在別的人看來，也許是最不經濟，因為雖然我們所打的旅行的旗幟也和別的旅行者一樣的冠冕堂皇，而事實上卻是醉翁之意不在酒，白白地每人曠了一個多禮拜的課，費了好多的錢。但就他方面想——我們都是這樣想的——這一個多禮拜的生活，在我們生命之流中，是怎樣偉大的波瀾，在我們生命之火中，是怎樣燦爛的火花！拿一兩個禮拜的光陰，和幾十塊錢，做這樣貴重的東西的代價，可以說是天下再沒有的便宜事。

這是很能使我奇怪的。同行的計畫雖是由他提出的，然也得過我的同意，並且為了要使這個計畫實現，我還費了無限心機，去騙平素很相信我的人。那知計畫雖實現了，我們倆雖能促膝談心了，而我又覺得周身都不自在起來，同平常見了不相識的闊太太們一樣的不自在。固然我們也是有說有笑的，但我卻發現了這些談笑不是從心坎中流露出來，是用來點綴寂寞的場面的。

在我們倆座位中間，放的是件行李，它可以說是我們的「界牌」，也可以說是我們彼此注視的目光所必經過的橋樑。假使目光由此過彼，也像人們走路似的必須經過相當的空間。

我很想拉他的手，但是我不敢，我只敢在間或車上的電燈被震動而失去它的光的時候，因為我害怕那些搭客們的注意。可是我們又自己覺得很驕傲的，我們不客氣的以全車中最尊貴的人自命。

他們那些人不盡是舉止粗野，毫不文雅，其中也有很闊氣的，而他們所以僕僕風塵的目的，是要完成名利的使命，我們的目的卻是要完成愛的使命。他們所要求的世界是要黃金鋪地玉作樑的，我們所要求的世界是要清明的月兒與燦爛的星斗作蓋，而蓮馨花滿地的。不過同時我又這樣想想，如果他們不是這樣粗俗，也許要注意我們的行動，恐怕我們連相視而笑的自由也被剝奪了。

去年暑假他回家的時候，曾報告過沿途在火車中看見的景物。他說，「在日光下的景物，仿佛是幅著色的五彩圖畫。月光下的景物則似淡墨畫的。」這天因為天氣不很好，他的話都未被證實。可是又因為微陰的緣故，在浮去稀薄處露出的淡黃色的陽光，及空氣中所含的水氣把火車的煙筒中噴出的煙作成了彈熟的棉花似的白而且輕的氣體。微風過處，由大而小的一團一團的漸漸分散，只餘最後的一點兒蕩漾空際。那種飄忽，氤氳，靉靆，若即若離的狀態，我想只有人們幻想中的穿霧縠冰綃的女神，在怕驚醒了她的愛人的安眠而輕輕走脫時的樣兒可以仿佛一二呵。它是怎樣的美麗呵，怎樣的輕軟呵！如果我們的生活也像這樣，那是多麼好呵。

在將到目的地點的時候，他的面孔上不知為什麼漸漸現出極緊張的樣兒，雖然他那雙眼睛裡充滿了愉快的希望似的，而且不時的伏在我們中間的那件行李上對我極溫柔的微笑。此時他所最愛說的話，就是到那裡恐怕已是十點多了，吃吃飯，收拾收拾東西，我們只能有六個鐘頭休息的時間。每一站路他總要把他的小錶從衣袋中摸出三五次，來看上面的針已走到那裡了。時間若不是冷酷的鐵面無私的，怕要受他的運動而改日常的步驟了。我呢，我此時也體驗不出這樣的變態心理，我只覺得對於晚上將要實現的情況很害怕，——但是僅僅用害怕二字來形容我所覺得的也不甚妥當，因為害怕的情緒中，實含有希望的成分。

這是很自然的，彼此都有些害臊，兩個青年男女初次住在一起的時候。我所稀奇的就是，我們既經相愛到這樣程度，還是未能免俗。當他把兩條被子鋪成兩個被窩，催我休息的時候，不知為什麼那樣害怕，那樣含羞，那樣傷心，低著頭在床沿上足足坐了一刻多鐘。他代我解衣服上的扣子，解到只剩最裡面的一層了，他低低的叫著我的名字，說，「這一層我可不能解了。」他好像受了神聖尊嚴的監督似的，同個教徒祈禱上帝降福給他一樣，極虔敬的離開我，遠遠的站著。我不用說，也是受著同樣的感動——我相信我們這種感動是最高的靈魂的表現，同時也是純潔的愛情的表現，這是有心房的顫動和滴在襟上的熱淚可以作證據的。他把我抱在他懷裡的時候，我周身的血脈都同沸了一樣，種種問題在我腦海中彼起此伏的亂翻。我想到我的一生的前途，想到他的家庭的情況，別人知道了這回事要怎樣批評，我的母親聽見了這批評怎樣的傷心，我哭了，抽抽咽咽的哭。但另一方面我覺得好像獨立在黑洞洞的廣漠之野，除了他以外沒有第二個人來保護我，因而對於他的擁抱，也沒有拒絕的勇氣。到底此時他發生了些什麼感想，他也不曾告訴我，但依據我的感想，他至少也要同泰戈爾所做的《尊嚴之夜》裡的主角「我」，所謂此時此際Surabala脫離了世界而來到「我」這裡了。

在我們所住的那個旅館裡住的客，大都是社會上所說的闊人，差不多可以說沒有第三個學生可以在此處發現，除了我們倆。可是我們要住在這樣的旅館的原因，也就是為此。

當我們離京的時候，因為同住的問題，我曾大大的難過他一次。此次南來他所帶的臥具，只有一床很薄的被同一條毯子，雖然他極力辯護說是走時匆促忘帶了，他的用意我卻早明白了。不過當時我卻這樣想：哪怕他一床被子都不帶，我給他向旅館賃都可以，那樣是不成的，不料計算的結果還是輸給他了。

他那一間房簡直是作樣子的，充其量也只是他的會客室而已。起初我自然是很難為情，尤其是當他的朋友們來找他，他從我的房裡出去會他們，和我的表妹來看我，他在我的房裡讀書的時候，後來也就安之若素了。好像我們就是……其實除了法律同……的關係外，我們相愛的程度可以說已超過一切人間的關係，別說……

因為要作樣子，只好把被子分出兩床鋪在他那間房裡的床上，結果弄得我們倆人就只剩一床被了，而他的知友又不在此，只好由我向我的表妹借來。有一天她又來看我，剛剛他的被子在我的床上放著。沒有法子我就對她扯謊，說這是向旅館賃的，因為我的被子弄髒了，拿出去洗去。呵，我怎樣成了這種虛偽的人呢，我現在發現這也是不得自由的結果。

愛情發展的程式，最初是任何一方面先向對手那方面表示愛的意思，再進時兩方面對愛，最後是你也怕我別有所愛，我也怕你別有所愛，於是乎就有了嫉妒心。所以嫉妒心的輕重，實與相愛的程度的深淺為正比例。「愛情是自私的」一條定律，怕就是據此而成的。他同我談起話來常要求我不要再愛別人，縱然他的軀殼已經消滅了。因為萬一死而有知，他的靈魂會難受的。我素來是十二萬分反對男子們為了同別一個女子發生戀愛，就把他的妻子棄之如遺，教她去「上山採蘼蕪」的。我以為這是世間再不人道沒有的行為，並且還親自作過劇本來描畫過這般男子的像。但是現在我覺得那人是我的情敵，雖然我明知道他們中間只有舊禮教舊習慣造成的關係。我覺得我們現在已經到了不可分離的程度，而要減少他在法律上的罪名與我們在社會上得來的不好的批評，只有把他們中間名義上的關係取消。怎樣我的心會這樣險！怎樣這樣不同情於我們女子呵！我明知這是不應該的，但我不能否認我心裡真希望他們……

一切，一切，世間的一切我們此時已統統忘掉了。愛的種子已在我的心中開了美麗的花了。房中——我們的小世界——的空氣，已為愛所充滿了，我們只知道相偎倚時的微笑，喁喁的細語，甜蜜熱烈的接吻，我的旗子上寫些什麼也是不足輕重的。讀書也只是用以點綴愛的世界中的景色，別人對於我們這樣行為要說閒話，要說貶損我們人格的閒話，我們的家庭知道了要視為大逆不道，我們統統想得到，然而我們只當他們是道旁的荊棘，雖說是能將我們的衣服掛破些，可是不能阻止我們的進行的。

再就別種事實上說，我們的愛情在肉體方面的表現，也只是限於相偎倚時的微笑，喁喁的細語，甜蜜熱烈的接吻罷。我知道別的人，無論是誰都不會相信。飲食男女原是人類的本能，大家都稱柳下惠坐懷不亂為難能，但坐懷比較夜夜同衾共枕，擁抱睡眠怎樣？不過我以為不信我的話的人並不是有意輕蔑我們，是他不曾和純潔的愛情接觸過，他不知愛情能使人不做他的愛人不同意的事，無論這事是怎樣企慕的。

我總是不喜歡他出去，無論是買東西，或瞧朋友。這裡面的原因一方面固由於怕他跑得心野了，拋荒他的功課，他方面實為我自己怕受獨處的寂寞。有一次我正在好好的讀書，他忽然因事出去了，我也昏昏的伏在桌上睡著。到我醒時，發現我已在他懷裡。所以我總把他愛出去這回事當他的短處看待。這天晚上他又九點多鐘才回來，而第二天所應做的事一點也不曾預備。當他未回來的時候我真氣極了。我把他所要看的書都撿出送到他的房裡，並且打算如果他到十點還不曾回來，就教茶房把火盆送到他那裡，我自己閉門高臥了。九點多鐘他回來了，一看頭緒不對，半句話也不敢多說，拿本書就坐在我對面的椅子上讀。讀了一會，覺得這樣還不是事，又起來同我溫存。我始終板著面孔不理他。他真急了，在未到一點鐘之久，凡可以使我安慰的方法，幾乎都用盡了。結果還是愛神出來排難解紛，我略微退讓了些，這樁事才算了。後來我問他，「假如你回來時，我已經關上門睡了，你怎樣呢？」他說，「我就站在門外候一夜。」不過如果他真那樣做下去，旅館的人怕要以為他得神經病了。

我最恨燈光，它把我們相擁抱時的影子都映在窗簾子上。愛的圖畫原只配深藏藝術之王國的寶庫裡，怎可讓它留下痕跡在人間呵！

這是多麼不幸呵，我的愛的圖畫竟於人間留了痕跡了。在我們將走的前一兩天，已有好多人注意我們同住這回事了。這並不是我多心。他們每問我在什麼地方住的時候，辭意中都含著譏笑的神氣。他們送了他好多不好的批評，說他是個大騙子，這些話使他很傷心——自然我也是同樣——他說他什麼都可以犧牲，可以不要，但他不能離開他的愛人。我們所要求的愛是絕對的無限的。我們只有讓它自由發展，決不能使它受委屈，為討舊禮教舊習慣的好。在新舊交替的時期，與其作已經宣告破產的禮法的降服者，不如作個方生的主義真理的犧牲者。萬一各方面的壓力過大了，我們不能抵抗時，我們就向無垠的海洋沉下去，在此時我們還是彼此擁抱著。「愛的人兒！」（此時他在床上橫著睡下，我在床沿上坐著，彼此緊緊的拉著手。）「要是將來他們把我譭謗得不為人所齒，你怎樣呢？」唉，匹夫無罪，懷璧其罪，他有什麼地方開罪他們，他們現在拼命的罵他，不是為的我嗎？固然這是勝利的悲哀，然而「伯仁由我而死」，我應該作何感想？我將他緊緊的抱了，回答他：「我們是永久相愛的。」在這彼此擁抱的時間內，我似覺得大難已經臨頭了，各面的壓力已經挾了崩山倒海的勢力來征服我們了。我想到了如山如陵的洪濤巨波是怎樣雄偉，黃昏淡月中，碧水靜靜的流著的景色是怎樣神秘幽妙，我們相抱著向裡面另尋實現絕對的愛的世界的行為是怎樣悲壯神聖，我不怕，一點也不怕！人生原是要自由的，原是要藝術化的，天下最光榮的事，還有過於殉愛的使命嗎？總而言之，無論別人怎樣說長道短，我總不以為我們的行為是荒謬的。退一步說，縱然我們這行為太浪漫了，那也是不良的婚姻制度的結果，我們頭可斷，不可負，也不敢負這樣的責任。

因為家庭方面的關係，他對於這兩天外面對於我們的批評，不能不著急，所以在走的頭一天晚上，他去訪他的知友討論怎樣對付這回事。他是五點多鐘出去的，直到晚上十一點鐘才回來。這幾個鐘頭裡，我真飽嘗了待人的滋味。風是冷的，燈是很無光的。我們這個小世界裡，都是寂寞的，只有我的心弦是緊張的，不住在那裡計算他什麼時候可以回來。每聽見窗外的走路聲，總使我「可是他回來了吧？」的想一次。他回來後，同我望了陣月，吃了幾個元宵，就忙著消受我們這最後的一夜了。

時光老人真是殘酷的，夢也似的十天甜蜜的生活又快完了，我們在此只能留一夜了。這一夜應該怎樣過，在下午同我的朋友談話時，已偷偷的在張紙上寫了好幾遍，其實既沒有停止時間使它不要快快過去的能力，無論怎樣計算，都是枉然的。再進一步說，若不能使時間進行的步驟與我們上愛的功課所需要的一致時，縱然能使不快快的過去，也是枉然的。這一夜裡我們都幾乎不曾安眠，我們用了各種各樣親密的稱呼叫著，我們商量回去後怎樣好好讀書。要不是怕我表妹清早來送行撞見了不雅，怕要到十一點才起床呢。

除了我們倆之外，知道我們這十天生活最真的，只有旅館的茶房，他每次給我們送東西進來的時候，總先要作個使我們知道他來了的表示，出去的時候總把房門給我們關起來。不過我想關於我們的關係，他總要覺得很奇怪的。我們占了兩間房，並且我們告訴查店的員警說，我們是同學，而我們卻親密到這步田地。世間種種慘劇的大部分都是由不自然的人與人間的關係造出來。我們的愛情原不要那種不自然的關係的頭銜加上。

我們在鄭州車站上遇見了一位上京的朋友，曾託他代買車票，所以上車的時候他教我同這位朋友先上車去占地方，他隨後遞東西上來。誰想我們上車後，竟被擠得再也不能見面了。直到車開行好久方才找到。當我看不見他的時候，不知怎樣心中感到一種說不出的不安；找到他了，坐在他面前的行李上，面對面的拉著手，我又覺得同經過大難分散之後，又冒著千辛萬苦聚在一起似的。怎樣弄的呵，我們竟愛得成這樣了。

北京到了，我們自然是照舊的——未旅行以前的——生活狀態過下去。這次旅行的結果，對於我的身心兩方面的影響，沒有別的，只是頭昏了，心亂了好幾天；並且對待別人，無論是誰，都覺感情不能似從前那樣的專。三天後，他來了電話，說，「往事不堪回首！」

蕭紅（1911-1942）

作家介紹

蕭紅（1911-1942），本名張迺瑩，另有筆名悄吟、玲玲、田娣等，黑龍江省呼蘭縣人。一九二〇年入呼蘭縣縣立第二小學女生部讀書，一九二四年升入縣立第一初高兩級小學，一九二七年就讀於哈爾濱東省特別區第一女子中學。一九三〇年，蕭紅初中畢業，為逃避包辦婚姻，離家去北平，進入北平女子師範大學附中讀書。一九三一年已有身孕的蕭紅被丈夫汪恩甲拋棄在旅館，無奈之中蕭紅向《國際協報》求助，得以結識蕭軍，兩人一見鍾情，不久同居。一九三三年蕭紅開始小說創作，並與蕭軍一起積極參加社會活動和文學活動。一九三四年去青島，同年去上海，與魯迅過從甚密。一九三六年，因與蕭軍在感情上出現裂痕，蕭紅離開上海，隻身東渡日本。一九三七年回到上海，因抗戰爆發於同年赴漢口。一九三八年應李公樸之邀，到山西臨汾民族革命大學任教，這一年蕭紅與蕭軍正式分手，並與端木蕻良結婚。一九四〇年蕭紅隨端木蕻良離開重慶，飛抵香港。一九四二年在香港病逝。

蕭紅人生雖然短暫，但創作數量卻頗為驚人，出版的作品計有小說散文集《跋涉》（與蕭軍合著，1933）、《橋》（1936）、《牛車上》（1937）、《曠野的呼喊》（1940），長篇小說《生死場》（1935）、《馬伯樂》（1941）、《呼蘭河傳》（1941），散文集《商市街》（1936）、《蕭紅散文》（1940）、《回憶魯迅先生》（1940）等。

蕭紅的一生充滿坎坷，歷經磨難，她敏感的心靈和不幸的人生，使她的作品既洋溢著豐沛的文學才情，又浮現著血與火的苦難人生。女性纖敏的觀察力、感受力和表現力，與充滿不羈、野性和血淚的社會描寫、人物塑造與文字表達，構成了蕭紅文學世界獨特的藝術魅力──那是一種以溫柔與剛烈二重性為核心，體現在蕭紅作品的題材選擇、人物刻畫、敘述方式和文字風格等各個方面，令人驚奇也令人震撼的藝術魅力和藝術震撼力。

作品導讀

在中國現代女作家中，蕭紅的人生充滿「神秘」和傳奇。一個集坎坷的身世、過人的才華、豐富的情感、浪漫的氣質、率真的個性和自毀的衝動於一身的女作家，她那難以理喻和不可複製的人生軌跡，她與同為作家的蕭軍、端木蕻良的感情糾葛，以及與魯迅之間相知相惜的深厚友誼，都使她成為中國現代文學中「獨具一格」的女作家。當然，蕭紅最能引發人們對她的好奇的，是她那與眾不同的文字風格和藝術特質——強悍的文字構成充滿力度的文學世界，恰和她柔弱的體質和楚楚可憐的身世，形成了強烈的對比。在某種意義上講，蕭紅文字的強悍和「粗暴」，體現了她內心世界具有一種以陰性為底色的陽剛氣質；而她身為女性，總是在男性世界遭受打擊和挫折的人生，又使她的呈現姿態帶有一種悲淒柔弱的女性色彩。兩者的對比和混合，既構成了蕭紅文學世界的獨特氣象，也形成了蕭紅人生特有的神秘魅力。

魯迅在〈蕭紅做《生死場》序〉中，這樣評價蕭紅的作品：「北方人民的對於生的堅強，對於死的掙扎，卻往往已經力透紙背；女性作者的細緻的觀察和越軌的筆致，又增加了不少明麗和新鮮。」這些話固然是針對《生死場》而言的，不過推而廣之蕭紅的其他作品，應該說也很貼切。

〈王阿嫂的死〉寫的是一個東北農村女子王阿嫂在地主的壓迫下，被逼致死的故事——其實在小說中，被逼死的遠不止王阿嫂一人，可以說王阿嫂一家，都命喪張地主之手：王阿嫂的丈夫王大哥給張地主趕車，馬腿被折，張地主扣他一年工錢，王大哥從此亂發酒瘋，被張地主遣人乘他睡在草堆上時，將他活活燒死；王阿嫂因為懷孕，做農活時疲累，「坐在地梢的一端喘兩口氣」，結果被張地主狠踢了一腳，因此早產，母子雙亡；而王阿嫂收養的女兒小環，其母也是被張地主的大兒子強暴後「氣憤而死」。小說與其說是「王阿嫂的死」，不如說是「王阿嫂一家的死」。

蕭紅的這篇小說，帶有她小說創作的兩大主要特點，即主題上關注女性命運，文字上呈現強悍的風格。在〈王阿嫂的死〉中，蕭紅對女性命運的關注，不同於在《小城三月》、《呼蘭河傳》等作品中展示女性在男性社會遭遇結構性的不平等，而是聚焦於階級的壓迫──對女性而言，階級的壓迫是女性在面對性別壓迫之後，承受的更加殘酷的壓迫。

在〈王阿嫂的死〉中，王阿嫂面對的最直接威脅，是張地主的凶殘。張地主對王阿嫂一家的壓迫，是全面性的。首先，這種壓迫來自經濟方面──他扣王大哥一年工錢，直接導致了王大哥的「失常」和家計的窘困；其次，這種壓迫來自家庭和精神方面──他讓人燒死王大哥，不但中止了王大哥的生命，而且直接導致了王阿嫂家庭的解體和她精神的痛苦；再次，這種壓迫來自直接的肉體傷害──他踢王阿嫂不但導致了王阿嫂的早產，而且這也成為王阿嫂和她的孩子斃命的直接原因。張地主的階級壓迫，或許並不只是落在女性的身上，不過這種階級壓迫在女性身上體現得尤為慘烈──如果注意到小說中小環和她的親生母親這兩個角色，蕭紅在這篇小說中表現階級壓迫對女性尤為慘烈的意圖，或許會更加完整：在某種意義上講，小環的親生母親可以說是王阿嫂的補充，而小環則很可能是王阿嫂的繼續。

二十世紀中國女作家在關注女性命運時，更多地聚焦於舊傳統對女性的壓制，以及新女性在新舊交替時代處境的艱難、奮身前行的不易，表現階級壓迫對女性的摧殘，這樣的作家和作品並不是很多。蕭紅的〈王阿嫂的死〉，可以說用觸目驚心的場景，呈現了女性在階級壓迫面前，其無助、無力和無奈的悲慘遭遇。將階級壓迫引入對女性命運的思考，顯示了蕭紅的獨特和深刻。

蕭紅是個在藝術上有著鮮明個人特色的作家，魯迅說她具有「女性作者的細緻的觀察和越軌的筆致」，非常準確地概括了蕭紅的這種個人特色。雖然魯迅對何謂「越軌的筆致」沒有多加說明，但把它理解成一種對語言表述常規的擺脫和突破，並因此而在語言風格上別有韻致，大致可以成立。

蕭紅的小說從總體上看具有一種粗糲、強悍的氣質，當她在表現「生的堅強」和「死的掙扎」的時候，通常會將這種「堅強」和「掙扎」與暴力、血腥和死亡連結在一起，很常見的情形是，「生的堅強」和「死的掙扎」正是通過暴力、血腥和死亡表現出來的。〈王阿嫂的死〉雖然只是一個短篇，但它卻相當典型地體現了蕭紅小說的這一藝術特徵。

在小說中，王阿嫂所生活的世界，是個風景淒涼的人間地獄。小說起首一段風景描寫，就烘托出了王阿嫂的生存環境充滿了肅殺之氣，「灰白色霜」，「黃了葉子的樹」及被霧蒙蔽了的山崗，構成了環繞王阿嫂的自然環境。與自然環境相比，王阿嫂生活的人間生態更為惡劣，蕭紅用她那強悍的文字，這樣描寫王阿嫂的人生片段：

當王阿嫂奔到火堆旁邊，王大哥的骨頭已經燒斷了！四肢脫落，腦殼直和半個破葫蘆一樣，火雖熄滅，但王大哥的氣味卻在全村飄漾。

……

等到村婦擠進王阿嫂屋門的時候，王阿嫂自己在炕上發出她最後沉重的嚎聲，她的身子早被自己的血浸染著，同時在血泊裡也有一個小的、新的動物在掙扎。

王阿嫂的眼睛像一個大塊的亮珠，雖然閃光而不能活動。她的嘴張得怕人，像猿猴一樣，牙齒拼命地向外突出。

……

王阿嫂就這樣的死了！新生下來的小孩，不到五分鐘也死了！

這兩個死亡場面，有一種令人觸目驚心的醜陋和不堪，生命的動物性被活生生地原生態展示出來──而對人類生命這種狀態的描摹和展示，正是蕭紅擅長並喜愛的書寫風格。女性的細膩使她在細節描寫上細緻入微，而她對「強悍」的熱衷則使她的文字風格在粗糲中具有一種「越軌的筆致」──蕭紅那過人才華的最集中體現和她個人風格的最突出表現，也就在這裡。

王阿嫂的死

一

草葉和菜葉都蒙蓋上灰白色霜。山上黃了葉子的樹，在等候太陽。太陽出來了，又走進朝霞去。野甸上的花花草草，在飄送著秋天零落淒迷的香氣。

霧氣像雲煙一樣蒙蔽了野花，小河，草屋，蒙蔽了一切聲息，蒙蔽了遠近的山崗。

王阿嫂拉著小環每天在太陽將出來的時候，到前村廣場上給地主們流著汗；小環雖是七歲，她也學著給地主們流著小孩子的汗。現在春天過了，夏天過了……王阿嫂什麼活計都做過，拔苗插秧。秋天一來到，王阿嫂和別的村婦們都坐在茅簷下用麻繩把茄子穿成長串長串的，一直穿著。不管蚊蟲把臉和手搔得怎樣紅腫，也不管孩子們在屋裡喊叫媽媽吵斷了喉嚨。她只是穿啊，穿啊，兩隻手像紡紗車一樣，在旋轉著穿。

第二天早晨，茄子就和紫色成串的鈴鐺一樣，掛滿了王阿嫂的前簷；就連用柳條編成的短牆上也掛滿著紫色的鈴鐺。別的村婦也和王阿嫂一樣，簷前盡是茄子。

可是過不了幾天茄子曬成乾菜了！家家都從房簷把茄子解下來，送到地主的收藏室去。王阿嫂到冬天只吃著地主用以餵豬的亂土豆，連一片乾菜也不曾進過王阿嫂的嘴。

太陽在東邊放射著勞工的眼睛。滿山的霧氣退去，男人和女人，在田莊上忙碌著。羊群和牛群在野甸子間，在山坡間，踐踏並且尋食著秋天半憔悴的野花。

田莊上只是沒有王阿嫂的影子，這卻不知為了什麼？竹三爺每天到廣場上替張地主支配工人。現在竹三爺派一個正在拾土豆的小姑娘去找王阿嫂。

工人的頭目，愣三搶著說：

「不如我去的好，我是男人走得快。」

得到竹三爺的允許，不到兩分鐘的工夫，愣三跑到王阿嫂的窗前了：

「王阿嫂，為什麼不去做工呢？」

裡面接著就是回答聲：

「叔叔來得正好，求你到前村把王妹子叫來，我頭痛，今天不去做工。」

小環坐在王阿嫂的身邊，她哭著，響著鼻子說：「不是呀！我媽媽扯謊，她的肚子太大了！不能做工，昨夜又是整夜的哭，不知是肚子痛還是想我的爸爸。」

王阿嫂的傷心處被小環擊打著，猛烈的擊打著，眼淚都從眼眶轉到嗓子方面去。她只是用手拍打著小環，她急性的，意思是不叫小環再說下去。

李愣三是王阿嫂男人的表弟。聽了小環的話，像動了親屬情感似的，跑到前村去了。

小環爬上窗臺，用她不會梳頭的小手，在給自己梳著毛蓬蓬的小辮。鄰家的小貓跳上窗臺，蹲踞在小環的腿上，貓像取暖似的遲緩的把眼睛睜開，又合攏來。

遠處的山反映著種種樣的朝霞的彩色。山坡上的羊群，牛群，就像小黑點似的，在雲霞裡爬走。

小環不管這些，只是在梳自己毛蓬蓬的小辮。

二

在村裡，王妹子，愣三，竹三爺，這都是公共的名稱。是凡傭工階級都是這樣簡單，而不變化的名字。這就是工人階級一個天然的標識。

王妹子坐在王阿嫂的身邊，炕裡蹲著小環，三個人寂寞著。後山上不知是什麼蟲子，一到中午，就吵叫出一種不可忍耐的幽默和淒怨的情緒來。

小環雖是七歲，但是就和一個少女般的會憂愁，會思量。她聽著秋蟲吵叫的聲音，只是用她的小嘴在學著大人嘆氣。這個孩子也許因為母親死得太早的緣故？

小環的父親是一個雇工，在她還不生下來的時候，她的父親就死了！在她五歲的時候她的母親又死了。她的母親是被張地主的大兒子張胡琦強姦而後氣憤死了的。

五歲的小環，開始做個小流浪者了！從她貧苦的姑家，又轉到更貧苦的姨家。結果為了貧苦，不能養育她，最後她在張地主家過了一年煎熬的生活。竹三爺看不慣小環被虐待的苦處。當一天王阿嫂到張家去取米，小環正被張家的孩子們將鼻子打破，滿臉是血，王阿嫂把米袋子丟落在院心，她走近小環，給她擦著眼淚和血。小環哭著，王阿嫂也哭了！

有竹三爺作主，小環從那天起，就叫王阿嫂做媽媽了！那天小環是扯著王阿嫂的衣襟來到王阿嫂的家裡。

後山的蟲子，不間斷的，不曾間斷的在叫。王阿嫂擰著鼻涕，兩腮抽動，若不是肚子突出，她簡直瘦得像一條龍。她的手也正和爪子一樣，為了拔苗割草而骨節突出。她的悲哀像沉澱了的澱粉似的，濃重並且不可分解。她在說著她自己的話：

「王妹子，你想我還能再活下去嗎？昨天在田莊上張地主是踢了我一腳。那個野獸，踢得我簡直發昏了，你猜他為什麼踢我呢？早晨太陽一出就做工，好身子倒沒妨礙，我只是再也帶不動我的肚子了！又是個正午時候，我坐在地稍的一端喘兩口氣，他就來踢了我一腳。」

擰一擰鼻涕又說下去：

「眼看著他爸爸死了三個月了！那是剛過了五月節的時候，那時僅四個月，現在這個孩子快生下來了！咳！什麼孩子，就是冤家，他爸爸的性命是喪在張地主的手裡，我也非死在他們的手裡不可，我想誰也逃不出地主們的手去。」

王妹子扶她一下，把身子翻動一下：

「喲！可難為你了！肚子這樣你可怎麼在田莊上爬走啊？」

王阿嫂的肩頭抽動得加速起來。王妹子的心跳著，她在悔恨的跳著，她開始在悔恨：

「自己太不會說話，在人家最悲哀的時節，怎能用得著十分體貼的話語來激動人家悲哀的感情呢？」

王妹子又轉過話頭來：

「人一輩子就是這樣，都是你忙我忙，結果誰也不是一個死嗎？早死晚死不是一樣嗎？」

說著她用手巾給王阿嫂擦著眼淚，揩著她一生流不盡的眼淚：

「嫂子你別太想不開呀！身子這種樣，一勁憂愁，並且你看著小環也該寬心。那個孩子太知好歹了！你憂愁，你哭，孩子也跟著憂愁，跟著哭。倒是讓我做點飯給你吃，看外邊的日影快晌午了！」

王妹子心裡這樣相信著：

「她的肚子被踢得胎兒活動了！危險……死……」

她打開米桶，米桶是空著。

王妹子打算到張地主家去取米，從桶蓋上拿下個小盆。王阿嫂嘆息著說：

「不要去呀！我不願看他家那種臉色，叫小環到後山竹三爺家去借點吧！」

小環捧著瓦盆爬上坡，小辮在脖子上捧搭捧搭的走向山後去了！山上的蟲子在憔悴的野花間，叫著憔悴的聲音啊！

三

王大哥在三個月前給張地主趕著起糞的車，因為馬腿給石頭折斷，張地主扣留他一年的工錢。王大哥氣憤之極，整天醉酒，夜裡不回家，睡在人家的草堆。後來他簡直是瘋了！看著小孩也打，狗也打，並且在田莊上亂跑，亂罵。張地主趁他睡在草堆的時候，遣人偷著把草堆點著了！王大哥在火焰裡翻滾，在張地主的火焰裡翻滾；他的舌頭伸在嘴唇以外，他嚎叫出不是人的聲音來。

有誰來救他呢？窮人連妻子都不是自己的。王阿嫂只是在前村田莊上拾土豆，她的男人卻在後村給人家燒死了。

當王阿嫂奔到火堆旁邊，王大哥的骨頭已經燒斷了！四肢脫落，腦殼直和半個破葫蘆一樣，火雖熄滅，但王大哥的氣味卻在全村飄漾。

四圍看熱鬧的人群們，有的擦著眼睛說：

「死得太可憐！」

也有的說：

「死了倒好，不然我們的孩子要被這個瘋子打死呢！」

王阿嫂拾起王大哥的骨頭來，裹在衣襟裡，她緊緊的抱著，她發出啕天的哭聲來。她這淒慘泌血的聲音，遮過草原，穿過樹林的老樹，直到遠處的山間，發出迴響來。

每個看熱鬧的女人，都被這個滴著血的聲音誘惑得哭了！每個在哭的婦人都在生著錯覺，就像自己的男人被燒死一樣。

別的女人把王阿嫂的懷裡緊抱著的骨頭，強迫的丟開，並且勸說著：

「王阿嫂你不要這樣啊！你抱著骨頭又有什麼用呢？要想後事。」

王阿嫂不聽別人，她看不見別人，她只有自己。把骨頭又搶著瘋狂的包在衣襟下，她不知道這骨頭沒靈魂，也沒有肉體，一切她都不能辨明。她在王大哥死屍被燒的氣味裡打滾，她向不可解脫的悲痛裡用盡了她的全力的攢呵！

滿是眼淚小環的臉轉向王阿嫂說：

「媽媽，你不要哭瘋了啊！爸爸不是因為瘋才被人燒死的嗎？」

王阿嫂，她不聽到小環的話，鼓著肚子，漲開肺葉般的哭。她的手撕著衣裳，她的牙齒在咬嘴唇。她和一匹吼叫的獅子一樣。

後來張地主手提著蒼蠅拂，和一隻陰毒的老鷹一樣，振動著翅膀，眼睛突出，鼻子向裡勾曲調著他那有尺寸的階級的步調從前村走來，用他壓迫的口腔來勸說王阿嫂：

「天快黑了！還一勁哭什麼！一個瘋子死就死了吧！他的骨頭有什麼值錢。你回家做你以後的打算好了！現在我遣人把他埋到西崗子去。」

說著他向四周的男人們下個口令：

「這種氣味……越快越好！」

婦人們的集團在低語：

「總是張老爺子，有多麼慈心，什麼事情，張老爺子都是幫忙的。」

王大哥是張老爺子燒死的，這事情婦人們不知道，一點不知道。田莊上的麥草打起流水樣的波紋，煙筒裡吐出來的炊煙，在人家的房頂上旋卷。

蒼蠅拂子擺動著吸人血的姿勢，張地主走回前村去。

窮漢們，和王大哥同類的窮漢們，搖煽著闊大的肩膀，王大哥的骨頭被運到西崗上了！

四

三天過了！五天過了！田莊上不見王阿嫂的影子，拾土豆和割草的婦人們嘴裡念道這樣的話：

「她太艱苦了！肚子那麼大，真是不能做工了！」

「那天張地主踢了她一腳，五天沒到田莊上來。大概是孩子生了，我晚上去看看。」

「王大哥被燒死以後，我看王阿嫂就沒心思過日子了！一天東哭一場，西哭一場的，最近更厲害了！那天不是一面拾土豆，一面流著眼淚？」

又一個婦人皺起眉毛來說：

「真的，她流的眼淚比土豆還多。」

另一個又接著說：

「可不是嗎？王阿嫂拾得的土豆，是用眼淚換得的。」

在激動著熱情，一個抱著孩子拾土豆的婦人說：

「今天晚上我們都該到王阿嫂家去看看，她是我們的同類呀！」

田莊上十幾個婦人用響亮的嗓子在表示贊同。

張地主走來了！她們都低下頭去工作著。張地主走開，她們又都抬起頭來；就像被風刮倒的麥草一樣，風一過去，草稍又都伸立起來；她們說著方才的話：

「她怎能不傷心呢？王大哥死時，什麼也沒給她留下。眼看又來到冬天，我們雖是有男人，怕是棉衣也預備不齊。她又怎麼辦呢？小孩子若生下來她可怎麼養活呢？我算知道，有錢人的兒女是兒女，窮人的兒女，分明就是孽障。」

「誰不說呢？聽說王阿嫂有過三個孩子都死了！」

其中有兩個死去男人，一個是年輕的，一個是老太婆。她們在想起自己的事，老太婆想著自己男人被車軋死的事，年輕的婦人想著自己的男人吐血而死的事，只有這倆婦人什麼也不說。

張地主來了！她們的頭就和向日葵般在田莊上彎彎的垂下去。

小環的叫喊聲在田莊上，在婦人們的頭上，響起來：

「快……快來呀！我媽媽不……不能，不會說話了！」

小環是一個被大風吹著的蝴蝶，不知方向，她驚恐的翅膀痙攣在振動。她的眼淚在眼眶裡急得和水銀似的不定形的滾轉。手在捉住自己的小辮，跺著腳破著聲音喊：

「我媽……媽怎麼了？……她不說話呀……不會呀！」

五

等到村婦擠進王阿嫂屋門的時候，王阿嫂自己在炕上發出她最後沉重的嚎聲，她的身子是被自己的血浸染著，同時在血泊裡也有一個小的、新的動物在掙扎。

王阿嫂的眼睛像一個大塊的亮珠，雖然閃光而不能活動。她的嘴張得怕人，像猿猴一樣，牙齒拼命的向外突出。

村婦們有的哭著，也有的躲到窗外去，屋子裡散散亂亂，掃帚水壺，破鞋，滿地亂擺。鄰家的小貓蹲縮在窗臺上。小環低垂著頭在牆角間站著，她哭，她是沒有聲音的在哭。

王阿嫂就這樣的死了！新生下來的小孩，不到五分鐘也死了！

六

月亮穿透樹林的時節，棺材帶著哭聲向西崗子移動。村婦們都來相送，拖拖落落，穿著種種樣樣擦滿油泥的衣服，這正表示和王阿嫂同一個階級。

竹三爺手攜著小環，走在前面。村狗在遠處受驚的在叫。小環並不哭，她依持別人，她的悲哀似乎分給大家擔負似的，她只是隨了竹三爺踏著貼在地上的樹影走。

王阿嫂的棺材被抬到西崗子樹林裡。男人們在地面上掘坑。

小環，這個小幽靈，坐在樹根下睡了！林間的月光細碎的飄落在小環的臉上。她兩手扣在膝蓋間，頭搭在手上，小辮在脖子上給風吹動著，她是個天然的小流浪者。

棺材合著月光埋到土裡了！像完成一件工作似的，人們擾攘著。

竹三爺走到樹根下摸動小環的頭髮：

「醒醒吧！孩子！回家了。」

小環閉著眼睛說：

「媽媽，我冷呀！」

竹三爺說：

「回家吧！你哪裡還有媽媽？可憐的孩子別說夢話！」

醒過來了！小環才明白媽媽今天是不再摟著她睡了！她在樹林裡，月光下，媽媽的墳前，打著滾哭啊！……

「媽媽！……你不要……我了！讓我跟跟誰睡……睡覺呀？」

「我……還要回到……張……張張地主家去挨打嗎？」——她咬住嘴唇哭。

「媽媽！跟……跟我回……回家吧！……」

遠近處顫動這小姑娘的哭聲，樹葉和小環的哭聲一樣交接的在響，竹三爺同別的人一樣在擦揉眼睛。

林中睡著王大哥和王阿嫂的墳墓。

村狗在遠近的人家吠叫著斷續的聲音……

林徽因（1904-1955）

作家介紹

林徽因（1904-1955），本名林徽音，曾以「徽音」為筆名，福建閩侯（福州）人。一九〇四年出生於浙江杭州，五歲時由大姑母林澤民授課發蒙。八歲時移居上海，入虹口愛國小學學習。一九一六年舉家遷往北京，就讀於英國教會辦的北京培華女子中學。一九二〇年，林徽因隨父遊歷歐洲，在倫敦時立下了攻讀建築學的志向，並在此期間結識了來英留學的詩人徐志摩，開始對新詩產生濃厚興趣。翌年隨父回國後，仍到培華女中續學。一九二三年，徐志摩、胡適等人在北京成立新月社，林徽因常常參加新月社舉辦的文藝活動。

一九二四年，印度詩人泰戈爾訪華，林徽因和徐志摩等人陪同。同年與梁啟超長子梁思成雙雙赴美攻讀建築學，先在賓州大學後在耶魯大學學習。一九二八年春與梁思成結婚。同年回國，夫妻一起受聘於東北大學建築系。一九三一年受聘於北平中國營造學社。抗戰時林徽因隨丈夫所在的中央研究院遷往四川宜賓附近的李莊。抗戰勝利後，林徽因全家於一九四六年回到北平。一九四九年受聘為清華大學建築系教授，一九五五年病逝於北京。

一九三一年，林徽因以「徽音」為筆名發表了她的第一首詩〈誰愛這不息的變幻〉，以後幾年，她連續在《詩刊》、《新月》、《北斗》、天津《大公報》、《文學雜誌》等報紙雜誌發表了幾十篇作品。出版的作品集包括劇本《梅真同他們》（1937），以及《林徽因詩集》（1985）和《林徽因》（1992）等。

林徽因出身名門，自幼及長見識結交的都是文化界名流，個人感情生活除了丈夫梁思成之外，徐志摩和金岳霖在她心中也占據重要位置。她的女性魅力和文學才情，吸引了眾多的文學界才俊凝聚在她的周圍，她的客廳，成了「京派」活動的主要「公共空間」。名門閨秀和「太太的客廳」，從兩個方面概括了林徽因個人形象和公眾魅力的兩大特點，而她的詩作、散文和小說，在某種意義上講也正是她典雅的閨秀氣質和溫婉的「太太」風韻交融的產物。

作品導讀

林徽因的本色當行是建築，行有餘力則進行文學創作，因此，與中國現代文學史上的許多女作家比起來，她只是個業餘作家。然而，她的「業餘」因為家學的鋪墊和自身才情的過人，倒也不比那些「專業」作家遜色。

林徽因既美麗又聰明，家境優裕，見識開闊，有傳統的家學薰陶，也有現代的留洋背景，立志去西方學習建築，卻又對文學情有獨鍾。通過徐志摩，她和「新月派」發生了聯繫；因為《大公報》，她又成為「京派」的活躍人物。「她美貌、活潑、可愛，和任何人在一起總是成為中心人物」，美國友人費正清夫人費慰梅的這段話，又充分表明林徽因的文學影響力，超出了她的創作本身。

就創作體裁的數量分布看，林徽因詩作最多，散文次之，小說再次之，劇本最少。其中詩歌的「知名度」最高，〈你是人間的四月天——一句愛的讚頌〉更因改編成電視劇《人間四月天》而名滿天下。不過，林徽因的小說數量雖不算多，卻極有特色。她的《九十九度中》是當年不多見的「片段組合」式人物群像。小說通過不同場景的片段及活動其中的人物，構成了一個多視角的北平社會，「作者把一天的形形色色披露在我們的眼前，沒有組織，卻有組織；沒有條理，卻有條理；沒有故事，卻有故事，而且那樣多的故事；沒有技巧，卻處處透露匠心」。《模影零篇》則是通過四個人物的「個案」系列，展現了不同中外人士的各種姿態──〈鍾綠〉就是其中極具特色的一篇作品。

或許是與林徽因自身的家庭背景和個人資質有關，林徽因對「美」有一種超乎常人的敏感──這種「美」不僅是指人外在的形象美，也包括人內在的氣質美、智慧美、思想美和情感美，並波及自然美、人情美、民俗美。除了對「美」的形態敏感，林徽因對「美」的結局也十分敏感。在她的詩中，多的是對美好情感的歌唱，對美好愛心的讚頌，對美好人間的感嘆；在她的小說中，固然有對人間不平的揭示，但也不乏對人間「美」的記錄，其中的〈鍾綠〉，就是一篇記錄和感嘆「美」的小說。

小說一開頭就說，「鍾綠是我記憶中第一個美人」，這個美人在作品中一直是個懸念。「我」總是在別人的敘述中獲得美人「鍾綠」的消息，通過別人的介紹，「我」知道了鍾綠的「好看」、「傲慢瀟灑」、「純樸」、「天真」和「古典」。終於，「我」有機會和「鍾綠」同住一晚，和她有直接的接觸。面對鍾綠的美麗，「我」不禁發出了「鍾綠你長得實在太美了」的驚嘆。然而，這樣一個從肉體到靈魂都美麗無比的女性，卻迭遭不幸：先是愛人在結婚前一星期驟然死去，後來她自己也「死在一條帆船上」。鍾綠的人生，不禁令我「有點兒迷信預兆。美人自古薄命的話，更好像有了憑據」──而小說開始時「我」幼時聽到的一個美人故事，也與「紅顏薄命」相關，於是，「好像美人一生總是不幸的居多」在小說中就有了首尾呼應。

「五四」以來的中國現代女作家，身跨新舊交替的兩個時代，既有「新生」的希望，也有「傳統」的羈絆，因此她們如同鐵屋中的清醒者，對自己的處境十分明瞭：知道自己的出路所在，可面對著堅固的鐵屋，要想掙脫出來又談何容易——這使她們相當痛苦，也難以在自己的作品中呈現光明和歡樂，對女性的關注，也主要集中在女性在時代轉換中所要面對的種種「現實」問題，而較少對女性自身的體貌特徵和與此相關的命運結局有超越性的形而上思考。林徽因由於出身名門，成長的環境相當優越，即便是同時代的新知識女性，也很少有她那樣的「得天獨厚」——自然也使她難以對同時代女性的「現實」問題有較為深刻的切膚之痛和感同身受。相反，對於女性的形貌之「美」，以及作為「美」的化身的女性命運的形而上思考，倒成了林徽因不懈關注並在筆下時有表現的重要主題。

〈鍾綠〉這篇小說寫的雖然也是女性，可是林徽因筆下的鍾綠卻不是一個身陷新舊衝突時代的中國女性——她是一個外國人，因此那個時代中國新知識女性或舊女性所面臨的種種問題，對鍾綠來說都不存在。這樣，林徽因寫鍾綠，就可以繞開那個時代中國女性必須面對的許多「現實」問題，而較為超越地專門寫鍾綠的「美」，並表達在鍾綠的女性「美」中體悟到的「紅顏薄命」的人生哲理。

這就使林徽因的小說與同時代的女作家比起來，具有了一種超越性，即她對女性的關注和思考，不再拘泥於同時代女性具體的「現實」處境，而對更具抽象意味和普泛價值的女性問題——「美」和「命運」，表現出了更多的興趣。

對女性「美」和與「美」相關的女性「命運」的關注，無疑與林徽因自身的條件及成長的經歷有關：因為她自己「美」，所以她對「美」更加專注和敏感；因為她自己「美」，所以她對「美」的女性的人生遭際和命運結局更加關心。林徽因由於自身的「美」和精英式的成長環境而形成的這種女性立場和女性視角，在她那個時代，無疑是屬於「小眾」的──而這種「小眾」性，既體現了林徽因女性思考的獨特性，也在客觀上豐富了她那個時代的女性書寫。

鍾綠

鍾綠是我記憶中第一個美人，因為一個人一生見不到幾個真正負得起「美人」這稱呼的人物，所以我對於鍾綠的記憶，珍惜得如同他人私藏一張名畫輕易不拿出來給人看，我也就輕易的不和人家講她。除非是一時什麼高興，使我大膽地，興奮地，告訴一個朋友，我如何如何的曾經一次看到真正的美人。

很小的時候，我常聽到一些紅顏薄命的故事，老早就印下這種迷信，好像美人一生總是不幸的居多。尤其是，最初叫我知道世界上有所謂美人的，就是一個身世極淒涼的年輕女子。她是我家親戚，家中傳統地認為一個最美的人。雖然她已死了多少年，說起她來，大家總還帶著那種感慨，也只有一個美人死後能使人起的那樣感慨。說起她，大家總都有一些美感的回憶。我嬸娘常記起的是祖母出殯那天，這人穿著白衫來送殯。因為她是個已出嫁過的女子——其實她那時已孀居一年多——照我們鄉例，頭上纏著白頭帕。試想一個靜好如花的臉，一個長長窈窕的身材，一身的縞素，借著人家傷痛的喪禮來哭她自己可憐的身世，怎不是一幅絕妙的圖畫！嬸娘說起她時，卻還不忘掉提到她的走路如何的有種特有豐神，哭時又如何的辛酸淒惋動人。我那時因為過小，記不起送殯那天看到這素服美人，事後為此不知惆悵了多少回。每當大家晚上閑坐談到這個人兒時，總害了我竭盡想像力，冥想到了夜深。

也許就是因為關於她，我實在記得不太清楚，僅憑一家人時時的傳說，所以這個親戚美人之為美人，也從未曾在我心裡疑問過。過了一些年月，積漸地，我沒有小時候那般理想，事事都有一把懷疑，沙似的挾在裡面。我總愛說：絕代佳人，世界上不時總應該有一兩個，但是我自己親眼卻沒有看見過就是了。這句話直到我遇見了鍾綠之後才算是取消了，換了一句：我覺得僥倖，一生中沒有疑問地，真正地，見到一個美人。

我到美國××城進入××大學時，鍾綠已是離開那學校的舊學生，不過在校裡不到一個月的工夫，我就常聽到「鍾綠」這名字，老學生中間，每一提到校裡舊事，總要聯想到她。無疑的，她是他們中間最受崇拜的人物。

關於鍾綠的體面和她的為人及家世也有不少的神話。一個同學告訴我，鍾綠家裡本來如何的富有；又一個告訴我，她的父親是個如何漂亮的軍官，哪一年死去的；又一個告訴我，鍾綠多麼好看，脾氣又如何和人家不同。因為著戀愛，又有人告訴我，她和母親決絕了，自己獨立出來艱苦的半工半讀，多處流落，卻總是那麼傲慢、瀟灑，穿著得那麼漂亮動人。有人還說鍾綠母親是希臘人，是個音樂家，也長得非常好看，她常住在法國及義大利，所以鍾綠能通好幾國文字。常常的，更有人和我講了為著戀愛鍾綠，幾乎到發狂的許多青年的故事。總而言之，關於鍾綠的事我實在聽得多了，不過當時我聽著也只覺到平常，並不十分起勁。

故事中僅有兩樁，我卻記得非常清楚，深入印象，此後不自覺地便對於鍾綠動了好奇心。

一樁是同系中最標緻的女同學講的。她說那一年學校開個盛大藝術的古裝表演，中間要用八個女子穿中世紀的尼姑服裝。她是監製部的總管，每件衣裳由圖案部發出，全由她找人比著裁剪，做好後再找人試服。有一晚，她出去晚飯回來稍遲，到了製衣室門口遇見一個製衣部裡人告訴她說，許多衣裳做好正找人試著時，可巧電燈壞了，大家正在到處找來洋蠟點上。

「你猜，」她接著說，「我推開門時看到了什麼？……」

她喘口氣望著大家笑（聽故事的人那時已不止我一個）。「你想，你想一間屋子裡，高高低低地點了好幾根蠟燭；各處射著影子；當中一張桌子上面，默默地，立著那麼一個鍾綠——美到令人不敢相信的中世紀小尼姑，眼微微地垂下，手中高高擎起一枝點亮的長燭。簡單靜穆，直像一張宗教畫！拉著門環，我半天肅然，說不出一句話來！……等到人家笑聲震醒我時，我已經記下這個一輩子忘不了的印象。」

自從聽了這樁故事之後，鍾綠在我心裡便也開始有了根據，每次再聽到鍾綠的名字時，我腦子裡便浮起一張圖畫。隱隱約約地，看到那個古代年輕的尼姑，微微地垂下眼，擎著一枝蠟走過。

第二次，我又得到一個對鍾綠依稀想像的背影，是由於一個男同學講的故事裡來的。這個臉色清臞的同學平常不愛說話，是個憂鬱深思的少年——聽說那個為著戀愛鍾綠，到南非洲去旅行不再回來的同學，就是他的同房好朋友。有一天雨下得很大，我與他同在畫室裡工作，天已經積漸地黑下來，雖然還不到點燈的時候，我收拾好東西坐在窗下看雨，忽然聽他說：

「真奇怪，一到下大雨，我總想起鍾綠！」

「為什麼呢？」我倒有點好奇了。

「因為前年有一次大雨，」他也走到窗邊，坐下來望著窗外，「比今天這雨大多了，」他自言自語地眯上眼睛。「天黑得可怕，許多人全在樓上畫圖，只有我和勃森站在樓下前門口簷底下抽煙。街上一個人沒有，樹讓雨打得像囚犯一樣，低頭搖曳。一種說不出來的黯淡和寂寞籠罩著整條沒生意的街道，和街道旁邊不做聲的一切。忽然間，我聽到背後門環響，門開了，一個人由我身邊溜過，一直下了臺階衝入大雨中走去！……那是鍾綠……

「我認得是鍾綠的背影，那樣修長靈活，雖然她用了一塊折成三角形的綢巾蒙在她頭上，一隻手在項下抓緊了那綢巾的前面兩角，像個俄國村姑的打扮。勃森說鍾綠瘋了，我也忍不住要喊她回來。『鍾綠你回來聽我說！』我好像求她那樣懇切，聽到聲，她居然在雨裡回過頭來望一望，看見是我，她仰著臉微微一笑，露出一排貝殼似的牙齒。」朋友說時回過頭對我笑了一笑，「你真想不到世上真有她那樣美的人！不管誰說什麼，我總忘不了在那狂風暴雨中，她那樣扭頭一笑，村姑似的包著三角的頭巾。」

這張圖畫有力地穿過我的意識，我望望雨又望望黑影籠罩的畫室。朋友叉著手，正經地又說：

「我就喜歡鍾綠的一種純樸，城市中的味道在她身上總那樣的不沾著她本身的天真！那一天，我那個熱情的同房朋友在樓窗上也發現了鍾綠在雨裡，像頑皮的村姑，沒有籠頭的野馬，便用勁地喊。鍾綠聽到，俯下身子一閃，立刻就跑了。上邊劈空的雷電，四圍紛披的狂雨，一會兒工夫她就消失在那水霧迷漫之中了……」

「奇怪，」他嘆口氣，「我總老記著這樁事，鍾綠在大風雨裡似乎是個很自然的回憶。」

聽完這段插話之後，我的想像中就又加了另一個隱約的鍾綠。

半年過去了，這半年中這個清臞的朋友和我比較的熟起，時常輕聲地來告訴我關於鍾綠的消息。她是輾轉地由一個城到另一個城，經驗不斷地跟在她腳邊，命運好似總不和她合作，許多事情都不暢意。

秋天的時候，有一天我這朋友拿來兩封鍾綠的來信給我看，筆跡秀勁流麗如見其人，我留下信細讀覺到它很有意思。那時我正初次的在夏假中覓工，幾次在市城熙熙攘攘中長了見識，更是非常地同情於這流浪的鍾綠。

「所謂工業藝術你可曾領教過？」她信裡發出嘲笑，「你從前常常苦心教我調顏色，一根一根地描出理想的線條，做什麼，你知道麼？……我想你決不能猜到兩三星期以來，我和十幾個本來都很活潑的女孩子，低下頭都畫一些什麼，……你閉上眼睛，喘口氣，讓我告訴你！牆上的花紙，好朋友！你能相信麼？一束一束的粉紅玫瑰花由我們手中散下來，整朵的，半朵的——因為有人開了工廠專為製造這種的美麗！……」

「不，不，為什麼我要臉紅？現在我們都是工業戰爭的鬥士——（多美麗的戰爭！）——並且你知道，各人有各人不同的報酬；花紙廠的主人今年新買了兩個別墅，我們前夜把晚飯減掉一點居然去聽音樂了，多謝那一束一束的玫瑰花！……」

幽默地，幽默地她寫下去那樣頑皮的牢騷。又一封：

「……好了，這已經是秋天，謝謝上帝，人工的玫瑰也會凋零的。這回任何一束什麼花，我也決意不再製造了，那種逼迫人家眼睛墮落的差事，需要我所沒有的勇敢，我失敗了，不知道在心裡哪一部分也受點傷。……」

「我到鄉村裡來了，這回是散布知識給村裡樸實的人！××書局派我來攬買賣，兒童的書，常識大全，我簡直帶著『知識』的樣本到處走。那可愛的老太太卻問我要最新烹調的書，工作到很瘦的婦人要城市生活的小說看，——你知道那種穿著晚服去戀愛的城市浪漫！」

「我夜裡總找回一些矛盾的微笑回到屋裡。鄉間的老太太都是理想的母親，我生平沒有吃過更多的牛奶，睡過更軟的鴨絨被，原來手裡提著鋤頭的農人，都是這樣母親的溫柔給培養出來的力量。我愛他們那簡單的情緒和生活，好像日和夜，太陽和影子，農作和食睡，夫和婦，兒子和母親，幸福和辛苦都那樣均勻地放在天秤的兩頭。……」

「這農村的嫵媚，溪流樹蔭全合了我的意，你更想不到我屋後有個什麼寶貝？一口井，老老實實舊式的一口井，早晚我都出去替老太太打水。真的，這樣才是日子，雖然山邊沒有橄欖樹，晚上也缺個織布的機杼，不然什麼都回到我理想的以往裡去。……」

「到井邊去汲水，你懂得那滋味麼？天呀，我的衣裙讓風吹得鬆散，紅葉在我頭上飛旋，這是秋天，不瞎說，我到井邊去汲水去。回來時你看著我把水罐子扛在肩上回來！」

看完信，我心裡又來了一個古典的鍾綠。

約略是三月的時候，我的朋友手裡拿本書，到我桌邊來，問我看過沒有這本新出版的書，我由抽屜中也扯出一本叫他看。他笑了，說，你知道這個作者就是鍾綠的情人。

我高興地謝了他，我說：「現在我可明白了。」我又翻出書中幾行給他看，他看了一遍，放下書默誦了一回，說：

「他是對的，他是對的，這個人實在很可愛，他們完全是瞭解的。」

此後又過了半個月光景。天氣漸漸地暖起來，我晚上在屋子裡讀書老是開著窗子，窗前一片草地隔著對面遠處城市的燈光車馬。有個晚上，很夜深了，我覺到冷，剛剛把窗子關上，卻聽到窗外有人叫我，接著有人拿沙子拋到玻璃上，我趕忙起來一看，原來草地上立著那個清臞的朋友，旁邊有個女人立在我的門前。朋友說：「你能不能下來，我們有樁事託你。」

我躡著腳下樓，開了門，在黑影模糊中聽我朋友說：「鍾綠，鍾綠她來到這裡，太晚沒有地方住，我想，或許你可以設法，明天一早她就要走的。」他又低聲向我說：「我知道你一定願意認識她。」

這事真是來得非常突兀，聽到了那麼熟識，卻又是那麼神話的鍾綠，竟然意外地立在我的前邊，長長的身影穿著外衣，低低的半頂帽遮著半個臉，我什麼也看不清楚。我伸手和她握手，告訴她在校裡常聽到她。她笑聲地答應我說，希望她能使我失望，遠不如朋友所講的她那麼壞！

在黑夜裡，她的聲音像銀鈴樣，輕輕地搖著，末後寬柔溫好，帶點迴響。她又轉身謝謝那個朋友，率真地攬住他的肩膀說：「百羅，你永遠是那麼可愛的一個人。」

她隨了我上樓梯，我只覺到奇怪，鍾綠在我心裡始終成個古典人物，她的實際的存在在此時反覺得荒誕不可信。

我那時是個窮學生，和一個同學住一間不甚大的屋子，恰巧同房的那幾天回家去了。我還記得那晚上我在她的書桌上，開了她那盞非常得意的淺黃色燈，還用了我們兩人共用的大紅浴衣鋪在旁邊大椅上，預備看書時蓋在腿上當毯子享用。屋子的佈置本來極簡單，我們曾用盡苦心把它收拾得還有幾分趣味：衣櫥的前面我們用一大幅黑色帶金線的舊錦掛上，上面懸著一副我朋友自己刻的金色美人面具，旁邊靠牆放兩架睡榻，罩著深黃的床幔和一些靠墊，兩榻中間隔著一個薄紗的東方式屏風。窗前一邊一張書桌，各人有個書架，幾件心愛的小古董。

整個房子的神氣還很舒適，顏色也帶點古黯神秘。鍾綠進房來，我就請她坐在我們唯一的大椅上，她把帽子外衣脫下，順手把大紅浴衣披在身上說：「你真能讓我獨占這房裡唯一的寶座麼？」不知為什麼，聽到這話，我怔了一下，望著燈下披著紅衣的她。看她裡面本來穿的是一件古銅色衣裳，腰裡一根很寬的銅質軟帶，一邊臂上似乎套著兩三副細窄的銅鐲子，在那紅色浴衣掩映之中，黑色古錦之前，我只覺到她由臉至踵有種神韻，一種名貴的氣息和光彩，超出尋常所謂美貌或是漂亮。她的臉稍帶橢圓，眉目清揚，有點兒南歐曼達娜的味道；眼睛清棕色，雖然甚大，卻微微有點羞澀。她的頭、臉、耳、鼻、口唇、前頸和兩隻手，則都像雕刻過的形體！每一面和她一面交接得那樣清晰，又那樣柔和，讓光和影在上面活動著。

我的小銅壺裡本來燒著茶，我便倒出一杯遞給她。這回她卻怔了說：「真想不到這個時候有人給我茶喝，我這回真的走到中國了。」我笑了說：「百羅告訴我你喜歡到井裡汲水，好，我就喜歡泡茶。各人有她傳統的嗜好，不容易改掉。」就在那時候，她的兩唇微微地一抿，像朵花，由含苞到開放，毫無痕跡地輕輕地張開，露出那一排貝殼般的牙齒。我默默地在心裡說，我這一生總可以說真正的見過一個稱得起美人的人物了。

「你知道，」我說，「學校裡誰都喜歡說起你，你在我心裡簡直是個神話人物，不，簡直是古典人物；今天你的來，到現在我還信不過這事的實在性！」

她說：「一生裡事大半都好像做夢。這兩年來我飄泊慣了，今天和明天的事多半是不相連續的多；本來現實本身就是一串不一定能連續而連續起來的荒誕。什麼事我現在都能相信得過，尤其是此刻，夜這麼晚，我把一個從來未曾遇見過的人的清靜打斷了，坐在她屋裡，喝她幾千里以外寄來的茶！」

那天晚上，她在我屋子裡不止喝了我的茶，並且在我的書架上搬弄了我的書，我的許多相片，問了我一大堆的話，告訴我她有個朋友喜歡中國的詩——我知道那就是那青年作家，她的情人，可是我沒有問她。她就在我屋子中間小小燈光下愉悅地活動著，一會兒立在洛陽造像的墨拓前默了一會，停一刻又走過，用手指柔和地，順著那金色面具的輪廓上抹下來，她搬弄我桌上的唐陶俑和圖章。又問我壁上銅劍的銘文。純淨的型和線似乎都在引逗起她的興趣。

一會兒她倦了，無意中伸個懶腰，慢慢地將身上束的腰帶解下，自然地，活潑地，一件一件將自己的衣服脫下，裸露出她雕刻般驚人的美麗。我看著她耐性地，細緻地，解除臂上的銅鐲，又用刷子刷她細柔的頭髮，來回地走到浴室裡洗面又走出來。她的美當然不用講，我驚訝的是她所有舉動，全個體態，都是那樣的有個性，奏著韻律。我心裡想，自然舞蹈班中幾個美體的同學，和我們人體畫班中最得意的兩個模特，明蒂和蘇茜，她們的美實不過是些淺顯的柔和及妍麗而已，同鍾綠真無法比較得來。我忍不住興趣地直爽地笑對鍾綠說：

「鍾綠你長得實在太美了，你自己知道麼？」

她忽然轉過來看了我一眼，好脾氣地笑起來，坐到我床上。

「你知道你是個很古怪的小孩子麼？」她伸手撫著我的頭後（那時我的頭是低著的，似乎倒有點難為情起來。）「老實告訴你，當百羅告訴我，要我住在一個中國姑娘的房裡時，我倒有些害怕。我想著不知道我們要談多少孔夫子的道德，東方的政治；我怕我的行為或許會觸犯你們謹嚴的佛教！」

這次她說完，卻是我打個呵欠，倒在床上好笑。

她說：「你在這裡原來住得還真自由。」

我問她是否指此刻我們不拘束的行動講。我說那是因為時候到底是半夜了，房東太太在夢裡也無從干涉，其實她才是個極宗教的信徒，我平日極平常的畫稿，拿回家來還曾經驚著她的靦腆。男朋友從來只到過我樓梯底下的，就是在樓梯邊上坐著，到了十點半，她也一定咳嗽的。

鍾綠笑了說：「你的意思是從孔子廟到自由神中間並無多大距離！」

那時我睡在床上和她談天，屋子裡僅點一盞小燈。她披上睡衣，替我開了窗，才回到床上抱著膝蓋抽煙。在一小閃光底下，她努著嘴噴出一個一個的煙圈，我又疑心我在做夢。

「我頂希望有一天到中國來，」她說，手裡搬弄床前我的夾旗袍，「我還沒有看見東方的蓮花是什麼樣子。我頂愛坐帆船了。」

我說，「我和你約好了，過幾年你來，挑個山茶花開遍了時節，我給你披上一件長袍，我一定請你坐我家鄉裡最浪漫的帆船。」

「如果是個月夜，我還可以替你彈一曲希臘的弦琴。」

「也許那時候你更願意死在你的愛人懷裡！如果你的他也來。」我逗著她。

她忽然很正經地卻用最柔和的聲音說：「我希望有這福氣。」

就這樣說笑著，我朦朧地睡去。

到天亮時，我覺得有人推我，睜開了眼，看她已經穿好了衣裳，收拾好皮包，俯身下來和我作別。

「再見了，好朋友，」她又淘氣地撫著我的頭，「就算你做個夢吧。現在你信不信昨夜答應過人，要請她坐帆船？」

可不就像一個夢，我眯著兩隻眼，問她為何起得這樣早。她告訴我要趕六點十分的車到鄉下去，約略一個月後，或許回來，那時一定再來看我。她不讓我起來送她，無論如何要我答應她，等她一走就閉上眼睛再睡。

於是在天色微明中，我只再看到她歪著一頂帽子，倚在屏風旁邊嫵媚地一笑，便轉身走出去了。一個月以後，她沒有回來，其實等到一年半後，我離開××時，她也沒有再來過這城的。我同她的友誼就僅僅限於那麼一個短短的半夜，所以那天晚上是我第一次，也就是最末次，會見了鍾緣。但是即使以後我沒有再得到關於她的種種悲慘的消息，我也知道我是永遠不能忘記她的。

那個晚上以後，我又得到她的消息時，約在半年以後，百羅告訴我說：

「鍾綠快要出嫁了。她這種的戀愛真能使人相信人生還有點意義，世界上還有一點美存在。這一對情人上禮拜堂去，的確要算上帝的榮耀。」

我好笑憂鬱的百羅說這種話，卻是私下裡也的確相信鍾綠披上長紗會是一個奇美的新娘。那時候我也很知道一點新郎的樣子和脾氣，並且由作品裡我更知道他留給鍾綠的情緒，私下裡很覺到鍾綠幸福。至於他們的結婚，我倒覺得很平凡；我不時嘆息，想像到鍾綠無條件地跟著自然規律走，慢慢地變成一個妻子，一個母親，漸漸離開她現在的樣子，變老，變醜，到了我們從她臉上、身上再也看不出她現在的雕刻般的奇跡來。

誰知道事情偏不這樣的經過，鍾綠的愛人竟在結婚的前一星期驟然死去，聽說鍾綠那時正在試著嫁衣，得著電話沒有把衣服換下，便到醫院裡暈死過去在她未婚新郎的胸口上。當我得到這個消息時，鍾綠已經到法國去了兩個月，她的情人也已葬在他們本來要結婚的禮拜堂後面。

因為這消息，我卻時常想起鍾綠試裝中世紀尼姑的故事，有點兒迷信預兆。美人自古薄命的話，更好像有了憑據。但是最使我感慟的消息，還在此後兩年多。

當我回國以後，正在家鄉遊歷的時候，我接到百羅一封長信，我真是沒有想到鍾綠竟死在一條帆船上。關於這一點，我始終疑心這個場面，多少有點鍾綠自己的安排，並不見得完全出自偶然。

那天晚上對著一江清流。茫茫暮靄，我獨立在岸邊山坡上，看無數小帆船順風飄過，忍不住淚下如雨，坐下哭了。

我耳朵裡似乎還聽見鍾綠銀鈴似的溫柔的聲音說：「就算你做個夢，現在你信不信昨夜答應過請人坐帆船？」

丁玲（1904-1986）

作家介紹

丁玲（1904-1986），本名蔣偉，字冰之，另有筆名彬芷、從喧等，湖南臨澧人。一九一八年就讀於桃源湖南省立第二女子師範學校預科，次年轉入長沙周南女子中學。一九二二年初赴上海，曾在平民女子學校學習。一九二三年入上海大學中國文學系學習。次年夏轉赴北京，曾在北京大學旁聽文學課程。一九二五年與胡也頻同居。一九二七年發表處女作〈夢珂〉，一九二八年發表代表作〈莎菲女士的日記〉，引起文壇熱烈反響。一九二九年與胡也頻、沈從文等創辦紅黑出版社，出版《紅黑》雜誌和「紅黑創作叢書」。一九三〇年參加中國左翼作家聯盟，後出任「左聯」機關刊物《北斗》主編及「左聯」黨團書記。一九三六年到陝北，歷任西北戰地服務團主任、《解放日報》文藝副刊主編等職，一九四八年完成了長篇小說〈太陽照在桑乾河上〉，一九五二年憑此作獲史達林文藝獎二等獎。一九四九年後，丁玲曾任中國文協（後改為中國作家協會）常務副主席、中央文學研究所所長、中共中央宣傳部文藝處處長、《文藝報》主編、《人民文學》主編等職。一九五五和一九五七年被定為「丁玲、陳企霞反黨集團」和「丁玲、馮雪峰反黨集團」主要成員，一九五八年又受到「再批判」，並下放北大荒勞動改造。「文化大革命」期間深受迫害並被投入監獄。

一九七九年平反後重返文壇，先後出任中國作家協會副主席、《中國》雜誌主編等職。一九八六年在北京逝世。

丁玲一生著作豐碩，代表作有短篇小說集《在黑暗中》（1928）、《自殺日記》（1929）、《一個女人》（1930）、《一顆未出膛的槍彈》（1938）、《我在霞村的時候》（1944）等，中篇小說〈韋護〉（1930）、〈水〉（1932）等，長篇小說〈母親〉（1933）、〈太陽照在桑乾河上〉（1949）等，散文集《一年》（1939）、《歐行散記》（1951）、《到前線去》（1980）、《訪美散記》（1984）等。

外受政治環境的影響，內受女性的丁玲、作家的丁玲和政治的丁玲三者之間糾葛纏磨折衝鬥爭，丁玲的一生，充滿了坎坷、矛盾和傳奇。

作品導讀

丁玲在中國現代文學史上一直是個比較有爭議的作家，從知識女性到革命幹部的不尋常經歷固然是重要原因，個人良知、女性立場和政治追求之間的矛盾可能起的作用更大。丁玲是以對女性內心苦悶的大膽表現走上文壇的，她的〈夢珂〉、〈莎菲女士的日記〉在二十世紀二〇年代後期曾轟動一時，產生過深遠的影響。後來的左翼政治追求使她將書寫的重點轉向了政治，〈韋護〉、〈一九三年春上海〉、〈水〉、〈田家衝〉等作品標誌著丁玲創作的左翼轉向，女性在她的筆下也從表現的中心轉換成了表現的載體——也就是說，過去是表現女性自身的叛逆、苦悶和追求，現在則變成了通過女性表現政治對女性的作用力。由於政治的介入，女性在丁玲的筆下不再是單純的女性問題，而是政治如何作用於女性的問題，這使女性在丁玲的筆下從中心退縮到了邊緣（當然並沒有消失），從主體變成了載體。

到了延安，女性形象在丁玲的作品中再次成為表現的重點，不過，這時的女性已經置身於共產黨統治區的環境中，她們的命運也必然會因此而帶有一些新的特點——如果說初登文壇的丁玲關注女性，左轉後的丁玲重視政治，那麼到了延安的丁玲，則在女性與政治的重疊中表現女性與政治的關係。在這樣一個書寫重點不斷轉移的過程中，延安時期丁玲筆下的女性形象自然也就與以往不同。

在〈我在霞村的時候〉這篇作品中，女主人公貞貞以忍受日本兵凌辱為代價為游擊隊做地下工作，可是當她從敵營歸來時，卻不為身邊的民眾所理解，而遭到強烈的道德譴責——認為她身為女人不貞，身為中國人無節。在這篇小說中，丁玲涉及了這樣一個現象，那就是，按照馬克思主義理論的社會發展觀來看，共產黨統治區應該是婦女獲得真正解放的地方，然而在丁玲筆下的貞貞身上，呈現出來的結果卻與此大相徑庭：在共產黨統治區，封建主義以「貞」、「節」的道德正當性，繼續維持著對婦女的精神壓迫。貞貞去「鬼子」那裡雖然有為游擊隊刺探情報的革命正當性，但這種正當性卻被她周圍的大多數民眾忽略了。他們看到的是貞貞「給鬼子糟蹋」，「起碼一百個男人總『睡』過」，「還做了日本官太太」，於是判定貞貞是個「缺德的婆娘」，認為「不該讓她回來」。這種源於封建思想的民間輿論壓力，竟然覆蓋掉了貞貞為革命所做的貢獻，不但使貞貞毫無革命功臣的光榮感，反而在內心深處深感自慚形穢，並因此不敢面對和接受夏大寶忠貞不渝的愛情，決定遠離故土，去延安學習。

當丁玲在創作〈我在霞村的時候〉的時候，她其實具有雙重身分，即既是女性作家，又是革命的女性作家。當她以女性作家面對貞貞的時候，她是同情貞貞的；可是作為革命的女性作家，她又不能否定革命大眾。於是，丁玲的女性視角、女性立場和政治傾向、政治追求之間的拉扯，就構成了作家丁玲內心的深刻矛盾，也導致了〈我在霞村的時候〉這篇小說的複雜。如果把丁玲創作於同一時期的另一篇小說〈在醫院中〉結合起來考察，就會發現，丁玲在延安時期創作中所具有的這種矛盾性，並不是一種偶然的作為，而是具有某種「穩定」的特質。

王德威在〈做了女人真倒楣——丁玲的「霞村」經驗〉一文中，認為「丁玲的問題包括了：在以『解放』為號召的政權下，婦女的地位如何才算解放？兩性間的不平等關係，可以用民族意識（中對日）或階級鬥爭論來輕輕化解麼？女性身體如何成為男性權力放縱或禁抑的對象？還有女作家如何在男性中心敘述傳統下，突破障礙，發出獨特的聲音？對於左派烏托邦主義者而言，這些問題只要隨著『革命』的成功，自可迎刃而解。但是丁玲似乎不作如是觀。小說也許沒有提出明確的答案；我們所見的，是敘述者遊移於各類角色所代表的立場間，企圖包容彼此的矛盾，卻終究更無奈地洩露其破綻間隙」。這段論述，不但深刻地闡述了〈我在霞村的時候〉這篇小說的核心底蘊，而且也道盡了延安時期丁玲自身在女性、政治、革命等關係之間左支右絀艱難搖擺的尷尬和窘境。

事實上延安時期的丁玲可以說是由兩個丁玲組成的，一為感性的個人的女性的丁玲，一為理性的集體的革命的丁玲。前者使丁玲近乎本能地站在女性立場為女性說話——在〈我在霞村的時候〉和〈在醫院中〉，丁玲將自己的所有同情都傾注在了貞貞和陸萍的身上，而對那些「庸眾」（那些身在共產黨統治區思想卻還停留在封建時代的民眾，即便是在共產黨統治區也仍然是「庸眾」）的「精神奴役創傷」進行了充滿嘲諷的揭露和批判。後者則使丁玲以政治原則和革命要求為優先，對前一個丁玲進行修正乃至壓制，在作品中則體現為對「庸眾」的揭露和批判是有分寸和節制的。兩個丁玲彼此爭鬥互相搏擊所形成的張力，顯示的其實是像丁玲這樣的女作家在進入了左翼的軌道之後，其個人的女性意識和組織化的革命情懷之間，內在的結構性矛盾。而兩個丁玲的難以整合和協調，最終導致了丁玲的個人悲劇。

不過，丁玲的這種矛盾，倒反而成了她的特色，成就了她的創作，並因了她的這種左翼女性書寫，豐富了二十世紀中國現代女作家的創作風貌。

我在霞村的時候

因為政治部太嘈雜，莫俞同志決定要把我送到鄰村去暫住，實際我的身體已經復原了，不過既然有安靜的地方暫時休養，趁這機會整理一下近三月來的筆記，覺得也很好，我便答應他到霞村去住兩個星期，那裡離政治部有三十里路。

同去的還有一個宣傳科的女同志，她大約有些工作，她不是個好說話的人，所以一路顯得很寂寞。加上她是一個「改組派」的腳，我的精神又不大好，我們上午就出發，太陽快下山了，才到達目的地。

遠遠看這村子，也同其他村子差不多。但我知道，這村子裡還有一個未被毀去的建築得很美麗的天主教堂和一個小小的松林，我就將住在靠山的松林裡，從這裡可以直望到教堂。現在已經看到靠山的幾排整齊的窯洞和窯洞上的綠色的樹林，我覺得很滿意這村子。

從我的女伴口裡，我認為這村子是很熱鬧的；但當我們走進村口時，卻連一個小孩子，一隻狗也沒有碰到，只是幾片枯葉輕輕地被風捲起，飛不多遠又墜下來了。

「這裡從先是小學堂，自從去年鬼子來後就毀了，你看那邊臺階，那是一個很大的教室呢。」阿桂（我的女伴）告訴我，她顯得有些激動，不像白天那樣沉默了。她接著又指著一個空空的大院子：「一年半前這裡可熱鬧呢，同志們天天晚飯後就在這裡打球。」

她又急起來了：「怎麼今天這裡沒有人呢？我們是先到村公所去，還是到山上去呢？咱們的行李也不知道捎到什麼地方去了，總得先鬧清才好。」

村公所大門牆上，貼了很多白紙條，上面寫著「××會辦事處」、「××會霞村分會」……但我們到了裡邊，卻靜悄悄地找不到一個人，幾張橫七豎八的桌子空空的擺在那裡。我們正奇怪，匆匆地跑來一個人，他看了一看我，似乎想問什麼，接著又把話咽下去了，還想往外跑，但被我們叫住了。

他只好連連地答應我們：「我們的人嘛，都到村西口去了。行李？嗯，是有行李，老早就抬到山上了，是劉二媽家裡。」他一邊說一邊也打量著我們。

我們知道了他是農救會的人，便要求他陪同我們一道上山去，並且要他把我寫給這邊一個同志的條子送去。

他答應替我們送條子，卻不肯陪我們，而且顯得有點不耐煩的樣子，把我們丟下獨自跑走了。

街上也是靜悄悄的，有幾家在關門，有幾家門還開著，裡邊黑漆漆的，我們也沒有找到人。幸好阿桂對這村子還熟，她引導著我走上山，這時已經黑下來了，冬天的陽光是下去得快的。

山不高，沿著山腳上去，錯錯落落有很多石砌的窯洞，也常有人站在空坪上眺望著。阿桂明知沒有到，但一碰著人便要問：

「劉二媽的家是這樣走的麼？」「劉二媽的家還有多遠？」「請你告訴我怎樣到劉二媽的家裡？」或是問：「你看見有行李送到劉二媽家去過麼？劉二媽在家麼？」

回答總是使我們滿意的，這些滿意的回答一直把我們送到最遠的、最高的劉家院子裡，兩隻小狗最先走出來歡迎我們。

接著有人出來問了。一聽說是我，便又出來了兩個人，他們掌著燈把我們送進一個院子，到了一個靠東的窯洞裡。這窯洞裡面很空，靠窗的炕上堆得有我的鋪蓋卷和一口小皮箱，還有阿桂的一條被子。

他們裡面有認識阿桂的，拉著她的手問長問短的，後來索性把阿桂拉出去了。我一個人留在這屋子裡，只好整理鋪蓋。我剛要躺下去，她們又擁進來了。有一個青年媳婦托著一缸麵條，阿桂、劉二媽和另外一個小姑娘拿著碗、筷和一碟子蔥同辣椒，小姑娘又捧來一盆燃得紅紅的火。她們殷勤地督促著我吃麵，也摸我的兩手、兩臂。劉二媽和那媳婦也都坐上炕來了。她們露出一種神秘的神氣，又接著談講著她們適才所談到的一個問題。我先還以為她們所詫異的是我，慢慢我覺得不是這樣的，她們只熱心於一點，那就是她們談話的內容。我只無頭無尾的聽見幾句，也弄不清，尤其是劉二媽說話之中，常常要把聲音壓低，像怕什麼人聽見似的那麼耳語著。阿桂已經完全變了，她仿佛滿能幹的，很愛說話，而且也能聽人說話的樣子，她表現出很能把握住別人說話的中心意思。另外兩人不大說什麼，不時也補充一兩句，卻那麼聚精會神地聽著，生怕遺漏去一個字似的。

忽然院子裡發出一陣嘈雜的聲音，不知有多少人在同時說話，也不知道闖進了多少人來。劉二媽幾人慌慌張張的都爬下炕去往外跑，我也莫名其妙地跟著跑到外邊去看。這時院子裡實在完全黑了，有兩個紙糊的紅燈籠在人叢中搖晃，我擠到人堆裡去瞧，什麼也看不見，他們也是無所謂的在擠著而已，他們都想說什麼，都又不說，只聽見一些極簡單的對話，而這些對話只有更把人弄糊塗的：

「玉娃，你也來了麼？」

「看見沒有？」

「看見了，我有些怕。」

「怕什麼，不也是人麼，更標緻了呢。」

我開始以為是誰家要娶新娘子了，他們回答我不是的；我又以為是俘虜兵到了，卻還不是的。我跟著人走到中間的窯門口，卻見窯裡擠得滿滿的是人，而且煙霧沉沉地看不清，我只好又退出來。人似乎也在慢慢地退去了，院子裡空曠了許多。

我不能睡去，便在燈底下整理著小箱子，翻著那些練習簿、相片，又削著幾支鉛筆。我顯得有些疲乏，卻又感覺著一種新的生活要到來以前的那種昂奮。我分配著我的時間，我要從明天起遵守規定下來的生活秩序，這時卻有一個男人嗓子在門外響起了：

「還沒有睡麼？××同志。」

還沒有等到我答應，這人便進來了，是一個二十歲左右的、還文雅的鄉下人。

「莫主任的信我老早就看到了，這地方還比較安靜，凡事放心，都有我，要什麼儘管問劉二媽。莫主任說你要在這裡住兩個星期，行，要是住得還好，歡迎你多住一陣。我就住在鄰院，下邊的那幾個窯，有事就叫這裡的人找我。」

他不肯上炕來坐，地下又沒有凳子，我便也跳下炕去：

「呵，你就是馬同志，我給你的一個條子收到了麼？請坐下來談談吧。」

我知道他在這村子上負點責，是一個未畢業的初中學生。

「他們告訴我，你寫了很多書，可惜我們這裡沒有買，我都沒有見到。」他望瞭望炕上開著口的小箱子。

我們話題一轉到這裡的學習情形時，他便又說：「等你休息幾天後，我們一定請你做一個報告；群眾的也好，訓練班的也好，總之，你一定得幫助我們，我們這裡最難的工作便是『文化娛樂』。」

像這樣的青年人我在前方看了很多很多，當剛剛接觸他們的時候常常感到驚訝，覺得這些同自己有一點距離的青年們實在變得很快，我又把話拉回來。

「剛才，他們發生了什麼事麼？」

「劉大媽的女兒貞貞回來了。想不到她才了不起呢。」即刻我感到在他的眼睛裡面多了一樣東西，那裡面放射著愉快的、熱情的光輝。

我正要問下去時，他卻又加上說明了：「她是從日本人那裡回來的，她已經在那裡幹了一年多了。」

「呵！」我不禁也驚叫起來了。

他打算再告訴我一些什麼時，外邊有人在叫他了，他只好對我說明天他一定叫貞貞來找我。而且他還提起我注意似的，說貞貞那裡「材料」一定很多的。

很晚阿桂才回來睡，她躺在床上老是翻來覆去地睡不著，不住地唉聲嘆氣。我雖說已經疲倦到極點了，仍希望她能告訴我一些關於今晚上的事情。

「不，××同志！我不能說，我真難受，我明天告訴你吧，呵！我們女人真作孽呀！」於是她把被蒙著頭，動也不動，也再沒有嘆息，我不知道她什麼時候才睡著的。

第二天一早我到屋外去散步，不覺得就走到村子底下去了。我走進了一家雜貨鋪，一方面是休息，一方面買了他們很多棗子，是打算送給劉二媽家裡煮稀飯吃的。那雜貨鋪老闆聽我說住在劉二媽家裡，便擠著那雙小眼睛，有趣地低聲問我道：

「她那姪女兒你看見了麼？聽說病得連鼻子也沒有了，那是給鬼子糟蹋的呀。」他又轉過臉去朝站在裡邊門口的他的老婆說：「虧她有臉面回家來，真是她爹劉福生的報應。」

「那娃兒向來就風風雪雪的，你沒有看見她早前就在街上浪來浪去，她不是同夏大寶打得火熱麼？要不是夏大寶窮，她不老早就嫁給他了麼？」那老婆子拉著衣角走了出來。

「謠言可多呢，」他轉過臉來搶著又說。這次他的眼睛已不再眨動了，卻做出一副正經的樣子：「聽說起碼一百個男人總『睡』過，哼，還做了日本官太太，這種缺德的婆娘，是不該讓她回來的。」

我忍住了氣，因為不願同他吵，就走出來了。我並沒有再看他，但我感覺到他又眯著那小眼睛很得意地望著我的背影。

走到天主堂轉角的地方，又聽到有兩個打水的婦人在談著，一個說：

「還找過陸神父，一定要做姑姑，陸神父問她理由，她不說，只哭，知道那裡邊鬧的什麼把戲，現在呢，弄得比破鞋還不如……」

另一個便又說：「昨天他們告訴我，說走起路來一跛一跛的，唉，怎麼好意思見人！」

「有人告訴我，說她手上還戴得有金戒指，是鬼子送的哪！」

「說是還到大同去過，很遠的，見過一些世面，鬼子話也會說哪……」

這散步於我是不愉快的，我便走回家來了。這時阿桂已不在家，我就獨自坐在窯洞裡讀一本小冊子。

我把眼睛從書上抬起來，看見靠牆立著兩個糧食簍子，那大約很有歷史的吧，它的顏色同牆壁一般黑，我把一塊活動的窗戶紙掀開，看見一片灰色的天（已經不是昨天來時的天氣了）和一片掃得很乾淨的土地，從那地的盡頭，伸出幾株枯枝的樹，疏疏朗朗地劃在那死寂的鉛色的天上。

院子裡沒有什麼人走動。

我又把小箱子打開，取出紙筆來寫了兩封信。怎麼阿桂還沒回來呢？我忘記她是有工作的，而且我以為她將與我住下去似的了。

冬天的日子本來是很短的，但這時我卻以為它比夏天的還長呢。

後來我看見那小姑娘出來了，於是跳下炕到門外去招呼她，她只望著我笑了一笑，便跑到另外一個窯洞裡去了。我在院子裡走了兩個圈，看見一隻蒼鷹飛到教堂的樹林子裡邊去了。那院子裡有很多大樹。

我又在院子裡走起來，走到靠右邊的盡頭，我聽見有哭泣的聲音，是一個女人，而且在壓抑住自己，時時都在擤鼻涕。

我努力地排遣自己，思索著這次來的目的和計畫，我一定要好好休養，而且按著自己規定的時間去生活。於是我又回到房子裡來了，既然不能睡，而寫筆記又是多麼無聊呵！

幸好不久劉二媽來看我了，她一進來，那小姑娘跟著也來了，後來那媳婦也來了。她們都坐到我的炕上，圍著一個小火盆。那小姑娘便察看著那小方炕桌上的我的用具。

「那時誰也顧不到誰，」劉二媽述說著一年半前鬼子打到霞村來的事，「咱們住在山上的還好點，跑得快，村底下的人家有好些都沒有跑走，也是命定下的，早不早遲不遲，這天咱們家的貞貞卻跑到天主堂去了，後來才知道她是找那個外國神父要做姑姑去的，為的也是風聲不好，她爹正在替她講親事，是西柳村一家米鋪的小老闆，年紀快三十了，填房，家道厚實，咱們都說好，就只貞貞自己不願意，她向著她爹哭過。別的事她爹都能依她，就只這件事老頭子不讓，咱們老大又沒兒，總企望把女兒許個好人家。誰知道貞貞卻賭氣跑到天主堂去了，就那一忽兒，落在火炕了哪，您說做娘老子的怎不傷心……」

「哭的是她的娘麼？」

「就是她娘。」

「你的姪女兒呢？」

「姪女兒麼，到底是年輕人，昨天回來哭了一場，今天又歡天喜地到會上去了，才十八歲呢。」

「聽說做過日本人太太，真的麼？」

「這就難說了，咱也摸不著，謠言自然是多得很，病是已經弄上身了，到那種地方，還保得住乾淨麼？小老闆的那頭親事，還不吹了，誰還肯要鬼子用過的女人！的的確確是有病，昨天晚上她自己也說了。她這一跑，真變了，她說起鬼子來就像說到家常便飯似的，才十八歲呢，已經一點也不害臊了。」

「夏大寶今天還來過呢，娘！」那媳婦悄聲地說著，用探問的眼睛望著二媽。

「夏大寶是誰呢？」

「是村底下磨房裡的一個小夥計，早先小的時候同咱們貞貞同過一年學，兩個要好得很，可是他家窮，連咱們家也不如，他正經也不敢怎樣的，偏偏咱們貞貞癡心癡意，總要去纏著他，一來又怪了他；要去做姑姑也還不是為了他？自從貞貞給日本鬼弄去後，他倒常來看看咱們老大兩口子。起先咱們大爹一見他就氣，有時罵他，他也不說什麼，罵走了第二次又來，倒是一個有良心的孩子，現在自衛隊當一個小排長呢。他今天又來了，好像向咱們大媽求親來著呢，只聽見她哭，後來他也哭著走了。」

「他知不知道你姪女兒的情形呢？」

「怎會不知道？這村子裡就沒有人不清楚，全比咱們自己還清楚呢。」

「娘，人都說夏大寶是個傻孩子呢。」

「嗯，這孩子總算有良心，咱是願意這頭親事的。自從鬼子來後，誰還再是有錢的人呢？看老大兩口子的口氣，也是答應的。唉，要不是這孩子，誰肯來要呢？莫說有病，名聲就實在夠受了。」

「就是那個穿深藍色短棉襖，戴一頂古銅色翻邊氈帽的。」小姑娘閃著好奇的眼光，似乎也很瞭解這回事。

在我記憶裡出現了這樣一個人影：今天清晨我出外散步的時候，看見了這麼一個年輕的小夥子，有著一副很機靈也很忠厚的面孔，他站在我們院子外邊，卻又並不打算走進來的樣子；約莫當我回家時，又看他從後邊的松林裡走出來。我只以為是這院子裡人或鄰院的人，我那時並沒有很注意他，現在想起來，倒覺得的確是一個短小精悍、很不壞的年輕人。

我的休養計畫怕不能完成了，為什麼我的思緒這樣的亂？我並不著急於要見什麼人，但我幻想中的故事是不斷的增加著。

阿桂現出一副很明白我的神氣，望著我笑了一下便走出去了。

我明白了她的意思，於是來回在炕上忙碌了一番；覺得我們的鋪、燈、火都明亮了許多。我剛把茶缸子擱在火上的時候，果然阿桂已經回到門口了，我聽見她後邊還跟得有人。

「有客人來了，××同志！」阿桂還沒有說完，便聽見另一個聲音撲哧一笑：「嘻……」

在房門口我握住了這並不熟識的人的手了。她的手滾燙，使我不能不略微吃驚。她跟著阿桂爬上炕去時，在她的背上，長長的垂著一條髮辮。

這間使我感到非常沉悶的窯洞，在這新來者的眼裡，卻很新鮮似的，她用滿有興致的眼光環繞地探視著。她身子稍稍向後仰地坐在我的對面，兩手分開撐住她坐的鋪蓋上，並不打算說什麼話似的，最後把眼光安詳地落在我的臉上了。陰影把她的眼睛畫得很長，下巴很尖。雖在很濃厚的陰影之下的眼睛，那眼珠卻被燈火和火光照得很明亮，就像兩扇在夏天的野外屋宇裡洞開的窗子，是那麼坦白，沒有塵垢。

我也不知道如何來開始我們的談話，怎麼能不碰著她的傷口，不會損害到她的自尊心。我便先從缸子裡倒了一杯已經熱了的茶。

「你是南方人吧？我猜你是的，你不像咱們省裡的人。」倒是貞貞先說了。

「你見過很多南方人麼？」我想最好隨她高興說什麼我就跟著說什麼。

「不，」她搖著頭，仍舊盯著我瞧，「我只見過幾個，總是有些不同。我喜歡你們那裡人，南方的女人都能念很多很多的書，不像咱們，我願意跟你學，你教我好麼？」

我答應她之後忽的她又說了：「日本的女人也都會念很多很多書，那些鬼子兵都藏得有幾封寫得漂亮的信：有的是他們的婆姨來的，有的是相好來的，也有不認識的姑娘們寫信給他們，還夾上一張照片，寫了好些肉麻的話，也不知道她們是不是真心，總哄得那些鬼子當寶貝似的揣在懷裡。」

「聽說你會說日本話，是麼？」

在她臉上輕微地閃露了一下羞赧的顏色，接著又很坦然的說下去：「時間太久了，跑來跑去一年多，多少就會了一點兒，懂得他們說話很有用處。」

「你跟著他們跑了很多地方麼？」

「不是老跟著一個隊伍跑的，人家總以為我做了鬼子官太太，享富貴榮華，實際我跑回來過兩次，連現在這回是第三次了。後來我是被派去的，也是沒有辦法，我在那裡熟，工作重要，一時又找不到別的人。現在他們不再派我去了，要替我治病。也好，我也掛牽我的爹娘，回來看看他們。可是娘真沒有辦法，沒有兒女是哭，有了兒女還是哭。」

「你一定吃了很多的苦吧。」

「她吃的苦真是想也想不到，」阿桂露出一副難受的樣子，像要哭似的，「做了女人真倒楣，貞貞你再說吧。」她更擠攏去，緊靠她身邊。

「苦麼，」貞貞像回憶著一件遼遠的事一樣，「現在也說不清，有些是當時難受，於今想來也沒有什麼；有些是當時倒也馬馬虎虎地過去了，回想起來卻實在傷心呢，一年多，日子也就過去了。這次一路回來，好些人都奇怪地望著我。就說這村子的人吧，都把我當一個外路人，有親熱我的，也有逃避我的。再說家裡幾個人吧，還不都一樣，誰都偷偷地瞧我，沒有人把我當原來的貞貞看了。我變了麼，想來想去，我一點也沒有變，要說，也就心變硬一點罷了。人在那種地方住過，不硬一點心腸還行麼，也是因為沒有辦法，逼得那麼做的哪！」

一點有病的樣子也沒有，她的臉色紅潤，聲音清晰，不顯得拘束，也不覺得粗野。她並不含一點誇張，也使人感覺不到她有什麼牢騷，或是悲涼的意味，我忍不住要問到她的病了。

「人大約總是這樣，哪怕到了更壞的地方，還不是只得這樣，硬著頭皮挺著腰肢過下去，難道死了不成？後來我同咱們自己人有了聯繫，就更不怕了。我看見日本鬼子吃敗仗，游擊隊四處活動，人心一天天好起來，我想我吃點苦，也划得來，我總得找活路，還要活得有意思，除非萬不得已。所以他們說要替我治病，我想也好，治了總好些。這幾天病倒不覺得什麼了，路過張家驛時，住了兩天，他們替我打了兩次藥針，又給了一些藥我吃。只有今年秋天的時候，那才厲害，人家說我肚子裡面爛了，又趕上有一個消息要立刻送回來，找不到一個能代替的人，那晚上摸黑我一個人來回走了三十里，走一步，痛一步，只想坐著不走了。要是別的不關緊要的事，我一定不走回去了，可是這不行哪，唉，又怕被鬼子認出來，又怕誤了時間，後來整整睡了一個星期，才又拖著起了身。一條命要死好像也不大容易，你說是麼？」

她並沒有等我的答覆，卻又繼續說下去了。

有的時候，她停頓下來。在這時間，她也望望我們，也許是在我們臉上找點反應，也許她只是思索著別的。看得出阿桂比貞貞顯得更難受，阿桂大半的時候沉默著，有時說幾句話，她說的話總只為的傳達出她的無限的同情，但她沉默時，卻更顯得她為貞貞的話所震懾住了，她的靈魂被壓抑，她感受了貞貞過去所受的那些苦難。

我以為那說話的人絲毫沒有想到要博得別人的同情，縱是別人正為她分擔了那些罪過，她似乎也沒有感覺到，同時也正因為如此，就使人覺得更可同情了。如果她說起她這段歷史的時候，並不是像現在這樣，心平氣和，甚至使你以為她是在說旁人那樣，那是寧肯聽她哭一場，哪怕你自己也陪著她哭，都是覺得好受些的。

後來阿桂倒哭了，貞貞反來勸她。我本有許多話準備同貞貞說的，也說不出口了，我願意保持住我的沉默。當她走後，我強制自己在燈下讀了一個鐘頭的書，連睡得那麼鄰近的阿桂，也不看她一眼，或問她一句，哪怕她老是翻來覆去的睡不著，一聲一聲地嘆息著。

以後貞貞每天都來我這裡閒談，她不只是說她自己，也常常很好奇地問我許多那些不屬於她的生活中的事。有時我的話說得很遠，她便顯得很吃力地聽著，卻是非常要聽的。我們也一同走到村底下去，年輕人都對她很好；自然都是那些活動分子。但像雜貨店老闆那一類的人，總是鐵青著臉孔，冷冷地望著我們，他們嫌厭她，卑視她，而且連我也當著不是同類的人的樣子看待了。尤其那一些婦女們，因為有了她才發生對自己的崇敬，才看出自己的聖潔來，因為自己沒有被敵人強姦而驕傲了。

阿桂走了之後，我們的關係就更密切了，誰都不能缺少誰似的，一忽兒不見就會彼此掛念。我喜歡那種有熱情的，有血肉的，有快樂、有憂愁、又有明朗的性格的人；而她就正是這樣。我們的閒談常常占去了很多時間，我總以為那些談天，於我的學習和修養，就是非常有幫助的。可是日子一天天過去，貞貞對我並不完全坦白的事，竟被我發覺了；但我絕不會對她有一絲怨恨，而且我將永遠不去觸她這秘密，每個人一定有著某些最不願告訴人的東西深埋在心中，這是指屬於私人感情的事，既與旁人毫無關係，也不會關係於她個人的道德。

到了我快走的那幾天，貞貞忽然顯得很煩躁，並沒有什麼事，也不像打算要同我談什麼的，卻很頻繁的到我屋裡來，總是心神不寧的，坐立不安的，一會兒又走了。我知道她這幾天吃得很少，甚至常常不吃東西。我問過她的病，我清楚她現在所擔受的煩擾，決不只是肉體上的。她來了，有時還說幾句毫無次序的話；有時似乎要求我說一點什麼，做出一副要聽的神氣。但我也看得出她在想一些別的，那些不願讓人知道的，她是正在掩飾著這種心情，裝出無所謂的樣子。

有兩次，我看見那顯得很精悍的年輕小夥子從貞貞母親的窯中出來，我曾把他給我的印象和貞貞一道比較，我以為我非常同情他，尤其當現在的貞貞被很多人糟蹋過，染上了不名譽的、難醫的病症的時候，他還能耐心的來看她，向她的父母提出要求，他不嫌棄她，不怕別人笑罵。他一定覺得她這時更需要他，他明白一個男子在這樣的時候對他相好的女人所應有的氣概和責任。而貞貞呢，雖說在短短的時間中，找不出她有很多的傷感和怨恨，她從沒有表示過她希望有一個男子來要她，或者就說是撫慰吧；但我也以為因為她是受過傷的，正因為她受傷太重，所以才養成她現在的強硬，她就有了一種無所求於人的樣子。可是如果有些愛撫，非一般同情可比的憐惜，去溫暖她的靈魂是好的。我喜歡她能哭一次，找到一個可以哭的地方去哭一次。我希望我有機會吃到這家人的喜酒，至少我也願意聽到一個喜訊再離開。

「然而貞貞在想著一些什麼呢？這是不會拖延好久，也不應成為問題的。」我這樣想著，也就不多去思索了。

劉二媽，她的小媳婦、小姑娘也來過我房子，估計她們的目的，無非想來報告些什麼，有時也說一兩句。但我總不給她們說話的機會，我以為凡是屬於我朋友的事，如若朋友不告訴我，我又不直接問她，卻在旁人那裡去打聽，是有損害於我的朋友和我自己，也是有損害於我們的友誼的。

就在那天黃昏，院子裡又熱鬧起來了，人都聚集在那裡走來走去，鄰舍的人全來了，他們交頭接耳，有的顯得悲戚，也有的滿感興趣的樣子。天氣很冷，他們好奇的心卻很熱，他們在嚴寒底下聳著肩，弓著腰，攏著手，他們吹著氣，在院子中你看我，我看你，好像在探索著很有趣的事似的。

開始我聽見劉大媽的房子裡有吵鬧的聲音，接著劉大媽哭了。後來還有男人哭的聲音，我想是貞貞的父親吧。接著又有摔碗的聲音，我忍不住，分開看熱鬧的人衝進去了。

「你來的很好，你勸勸咱們貞貞吧。」劉二媽把我扯到裡邊去。

貞貞把臉藏在一頭紛亂的長髮裡，望得見兩顆猙猙的眼睛從裡邊望著眾人。我走到她旁邊便站住了。她似乎並沒有感覺我的到來，或者也把我當做一個毫不足介意的敵人之一罷了。她的樣子完全變了，幾乎使我不能在她的身上回想起一點點那些曾屬於她的灑脫、明朗、愉快，她像一個被困的野獸，她像一個復仇的女神，她憎恨著誰呢，為什麼要做出那麼一副殘酷的樣子？

「你就這樣的狠心，全不為娘老子著想，你全不想想這一年多來我為你受的罪……」劉大媽在炕上一邊捶著一邊罵，她的眼淚像雨點一樣，有的落在炕上，有的落在地上，還有的就順著臉往下流。

有好幾個女人圍著她，扯著她，她們不准她下炕來。我以為一個人當失去了自尊心，一任她的性情瘋狂下去的時候，真是可怕。我想告訴她，你這樣哭是沒有用的，同時我也明白在這時是無論什麼話都不會有效的。

老頭子顯得很衰老的樣子，他垂著兩手，嘆著氣。夏大寶坐在他旁邊，用無可奈何的眼光望著兩個老人。

「你總得說一句呀，你就不可憐可憐你的娘麼？……」

「路走到盡頭總要轉彎的，水流到盡頭也要轉彎的，你就沒有一點彎轉麼？何苦來呢？……」一些女人們就這樣勸貞貞。

我看出這事是不會如大家所希望的了。貞貞早已表示不要任何人可憐她，她也不可憐任何人。她是早已決定，沒有轉彎的，要說賭氣，就算賭氣吧。她現在是咬緊了牙關要堅持下去的神情。她們聽了我的勸告，讓貞貞到我的房裡邊去休息，一切問題到晚上再談。於是我便領著貞貞出來了。可是她並沒有到我的房中去，她向後山上跑了。

「這娃兒心事大呢！……」

「哼，瞧不起咱鄉下人了……」

「這種破銅爛鐵，還搭臭架子，活該夏大寶倒楣……」

聚集在院子中的人們紛紛議論著，看看已經沒有什麼好看的了，便也散去了。

我在院子中躊躇了一會，便決計到後山去。山上有些墳堆，墳周圍都是松樹，墳前邊有些斷了的石碑，一個人影也沒有，連落葉的聲音都沒有。我從這邊穿到那邊，我叫著貞貞的名字，似乎有點回聲，來安慰一下我的寂寞，但隨即更顯得萬山的沉靜。天邊的紅霞已經退盡了，四周圍浮上一層寂靜的、煙似的輕霧，綿延在遠近的山的腰邊。我焦急，我頹然坐在一塊碑上，我盤旋著一個問題：再上山去呢，還是在這裡等她呢？我希望我能替她分擔些痛苦。

我看見一個影子從底下上來了，很快我便認識出就是夏大寶。我不做聲，希望他沒有看見我，讓他直到上面去吧。但是他卻在朝我走來。

「你找了麼？我到現在還沒有看見她。」我不得不向他打個招呼。

他走到我面前，就在枯草地上坐下去。他沉默著，眼望著遠方。

我微微有些局促。他的確還很年輕呢，他有兩條細細的長眉，他的眼很大，現在卻顯得很呆板，他的小小的嘴緊閉著，也許在從前是很有趣的，但現在只充滿著煩惱，壓抑住痛苦的樣子，他的鼻是很忠厚的，然而卻有什麼用？

「不要難受，也許明天就好了，今天晚上我定要勸她。」我只好安慰他。

「明天，明天，……她永遠都會恨我的，我知道她恨我……」他的聲音稍稍的有點兒啞，是一個沉鬱的低音。

「不，她從沒有向我表示過對人有什麼恨。」我搜索著我的記憶，我並沒有撒謊。

「她不會對你說的，她不會對任何人說的，她到死都不饒恕我的。」

「為什麼她要恨你呢？」

「當然囉……」忽的他把臉朝著我，注視著我，「你說，我那時不過是一個窮小子，我能拐著她逃跑麼？是不是我的罪？是麼？」

他並沒有等到我的答覆就又說下去了，幾乎是自語：「是我不好，還能說是我對麼，難道不是我害了她麼？假如我能像她那樣有膽子，她是不會……」

「她的性格我懂得，她永遠都要恨我的。你說，我應該怎樣？她願意我怎樣？我如何能使她快樂？我這命是不值什麼的，我在她面前也還有點用處麼？你能告訴我麼？我簡直不知我應該怎樣才好，唉，這日子真難受呀！還不如讓鬼子抓去……」他不斷的喃喃下去。

當我邀他一道回家去的時候，他站起來同我走了幾步，卻又停住了，他說他聽見山上有聲音。我只好鼓勵他上山去，我直望到他的影子沒入更厚的松林中去，才踏上回去的路，天色已經快要全黑了。

這天晚上我雖然睡得很遲，卻沒有得著什麼消息，不知道他們怎樣過的。

等不到吃早飯，我把行李都收拾好了。馬同志答應今天來替我搬家。我準備回政治部去，並且回到延安去；因為敵人又要大舉「掃蕩」了，我的身體不准許我再留在這裡，莫主任說無論如何要先把這些傷病員送走。我的心卻有些空蕩蕩的，堅持著不回去麼？身體又累著別人；回去麼？何時再來呢？我正坐在我的鋪上沉思著的時候，我覺得有人悄悄的走進我的窯洞。

她一聳身跳上炕來坐在我的對面了，我看見貞貞臉上稍稍的有點浮腫，我去握著那隻伸在火上的手，那種特別使我感覺刺激的燙熱又使我不安了，我意識到她有著不輕的病症。

「貞貞！我要走了，我們不知何時再能相會，我希望，你能聽你娘……」

「我就是來告訴你的，」她一下就打斷了我的話，「我明天也要動身了。我恨不得早一天離開這家。」

「真的麼？」

「真的！」在她的臉上那種特有的明朗又顯出來了，「他們叫我回……去治病。」

「呵！」我想我們也許要同道的，「你娘知道了麼？」

「不，還不知道，只說治病，病好了再回來，她一定肯放我走的，在家裡不是也沒有好處麼？」

我覺得她今天顯得稀有的平靜。我想起頭天晚上夏大寶說的話了。我冒昧的便問她道：

「你的婚姻問題解決了麼？」

「解決，不就是那麼麼？」

「是聽娘的話麼？」我還不敢說出我對她的希望，我不願想著那年輕人所給我的印象，我希望那年輕人有快樂的一天。

「聽她們的話，我為什麼要聽她們的話，她們聽過我的話麼？」

「那麼，你果真是和她們賭氣麼？」

「……」

「那麼，……你真的恨夏大寶麼？」

她半天沒有回答我，後來她說了，說得更為平靜的：「恨他，我也說不上。我覺得我已經是一個有病的人了，我的確被很多鬼子糟蹋過，到底是多少，我也記不清了，總之，是一個不乾淨的人了。既然已經有了缺憾，就不想再有福氣，我覺得活在不認識的人面前，忙忙碌碌的，比活在家裡，比活在有親人的地方好些。這次他們既然答應送我到延安去治病，那我就想留在那裡學習，聽說那裡是大地方，學校多；什麼人都可以學習的。大家扯在一堆並不會怎樣好，那就還是分開，各奔各的前程。我這樣打算是為了我自己；也為了旁人，所以我並不覺得有什麼對不住人的地方，也沒有什麼高興的地方。而且我想，到了延安，還另有一番新的氣象。我還可以再重新做一個人，人也不一定就只是爹娘的，或自己的。別人說我年輕，見識短，脾氣彆扭，我也不辯，有些事情哪能讓人人都知道呢？」

我覺得非常驚詫，新的東西又在她身上表現出來了。我覺得她的話的確值得我們研究，我當時只能說出我贊成她的打算的話。

我走的時候，她的家屬在那裡送我，只有她到公所裡去了，也再沒有看見夏大寶。我心裡並沒有難受，我彷彿看見了她的光明的前途，明天我將又見著她的，定會見著她的，而且還有好一陣時日我們不會分開了。果然，一走出她家的門，馬同志便告訴了我關於她的決定，證實了她早上告訴我的話很快便會實現了。

張愛玲（1920-1995）

作家介紹

張愛玲（1920-1995）的傳奇，無須多說，未經授權的傳記眾聲喧嘩新舊版迭次問世，說明她的追隨者眾。但一直要等到二〇〇九年《小團圓》、二〇一〇年中譯本《雷峰塔》、《易經》相繼出土，這幾本張愛玲生前親筆寫就的往事追憶錄，最是與她已知的人生形成互文，真的是塵埃落定之終極版本？誰也說不準。可確定的是，這些自白體作品的出土，落實了毛尖所言：「清楚表明了張愛玲的才華不在想像力。」[1]或者可以這麼說，張愛玲的才華不在想像力，而在張所自詡的：「我是一個古怪的女孩，從小被視為天才，除了發展我的天才外別無生存的目標。」[2]「有種才能，近乎巫，能預感事情如何發展。」[3]天才與巫，寫作是最大的實踐。弔詭的是，這種預感事情如何發展的能力，竟真的貫穿到張愛玲逝後，她生前寫下的各類文字於逝後仿佛細胞增生，每次出土都導向一些新的議題與事證，將張愛玲推向比生前更「傳奇」的位置。

① 毛尖：〈所有能發生的關係〉，《中國時報》，2009年3月22日。
② 張愛玲：〈天才夢〉，《張看》（臺北：皇冠，1991年版），頁240。
③ 張愛玲：《張愛玲私語錄》（臺北：皇冠，2010年版），頁50-51。

張愛玲一九四〇年代成名於上海，一九四一年太平洋戰事爆發，香港大學停課，時在此求學的張愛玲只能重返上海，揭開了一輩子賣文為生故事的序幕。一九四四年出版了第一本短篇小說集《傳奇》與散文集《流言》。失落的童年、與胡蘭成短暫的婚姻，都造成她的情感創傷，更成為她赴美後小說不斷出現的母題，《小團圓》一九七六年完成後遲遲未出版可鑒。可以說，張一生的作品都沒有超出以上經驗，她曾辯言自己的作品沒有戰爭主題，此戰爭可作廣義解，才能解釋情感對她的重要。她接著說：「人在戀愛的時候，是比在戰爭或革命的時候更素樸，也更放恣的。」而放恣的滲透於人生全面的是情感，這樣的愛「對於自己是和諧」。[4]也許，這正是她反復描摹自己一生的主要原因，唯有不斷回到寫作原初，才能與自己和解。

張愛玲創作多元，其他則有：舞臺劇《傾城之戀》，電影劇作《不了情》（1947）、《太太萬歲》（1947）、《六月新娘》（1960）、《小兒女》（1963）、《一曲難忘》（1964），英譯、國語本《海上花》，英文著作*The Fall of the Pagoda*、*The Book of Change*、*The Rice Sprout Song*等。

---

④張愛玲：〈自己的文章〉，《流言》（臺北：皇冠，1991年版），頁20。

作品導讀

《小團圓》（2009）在張愛玲逝後出版，在這之前她對母女關係的書寫已不少，《傾城之戀》的白流蘇、《金鎖記》的長安、《半生緣》的顧曼楨、〈花凋〉的川嫦、〈心經〉的許小寒、〈多少恨〉的盧家茵、《連環套》的霓喜、〈童言無忌〉的自述……但《小團圓》出版後，我們才知道張愛玲筆下的母女本事絕非想像，反觀人物塑造與情節推演上，女兒讓母親失望，母親傷女兒的情節總是一再搬演，[5]〈心經〉是少數的例外。親子倫常的顛覆，明證了張愛玲的吶喊其來有自，好比《傾城之戀》女主人公白流蘇孤立於家人時的感慨：「她所祈求的母親與她真正的母親根本是兩個人。」白流蘇還說：「人人都關在他們自己的小世界裡，她撞破了頭也撞不進去。」[6]這就不難理解，母女關係書寫何以成為張愛玲世界非常的懸念與議題。而《小團圓》與二〇一〇年相繼出版的中譯本《易經》、《雷峰塔》，不僅構成她自傳體小說三部曲，補實了張愛玲成長過程中種種母女過節與細節，揭示了張愛玲作品中母親何以缺席，以及傷害她最深的人，母親要算一個。參照她的自傳體小說，回過頭來梳理《傾城之戀》、《金鎖記》、《半生緣》、〈花凋〉、《連環套》、〈心經〉等母女情節，大都有更深的依據與理解，正是在這樣的基礎上，解讀〈心經〉才可能有更

⑤ 愛玲的自傳體小說《小團圓》中，九莉（張愛玲）對母親提到父親傷了她的心時的反應，是父親「怎麼會傷我的人，我從來沒愛過他。」來對比傷她的是她愛過的母親。見張愛玲：《小團圓》（臺北：皇冠，2009年版），頁138。

⑥ 張愛玲：〈傾城之戀〉，《回顧展：張愛玲短篇小說集之一》，（臺北：皇冠，1992年版），頁193。

大的突破。

〈心經〉的主要角色許峰儀、許太太和剛過二十歲生日的女兒許小寒有個表面美滿的家庭。相對破碎的家庭是小寒同學段綾卿和寡母。小說由小寒邀段綾卿等女同學慶生揭開序幕為日後家變埋下伏筆，許家表面平靜實際卻暗潮洶湧，小寒出生後算命的說她剋母，母親不捨送給親戚留了下來，發展出小寒戀父的「伊底帕斯情結」。[7]關鍵在許峰儀不想繼續下去，在小寒生日後離家與小寒長相神似的綾卿同居，小寒奮力掙扎，說服自己，找上段家老太太說項：

> 籬上的藤努力往上爬，滿心只想越過籬笆去，那邊還有一個新的寬敞的世界。誰想到這不是尋常的院落，這是八層樓上的陽臺。過了籬笆，什麼也沒有，空蕩蕩的，空得令人眩暈。她爸爸就是這條藤……[8]

---

⑦佛洛伊德最早提到「伊底帕斯情結」是從希臘劇作家索福克勒斯的巨著《伊底帕斯王》的內容來解釋心理病症。《伊底帕斯王》講的是伊底帕斯王殺父娶母的悲劇故事，此情結特質是人的第一個性衝動的對象是自己母親，第一個仇恨物件是父親。佛洛伊德稱之為「伊底帕斯情結」。伊底帕斯情結原指男童的戀母情結，後來泛指幼孩對同性父母妒恨，對異性父母依戀之情。佛洛伊德後來進一步發展相關論點，指出女孩原本是愛母親的，但由於同性，便對父親產生「陽具羡慕」，從而愛戀父親，妒恨母親。前者見佛洛伊德著，賴其萬、符傳孝譯：《夢的解析》（臺北：志文，1990年版），頁187-190。後者見佛洛伊德著，林克明譯：《性愛三論》（臺北：志文，2007年版），頁79-120。

⑧張愛玲：〈心經〉，《回顧展：張愛玲短篇小說集之二》（臺北：皇冠，1992年版），頁394。

許太太半路攔截下來強拉小寒上車回家，一步步失援，小寒最後唯有回歸女兒的身分，「緊緊擠壓著她的，溫暖的，他人的肌肉。啊，她自己的母親！」[9]她覺悟到自己將「父母之間的愛慢吞吞的殺死了」，本能痛苦地叫喚道：「媽，你早也不管管我！你早在那兒幹什麼？」許太太做了母親該做的事情：「過去的事早已過去了。好在現在只剩了我們兩個人了。」[10]重新回復女兒身分的小寒覺醒道：「你──你別對我那麼好呀！我受不了！我受不了！」[11]女性主義詩人安卓・里奇（Adrienne Rich）曾說過：「母親失去了女兒，女兒失去了母親，那是女性最主要的悲劇。」[12]

所以我不認為〈心經〉是在進行父女倫理意義的社會思考或道德批判，而主要是勾勒身分與轉念，石杰便認為是「通過有限事物的毀滅和根本性困境的展示，引導人去領悟一種無限的超實體的存在。」[13]何謂「超實體」？「心經」為佛教經典，核心思想是空：「色不異空，空不異色，色即是空，空即是色，受想行識……是故空中無色，無受想行識……」此即超越實體。但何謂根本性困境？我認為主要是小寒和母親之間的競爭：

---

⑨ 張愛玲：〈心經〉，《回顧展：張愛玲短篇小說集之二》（臺北：皇冠，1992年版），頁407。
⑩ 張愛玲：〈心經〉，《回顧展：張愛玲短篇小說集之二》（臺北：皇冠，1992年版），頁407。
⑪ 張愛玲：〈心經〉，《回顧展：張愛玲短篇小說集之二》（臺北：皇冠，1992年版），頁409。
⑫ 平路：〈傷逝的週期──張愛玲作品與經驗的母女關係〉，楊澤編：《閱讀張愛玲──張愛玲國際研討會》（臺北：麥田，1999年版），頁212。
⑬ 石杰：〈神話性文本的精神內核──論張愛玲小說《心經》兼及古希臘神話《俄狄浦斯》〉，《西北大學學報》，第36卷第3期，2006年5月，頁108。

「你要是愛她，我在這兒你也一樣愛她，你要是不愛她，把我充軍到西伯利亞去你也還是不愛她。」……豐澤的，象牙黃的肉體的大孩子……峰儀猛力掣回他的手，仿佛給火燙了一下……

……小寒道：「她老了，你還年輕——這也能夠怪在我身上？」

峰儀低聲道：「沒有你在這兒比著她，處處顯得她不如你，她不會老得這樣快。」[14]

正因為這是困境，唯有擺脫表像的神似才能「遠離顛倒夢想」的困境：

小寒道：「……你別以為她是個天真的女孩子！」

峰儀微笑道：「也許她不是一個天真的女孩子。天下的天真的女孩子，大約都跟你差不多罷！」

小說中父女、母女、友朋角色、情感的顛倒，說來，正是〈心經〉要闡釋的：「以幻為實，以夢為真。」[15]張愛玲認為明白了一件事的內情及一個人內心的曲折，「如得其情，哀矜而勿喜」。

⑭ 張愛玲：〈心經〉，《回顧展：張愛玲短篇小說集之二》（臺北：皇冠，1992年版），頁392-393。
⑮ 聖嚴法師：《心經新釋》（臺北：法鼓文化，1999年版），頁66。

蘇青（1914-1982）

作家介紹

蘇青（1914-1982），本名馮和儀，字允莊，浙江寧波人。十二歲時入鄞縣女子師範學校讀書，後入鄞縣女子中學學習，一九三〇年畢業後進入浙江省立第四中學上高中，一九三三年考入國立中央大學外文系，一九三四年大二時與李欽後結婚，從中央大學退學，同年開始投稿《論語》雜誌。不久隨丈夫去上海，在《宇宙風》、《逸經》等雜誌上發表大量文章。四〇年代後作品主要發表在《古今》、《中華週刊》、《天地》、《雜誌》等報刊。一九四三年任汪偽政府上海市專員，並創辦天地出版社。一九四四年與丈夫離婚，並任汪偽政府「中日文化協會」秘書。一九五一年任「芳華越劇團」編劇。一九五五年因受「胡風案」及「潘漢年、楊帆案」牽連入獄，一九五七年出獄。一九五九年任上海紅旗錫劇團編劇，一九七五年從上海黃浦區文化館退休。一九八二年因病逝世。

蘇青早年發表作品時署名馮和儀，後以蘇青為筆名，也曾用馮允莊做過筆名。主要作品有散文集《浣錦集》（1944）、《濤》（1945）、《飲食男女》（1945）、《逝水集》（1945），小說集《結婚十年》（1944）、《續結婚十年》（1946）、《歧途佳人》（1948），劇本《江山遺恨》（1952）、《賣油郎》（1954）、《屈原》（1954）、《紅樓夢》（後改名為《寶玉與黛玉》1954）等。

蘇青是中國現代文學史上極少數靠賣文為生的女性職業作家（另一位與她類似的作家是張愛玲）。她的創作，以直接而又大膽地書寫女性生活見長，女性生兒育女、愛情姿態、結婚離婚、職業經歷、人生感受、心理特點，都是她的散文和小說一再言及和反復表現的話題／主題，而她對這些話題／主題在當時頗具震撼性的大膽見解，在使她名動一時的同時，也使她能以一種新的女性姿態，將二十世紀上半葉的女性書寫，導向一種新的風格。

作品導讀

蘇青在二十世紀中國現代女作家中可以說是個異數，她後來在作品中表現出的強烈的女性自主意識，很大程度上源自她的個性。由於她個性倔強而又有些清高孤傲，所以婚後與婆婆、丈夫相處並不融洽。婚姻的破裂使她成為中國的「娜拉」，離家後她走上了自食其力、職業女性的道路——她的這一人生改軌和角色轉換，某種意義上講逼使著她要對婦女問題進行不懈的思考和反復的言說。因為，這些問題既是婦女的問題，也是她的個人問題。也就是說，蘇青對婦女問題的思考，她的女性意識的形成，是從她個人的生活經歷和親身感受中，融煉提升出來後，由己及人，推而廣之的。

除了從自己的人生經歷中，感受到女性的困苦處境，認識到女性的性別劣勢之外，敢於將這種感受和認識，以大膽坦率的方式形諸文字，也體現了蘇青獨特的個性。在蘇青的那個時代，與蘇青感同身受者應該不乏其人，可是能像蘇青那樣，將自己的人生和思想通過散文和小說的方式，非常直白地示於人前，卻不多見——也因此，蘇青以她對女性世界和女性人生表現的大膽、坦率和真誠，在二十世紀四〇年代的文壇，形成了衝擊，並在整個中國現代女作家中，形成了自己女性書寫的特色。

相對於二十世紀二〇年代中國女作家們在表現女性生活時，因新舊時代交替的跨越性而導致在她們的作品中會呈現出一種新舊撕扯的矛盾性，以及三、四〇年代左翼女性作家們因革命追求和女性立場的衝突而在作品中形成搖擺不定的矛盾性。蘇青的作品在對女性世界進行描摹、刻畫和展示的時候，表現出來的卻是一種明晰、單純的統一性，一種對社會既定觀念和正統思想具有衝擊力和殺傷力的統一性。究其原因，主要在於，首先，蘇青創作的時代，是一個已進入相對成熟的現代社會，蘇青的觀念已不再有太多的舊傳統舊思想的牽扯；其次，蘇青個人的立場，選擇了遠離革命理想追求個人幸福，這又使她少了革命意識形態的束縛；再次，蘇青倔強、孤傲的個性和不管不顧、我行我素的行事風格，又使她在自己的作品中，敢於正視女性的慾望、心理、追求，直面女性的處境、狀態、出路，並大聲說出（坦率寫出）自己對女性從生理到心理、從感情到婚姻、從夫妻到子女、從家庭到社會等一系列問題的思考。所處時代、立場選擇和個性特點，決定了蘇青的女性書寫乾淨、俐落、單純、坦白、直露、痛快。

蘇青不幸的婚姻，使她無法依賴丈夫生活，而不得不以職業女性、女作家的身分直接面對社會，她的這種人生經歷，決定了她對社會、人生的思考重點，基本上是以女性問題為中心。光是看看她眾多的文章題目，就知道女性在她的作品中占有多麼重要的位置：散文有〈生男與育女〉、〈我的女友們〉、〈現代母性〉、〈女生宿舍〉、〈論女子交友〉、〈論夫妻吵架〉、〈論離婚〉、〈戀愛結婚養孩子的職業化〉、〈我國的女子教育〉、〈再論離婚〉、〈論紅顏薄命〉、〈談女人〉、〈敬告婦女大眾〉等眾多篇什，小說則有《結婚十年》、《續結婚十年》、《歧途佳人》等主要產品。假使說蘇青的散文作品對女性話題的涉及是以坦率的言論直抒胸臆，那麼蘇青的小說，則是以自己的經歷，用形象化的方式，來印證、豐富和強化她在散文中表達的觀點。

蘇青在自己的作品中處理女性問題時，最大的特點一是對女性的自由和慾望給予充分肯定，二是用直白的方式大膽地表達出她的這一觀念。散文如此，小說亦然。在散文中，她說當男人自以為在玩女人的時候，事實上卻早已給女人「玩弄去了」——她的這番言論令女人震驚，更令男人不堪，徹底顛覆了男性在女性面前的優越感。對於男人自以為占了便宜的桃色事件和強姦，蘇青也有自己的高論：「沒有一件桃色事件不是先由女人起意，或是由女人在臨時予以承認的。世界上很少會有真正的強姦的事件，所以發生者，無非是女人事後反悔了，利用法律規定，如此說說而已。」——這樣的見解，簡直驚世駭俗。

對於蘇青來說，她既不能容忍女性的惺惺作態，也難以接受男性的自我感覺良好，因此她在文章中，常常左右開弓，既戳破女性的「虛偽」，也粉碎男性的驕傲。她說，「女人是神秘的！神秘在什麼地方，一半在假正經，一半在假不正經。譬如說，女人都歡喜壞的男人，但表面上卻佯嗔他太不老實，那時候男子若真個奉命惟謹的老實起來了，女子卻又大失所望，神色馬上就不愉快起來，於是男人捉摸不定她的心思，以為女人真是變幻莫測了，其實這是他自己的愚蠢」。她又說：「女人所說的話，恐怕多不可靠，因為虛偽是女人的本色。……譬如說：性慾是人人有的，但是女人就絕不肯承認；若是有一個女人敢自己承認，那給人家聽起來還成什麼話？」她還說：「這是個退潮的時期，人心彷徨畏縮，什麼都行不通，女人究竟如何是好呢？目前只有一條路，即賣淫是也。……因為一切權力都集中在少數男人之手，女人沒有別的特殊東西可以與之爭衡，只剩下一個女性的肉體，待不賣淫，又將何為？」這些對女性深刻自剖而又對男性不無蔑視的觀點，體現了蘇青與眾不同的性別觀。

在小說〈蛾〉中，蘇青筆下的明珠就是一個即便被慾望所累，也仍然對自己的慾望無怨無悔的女子形象。明珠在寂寞空虛時渴望男性的撫慰，在期待中真的有男性客人來「愛」她了，雖然她明知道「她此刻在他的心中，只不過是一件叫做『女』的東西，而沒有其他什麼『人』的成分存在」，但「慾望像火，人便像撲火的蛾，飛呀，飛呀，飛在火焰旁，讚美光明，崇拜熱烈，都不過是自己騙自己，使得增加力氣，勇於一撲罷了」。滿足慾望瘋狂做愛的代價是明珠懷孕了，為了解決肚裡的孩子，她忍受了極大的痛苦，然而，即便如此，對於這次「瘋狂」的行為，明珠並不後悔：「我是還想做撲火的飛蛾，只要有目的，便不算胡鬧。」──很顯然，蘇青對明珠作為一個女子正當的慾望，給予了充分的肯定。

二十世紀中國女作家們在自己的作品中呈現的對於女性自身處境、命運的思考，到了四〇年代蘇青這裡，終於從對女性的情感關注、婚姻關注、社會關注、政治關注、「美」的關注和命運關注，發展到了慾望關注，從對女性遭受社會、男性的壓迫這一認識發展到了對女性自身弱點的認識。就此而言，蘇青作為一個女性作家，她為二十世紀中國文學中的女性書寫，提供了她的獨特貢獻。

蛾

幽幽的月光，稀疏的星，庭院靜悄悄地。明珠站在視窗，心想今夜要防空，恐怕沒有朋友會到這裡來了吧。沒有朋友來的時候是寂寞，朋友來得多了的時候會煩惱，來得少了的時候可無聊，而當他們回去之後卻又使她感到無限的空虛。她對他們說：她愛靜。於是他們都走了，走得乾乾淨淨。

她一面想，一面對著庭院癡癡望。只見門外有輛車子停下來，她的心裡就一驚。接著她瞧見隱隱綽綽地飄進來兩個影子，是男與女，手挽手兒，看上去像在交頭接耳地談話。他們走到明珠站著的窗前，男的忽然把嘴更加湊緊女的耳際去說了句話，於是女的就把頭一偏，低聲啐他道：「當心給人家聽見！」可是明珠已聽見了，而且聽得很清楚，兩個影子很快地又飄逝而去。

明珠瞧了眼幽幽的月光，稀疏的星，馬上就把黑絨窗簾放下來。厚的，重的，黑沉沉的簾幕，替她隔開了這靜悄悄的庭院，隱隱綽綽的影子，以及外邊的整個使她不安的世界。

她茫然站在房中央，房間黑黢黢地。是春天了啊，空氣還是這麼的陰涼。她看不清這房裡的一切，但是嗅著，嗅著，她能夠嗅出一切東西的所在：當中是一張床，床邊有檯燈，燈罩是綠玉色的，只要用手一扳開關機，它馬上就會吐出幽幽的光輝來。「要不要開燈呢？」她暗暗問著自己。自己說：「不開燈真是太陰涼了。」但是她雖然找出了要開的理由，卻仍舊沒有勇氣去實行，腳是僵冷的，手指也僵冷，動彈不得。

剎那間，黑暗與僵冷，寂靜與恐懼，一齊襲擊到她身上來了。她覺得自己的膝蓋已經冷得發抖，但是她得用力支持著，深恐一不留心會乘勢跪下去，向全世界的人類屈膝。她想：她是只肯向上帝求救，而決不肯向這個庸俗的世界屈膝的。

但是今夜裡上帝似乎也冷酷得很。他像是冰塊塑成的東西，晶瑩潔白得連塵埃也染不上。他不能接觸熱情，她的熱情才一流向他，他便溶化了，很快地變成水。她怕水。她常把自己的心境比做蔚藍的天空，可以掛一輪紅日，可以鋪密密濃雲，就是怕下雨。雨水沖洗過，一切都乾乾淨淨，便又空虛了。

她不能不怕空虛，猶如她不能逃避空虛一樣。她走到那兒，空虛便追到那兒，向她挑釁，把她包圍，終於使她無以自存為止。她也知道，唯一解脫的辦法，便是睡覺。她睡著了，空虛便給擋駕在外，不能追隨她入夢，侵擾她的夢中的熱鬧。有時候，實在睡不著，她也想多做些事情來消遣時光，但是事情做完了，或者好夢醒轉來之後，空虛又會找上她，冷冷地向她一笑道：「你總不能撇棄我吧？我的乖乖！」

她茫然站在房中央，瞧到的是空虛，嗅到的是空虛，感到的也還是空虛。沒有快樂，沒有痛苦，什麼也沒有，黑暗的房間冷冰冰地，只有她一人在承受無邊的，永久的寂寞與空虛。

我要！……

我要！……

我要……呀！

她想喊，猛烈地喊，但卻寒噤住不能發聲，房間是死寂的，庭院也死寂了，整個的宇宙都死寂得不聞人聲。她想：怎麼好呢？開了燈，一線光明也許會帶來一線溫暖吧？……但是她的眼睛直瞪著，腳是僵冷的，手指也僵冷。

漸漸地房間門開啟了，一個頎長的影子悄悄溜了進來。是鬼還是人，她也不暇細問，只向他做個手勢，似乎在命令他速速開燈。拍的一聲，綠幽幽燈光噴射到床上了，被單是潔白的，湖色織錦緞棉被折成小方塊放在上面，顯得單薄，也顯得有些孤寒。

「你一個人住在這裡很寂寞吧？」客人笑嘻嘻地說，樣子有些輕薄。明珠更不答話，心裡很恨他，同時也有些喜歡他。

「怎麼？你的臉色這樣壞！病了吧？」客人逼近問，伸開雙臂，似乎想抱她，但馬上就放下了。明珠仍不答話，身軀本能地顫動了一下，似乎有溫暖從心內發散出來，彌漫到全身。

燈光幽幽地流著，流到潔白的被單上，流到湖色織錦緞的被面上，流到站在床前的客人身上。客人穿著黑漆光亮的皮鞋，筆挺的條子西裝褲子，深藍色，象徵著莊嚴的美。漸漸地，燈光似乎集中了力氣，一齊照向他身上來，他也知道自己已成為焦點，於是便挺起前胸，肩膀顯得更闊了。白襯衫領子硬繃繃地，高托著他的俊秀的面龐。他的皮膚是象牙色的，眼珠烏黑，眉毛很濃，頭髮有些兒捲曲。

「明珠！」他顫抖著叫喚一聲，聲音低而嘶啞。燈光強烈地刺著他的眼，他的眼睛帶著迷惑，但卻富有吸引力，終於把明珠牽過來了。「明珠！」他再喊一聲，熱情地，迫切地。明珠沒有作聲，她的頰上發熱，眼睛再不敢瞧他，只默默對著床旁的燈。

於是房間裡空氣都換了樣，陰冷是沒有了，卻有些陌生與新鮮刺激。各人的心裡似乎都像火藥般要爆炸起來，但卻又恐懼爆炸，緊緊地按著使不許動。光與熱，情慾與理智，在緊張地戰鬥著，燈望著客人，客人望著明珠，明珠又望著床旁的燈。

「今夜是防空呵！」客人說了聲，明珠沒有回答。深藍色的條子西裝褲移向床旁去了，拍的一聲，電燈隨著熄滅。明珠覺得很緊張，但是緊張更加逼近人來，頎長的身軀似乎就站在她面前，她的心裡像馬上要爆炸，但是手指卻陰涼的。

陰涼的手指顫抖著，不知安放處，摸摸自己頭髮，卻又滑到胸口下去了，另外一隻手很快地就把它捉住，接著它感到那隻手又熱，又軟，又有力。便是一陣無聲地訴說，他的嘴已經湊緊在她的耳際了，她顫抖著，欲答無話，欲哭無淚。

房間是黑黝黝的，空氣緊張得很。她嗅著，嗅著，便知道一切東西的所在。她知道他擁她到了床旁，潔白的被單，湖色織錦緞棉被……一切的陰涼都消失了，火般的熱情，手挽手兒，兩人同入於瘋狂的世界。

他說：「我不會使你養孩子的。」她點點頭，眼淚直流下來。她知道，她此刻在他的心中，只不過是一件叫做「女」的東西，而沒有其他什麼「人」的成分存在。慾望像火，人便像撲火的蛾，飛呀，飛呀，飛在火焰旁，讚美光明，崇拜熱烈，都不過是自己騙自己，使得增加力氣，勇於一撲罷了。

「請你……請你不要讓我有孩子呀！」明珠垂淚懇求他，屈辱地，似乎已經向這個庸俗的世界求饒了。但是他更不理會，只是猛烈地吮著她，她咬他耳朵，他也不退避，兩個人身子貼得更近，心思卻離得更遠了。

黑暗的房間，更加黑暗了起來。明珠的心裡充滿著氣惱，厭惡，恐怖，以及莫名其妙的新的空虛，他吻著她，輕輕說：「恕饒了我吧，明珠！」但是聽出這聲音裡沒有溫存，沒有喜悅，只有無限的疲乏與冷漠。

「別同我敷衍！」她恨恨地說，猛力推開他。但是他更不靠近來，只是懶洋洋地摸一摸她的下巴，說道：「不會有孩子吧，只這麼一次。」

撲燈的蛾，為了追求熱烈，假如葬身在火焰中，還算是死得悲壯痛快的。只怕是灼著而未死，損傷了翅膀，給人家笑話，飛又飛不動，跌落在陰冷的角落裡，獨個子委委屈屈地受苦。「不會有孩子吧……只這麼一次……」明珠痛苦地反復辨味這句話。這是句不負責任的話，他說過後就要揚長而去了，她還能向他要求些什麼？

她對他說：她愛靜。

他想了一想回答道：他知道，以後再不敢多來吵擾。

於是他們便分了手，陌生的，平淡的，再也沒有新鮮的刺激，他知道她不愛他，她也知道男女間根本難得所謂愛，慾望像火，人便是撲火的蛾！

於是她更加沉默了，即使在白天，也要放下黑絨窗簾，把房間遮得黑黝黝的。她不再咒詛空虛，只想解除痛苦，唯一的留在她身上的最大的痛苦。

她找到了一位產科女醫生，女醫生說，要解決這件事起碼要兩萬元，手術是靠得住的，她猶疑著自己錢不夠，但是那位女醫生卻不耐煩地嗤之以鼻道：「何不向那位荒唐的先生去要呢？他做錯了事，不該負責任嗎？」

明珠退了出來，默默地更不說話。她想起教堂裡碰見過的一位外科老醫生，從來不結婚，性情相當怪僻，然而待她卻好，她找到了他，羞慚地把一切經過說了出來，老醫生更不多話，只把她引進手術室裡，關上門，只讓她一個人坐著。

當你笑的時候，

全世界向著你笑，

但在哭的時候，

卻只有一個人了。

明珠默默地念著這兩句話，空虛地，卻又帶些感傷。她想到了自己的房間：有床，床旁有檯燈，燈罩是綠玉色的，拍的一聲把它開了，它便吐出幽幽的光輝來，照耀著潔白的被單，湖色的織錦緞棉被，以及床周圍的一切。但是眼前這些東西都不見了，就想嗅，也嗅不到，生命是值得留戀的，就是給火灼傷了翅膀，也還想活著。

手術室的門開了，老醫生穿著白外套幽幽地進來。他嚴肅地握住明珠的手，說道：「好孩子，不用怕，快睡到床上去。」

一陣陣劇痛，痛得明珠快暈了過去。她想不到不要養一個孩子也要受這番痛苦，痛苦得沒有代價，究竟是為了什麼？老醫生嚴肅地在旁邊站著，瞧著她痛苦，似乎並沒有不安。她的心裡驟然起了陣反感，心想可惡的老東西，原來他不肯結婚，就是不願女人有小孩，不想人類有後代……

但是老東西的臉也模糊起來了，瞧不清楚。她只痛得忘記了憤恨，忘記了恐懼，忘記了自己，也忘記了這個庸俗的世界。突然間，一陣熱血直沖了出來，她知道這是一個小生命完結了，沒有見過太陽，沒有呼吸過空氣，沒有在人世上生存過一刻。

她覺得後悔起來，人世畢竟是可戀的，生命也應該寶貴。她殺了自己的孩子，為了顧全面子，為了怕麻煩，可恥的婦人呀。她現在才知道撲火般慾望為什麼有這般強烈，有了孩子，便什麼痛苦也可以忍受，什麼損失也可以補償，什麼空虛也可以填滿的了。

多愚笨呀，她自己！多殘忍呀，那個老醫生！

於是她恨恨地瞧了他一眼，低聲向他說：請你走開吧，我要靜。

老醫生默默地走開了，臨去不敢再望她，臉色似乎很悲哀。

明珠獨躺在手術室中，心裡只感到後悔。假如有一個孩子能帶回家去，放在當中的床上，撳開了綠玉色罩子的檯燈，用幽幽的光輝瞧著他小臉，那又該多麼好。那時候，陰涼的房間便變成溫暖，沉寂的空氣便被咿啞的聲音打破了，永遠是春天，春天般興奮。撲火般熱情不是無目的的，它創造了美麗的生命，快樂的氣氛。

但是現在呵！

老醫生幽幽地進來了，兩眼噙著淚。他顫著聲音對明珠說：「孩子，我害了你了，我早知你如此，便不該替你動手術。現在你是後悔了，我也後悔得很，這都是我的錯誤。但是你要知道，我是一個私生子，從小受人奚落，因此起了變態心理，一方面怨恨自己的母親，一方面看輕一切的女人。自從我在教堂裡遇見了你，孩子，我便覺得你的可愛。我是不想害你的。不料今天你犯了罪，我深恐那個孩子養下來要遭受同我一般的命運，因此我便把你引進手術室裡來了。可是，孩子，如今我親眼看見了你的痛苦，我便覺得後悔起來，我覺得以前我母親……」

「你的母親是不錯的！」明珠流下淚，認真地說。

「是嗎？」老醫生替她拭去眼淚，一面額上直冒汗：「我想不到你會如此痛苦，現在我是連後悔也來不及了。現在我只好先送你回家，替你安頓好，希望你早日復原，好好嫁個人吧，不要再胡鬧了。」

明珠默默地聽從老醫生把她送到了家裡，房間仍是黑黝黝地，因為老醫生恐防她吹風，早已替她把黑絨窗簾全放下了。她側臥在潔白的被單上，蓋著湖色織錦緞薄被，眼睛只望著綠玉色的檯燈。老醫生歉仄地問：「孩子，你在想些什麼，可要告訴我吧？」於是明珠翕動著嘴唇低低地回答道：「老醫生，請你不要笑我，我是還想做撲火的飛蛾，只要有目的，便不算胡鬧。」

施濟美（1920-1968）

作家介紹

施濟美（1920-1968），曾用筆名梅子、方洋、梅寄詩等，浙江紹興人。童年到少女時代在揚州祖父故居度過，父親為外交官。十五歲赴上海就讀於培明女中。一九三七年中學畢業後考入東吳大學經濟系。一九四二年大學畢業後，先後任集英中學和正中女中教師。

抗戰時期，由於施濟美的朋友中有一些愛國人士，她也一度成為日本憲兵隊捕捉對象，為此施濟美曾避走蘇州。由於戀人在抗戰中遭日機轟炸遇難，施濟美因此終身未婚。抗戰勝利後，施濟美先後在上海市立第一女子中學、進德女子中學擔任國文教員。

一九四九年後，施濟美曾任上海七一中學語文教師兼語文教研組組長。由於她講課生動，解說中肯，教學水準極高，因此被譽為「施濟美水準」。在「文化大革命」中，施濟美因遭受迫害自殺身亡。

施濟美早在中學時代即開始寫作，大學時期繼續寫作。當時出身東吳大學和東吳附中的「東吳女作家」不少，較著名的有程育真、鄭家瑷、楊繡珍、湯雪華、俞昭明、施濟美等，其中以施濟美的作品最多，影響最大。一九四七年，施濟美出版了兩本小說集《鳳儀園》和《鬼月》，受到廣大讀者喜愛。她的長篇小說《莫愁巷》在香港出版後，曾被改編為電影。

作品導讀

施濟美是個有著強烈民族感情的現代女性，她心地善良、敬業樂教、熱愛寫作。抗戰時她的戀人被日機炸死，自己也因與友人抗日差點遭日軍逮捕——她的民族意識和民族立場由此可見。戀人死後，為了安慰戀人的父母，她多年模仿戀人筆跡給老人寫信——她的心地善良令人感動。她在中學教書因為教法得當，曾獲「施濟美水準」稱號——她的敬業精神和專業水平令人印象深刻。她在四〇年代筆耕不輟，是「東吳女作家」群的代表人物——她的文學才華和創作水準顯然不同凡響。

施濟美雖然創作數量不多，聲名也不如同時期前後的張愛玲、蘇青、梅娘、潘柳黛等人卓著，但在中國現代女作家中，卻自有特色。或許與她自己的身世有關（終身未婚），對於女性「獨立性」（特別是情感獨立性）的強調，構成了施濟美小說創作的一大特色，而注重對女性情感把握自主性的刻畫，也就成了她的小說與其他女作家最大的不同之處。

在施濟美的小說中，我們通常都能看到一個家世修養俱佳的女性，在貌似柔弱的外表下面，其實有一雙世事洞明的明眸和一顆剛強堅定的心靈。她們在與男性交往的過程中，雖然也有純情洋溢的時刻，可最終理性都會戰勝感情，在浪漫的愛情和平穩的日常生活之間，她們常常會回歸普通的人生軌道，因為那才是人生不變的底子。

〈悲劇與喜劇〉這篇小說從它的名字看，似乎不太像是一篇小說，倒更像是一篇哲學論文或戲劇論述，然而仔細看去，小說描寫的世界，卻是一個悲劇和喜劇交織，甚至令人難以分辨何為悲劇何為喜劇的複雜人間。小說中的藍婷，十八歲時在姑父家，對姑父的學生范爾和一見鍾情，「一見面就喜歡這年青的客人，固然大半原因是由於范爾和瀟灑美好的風儀使她十分心折，同時也因為兩個都是父母雙亡的孤兒，寄人籬下的可憐蟲，於是一縷身世飄零之感，同病相憐的愛念遂起自這天真少女的心田」。同是天涯淪落人的藍婷與范爾和，就在都「睡去了，人靜了」的凌園大宅裡，「只有他和她兩個人」，「眼與眼相逢，又相避」……「許久許久，他不說一句話，只用一雙灼灼的烏黑的眼睛諦視著她」，他是「特地來講故事給她聽的，那故事是《羅密歐與茱麗葉》……」

然而范爾和卻最終沒有和藍婷走到一起，因為他為了藍婷姑父「唯一的多病的女兒黛華」，被姑父招贅為婿——儘管「好心的黛華卻並不願意這樣做，她患有不治的心臟病，同時她又知道藍婷和范爾和的戀情，不欲奪人所愛」，范爾和卻反對逃婚，最終「在那桂子飄香的八月，黛華與范爾和結婚了」。而藍婷，也「在那一年的冬天」嫁給了年老有錢的周醫生。

九年後，藍婷與范爾和在朋友愛瑪家的宴會上重逢，喪妻的范爾和在和藍婷重逢的最初竟然沒認出昔日的戀人，當他重新認出藍婷之時，對藍婷展開了熱烈的追求。而藍婷在與范爾和重逢的當日，就在心底激起了強烈的情感漣漪，九年前的美好時光，一幕幕地又湧現到她的眼前——這樣的情感狀態實在令人擔心在范爾和的猛烈攻勢下，她還能守得住道德的底線。

藍婷確實動搖了，在范爾和的鼓動下，她又想起九年前說過的話：「我願意走！」然而，「九年後的藍婷和九年前的藍婷到底不同了，她想起許多名利場中的事，她想起許多繁華世界中的人，最後，她的眼裡的那點癡癡的情意沒有了，她使勁的撒開了他的手」——她終於決定斬斷過去的情思，情感、心靈和身體都回到愛她的丈夫的懷抱。在「多餘的喜劇」和「未完成的悲劇」之間，她以一種嘲諷的姿態看著「多餘的喜劇」上演完畢，又用一種理性的態度終結了「未完成的悲劇」，在「喜劇」與「悲劇」之間，她最終選擇了「正劇」。

二十世紀二〇年代的中國現代女作家，在作品中表現女性對愛情的追求，曾是她們詮釋婦女解放的最佳注腳。她們作品中的女主人公從男性那裡獲得的愛情，是這些置身社會轉型期的女性最強有力的精神支撐，也是她們擺脫封建家庭關係最強大的動力，更是她們通過個性解放婚姻自主實現自己人生解放最有力的證明。然而，到了二十世紀四〇年代，一些女作家開始對這個問題有更深入的思考，那就是，女性從具有新思想的男性那裡尋找自主的愛情，究竟是婦女拯救並解放自己的有效手段，還是它也可能成為一種新的桎梏——因為，具有新思想的現代男性，他在婚姻觀念和婚姻行為上或許能為渴望走出封建束縛的女性提供幫助，但這並不意味著就一定能給這些懷有現代追求的女性帶來幸福的保證——如果這個男性是個「多情的種子」呢？如果這個男性是個愛財愛權愛勢甚於愛人的現代于連呢？

女作家在自己的作品中對理想化男性的破解，實際上意味著她們對男女兩性關係認識的深入：當女性眼中的男性從一種拯救者的形象平凡化為現實中的俗人時，女性和男性才可能實現性別間的真正平等，女性也只有在這個時候，才能夠從「人」的角度，來平視乃至審視男性。女性看待男性的這種姿態，雖然在張愛玲、蘇青等作家的作品中時有所見，但在施濟美這裡，它成了一種不斷出現的常見姿態。

這應當說是一種歷史的進步，也是施濟美（們）相對於她（們）的前輩而言，女性意識不斷深化和成熟的表現。在〈悲劇與喜劇〉中，當藍婷十八歲那年在面對范爾和的愛情主動表示「我願意走」時，這一行為無疑是女性的自主選擇，而九年後當范爾和問藍婷「你願意走麼？」時，藍婷回答「希望以後你不要再來見我」，就更是女性的自主選擇——施濟美筆下的女性在面對愛情時，無論她們對男性說「願意」還是「不要再來」，都是她們自己的決定，都體現了女性的自主性，都表明了他們在處理男女兩性關係時具有了更大的主動性，自然也意味著女性在男性面前已擁有了更多的力量和自信。

女性在男性面前能夠自主做出決定，體現了女性隨著時代的發展，已能對自己的感情和人生「做自己的主」。施濟美在作品中對之加以表現，表明這一時期的女性作家，對女性在兩性關係中的個人尊嚴和自主地位，有了更加自覺的認識。作品中藍婷對范爾和的態度，從初戀的仰視到重逢的平視，再到面對范爾和表白時的俯視，這個變化過程，正昭示了女性在男性面前自我意識不斷覺醒和強化的過程。從施濟美在她的作品中所體現出來的女性觀的成熟度，不難看出，中國現代女作家的女性思考，到二十世紀四〇年代，已上升到了一個新的階段。

悲劇與喜劇

九年了，藍婷沒有想到今天晚上會碰見他。

還是那樣翩翩的瀟灑的風采，還是那樣的笑，那雙眼睛，深而黑，有一種迷人光輝的眼睛……這些年來，她不想記得而又不能忘記的一個人，沒有變，一點兒也沒有變，也許事實上蒼老了一些，然而在藍婷的眼裡，仍是當年一往情深魂夢中也惦念的范爾和！

藍婷現在想起：剛才在愛瑪的宴會裡，她第一眼看見這來自遙遠山城的不速之客，立刻就知道是誰。但是對方卻似乎將藍婷給淡忘了，當愛瑪為他介紹周太太的時候，他握著藍婷的手，點頭微笑，像對一個陌生人一樣；范爾和居然將自己整個的，完全的忘懷了，這無情義的人。藍婷無法排除這些傷心和忿怒，然而她只淡然的一笑，藏過了不安的情緒。

他就這樣的記憶力不強麼？九年的時間誠然不短，但也未見得就怎樣的長，長得連人也會不認識了？那麼自己又為什麼會將他記得這樣清楚？再不就是自己老了，不復是當初的年輕與嬌麗，女人的青春原只有一剎那，不像男人幾年後再見還是那個樣子……可是無論如何，他忘記她，當她是一個初見的陌生人，是千萬個不該的。藍婷喝了多量的葡萄酒，有些醉了，她跳舞，唱歌；唱歌，跳舞，開大家的玩笑。

范爾和像在座的其他男子一樣，向她表示好感，獻殷勤，藍婷雖然有了醉意，但也能覺察到。酒闌人散的時候，她家裡的車子還沒有來接，范爾和開著自己的車子送她回去。他故意將車子開得很慢，為的是可以說一些話：「周太太，你的酒量真好，人家說聰明的女人都是會喝酒的。」

「也許是的，但是，」她說，並且嫣然一笑，「會喝酒的女人卻不一定聰明。」

「周太太這樣會說話，還不夠聰明嗎？」

「范先生過獎了。」她停了一會兒，「不過聰明又有什麼好處呢？」

范爾和微笑不言，他似乎不知怎樣回答這一個簡單的問題。

車子拐了個彎，快到了。

「你允許我以後到府上來嗎？」他說，「來拜見周先生。」

「十分歡迎你的光臨，只是，我也可以認識范太太麼？」

「內人已經去世了。」

一個蒼白纖美的臉在她眼前掠過，藍婷覺得一陣辛酸；但是她只低低的：「真抱歉，不該撩起你的傷心，請原諒我的不是。」

他搖搖頭：「沒有什麼——」車子在這時候忽然停了，他為她開了車門，有禮貌的說著「再會」，又道「晚安」；她謝了他。

這一別九年後的意外重逢，令她又驚又喜，半悲半恨。如果世界上的許多事情真的是由命運在安排的話，那麼，今夜，命運是在和她惡作劇？還是給她一個巧妙的安排？……藍婷可不敢想下去了。

她對著梳妝臺的長鏡，許久許久，欣賞和顧盼，亭亭的倩影，這絕代的風華，這奪人的魔力，不說話也像是在說話的紅唇，不表情也像是在表情的眼睛，誰說她老了？她正像掛在黑絲絨衣襟上的那朵玫瑰紅色的花一樣的有美麗的青春。啊！范爾和，如此豔麗的容顏，那樣青山綠水的愛情，你竟全都輕輕的忘卻麼？連一點點兒記憶都沒有了麼？男人真是狠心的，隨後她又想起范爾和的太太，她的表姊，好朋友，情敵，全世界最溫良賢淑的人，可憐的黛華，她死了，雖然明知道她將年青而早逝，但是這消息也太突然，意料之內的意料之外；藍婷心裡一陣難受，眼淚止不住的往下流，流不完的流，傷心委屈生離死別愛和恨並在一起的眼淚，她哭了一會子……

隱隱的有縹緲的音樂，來自不遠的近處，悠揚的琴韻奏著纏綿無比的曲調，是誰家的女孩子在唱"One Day When We Were Young"？

那一天，當我們正是年青時，
一個美妙的五月之晨，
你告訴我你愛我，
當我們正是年青時；
……

清亮無比的嗓音，唱著，唱著，忽然聽不見了，許是關上了窗門。現在，藍婷臉上的淚水雖乾，心裡可極亂，極亂，究竟是一種何等樣的情緒，自己也無法給它一個名字。她怔怔的抬起頭來，目光射到對面的牆壁上，那兒掛著一張畫像，畫像上的女孩子活潑潑的，穿著翻領的運動衫，頭髮用緞帶束起，正中有一個挺大的蝴蝶結；小小的微微向上彎的嘴唇，有如熟透的紅菱，笑得像新月一樣的眼，好似對整個的世界永是那麼樂觀。這是藍婷十七歲時候的畫像。

雖然現在她還很年青，美，甚至比以前更為動人，但是現在的藍婷再也不是當初的藍婷了，連她自己也搜尋不出一些當年活潑天真的影子。難怪范爾和不認識，這無法形容的改變，她對著鏡子只是凝眸，凝眸，好久好久忽然淒涼的一笑，她原諒了他。她老是這樣慷慨自卑的對他加以原諒，可憐的委屈的愛。

歌聲又起了，若有若無的飄進來一句，還是那一句：那一天，當我們在年青的時候。

啊！那一天，當我們在年青的時候……於是藍婷的回憶像春雲般展開，展開，不知其所屆……

首先留入回憶的該是那雪在江南的冬之晨，姑父的學生范爾和到杭州，在凌園住下了，十八歲的藍婷一見面就喜歡這年青的客人，固然大半原因是由於范爾和瀟灑美好的風儀使她十分心折，同時也因為兩個都是父母雙亡的孤兒，寄人籬下的可憐蟲，於是一縷身世飄零之感，同病相憐的愛念遂起自這天真少女的心田。

那無數個甜美的晚上，姑父是早睡慣的，藍婷和黛華表姊，還有他，一同在燈下讀書或是談天，多病的黛華也不能遲眠，於是整個的凌園大宅都是睡去了，人靜了，只有他和她兩個人。他曾告訴她多少美麗動人的故事，《茶花女》、《茵夢湖》、《黛絲姑娘》，還有《復活》……聽到傷心的地方，藍婷為那些悲劇的主人而流淚了，范爾和溫言的安慰，眼與眼相逢，又相避，淚光晶瑩的眸子含著嬌羞，笑開了芙蓉臉。

那一個美麗迷人的暮春之夜，永不能忘，藍婷穿著睡衣獨自在陽臺上欣賞凌園的夜景，月色與花香，遠遠的湖山上的燈火稀少了，夜鶯在樹枝上啼，范爾和不知什麼時候走到她的身邊，許久許久，他不說一句話，只用一雙灼灼的烏黑的眼睛諦視著她。啊！他的眼睛，後來他告訴藍婷特地來講故事給她聽的，那故事是《羅密歐與茱麗葉》……

這該是最傷心的往事，回想起來也夠斷腸的──姑父患病了，老人家擔心唯一的多病的女兒黛華還沒有歸宿，他看中了范爾和，立刻要招贅為婿，好心的黛華卻並不願這樣做，她患有不治的心臟病，同時她又知道藍婷和范爾和的戀情，不欲奪人所愛，並且拿出錢來勸他們離開杭州，藍婷感激表姊的恩惠流下了淚，但是有什麼用呢？范爾和卻反對逃婚，他告訴藍婷：「黛華太可憐了，凌老師一死，我們一走，留下她一個有病的女孩子，怎樣辦呢？」她是愛表姊的，於是在英雄主義的天真憧憬之下，帶著含淚的微笑料理這件婚事。「我們也許是愛情上的弱者，在人情上，卻是勇士。」她這樣對范爾和說，連得嗓音都激動得有些顫抖了。

在那桂子飄香的八月，黛華與范爾和結婚了。以後的事情想起來有點模糊，似乎不久姑父逝世，自己就在那一年冬天嫁給年老有錢的周醫生，就是藍婷現在的丈夫了。

婚後的藍婷，一直住在上海，周醫生對人類有廣博的愛，對工作有極深的熱情，白天忙著醫治病人，晚上忙著化驗、著述等等的事情，直到每一個夜深。他的十九歲的嬌豔如花的夫人對他十分崇敬，他也深愛這年輕的妻，一種坦白無私的像父親似的愛。周醫生有足夠的錢供她使用，她出入上流社會，漸漸的在交際場中成了名，一個美麗豪華而並不浪漫輕浮的名聲。就這樣，藍婷度過了九個姹紫嫣紅卻又沒有玫瑰的春天……

多少悲歡離合的舊事都被藍婷一一的記起來了。想不到在這滄海桑田的大變動之後他居然還在？居然還和自己再一次的相逢？

這是多餘的喜劇呢？還是未完成的悲劇呢？

藍婷在失眠的深夜裡，好像聽見夜鶯的啼聲，那聲音和九年前她在淩園的陽臺上聽見的一樣，但是一凝神卻又沒有了，窗外是萬籟俱寂。

第二天晚上，徐太太家裡舉行一個跳舞會，藍婷原是打算赴宴的，夜服已經換好，一切裝扮全都停當，忽然想起又要碰見范爾和，她臨時換了主意不去了。

她真的就永遠不想再看見范爾和嗎？事實上並不，這一點她私心不願承認卻又不能否認。但是為什麼又避著他呢？那是因為范爾和的忘懷侮辱了她，對方那種相見不相識的神情刺傷了她的自尊心。

她一個人在屋子裡徘徊，沉思；沉思，徘徊，不知過去了多少時辰。

窗子外面，樹枝上有不知名的鳥在叫，她又想起淩園的夜鶯。

「太太，有一位客人要見你。」芳雲，她的十六歲的小婢走進來。

「是誰？這樣夜深了。」微微的蹙起兩彎柳葉眉，此時此心，她真不想接見什麼客人。

芳雲遞過來一張名片。

范爾和！

他為什麼會來？這時候，該是徐公館跳舞會正熱鬧的辰光。

「請范先生在客廳裡坐一會兒，我就下去。」她這樣的吩咐著。

范爾和從客廳的大鏡子裡，看見她由數十級的扶梯上姍姍的走下來，海水綠的衣裳，海水綠的耳星，海水綠的鬢髮上的花，范爾和的眼前，有一片海水綠了。

他握了一握她的手，她的手冰涼，正像她的微笑一樣。

「在這樣晚的夜來擾亂你，我太抱歉了。」

「哪兒的話，十分歡迎你的光臨。」極其淡定的樣子，「只是，范先生也沒有參加徐太太的跳舞會嗎？」

「我剛打那兒來，今晚每一個人都驚奇你為什麼不到？」

「我原沒有不去的意思，因為──忽然有點兒頭痛，所以不去了。」

「現在好點兒嗎？」

「謝謝你，似乎好了些。」

「今天的跳舞會，每一個人都感覺到沒有預想中那樣快樂。」

「為什麼呢？」

「為了沒有你。」

「范先生，你真會說笑話。」她瀟灑的笑著，現出長於交際的表情，「我有這樣偉大的魔力？我的上帝。」

「你有。至少我就沒有預想中那樣快樂。」他沉吟著，灼灼的烏黑的眼睛向她凝視，「不過，也可以這樣的說：我比預想中還要更加快樂。」

她搖搖頭：「我不懂你的意思。」

「剛才，在徐家的晚宴上，一個杭州年老的紳士，坐在我的旁邊，我們說了許多話，並且談起了你。」那聲音裡藏著無限慚愧不安的情緒，「我真抱歉，昨天晚上我是何等的疏忽和粗心呀！連這樣要好的人，也……不過，你的樣子，態度，說話，甚至走路都變了，雖然還是這麼美……你完全不同了。……」

她低下頭，半閉起眸子，冷然的輕輕的說：「我還是不懂你……說些什麼。」

「我太對不住你，你說什麼都可以，但是千萬別假裝不懂，藍婷——」

「不要叫我藍婷。」她再也不能控制自己，「藍婷早就死了，在她自己的回憶裡，也在別人的記憶裡……」

「你不相信我麼？」

「我沒有法子相信。」

「你能原諒我麼？」

「完全原諒。」陪上一個疲乏的笑。

「你恨我？」

「一點兒也不，那是多餘的情感。」

范爾和轉過身來，像一個孩子似的，央求著：「我要你恨我，不原諒我，因為這是應該的；但是藍婷你不能不相信我。」

「怎麼我的三個答案，全是適得其反呢？」輕盈的一笑，漸漸的有些心平氣和了。可憐的委屈的愛。

芳雲托著鏤花的銀質圓盤走進來，送上兩碗熱熱的杏仁茶。

「拿這樣的東西敬客，太簡慢了。」

「不，在此地，即使一杯白開水，也是無上的光榮。」他諂媚的說，端起朱紅瓷上寫著金色「百年好合」字樣的碗，一口一口的喝著，他覺得有一些受刺激，如同飲了烈性的酒。

「還可口嗎？」她問。

「甜得帶一絲淡淡的苦，真夠味兒。」

「恕我不客氣的批評，你的生活態度比從前高明一些了。」

「高明？」

「是的，在我看起來，一個能欣賞杏仁茶滋味的人，總比一個專愛喝牛奶的人懂得一點兒生活的藝術。」

他永遠也不會忘記她說這些話時候的神情，一種壓抑住的皇后的驕態，嬌媚的自信的力，美麗的不可侵犯的力。范爾和忽然覺得自己是這樣的微小，低卑，再也無法接近尊貴的她。

她的手不住的播弄著沙發上的靠墊，銀紅緞子的靠墊和海水綠絲絨的衣裳，配合得像夾竹桃的花和葉，又是鮮明，又是刺激。

好久以後，他才說：「我的生活態度沒有變得高明，你的人情世故可比從前深了，你懂得那許多。」

「一個什麼都不懂的女孩子是可愛的，但是人們對她只是輕視；一個懂得太多的女人是可怕的，人們卻偏歡迎。」她嘆了一口氣。

「你是說我嗎？」帶點惶恐的情緒。

「我沒有說你，甚至都沒有說我自己。」微笑著否認了他的問話，她答，「我只不過隨便談談而已，你太多心了。」

「我真慚愧，藍婷！從前你在我跟前是個小孩子，現在完全倒過來，我在你面前，像個大傻子。」

「哈，大傻子……」藍婷格格的笑著，聲音似一串銀鈴。

銀鈴的聲音沒有了，鐘聲響了起來，十二點鐘，夜深十二點鐘。

范爾和告辭了。臨走的時候，他握著她的手說：「明天見！」

藍婷剛走進臥室，年老的周醫生也從實驗室裡回來了。

在祈禱之後，周醫生還對著壁上銀光燦爛的十字架出神，沉思……十字架下，瓶裡有欲謝的晚菊和早開的臘梅，吐著清香幽豔的芬芳，燈光裡，細細的菊瓣，小朵的梅蕾，影子映在他們的結婚相片上，周醫生的眼光也漸漸移到相片上。後來，他坐在靠床的椅子裡。

「我們可以談談麼？假使你不累的話。」蒼老的聲音又是寧靜又是和平。

「好的。」藍婷走到床邊，坐下，心裡猜測到將要有什麼事情發生了。

「藍婷，你試計算一下，這張相片已有多少日子？」

她翻了翻日曆，會心的一笑：「──下一個週末，整九年。」

「日子過得真快。」

「像煙雲和流水……」

「我的頭髮由花白變為全白了。」他嘆息著。

「你為社會服務得更多了。」她低聲的安慰。

「你還記得嗎？當年我們結婚的時候？」

「自從第一晚我作新娘來到這間屋子裡，我全記得清清楚楚。」垂下眼睛，她臉上現出做夢一般的微笑：「燭臺上點著絳色的花燭，一個孤苦伶仃的女孩子開始有這麼榮華的家了，我覺得是奇跡，但是你卻怕我不快樂，因為我很年輕，你卻老了，你輕輕的跟我說：『恕我娶你，』我至今還記得這句話。」

他抬起頭來，將椅子移近了些。

「當時，我的心裡充滿著感謝，我太激動了，告訴你一個故事……」

「是的，一個《羅密歐與茱麗葉》的故事，我記得。」老人喃喃的說。

「你聽了那個故事之後，慷慨的原諒了我，沒有辱罵，也沒有責備，甚至連輕視都沒有；我更覺得自己錯誤，對不住你。」帶著夢醒過來的苦痛，她十分感動的望著他。

「什麼？你……」

他握住藍婷的雙手，溫存而又柔和，低低的說道：「羅密歐又來了，你將怎樣呢？」

「我知道的，剛才那客人就是，不要奇怪，藍婷，這是很簡單的事情，芳雲將通實驗室的那個小門鎖上了，我不能直到臥室裡來，客廳裡又有生客，只好在簾幕後邊坐了些時候，所以任何的話我全聽見了，但並不是我故意如此的。」

她低下頭來：「請恕我。」

「這是你的自由，而且我並不反對你，你的話全是對的，我同情你。」

「啊！告訴我……我怎麼好呢？」抬起頭，於是老人看見那雙淚水盈盈的眸子；他替她拭去了眼淚，說：「我不能回答你，你應當問你自己，因為無論是誰也應當自己決定。」

「這一回，你輕視我了？我不該對他那樣的。」

「一點也不輕視你，你是對的，這僅是生命的錯。」

「那麼，你為什麼不回答我呢？」

「也許我可以幫助你。」老人沉思了一下：「藍婷，你必須對我說實話，在十字架前，是不可以說謊的，你告訴我，你愛那個年青人嗎？」

「我不說謊，從前我很愛他。」幽聲的答。

「我問的是現在。」

「現在，我對他只有恨。」

「可是這種恨的情緒，來自最熱烈的愛。」他柔聲的說：「藍婷，我很不安，因為我已浪費了你九年的青春，一個如花似玉蘭質蕙心的美女陪伴著像我這樣的老頭子，是殘酷的；假使可能的話，我並不阻止你去愛他……」

「不，不要這樣說，我愛的是你，是你。」事實上藍婷的確是愛她的丈夫，一種崇敬而又感激的愛心。

年老的周醫生點點頭，撫著她的纖手，像對他的小女兒似的：「親愛的孩子，不要顧慮到我。」他咳嗽了一下：「我已經夠幸福的了，在這些年……」

藍婷俯下身子，伏在她丈夫的懷裡，低低的哭了起來，是無限真情的感謝的淚，他輕輕的拍著她，他吻著她的頭髮。

窗外，枝上的鳥又在啼了，藍婷這回聽得很分明，那不是凌園的夜鶯，不是凌園的夜鶯……

明天，范爾和又來了。

明天的明天，范爾和仍是來。

明天的明天的明天，范爾和還是來。

范爾和成了藍婷的影子，她走到那裡，他跟到那裡，至於藍婷，在范爾和看起來，她成了他的靈魂，沒有她，他好像在夢中，永遠不會醒，雖然他醒著的時候也是惺忪。

那一晚，從某公館的晚會歸來，照例范爾和用車子送她回家，半途中，汽車拋錨了，僻靜的馬路上，又叫不著街車，望夜的月色，銀光灑了一地。

藍婷說：「這樣好的月亮，就走回去吧！」

附近人家的燈火熄了，偶然有一兩處窗子裡還有光輝，隔著橙紅的或是翠綠的窗紗透出來，令人起甜醉的幻想，那個俄羅斯女人的店門早就上了鎖，櫥窗中紅綠黃藍的小電燈也不亮了，在迷濛的月光下，玻璃裡面的布置像一張美麗的聖誕卡，真的，再過幾天，聖誕節就要來了。夜已經很深，馬路上沒有車輛，連行人也極其稀少，顯得比白天闊許多，好像路是他們兩個人的；他們從左邊的人行道上走到右邊的人行道上，一會兒又從右邊的人行道走到馬路當中，好像路是他們兩個人的。

藍婷的高跟鞋子走到電車軌道裡，身體稍微有些傾斜，於是范爾和又扶著她走到左邊的人行道上。

「藍婷，對著這樣好的月色，美麗的夜，你有什麼感想麼？」

「沒有，要末就是『故國不堪回首月明中』，但是現在戰爭不再，河山已還。」

他笑起來說：「你這樣崇拜李後主？那麼你為什麼不想起虞美人的第一句？」

「春花秋月何時了……」

「是的，往事知多少？藍婷，你記得不記得凌園的月色和夜鶯？」他帶著誘惑的音調說。

「我不記得。」她沉下臉，「請你也不要再記得。」

「我不能夠，看見美麗的花和月，我不能忘記，我相信你也不能忘記。」

「請你不要再談這些了，先生！」

「藍婷，你為什麼這樣固執？你的眼睛告訴我你沒有忘記，你的眼睛告訴我你仍是愛我，你為什麼一句甜蜜的話也不肯說？這幾天來。」

「……」

「是不是你還在生我的氣？因為那天我不認識你了，我想不是的，你早就原諒了我。」他停了停，「是不是那年老嫉妒的周醫生，你的丈夫——」

「你胡說，他是個光明磊落的君子人。」藍婷覺得對方太「以小人之心度君子之腹」，她大聲的不問情由的說下去，「他完全明白，並且還勸我離開他，跟著你走，他是那樣的不自私，他太好了。」

「什麼？」范爾和睜大了眸子，「他勸你走？和我？」

她點點頭。

「和當年黛華的說話一樣？」

「和黛華一樣的善良。」想起好心腸的表姊，藍婷嗚咽了。

「那麼，藍婷，你為什麼不早告訴我？」

她怔住了，向他投了一瞥，很快的卻是深刻的一瞥，啊，他的那雙眼睛，叫她記起凌園的夜，於是她笑起來，長睫毛上的淚珠還在，范爾和從來沒有看見過如此甜蜜而誘惑的笑，他醉了。藍婷低低的說：「現在告訴你也並不晚啊！」

「你願意走麼？」他挨近了她，握著她的手。

「我願意走……」她的眼睛裡帶點癡癡的情意，她的聲音是細細的；但是這細細的聲音在時間的回廊裡生了反響，「我願意走！」九年前的夏末，藍婷在凌園大宅說過這句話，那時候，她是那樣的天真，純潔，熱戀著他，他不願意帶她走！現在，他倒歡喜一個青春轉眼即逝的有夫之婦麼？世界上也許會有羅曼蒂克的傻子，卻還沒有發現過這種有奇怪愛情的人物；九年後的藍婷和九年前的藍婷到底不同了，她想起許多名利場中的事，她想起許多繁華世界中的人，最後，她的眼裡的那點癡癡的情意沒有了，她使勁的撒開了他的手。

走完一節長路，他們拐了個彎，快到家了。

藍婷說：「你記得從前你告訴我的那個故事？」

「《羅密歐與茱麗葉》……」

「不是，是那個《復活》裡的女主角，卡秋莎曾經怎樣拒絕了公爵爺，寧願被流放到寒冷遼遠的西比利亞。」

「怎麼這一剎那，你換了主意？」他失望的叫著。

「是的，不但改變了主張，並且希望以後你不要再來見我。」

「連見面都不可以，你不怕傷我的心嗎？」

「先生，你自己就沒有傷過人家的心麼？啊！范爾和，你為什麼要來，要再看見我？」她嘆息著，「否則，我只以為你雖是愛情的弱者，還是人情的勇士和英雄；然而現在我明白透了你，你不但是愛情的罪人，還是人情的奴隸，你把我的偶像給打碎了，雖然那偶像就是你自己……對不起，我到家了……」

「藍婷，我們就這樣分手麼？連親愛的話也不說一句。」范爾和拉著她，不讓她去撳電鈴，「你何必做得這樣過分呢？」

她回過身來，背倚在門上，月光下的臉，美麗而又憂傷，她笑著，淒涼的微笑：「范爾和，那時我多年青，人比現在漂亮，而且我又愛你，可是一個孤苦伶仃的女孩子的愛情，是算不了什麼的；你就那樣丟棄了我，像賞花的人丟棄了一朵玩膩了的花。現在，賞花的人為什麼忽然又會注意起那朵花呢？是不是因為它被插在碧玉的瓶中了？你為什麼步步的跟著我？是不是因為我現在有了錢，成了『上流社會』的有名人物，受著歡迎？」她的笑容沒有了，「但是在我，這一切的財富，這豪華的奢侈生活，富麗的花園，熱鬧的宴會，全覺得虛空；我願意拋棄這一切，換得一間樸素的小屋，幾冊愛讀的書，和你住在一起，在九年前的時候；但是在幸福逼近你身邊的一剎那，你放棄了機會。」她含著眼淚請范爾和離開，「我不能接近你，有愛心可以成為情人，有信心可以結為知己，但是你既非情人，又不是知己；而且我已結了婚，我尊敬我的丈夫。」她撳了撳電鈴，然後伸出手來和他握著：「忘記我吧，在我沒有忘記你之先。你會快樂的；祝福你的一切……」

話沒有說完，大門開了，她走了進去，揮著手，回了一回頭，門又關上了。

她覺得有一個看不見的門，也永遠關上了。

今夜，那數十級的扶梯顯得分外的長，好容易才走完。

芳雲在臥室裡整理床鋪，她看見藍婷，天真的說：「太太，今天晚上的月亮太好了，我沒有拉上窗簾。」

窗子外面果然好月亮，像暗藍的幕帷上掛了一面團圓鏡，寒天裡的月色，分外的清輝皎潔，雖然不是秋天，但是月亮到底還是那個月亮……

藍婷微蹙著眉：「芳雲，你還是把窗簾拉上。」

這天真的小婢不解她主人的心意，覺得頗為無趣，拉上窗簾，快快的走出去了。

周醫生在此刻走進臥室，他的手裡拿著兩枝絳色的蠟燭，藍婷看見日曆上的日子，想起明天是週末，她連忙走過去，接過那兩枝絳蠟，插在燭臺上。

今夜，她的心裡又充滿著感謝……

林海音（1918-2001）

作家介紹

林海音（1918-2001），本名林含英，臺灣苗栗頭份人。父親林煥文日據時期攜眷渡海往日本發展，一九一八年林海音於日本大阪出生，三歲返臺，五歲時又隨父母遷居北京，直到一九四八年才由「第二故鄉北京返回第一故鄉臺灣」，序次展開編輯、寫作、出版生涯。其擔任《聯合報・聯合副刊》主編十年（1953-1963）期間，處世達練明快對文學充滿熱情理想，造就「林海音的家就是臺灣半個文壇」[1]盛世，最為文壇津津樂道。

林海音於一九五〇年代前後開始寫作，初期作品多刊於《中央日報》及《新生報》，一九四九年底至一九五二年，共發表近三百篇文章，稱得上多產作家。一九五五年林海音出版了首本散文小說合集《冬青樹》，題材不脫女作家「家常」瑣事，然筆下賢慧身心健康的女性人物，評者司徒衛形容是創造了「我們社會與生活中缺少」的女性角色，給人一種「新鮮的感覺」。[2]學者彭小妍論

---

①夏祖麗：《從城南走來：林海音傳》（臺北：天下遠見，2000年版），頁318。

②夏祖麗：《從城南走來：林海音傳》（臺北：天下遠見，2000年版），頁143。

析林海音風格，強調「創造了一個女性書寫的空間。」[3]一九六〇年林海音出版「回憶童年，使之永恆」[4]的自傳體小說《城南舊事》，一般咸認，是其傳世之作，亦奠定她「難以超越的文壇代表」地位。[5]小說以小女孩英子的視角貫穿，敘述北京童年七歲到十三歲家庭生活的悲欣聚散，如果說英子就是林海音，這既是她為臺灣人寫的「異鄉」故事，又同時是個人回望北京的「懷鄉」之作。在舊昔女性主義及意識尚未成胎的年代，林海音記錄了一個有別於西方觀點的女性封閉世界，在那個世界裡，「錯綜複雜的人際關係各就其位」，[6]也有善美的一面。長大的英子歷經時代，終於交出眼光中所見新舊時代交替的「婚姻的故事」，其名篇〈金鯉魚的百襉裙〉、〈燭〉、〈燭芯〉等，筆下充滿對「沒有跳到時代這邊」的女性及「自幼以來所見到的許多『姨太太』」的同情。[7]以現代眼光及價值觀，這些姨太太可能被視為破壞婚姻的第三者或邊緣人，但在舊時代，她們毫無選擇地成為被命運擺弄者。且這些故事中的女性幾乎都有所本，因此林海音的小說不僅刻畫出舊時代弱勢女子不公的遭遇，從史的角度，這些如女性田野調查故事，就是一種文學。

---

③夏祖麗：《從城南走來：林海音傳》（臺北：天下遠見，2000年版），頁236。
④齊邦媛：〈超越悲歡的童年〉，林海音：《城南舊事》（臺北：遊目族，2000年版），頁9。
⑤齊邦媛：〈難以超越的文壇代表〉，〈聯合副刊〉，《聯合報》，2001年12月3日。
⑥齊邦媛：〈超越悲歡的童年〉，林海音：《城南舊事》（臺北：遊目族，2000年版），頁10。
⑦夏祖麗：〈重讀母親的小說〉，林海音：《燭芯》（臺北：純文學，1981年版），頁5-6。

作品導讀

〈殉〉勾勒出一個舊式女性生活圖樣，在那張樣本上，女人們靠著小物件撐起一個小傳統的秩序，且成為樣本人物。

〈殉〉裡的女主人翁朱淑芸十四歲和方家麒訂親，從此人生意義聚焦於婆婆的鞋面、公公的眼鏡盒、小姑的綢絹子……之「綉活不知有多少件」的針線網絡生涯。[8]這樁父母媒訂的婚姻，結束了淑芸女兒的身世。但等待升格為女人的日子，因家麒染上肺病一拖八年，最後終因給家麒沖喜完了婚，喜沒沖成，一個月後丈夫就過世了。

淑芸畢生沒趕上任何適當的時間點，父親火車上巧遇同學方椿年，相談投機，訂下了她的婚事，但如果趕「對」了時間，如果兩老稍遲巧遇，就不會和體弱的老大家麒訂親，而是健壯的老二家麟。要不就算早幾年早幾個月和家麒完婚，或許有機會懷上一兒半女；至不濟，推晚一個月進門，家麒已死，她就成不了寡婦，便有機會展開新人生。但時間不由她掌握，以現代的眼光看來，若說「時代」是這篇小說的隱形主題確不為過。

淑芸的世界被「綉」住了，如一張平面人生圖式。延宕的婚期，守寡的歲月，唯一陪著她的都

---

⑧ 林海音：〈殉〉，《綠藻與鹹蛋》（臺北：純文學，1980年版），頁25。

是「栩栩如生」的綉活，「坐在敞亮的玻璃窗下刺綉，是她一生中主要的生活。」[⑨]因此，思考這篇小說的女性處境，便不能忽視小物件的功能，如果「時代」是小說的隱形主題，這些小物件則是無所不在的意象。譬如小說中有兩段描寫透過小物件顯示淑芸日復一日無望的生活，令人讀之黯然。文本由淑芸的一天開始，早上幫婆婆篦頭，寂靜的下午僕人俞媽廊簷下洗老太太的水煙袋，呱噠呱噠呱噠──呱噠。她去婆婆屋裡掀開簾子，又是呱噠一聲，她替婆婆裝煙絲，吹燃紙媒兒點煙，婆婆咕嚕咕嚕邊抽邊說著瑣事，她傾聽之餘手上沒停下搓紙媒兒。大鐘擺一秒一秒擺來擺去，夕陽照到廊簷下，送花的來了，她挑好再交給張媽送回屋裡，她跟在後頭走：

張媽把花籃掛進珠羅帳裡，滿屋立刻清幽幽的散出花香來。擦得晶亮的煤油燈送進屋來，白天算是過去了。[⑩]

她的時間感不是透過鐘面而是由小物件堆出來的。以為一天（生）捱到夕照時分算是過完了，還沒完呢！當夜裡點燃了煤油燈，火光把大黑影子投映滿屋子，她冷冷清清上了床，躺下後第一眼看見箱上高疊婚前一針一針綉出來的十六床緞被，每天複習一遍：

⑨ 林海音：〈殉〉，《綠藻與鹹蛋》（臺北：純文學，1980年版），頁37。
⑩ 林海音：〈殉〉，《綠藻與鹹蛋》（臺北：純文學，1980年版），頁31。

就憑她一個人，今年才二十三歲，要到什麼年月，才能把這十六床被子蓋完呢？[11]

但林海音顯然並無意要她的女主角爭取女性解放，反而逆向操作，淑芸活脫是西蒙・波娃（Simone De Beauvoir）「第二性」的角色實踐，沒有「主體性」，是男性的「他者」，活在「非本真」（inauthenticity）的狀態中。[12]家麒出葬時她把一張照片放進亡者口袋，雖哀感「她這一生和殉葬又有什麼不同」，[13]但這並不代表她要和這個身分道別，雖不解「家麟的眼為什麼這樣看著她？」以及「那樣握住她的手？」[14]無論如何，「兩家的名聲要緊」。[15]於是夜裡拉上一手綉的被子，蒙住頭，眼淚撒開的流，天亮後，重拾綉花針，圓形棚子框到哪兒，她就綉哪兒，不逸出，最安全。但她也有快樂的時候，因她守貞如玉，家族做主家麟第二個孩子小芸過繼給她，通過孩子，最終她還是擁有了家麟。且有了「家麟的孩子」，所有的無著都教「沒了主意，便去找小芸的叔叔（家麟）」[16]理所當然的踏實感給彌補了。小芸出嫁前，不安和悲涼再度襲上，畢竟不是第一回

⑪林海音：〈殉〉，《綠藻與鹹蛋》（臺北：純文學，1980年版），頁32。
⑫托莉・莫（Toril Moi）著，國立編譯館主譯，王奕婷譯：《性／文本政治：女性主義文學理論》（臺北：巨流，2005年版），頁107-108。
⑬林海音：〈殉〉，《綠藻與鹹蛋》（臺北：純文學，1980年版），頁36。
⑭林海音：〈殉〉，《綠藻與鹹蛋》（臺北：純文學，1980年版），頁33。
⑮林海音：〈殉〉，《綠藻與鹹蛋》（臺北：純文學，1980年版），頁35。
⑯林海音：〈殉〉，《綠藻與鹹蛋》（臺北：純文學，1980年版），頁21。

了，所以「隨它自生自滅，慢慢就會好的。」[17]從女性覺醒來看，淑芸也曾自憐處納喊：「怎麼就沒有一個人出來主張讓大奶奶再嫁呢？」[18]既無人出來主張，她只好繼續藏身綉活介面裡，那也成為她的救贖。可不是，小說最後，家麟和太太正「圍著她的綉活在欣賞」，[19]她的錦綉人生，從未褪色。

⑰林海音：〈殉〉，《綠藻與鹹蛋》（臺北：純文學，1980年版），頁42。
⑱林海音：〈殉〉，《綠藻與鹹蛋》（臺北：純文學，1980年版），頁40。
⑲林海音：〈殉〉，《綠藻與鹹蛋》（臺北：純文學，1980年版），頁42。

殉

繡花綳子綳得很緊，每一針扎去，都會發出「砰」的一聲，然後又是絲線拉過軟緞，長長的一聲：「嘶——」繡花的人心無二用，專心在繡花的工作上。因為太專心了，竟弄得鼻孔張著，嘴唇翹著，整個的臉也像繡花綳子一樣的綳得很緊。

最後的一張葉子就要完成了，然後拿去讓小芸她嬸嬸用縫衣機給打上邊，比較快當些。但是配個什麼顏色的邊呢？方大奶奶想著便停下了針，把繡花綳子舉到眼前一比。如果照她的意思，蔥心綠的邊，一寸半寬，最合適。可是誰知道小芸願意不願意呢？年輕人現在腦筋不一樣了，配起顏色來，也是怪裡怪氣的，這孩子就許這麼說：「媽！來個灰色兒的！」那可使不得，是結婚用的哪！

砰，嘶——，砰，嘶——，方大奶奶接著繡她的葉子。沒幾針，線完了，得再穿根新線，這可難了她。一根繡花針比近比遠都穿不進去，雖然戴著老花鏡。她不得不叫小芸了，可是她們同學幾個正在隔壁屋裡說得高興呢！在方大奶奶正要喊的時候，隔著紙門，她聽見劉家的小姐說話了：

「方小芸，你倒是去不去呢？」

「吃完飯再去吧，媽說留你們吃飯，她還特意上街給你們添菜去了呢！」

「現在還早，我們可以去了趕回來吃飯。我跟你說的那家委託行，有許多新到的耳環，花紗手套，都是你結婚要用的。我陪你去買，可以打個折扣。」

「說實話，」小芸很和婉的解釋：「我媽正在給我趕綉花枕頭，她眼睛不太好，每根線差不多都得我替她穿。快綉完了，我出去沒人給她穿針引線，工作就得停頓，不好意思。」

「哦──！那就難怪了，人家方小芸急著等這對鴛鴦枕好入洞房呀！」

「別胡說，我媽才不那麼俗氣，綉什麼鴛鴦！」

「那麼伯母綉的是什麼花樣兒呢？」

「你們猜。」

「麒麟送子？」

「呸！」

「花好月圓？」

「無聊！」

「祝君早安？」

「又不是綉洗臉毛巾！我告訴你們吧，媽綉的是一枝初放的淺粉色的荷花，荷葉上露珠滾滾，旁邊是一隻蜻蜓點水。」

「好雅致，伯母怎麼想出這麼一個別出心裁的花樣兒呢？自己綉可也真麻煩，為什麼不花錢找人用機器綉呢？」

「是呀，我也說過，現在也沒什麼嫁粧的那一套了，可是母親滿心想趁我結婚溫習一下她舊日的手藝，我怎麼好攔阻她？我不是跟你們說過嗎，我的母親還是一個處女，她是最純潔不過的女人，所以她的藝術眼光也不同凡俗……」

——唉！這孩子今天怎麼這麼多話！

方大奶奶聽到這裡，不由得皺了下眉頭，她不願再聽下去了，她真不知道小芸一向對她的同學們都是怎麼形容自己的母親？還預備怎麼說下去？她把綉花針別在軟緞上，輕輕放在桌上，便起身躡手躡腳的走出這間屋子。她知道小芸以為她到廈門街買熟菜去了，所以才這麼放肆的談論著母親。

她一邊穿鞋又不由得想起半年前的事，她記得清清楚楚，小芸向她提出要和敏雄結婚的事。她早就看出在一群追求小芸的張三李四裡面，她的女兒是看中了那個駕噴氣機的陸敏雄了。噴氣機！從天空上「刷」的一下飛過去，總害得她的心也「刷」的一下被摘了去。可是說老實話，她確實很喜歡敏雄。第一，他朝氣，生龍活虎的。不過，駕飛機，而且駕的是那麼快的噴氣機，三長兩短是保不住的，唉！她怕打仗，怕聽到死，怕快。所以她忍不住把利害對小芸說個明白：

「小芸，敏雄樣樣好，沒得挑剔，婚姻也是你自己的事，這年頭兒的父母做不了什麼主，可是——可是嫁給一個生命隨時有危險的軍人，尤其是敏雄，是駕噴氣機的，要有個什麼的話，你可得認命呀！」

她是過來人，她知道認命是什麼滋味，她可不願意叫小芸也有一天走上她的路。但是小芸這孩子聽了後，臉向著她，雙手搭在她的肩頭上，穿著緊裹著屁股的牛仔褲的兩腿分開站著，一條馬尾兒甩了一下，側著頭，倒像哄孩子似的笑說：

「媽！您那認命的時代早就過去了！我知道，是因為爸爸的緣故，您才替我擔這份心的。不過做軍人的，在他的責任中，卻應當隨時有犧牲生命的精神，這和爸爸的情形又不同了。如果敏雄──他真有什麼不幸發生，在這個大時代裡，我想我應當承當得起。媽！您放心，別為我多慮。答應我──嫁給他。」

小芸說到後來顯得激昂起來了，兩眼噙著淚水，搭在母親肩上的兩手，搖撼了兩下，跟著小濕嘴兒吻了母親的老臉。她沒有把這套話背得很清楚，但是她聽得最明白的是小芸說的認命，「您那認命的時代早就過去了」，小芸這孩子幾時變得這麼會說話的？她只知道小芸會撒嬌，會哄人，居然也會講大篇道理，還不肯認命哩！她沒了主意，便去找小芸的叔嬸，她把自己的意見和小芸的話，敘述了一遍之後，便下了這麼個結論：「叔叔做主。」等著小芸的叔叔家麟來回答。誰知叔叔也站在小芸那一頭。

「也對，這不是講認命的時代了，如果小芸真有這樣理智的見解，她就不怕嫁給一個隨時有性命之危的軍人。大嫂，你就隨了她吧！」

哦！叔叔也是這麼不認命的人，那麼講認命的該就是她一個人了，認命不對麼？她有點迷惘，愣愣的看著在屋裡來回踱著的家麟。她忽然發現家麟腦後的頭髮怎麼也白了許多呢？老了，大家都老了，擾不過年輕人了。記得家麟剛從法國回來的時候，穿著一身藏青嗶嘰的西服，站在堂屋地上喊大嫂。呀，莫非他現在身上穿的還是那套？應當是，褲子後面磨的油亮了，嗶嘰穿舊了，就是這樣。「大嫂，不用猶豫了，就放心給小芸張羅結婚的事罷！」直到嬸嬸說了話，她才從漫無目的的遐想中醒過來。

方大奶奶想著這半年前的往事，腳步不知怎麼竟走到後院廚房來，看見阿滿在切牛肉，她才想起她到廚房來是沒有什麼事的。她在廚房裡轉了一圈，掀掀鍋蓋，開開碗櫥，阿滿不高興了，鼓著嘴在瞪她，她這才從牆壁的釘子上取下了線網袋來，向阿滿絮叨著說：「牛肉不要切成大直絲喲！我再去買點兒什麼來，三個大姑娘，一定很能吃的。」

穿出兩條橫巷，本來是到廈門街的捷徑，可是方大奶奶沒這麼走，她出了家門便一直朝高處去，走上了水源路，眼界立刻開朗，但是有點喘，心也跳著。眼睛朝堤下望去，秋高水也漲了嗎？怎麼今天看起來，水流得這麼急似的。她跟著流水的方向抬頭向上看，呀！川端橋西面是通紅的半個天！太陽是金黃黃的一個大輪子，就要沉下去了。是眼睛不好嗎？水流得那麼快，金輪子也滾得那麼急。她不常看見落日的情景，但是她還記得那次在北海的白塔頂上所看見的落日，比這沉靜多了，也是這麼一個黃澄澄的金輪子，徐徐的沉下，沉下，終於沉到她的視線所不能及的下面去了。她的心，就遙遠的隨著那金輪子墜下去了。那時北海是一片黃昏的蒼茫，水面上閃著一層微弱的金光，幾隻小船正向五龍亭划去。那剎那間的情景，深深的印在她的心上，有二十幾年，不，三十幾年嘍！日子也跟流水似的，急急忙忙的向前追，把她追老了，把小芸追到有一天要嫁人了，還不肯認命，這孩子！

認命，第一次告訴她要認命的，是她的二姐，也就是從暮色蒼茫中走下白塔來的事。也許二姐看她沉默不語，以為她心懷悲痛，所以挨近她，拉起她的手安慰說：「三妹，命裡註定的事也沒辦法，自己的身子要緊，看你瘦多了。閒下來綉綉花，看看書，回娘家來散散心，女人天生就得認命。」其實她不言不語，滿懷的是另一件心事，但是聽了二姐的話，她也不禁輕輕的嘆口氣說：「我都知道，二姐。」

命裡註定的事怎能不認呢！如果那年父親不在火車上遇見他的同年方椿年，怎麼會有她和家麒的一段婚姻？或者父親在火車上遇見的不是家麒的父親，而是李景銘年伯，張東坡年伯，也許她做了李家或張家的少奶奶。即使父親遇見的是家麒的父親，而時間遲個幾年的，情形就許不同，她雖仍是方家的少奶奶，但不是大少奶奶，而是二少奶奶了呢！小芸常把「時代」掛在嘴頭，她的命運何嘗不是她那個時代所造成的呢？那年父親為什麼回南方？是民國初的一次什麼內戰來著，祖父在揚州原籍病倒了，父親匆匆的決定回家探望，順便料理家裡的鹽務，她的娘家姓朱，是揚州的大鹽商呢！但是父親有書呆子氣，不能承繼祖父的鹽業，竟老遠的跑到北京讀書、做官，把母親接了來，就算在北京成家落戶了。怎麼這麼巧，方家的老爺子也回南方，也是這趟車。

那天她正在書房裡寫大楷，臨的是柳公權玄秘塔。二姐開門進來了，先喊一聲：「三妹，」探頭左右看看，又問說：「今天你一個人？老師和四弟五弟呢？」

「老師回家探母去了，四弟五弟到土地廟買蛐蛐兒去了。」二姐這時才從懷裡掏出一封信來，她知道這是父親剛從揚州寄來給母親的，密密層層的寫了好幾張，二姐從中間抽出一張來遞給她，笑著說：「看吧！別臉紅。」

……方府係金陵世家，椿年又與我有同年之誼，其長公子家麒現就學於京師高等學堂，英年秀發，前程遠大，與吾家芸女堪稱佳配，此次南歸與椿年同車，因諧此議，殆亦所謂天作之合也。汝意云何……

她怎能不害羞，紅著臉把信扔給二姐，二姐直羞她：「不笑話我了吧？你也一樣了呀！」她和二姐只差兩歲，二姐自從去年和昆山顧家訂婚後，便停止到書房來讀書，趕學綉花忙嫁粧了。在那年月，嫁粧真是一件要緊的事，光是綉活就不知有多少件。除了自己用的以外，還要打聽好夫家都有什麼人，給婆婆綉鞋面，公公的眼鏡盒，小姑子的綢絹子，伯婆、嬸婆，都不可缺少。

她十四歲和方家麒訂了婚，便走出書房，回到綉房，孝女經還沒念完呢。本來說是十八歲和二姐同時出嫁的，但是她被延遲下來了，是因為家麒身體不好，有病。這樣一拖，竟五年下來，二姐已經生了兩個孩子。她呢，枕頭一對對的綉，綉到後來，也不知道是給誰綉的了，一對寄給二姐，送顧家的小姑陪嫁；一對寄回揚州給表妹添粧；一對……。她曾歇了一陣子沒有綉，但不久因為無聊又隨著時興樣兒綉十字布了，數著那細小的格子，交叉，交叉，紅線，綠線，紫線的綉下去。忽然有一天，一個重大決定的消息送到她耳邊來；說是家麒的病並無起色，方家要求索與給完了婚，沖沖喜氣。她的父母聽了先是一驚，但經過一陣考慮和商量，終於答應了。她雖然有點害怕，但糊塗的成分更多；她暗想，嫁過去也好，四弟五弟也訂了婚，如果她不嫁，弟弟們也成不了親。不是她女心向外，反正是方家的人了，嫁過去雖然廝守著多病的丈夫，也許真的沖了喜氣，病就好了也說不定。可是，萬一──不想，不想，不想這些。

五彩的絲絨線，紅紙剪成的雙喜字，染得大紅大綠的花生、白果、桂圓，在她的每一件嫁粧上都繫著，貼著，藏著。每個人，做每件事，說每句話，都把吉祥的字句掛在嘴邊。那氣氛，不容易使人想到那個病人的身上去。所以在婚前，憂慮只算是一閃，並沒有使她十分不安。

日子終於到了，她被妝扮得鳳冠霞帔的上了轎。那轎子有規律的顛呀，顛呀，顛呀的，似夢非夢，一直把她顛到了另一個境界。她迷迷糊糊，被攙下了轎，拜過天地，進了新房，直到那紅蓋頭被掀開了，她的頭還是深垂著的。坐床之後，當她把眼皮稍一抬起，往橫一斜，首先看見的是旁邊地上的兩隻腳，穿的是青緞子千層底的雙臉鞋，雪白的洋襪子。她乘著屋裡沒有人的時候，閃快的又把眼睛向上溜了一眼，嚇她一跳──是個紙紮的人！不，不，不，該是她的丈夫。除非她的丈夫，誰有資格挨著她坐在一起！除非她的丈夫，誰會有那樣一付模樣！她這才夢醒了，心「咚」的往下一沉，一下就掉到深淵裡去了。她低頭看自己腳下穿的綉花鞋，被綉金的百褶裙蓋住了一半，只露出一段鞋尖來。一眨眼，兩滴淚正好落到捏在手裡的手絹上，她把手絹揉呀揉的，想把它揉碎了。

哄哄嚷嚷的過了許久，好像有長輩的女人在要求客人退出新房，以便新郎早些休息。人果然散了，跟著她聽到一些聲音：他在咳嗽，喘氣，痰盂拿來了，大口的血噴出來──有人說：「還是躺下吧，大少爺。」於是那青緞子雙臉鞋移動了，他被攙扶著上了床，從她的身邊蹭過，吃力的躺下去，跟著長久的吁出一口輕鬆的氣。又有人說：「今天晚上大少奶奶在老太太房裡歇著吧！」於是她被攙下了床，兩腿有點發麻，差點兒沒站穩。珠羅帳外，燭影搖紅，火紅緞子被，一層層疊上去。朱漆描金的箱子上，黃銅大鎖被映得發著金紅的光。到處都是紅的，紅的燭，紅的被，紅的箱子，紅的血！但她被挽出了這紅色的新房。這是她的新婚之夜。

她在家麒的有生之日，確實盡了為妻的責任，家麒也真正的感激她。過了新婚的三朝，她把伺候丈夫的責任從婆婆和老僕婦的手裡接過來。為他換衣襪，煮蓮子羹，端湯餵藥，為他抹去嘴角猩紅的血。在他精神好一點的日子，也能從床上坐起來，要她從書架上拿這書那書來看，這時她的心情也會隨著開朗，覺得他會漸漸好起來的。

有一天，他要她打開書桌中間的抽屜，取出他的一疊文稿。他抽出一張給她看，那上面寫著：

余與揚州朱淑芸女士訂婚已八年矣，魚軒屢誤，蓋因余病肺久不愈也，故每誦「過時而不采，將隨秋草萎」之句，必深悵觸，而對淑芸女士深感愧疚。今試寫新體詩一首，寄余相思之苦云：

啊！淑芸吾愛！
病魔的折磨，
日復一日，年復一年，
誤卻我倆的佳期。
使我愁緒懨懨！
啊！淑芸吾愛！

悠悠白雲，蔚藍的天，
寄我相思一片，
飄到吾愛的身邊。
……
……

她不太習慣這種顯得太露骨，沒有平仄，又不像舊詩那樣文雅鏗鏘的白話體，因此覺得有點好笑。但是那詩裡邊的意思也的確使她感動，那總算是情詩呀！總算是一個男人為她而寫的情詩呀！她看完不由得微笑的遞還給家麒。家麒接過紙片，又伸過手來握住她的；那手不像手，溫都都、軟囊囊的搭在她的手背上。她心一麻，不由得把自己的手抽縮回來，伺候他躺下。看他兩頰泛著微微的紅潮，她在想：他不會總這麼瘦弱，等他一胖起來，就會像他的弟弟家麟一樣，因為她看過他健康時和他弟弟合拍的照片，兄弟倆很像。家麟在清華大學住讀，回來過兩次看哥哥，她都曾見到的，所以她這麼想。

但是像這樣心情開朗的時光並不多見，自從家麒昏厥過兩次以後，她知道他已經病到什麼程度，她不能再欺瞞自己了。有一天，她剛從參局子買來的高麗參和阿膠還沒拆包，家麒便把她叫到床邊來，微弱的對她說：「淑芸，我不行了，委屈你了！」他連伸出那軟囊囊的手的力量都沒有，便昏了過去，這一次，他就永遠沒醒過來。

「一日夫妻百日恩」，她和家麒夫妻做了不止一日，足足有一個月，可是那也算是夫妻麼？她哭得很傷心，別人看了也心酸，但是，她哭的是什麼呢！

日子漸漸要靠打發來捱度了；白天，她還可以磨磨蹭蹭守在婆婆的身邊一整天。早晨幫婆婆梳頭，從把棉花撕碎塞進篦子裡到給婆婆篦頭、紮繩、抿刨花、挽髻、別橫簪、插上九連環金簪，就費去了大半個上午。接著弄這弄那。太陽升到中天了，看駝背老王把天棚拉上。下午很寂靜，偷懶的僕婦們都躲到下房去了，只有老俞媽在廊簷下洗老太太的水煙袋，呱嗟呱嗟呱嗟——呱嗟，三拍停一拍，這樣有節奏的呱嗟下去，是因為老俞媽一邊幹活，一邊打瞌睡。她從廂房出來到老太太堂屋去，經過老俞媽跟前，總要拍拍她的肩頭咳一下，老俞媽睜開了眼衝著少奶奶傻笑。大竹簾子很重，掀開時簾子上的銅片兒敲著門框，又是呱嗟一聲，把坐在太師椅上打瞌睡的婆婆也驚醒了。她進來先替婆婆裝烟，從大榆木櫃裡拿出一包雙獅牌的福建烟絲來，那烟絲真細，捏著軟綿綿的。聽婆婆抽煙有三個步驟，「呼篤」，吹燃那紙媒兒，「咕嚕咕嚕」的抽起來，然後提出那小筒子，倒過來向痰盂裡一吹，熱烟灰掉進水裡「嘶」的一聲，熄了。婆婆一面抽著水煙，一筒一筒的，一面絮談著家中的瑣事。她就站在硬木方桌旁，一邊諦聽著，一邊搓紙媒兒；黃色的表芯紙裁成一寸多寬，用掌心在光滑的桌面上一根一根的搓，搓了滿滿的一大把，放在條案的帽筒裡。正中的自鳴鐘，金色的大圓棰正一秒一秒的擺來擺去，「五點多了！」不論是誰會這麼提醒一聲。天棚拉開了，夕陽照到廊簷下。老俞媽又牙疼了，她摘下一片夾竹桃的葉子，含在嘴裡嚼著，說這是治牙疼的。這時也許送花的來了，用晚香玉和茉莉串成的鮮花籃，中間插幾朵紅綉球。她挑了一個，交給陪嫁的張媽送回自己屋裡，她跟在後面走。到屋裡看張媽把花籃掛進珠羅帳裡，滿屋立刻清幽幽的散出花香來。擦得晶亮的煤油燈送進屋來，白天算是過去了。

她最怕晚飯後的掌燈時光，點上煤油燈，火光噗噗的跳動著亮起來，立刻把她的影子投在帳子上，一回頭總嚇她一跳，她不喜歡自己的大黑影子跟著她滿屋子轉，把燈端到大榆木櫃旁邊的矮几上去，那影子才消滅了。就這麼，聞著晚香玉和茉莉混合的香氣，她冷冷清清的把自己送進帳子。躺下去，第一眼從帳子裡看出去，就是箱子上高疊著十六床陪嫁過來的緞被。她幾乎每天都想一遍；就憑她一個人，今年才二十三歲，要到什麼年月，才能把這十六床被子蓋完呢？有個人，那怕就是那麼病央央的一輩子，讓她無休無止的伺候著，也是好的，好歹是個人呀！或者──跟他圓過一次房呢，給她留下一兒半女，也讓她日子過得有盼頭兒！

轉過年來的清明，她守寡快一年了。那天早上，她起得特別早，因為要準備家裡上供燒紙的事。家裡的女人們都忙著疊元寶，她也拿了一疊錫箔到自己房裡來疊。她一邊疊一邊想著剛才公公親自在裝元寶的白紙包袱上寫祖宗們名字的情景；老鬼寫完寫到新鬼家麒的名字時，公公深深的嘆了一口氣，是的，還有什麼比老來喪子更痛心的？可是站在一旁新寡的她，豈不是更悲痛嗎？公公到底還有他的第二個兒子可以盼，家麟像鐵打的那麼結實，又聰明，又孝順，洋學舊學都能來，都已經大學快畢業了。她呢？她怎麼才是個了局？一樣的兄弟，家麒為什麼就沒有像家麟那樣的身子骨呢？一樣的姐妹，她為什麼就不能跟二姐一樣，丈夫兒女的福集一身呢？

她很納悶兒，竟心不在焉的停了手邊的工作，在愣愣的想著。忽然外面傳來了一陣皮鞋聲，她驚醒的抬頭向窗外望望，原來是家麟進來了，先叫：「嫂嫂！」

「哦——是二弟，你幾時進城的？」

「回來一會兒了，爹寫信叫我別忘了今天要回家來行禮。」

「是呀，人太少了，上起供來也冷清。」

「嫂嫂，我是要找一本天演論，記得哥哥有。」

「是有這麼一本書，我給你找。」

她裡裡外外的翻了一陣，都沒有找到。「也許在書架上。」她一邊對家麟說，一邊走上了書架的墊腳凳。就在回頭的一瞥下，心裡一愣；家麟的眼為什麼這樣看著她？她心慌了，取書時差點兒歪倒下來。「我來，嫂嫂。」家麟說著，很快的走過來了，就在她一歪之間，他扶住了她，她伸出手來，手就被他握住了，緊緊的。她更心慌了，臉也發燒，輕輕的把手縮回來。那奇異的一握究竟有多久？只一剎那吧？可是在她卻是個永恆。在這一生中，她有一種最不明白的事，就是家麟為什麼那樣看她，那樣握住她的手？他不是輕薄的人，她知道。那麼他是憐憫她的遭遇？還是她自己把手伸出去的錯誤呢？她也不明白自己，為什麼在那急促間竟不由得伸出手去呢？她並不討厭家麟，一直把從來沒有見過的健康時代的丈夫的影像，投在家麟的身上，難道這便是那小小罪過的根源嗎？當時他是怎樣走出她的屋子，她簡直不記得了。但是她記得很清楚的是過後不久，她就站在院子裡看燒包袱了，火勢順著春風向西吹，紙灰飄飄揚揚的升上去。公公奠酒，很嚴肅的端了一杯酒，繞著包袱灑潑。她的心亂糟糟的，卻隨著紙灰兒飄呀，繞呀的。

她沒有喝酒，可是覺得醉沉沉的。這點感覺，今生也只給過她那麼一次而已。就在那天的下午，二姐派了車子來接她到北海散散心，走到白塔頂上，便看了那一次最美的日落，她的些許沉醉的心緒，就隨著那個日落墜下去，再也找不到了。太陽還是那個太陽，天天在升在落，人的情形就不同了。……

呀！怎麼這樣糊塗的，要到廈門街，竟追著那個日落走過了頭，跑到川端橋上來幹嗎？方大奶奶從橋上退回來，責備著自己；真是老了，精神總是這麼恍恍惚惚的，早上綉花針別在自己胸前的衣襟上，卻到處亂找，還是小芸看見了：「喏喏喏，不就別在您心口上了嗎！」

「記性壞透了，總是忘。」

「可是有件事你沒忘，放在爸爸紡綢小褂左上口袋裡陪葬的那張全身小照！」

小芸就是這麼淘氣，惹人疼愛，小嘴兒一會兒是蜜，一會兒是針。

陪葬，也許小芸比喻得不錯，她是為陪葬而嫁給家麒的嗎？從北海回來的那天晚上，她老早就睡下了。她翻來覆去的想了許久，二姐說得最對，她得認命，因為她是女人。無論她覺得家麟怎麼不討厭，那也是一件不可原諒的事，她要躲著他些，出了笑話，兩家的名聲要緊，父親和公公的名字說出來都是叮噹響的，他們可不是隨隨便便的人家呀！她把被子拉上來，蒙住頭，眼淚撒開的流。遠處雞叫了，她才迷迷糊糊的睡著。醒來，東昌紙的窗格子上，滿是太陽光。她支起身子來，頭發重，十字布枕頭上綉的「春眠不覺曉，處處聞啼鳥」的詩句，沾滿了黃色的淚漬。

那張陪葬的照片，她只對小芸說了一次，這孩子就記住了，還常常說出來取笑她呢！那張照片的姿勢她很喜歡，是十六歲時照的，元寶領子敞開著，高高的，頭髮前面的留海是剪的像個人字形，胸前捧著一把芍藥，站在書房門口，是那年父親的生日叫了廠甸的鑄新照像館到家裡來拍的。照片擺在家麒的枕頭邊，給他看著玩的，他死後換裝裡，她就順手拿了塞進死鬼貼身紡綢小褂的口袋裡了。唉！隨了他去吧！在更早的年月裡，女人還得活生生的以身相殉呢，她雖沒這麼做，但是自從兩張小照陪著他一同進了那口楠木棺材以後，她這一生和殉葬又有什麼不同！

她是聽從了二姐的話，在寂寞中又拿起了繡花針。那時的眼力可真好，她記得繡一隻鸚鵡就用了十六色的絲線，放在現在可要難死她了，到了晚上連藍綠色都分不清楚。提起繡線，她最想念三嬸婆，那時三嬸婆也像她現在的歲數吧？可是她就眼不花，耳不聾的。也喜歡縫縫繡繡，她們常一同到絨線胡同的瑞玉興去買繡線，坐在玻璃櫃檯的旁邊，夥計端茶拿煙，從樓上把大批的繡花線拿下來，隨她們慢慢的挑選。

坐在敞亮的玻璃窗下刺繡，是她這一生中主要的生活。繡線分色夾在一本厚厚的洋書裡，一根根的抽出來，扎在軟緞上，十字布上，白府綢上。有一個時期她坐在窗下繡花，盼望著一個奇怪的日子——禮拜六。常常是在駝子老王把天棚拉開了，她就把手中的活計扔在桌子上，伸伸懶腰站起來，隔著鏤空紗的窗簾向外發愣。外院響起了皮鞋聲，是家麟從郊外的大學回來了，那高大健壯的身影走進垂花門來，就會使她心胸澎湃，像海浪那樣的鼓動著。他還像個大孩子，低頭用腳點數著墁著大方磚的院子向公婆的房裡走。婆婆也許早慈愛的等待在院子裡了，他看來滿心快活，迎上去叫一聲「姆媽」，就被婆婆擁進堂屋裡去了。她覺得很孤寂，心裡沒著落，望著對面通跨院的四扇綠屏門上的四個大紅字「紫氣東來」，好久好久。

她要保留一份矜持，所以雖然滿心牽掛，卻也不肯輕易在這時到婆婆屋裡去。她知道婆婆給他唯一的兒子預備了點心，是餛飩或是蒸餃，實在這都是她忙了一下午幫著婆婆做的。婆婆會告訴他「這是你大嫂做的」麼？他吃了會怎麼想？他怎麼不再到她房來借這書那書了呢？還是因為她躲避他，而使他不敢來了呢？常常是直到晚飯桌上，他們才相見，他會很禮貌的叫聲「大嫂」，那麼自然，就像從來沒發生過什麼事似的。唉！本來那也算不得什麼吧！是她自己在牽腸掛肚，她不該的。

一個禮拜一次的盼望，到底也有了結束，家麟大學畢業就到法國去留學了，公婆雖然捨不得唯一的兒子遠遊，時代潮流，可也阻擋不住。婆婆最怕的有一件事，臨行之前還再三的囑咐：「記住，不要討了洋婆子回來呀！」滿屋的人聽著都笑了。家麟是方家最年輕，也是最維新的人物，他一直反對家庭給他訂婚，父母也沒辦法。其實在那個年月，外面的新潮流已經衝到許多古老的家庭裡了，像她差不多歲數的女學生，她早就聽說有反抗家庭婚姻的啦！守寡再嫁的啦！跟人私奔的啦！孤身到外國留學的啦！老人家聽了在嘆息，她也不免驚異那些女子的大膽。說這些女子不該嗎？可是她在家麟買回來的雜誌書本裡卻讀到了讚揚這種女子的文章。當然，她也是被讚揚的；親友之間誰不讚揚她的綉工，她的為人，她的貞潔和孝順？公婆確實很疼愛她，財產早就給她留下來不動的，每月賬上分到的零用錢也特別豐富，這也是對她的一種補償吧！買綉花線能花得了多少錢呢！大紅大綠的中交票子，一疊疊的存在箱底，夠了個數便送到廊房頭條的開泰金店去，擰麻花的赤金鐲子一對對的換了來。有時她很納悶兒，覺得這些補償似乎仍是缺欠了什麼。她茫然的想到雜誌上讚揚那些女子的話；是有些道理嗎？

家麟一去七年才回來，帶回來的二奶奶雖不是洋婆子，確也給了她一些不安。這七年中，是經過了北伐的革命，北京城變了，春明舊夢已經成了過去，潮流帶來了新的思想，新的事務，在她那古老的家庭裡聽起來很新奇，有些贊成的，有的很反對，但無論贊成或反對，好像都與她的家庭不相干，仿佛他們只是站在一旁看熱鬧罷了。那是因為這家裡缺少了一個能領著迎上前去的人物。一直到家麟回來以後，這家才顯得不同些。

是嚴冬的晚上，堂屋裡燈光輝煌的等待著遊子歸來。去時一個人，回來三個人，老人有無限的欣慰。她掀開厚重的棉門簾子，一眼就看見家麟正站在堂屋地的中央，穿著藏青嗶嘰西服，頭上戴著法國小帽。「大嫂！好！」他雖滿面風霜，可是眼裡閃著光采，精神好極了。她也展開了笑容說：「二弟，你一路辛苦了，」然後他把身旁的女人介紹給她：「大嫂，這是您的弟妹露西。——露西，這是我們的大嫂。」她一看，新來的二奶奶露西，粉白的臉上架著金絲眼鏡，頭髮燙得短短蓬蓬的，頭上也頂著法國帽，穿的是綠絲絨的洋裝。再往下看，喲！站在地上摟著媽媽腿的那個小崽子，也是一頂法國帽。三頂怪帽子！她笑了，趕緊把下嘴唇咬住，才算沒笑出聲來。

新人物的確給老方家帶來了許多新氣象，三頂法國小帽，二少奶奶的洋裝，都漸漸看慣了。還有和他們交往的一些朋友所說的舌頭打顫的法國話，總算也聽慣了。剛一聽時，老俞媽會忘記牙疼，捧著腮幫子一路笑到下房去。婆婆有病也不堅持非要四大儒醫的汪六爺按脈了，而且竟打破方家的紀錄，居然那一次住到德國醫院請洋鬼子狄伯爾主治的。二奶奶是個很和氣的人，雖是一個人離家遠到巴黎去留學，但也和家常的女人一樣有說有笑的，她沒有理由看二奶奶不順眼。二奶奶常常說一些新女性應有的新觀念給家裡上上下下的人聽。不錯，女人可以離婚啦，自由戀愛啦，再嫁啦，都是應當的，因為時代不同了。可是，怎麼就沒有一個人出來主張讓大奶奶再嫁呢？當然，當然，這決不是說她想再嫁了，她只是隨便想想罷了。

小芸的誕生，確實給她的生命帶來了新希望。她記得前些日子聽家麟和朋友聊天兒，家麟說了這麼一句話：「對於目前要有信心和希望，不然日子就難熬。」她很能體會這話的意思；她不就是因為身邊有了小芸，日子才算熬──熬到現在？是二十四年前，當二奶奶懷第二胎的時候，一個非正式的家族會議舉行了，要求二奶奶生下來的，不論是男是女都過繼給大奶奶。二奶奶非常同意；她在教書，正樂得免去帶孩子的辛苦。紅胖的小芸一出世就送到大奶奶房裡來。那年她已經三十四歲了，才第一次嘗到做母親的滋味。

她很愛小芸，每逢她緊緊摟著小芸胖胖的小肉體時，除了親子之愛以外，在內心中還蕩漾著一種神秘的快樂。她常常想：這是她的孩子，也是家麟的孩子。許多人都說小芸的眼睛很像她，但是她更喜歡逗著小芸對人說：「大手大腳的，跟她叔叔一樣！」然後舉起小芸的肥手送到自己的唇邊親吻著。就憑著自己內心常常泛起的這點點神秘的快樂，和對下一代成長的希望，唉！這麼許多年竟也過來了。

……

「方老太太，買點什麼？」店夥看見老主顧進門，立刻熱心的招呼。

「啊！家裡來了客人，怕菜不夠。給我切上四根，不，五根臘腸，鹽水鴨也來半隻好了。」方大奶奶在這家南京人開的小店買了好幾味熟菜，看店夥包好了，付過錢。走出小店的門口，仰頭看看，西天還有一點點殘餘的晚霞，這邊星辰已經急趕著上了中天。——可得快些了，這回可不要走水源路，還是穿小巷回去吧。小芸等急了會跑出來找她的。這孩子，是個懂事的孩子，二十四年來，如果沒有小芸，她的日子怎麼過！可是她長了翅膀會飛了！想到小芸就要結婚，她不免心酸。當然，小芸會把母親接了去，她說過不止一次了：「等結婚後換了大些的房子，我就接您去。以後我當家，說好了，不許您下廚房，只要您享老福！」她自己也知道，近來太憂鬱了，不安和悲涼襲擊著她，這種感覺就和家麟剛回國時一樣，那次是因為出現了二奶奶，這次是敏雄。都是摘她心肝的人！她知道這憂鬱是多餘的，可是避免不了，隨它自生自滅，慢慢就會好的。

巷口的街燈是個標記，一轉過去就到家了，腳底下盡是泥，可得小心喲！

方大奶奶推開虛掩的街門進去。嗯？屋裡有好幾個人影？啊！是小芸的叔叔嬸嬸來了。他們正圍著她的綉活在欣賞。

——幸虧多買了半隻鹽水鴨，再炒一盤茭白，都是叔叔喜歡吃的。她這麼算計著，提著線網袋就直往廚房走去。

童真（1928-）

作家介紹

童真（1928-）出生於中國浙江慈溪，上海聖芳濟學院畢業。一九四七年來臺。童真寫作始於五〇年代初，短篇小說〈最後的慰藉〉於一九五五年獲香港《祖國週刊》「李白金像獎」。童真創作勤奮，一九五八年即出版了首本短篇小說集《古香爐》，一九六〇年再接再厲交出短篇小說集《黑煙》。司馬中原評論這本集子「已經顯示出現代感覺和淡淡的現代色彩。就氣韻說，是清麗典雅的。」[1]道出了童真的創作手法與女性氣質。

創作以來，童真共完成五本短篇小說集、五本中篇小說集、七部長篇小說，超過三百萬字量。若論她筆下寫出了一個時代女性處境縮影，更耐人尋味的是，她自言，那些小說很多是在「廚房」裡構思成型的，且除了第一部長篇小說〈愛情道上〉是先有大綱的，其他作品她幾乎都在廚房邊煮飯邊在腦海構思故事、人物，之後才著手寫在稿紙上。童真自剖：「寫小說不光是寫故事，我寫的是人物、我的見解、我的人生觀。」[2]就因為這樣的訴求，她的小說內容看似平淡但引人回味，且

① 夏祖麗：〈鄉下女作家童真〉，童真：《樓外樓》（臺北：文史哲，2005年版），頁391。
② 鐘麗慧：〈女作家童真〉，童真：《花之夢》（臺北：文史哲，2005年版），頁312。

娓娓道來條理清楚見出思考性，筆下角色有種舒緩的情調，人物心理與性格互為影響增生，這也使得她的小說有種始終是世塵味最少的氣息，即使最心理掙扎的篇章，最終亦復歸自成完整系統的「童真」寧靜世界系統，足證作家內心世界的山水意象。有別於一九五〇、一九六〇年代教育、反共題材當道的小說，這種氣質也成就她作品難以為後世企及與被取代的風格。

童真自一九七七年因健康因素，輟筆至今。一九九三年旅居美國新澤西州，二〇〇五年她編選舊作編輯為七冊自選集交文史哲出版社出版，共收三十八篇短篇小說、五部長篇小說。

作品導讀

寫於一九五〇年代的〈穿過荒野的女人〉，[3]童真讓她筆下只有小學程度的女主角楊薇英，帶著襁褓中的女兒出走舊式婚姻與家庭，堅毅自守篤定苦讀的作為，新世紀什麼都不驚的新女性面對楊薇英，恐怕都要減色三分。

楊薇英家道中落，但楊父憑藉女兒出色的容貌攀親富裕沈家，主要盤算兩家聯姻，能給兒子安置個好工作，沈家則有意讓薇英伺候讀大學的兒子。薇英夾在中間進退維谷，隨著丈夫大學畢業、女兒出生，她的地位越形低落，丈夫性格尖刻，在一次與岳家對罵，戳穿了這筆交換婚姻的假像，進而遷怒薇英，提出離婚要求，薇英居然答應了。娘家此時卻認為她傷風敗德，拒絕接受她。薇英落得有（娘／婆）家都歸不得，剩下只有挺身前進離家出走。

其實早在二十世紀初易卜生（Henrik Ibsen）劇作《玩偶之家》（*A Doll's House*, 1879）引進中國以來，人們對女主角娜拉出走的情節早有見聞，多次搬上舞臺，童真上海聖芳濟學院西式教育出身，對此應該並不陌生。薇英受盡婚姻擺弄，不是傀儡是什麼。魯迅最早為文討論娜拉出走的意義，他在〈娜拉走後怎樣〉提出一個嚴肅的質問：「她除了覺醒的心以外，還帶走了什麼？」[4]時

---

③童真：〈穿過荒野的女人〉，《黑煙》（臺北：明華，1960年版），頁158-176。

④魯迅：〈娜拉走後怎樣〉，《魯迅散文選》（臺北：洪範，1995年版），頁163。

代轉變，不變的是家庭具有遮擋風雨的功能，對大部分女性，家之外，到處都是荒野，我以為這正是〈穿過荒野的女人〉的內核。荒野是一個現代的「中途之家」，轉換得宜，就有穿過的一天，小說中幾次荒野象徵可證。譬如當丈夫首次提議離婚時的描述：

她站著，覺得自己站在一片荒野上，那裡，沒有一座屋，沒有一株樹，沒有一塊光滑的巨石，也沒有一處平坦的土地。滿地都是荊棘夾著亂石。她要歇一下，或者靠一下，都不可能。假如她要離開這片荒野，唯一的辦法就只有她自己挺身前進。⑤

之後薇英離家，穿過一座荒野，在僻遠的農家租間草屋日夜苦讀，以中學同等學力考上了師範學校，她將女兒寄養在農家，離開女兒入學那刻，女兒號啕大哭，她不敢回頭往前走：

她現在是在荒野上行走，她不能畏縮，不能猶豫，她只有筆直走下去。她屏住呼吸，一直往前邁……。⑥

⑤ 童真：〈穿過荒野的女人〉，《黑煙》（臺北：明華，1960年版），頁170、171。
⑥ 童真：〈穿過荒野的女人〉，《黑煙》（臺北：明華，1960年版），頁173。

童真文如其名，不脫單純天真，這才會安排薇英畢業回鄉教書後，師範苦讀時期頗支持她的吳老師追來，吳老師要一個攜手共度的允諾，薇英的回答卻是：「我已經試著走過了最艱難的一段，我想獨自走下去。」吳老師尊重她的決定，祝福她後理性告辭，她業已完成人生的穿越荒野之舉，這一次，她成為目送者，而此時穿過荒野的，是一位「灰色的身影在田間越移越遠」[7]的男子。

無獨有偶，童真穿過荒野的女性啟示錄，與女性主義批評學者伊蘭・修華特（Elaine Showalter）的經典之作"Feminist Criticism in the Wilderness"[8]取意雷同，兩者都闡述女性穿過荒野才能找到真正力量及自我，而童真「荒野」意象更早於修華特。童真的傳統女性不見容於家庭、社會，當她孤立如在荒野，對她伸出援手的是低知識農民；同樣，修華特在〈走過荒野的女性主義文學批評〉見證女性主義理論仍處荒野時空，一直以來荒野是男人的專占領域，論文開宗明義引詩描述「拓荒者」身處荒野的處境：

---

⑦ 童真：〈穿過荒野的女人〉，《黑煙》（臺北：明華，1960年版），頁176。

⑧ "Feminist Criticism in the Wilderness"由學者張小虹譯為〈走過荒野中的女性主義批評〉，本文收於修華特1985出版的*The New Feminist Criticism: Essays on Women, Literature and Theory*。見伊蘭・修華特（Elaine Showalter）著，張小虹譯：〈走過荒野中的女性主義批評〉，《中外文學》，第14卷第10期，1986年3月，頁77-114。

女人心中無荒野，
她們代之以謹慎綢繆
心滿意足地在狹小溫情的心房中
嚼食乾硬無味的麵包⑨

曾經以荒野為家，最後「穿過荒野的女人」拒絕了可託付終身的男人，僅僅這層意義便價值深妙，這關鍵一筆，高舉出拓荒者的角色不再是「男性專屬，女性免談。」

⑨伊蘭・修華特（Elaine Showalter）著，張小虹譯：〈走過荒野中的女性主義批評〉，《中外文學》，第14卷第10期，1986年3月，頁77。

穿過荒野的女人

一

誰都說，今年夏天臺灣南部特別熱，熱得像處身在火山口的邊緣。然而薇英的感覺卻正相反，她一直覺得身畔老是迴旋著一股不散的涼風，吹進了她的心裡。二十年來，她從沒有這樣輕快、舒適過。她差不多整天都跟女兒筱薇在一起。小屋門前是個小院，一株鳳凰木，枝葉像鷹翅一樣地伸展開來，遮掩住整個的院子。下午，娘兒倆總要搬上兩張椅子，坐在樹蔭下聊天；或者是，女兒看書，她在旁邊冥思遐想。綠蔭籠罩著她倆，紗綃似的，夢影似的，她會倏地一驚，以為自己果真在做夢，及至目光觸到了旁邊的女兒，她又不禁笑了；笑得這樣輕鬆，就像她頭上鳳凰木的微微搖曳的葉子。

她想，這樹長得可真快，才不過七八年，就像一個豐滿的少女了。如今，筱薇終究也已長大成人，二十三歲啦。她立直身子，比媽媽還要高半個頭呢！娘兒倆在外面走，只要逢到什麼高低不平、狹窄泥濘的路，筱薇總會伸過一隻手來，攙住她，一邊說：「媽，當心，別摔倒！」其實，即使她沒有人扶，也能穩穩過去，她還不至於衰老到這樣；不過，她總依著女兒，讓她扶她，有時，還故意把整個身子靠在她的臂上。

她喜歡有這種安全感，覺得自己畢竟也有一個人可資依靠、可受庇護了。她抬起頭，瞧瞧女兒，此刻，她正微俯著頭，在專心看書。淡遠的眉，細長的眼，鼻樑窄窄挺挺的，那條直線直往下溜，在鼻端忽然圓圓地彎了起來，使它顯得莊麗而又柔美。嘴巴緊閉，堅毅多於嫵媚；這也許是多年來，她做母親的影響了她。她記得，女兒小時，給裹在湖色軟緞的披風裡，模樣兒也挺可愛。她還給她照了相，這是她童年的唯一的照片，因為以後，縱使她長得更好看了，但卻已不再允許她把錢花在這上面了。那張照片至今還被珍藏著，連同她中學、大學時代的幾張留影以及最近那張戴方帽子的肖像。那最近的一張，是女兒不久以前從師大郵寄給她的。她拆開信封，那照片便滑落在她手裡。背向上，她看見上面寫著兩行字：

願她的努力，能補償母親的辛勞於萬一。

她把照片翻過來，見是戴著學士帽的女兒。她緊緊地捏著它，怔怔地望著它，然後哭了。哭著，哭著，恍惚覺得手中拿的就是她自己那張師範的畢業證書。她又站在小茅屋裡了，頭碰著那低矮的屋頂，暗黃的霉稻草像纓似地垂下來。她淒淒地抽泣著，這時，她的身畔突的響起了清脆的小女孩的聲音：「媽媽，你一回來就哭，你不喜歡看見筱薇嗎？」她頭一低，瞧到筱薇正站在她的腳邊，她穿著一套舊印花布的短衫褲，兩眼閃動，鼻翅微掀，嘴巴張開。她整個的神情是期待而又恐懼。「不，筱薇是媽的心肝，媽什麼都為你，怎麼會不喜歡看見你？」她彎身去抱她……驀地，身邊那個小女孩消失了，展在眼前的是照片上那個端莊穩重的女學士。在晶瑩的淚光中，她透出一絲笑意，她用力把頭一甩，宛如要抖掉往昔落在她頭上的稻草梗子。

筱薇南下的那天，她曾去車站接她。這孩子一下車，看見媽媽，第一句就說：「媽，以後我們再不會天南天北離得這麼遠了。我可能被分派到這兒的一所中學裡教書，我們每天都能見面。以前，我們離開的日子太多，以後我們要補償一下。」

她抓住女兒的胳臂，說不出話，因為一開口，她准又會掉淚的。女兒的一片孝心，是她所有安慰中的最大安慰。就說這個夏天吧，她拒絕了好幾個朋友的邀遊，寧可陪著她，同她閒談，幫她理家。有時，她疼她，說：「筱薇，那種劈柴起火的事情，你做不來，放著，讓媽來。」但她偏不依，回嘴頂她：「媽，你不是說你二十來歲的時候什麼都會做？」她只得依了她，她倆一聊天，就免不了聊到大陸的故鄉。做媽的有時會感慨地說：「我們現在住的小屋子，跟大陸上你外婆家或你父親家的大屋子比起來，真有天壤之別。」她自己的經歷女兒全知道，女兒便會撅起嘴回她：「我不稀罕！那種大房子沒有這房子明亮，住著舒服。媽，那兩座大房子給你的痛苦還不夠，你還想它們幹什麼？」

當然，她不再作聲了。女兒說的不錯，那兩座大房子給她的痛苦確是太深、太重了，而且，那種大房子也委實太陰暗、太缺乏光亮了。就像在這種暑天，大房子裡雖然跟樹蔭下一樣涼快，但同樣是涼快，滋味卻有不同。那裡的涼快帶著陰澀、潮濕，這裡的涼快卻是爽朗、乾燥。尤其是自己娘家的那座大房子，終年是灰暗暗、淒慘慘，一副沒落的氣象。她是父母的幼女，沒來得及趕上家業的輝煌時代，一生下來，家就迅速地直向下坡路走，所以她碰到的僅是一些拉長的臉。從十二三歲起，嫂嫂姊姊便把好多事情都推給了她。父親睜一隻眼閉一隻眼，裝做沒看見；母親呢，雖然疼她，但也無能為力。直到十八九歲，大家這才換了一副面孔，對她笑臉相迎了，因為瘦瘦小小的她，到那時，忽然出落得非常嫵媚了。

她想，要是生得平凡庸俗些，或許也不致挨這許多年的苦，但是美原沒有罪，怪的是：即使是一家人，為什麼也有這麼多的私心？父親哥哥都以為憑她的娟麗去攀一門富親，該是挽回家運的唯一途徑。她只讀過小學，即使她的兩個哥哥，也只進了一兩年的中學。他們並不重視學問。有錢時，覺得錢是一切；沒錢時，也覺得錢是一切。他們擁在家裡，一天到晚只在錢上動腦筋。他們到處探聽，想為她覓一個理想的對象，結果終於給探聽到有一家姓沈的，在上海開著幾爿店，正在為他們還在大學念書的獨子物色一房媳婦。於是，父親便託媒人去說親。親事是巴結上了，因為照片拿過去，做公婆的看了都中意；至於這裡的家庭狀況，媒婆加醬加醋的，當然扯得離事實很遠了。

她結婚是二十歲。父母打腫臉充胖子，給她辦了一份就他們家境來說不算菲薄的妝奩。那些日子，家裡最熱鬧，人們挺高興，好似她一嫁出去，家裡就會好起來。婚期近了，男的忽然提議到上海完婚，理由是他不願多曠學業。好吧，就到上海去。父母兄嫂陪著她，帶著一些細軟嫁妝。男家的父母也趕到上海。女家滿望男家能夠包個像樣的飯店，一方面作為禮堂，一方面作為他們歇腳的地方，好讓自己節省一筆開支。但男家的想法卻不相同，他們要把禮堂和筵席設在自己的店裡。因此，女家也就只得找家旅館來安頓。後來，事情又發生了，新郎主張新娘坐汽車，而她的父親卻堅持要她坐花轎。雙方僵持。她偷偷地流著淚，忽然預感到前途的不幸！這裡是沒落的大家庭，那邊的新興的大財主；這裡恪守著舊的傳統，那邊卻在接受著新的文明。兩個截然不同的家庭，卻硬結成了親戚。她，一個無用的女子，勢將夾在這兩堵石壁之間。她甚至巴望著這僵持會得繼續下去，終而至於撤銷這門親事。

然而這種僵持持續到結婚的前日，就像春雪似的溶化了。父親剛想收回己見，男的竟也同意了他的要求。下午，花轎「啊哩，啊哩，嘭！」地吹打過來，一切又如豔陽天那樣美好了。她戴著胸花、手錶、手鐲、戒指、耳環，穿著繡花的大紅軟緞禮服，頭上蒙著一方紅綢，手中握著捧花。父親一再地叮囑她：「薇英，爹給你結上這門親，可不容易，離開了爹娘，可別忘記爹娘。你在那裡，事事都要為家裡著想，家裡的情形你當然瞭若指掌的呀！」母親也哭哭啼啼地說著這些話。嫂嫂扶著她上轎，還在她腳下放了一只燃著芸香的銅爐。花轎門給上上了。她猝然哭了起來。花轎的外表五光十色、晶瑩燦爛，但裡面卻是黑黝黝的。她的命運會不會跟它一樣，隱藏在美麗下面的是一片黯淡？美麗是給人家看的，黯淡卻是自己身受的。他們要她事事為他們著想，可是又有誰為她著想？

樂器吹打著，炮竹乒乓地燃放著，她的低低的哭聲自然沒有人聽得見。花轎抬起來了，搖搖晃晃的，芸香也一陣陣地冒上來，醉醺醺的。她不是沒有坐過便轎，但坐便轎跟坐花轎是兩回事。坐在便轎裡，她是便轎的主人；但坐在花轎裡，花轎卻是她的主人了。她一切得遷就它。她不能說一句話，她不能把屁股移一下，母親關照她：移一下，就得嫁一次。但越不准移動，心裡就越想移動，好像這樣坐著，總不對勁兒。她硬忍著，忍得混身都酸麻麻的。她試著透過紅綢和玻璃看看轎外，但什麼都看不到。她只能看到自己的手：戴著手套，佩著戒指、手鐲和手錶。這不是她素常的手。一切都是陌生的。她正被抬往一個陌生的世界，那裡的生活是好是壞，她已完全交託給花轎了。穿過一條馬路，又是一條馬路，好長的路！覆在頭上的紅綢，抖抖地擦著臉，好癢……啊，真的好癢，她抬起手，往臉上一摸，捉到幾片鳳凰木上落下來的細葉子。

二

她把葉子放在手心上，擺弄著。那細葉子，就像西瓜子大小。她記起來，她做新娘那天，坐在新房裡，朱紅泥金的格子果盤擺在她椅旁的梳妝檯上。女賓和小孩都吃著，要她嘗一點，她婉卻了，一方面是怕羞，一方面也委實吃不下。但她們一定不依，她拗不過，抓了一撮醬油瓜子，抿著嘴，慢慢地嗑瓜子，這是女人消磨時間的最好方法。嫂嫂姊姊們老把歪曲的、小小的瓜子留下來給她，但她有一口整齊無縫的牙齒，只要把瓜子送進去，核肉就會完整地、筆挺地脫穎而出，可愛得就像她那細小的牙齒。那天，來賓們交口稱讚新娘的漂亮，待賓客散盡，她丈夫偉博就回到房間裡，對她細加端詳。也就在那時，她看清楚了他。他身材頎長，前額高闊，宛如紅木床上的床楣，但他的臉卻是清臞的，尤其是下頷，尖巴巴地，這應該是個美女的下頷，但配在他的大前額下卻並不出色。他尖利、機敏、能幹，這些都顯明地現露在他的臉上，跟浮在鏡面上的光一樣清晰。她在心裡祈禱，最好她的美能夠贏得他的愛；她也明知這種專重美色的男人並不好，但對她，這或許還是好事。然而，他卻調轉身子，燃起一支煙，說：「我不會說你漂亮的，人家說得太多，太過分了。讓我聽來，好像是說我這張臉配不上你。」他竟是這樣地自私和善妒，她差點掉下淚來。她閉緊嘴，望著那對熊熊地燃燒著的龍鳳燭，紅色的淚一點一點地往下滴，滾燙地落在她的心窩裡，但她卻硬忍住了。她想，在以後的生活中，她是免不掉要忍的。幸而在娘家，她已經忍慣了。她得依順他，伺候他，並且設法去愛他；無論如何，她得把他當作一切。目前新式的女子可能不會有這種想法，但她既沒讀過幾年書，又沒有偌大的勇氣。她從舊家庭裡出來，舊式女子的命運還緊縛在她的身上，即使要掙脫，怕也沒有這份力量。

三天回門，偉博換上了西裝，她也穿上了最時式的旗袍，兩口子坐上汽車，嘟嘟嘟地掠過馬路。繁華的上海盡在眼前。偉博忽然摟住她的腰，說：「薇英，上海好，你還是住在這裡。滿月後，爸媽都回鄉下去，那時我代你求情。」她低著頭，臉一直紅到耳根，是喜？是羞？她想，他終究愛她了。結婚那天全是她在胡思亂想。她的路像馬路一樣，寬闊的兩旁是多彩多姿的。她輕輕地說：「謝謝你。」

剛說完，車便停在她父母所住的那家旅館門前了。她被扶下車來，一臉喜氣，以前那不快的陰影全部消失了。他們從樓梯口走上去，到房間裡，向父母行一大禮。坐不多久，母親就拉著她往裡室走，低而急地問她：

「薇英，你覺得他到底怎樣？待你好不好？」

她那時心中只存留著剛才的情景，便說：「好，很好。」她母親說：「謝天謝地。你爹硬把你配到他家去，當然是為了他們有錢，但是如果真的為這而苦了你，那就太划不來了。囡是娘生的，娘也是女人，明白這不是三兩天的事情，這是一輩子的事情。」

她只是微笑。

「這樣我就放心了。這裡花費太大，明後天，我們就要回家去。你那邊怎樣打算？」

她把剛才偉博所說的話告訴了母親。「我不表示什麼意見，跟公婆回鄉下去住也好。」

「對，這樣好。不過，看來，你十九是住在上海了。他是獨子，父母總得讓他一著。薇英，說起來，我倒忘了，你爹剛才還在跟我說，他家幾爿店裡的經理，都是他們的一些遠房親戚，以後，你有機會，總得給你的兩個哥哥想想辦法。」

「媽，這恐怕……」

「不要急，慢慢來，以後日子久了，兩夫妻有什麼話不好說的。你不要老記住你哥哥的不是，自己人，事情過了，也就算了。」

回到外房，哥哥嫂嫂已到外面去，父親跟偉博正談得起勁。父親是個胖子，說得高興時，總要頭點擺腦的。偉博的腰、背、頭頸都挺得筆直，跟他坐的椅子的靠背一樣僵直。她最初看到他這副樣子時，心裡便替他感到吃力，後來看久了，倒也慣了。那時，他們正談到上海幾爿店裡的情況。

她只聽見父親說：

「嘿，有你這樣能幹的小東家去時常督察照料，還怕這些店不會興隆起來？」

「哪裡，我只是有空去走走，什麼也不懂。聽來，爸爸倒是對這些很在行的！」

「唉，老了，懂也沒有什麼用了，倒是薇英的兩個哥哥對這很有一些經驗。」

父親弓著背，伸著頸，像在等候偉博把話接下去，但偉博卻端起面前的茶喝了。父親這才看見她進來了，忙又說：

「小女一向在老妻膝下，什麼事都不懂，一切還要令尊令堂和你包涵些。」

「爸爸，現在時代不同了，只要兩口子能夠互相瞭解，互相愛戀，什麼都不要緊，談不上什麼包涵不包涵了。」

父親又碰了一個軟釘子。老年一代的思想已經不再適合年輕的一代。父親終於不再作聲了。

回去是傍晚。在車中，偉博只是衝著她笑。她問他：「你笑什麼？」他不答，依然笑。「是不是我的頭髮亂了？還是我的臉上有汙點？」他搖搖頭，仍舊笑個不停。他的微笑像根抖動的絲帶，擦得她混身不自在。她急了，說：「你怎麼啦？老是笑我？你不告訴我什麼地方不對勁，難道還要叫別人來笑我？」

「不是笑你，笑你爸爸。」他說。

「他說話的樣子很滑稽，是不是？」

「不是。他真有兩下，我以前不知道，我佩服他。」他的笑容收斂了。她突然感到他還是笑的好，不笑，他的面孔就平板得像他西服的前襟，仿佛臉皮、後面也給襯上了硬綳綳的東西。這樣，他們一直到達住所，誰都沒有說過一句話。

她是預備住在上海的，預備學習在這個時代、這個環境中所要學的一切，如穿高跟鞋、吃西菜、跟年輕的朋友見面或分別時的握手等等。凡是他喜歡的，她都願學。使她也像一個新派的女子，配得上他；使她又像一個舊式的女人，能服侍他。她想得太好了。但快滿月時，他卻對她說：

「你還是跟我爸媽回去的好，我考慮過了，你留在這裡，或者不留在這裡，都是一樣。我請你兩個哥哥到上海來幫忙就是了。」他又笑了，像那天車中的笑。這笑使她恐怖，使她戰慄，她說：

「你這是什麼意思？」

「我的意思很好。你家裡要你嫁給我，無非是想要我給你兩個哥哥安插位子；我家裡要叫我娶你，也無非是想有個美麗的媳婦。這樣不是兩全其美了？」他又笑了，這麼尖銳，這麼激動，這一次，它像一條鋼鞭似的抽著她。她眼前一黑，坐倒在椅子上，覺得自己直在往下沉，而推倒她的，卻正是她最親愛的人。

她跟公婆回到鄉下，住在一座大房子裡。那房子雖不像自家的凋落破舊，但兩進房子只住了四五個人；這就覺得連自己的影子也是可愛的了，不幸的是，在那陽光照不到的大房子裡，連自己的影子也很少碰到。她常獨個兒坐在那裡，浸在一片灰撲撲的孤寂中，或者去公婆那邊，聽婆婆嘮叨，替公公裝水煙，呼嚕嚕──噗！火亮了，又熄了，希望的火是這麼短暫。一個連一個，留下的則是滿地希望的殘渣。她抖了一下，撚緊煙絲，小心地把它裝到小孔裡去，像把自己的心塞了進去；她吹燃紙撚，公公彎過頭，把嘴湊在煙嘴邊，卻沒馬上吸，看了她一會，說：

「薇英，這裡住得好，吃得好，穿得好，不要你操心勞力，就是來我家裡的傭人，也只要待上幾個月，就發胖了，怎麼你反瘦了？」

她沒言語。婆婆接了下去。「你在這裡不稱心吧，公婆是外人，不及自己的爹娘好！」婆婆有時尖起來像鑽子，丈夫的尖就有些像他母親。她連忙否認，但委屈的眼淚已經奪眶而出，婆婆更是乘機進襲：

「我又沒說你什麼，你就哭了，讓外人得來，還以為我做婆婆的在欺負你呢！」她沒給她道歉賠罪的時間，就氣沖沖地推開椅子站了起來，走了出去，小腳踩在弄堂的石板上，像用木鎚在敲打：咚！咚！咚！咚！婆婆之不讓她親近她，就像丈夫之不讓她瞭解他一樣。當時，她穿的是月白色的府綢旗袍，一手捧著水煙壺，一手捏著紙撚，彎著腰站著：蒼白、纖長、僵呆，就像白銅水煙壺的那根彎彎的長頸子。

她的生活越來越乏味了。她希望丈夫回來，丈夫總是丈夫，但他只能在假期回來；而且像客人一樣，住不多久就走了。有時想回娘家去住，可是回頭一想，自己畢竟已經出嫁了，何況那邊的境況並不好。第二年丈夫在大學畢了業，她著實高興了一陣子。丈夫回來了，還邀來了幾個男朋友以及他們的愛人，四五個男女一闖進房子，整個的屋子就充滿了笑聲和鬧聲。她羨慕兩個跟她年齡相若的女人，她們打扮得跟外國女郎一樣，跟幾個男的一同去打球、爬山、划船，甚至有時還去游泳。她們大吃大喝，高聲談笑，跟男人一樣爽朗。她的丈夫很稱讚她們。後來，有一次，他們要去野宴，她也想參加，她穿戴得整整齊齊，夾在他們的中間忙著。那兩個女的便邀請她，她正想答應，不料丈夫在旁邊說：

「她不會這一套，也不愛這一套。」

啊，這麼兩句婉轉輕鬆的話語，就毀滅了她的希望。晚上，臨睡時，她禁不住問他：

「偉博，你喜歡別人作各種運動，為什麼獨獨不喜歡我去？你待朋友都好，為什麼獨獨待我不好？」

「你配跟她們比？」他翹起的尖尖下巴，就像一柄鋒利的斧頭。「她們都讀過很多書，你斗大的字認識幾擔？」他把下巴放下，斧口正砍在她的心上。

沒有哭，她只問著自己：為什麼她不多念幾年書？為什麼她的家庭在前進的潮流中還拼命地攀附著腐朽的木樁？為什麼偉博不在婚前提出這一點，而在婚後卻這樣無情地傷害她而不同情她？這是一個錯誤的婚姻，錯誤得好像把石子當作雞蛋，放到鍋子裡去煮。他不會愛她的，因為他根本不想愛她。

這一氣，害她生了兩三天的病。就在這期間，那班快快樂樂的客人走了，她的丈夫也走了，她好像在病中做了一場惡夢，醒來時，依然是空寂的房間，空寂的大屋子，婆婆的疾言厲色以及公公的白銅水煙壺！

這個大房子更陰暗、更冷靜了，連屋旁樹葉的颯颯聲也成了嘆息。

三

她也輕喟著……從輕喟中回到現實。此刻，微風正在輕拂，但這不是哀怨的嘆息，而是歡樂的低語，它溜過鳳凰木的葉間，葉子都高興得翩然起舞。她略微覺得有些口渴，彎身拿起放在地上的一杯冷紅茶汁，細細呷著。赭紅色的液體，在白玻璃杯中蕩漾，濃鬱鬱的，像一杯糖酒。她不會喝酒，只有在筱薇出生的一個月中，她喝酒喝得最多。黃酒裡加入了紅糖，大半碗一次，大半碗一次，一天喝上三四次，簡直把酒當作了茶。說也奇怪，當時喝起來竟然並不難受，喝下後，昏沉沉，熱哄哄，蒙著頭，睡上一大覺，醒來時，混身舒服。側過臉就可看見嬰孩那紅噴噴的小臉，像一朵嬌麗的玫瑰花。那時候，她的心情很快樂，這孩子帶給她以無窮的希望，好像自己幽黯的前途，突趨光明。她滿以為這個嬌麗的小女兒能夠扭轉夫妻間的感情。只要丈夫愛她的女兒，就可能也愛她。即使他只愛她的女兒，她也不會像以前那樣難受，因為女兒的身上有著她自己的血肉。她生筱薇是二十四歲，滿月後，她就給裹在湖色軟緞披風裡的女兒照了一個相，並且寄了一張給她的丈夫。她等待著，幻想著：幻想著他回信中的喜悅和頌贊。幻想象一幅幅壁畫，把四周都裝飾得富麗輝煌了。

但回信來得太遲，遲得已經把等待化作煎熬，把幻想撕成碎片了。一張白信紙，上面寫著幾行大字：「來信和照片都已收到。我高興你生了一個女兒，爸給她起名筱薇，我當然沒有意見。」淡淡的墨水，漠漠的感情，白信紙變成了一張冷面孔，她轉臉看看女兒，睡夢中笑得很甜，她卻一陣心酸，把一點淚滴在無辜的小臉上。他不愛她，她倒還可以忍受，可是她不能忍受他不愛他自己的女兒！

盛夏時節，他像往年一樣，回到家來。住了幾天，他抱起女兒，說：「到外婆家去。」這是他第一次自動提議到她娘家去。她覺得一切畢竟好轉了。她是一個容易滿足的女人，只要他能略施小惠，她就會感激涕零。她不是一個自私的女人，只要他能稍為愛她一點，她就能為他犧牲一切。他們坐著轎子去。十幾里的路程不算遠。然而由於多方面的顧慮，近幾年來，她一共只去過十來次；尤其是一年前，老母的亡故更減少了她歸寧的興致。

那天，天氣特別熱，到達娘家，已近中午。大塊頭父親最怕熱，坐在堂屋裡，穿著白短褲，赤著膊，雖然不斷打著扇，白白胖胖的身上還不斷流著汗，就像見了陽光的雪人淌著雪水。兩個哥哥在面對面地奕棋，看到他們進來，只抬起頭來淡淡地招呼一下，這是因為她的丈夫始終沒有為他們著想，他們以前的計畫全成泡影，真是合上了「賠了夫人又折兵」的那句話。兩個嫂嫂一聽見聲音，便從廚房裡奔出來，尖聲地嚷：「啊呀，小姑姑，這麼久不來啦。貴人多忘事，忘了我們兩個窮嫂嫂啦。」說著，一個搭上她的肩，一個從她手裡把筱薇接過去。表面是親熱，骨子裡卻是妒忌、諷刺。她們還以為她在過著天堂般的生活呢！然後，她們又對她的丈夫說：

「小姑丈，請坐哪，我們家比不得你們家，邋邋遢遢的，孩子多哪。」

說聲孩子多，一幫孩子，大房的三個，二房的兩個，不知從什麼地方鑽了出來。最大的十來歲，最小的兩三歲，一律穿短褲，沒穿上衣，活像一班嘍囉。他們嘰嘰喳喳的，吵鬧得像麻雀，蹦蹦跳跳的，頑皮得又像猴子。他們的母親粗著聲音，瞪著眼睛，這樣把他們趕了出去。這時，她和偉博才開始坐下來。

他們拉拉雜雜地談著，談著，飯菜端上來了。一共兩桌，大人一桌，孩子一桌。嫂嫂預先聲明，因為沒來得及準備，所以只好粗菜淡飯招待客人了。大人的桌上多了一瓶楊梅燒酒，一碗支魚羹，兩盆酒菜：肉鬆和皮蛋。父親喝了酒，話更多了。上了年紀的人，就是這麼悖時，開頭說到偉博從上海回來，不知怎樣一轉，竟又扯到那幾爿店上去了。她微微蹙了一下眉，她不知關照過父親多少次了，請他不要再向偉博提起這種事，以免雙方鬧得不愉快。但酒卻把一切的思慮都蒸發了，濺下來的，只是那個牢記在心頭的意念。

偉博喝了一口酒，舀了一匙支魚羹到嘴裡，滿口黏糊糊的；他對這，本來不願置答，現在當然更可借此來延長回話的時間了：支魚羹始終留在口中沒咽下去。大嫂說：「怎麼，有刺？」他搖搖頭，這才嗗碌一聲滑下喉嚨去，然後轉臉向她父親說：

「近來，這幾爿店比不得以前了。我雖然在上海，但自己事情忙，也很少去看，所以也不知道詳細的情形怎樣。」

她父親把酒杯一頓，嚴重地說：「哎，原來這樣，不去點督點督，賺錢當然少了。那些人……唉，不是我說，如果店鋪不由至親來照管，遲早……」

她又蹙了一下眉，偉博又吃了一口支魚羹。他低著頭，要答不答，要笑不笑，那副模樣的確叫人討厭。坐在他對面的大哥看在眼裡，心裡當然老大的不痛快，便悶悶地用骨筷去夾皮蛋。骨筷碰上皮蛋，二者都滑，所以夾了許久還是夾不起來。他狠狠地把筷子一放，說：

「嘿，當我什麼人，連這忘八蛋也要欺侮我！」一桌人全向他望去，但他卻乜著眼，看著別處。弦外之音，誰都聽得出來。偉博的臉孔泛白，他向來不肯讓人，冷冷地說：

「大哥，有話明說，何必指桑罵槐的？」

「怎麼？難道我在自己家裡罵不得？你到底是什麼皇親國戚，這麼欺人？」他站起來。

「我倒要問你憑什麼欺人？」偉博也站起來了。

剎那間，飯桌上劍拔弩張，彌漫著戰鬥的氣息。她左右為難，一邊是哥哥，一邊是丈夫，兩個都不好惹。想了想，還是勸丈夫。她用手拉他，他甩開了她。她說：

「偉博，不要這樣，他是大哥，讓他一句。」

「讓他一句有什麼用？只有我把一爿店讓給他，他就肯讓我十句！」

這一下刺中了對方的心，他跳出凳外。「沈偉博，你不要拿幾爿芝麻綠豆店來臭美，我楊某也看得多了。待你好，還不是抬舉你？」

兩方於是大吵大鬧起來。勸的人雖然比吵的人多，可是依然沒有用，偉博更是有意把範圍擴大，最後竟牽涉到妻子的身上，說他們一家連成一氣，對付他一個人。他怒沖沖地戴上草帽，獨自上路了。

她呆呆地站著，不知自己該不該跟上去。跟上去，怕得罪哥嫂；不跟上去，又怕得罪了丈夫。算了吧，住一夜再走，娘家這條路總也不能輕易斬斷。

不料，第二天一早，丈夫就派人送來了一封信，他開門見山地向她提出離婚。說：女兒歸她，妝奩退還，再給她一筆贍養費。這像是一場迂迴戰，她一點也不知道自己竟成了敵人攻擊的主要目標。她就是這麼可憐，被人利用，被人擺布，像一架秋千，任人推蕩。如果自己真有一個堪資掩護的家，離了婚，也就算了。而這個家，哪容得她插足？即使硬擠進去，但她前面的日子卻還長著哪。縱使她能忍受這種日子，但她怎能忍心讓她的女兒也去忍受這種日子？她自己的一生毀了也就算了，她可不能連帶毀了女兒！

她站著，覺得自己站在一片荒野上，那裡，沒有一座屋，沒有一株樹，沒有一塊光滑的巨石，也沒有一處平坦的土地。滿地都是荊棘夾著亂石。她要歇一下，或者靠一下，都不可能。假使她要離開這片荒野，唯一的辦法就只有她自己挺身前進。

她站著，慢慢地挺直身子。這多年來，她太軟弱了，只知道依從、忍受，像乞丐一樣，在人家的憐憫下討生活，躲在高牆的陰影下嘆息。她以為軟弱能夠贏得同情，但現在，她才知道贏得人家的同情，除非自己先堅強起來。

她站著，在這大房子的大天井裡，四周是她的那些竊竊私議的兄嫂。她用從未有過的勇氣昂起頭，大聲說：

「好，煩你傳話給偉博，我完全接受他的提議。」

她說完，丟下面現驚異的人們，邁開大步子，穿過天井，回到房間裡，抱起女兒。只一會，就聽見窗口外一片談話聲，是哥嫂們故意提到那裡說給她聽的。

大嫂說：「啊呦，你們兄弟倆，一定得在公公面前替我說說話，多一個人吃飯，每月就要增加開支，這個家，我實在當不下去。」

二哥說：「大嫂說得對，哪裡還添得起一個人吃閒飯！現在每月的開支也還是東挪西湊的呢！」

二嫂說：「你倒說得好聽，單吃閒飯也罷了，我們還得好好地供養她，人家在那裡是享福慣了的。」

大哥說：「要想享福，就回去，嫁出去的女兒，本來就是潑出去的水。我從來沒有聽說過，男的要休掉女的，女的連哭也不哭一聲就答應下來。她要面子，就回去當場死給他看！」

她早知道，早知道他們會這樣的呵。她咬緊牙齒，把昨天帶來的一些衣物收進小包袱裡。哥嫂們都走了。不一會，她就聽見父親在大聲地叫喚她。她一手抱著女兒，一手拿著包袱，走到那裡去。

父親的臉在狂怒時也不峻嚴，只是哥嫂們圍著他，把他烘托成一家之主罷了。他說：

「薇英，你真入了魔，你怎麼輕易就答應跟偉博離婚？不要說他沒打你，罵你，就是打你罵你，做女的也只好忍，不能離婚。我楊家是書香門第，容不了離婚的女人，即使我們能容，但你年紀還輕，也不是長久之計。況且，近來家裡的情況，你也不是不明白。」

她突然走到父親面前，跪了下來。「爸，沈家不要我，我也沒有辦法。我也不想吃娘家的飯。如果家裡的人對我還有一點情誼，就讓我住過這幾天，否則，我現在就走。」說完，她站起身來，大家都愣住了，好像看到一個紙紮的人竟走起路來。父親下不了臺，拍著桌子，嚷：

「走，走！我不要你這個傷風敗俗的女兒！」

她就這樣地走了出來——走出了一切親友之間……

四

她安適地坐在鳳凰木下，旁邊是業已成長的女兒。如今她四十六，那時她是二十四，比筱薇現在大一歲。筱薇今年已經大學畢業，而二十四歲時的她，還正以初中畢業的同等學歷投考師範呢。軟弱的女人一堅強起來，是誰都會驚訝的，連她自己。辦妥了離婚手續之後，她便在離家很遠的一個熟識的農家那裡租了一間草屋，住下來，以有限的時日，準備應考的課程。以後的日子長著哪，她如不自食其力，無異是在走絕路！她就燈夜讀，豆油燈光幽暗、昏黃，朦朧中彷彿是亮在天邊的一顆大星星，又彷彿是女兒的眼睛。她驚覺過來。她不像別人，她去讀書，是只許成功，不許失敗的啊。

師範的秋季第二次新生入學考試中有她，錄取新生的榜示上也有她的名字。她把女兒寄養在農家，啟程上學。農婦抱著筱薇，倚著柴扉，向她道別。她走了幾步，聽見女兒在啼哭，這幾個月大的娃娃已經能認得出母親，依戀母親了。她回過頭來，說：「小寶乖，媽離開你，為的是你。」她往前走，女兒哭得更響了。她不敢回頭。她現在是在荒野上行走，她不能畏縮，不能猶豫，她只有筆直走下去。她屏住呼吸，一直往前趕……。

在學校裡，除體育外，她什麼功課都好。她很少跟一班年輕的女同學在一起。她空下來，總喜歡獨自坐著思念女兒，或者拿著一支鉛筆、一張紙，給記憶中的女兒描繪肖像，一個連一個，畫不完，就如那心中的想念之絲，一根連一根，抽不盡。有時，她白天想久了，晚上就做夢，嚷呀，哭呀；大家都說她有些神經質，她也沒加否認。

學校離女兒寄養的地方很遠，她幾個月都沒回去一次。她的想念越來越深，連上課有時都想到女兒。書頁上都是女兒的影子，課室裡滿是女兒的哭聲，那個訓導主任兼教歷史的吳老師在講臺上叫她。楊薇英！她沒有聽到。楊薇英！她還是沒有聽到。楊薇英！楊薇英！他在講臺上猛地一拍，她這才驚醒過來。

「站起來，楊薇英！」那個吳老師，年紀約莫三十五六歲，方方正正的臉，濃眉毛，大眼睛，天生一副凜然的模樣。說話響亮、肯切，每個字咬得清清楚楚，斬釘截鐵，沒有回蕩的尾音。「你上課不轉心——請出去！」

「我……」她站起來，滿臉通紅，訥訥著。

「請出去，下課到訓導處來。」沒有還價。她穿越兩排課桌之間的狹走道，走向門口去。她覺得那走道越來越仄，擠不過去——前面一定沒有路了，她自己把希望毀了。

下課後，她跟著吳老師走到訓導處。吳老師在辦公桌後面的椅上坐下，說：

「楊薇英，你最近上課老是心不在焉，為什麼？」

「想……！」

「想什麼？你知道，上課不能一心二用！」

「想——女兒！」她把話衝了出去，用力得像抛出一只她抛不動的鐵餅。

「女兒？說清楚些！」

她想了一會。「我是一個結過婚又離了婚的女人。家裡的人都不原諒我。我不得已把女兒寄養在別人家裡，自己來這裡讀書。」

「還有呢？」

「就是這麼一回事，我女兒還沒滿一歲，我想念她。」

他撫弄了一會紅墨水瓶。「楊薇英，」他說。「你很堅強，我希望你好好讀下去。現在，你去吧。」

此後，她聽講的確比以前專心多了。吳老師對她也很具好感，並且還常叫她去談話，跟她說，她有什麼困難的地方盡可以問他。她慢慢發覺他本性並不嚴苛，有時還很和藹。他的感情，也如他方方正正的臉孔，平平穩穩，不必擔心它會失掉平衡。他們隔著一張桌子坐著，他的話語依然是斬釘截鐵，濺在桌面上仿佛會鏗鏘作聲，落在她的心上，成了一根金屬的柱子，支撐著她的努力。

三年的學校生活簡直比四年的結婚生活還要長。有時，她直以為這日子過不完，她將永遠跟女兒生活在兩個不同的地方；有時，她又會擔心女兒會不再愛她。這樣想時，她幾乎想放棄一切，回去抱女兒。但每當自己有這種念頭時，她便去吳老師那裡，向他訴說，聽他安慰她：三年是會過去的，雖然不短，也不會太長。她又靜下心來，日子流過去了……流過去了。女兒從嬰孩變成四歲的小女孩，她也終於畢了業。

那天，她到吳老師那裡去道別。他似乎知道她要來，還例外地買了幾色糖果。他說：「恭喜你，你終於等到這一天了。」她笑笑。他又說：「出了學校，不要忘了學校和老師呀。」

她說：「忘不掉的，尤其是你吳老師，我永生感激你。」

他並不在這話題上接下去。只問：「你的出路大約沒有什麼困難吧？」

「沒有困難，吳老師。去年冬天，我遇到鄰村一個小學的校長，那邊師資缺乏，他要我畢業後到他那裡去。」

「很好。如果你有困難，可以寫信給我，我會替你設法──當然，如果你自己想好了辦法，也請寫信告訴我。」

他們說了幾句：她便起身告辭。他像往日一樣，並沒站起來送她。她走到門口，他喊住她：

「楊薇英！」

「什麼，吳老師？」

「呃，沒什麼，願你保重。再見！」

她帶了行李，乘船回到女兒那裡。推開柴扉，農婦和女兒都不在家。她打開箱子，把那張文憑拿出來；想到三年中女兒和她所受的痛苦，她不禁淒然淚下。低矮的屋頂壓著她的頭頂，霉黃的稻草一綹一綹地垂下來，晃動得像花轎四邊的五色流蘇。這三個年頭還只不過是她生活的一個開始！她哭著，哭著，身畔忽然有女兒說話的聲音，她彎身把她抱了起來。

她在鄉村的小學校裡做了教師，過著一種自由自在的生活。一天下午，她正在自己的房間裡教女兒認字，突然，門外響起了一陣輕輕的叩門聲，她以為是學生，說：「進來。」門開了，一個人走進來，她驚喜地喚：「啊，是吳老師！」

吳老師穿的依然是那套灰色中山裝，依然是那副表情，他從從容容地坐下，仿佛他依然坐落在他自己辦公桌後面的那張椅子上。「楊薇英，你在這裡很好吧。」

「是。」

「她就是你日夜想念的女兒？」他想把筱薇拉到他的身邊，但筱薇卻掙脫他，逃回媽媽的身畔。他沒有再作第二次嘗試，只說：「她很美，像你。」

她不知怎麼回答，他從來沒有說過這種話，她忙著沏了一杯茶。「不忙，薇英。」他說，他的聲音還是有力而清楚。「我自己知道，我來得太突然。我想問你一件事。自你走後，我就覺得這事不向你問清楚，是挺愚蠢的。」

她不知道他要問什麼事，不由得慌張起來。「吳老師，寫信問我好了。」

「我不喜歡寫信談這種事。我這人喜歡乾脆、俐落，當面解決。你不要著急，我不會為難你的。我只想知道，在以後漫長的人生路上，你是否會感到寂寞？你是否願意跟一個真正愛你的人攜手前進？」

她沉吟了一會。「我謝謝那個人。或許我會感到孤獨，但這是片刻的，因為我有一個女兒。我已經試著走過了最艱難的一段，我想獨自走下去。」

「很好，你很堅強。我高興聽到你這個肯定的回答。」他的語聲依然平靜，他的感情是內斂的。「我記得你以前的日記中有過一句話，你說，你仿佛是處身在一片無人的荒野上。現在我知道，你是有足夠的堅強穿過它的。當然，如果你需要我幫忙，仍可以去找我。祝你健康！快樂！」

他向她告辭，她送他到校門口，他們依然像師生那樣分了手。灰色的身影在田野間越移越遠。她知道她傷了他的心，但她沒有辦法，而且，她知道她怕永遠不會再去看他，她抱起身邊的女兒，含著淚，狠命狠命地吻著她。

她想，這一決定，離現在也有十九年了。從那時起，她一直沒有離開過崗位，雖然也曾換過好幾個學校，且從大陸遷到了臺灣。

她放下茶杯，打椅上慢慢站起，對女兒說：「筱薇，時候不早了，進屋去吧。」

這個用功的孩子，丟下書本，走近母親。「媽，真對不起，一下午，我都在看書，冷落了你，現在我扶你進去。」她伸手挽住她，她故意把整個身子依在她的胳臂上。

她感到她的身畔迴旋著一股不散的涼風。

茹志鵑（1925-1998）

作家介紹

茹志鵑（1925-1998），曾用筆名阿如、初旭，祖籍浙江杭州。一九二五年九月生於上海，自幼家庭貧困，喪母失父，靠祖母做手工帶大。十一歲以後斷斷續續在一些教會學校、補習學校念書。一九四三年隨兄參加新四軍，在部隊擔任過話劇團演員、組長、分隊長、創作組組長等職。一九五五年從南京軍區轉業到中國作家協會上海分會工作，歷任《文藝月報》編輯、小說散文組副組長、組長。一九五八年發表短篇小說代表作〈百合花〉並一舉成名。一九六〇年後從事專業文學創作。一九七七年起歷任《上海文學》編委、副主編，中國作家協會理事、主席團委員，中國作家協會上海分會副主席等職。一九九八年去世。

在長期的創作生涯中，茹志鵑出版的作品計有短篇小說集《關大媽》（1955）、《百合花》（1958）、《高高的白楊樹》（1959）、《靜靜的產院》（1962）、《茹志鵑小說選》（1983）等。她的短篇小說〈剪輯錯了的故事〉獲中國作家協會第二屆（1979）全國優秀短篇小說獎。

茹志鵑的小說，多以中國現代歷史為題材，善於從微觀的角度反映宏大的歷史和複雜的人性，擅長刻畫歷史變動和戰爭硝煙中小人物的平凡人生和心理律動，並在其中融入她對歷史、戰爭、愛情、人性的深層思考。茹志鵑的小說筆調清新俊逸，情節單純明快，細節豐富傳神，風格剛中帶柔，許多作品如《百合花》、《靜靜的產院》等受到過茅盾、冰心、魏金枝、侯金鏡等老一輩作家的好評，一些作品被譯成日、法、俄、英、越等多國文字在國外出版。

作品導讀

身為女性，茹志鵑自然是個女作家；十二年的軍旅生涯，則使茹志鵑帶有了「軍中作家」的氣質；而長期的革命經歷，又使茹志鵑成為一個對中國現代史有著深刻體驗和獨特認識的革命作家。這幾種身分的疊加和交織，使茹志鵑在以女性立場審視和反思歷史大變動過程中人性的複雜表現和具體形態時，能同時具有女性、軍人和革命者這三種立場和視野。

於是，將女性與戰爭和革命結合起來，或者說，在戰爭和革命中表現女性，就成為女作家茹志鵑表現女性生活的一個重要特色，並因此使她與其他女作家區別開來。在她的代表作〈百合花〉中，「我」和新媳婦這兩個形象，可以說是與以前的女作家筆下之女性形象完全不同的兩個人物，她們一個代表了革命者（敘事人「我」），一個代表了支持革命的普通民眾（新媳婦），在她們和作品中唯一的男性主人公小通信員的交往過程中，體現了一種新型的男女關係。

〈百合花〉的小說情節十分簡單：年輕的通訊員護送「我」到前沿包紮所去，軍隊中的質樸小夥子，見到「我」這個異性，顯得分外羞澀，不但走路總是和「我」保持距離，而且因為跟「我」說話還出了一頭大汗——在中國現代文學史上，男性在女性面前的局促不安，似乎只有到了茹志鵑的筆下，才開始真正出現。男性在女性面前，終於失去了「啟蒙者」和「拯救者」的導師姿態，而蛻變為一個年輕稚氣、淳樸可愛的青澀後生。

通訊員這個男性在女性面前的地位改變，還表現在他在新媳婦面前的受挫——他去借棉被時，遭到了新媳婦的拒絕。原來新媳婦並不是不願意借棉被，而是不願意借給通訊員這個年輕的男性。儘管不排除新婚媳婦面對年輕後生有所顧忌怕惹來是非議論的原因，但她確確實實令通訊員這個男性在女性面前遭受了強烈的挫折感。因為通訊員說的是和「我」同樣的話，結果卻截然相反——「我」從新媳婦那裡借到了棉被，為此通訊員很是惱火。即便「我」用行動為他向新媳婦緩解，他也不領情，「竟揚起臉，裝作沒看見」——男性的自尊，著實受到了女性沉重的打擊。

無論是「我」還是新媳婦，她們在男性面前，已經不再是過去那種等待男性來拯救的弱女子，而是在男性面前掌握主動權並自動結成同盟的「新」女性。應當說，女性地位的提升和男女性別關係的換位，與革命和戰爭有著密切的關係，因為只有在革命隊伍中，女性「我」才能借助革命的契機與男性通訊員形成「上級」與「下級」的關係（「我」是年齡較長的資深革命者，而通訊員則是年幼的小戰士）；也只有在革命戰爭中，軍隊不許向老百姓強征強取，女性新媳婦才能憑藉物質的優勢（有棉被）與男性通訊員形成「出借」與「求借」的關係（新媳婦是棉被的擁有者，而通訊員則要向她求借）。「上級」與「下級」的關係，以及「擁有者」與「求借者」的關係，導致了「我」與新媳婦兩位女性，在與通訊員這個男性的關係上，結構性地處於主動和主導的地位，而通訊員這個男性，則處於被動和附屬的地位。

然而，如果把茹志鵑的〈百合花〉視作要對二十世紀「五四」以來的中國現代男女關係進行一種新的定位，那可能就「誤讀」了茹志鵑的本意。從整體上看，〈百合花〉是要歌頌「軍民魚水情」的，只不過在進行這種歌頌的時候，融入了較為複雜的心理因素和人性因素——理解了這一點，就不會對小說後來的發展感到意外了。當通訊員犧牲的時候，新媳婦不但幫通訊員縫好了「衣肩上的那個破洞」，而且還把新婚唯一的嫁妝（就是當初拒絕借給通訊員的那床有百合花圖案的棉被）放進了通訊員的棺材。

看到這樣的結果，我們可能會覺得前面關於小說中男女關係的分析，有些偏離作品的主題，「誤解」了作者的原意。我們或許會恍然大悟：原來〈百合花〉是以一種較為複雜的方式來表現民眾與軍隊和諧的新型關係——新媳婦與通訊員在「借被」問題上的彆扭（新媳婦對通訊員的拒絕），不過是這種新型關係在展開過程中因種種原因（心理的、文化的、觀念的等）而複雜化了的表現；這種複雜化對軍民的新型關係並不構成本質性的損害，相反，它豐富了這種新型關係。

儘管如此，我們仍然要說，茹志鵑創作〈百合花〉，也許其本意不是要展示新型的男女性別關係，但她在作品中表現新型軍民關係的同時，事實上也有意無意地涉及了對男女關係新的形塑。如果把她的創作放在整個二十世紀中國女作家的序列中加以比對和考察的話，不難發現，在冰心、廬隱、淩叔華、陳衡哲、馮沅君、蘇雪林、蕭紅、林徽因，乃至與茹志鵑同屬一個文學陣營的丁玲這些作家的筆下，作品中的男女性別關係，都沒有出現像「我」、新媳婦和通訊員三者之間這樣一種「女性」完全「主宰」「男性」的全新關係。這樣一種男女性別關係，顯然是茹志鵑的獨創——儘管可能是一種無意間的獨創。

需要指出的是，茹志鵑在〈百合花〉中獨創的男女性別關係，是在革命和戰爭中自然形成的。在某種意義上講，它可能是一個革命和戰爭附帶的產品——正如它在〈百合花〉中，只是茹志鵑所要表現的新型軍民關係的附帶產品一樣。不過這也從一個角度說明了，革命和戰爭對男女性別關係的影響，即便是在「無意間」，其後果也已相當驚人。

至於〈百合花〉的藝術特色，茅盾在〈談最近的短篇小說〉一文中，曾有過這樣的評價：「它是結構嚴謹、沒有閒筆的短篇小說，但同時它又富於抒情詩的風味。」[1]茅盾的這個評價，應當說相當準確地指出了〈百合花〉那簡潔、清爽，既有女性的細膩，又富剛毅果決氣質的文字風格。

① 茅盾：〈談最近的短篇小說〉，《人民文學》，第6期，1958年。

百合花

一九四六年的中秋。

這天打海岸的部隊決定晚上總攻。我們文工團創作室的幾個同志，就由主攻團的團長分派到各個戰鬥連去幫助工作。大概因為我是個女同志吧！團長對我抓了半天後腦勺，最後才叫一個通訊員送我到前沿包紮所去。

包紮所就包紮所吧！反正不叫我進保險箱就行。我背上背包，跟通訊員走了。

早上下過一陣小雨，現在雖放了晴，路上還是滑得很，兩邊地裡的秋莊稼，卻給雨水沖洗得青翠水綠，珠爍晶瑩。空氣裡也帶有一股清鮮濕潤的香味。要不是敵人的冷炮，在間歇地盲目地轟響著，我真以為我們是去趕集的呢！

通訊員撒開大步，一直走在我前面。一開始他就把我撩下幾丈遠。我的腳爛了，路又滑，怎麼努力也趕不上他。我想喊他等等我，卻又怕他笑我膽小害怕；不叫他，我又真怕一個人摸不到那個包紮所。我開始對這個通訊員生起氣來。

噯！說也怪，他背後好像長了眼睛似的，倒自動在路邊站下了，但臉還是朝著前面，沒看我一眼。等我緊走慢趕地快要走近他時，他又蹬蹬地自個兒向前走了，一下又把我摔下幾丈遠。我實在沒力氣趕了，索性一個人在後面慢慢晃。不過這一次還好，他沒讓我撩得太遠，但也不讓我走近，總和我保持著丈把遠的距離。我走快，他在前面大踏步向前；我走慢，他在前面就搖搖擺擺。奇怪的是，我從沒見他回頭看我一次，我不禁對這通訊員發生了興趣。

剛才在團部我沒注意看他，現在從背後看去，只看到他是高挑挑的個子，塊頭不大，但從他那副厚實實的肩膀看來，是個挺棒的小夥。他穿了一身洗淡了的黃軍裝，綁腿直打到膝蓋上。肩上的步槍筒裡，稀疏地插了幾根樹枝，這要說是偽裝，倒不如算作裝飾點綴。

沒有趕上他，但雙腳脹痛得像火燒似的。我向他提出了休息一會後，自己便在做田界的石頭上坐了下來。他也在遠遠的一塊石頭上坐下，把槍橫擱在腿上，背向著我，好像沒我這個人似的。憑經驗，我曉得這一定又因為我是個女同志的緣故。女同志下連隊，就有這些困難。我著惱地帶著一種反抗情緒走過去，面對著他坐下來。這時，我看見他那張十分年輕稚氣的圓臉，頂多只有十八歲。他見我挨他坐下，立即張惶起來，好像他身邊埋下了一顆定時炸彈，局促不安，掉過臉去不好，不掉過去又不行，想站起來又不好意思。我拚命忍住笑，隨便地問他是哪裡人。他沒回答，臉漲得像個關公，訥訥半晌，才說清自己是天目山人。原來他還是我的同鄉呢！

「在家時你幹什麼？」

「幫人拖毛竹。」

我朝他寬寬的兩肩望了一下，立即在我眼前出現了一片綠霧似的竹海，海中間，一條窄窄的石級山道，盤旋而上。一個肩膀寬寬的小夥，肩上墊了一塊老藍布，扛了幾枝青竹，竹梢長長地拖在他後面，刮打得石級嘩嘩作響。……這是我多麼熟悉的故鄉生活啊！我立刻對這位同鄉，越加親熱起來。我又問：

「你多大了？」

「十九。」

「參加革命幾年了？」

「一年。」

「你怎麼參加革命的？」我問到這裡自己覺得這不像是談話，倒有些像審訊。不過我還是禁不住地要問。

「大軍北撤[①]時我自己跟來的。」

「家裡還有什麼人呢？」

「娘，爹，弟弟妹妹，還有一個姑姑也住在我家裡。」

「你還沒娶媳婦吧？」

「……」他飛紅了臉，更加忸怩起來，兩隻手不停地數摸著腰皮帶上的扣眼。半晌他才低下了頭，憨憨地笑了一下，搖了搖頭。我還想問他有沒有對象，但看到他這樣子，只得把嘴裡的話，又咽了下去。

兩人悶坐了一會，他開始抬頭看看天，又掉過來掃了我一眼，意思是在催我動身。

①一九四五年日本鬼子投降後，共產黨為了全國人民實現和平的願望，和國民黨進行和平談判，並忍痛撤出江南。但時隔不久，國民黨竟背信撕毀「雙十」協定，又向我中原、蘇中等解放區大舉進攻。

當我站起來要走的時候，我看見他摘了帽子，偷偷地在用毛巾拭汗。這是我的不是，人家走路都沒出一滴汗，為了我跟他說話，卻害他出了這一頭大汗，這都怪我了。

我們到包紮所，已是下午兩點鐘了。這裡離前沿有三里路，包紮所設在一個小學裡，大小六個房子組成品字形，中間一塊空地長了許多野草，顯然，小學已有多時不開課了。我們到時屋裡已有幾個衛生員在弄著紗布棉花，滿地上都是用磚頭墊起來的門板，算作病床。

我們剛到不久，來了一個鄉幹部，他眼睛熬得通紅，用一片硬板紙插在額前的破氈帽下，低低地遮在眼睛前面擋光。他一肩背槍，一肩掛了一桿秤；左手挎了一籃雞蛋，右手提了一口大鍋，呼哧呼哧地走來。他一邊放東西，一邊對我們又抱歉又訴苦，一邊還喘息地喝著水，同時還從懷裡掏出一包飯團來嚼著。我只見他迅速地做著這一切。他說的什麼我就沒大聽清。好像是說什麼被子的事，要我們自己去借。我問清了衛生員，原來因為部隊上的被子還沒發下來，但傷員流了血，非常怕冷，所以就得向老百姓去借。哪怕有一二十條棉絮也好。我這時正愁工作插不上手，便自告奮勇討了這件差事，怕來不及就順便也請了我那位同鄉，請他幫我動員幾家再走。他躊躇了一下，便和我一起去了。

我們先到附近一個村子，進村後他向東，我往西，分頭去動員。不一會，我已寫了三張借條出去，借到兩條棉絮，一條被子，手裡抱得滿滿的，心裡十分高興，正準備送回去再來借時，看見通訊員從對面走來，兩手還是空空的。

「怎麼，沒借到？」我覺得這裡老百姓覺悟高，又很開通，怎麼會沒有借到呢？我有點驚奇地問。

「女同志，你去借吧！……老百姓死封建。……」

「哪一家？你帶我去。」我估計一定是他說話不對，說崩了。借不到被子事小，得罪了老百姓影響可不好。我叫他帶我去看看。但他執拗地低著頭，像釘在地上似的，不肯挪步。我走近他，低聲地把群眾影響的話對他說了。他聽了，果然就鬆鬆爽爽地帶我走了。

我們走進老鄉的院子裡，只見堂屋裡靜靜的，裡面一間房門上，垂著一塊藍布紅額的門簾，門框兩邊還貼著鮮紅的對聯。我們只得站在外面向裡「大姐、大嫂」地喊，喊了幾聲，不見有人應，但響動是有了。一會，門簾一挑，露出一個年輕媳婦來。這媳婦長得很好看，高高的鼻樑，彎彎的眉，額前一溜蓬鬆鬆的劉海。穿的雖是粗布，倒都是新的。我看她頭上已硬撓撓地挽了髻，便大嫂長大嫂短地向她道歉，說剛才這個同志來，說話不好別見怪等等。她聽著，臉扭向裡面，盡咬著嘴唇笑。我說完了，她也不作聲，還是低頭咬著嘴唇，好像忍了一肚子的笑料沒笑完。這一來，我倒有些尷尬了，下面的話怎麼說呢！我看通訊員站在一邊，眼睛一眨不眨地看著我，好像在看連長做示範動作似的。我只好硬了頭皮，訕訕地向她開口借被子了，接著還對她說了一遍共產黨的部隊，打仗是為了老百姓的道理。這一次，她不笑了，一邊聽著，一邊不斷向房裡瞅著。我說完了，她看看我，看看通訊員，好像在掂量我剛才那些話的斤兩。半晌，她轉身進去抱被子了。

通訊員乘這機會，頗不服氣地對我說道：

「我剛才也是說的這幾句話，她就是不借，你看怪吧！……」

我趕忙白了他一眼，不叫他再說。可是來不及了，那個媳婦抱了被子，已經在房門口了。被子一拿出來，我方才明白她剛才為什麼不肯借的道理了。這原來是一條裡外全新的新花被子，被面是假洋緞的，棗紅底，上面撒滿白色百合花。她好像是在故意氣通訊員，把被子朝我面前一送，說：「抱去吧。」

我手裡已捧滿了被子，就一努嘴，叫通訊員來拿。沒想到他竟揚起臉，裝作沒看見。我只好開口叫他，他這才綳了臉，垂著眼皮，上去接過被子，慌慌張張地轉身就走。不想他一步還沒有走出去，就聽見「嘶」的一聲，衣服掛住了門鉤，在肩膀處，掛下一片布來，口子撕得不小。那媳婦一面笑著，一面趕忙找針拿線，要給他縫上。通訊員卻高低不肯，挾了被子就走。

剛走出門不遠，就有人告訴我們，剛才那位年輕媳婦，是剛過門三天的新娘子，這條被子就是她唯一的嫁妝。我聽了，心裡便有些過意不去，通訊員也皺起了眉，默默地看著手裡的被子。我想他聽了這樣的話一定會有同感吧！果然，他一邊走，一邊跟我嘟噥起來了。

「我們不瞭解情況，把人家結婚被子也借來了，多不合適呀！……」我忍不住想給他開個玩笑，便故作嚴肅地說：

「是呀！也許她為了這條被子，在做姑娘時，不知起早熬夜，多幹了多少零活，才積起了做被子的錢，或許她曾為了這條花被，睡不著覺呢。可是還有人罵她死封建。……」

他聽到這裡，突然站住腳，呆了一會，說：

「那！……那我們送回去吧！」

「已經借來了，再送回去，倒叫她多心。」我看他那副認真、為難的樣子，又好笑，又覺得可愛。不知怎麼的，我已從心底愛上了這個傻呼呼的小同鄉。

他聽我這麼說，也似乎有理，考慮了一下，便下了決心似的說：

「好，算了。用了給她好好洗洗。」他決定以後，就把我抱著的被子，統統抓過去，左一條、右一條地披掛在自己肩上，大踏步地走了。

回到包紮所以後，我就讓他回團部去。他精神頓時活潑起來了，向我敬了禮就跑了。走不幾步，他又想起了什麼，在自己掛包裡掏了一陣，摸出兩個饅頭，朝我揚了揚，順手放在路邊石頭上，說：

「給你開飯啦！」說完就腳不點地地走了。我走過去拿起那兩個乾硬的饅頭，看見他背的槍筒裡不知在什麼時候又多了一枝野菊花，跟那些樹枝一起，在他耳邊抖抖地顫動著。

他已走遠了，但還見他肩上撕掛下來的布片，在風裡一飄一飄。我真後悔沒給他縫上再走。現在，至少他要裸露一晚上的肩膀了。

包紮所的工作人員很少。鄉幹部動員了幾個婦女，幫我們打水，燒鍋，做些零碎活。那位新媳婦也來了，她還是那樣，笑眯眯地抿著嘴，偶然從眼角上看我一眼，但她時不時地東張西望，好像在找什麼。後來她到底問我說：

「那位同志弟到哪裡去了？」我告訴她同志弟不是這裡的，他現在到前沿去了。她不好意思地笑了一下說：「剛才借被子，他可受我的氣了！」說完又抿了嘴笑著，動手把借來的幾十條被子、棉絮，整整齊齊地分鋪在門板上、桌子上（兩張課桌拼起來，就是一張床）。我看見她把自己那條白百合花的新被，鋪在外面屋檐下的一塊門板上。

天黑了，天邊湧起一輪滿月。我們的總攻還沒發起。敵人照例是忌怕夜晚的，在地上燒起一堆堆的野火，又盲目地轟炸，照明彈也一個接一個地升起，好像在月亮下面點了無數盞的汽油燈，把地面的一切都赤裸裸地暴露出來了。在這樣一個「白夜」裡來攻擊，有多困難，要付出多大的代價啊！我連那一輪皎潔的月亮，也憎惡起來了。

鄉幹部又來了，慰勞了我們幾個家做的乾菜月餅。原來今天是中秋節了。

啊，中秋節，在我的故鄉，現在一定又是家家門前放一張竹茶几，上面供一副香燭，幾碟瓜果月餅。孩子們急切地盼那炷香快些焚盡，好早些分攤給月亮娘娘享用過的東西，他們在茶几旁邊跳著唱著：「月亮堂堂，敲鑼買糖，……」或是唱著：「月亮嬤嬤，照你照我，……」我想到這裡，又想起我那個小同鄉，那個拖毛竹的小夥，也許，幾年以前，他還唱過這些歌吧！……我咬了一口美味的家做月餅，想起那個小同鄉大概現在正趴在工事裡，也許在團指揮所，或者是在那些彎彎曲曲的交通溝裡走著哩！……

一會兒，我們的炮響了，天空劃過幾顆紅色的信號彈，攻擊開始了。不久，斷斷續續地有幾個傷員下來，包紮所的空氣立即緊張起來。

我拿著小本子，去登記他們的姓名、單位，輕傷的問問，重傷的就得拉開他們的符號，或是翻看他們的衣襟。我拉開一個重彩號的符號時，「通訊員」三個字使我突然打了個寒戰，心跳起來。

我定了下神才看到符號上寫著×營的字樣。啊！不是，我的同鄉他是團部的通訊員。但我又莫名其妙地想問問誰，戰地上會不會漏掉傷員。通訊員在戰鬥時，除了送信，還幹什麼，——我不知道自己為什麼要問這些沒意思的問題。

戰鬥開始後的幾十分鐘裡，一切順利，傷員一次次帶下來的消息，都是我們突破第一道鹿砦，第二道鐵絲網，占領敵人前沿工事打進街了。但到這裡，消息忽然停頓了，下來的傷員，只是簡單地回答說：「在打。」或是「在街上巷戰。」但從他們滿身泥濘，極度疲乏的神色上，甚至從那些似乎剛從泥裡掘出來的擔架上，大家明白，前面在進行著一場什麼樣的戰鬥。

包紮所的擔架不夠了，好幾個重彩號不能及時送後方醫院，耽擱下來。我不能解除他們任何痛苦，只得帶著那些婦女，給他們拭臉洗手，能吃的喂他們吃一點，帶著背包的，就給他們換一件乾淨衣裳，有些還得解開他們的衣服，給他們拭洗身上的汙泥血跡。

做這種工作，我當然沒什麼，可那些婦女又羞又怕，就是放不開手來，大家都要搶著去燒鍋，特別是那新媳婦。我跟她說了半天，她才紅了臉，同意了。不過只答應做我的下手。

前面的槍聲，已響得稀落了。感覺上似乎天快亮了，其實還只是半夜。外邊月亮很明，也比平日懸得高。前面又下來一個重傷員。屋裡鋪位都滿了，我就把這位重傷員安排在屋簷下的那塊門板上。擔架員把傷員抬上門板，但還圍在床邊不肯走。一個上了年紀的擔架員，大概把我當做醫生了，一把抓住我的膀子說：「大夫，你可無論如何要想辦法治好這位同志呀！你治好他，我……我們全體擔架隊員給你掛匾……」他說話的時候，我發現其他的幾個擔架員也都睜大了眼盯著我，似乎我點一點頭，這傷員就立即會好了似的。我心想給他們解釋一下，只見新媳婦端著水站在床前，短促地「啊」了一聲。我急撥開他們上前一看，我看見了一張十分年輕稚氣的圓臉，原來棕紅的臉色，現已變得灰黃。他安詳地合著眼，軍裝的肩頭上，露著那個大洞，一片布還掛在那裡。

「這都是為了我們，……」那個擔架員負罪地說道，「我們十多副擔架擠在一個小巷子裡，準備往前運動，這位同志走在我們後面，可誰知道狗日的反動派不知從哪個屋頂上撂下顆手榴彈來，手榴彈就在我們人縫裡冒著煙亂轉，這時這位同志叫我們快趴下，他自己就一下撲在那個東西上了。……」

新媳婦又短促地「啊」了一聲。我強忍著眼淚，給那些擔架員說了些話，打發他們走了。我回轉身看見新媳婦已輕輕移過一盞油燈，解開他的衣服，她剛才那種忸怩羞澀已經完全消失，只是莊嚴而虔誠地給他拭著身子，這位高大而又年輕的小通訊員無聲地躺在那裡。……我猛然醒悟地跳起身，磕磕絆絆地跑去找醫生，等我和醫生拿了針藥趕來，新媳婦正側著身子坐在他旁邊。

她低著頭，正一針一針地在縫他衣肩上那個破洞。醫生聽了聽通訊員的心臟，默默地站起身說：「不用打針了。」我過去一摸，果然手都冰冷了。新媳婦卻像什麼也沒看見，什麼也沒聽到，依然拿著針，細細地、密密地縫著那個破洞。我實在看不下去了，低聲地說：

「不要縫了。」她卻對我異樣地瞟了一眼，低下頭，還是一針一針地縫。我想拉開她，我想推開這沉重的氛圍，我想看見他坐起來，看見他羞澀的笑。但我無意中碰到了身邊一個什麼東西，伸手一摸，是他給我開的飯，兩個乾硬的饅頭。……

衛生員讓人抬了一口棺材來，動手揭掉他身上的被子，要把他放進棺材去。新媳婦這時臉發白，劈手奪過被子，狠狠地瞪了他們一眼。自己動手把半條被子平展展地鋪在棺材底，半條蓋在他身上。衛生員為難地說：「被子……是借老百姓的。」

「是我的——」她氣洶洶地嚷了半句，就扭過臉去。在月光下，我看見她眼裡晶瑩發亮，我也看見那條棗紅底色上灑滿白色百合花的被子，這象徵純潔與感情的花，蓋上了這位平常的、拖毛竹的青年人的臉。

歐陽子（1939-）

作家介紹

歐陽子（1939-），本名洪智惠。創作生涯始於一九五三年初中二年級，那年這位小作者寫了三則學校趣聞投《國語日報》，刊出後得到生平第一筆稿費新臺幣五元，小說處女作為同年發表的〈小英的故事〉。

一九五七年進入臺大外文系，一九六〇年三月她大三時與同班同學白先勇、王文興、陳若曦等同班同學創辦《現代文學》，除主管總務及財務外，開始以「歐陽子」為筆名在《現代文學》發表小說。洪智惠時期（高中至大一），她自剖創作風格十分「女性化」；進入歐陽子時期，首篇「自認夠格」的小說〈半個微笑〉發表在《現代文學》第二期；之後受現代主義影響，棄絕朦朧，改用「客觀理性」的創作手法，言語及主題側重心理分析，開發出「文字乾爽樸素、運用反諷、強調人性弱點人心缺陷」的風格，向世人宣示：「今日讀者所知的歐陽子是和《現代文學》一同誕生的。」歐陽子以行動實際支持這個宣示，除了〈小南的日記〉、〈花瓶〉，作品悉數在《現代文學》發表，共十四篇，主題多為表現現代女子生存困境與心理反應，女性自覺也成為歐陽子最重要的探討話題。在《現代文學》第三十八期發表的最後一篇小說為〈秋葉〉（1969.7）自謂：「個人這一階段寫作生涯的結束與交待」。〈秋葉〉之後，歐陽子未有小說新作發表。

一九七三年九月《現代文學》停刊，同年底，歐陽子兩眼視網膜相繼剝離，視線嚴重受損，隔年，視覺回轉。歐陽子體悟人生短暫，以三年時間發奮寫就白先勇《臺北人》系列評論，結集《王謝堂前的燕子》出版，此書亦為白先勇專論最早的一本。之後再接再厲細讀《現代文學》兩百餘篇小說，獨力選編完成必將「留傳後世」的《現代文學小說選集（一、二冊）》（1977）。

相對小說關注的心理分析，歐陽子的散文題材家常味十足，主題多圍繞親情、家庭生活、人生價值正面意涵，如寫父親〈爸爸〉和〈一封無法投遞的信〉，寫兒女「我兒世松」及「吾女世和」系列，寫友朋故鄉〈一個留學生之死〉、〈鄉土‧血統‧根〉，顯現溫柔敦厚、平心直述的不同創作風格。出版有散文集《移植的櫻花》（1978）、《生命的軌跡》（1988），文評《王謝堂前的燕子》（1976）、《跋涉山水歷史間》（1998）。

歐陽子一九六二年出國赴美就讀愛荷華大學小說創作班，一九六五年移居德州至今。

作品導讀

歐陽子經營心理小說的能耐，說她是二十世紀六〇年代女性作家中的異數絕不為過。歐陽子只出版了一本短篇小說集《那長頭髮的女孩》（1967），日後改寫、增補篇章，更名《秋葉》（1971）出版。就因經營心理描寫，她的小說不乏「瘋狂」的父母、子女大演倫常變奏、戀母、戀子戲碼，〈魔女〉、〈近黃昏時〉、〈秋葉〉都有這樣的主題，相較之下，〈蛻變〉的「戀子情結」，只算「點到為止」。但就因為如此，反而留下更多想像空間。

〈蛻變〉原刊於《現代文學》第十二期，出版時曾易名〈那長頭髮的女孩〉。顧名思義，「蛻變」、「長頭髮的女孩」都是小說的主要意象。小說開章便切入晚飯後兒子敏申在房裡看信，見母親敦治走近立刻用手按住內容，等到兒子出門學琴，敦治急欲偷看卻遍找不著，勾起多年前丈夫偷腥洗衣女被她撞見的陳年往事，就從那時起，敦治將心力全放在兒子身上，導致丈夫生前她拒絕他的感情，丈夫病逝，她拒絕回憶他。如今「情感出軌」的主角換成兒子，以母親的直覺，小男孩長大了，那封dc雲所寫的情書便是證物，dc雲是敏申二十歲慶生會上有著一頭長髮想搶走英俊挺直兒子的「無恥的女孩」。[1]她近乎歇斯底里地厭惡dc雲，dc雲和自己都有一頭長髮，卻成為最牴觸礙眼的部分，因為dc雲烏黑她灰白，dc雲年輕她衰老。她們之間的聯繫是敏申，卻最傷她至痛，如此段落，看得我們好不眼熟，歐陽子小說，分明看到現代主義心理分析痕跡，根據佛洛伊德治療歇斯

---

① 歐陽子：〈蛻變〉，《現代文學》，第12期，1962年1月，頁55。

底里女病人，導證出「身心運作機制」理論，進而發展出潛意識架構。病癥來自一位女病人喪父在一次與姐夫單獨相處時，突然膝蓋痛得站不起來，佛氏問知女病人家中男丁單薄，推演病人在父親逝後，經濟社交都成了問題，於是不自覺暗戀起個性溫和的姐夫，是「身心運作機制」理論的啟動。同理，敦治等於失去了丈夫，兒子遂成為她「身心運作機制」的投射對象。另外佛洛伊德「伊底帕斯情結」（the Oedipus complex）是老生常談的理論了，小男孩幼童時會愛母親排斥父親，後來發現女生的性器官跟他不同，從而產生「閹割情結」（the castration comples），怕變得跟女生一樣，這時他會放棄戀母，轉而認同父親，父親是愛女生的，於是他也愛，而女生愛不愛他呢？在母親苦逼下，敏申坦承了自己的痛苦：「皚雲看不起我（敦治也看不起丈夫），她說她不愛我（敦治不愛丈夫）。」[②]敏申在女生那裡受挫，回到幼童狀態，反過頭來母親成為她不被女性愛之後的「身心運作機制」投射對象，轉向母親懷抱「我知道，只有你永遠關懷我。」[③]不要以為母子關係，是以男性為主，佛洛伊德的兩性關係是一種世代論，從女性角色出發，小女孩最早也是愛母親的，直到有一天她發現男女生性器官不同，女生和男生不同，她和母親器官是一樣的，這使得她瞧不起母親，是為陰莖羨慕，她會轉而愛父親，但女孩長大後，如果生了「帶把」的兒子，她的「陰莖羨慕」會得到替代，她會把愛戀移轉到兒子身上，佛氏結論，這說明何以母子關係是所有人際關係

② 歐陽子：〈蛻變〉，《現代文學》，第12期，1962年1月，頁58。
③ 歐陽子：〈蛻變〉，《現代文學》，第12期，1962年1月，頁59。

中，最能免於愛恨糾葛（ambivalence），[④]母親對兒子的愛，是兩性關係的理想狀態。母親愛兒子是母性也是天性：

> 敏申不過是個極其平凡的男孩，也會被女孩子拒絕的（敦治拒絕丈夫兒子拒絕她），她一向認為每個女孩子都爭著引誘他（是洗衣女引誘她的丈夫），想把他從她手中搶走（洗衣女搶走丈夫）。現在，她明白他仍穩穩操在自己手裡，也許，世界上就從來沒有一個人，曾企圖把他（丈夫）搶走。[⑤]

奉行亞里斯多德三一律（three unities）戲劇原理，即故事集中一日（unity of time）、同一地點（unity of place）、單一事件（unity of action）裡表現，歐陽子曾自白，為符合單一緊湊的戲劇效果，與小說動作無關的細節一概免掉。[⑥]很明顯〈蛻變〉集中一天、一屋、一事件三一律則，也造成這篇小說敘述的單一觀點，卻也摻雜創作上絕對複雜的元素。

情節發展的反高潮，在於敏申不符敦治理想在前，追求愛情如此卑微可憐在後，敦治看在眼裡失望之餘覺得自己徹底被母愛愚弄了，回望傲慢的長頭髮女孩，與思那才是自我的投射，情事瞬息

④劉毓秀：〈精神分析女性主義〉，顧燕翎編：《女性主義理論與流派》（臺北：女書文化，1996年版），頁161-20。
⑤歐陽子：〈蛻變〉，《現代文學》，第12期，1962年1月，頁59。
⑥歐陽子：〈關於我自己〉，《移植的櫻花》（臺北：爾雅，1978年版），頁177-178。

移轉完成，敦治最後「深深愛上她了」。[7]這莫明的感情之扭使她震動，一場突如其來的蛻變，她開始真正思念逝去的丈夫，並且透過敏申，「覺得自己已經完完全全原諒了他」。[8]敦治愛上同樣有一頭長髮的皚雲，直如神來一筆，說歐陽子開創了女性幽微覺醒空間，實不為過。

⑦ 歐陽子：〈蛻變〉，《現代文學》，第12期，1962年1月，頁59。
⑧ 歐陽子：〈蛻變〉，《現代文學》，第12期，1962年1月，頁60。

蛻變

一等敏申離開家門，敦治便走進敏申的房間，在書桌前坐定，匆匆打開左邊的抽屜。裡面全是一些書籍和紙片堆得零亂不堪；她搜尋了好一會，但是，信已經不在了。她明明看到他放進這只抽屜裡的。僅只隔了一小時，信就不見了。剛才，吃過晚飯，她送茶到敏申房裡的時候，他正在看一封信。她輕輕走過去，但他立刻感覺到她的到來。她知道他感覺到，因為在那一片刻，他突然改變了姿態：他的兩手，很自然地壓向信紙，頭半仰起，嘴抿著，臉上裝出一付正在凝思的樣子。

她走近他，從他背後把茶放到桌子上。敏申轉向她，倉卒地，並向她咧一咧嘴。「謝謝，媽，」他說。他的手臂略微一動，就在這一瞬間，她看到信紙上幾個字：「也許，你永遠不會懂得……」字跡是她熟悉的。「郵差來過？」敦治問，用蠻不在乎的口吻；然後踱到窗邊，望向窗外逐漸晦黯的天空。她停留在窗邊站著，等待敏申開口。不，倒不如說等著聽他說話時的語氣。敏申確曾遲疑片刻，沒有立即回答。「皚雲寄的，」他終於說，眼睛望著別處。敦治聽出他聲音裡似有隱含的忿怒。「答得多麼中肯，」她想。

敦治把左邊的抽屜推回。右邊的抽屜是上鎖的，她很想知道裡頭鎖著些什麼東西。雖然如此，她從未設法打開它，她覺得那是不道德的。以前，敏申的信件全放在左邊沒有鎖的抽屜裡，可是不久以前有一天，她打開抽屜，發覺信件突然全部失蹤了。當然，最大的可能便是搬了家，被敏申鎖進右邊抽屜。「為的什麼呢？」她想。她其實很知道那些信，事實是，她能辨認出敏中每一個朋友的字跡。但這一切並不重要。重要的是，她明明看見他把那封信放進左邊抽屜，而現在卻不見蹤影。從敏中房間退出的時候，她故意不曾把房門帶上。她在客廳沙發一角坐了一會，佯裝看報，實際上卻窺伺敏中的動靜。她看著他很快地看完信，折疊好，裝回信封，放進左邊抽屜。然後他站起身，開始拉提琴。他一向不太用心練提琴，總是到要上課的晚上，才趕著拼命練。他拉了整整一小時，拉得很糟，常常中斷。於是他換了衣服，拿著提琴，匆匆走出門口。他甚至忘了跟媽說聲再見。

敦治試著拉了拉右邊的抽屜。拉不開。敏中從來不忘記上鎖。她奇怪他乘什麼時候把信拿開的。他不是一直練著提琴嗎？是鎖進右邊抽屜裡呢，還是帶在身上？……「皚雲寄的，」他這樣說，眼睛不敢看她。當然她知道那是皚雲寄的。他那樣偶然地把手按到信紙上，這點就說明了一切。「也許，你永遠不會懂得……」不會懂得什麼呢？這個名叫皚雲的女孩，真未免太自作聰明了。敦治厭惡她。她雖只見過她兩三面，但透過她寄來的那些信，敦治覺得很熟悉她。皚雲的信裡談的總是哲學，心理學，都是年青人喜歡的一套。

敦治的眼睛，落在桌面玻璃片下壓著的一張舊相片上。相片裡的她，是年輕的。敏中那時剛剛足歲，乖乖地坐在她膝上，吮著拇指；椅子後面站著鴻年，挺直，英俊。近年來，敦治很少想起鴻年，他顯得多麼遙遠，模糊！但這個男人，曾深深地影響過她。曾經有那麼一度，他們誠摯地相愛，可是那段日子很快地過去，他所留給她的，只有失望與幻滅。她永遠記得那個霧氣彌漫的可怕的傍晚，她突然發現了他的醜惡，在院子一隅，倉庫後面的草地上，……就在那一瞬間，她對人類的信心粉碎了。她默默地忍受，並不說什麼。只是，當他有意再對她溫存時，她曾冷冷地說了一句：「我們不妨也到院子睡覺去。」這一句話，註定了他們夫婦間的命運。她不曾再跟他同床，雖然她再也沒看到過那個洗衣服的姑娘。

她記得有那麼一個夜裡，鴻年穿著睡衣，走近她，遲疑地在她床緣坐下。她躺著，睜著兩眼呆呆地看他。鴻年低頭，俯下身子，開始親她的前額。她幾乎屈服於他。但是，突然，一股怒潮狂捲而來，她陡地坐起，狠狠摑了他一巴掌。過後她曾經暗自後悔，甚至落淚，但她確知自己再也無法接觸他了。一經他摸觸，她就會有一種感覺，好像自己是個妓女一般。

開頭，她確實忍受著難堪的痛苦，但逐漸地，痛苦減輕了，甚至覺察不出來了。然而她的感情並未麻痺。她把她的一顆心，完完整整地給了敏申，她唯一的孩子。在這不安定的世界裡，她覺得只有這個孩子是永恆的，永遠在她身邊，真正屬於她。他給予她新的生命。她不再關心鴻年，夫妻倆變得像住在同一屋頂下的陌生客。後來鴻年得了癌症，病在床上，日漸清瘦。但對於那段日子，她甚至沒有什麼痛苦的記憶。她耐心地服侍他，像一個盡忠職守的護士；因此他的去世，不曾使她感到良心不安。

敦治嘆了一口氣。她覺得近來一直生活在低氣壓裡，悶得她難受極了。同時，她還覺得肩上有什麼東西壓著似的，疲乏得很。也許我老了吧，她頹喪地想。老，這真是個可怕的字眼。她絕不怕老，如果敏申伴她一同老；但敏申是年輕的，皚雲也是年輕的。年輕男女碰在一起，開始總喜歡談論奧妙的哲學，心理學；談論的結果，便是鬼鬼祟祟，把信藏到人家找不到的地方。「也許，你永遠不會懂得……」不會懂得什麼呢？……「但我卻懂得，」敦治懷恨地想：「這無恥的女孩，一心想搶走我的兒子。」陡地她覺得熱流上升，心跳急促起來。「我知道的。這無恥的女孩一心想搶走我的兒子，」她自語道。她不難猜知皚雲的優勢，因為敏申把手壓在信紙上，然後又偷偷摸摸把信藏了起來。

半年前，敏申生日，請了十幾個朋友到家裡來玩；那天，敦治第一次看到皚雲。這披著一頭長髮的女孩，說不上美，卻有一張年輕男人喜歡的面孔：高傲的，自信的。第一眼，敦治就不喜歡她。她深深感到自己心裡有一點什麼，是跟這女孩互相牴觸的。以後敦治又見過她幾回，印象愈來愈壞。「難道我的憎厭寫在臉上了嗎？」敦治想。敏申近來神色不定，雖然有時還跟她聊天，但談吐保守，她直覺地感到他心裡隱瞞著什麼。他不再提起皚雲。她知道他回避著。有一次她故意問起皚雲，敏申支吾幾句，顯得很不自在。

時鐘敲了八點。敦治望望窗外，已是黑暗一片。於是她站起，伸伸懶腰，開始替敏申鋪床。敏申一直跟她睡到初中畢業。記得以前他睡著的時候，總喜歡伸出一隻胳膊，繞向她的脖子，有時嘴巴微微蠕動，像嬰兒在吮奶。那時日子過得多麼美好。敏申每天放學回家，總是媽媽這個，媽媽那個，好逗人憐愛。孩子一大就不行了。想飛了。你捉不定他心裡想些什麼。他會背棄媽媽，偷談戀愛，然後把情書藏了起來。愈是媽媽討厭的女孩子，他就愈是喜歡。女孩子的幾句軟話，就能使他迷了眼睛。

鋪好床，敦治回到自己的臥房。坐在梳妝臺前，她仔仔細細把脂性面霜抹到臉上，手上。為了保護皮膚，她從不間斷地每晚抹面霜；儘管如此，她依舊在鏡子裡找到自己額上、頰上的皺紋。頭上的白髮也是隱藏不住的。她對鏡子蹙蹙眉。突然，她鬆開髮髻，拿起髮刷，用力把頭髮梳開，長長地披在肩上。於是鏡中赫然出現一個怪物，像一個妓女，蒼老而憔悴。敦治趕緊又把頭髮挽成一個髻，輕輕吁了一口氣。

她聽到敏申的腳步聲，知道他回來了。好一會兒，她一動不動地坐在梳妝臺前，盼望著他過來找她。但他不來。於是她起身，悄悄走進客廳。敏申的房門是半掩著的。她聽到他在房裡來回走動的聲音。這就是了，她想，這就是你所得的報應。你把孩子養大，你愛他，疼他，而他從不想看你一眼。甚至連房門也不捨得為你打開。敦治頹然坐下，埋進沙發裡，感到難堪的寂寞向她襲來。

「敏申，」她喚道。

「我剛回來，媽。」房門依舊半掩，她看不到他。

「不出來跟我聊聊？」

他出來了。一腳跨到她對面，他在長沙發上坐下，兩手交握，眼睛低垂。

「提琴拉得怎麼樣了？」敦治問。

敏申聳聳肩膀。「老師說我沒天才，又不肯努力。要我重拉過。」他停頓一下。「我不想學了，」他又加上一句。

「別這樣說，」敦治溫和地：「你說著玩的吧？」

敏申頓時皺起眉頭。「我說，我不想學了！」聲音很重，顯得煩躁不堪。

敦治驚異地望向她的兒子。「就是不學，也犯不著對我這樣凶呀，」她說。

敏申不作聲，只呆呆地看著自己膝上交握的雙手。

「你只是心情不好，我知道。」敦治說。

「可是，媽，我真的對提琴不再感到興趣。」

「不再感興趣？」敦治說，心中感到一陣痛楚：「我倒想知道，敏申，你近來究竟對什麼感到興趣？」

敏申蹙緊眉頭，沒有回答。兩人沉默半響。四周是靜寂的，只有壁鐘單調的聲音：滴答、滴答。敏申仍舊兩手交握。他有這樣一雙好看的手，是藝術家的手：白皙的，指頭很長，但骨骼寬大，跟女孩子的不同。

「敏申，」敦治突然說，悽楚地：「我知道我老了。」

「沒老，媽，你還沒老。」

「變得不好看了。」

「媽沒變，」敏申說，頭依舊低著。

「有時你討厭媽，是吧？」

「怎麼會？」敏申說，顯得不自在。

敦治用溫柔的眼光，望向她的兒子。敏申有寬闊的肩膀和方形的臉。鬍子已經長齊，但還是嫩嫩的，是二十歲少年的鬍子。真年輕，敦治想，他們都這樣年輕！

「她很漂亮？」

「誰？」敏申抬頭。

「皚雲。」

敏申迅速瞥她一眼。「媽見過她，」他說。

「不錯，我見過她，」敦治說：「好長的頭髮。」

敏申緊抿嘴唇，絞動兩手，顯得不知所措。我是不甘受騙的，敦治想，我不願蒙在鼓裡。她決心讓敏申明白這一點。那個名叫皚雲的自作聰明的女孩，居然想搶走敏申。「為什麼卻又偷偷摸摸的，不敢讓我知道？」敦治想：「當然因為她知道我不肯輕易放棄兒子。」在這一點上，皚雲確是聰明的，聰明到了使人厭恨的地步。而敏申呢？到底他有何感覺？他一向愛媽媽，但近來他變得多麼沉默。兒子一到二十歲，就麻煩了。他們不自量力，以為自己已經長成大人，沒人能管得著。其實，他們的意志再脆弱不過。他們喜新厭舊。他們最經不起年輕女子的誘惑。

「她追求你？」敦治問。

「瞎說，」敏申急促地說，臉色泛紅。

「她看上你，我知道，我懂得這種女孩子。」敦治冷冷地，近乎殘酷地：「你也看上她了，對吧？當然囉，誰不喜歡那樣黑亮的頭髮？可是她很傻，她該把頭髮剪得短短的，就體面些。長頭髮的女人，人家一看，就覺得是個壞女人。不管怎樣，你總歸已經看上她了，對吧？那樣年輕，那樣俏……」

敏申突然起身。他滿面通紅，眼裡閃著忿怒的光。

「別走，」敦治說；聲音陰鬱，充滿威脅。

敏申欲言又止，聳聳肩，坐下。

「她怎麼說的？『也許，你永遠不會懂得，』不會懂得什麼呢？」敦治喃喃道。然後，她突然加重語調，問道：「她講過了吧？講過她愛你了吧？」

「別這樣，媽，我求你，別這樣管我。」敏申把頭埋進兩手之中，顯得異常苦惱。

「瞧，這就是了，你開始嫌我了。」敦治酸楚地：「但又何需裝出這付苦相？你心裡正得意著，不是麼？難道你苦著一張臉，我就……你就……」突然，她停止說話，發出奇怪的笑聲。「別這樣……別這樣管我，」她學著敏申的話，繼續笑著；好像這幾個字裡面，藏有世上最可笑的秘密。後來，笑聲完全變了。先是，她不斷地喘氣，像隻正在窒息的野獸，接著，她突然靠向椅背，開始啜泣起來。

「你巴不得我死，」她哽咽著：「敏申，你巴不得我死！」

「別這樣，媽！」敏申抬頭，叫道：「別這樣，我已經夠痛苦了！」他重新把頭埋進手中，緊咬下唇，像在跟什麼掙扎著似的。

「痛苦？你？」敦治抹掉眼淚，懷疑地：「我能使你痛苦？你知道真正痛苦的滋味？」

敏申沒有回答。

敦治搖搖頭，長嘆一口氣。她已逐漸平靜下來，但淒涼的感覺依舊鬱集不散。痛苦？他痛苦？為著想不出怎樣隱瞞「秘密」而痛苦？為著找不出對付媽媽的策略而痛苦？他必知道她恨皚雲，否則他不須如此惶悚不安。但這點，多少倒還有點令她寬慰。從敏申的不安，還可看出他良心未泯。

「他知道他不該離棄我，」敦治想。

但是，任何僅由「責任感」而引致的行動，不能使她滿足。她要的是感情；她要收回自己付出去那樣多的感情。她自己也有深厚的責任感。事實是，她早就計畫好再隔幾年，就讓敏申娶一個太太。即使敏申不想結婚，她也不會容許的。然而敏申的太太，絕不可能是皚雲那種人。關於這點，敦治確信不疑。敏申的太太應當是柔順的，而且，在她想像中，是短頭髮的。他們三人將住在一起，相親相愛，一無猜忌。她將死心塌地服侍他們夫婦倆，像奴隸一般。她心甘情願做他們的奴隸。她將疼愛敏申的太太，像疼愛敏申那樣。事實上，她好像早已認識並愛上這未曾謀面的不知名的姑娘。

「你總不至於現在就想結婚吧？」敦治說。

「結婚？我？」敏申說，唇上浮現一絲苦笑。「我這一輩子，是不想結婚的了。」

「喲，這又是為的什麼？」

「假如我決心獨身，媽不會在乎吧？」敏申問，聲音遲滯。

「噢，媽在乎的，」敦治說，但她的面頰頓時溫熱起來，唇上浮起一絲微笑。她可以感覺到自己唇上的笑意；天真的，近乎孩子氣的。「我們別談這些了，好無聊，」她說。她開始以柔和的眼睛審視她的兒子，於是，突然間，她明白他很不快活。敏申的頭一直垂到胸前，兩手按著頭頂，像在苦思，神情異常沮喪。不知為什麼，她驟然感到一陣內疚，於是她起身，走到敏申旁邊，坐下，遲疑地伸出一隻手臂，輕輕搭在他蜷縮的肩膀上。

一滴眼淚沿著敏申面頰流下，落在他褲子上。

「敏申，」敦治輕輕說，溫柔地拍他的肩膀。

突然敏申咬住自己的拳頭，避免哭出聲音。他的面頰抽搐著，眼淚泉湧而下。敦治不響，只不斷地拍著他的肩膀。這樣過了好一會，敏申終於稍稍鎮定下來，放下拳頭，攤開手，無力地把手擱在他媽媽的膝上。敦治看到他手背上深陷的牙痕。

「媽，你不知道，她根本不愛我。」

「什麼？誰？」

「皚雲看不起我，她說她不愛我。」

敦治狐疑地望著她的兒子，一時不能瞭解過來。這裡，敏申頹唐地坐著，手放在她膝上，顯得這般可憐，無助。二十歲的男孩，原是這般脆弱的東西。而他說著些什麼？心裡想著些什麼？……偷偷摸摸藏信；對提琴失掉興趣；妄想過獨身生活；嘴裡說：「媽不會在乎吧？」而心裡，卻抱怨皚雲不愛他。這一切，到底怎麼解釋呢？

「那麼，你是真的愛她了，」敦治說，聲音乾澀。

敏申臉上閃過一絲苦笑。

「這又有什麼區別呢？」他說。

區別才大著呢，敦治想。那麼，敏申果然愛著皚雲，而他的「痛苦」，只是皚雲「根本不愛他」。這也就是他想獨身的理由。敏申從來沒有體諒過媽媽的心。當敦治惟恐失去他而感受痛苦的時候，他心裡原來只存有皚雲的影子。他把信藏了起來，為的是怕媽媽干擾他的痛苦。自私呵！即連痛苦也不肯讓媽媽共擔……但也可能只是敏申自尊心的作祟。誰知道？二十歲的男孩也有他們的虛榮。敦治開始明瞭，敏申之所以隱瞞她，提防她，並非為了感情的矛盾或衝突，只是為著掩飾他受傷的自尊。皚雲不愛他？她根本不愛他？……敦治這才第一次明白，敏申不過是個極其平凡的男孩，也會被女孩子拒絕的。她一向認為每個女孩子都爭著引誘他，想把他從她手中搶走。現在，她明白他仍穩穩地操在自己手裡，也許，世界上就從來沒有一個人，曾企圖把他搶走。不知怎的，突然她有種受人愚弄的感覺；她覺得敏申從來沒有這般使她失望。皚雲確是個傲慢的女孩，但突然間，敦治覺得深深愛上她了。她覺得此刻她愛皚雲遠甚敏申，這莫名其妙的感情之扭轉確實使她驚異。她有種慾望，很想把皚雲擁在懷裡，撫摸她那又黑又長的頭髮。而敏申卻坐著，垂頭，含淚，一隻手平平擱在她膝蓋上。他顯得這般卑微，可憐。

「是她信裡告訴你的？」敦治問。

敏申點點頭。「她說這是給我的最後一封信，」敏申頹喪地說。隔了一會，他問：「媽想不想看？」

「不，」敦治回答，厭惡地。

她又開始輕輕拍敏申的肩膀，但這次是機械般的，是她無意識中的動作。當然，敏申仍是她的兒子。她依舊愛他，像任何其他的母親，永遠張開兩臂，等著擁抱她迷途的孩子。然而，敦治覺得，畢竟有什麼東西已從她心中失去，永遠回不來了。她不能確切地說出那是什麼；但這感覺是不會錯的。她微微有點惆悵，卻並不感到悲哀。

突然，敏申從沙發滑到地板上，把臉埋進他媽媽的懷裡。

「媽，我只有你了，」他說，聲音裡充滿了絕望的感情：「只有你，我知道，只有你永遠關懷著我。」

敦治微嘆一聲，茫茫然撫摸敏申的頭。

「現在，這又有什麼區別呢？」她低低地，像在自語。

兩小時以後，敦治推開敏申的房門，走了進去。她撚亮檯燈，悄悄走到床邊。敏申已經睡熟了，臉色平靜，呼吸均勻。年輕人是幸福的，她想。的確，年輕人所謂的「痛苦」，能隨著睡眠奇跡般快速地消失。只是枕頭上，染有潮濕一片，是淚痕，唯一「痛苦」的遺跡。敦治彎下身子，輕輕把棉被拉到敏申脖子下。突然，她覺得很久很久以前，曾經有一個晚上，她也做過這同樣的動作。「鴻年……」她心裡，陡地又響起這古老的名字。這名字早已從她記憶中隱退，她奇怪為什麼在這短短半天之內，竟想起兩次。此刻，她開始真正思念他起來。她多麼渴望他尚在人間，緊緊地靠著她。至少，他能給她一絲兒安慰。突然她覺得自己已經完完全全原諒了他；她開始明白她那樣懲罰他，是很不對的。他們曾經相愛，相屬，這就夠了，何需追求什麼永恆的完美？在這個世界上，「永恆」只存在於夢幻之中，是虛無的。

敦治在床沿坐了一會兒，想起一些許久沒想過的事。然後她站起身，撚熄電燈，拖著疲乏的步子，走回自己的臥房。

於梨華（1931-）

作家介紹

於梨華（1931-）祖籍浙江鎮海，生於上海，一九四七年隨家人來臺，一九四九年入臺大就讀。一九五三年赴美留學，一九五六年以〈揚子江頭幾多愁〉得到米高梅電影公司文藝獎第一名。離開臺灣十年，於梨華一九六二年帶回長篇小說〈夢回青河〉書稿，並於次年出版，從此展開寫作生涯至今。學者夏志清教授為於梨華《又見棕櫚．又見棕櫚》寫序，論其小說藝術，「描寫景物的細膩逼真，製造恰當意象時永遠不落俗套」，是「最精緻的文體家」。①

於梨華筆下多寫美裔華人知識分子「沒有根的一代」的遭遇。自《又見棕櫚．又見棕櫚》（1967）提出這個說法，為身處異域的華人，創造了一個最貼切的名詞，之後的《會場現形記》、《考驗》等，都圍繞這個主題，是留學生文學最早的代言人。

夏志清稱讚她小說文字「最突出的地方，是在她善於複製感宮的印象，還給我們一個真切的、有情有景的世界。」②

① 夏志清：〈序〉，於梨華：《又見棕櫚．又見棕櫚》（臺北：皇冠，1996年版），頁14。
② 夏志清：〈序〉，於梨華：《又見棕櫚．又見棕櫚》（臺北：皇冠，1996年版），頁16。

於梨華對海外女性處境的刻劃尤其用心，不無自況意味。譬如她透過《又見棕櫚・又見棕櫚》家庭主婦佳利的閱讀品味，以及借著與男主角天磊的交談，交待了她喜愛的女子形象，更托出對筆下女子描繪的掌握：「享利・詹姆斯形容一個女人，從不寫她眼睛怎樣，鼻子怎樣，只讓讀者感到她的樣子。」佳利心思晶瑩剔透，神態自若善體人意，但海外生活平淡固定及人際的狹窄，使她早早便習慣承受寂寞之苦。有寂寞便有掙扎，於梨華定有所感，經營「不可名狀的悲哀」（夏志清語），於梨華早期小說不乏這樣的故事。

於梨華曾在一九八八年將寫作二十五年的作品（除了《考驗》），出版結集「於梨華作品集」十五本，包括長短篇小說、散文、遊記《傳家的兒女們》、《歸》、《會場現形記》、《焰》、《誰在西雙版納》等，共兩三百萬字，喻其「做一個二十五年的總結」。現今寫作近半世紀，早已不止三百萬字量。

作品導讀

從女性競逐的角度看，〈黃昏・廊裡的女人〉寫的是兩個舊友間的交鋒秘教儀式。關於秘教儀式使用的語言，女性主義重量級學者伊蘭・修華特（Elaine Showalter）指出，有些女性語言，只在神秘宗教及女巫集會中保存，另外有些人種雜誌上的證據亦指出，某些文化中女人公眾生活的沉默，會發展出一種私有的溝通形式。[3]我們不妨以這樣的角度去解讀〈黃昏・廊裡的女人〉中的兩位女子。

小說主場景設定於人生暮年及時空模糊的一天黃昏屋廊下。瘦女人、若柏是一對，到胖女人、家興的家做客。男人走開去釣魚，把場子騰出來，兩人才好進行儀式。

第一回合，先集中在彼此兒女身上，抽絲剝繭帶出兩家關係網絡。瘦女人年輕時忙著玩，兒女都丟給奶娘。相形之下瘦女人兒女的狀況比較多，唯一的兒子長大結婚後幾乎音訊全無，最疼愛的大女兒承美十四歲就懷孕打胎。但承美行為最叫胖女人憤然的是，有丈夫的承美和她的兒子歐文來了段姊弟戀。胖女人訴說承美的劣行，詛咒難怪生不出兒子，幸好歐文後來發誓不再見承美才斷了戀情，好像胖女人占了上風，卻是瘦女人聽聞後，「從容不迫地笑起來。籐椅似乎負荷不起她的

③伊蘭・修華特（Elaine Showalter）著，張小虹譯：〈走過荒野中的女性主義批評〉，《中外文學》，第14卷第10期，1986年3月，頁90-91。

笑，輕微的顫抖著。」[④]娓娓道來，根本是歐文仍找承美，直到被承美的丈夫毒打了一頓，胖女人這才有點失措：「是這樣嗎？……這些年我一直以為她是個好兒子。」進行到這裡，好戲才要上場呢，要知道，這場二十五年才有的秘教儀式，哪會只這麼點內容。

扳回一城的瘦女人乘勝追擊：「俗話說，兒子是自己的好，丈夫是人家的好，對我說來，正好相反。」

不要緊，懂得打牌的都知道，王牌總得留在最後一翻兩瞪眼。胖女人反撲丟出一個問題開始做牌：「妳認為若柏是個好丈夫？」明眼人，恐怕立刻明白「王牌」是什麼，沒錯，「丈夫」。雙方過五關斬六將，見招拆招，真像伍子胥過昭關白了頭，可不是，多年後再見，已是白頭，終於來到最後背水一戰，瘦女人祭出丈夫若柏：「從不曾找過一個女人」。胖女人反攻：「從不曾找過一個女人？」瘦女人信得過丈夫，拉上胖女人來背書：「妳對若柏應該最清楚。」胖女人若有所思：「是的」。瘦女人再逼進：「妳總還記得的。」胖女人：「怎麼可能忘記。」胖女人顯得別有情腸——「三十年前的舊事，如一圈遠逝的煙，溶在陳舊的日子裡，找不出它的影子。唯有吐煙的人，仍記得它是如何飄去的。」[⑤]

上海生活時期，瘦女人成天騎馬、開車、溜冰、游泳，主婦的位置空了下來，一場秘密戀情衍生了出來。瘦女人三番四次家庭生活缺席，胖女人住在她家於是遞補上去，瘦女人的家庭生活記憶

---

④ 於梨華：〈黃昏・廊裡的女人〉，《帶淚的百合》（臺中：藍燈，1971年版），頁74。

⑤ 於梨華：〈黃昏・廊裡的女人〉，《帶淚的百合》（臺中：藍燈，1971年版），頁70-71。

只有一半：瘦女人沒去看的電影，胖女人陪若柏去了；沒去的舞會、野餐……都由胖女人去了，瘦女人聲音逐漸縮得很窄，像箭，「刺劃著黃昏的空氣。……指申刮劃著磁青，發出細微的刺心的聲音，落在碎了的黃昏裡。」[6]是瘦女人最後的振作：「還有什麼我不知道的？」「還有憶若！我們有了憶若。」憶若柏！

這時，她們的男人，無事人般遠處走來，這場儀式已到尾聲，誰握有最大的秘密誰就擁有最大的權利，胖女人數十年來一清二楚掌握著瘦女人家所有消息，她才是那個家的地下女主人，諷刺的是，胖女人明明是第三者。但人生走到最晚的黃昏，已容不得她們任性，但如何能真平靜？於梨華不愧是夏志清稱讚的精緻文體家，筆下短短數十字描寫瘦女人的反應——「『……妳比我好，妳比我幸福！』尖尖的聲音，穿過沉寂的黃昏，流過廊外的小石路，跌落在歸人的腳旁。兩個行人站住了。」[7]見出了造句迷人、節制的效果。

秘教儀式既完成，沒有留下來的理由了，於是懷著秘語來，又懷著秘語離開。她們歷經了彼此的一切與生命，命運比誰都糾葛得緊，她們才是真正的生命共同體。如此看來，兩個女子才是秘教儀式的祭品。於梨華是勇於挖掘傷痛的，只是，一場內在風暴於焉完成，而男人們全無知曉。

---

⑥ 於梨華：〈黃昏・廊裡的女人〉，《帶淚的百合》（臺中：藍燈，1971年版），頁72。
⑦ 於梨華：〈黃昏・廊裡的女人〉，《帶淚的百合》（臺中：藍燈，1971年版），頁74。

黃昏・廊裡的女人

寬寬的後廊裡，一個圓的高腳藤几，四把圓背的籐椅。兩把空的。茶几上四杯茉莉茶，兩杯滿的。廊裡的兩個半老婦人，坐在茶几的兩側，對著廊外的黃昏；地上沙沙滾動的枯葉，池裡漸漸腐化的枯葉，枝上搖搖欲墜的枯葉，深秋的季節。深秋的年代。

那個瘦的，乾癟的手指上帶著一個巨大的寶石戒，慢慢的轉動著白磁上斜印著四根瘦竹葉的茶杯，轉了一圈，啜一口茶，吸了一片蒼白的茉莉在兩片狹薄的嘴唇裡，用四顆狹長的，往裡佝著背的門牙結結實實地嚼著，嚼完了，刷的一聲，吐在廊外的黃昏裡。

另外那個較胖，較白皙，也因此較和善的婦人，伸過頭來，對她杯內看看；笑著說：「廿五年了，你還是那個脾氣。喜歡嚼茶葉吃。」

瘦的那個，咚的一聲，把杯子放在茶几上，牽著頸上的鬆皮，扭過頭來，怔怔地望著那個胖的。「真的有二十五年了？我們分開真有那麼多年？」

「怕不是！你想想看，妳們承德今年都過三十歲了，是吧？我離開上海時他才六歲，剛進哈同小學，是吧？我還記得他那個樣子，胖得連頸子都找不到。一個頭，好像直接粘在肩膀上。笑的時候下巴都可以碰到胸口，那樣子真有趣。」胖的那個說，帶著濃濃的笑意。眼角的皺紋一直放射到兩鬢花白的髮根。她的白髮就聚在兩鬢，別處仍是烏黑的，初看，好像她頭上戴了頂黑絨線帽，兩邊嵌著兩條寬寬的白絨線。她的嘴厚渾渾的，和氣而沒有主意。「他現在還是那麼樣胖？」

「誰知道！好久也沒有收到他的信了。兒子一結婚，雖然沒有換姓，倒是換了個心，那裡還記得父母。積谷防饑，養兒防老，說得倒是好！所以我勸你哪，想得開一點，趁著自己還走得動，吃得下，多享享福！不必為你們歐文忙得團團轉。我們承美說，歐文回來一次，你恨不得把心也挖出來燉給他吃了，真是，何苦來。」

「沒有的事。你就是愛聽承美的話。不過歐文難得回來一次，來了，做點他喜歡吃的東西給他吃吃而已，他們夫婦倆都做事，那有工夫在吃食上下功夫。可惜我們憶若不能回家，不然，我還不是照樣弄給她吃。不像你，一向只把你們承德當寶一樣。」她悄悄地瞟了那瘦的一眼，眯彎著眼笑起來，說：「記得你生了承德之後，連著四胎都是女的。你們老么承秀出世那天，若柏深更半夜來我家，硬拉家興出去散心，喝得醉沉沉的回來，若柏就在我們書房裡過夜的。你大概不知道這件事吧？」

「不知道?!若柏那一件事瞞過我？」

那胖的怔了一怔，想說，卻端起茶杯嘟嘟的喝，連要說的話都嚥下去了。然後，用杯沿輕輕擊著兩顆陳舊的門牙，發出平板的答答聲音，敲碎了廊外的黃昏。

那瘦的朝她瞪著。「你在想什麼？」

「我在想你們的承秀，我們走時她剛會站，現在居然也做了母親，叫人難以相信。你說她生得很出色？我一點也記不得她是什麼樣了。」

「論相貌，當然是我們承美，老二承賢就差多了，老三承麗生得倒不比她大姊差，就是舉動不夠秀氣，承秀也不錯，而且為人厚道，得人喜歡。」

「承美、承賢、承麗三個人，我都相處過。外表上，承美的確好看，不過我倒覺得承賢的脾氣品格不但在她們姊妹淘裡最好，而且是我接觸過的女人中最上乘的。有時我真想不透妳為什麼獨對她薄，那麼樣寵著承美。」

「妳一共接觸過多少女人？說好聽點，承賢人老實，說得切實點，就是她無用！妳看她現在嫁的人，連話都說不清楚，一到大場面裡，就是一副縮頭縮腦的樣子，好像有人要吃他似的！也只有承賢這個草包才會嫁給他！」

那胖的平著聲氣說：「我的好鄰居，妳大概不知道妳的大女婿無倫從前就是承賢的男朋友吧？那時候兩人都快訂婚了，要家興做現成介紹人，想不到承美從香港來，還不到三個月，就把他搶過去了。承美就是這樣，憑著她的容貌與她那點能幹，什麼事都做得出來。我總覺得她未免太狠一點，太不擇手段了。」

「現在這個時勢，不比我們做姑娘那個時候啦！不狠一點就給人家狠去，吃虧一輩子。」

「也不盡然吧，老實人自有老實人的福。我看承賢的男人雖然木訥一點，待承賢卻是體貼得很，現在生了三個胖男孩，個個都叫人喜歡，一家子也過得和和睦睦的。不像承美，左一個女，右一個女，就是沒有兒子。而無倫又借了這個名，在外面亂搞女人。有一次，承美半夜哭到我家來，說是無倫玩了女人回來，她和他吵，他居然把她毒打一頓，還罵了一大堆骯髒話，比流氓都不如。

第二天我把無倫叫來，他說承美的行為比妓女還不如，兩人又鬪了起來，我勸解了半天，夫妻才勉強回去了。他們這樣，對下一代才叫不好哪！她們那個大女兒，才有多大，卻整天不讀書，和街上的太保混在一起。有一次，她一個人和十八個太保關在一個黑屋子裡跳扭扭舞，給無倫捉到了，用皮帶抽打她，打得她遍身流血，她都不討饒。這事給承美曉得了，幾乎要和無倫拼命，無倫連她也打了，說她荒唐得不像個做母親的，打了也活該。我本來不說的。不過憑妳我的交情，想妳也不會生氣。我覺得，妳不要再護著承美，好好勸勸她，這樣吵下去，遲早要出事的。」

那瘦的臉上一根毫毛都不動，用兩根瘦長的手指夾起杯裡的茉莉花，一朵朵的嚼著。嚼完了，一口口的吐到廊外的草坪上，落葉上，在黃昏裡長眠。然後她牽著喉口的鬆皮，說：「虧你活到這一把年紀，還這麼天真！天下那有不吵架不打鬧的夫妻？那時候，你們家興在外面胡搞，你們不是天天吵得天翻地覆的？不但吵，家興還拿憶若出氣，常常把她打得頭臉青腫。你們憶若左頰上的疤，不就是他用碎玻璃割的嗎？我那時就覺得你們不會長久的，看，你們現在不是過得蠻好。」

那胖的突然垂下眼瞼，看看手裡的茶杯，茶杯裡沒有茶，她就空口地吸著氣。「過得蠻好？天地良心。」

那瘦的黑臉上突然閃著勝利的光，像那顆暗紅寶石，閃著不透明的，鬼鬼祟祟的光亮一樣。「哦？還是不好嗎？我知道家興在上海時拈花惹草，對妳不忠實，後來大家搬開了，好久得不到妳的信息。只知道除了憶若以外，妳們又添了兩個兒子。妳們大兒子死時，家興還給若柏寫一封信，說是為了減少妳的傷心，決定搬入內地去了。我還以為妳們過得好了呢！怎麼，家興一直舊性未改？」

「不是家興的錯，我們的婚姻沒有一個好的開始。」

「我那時就覺得妳們好得太突然，結婚也太匆忙了。其實妳住我家那幾年，喜歡妳的人，何止家興一個！既然一直不好，怎麼早早不和他分開？要我，我就受不了和別人共一個丈夫的！」

那胖的說：「那麼久遠的事，要悔起來，不知有多少。而且，我即使和家興分開，也不可能把『家』放開。有了孩子，就像有了繩子，把兩個人捆在一起，那怕是背對背的。孩子有時也真使人恨。」

「所以妳們都不喜歡憶若。尤其是家興，時常打罵她。妳也不攔。」

胖的搶著說：「並不是我不攔，我攔了他就更有氣。」

「所以憶若總是往我們家跑，來了就不肯走，求著若柏打電話向你們求情，讓她在我們家多玩。我們若柏倒喜歡她。每次有求必應，而且承美她們有什麼，必有她的一份。而她對若柏也真親。她對家興一點也不好，對妳也有點怕，對不對？」

「小時的確有點怕，大概那時候我自己心緒不好，不太理睬她。不過後來她很聽我的話。不像承美對你那樣，不放在心上。」

那瘦的坐直了身子，尖著聲音問：「不把我放在心上？誰說的？妳說的？」

那胖的知道失言了，有些慌張。「我的意思是她不把妳的話放在心上。妳年青時與我不同，幾乎天天在外面，不是騎馬，就是溜冰，忙妳自己的事，把承美她們，都丟給奶娘。承美從小就和弄堂裡的小癟三混在一起玩。妳總還記得，她十四歲那年，跟著一個拍電影小子跑了，三天不見人影，後來回家，你們若柏打了她兩下，她一氣，又跑了，三個月沒有回來。有一天夜裡，知道若柏不在，偷著回來，求著妳帶她去打胎……。」

那瘦的連聲問：「妳怎麼知道這些事的？」

那胖的一呆，手裡的茶杯無端落下來，茶葉灑了一襟。她一手抓住杯子，一手把茶葉捏在手裡，水由指縫間流在膝上。然後一片片地撿著茶葉，將它們丟入杯子裡，挨時間。「妳看妳的記性！是妳自己寫信告訴我的呀！」

那瘦的望著廊外的黃昏，恍恍惚惚的時刻，恍恍惚惚的記憶。自語地說：「我不記得曾經告訴過妳這些事的，那麼多年以前的事，連我自己都記不清了。」

那胖的忙忙的接口說：「美好的事可以記得一輩子，不開心的事很願快快忘記。人到了我們這個年齡，既沒有能力精力逞強，又沒有雄心再去爭名奪利，只想安安靜靜的靠一些美好的回憶過日子。年青時代好像一場轟轟烈烈的火，現在則是一個火尾子，一點點溫意的灰。又像黃昏，一些迷濛濛的光亮，光亮就是閃金的，好的記憶。我的日子就是靠這些記憶打發的。」

那瘦的抓到機會了說：「記得那時，妳和家興，一年三百六十五天，倒有三百六十天失和的，妳那來什麼美好的記憶。」

那胖的說：「除了家興，難道沒有別的事可以回想了嗎？」

「對了，你有一對好兒女。」

胖的滿意地笑起來。「也不是出類拔萃的好，不過我還滿意就是了。憶若常有信來，從不忘記我的生日，多少寄些禮物給我。我雖不用那些化粧品，看看也高興。歐文結婚後，還是按月寄錢給我們，雖然不多，也是他的一份孝心。逢年逢節，回家來聚聚、大包小包的帶回來，比你們承德……。」

瘦的心有不甘，搶著說：「歐文是不是和那個姓梅的結婚？」

「哪個姓梅的？」

「我就恨妳這一點，假癡假呆的！就是那個和他同居了好幾個月，個子小小的，說話時帶著濃濃的鼻音那個女的。」

「哦，哦。妳怎麼知道他們同居的事？」

「承美一五一十的對我說的！」

那胖的臉上慢慢散著被激起的憤慨，一層微紅，壓蓋了廊外一抹黃昏的餘輝。「承美也真是！一定要迫我說出難聽的話來！那時候她和無倫吵得昏天黑地，我好心好意邀她來我家住幾天，散散心，正巧歐文放假在家，承美就想盡方法勾引他。」

那瘦的厲聲說：「我不信！」

那胖的臉上更添了一層紅，兩腮鼓鼓的。「不信？不信妳問家興！那時承美已三十，歐文才二十幾歲，血氣方剛，那裡抵得住她的勾引，她來了才兩天，歐文就巴巴的和姓梅的鬧翻了。姓梅的倒是個好孩子，氣得幾乎要尋死，聽說到現在都沒有結婚。承美把人家拆散了，還到處說歐文的壞話。不是我心壞，就是因為她做人這般惡毒，才生不出半個兒子來！」

「妳也未免太幼稚，這種事，光靠一方面勾引，就可以成局的？」

「當然嘛！俗話說，男想女，隔層牆，女想男，隔張紙。何況我們歐文，是個心地純良的孩子，遇到承美這種女人，只要稍施媚功，就可以牽著他走的。他是我兒子，難道我不知道他？等我發現了，我也顧不得和妳的交情，就老實不客氣的叫承美走路。歐文當時後悔得不得了，向我發誓再不願見承美的面。」

那瘦的從容不迫地笑起來。籐椅似乎負荷不起她的笑，輕微的顫抖著。「可是歐文第二天就到承美處去找她，還有第三天，第四天，直到無倫聽見風聲了，把他們捉住為止。」

那胖的一臉的紅驟然褪盡，賸下一堆圓形的白，像天角遠處，一輪早來的月亮。「是這樣的嗎？」

「唔。無倫把他一頓毒打，連踢帶推的把他轟到大街上，警告他說，如果下次再上他家門，包管叫他活的進去，死的出來。」

「是這樣的嗎？怪不得每年承美夫婦來拜年，歐文都忙不迭的從後門溜了。還有一次，我不舒服，他們來看我，正遇到歐文回家，見了他們，連叫我一聲都來不及，就轉身走了。還有一次……，我怎麼以為他是遵守他的誓言呢？這些年來，我一直以為他是個好兒子。」

那瘦的換了一種柔軟的聲音說：「他是一個好兒子麼！比起我們承德來，他真是好多好多了。俗話說：兒子是自己的好，丈夫是人家的好，對我說來，正好相反。」

那胖的把兩個空茶杯，排在一起，一對。徐徐的說：「你認為若柏是個好丈夫，是不？」那瘦的臉上灑了一片滿足的油光。「那還用說。並不是我故意在妳面前神氣，比起家興來，若柏簡直是個聖人。結婚三十年，從不曾做過一件對我不起的事，從不曾找過一個女人。」

「三十年中從不曾找過一個女人。」那胖的一陣微慄。秋天裡的風，黃昏裡的風，畢竟有點寒人。

「妳不相信？」那瘦的詫異地看著她。「我們剛結婚那幾年，妳住在我家，妳應該最清楚若柏的為人，不是嗎？」

「是的。我知道他最清楚。」三十年前的舊事，如一圈遠逝的煙，溶在陳舊的日子裡，找不出它的影子。唯有吐煙的人，仍記得它是如何飄去的。

「妳總還記得的，不是嗎？」

「當然記得，怎麼可能忘記。」

「他從不出門。教書回來，看看書，或是和孩子們玩玩，什麼嗜好都沒有。」

「而妳那時真野，沒有一天在家，不知忙些什麼。」

「怎麼，妳忘記啦？我天天學騎馬、開車、溜冰、游泳。我是體育系的，就喜歡運動。」

那胖的整個溶在回憶裡，在灰暗的黃昏裡捕捉那一絲飄忽的煙圈。「怎麼會忘記。有一次，妳和若柏約好去看電影，票也買了，妳的同伴硬把妳拉去看賽網球，妳就走了。」

「若柏就只好不看。」

「不，他去看了，我陪他去的。」

「是這樣的嗎？」

那胖的接著說：「有一次，你們講好帶承德他們去龍華看桃花，在公園裡野餐，妳臨時被小朱拖去看他新買的馬，那匹馬叫霍卡，我還記得，對嗎？」

那瘦的興沖沖地說：「對，對。妳的記性真不壞。那天我回來，若柏有點不高興。」

「不，他有點累。因為承德吵不過，我們還是去了龍華，玩了一天，玩得很開心，就是有點累。」

「是這樣的嗎？到底老了，記不清許多。」

「又有一次，學校開化裝舞會，妳們老早就準備了，定做了服裝，他做羅米歐，你扮茱麗葉，你們兩人都很興奮。那時我剛認識家興，他也約了我去。我們三個人化裝好了，坐在妳家的客廳裡等妳，妳卻左等也不來，右等也不來。」

「那次的事真不巧。下午我去騎馬，本來以為晚飯前可以趕回家的，誰知我們跑得太遠了，回來時又迷了路。我心裡急，死命的鞭著可憐的『神寶』，『神寶』發起火來，亂跑一陣，把我摔下來，扭傷了足踝，痛得我寸步難移，只好由他們抬到小朱家躺下。我打電話回家時，你們已走了，我就索性在朱家宿一宵，第二天回到家，若柏已去上課，而妳還在睡。那天晚上累壞了妳，一個人跳他們兩個。」

「家興並沒有去。」

「是這樣的嗎？」

「我見妳不來，就提議不去了。家興坐得無聊，走了。若柏等他走了，堅持著我和他去。他是沒有任何嗜好，除了跳舞之外。而我別的玩都不會，就對跳舞精。我們跳到半夜。」

「是這樣的嗎？」那瘦的漸漸把聲音縮得很窄，窄得像根箭，刺劃著黃昏的空氣。瘦長的手指抓著沒了茉莉的茶杯，指甲刮劃著磁青，發出細微的刺心的聲音，落在碎了的黃昏裡。

「那次之後，每逢妳晚上出去打橋牌，我們就去跳舞。他說家裡太悶了，他受不了。」

「是這樣的嗎？就是去跳跳舞？」

那胖的凝視著廊外的黃昏。枝間的枯葉溶在漸來的灰暗裡，地上的枯葉化在漸升的霧色中，池裡的枯葉浸在靜止的死水裡。她的臉在黃昏裡輕微的戰慄，似乎要反抗漸濃的暮色。「不是這樣的，不僅是這樣的。」

那瘦的把茶杯緊抱著，緊抱著一個結實的，不會破碎的希望似的。「還有什麼，還有什麼我知道的？」

「還有憶若！我們有了憶若。」

然後只聽見茶杯砸地的聲音，短促的，一個希望墜落的聲音。以及小磁片的碎落，像記憶中碎落的小事，分散在長長的三十年的生命裡，一切又歸於沉寂。微風，輕嘆，與壓在胸裡的狂怒都沒有打破沉落的黃昏。黃昏裡，似黃昏一般衰老的婦人對坐著，沒有體力逞能稱強，也沒有精力勾心鬪角，人生的戰爭已過，勝負亦已決定，勝利與失敗，在黃昏裡，也僅是模糊一片，沒有笑，淚也少。暮色愈來愈濃了。

那瘦的不自覺的撫摸著寶石指環。那胖的撫摸著淨白的手背。

那瘦的說：

「我早就該知道。憶若生下來時，我做乾媽，給她取名，叫慧文，可是你叫她憶若。」

那胖的望著廊外的遠處，遠處來了兩個人，隱隱約約。

「我早就該知道，你那樣突然的和家興結婚，而憶若又那樣匆匆地來到人間！而家興又那樣對她虐待。我早就該知道！」

他們走得很慢，若柏背已駝，家興有點臃腫。兩人都提著籃，肩上抗著釣杆，想是釣了很多魚。

瘦的還在說：「我早就該知道，家興為什麼在外面胡鬧，而若柏又待我出奇的好。我早就該知道，為什麼他對憶若這般親愛。現在我也明白了，為什麼別後，我沒有給妳信息，而妳卻知道我們家的一切情形。」

兩個人已走到廊外那條小石子路上。不再是隱隱約約，不再是夢。

「而我一直以為他是我的，以為他從不曾沾過一個女人。空空的做了三十年的夢！」

那胖的終於說了：「夢本來是空的。」

那瘦的說：「但是妳的不是空夢，妳的夢是實在的，妳比我好，妳比我幸福！」尖尖的聲音，穿過沉寂的黃昏，流過廊外的小石路，跌落在歸來人的腳旁。兩個行人站住了。

「幸福是無法比較的。而且，空夢實夢，也都醒了，真情假情也都過了，兒子女兒，也都遠了，只剩下老伴兩個，只有這是實在的。」

瘦的站起來，抖落一襟乾了死了的茶葉，抖落了懷裡乾了死了的回憶。

「怎麼，妳打算走了？」

兩個人已來到廊上，背上著沉沉暮色。

「若柏，趁天色還沒有完全黑，我們還是回去吧。」

「咦，二十五年的話，都講完啦？」

那瘦的走下石階，站在若柏身邊。那胖的起身送客，和家興站在一排。

「也可以說講完了，也可以說沒有講什麼。反正有機會，留著慢慢講好了。」那胖的說，和家興一起送客人到大門。很快的，大家都消失在驟來的黑夜裡。

施叔青（1945-）

作家介紹

施叔青（1945-），本名施淑卿，出身臺灣古老鹿港小鎮，姊姊施淑、妹妹李昂，結成臺灣矚目的文學隊伍。施叔青寫作開始甚早，因為不快樂：「我選繹了寫小說來打發該被打發的日子。像孩子堆積木似的，我把短短的情節聚了又拆，拆了又聚，一直等到最後積起來的比真的建築更富於夢及驚詫的色彩為止。」[①]這篇小說就是〈壁虎〉，後來發表於一九六五年二月《現代文學》第二十三期。施叔青開始創作時，正趕上《現代文學》、《文學季刊》分別鼓吹現代主義及現實主義，施叔青回憶這時期的寫作技巧：「我試著用象徵，那段時間，我真熱衷於運用這一種文學上的寶物。」[②]因之，她的作品取向超現實神秘主義手法，白先勇喻為卡夫卡式的夢魘氣氛，小說人物誇大變形趨於怪異，而性與死亡兩大主題貫穿她早期小說。[③]施叔青從淡江大學外文系畢業後赴美攻讀戲劇，獲紐約州立大學碩士學位，曾受教於國劇大師俞大綱，相信戲劇訓練也加重了她塑造人物及安排情節的張力。但一直要到一九七七年施叔青移居香港，開始以「香港的故事」系列，寫出

---

① 施叔青：〈拾掇那些日子〉，《那些不毛的日子》（臺北：洪範，1988年版），頁31。
② 施淑：〈論施叔青早期小說的禁錮與顛覆意識〉，施叔青：《微醺彩妝》（臺北：麥田，1999年版），頁264。
③ 白先勇：〈香港傳奇〉，施叔青：《韭菜命的人》（臺北：洪範，1988年版），頁1-8。

一個外來者的香港傳奇，才真正結合了文學與戲劇的元素。寫多了港人極樂主義「嘆世界」的人生哲學，女人們活得世故心眼的小情小怨，驀然回首，施叔青對自己「過分投入筆下女人，與她們共同呼吸生息的寫法感到無比膩煩，決心要與筆下人物保持距離」。不甘局限於女作家題材視角，她更弦易張改以男性觀點寫出《維多利亞俱樂部》，象徵權貴的俱樂部內的貪汙案，鬧上了法庭，主審法官不是別人，正是日後「香港三部曲」女主角黃得雲的後人中英混血的黃威廉，從而揭開了「香港三部曲」的序幕。由以上脈絡可知，鹿港、香港是施叔青寫作素材很重要的載體。一九九四年，她離港回臺定居，一九九七年「香港三部曲」第三部《寂寞雲園》出版，整整二十年的香港因緣，才真正落幕。

二〇〇一年施叔青再次移居紐約曼哈頓小島，加上臺灣、香港，三島鼎立，她不由要感嘆：「想來我真是天生的島民。」二〇〇一年春，施叔青在曼哈頓小島開筆寫《行過洛津》，「台灣三部曲」第一部，洛津即鹿港，以小說為清代臺灣作傳，二〇〇三年出版；《風前塵埃》──「台灣三部曲之二」，二〇〇八年出版。在寫作超過四十年之後，施叔青於二〇〇八年獲頒第十二屆「國家文藝獎」。

作品導讀

施叔青早年小說最重要的場景不是別處，正是故鄉鹿港。鹿港曾經風華鼎盛，是臺灣民風人文開發最早的商埠，所謂一府二鹿三艋舺，帆影重重萬商雲集的臺灣三大門戶之一。水路碼頭來往旅人多了，出門在外格外需要庇佑，鹿港名寺天后宮請來福建湄洲媽祖神身，一介「女」神，撫慰了信眾身心，窮算命富燒香的民間哲學，在這裡得到明證。世道好的時候，大家有出路，一旦衰敗，樓起樓塌最是教人唏噓，這也成了挑戰信仰、道德、命運等的著力點。施叔青生之長之鹿港，多少知道些繁華落盡的小鎮故事，故事隱藏著多少幽微情節皺摺，每一道皺摺究竟埋藏多少禁忌、怨魂、苦妓、瘋狂、死亡……悲劇，我們無從得知，但可推論是，在沒有其他人生前，白先勇以小說家眼光，指出鹿港沒落折射出死亡、性、瘋癲光束，是構成施叔青的經驗世界非常重要元素的說法，應可成立。《約伯的末裔》是施叔青第一本小說集，但白先勇也許說對了，他指出了光天化日之下的正常社會人倫、道德、理性，在施叔青的世界是不存在的特質。[4]這預言了施叔青的日後。施被評者視為後殖民小說里程碑的「香港三部曲」及遷移文學第一步（南方朔語）的「台灣三部曲」第一部《行過洛津》，都由變奏開始，繁華起伏更成了施叔青小說的主述。施叔青毋寧是幸運的，她的故鄉就是她的寫作原鄉與原初題材，中間岔出去的「香港三部曲」，是島民書寫的場景轉換。因此，導讀施叔青，不妨就從〈壁虎〉到她截至目前最新的作品《行過洛津》作聯接。

---

④白先勇：〈鹿港神話——《約伯的末裔》序〉，《驀然回首》（臺北：爾雅，1978年版），頁13-23。

〈壁虎〉的主要象徵即是壁虎，圓睜斜狠的小眼爬行的卑惡生物，投射人物是名家族闖入者——大嫂。主述者為喪母患肺病在家的十六歲少女，她對大哥有著近似亂倫的情愫。起初這位大嫂還恪守舊規，但終於忍不住豁了出去，當著眾人吼叫道：「我要滿足，我要官能的快活！」從此夫妻縱慾感官夜夜交歡作樂，如「赤裸的壁虎」。小說套用了「妖孽出必有傷亡」的傳統概念，大嫂進門後，大哥辭了高薪工作、父親因案入獄、其他哥哥出走，家道就此崩壞。於是少女在目睹哥嫂放浪形駭的裸體睡姿，如驅邪童女，抓起剪刀擲向「賤惡的所在」。這樣的內容與手法其實有點做作與公式化，如果施叔青那段時期作品用的最多的詞彙是黯敗、滅殺、怪癖、狂錯、衰亡、迷信、畸零……我們不妨摹想當年，施叔青的自白「穿制服的高中女生，被故鄉神秘的氛圍所魘住的女孩，唯一逃離的方式，就只有借文字來吐訴我的驚嚇與愁情」[5]的生澀氣質，而反觀〈壁虎〉裡少女無所逃遁於性的毀滅處境，少女思春多麼無以自處和苦悶。這是作者的夫子自道，也成為我們討論施叔青小說裡必須用更強烈的內容與文字才能表現的依據。

施叔青的姊姊評論家施淑認為，施叔青早期的小說，《約伯的末裔》、《拾掇那些日子》裡的十四篇小說，無疑會被劃入沒有自己文學史的女性文學第一發展階段，即伊蘭·修華特所說的模仿男性／主流文學，除了〈壁虎〉等四篇，表現個人的夢魘與心理風暴，以第一人稱的內心獨白方式進行外，其他小說注入男性敘述比例愈來愈重。這樣的小說表現有其局限，有著克莉斯蒂娃定義的

⑤施叔青：〈後記〉，《那些不毛的日子》（臺北：洪範，1988年版），頁205-208。

女性書寫被邊緣化的特質，顯示施叔青陷在呂絲・伊希嘉荷（Luce Irigaray）女性話語（**Le parler fémme** 或**womanspeak**）的狀態中。伊希嘉雷定義女人間言談的第一要義就是無法形容言說，它只能自己說，不能以後設方式被說，男人在時就消失。[6]由此觀，施叔青的書寫策略，必須等到她找到強勢的女性角色出現，才有內容形式相接合的可能。「香港三部曲」藉一位原本被邊緣化的弱勢女子黃得雲，度過大瘟疫、陰暗娼妓生涯，站上了歷史譜系，反寫香港百年被殖民史。黃得雲的成功，絕非偶然。值得一提的是《行過洛津》裡施叔青乾脆把以前要藉男性模仿言說的女性話語，以泉州伶人月小桂的反串旦角雙重扮演為發聲主軸，真是神來一筆。如此回頭來看〈壁虎〉裡的少女面目，難怪要覺得性格不夠典型。但〈壁虎〉的完成不該只放在單篇小說的意義上來看。

當年那個借文字逃離鹿港的少女，多年後，龍山寺廊下，施叔青與二姊相依看福建梨園劇團唱戲：「我會永遠記住她坐在戲亭前的側臉。」[7]寫下「台灣三部曲」第一部開篇《行過洛津》，逃離的少女中年後又逃回了鹿港。換個角度看，她其實一輩子都沒有離開過鹿港，即使她筆下的場景不是鹿港，也是鹿港的折射。

---

⑥ 托莉・莫（Toril Moi）著，國立編譯館主譯，王奕婷譯：《性／文本政治：女性主義文學理論》（臺北：巨流，2005年版），頁153-180。

⑦ 施叔青：〈後記〉，《行過洛津》（臺北：時報文化，2003年版），頁351-353。

壁虎

當我還是個少女的時候，我一感到厭悶不遂心時我就想結婚，所以我結束我的少女生活是太早了些，我並不抱憾，為的是人人都告訴過我婚後的日子是另一個奇妙的開始，因之自然也能忘掉被迫記著的以前許多事，我於是放心地置信著。促成我產生背叛自己意識去跟一個我並不十分喜歡的男人結婚是緣由他將帶我遠離，擺脫了少女時代一些磨折心靈神經的苦痛記事。可是而今兩年了，我的丈夫並不因為我的執意離鄉使他放棄那份可觀的祖產而對我減少愛情，我反而在他過多的撫愛下變得豐腴而美麗，我竟漸漸地因著我的丈夫細緻的體貼生活得十分快樂起來，真像是我愛他而做為他的妻子似的，這畢竟是十分可笑的一件事呵！我竟莫名其妙的好笑了。可是兩年來秋的這季節，我們閣樓廊下的白壁間，總有三兩隻或好多隻黃斑紋的灰褐壁虎出現。當夜晚我由我的丈夫極其溫柔地擁著我走到我們的臥房時，這種卑惡生物總停止他們的爬行，像是縮起頭圓睜斜狠的小眼特意對向我。每當這時，我都會突然自心底賤蔑起自己來，我始而感到可恥的顫慄，最後終是被記憶擊痛。呵呵！果真我不該選擇結婚忘卻以前嗎？

在西臺灣，有時這也是雨季，灑灑落落的雨給人一身濕濕的清爽。哦，那年秋天，我十六歲，一個耽於夢及美的女孩子，輕度的肺癆使我輟學在家，而又正在媽媽喪亡的哀痛中，這情形使愛我的父兄更疼惜我這最小的女兒，也因為這，在我脆弱易感的性格上有了極度病態的誇大傾向。我整日在混雜好幾種不同藥味的房裏哭泣，喋喋和憎惡貧窮與孤單。在這期間裏，我竟然夜夜夢著塗擦顏色，油亮亮的僵化面具，一個個圍在客廳那面圓石桌上十分呆板的跳著，舞著，我知道這很使我本來輕微的病勢加劇，而我也無可如何地任其自然。一直到我剛由省城學成的大哥的歸來，我這才又興高采烈地熱愛起生活來。在故鄉堆高了的秋日橋岸上，我和我的略嫌青蒼的大哥一起索求那祇有我們能懂的絕對的美，然後，我把微微發熱的額頭仰高，由大哥感人的嘴唇深深去思想一些什麼。我的愉悅是波形。就這樣，我們渡過一個個葦花紅染的黃昏。

而終於有一天，我必須像個勇士轟轟烈烈地去奪回即將失去的我的大哥及一切，那是一個要變成我的大嫂的女人的介入。我敵意的盯視這粉碎我純白的愛的人，第一眼我開始懷疑她的美含有多少不純潔。我記得，那是他們訂婚的當晚，哥哥陪同她到音樂廳作初次造訪。她的來到停止了這一晚的音樂欣賞，這種少有過的中斷很使家人們因突然激動而沉默起來。沒有人，甚至我的父親，對她說些歡迎的話，可是她卻滿不在乎的擺動她豐滿的身體和揮霍她已經狼藉不堪的聲名。朝北的弓形白壁的盡頭，有三兩隻怪肥大的黃斑褐壁虎倒懸在牆上，這女人踱到那一角的步姿使我憶起她一如壁虎。她像不太有靈魂，她卻愛生命，愛到可恥的地步。她已成就的少婦風情和微有些倦態使我感出她是生活在情慾裏。這一晚，她帶著不可解釋的妖異離開我們家。然而，十分可笑的是我失去大哥的惶恐和對這女人的惱恨竟很快消失了。大哥婚宴場面的豪華以及我們這軒頗現代風的建築的落成，這些使我有好幾天心裏充滿亢奮和一種誇耀的迫切需要。

當足以造成忙亂的事因都過去之後，我們平穩了下來，由爸爸領頭，我們一家恢復昔時的生活方式。大嫂十分自動地加入每個晚間音樂廳內的名曲欣賞。

過了兩三天，大嫂再也偽裝不下去必須靜靜諦聽的那種神情，她魯莽地猛由她座位中站直身子，神經質的吼叫「我不要這些，我要滿足，啊啊！我可要官能的快活呵！我們確是祇有愛慾和青春呀！」這時，我們正欣賞名歌劇「浮士德」，大嫂的叫喊使人聽不到男高音的演唱。全音樂廳的人漲紅著臉，尤其是哥哥們。父親並不看她一眼，走開了。我皺起眉頭凝視她，可怕的是我發覺她的眼睛中熾燒著一種渴求什麼似的饑餓。僅止是下一天，我的靈魂向上的么哥帶著懺悔回神學院，他給姐姐的信上這樣哭泣著「使我不勝悲哀的是長年使心靈洗淨的我竟也逃不出人的低卑的行為力量……。」更驚人的是我的譽滿門族的二哥教我彈琴的手指冷而且顫，他像沉浮在巨浪大海中，無暇思議自己，卻有一層罪惡蒙黯他清朗的眼神。一個有風的日午，爸爸和我在機場揮別了他，祇有我知道二哥決意留學且如許倉促離家的真正原因。我感到我的大嫂根本不值得去恨她。

往後的日子中我更懂些事，也更愛臉紅了。每天晚上，當我咳得醒過來時，僅止是走廊對邊，大哥房裏細碎地傳來笑浪，我感到無可比擬的羞辱，一種人的尊嚴被撕成片片。我再也睡不下去，祇有一夜夜的失眠。後來為病情所需，我搬上樓住，發誓永不理那個糟蹋她所不能觸摸到一切東西的女人。

大哥的迷戀罪惡使爸爸痛心，而他決意辭去待遇豐厚的工作跟大嫂排遣時間的方式震撼我們威望的門族。他們沒有精神力量和一切秩序，祇有披滿酒與情，如同赤裸的壁虎，無恥存活，而在古風的小鎮上，就如同我們這軒特樣的現代建築不被容允，我們滅殺了道律傳統的價值。我祇有整天對著一張張扭曲了的臉，無可逃避地作著回視。我害怕看到大哥緊閉屍灰的嘴唇。呵！我需要媽媽，媽媽偉大的愛心必能喚回過失的哥哥。可是，媽媽離開我們，好久了，我想哭。

就在這時，父親不幸被捲入一個巨大的案子。事發的當天，兩個警察帶走了我的年邁的爸爸；冰冷高大的建築和深秋黃昏的死寂，這氛圍使我透不過氣。我在全然無助中甚至想到久未曾見的我的大哥了，我要告訴他，我們已經一無所剩，什麼也沒有了，而父親，他在警局裏。第一次推開房門，我走了進去，空酒瓶，香煙灰，腐朽的霉味，不堪入目的彩色照片，髒布片，衣服構成房內的全貌。我透過濛濛飄塵中看到牀上兩個睡熟的軀殼。他們斜臥著，大哥細瘦的胳臂緊壓在女人敞開的前胸，他的另隻手環住她裸著的腰間，模糊不清的譫語在大哥喉結作響。兩隻懷孕的蜘蛛穿行於女人垂散床沿的髮茨。血奔湧上我的臉頰，羞辱使我調開眼睛，我一轉身，抓起桌几上的一把剪刀，拋向那賤惡的所在。我在破壞的補償衝出房間。

之後，我病了一些時候，經過長久的治療，竟連我的肺癆也奇蹟似地根治了，祇是，甚至在我完全好了以後，我還是天天夢著一樣的夢；我仰著臉，平躺在長沙發，我看到一張灰色的大網，網內有二十，三十無數隻灰褐斑紋壁虎竄跳著。突然，牠們一隻隻斷了腿，尾巴，前肢紛紛由網底落下，灑滿我整個的臉，身子，我沉沉地陷下去，陷下去，陷於屍身之中。

以後的兩年，么哥回到鎮上的教堂為上帝服務，我也學著信起教來，我們又把嫁出的姊姊接回來住。一個深秋極涼的清晨，父親斜頂密密的細雨永遠回家了。那案子的結果是由父親兩年監牢生活抵消。上帝並沒有幫忙我，這棟樓房，尤其是那個空著的房間，秋天，以及音樂廳壁上的壁虎都必年年翻新的記憶，這已經成為我濕濕的季節性病症。

就這樣，我結了婚，可怪的是我竟過著前所不恥的那種生活。我現在祇是盼望，盼望著秋天趕快過去，那時，即使是廊下白牆上也不會有嘲笑我的可惡的壁虎了。並且最重要的，我需要毫無愧怍去接受我的丈夫的溫存呵！

李昂（1952-）

作家介紹

李昂（1952-），本名施淑端，生於鹿港商人之家。李昂有兩位作家、學者姊姊——施叔青、施淑，作為家中的么女，她承接了這樣的文風。一九六五年才初二，李昂開筆寫長篇小說〈安可的第一封情書〉，後投給《文學季刊》未被采刊，否則她的寫作生涯開始得會更早，及至一九六八年交出〈花季〉，一鳴驚人，正式進入文壇。她寫作上的表現一直有著當代女作家少見的自覺與自信，開始創作就想「寫得像男性作家一樣」，且「當臺灣女作家還在寫花花草草美麗事物，戀愛啦、買花啦、家裡的貓咪等等時候，我從來不寫。」[1]但這是否反而落入了男性語彙思考窠臼呢？

事實上李昂早期也寫感情主題的小說，如「人間世」系列，〈人間世〉寫大學女生的性知識零蛋驚動萬方，把個大學男女生的戀情故事寫得如此幼稚，讓人讀之不忍，說具「爭議性」，算保留的了。施淑即分析說李昂的小說世界光怪陸離，人物荒誕不快的處境，主題則為現代文學中自我與外界的衝突、焦灼、恐懼等支配，這樣的題材與姿態，註定閱讀者愉快不起來。一九八三年，李昂以〈殺夫〉獲聯合報中篇小說首獎，將她的爭議性推向高峰。〈殺夫〉複製了〈春申舊聞〉上婦人

①簡媜媜：〈女性、主義、創作——李昂訪問錄〉，《何處是女兒家》（臺北：聯合文學，1998年版），頁213-214。

殺夫的新聞事件，女性如何被逼反，這是女性主義常見的話題了，但過此，李昂的態度漸趨保留，她甚至認為：「去過一個婦女想要過的生活而且覺得幸福就好了。」[2]就在人們以為男性認同、信仰女性主義的李昂就此慈眉善目了，一九九七年李昂推出《北港香爐人人插》，四篇小說主題皆涉及政治人物，影射的戲碼，如一場場砲火四射變調秀，吹皺一池春水，《北港香爐人人插》趁勢大賣，著實讓文學話題延燒了一陣子。說來李昂小說從不以文采取勝，施淑便言，李昂的創作敏銳度在於發掘問題。[3]這一回合出手看得人眼花撩亂，文學成績如何，才該是一名作家的創作核心，如李昂一定深知止亂必須有更高的救贖，果然，二〇〇〇年，她推出《自傳の小說》，以早年台灣女性政治先驅謝雪紅為藍本，這才終於回到她寫作的初衷：女性主義文學並非只探討「女性」而不探討「人性」。[4]

---

② 簡媖媖：〈女性、主義、創作——李昂訪問錄〉，《何處是女兒家》（臺北：聯合文學，1998年版），頁225。
③ 施淑：〈文字迷宮——評李昂《花季》〉，《兩岸文學論集》（臺北：新地，1997年版），頁190-203。
④ 李昂：〈我的創作觀〉，《暗夜》（臺北：時報文化，1985年版），頁186。

作品導讀

李昂十六歲高一那年寫出了首篇正式發表的小說〈花季〉，並獲選同年書評書目年度小說選。〈花季〉寫小鎮女學生翻閱王子公主聖誕樹下「尋到永恆的幸福」的畫頁，於是興起蹺課去尋找「自己的聖誕樹」的念頭，而與花匠反寫演繹了王子與公主童話故事。受現代主義影響，李昂對內心思索與探尋充滿好奇，進而也促發了她性別意識的自覺與早發：

> 我的初高中都是在彰化女中，那是一個極端壓抑女性性別的，非常清教徒的學校。……女性主義理論所講的受壓抑的「另一個自我」，我從來沒有認同，所以也從未被壓抑。⑤

如果用〈花季〉詮釋李昂少女時期萌發的女性意識，買樹之途兩人獨處過程，女生對花匠的曖昧擬想，逼出無以名之的張力。女學生被帶往一個安危難判懸宕境地，竟是自己一手促成，甚至她有機會離開，卻舉棋不定。路上她與學校幾步之遙，但逃課的她由外遠望學校，頓時又站在一個清醒的位置，以一個迥異於前的角度去想像，十六歲的李昂發出了對女老師的嘲弄：

---

⑤簡瑛瑛：〈女性、主義、創作——李昂訪問錄〉，《何處是女兒家》（臺北：聯合文學，1998年版），頁213-214。

新婚不久的國文老師不知又要以怎樣輕柔的聲音來講課了，那真可笑，為什麼一個女人一結婚就變得像一塊軟糖一樣，還處處要顯露出她不勝負荷的新受到的甜蜜。⑥

女學生興味地玩著「完全主動的遊戲」。說她是不知前景艱險的「小紅帽」之三八版，⑦還真若合符節。端看三八女學生在學校門口沒見到熟人，反應居然是「有著莫名的不安和高興」，說她天真，一步步將捉迷藏遊戲推到危險邊緣的始作俑者竟是女學生。得等到全身而退，讓人鬆了一口氣，才彷佛感覺這趟冒險旅旅似完成又好像未完成，連女學生都懶懶的提不起勁：

一切竟是這樣的無趣，什麼也沒有發生。但我是否真正渴望發生一些什麼，我自己也不清楚。⑧

未竟的旅程必須完成，李昂對性／身體政治的著墨，才要開始。對應法國女性主義大師西蘇（Hélène Cixous）的「婦女們只有身體」論點，法國激進派女性主義的回應是：「女性作品由身體

⑥李昂：〈花季〉，隱地編：《五十七年短篇小說選》（臺北：書評書目，1968年版），頁220。
⑦這篇以現實身分的施淑端訪小說作家李昂的訪問錄中，李昂大玩角色變身戲碼，自曝「三八」是她的口頭禪，見施淑端：〈新納蕤思解說——李昂的自剖與自省／施淑端親訪李昂〉，《暗夜》（臺北：時報文化，1985年版），頁161。
⑧李昂：〈花季〉，隱地編：《五十七年短篇小說選》（臺北：書評書目，1968年版），頁223。

開始，我們性別上的差異也正是我們寫作的泉源所在。」[9]「更多的身體，更多的寫作。」[10]此乃西蘇論述的基石，李昂拿來雙重演練，跨越女作家的性別限制，走出一條奉行不諱的女性身體書寫，高舉「寫作的泉源所在」旗幟。她筆下《暗夜》、《迷園》、《北港香爐人人插》、《自傳の小說》中，游走情慾、政治議題的角色其來有自，原型人物不是別人正是這位高中女生。

李昂得到聯合報中篇小說大獎的〈殺夫〉，故事裡陳江水以食物操控從來像吃不飽的林市，換取性的需索無度。而《迷園》則寫出身鹿港世家的朱影紅，在極夢菡園度過少女歲月，菡園日後頹敗荒廢，朱影紅欲修葺父祖輩當年貌樣（重返童女之身？），因而結識土地開發商林西庚，千不該萬不該愛上這位臺北出了名的花花公子，朱影紅與林西庚極盡男女周旋之能事，看來真眼熟，小紅帽尋尋覓覓聖誕樹，不正也是一段「迷園」？若說朱影紅與林西庚的性交易，是〈殺夫〉的知識分子都市版，那麼〈花季〉的高中女生就是菡園沒長大的朱影紅與校園版。李昂筆下的角色常是些任性不道德的女子，〈花季〉的女學生、《暗夜》的李琳、《迷園》的朱影紅……都有這樣的型款，但這些女子又有些天真，否則朱影紅不會愛上花花公子又性無能的林西庚，李琳不會愛上丈夫的朋友。這未嘗不可解是李昂的本質，她不止一次表示最不能容忍虛假與偽善，說到不道德，她認為那

⑨ 伊蘭・修華特（Elaine Showalter）著，張小虹譯：〈走過荒野中的女性主義批評〉，《中外文學》，第14卷第10期，1986年3月，頁77-114。

⑩ 埃萊娜・西蘇（Hélène Cixous）著，黃曉紅譯：〈美杜莎的笑聲〉，顧燕翎、鄭至慧主編：《女性主義經典》（臺北：女書文化，1999年版），頁94。

些指責她的人才不道德：「現今指責我的人，將成為明日臺灣文化進步的丑角。」[11]這是天真了。無論如何，十六歲的李昂寫出了高一女生的思春騷動，這才是人們要欽佩的。

⑪ 李昂：〈我的創作觀〉，《暗夜》（臺北：時報文化，1985年版），頁181-184。

花季

那是在我逝去的光耀的青春裏所發生的一小件事。

那時候，我還很年輕，年輕該是一個美妙的花季，可是我擁有的僅是從小書店買到的幾冊翻譯小說，和我在夢中出現的白馬王子。

事情發生得很簡單，還有些無趣。臨近聖誕節的十二月某一天，那早晨幾乎可以說是這個月份裏最光耀的，亮麗的陽光輕柔的成串灑下來，空氣清冷而乾燥。起床後，我留在後院，為察覺陽光是怎樣的喚起沉睡中的景物而心中充滿感動。

冬天遲升的太陽已照滿院子，我該去上學了，可是那種感動是這般深深的震撼了我。我想，懷著如此細楚的情致去枯坐在教室裏是十分可怕和不值得的，為什麼我不給自己一個假期？爸爸和媽媽都到工廠了，沒有人會知道我是否去上課的。

我再在院中待了一會，陽光暖暖的爬在背上，透過薄毛衣細細的撫著我，我在全然的舒弛下輕輕的旋轉起來。在想像中，這時候總該會有一雙美麗的黑眼睛在樹叢中或花堆裏細細的打量著我，那眼光是陰鬱的，輕帶嘲諷的。我更加快速的旋轉起來，可是那對黑眼睛始終沒有出現。

枯坐在太陽下終是有些無聊的，我到屋中拿了一冊畫本，漫無目的地翻著，裏面的人物一個個像在陽光下的細小塵土不著邊際地飛閃過，翻到最後一頁，在一棵很大的耶誕樹下，王子同公主拉著手愉快的微笑著，畫旁有幾小行字：

「風吹動樹上飾著的風鈴，

王子和公主在十二月的聖誕裏。

追尋到他們永恆的幸福。」

聖誕節啊！我輕聲的說，感到有淚水爬上眼眶。我雖不能像他們一樣的過聖誕節，但我可以有一棵聖誕樹，一棵屬於我的，我可以用金鈴子來裝飾的聖誕樹。

我投身入市場，穿過湧雜的人群，跨過地上擺著的蔬果，在一角找著一個賣花的花匠。

我要一棵樹，差不多有二、三尺高的。

什麼樣的樹？

什麼都可以，只要是有許多葉子的。

好的。

一個高大的女人突然一把抓住花匠，急促的說一些什麼，就擠沒入人潮了。我只能看到女人一雙長著青筋的，像寺廟裏盤著龍的柱子的腿，但不一會也就閃逝在肥瘦不同的腳群裏了。

我站著，從早晨我沒去上課到現在，一切都是如此的可笑。逃學，公主與王子，莫名離去的花匠，我四周的鮮花，鮮花外湧嚷的人群一切一切都進行得十分古怪而滑稽，彷彿所有的秩序都給專愛惡作劇的精靈給擾亂了。

花匠再回來，手裏還推著一部腳踏車。

上去。他說，語氣粗率。

到那兒？我問。

去拿小樹。

哦，這個莫名其妙的花匠。

你的花不會給人偷走嗎？

不會的。答話中有明顯的不耐。

我坐上車子的後坐。好了，我說。

他開始踩動車子，安穩，緩慢，彷彿載著的不是向他買花的顧客，而是他女兒一類的東西。我戲弄似的向四周的人微笑，熟識我的人會怎樣的張大他們鑲著金牙的嘴呵！我繼續的微笑著，可是在車子出了喧擾的人群時，我的微笑已純屬是裝出來的，我竟然沒能遇著一個熟人，一個能夠引起任何騷動的熟人，我失望的將微笑按回嘴角。

車子滑過平坦的柏油路，漸向郊區行進，我仰著頭，讓十二月的寒風吹拂著我的額頭，揚起我的髮絲。我自覺這是一個美妙的姿勢而總該有一隻美麗的黑眼睛在遠處深深的凝望著我的，我墜入我為自己編的黑眼睛的故事裏。

你的園子在那兒？四周已經很少行人，路旁開始出現幾區一人多高的甘蔗園，我才驚醒，有些驚慌的這樣問。

前面不遠的地方。是花匠的回答。

快到了吧！

快到了。

花匠平穩的調子並不能給我任何安全感，再加上四周荒涼的景物，使我想起可能發生的一件事。他會停下車子，轉過裝滿詭笑的臉，一把抓住我，帶我入那綿密的甘蔗園，他的被陽光晒成棕色的，還含著泥的手會掀開我的衣服，撫著我潔細的身子，一陣厭惡湧上，我轉動一下坐姿，彷彿這樣就可避免。

我必須要做一些什麼，我向自己說，否則我將成為犧牲品了。我還這麼年輕，屬於我的花季不該太早枯萎的。

迎面來了一個挑著兩個籮筐的農人。第一個快速來到我腦中的念頭是我跳下來，不管將有怎樣的傷害，再盡速奔向那個救命的農人。我猶豫了一下，我是為不願摔痛呵。就在這短短的時間內，車子又向前滾動了一些，農人離我已有相當的距離了，我只有作罷。

我決定還是坐在車子上，靜靜的等候可能發生的。如果花匠真有什麼舉動，我可以跑。在學校裏，我是一名快跑健將，我不相信我會輸給那麼一個已近殘年的男人。

我安心的坐著，開始構想一幕好戲。花匠再也跑不動了，我還能快速的奔跑，像一個矯健的山林女神，一面還回過頭來嘲笑她的愛慕者。在這個時候，花匠該有怎樣的一張臉孔啊！那必是為情慾激盪而扭曲了的，我這樣想。

還遠嗎？我嘲弄的拉著嗓子問。

不遠了。花匠微轉過頭來，安撫的笑了一笑。

我可以看到他被太陽晒成黝黑的側臉上高峙的勾鼻子和因臉頰下陷而拉下的薄唇的嘴角，他的額頭高潔，上有深刻的皺紋，眼睛埋在還算黑的眉下，映著太陽，似乎還閃著光。在這張臉上我讀不出來情慾，有的只是已經斷慾的老年人臉上才能有那種黝黑的厲害。我微有些失望。

車子猛一顫動，花匠快速的回轉過頭，我覺得車子似是撞上什麼東西。我機警的跳下來。

真太不小心了。花匠喃喃的說。彎低著身子嘗試將撞歪的把手扳正。我站在一旁。先前那種好玩的感覺又回來了。真可笑，我同一個陌生的男人來到一個我很少到的地方，還站在一旁看修理車子，這倒像是法國電影裏出遊的情侶。

算了，我想回家，我幾乎要這樣說，但也許是花匠安沉的臉給了我新的保障，也許是基於某一種原因。我只在路上來來回回的繞圈子。

妳再上來吧。花匠說，一腳跨上修好的車子。

我坐上後座。好了，我說。

在稍稍鬆弛下，我的想像力又恢復了。我想著花匠也許以前是讀書人（他的前額給我一種知識的肯定），不幸的卻有一個不貞的妻子，後來他的妻子和人私奔了，花匠在受到重大的打擊下開始依種花來謀生。我現在要到的必是開著細心栽種的各種花朵的園圃，在中央，有一幢白色的小屋子，四周爬滿長春藤，還有一個在傍晚會有冉冉炊煙的小煙囪。

為了要證實我的想法，我側轉過頭望了花匠一眼，可是在他平坦的背部上，我根本無法做任何確定的猜測。

我又想，他也許只是一個像他現在一樣的花匠，而且很可能是一個心理不正常的傢伙。一個人的外貌和他的舉動往往是有很大差別的，我以前曾聽說過這樣的一個故事，一個為人所敬仰的老人卻汙辱了一個小學生。

車子吱的叫了一聲，突然煞住了。我還沒有完全放鬆的警覺使我很快的跳下來。我做出要起跑的姿勢，我必須在最開始就取得優勢，否則我將迷失在這一片像海洋的甘蔗園裏。

花匠下車，緩緩的轉過身子。就要來了，我對自己說，並退後一步。我的腿微微有些發抖，我懷疑我是否能夠奔跑，但我的心中充溢著一種說不出的新奇和興奮。這就要開始一個競賽了，不是平穩的無聊，而是刺激的，異於平常那種只能坐著等唯一的電影院換片的空漠生活。

我們要抄捷徑。花匠說，拉著車子率先進入一條不很明顯的小路。

我可以感覺到我的心在緩慢的，冷淡的跳動，隨在他身後，我怠惰的拖動腳步，身子虛晃晃的。

小路愈來愈狹窄，經常要撥開傾向路間的甘蔗才能通過。枯黃了的葉子條條垂在已經肥熟的棕紅色的蔗桿上，風一吹，就發出沙沙的啞叫聲。在這陽光無法透穿的蔗園裏，到處盡是枯殘了的生命和紅棕色蔗桿在薄光下所造成的邪意，我想起地藏王廟裏神像的臉，不覺打了一個冷顫。

剛剛由絕望引起的無所謂已由新的恐懼取代，我和花匠保持五、六步的距離，準備隨時轉身逃跑。以往閱讀過的神怪故事經由蔗園和對花匠的恐懼齊湧到我的腦中，以至走在幾步前的花匠在太陽下逐漸消失他的形體而變成一隻棕紅毛色的兔子。

我努力想驅除這些怪異的幻像，但並不很成功，直到我們走完蔗園，爬上一個小小的土丘，我才甩開那一片棕紅色——帶著毛和血的。

土質鬆而細，踩上去會再滑下來，我困難的一步步向上爬。太陽晒得我的臉孔發熱，蒸發得土丘更加的虛浮和散漫。我感到無助。四周沒有任何可依附的，沒有植物，更沒有綠色，天是清靜的藍，藍得沒有一絲雲，起不了一絲風，身後是枯黃和棕紅的蔗園，周園則是一大片灰色的沙土。我渴想一隻扶助的手，不管是誰的，只要能幫助我逃離這個陷阱。而花匠困難的推著車子的身影卻使我開不得口。

我終於到達土丘上，相當猛烈且冰冷的風吹著我發汗的臉，寒冷再帶來恐懼，我離花匠遠遠的坐下來休息。在這兒，我驚奇的發現我就讀的學校的樓角在不遠的樹叢裏隨著風搖動樹木而忽隱忽現。我抬起腕錶，十點還不到，她們在上第二堂課。今天第二堂是國文，新婚不久的國文老師不知又要以怎樣輕柔的聲音來講課了，那真可笑，為什麼一個女人一結婚就變得像一塊軟糖一樣，還處處要顯露出她不勝負荷的新受到的甜蜜。

我們下去吧！花匠站起來。說。

我站好雙腳，輕輕的向前一滑，土粒的滑脫力相當大，使我幾乎要跌倒，我只有一腳跳一腳的向下跑。

實在不該走這條路的，不過快些，可以不必繞圈子。花匠喃喃的說，拉好自行車。

上去。他說。

我坐好。我們就又向前行進。兩旁已不見甘蔗園，出現的是漠漠的水田。已經全拔完的茭白筍只剩下幾根枯枝佇留在水中，這些枯萎的植物我十分熟悉，如果猜得不錯，這條路該可以通達我就讀的學校。轉過那個小小的土地廟，就可以看到學校的樓角。

她們還在上課。如果我也坐在教室，該是又去計算國文老師的肚子又大了多少，是否她在婚前就已懷孕。懷孕這個詞彙一下子閃過我的腦子，如果我亦這樣？到那個時候，我該怎辦？像書中失身的女主角終日憂鬱，自殺？去墮胎？不會的，我向自己搖頭，我可以跑得很快，何況離學校並不十分遠。

學校的水塔已可望見。另一個新的疑懼升上，假如在校門口我不幸遇著一個任課老師，那我將作何解釋？不過那也許是好的，我將可以從這個我已不能完全決定，完全主動的遊戲中抽出身子。

校門口並沒有人，我有著莫名的不安和高興。在我尚未決定做些什麼，校門又遠遠的被抛在身後了。

到底還有多遠？再走一段路，我有些辛苦的問。

就在前面不遠的轉角。花匠依然平穩的說。

車子逐漸接近一大片墓地，累累的墳塋像成熟的豐盛果實。陽光下，墓碑閃著奇特的白光刺痛著我的眼睛。為什麼我不曾考慮到這個呵！他可能在利用完我後將我扼死，再抛到這荒塚裏，沒有人會知道的。我覺得冷，動了一下幾乎一腳就要跳下來。

前面轉彎就到了。花匠說，似乎覺察到我的不安。

轉彎，墓地就在我的右後方了，我覺得好過一些。花匠下車，推開一扇竹子編的門。

就在這兒，進來看看。

一個不很大的園子，種了幾排綠綠的植物，我大多叫不出它們的名字，整個園子只有幾株菊花瘦弱的獨自開放。我難過得想要哭出來。沿途上我一直希望是開滿暖色花朵的小園圃呵！雖然現在已臨近聖誕，已是冬天。

花匠指給我幾棵小樹，它們是瘦小的，而且不適合用來裝飾。看著看著，我一直都不滿意。

在那一邊我還種有一些，去看看吧。

好的。我說。隨著他身後走入另一個小型的園子，在這裏，我又看到遠方散落的幾個墳塋，不祥籠上。我才注意到這個園子十分的封閉，四周被一些有刺的像仙人掌的植物團團的圍著，唯一的出口是剛才進來的那個小門，我環顧一下，想找出什麼可逃避的地方。最後，在一端的牆角我看到斜依著的一把鋤頭。我裝著是去看那兒的一棵樹，慢慢的，不著痕跡的走去。

這兒的幾棵也不錯。花匠說，隨在我身後。

我想盡快離開這個地方，就隨手指了一棵小樹，花匠低下身子去挖掘。我退到伸手可握到鋤頭的地方，站住，恐懼和好玩的心情又湧上，我幻想著將有的一場戰鬥。

花匠突然站直身子，我握緊鋤頭的柄，向前拉了一些，可是花匠毫不知覺的只伸了伸腰就去仗下身子。鋤頭從我手中滑落，撞上身後的植物，發出並不很大的聲響。

好了。他說。將掘起的樹包好，走向園門，我跟在他身後走了出來。出了竹子編的小門，我回到大路，走幾步，一轉彎，墳塋就又可看見了。我提著小樹拔腿就跑，直到離墳地遠遠的才站住喘著氣。

一切竟是這樣的無趣，什麼也沒有發生，但我是否真正渴望發生一些什麼，我自己也不清楚。想著還要走那麼長的一段路，拉著小樹，我懶懶的拖著腳，一步慢似一步。

陳若曦（1938-）

作家介紹

陳若曦（1938-），本名陳秀美。一九五七年進入臺灣大學外文系，受葉慶炳與夏濟安啟蒙，處女作〈週末〉即刊於夏濟安主編的《文學雜誌》（1957.11），之後發表〈欽之舅舅〉（1958.4）、〈灰眼黑貓〉（1959.3）等，隨著《文學雜誌》在一九六〇年八月停刊及一九六〇年與白先勇、王文興等同班同學創辦《現代文學》，之後陳若曦的〈巴里的旅程〉（1960.5）、〈收魂〉（1960.7）等小說皆發表在《現代文學》。大學時期的作品顯示了她對舊式農村風土人情的同情和關注，夏志清即言《現代文學》標榜「現代」，然陳若曦小說「不論題材、寫作技巧，一點也不『現代』。倒同五四、三〇年的傳統拉得上關係。」[1]這個階段的寫作於一九六二年赴美留學後暫告一段落。

一九六六年秋文革初始，這位正港臺灣三代木匠之女，嚮往社會主義氛圍，由美申請回歸中國，親領文革洗禮。一九六八年大整肅運動如火如荼展開，她撕掉了歐陽子、白先勇、王文興、李歐梵等《現代文學》成員照片沖入馬桶，向《現代文學》時代告別。[2]在紅色中國做了一場夢，

①夏志清：〈陳若曦的小說〉，〈聯合副刊〉，《聯合報》，1976年4月14日。
②陳若曦：〈照片〉，《文革雜憶》，（臺北：洪範，1978年版），頁7。

一九七三年申請出國獲准，暫留香港等待重返西方期間，陳若曦停筆十年後復出，著手寫大陸逆旅記憶首篇〈尹縣長〉載於《明報月刊》（1974.9），之後〈耿爾在北京〉、〈晶晶的生日〉等陸續發表，其針對文革人性抒發及揭開神秘竹幕政權之作，撼動華文文壇，再度喚起讀者對她的記憶，從而開啟其創作生涯另一階段。日後系列小說結集《尹縣長》出書、英文版*The Execution of Mayor Yin and Other Stories from the Great Proletarian Cultural Revolution*於一九七八年出版，備受東西方矚目，此書被視為陳若曦創作／人生重要的分水嶺與戳記。此段經驗創作包括長篇小說〈歸〉、散文〈文革雜憶〉等。一九八九年創組海外華文女作家協會，並當選首任會長。創作以來，無論早期鄉土題材、中期大陸經驗以及八〇年代後描寫美國華人社會作品，陳若曦一貫堅持寫實主義風格。一九九五年返臺定居，二〇〇八年出版自傳《堅持・無悔——陳若曦七〇自述》。

作品導讀

被譽為「西方婦女解放聖經」的西蒙・波娃（Simone de Beauvoir）的《第二性》（*The Second Sex*）中譯本一九八六年首次引入中國，堪稱西方女性主義在中國的著陸年，[③]「第二性」始為一個在中國語境中能被理解的詞彙。但說到婦女解放，新中國建立前夕，毛澤東振臂號召廣大婦女「團結起來，參加生產和政治活動，改善婦女的經濟地位和政治地位」。一九六八年大整肅時期，毛澤東更鼓吹「婦女能頂半邊天」，抬高女性生產力意識，說到底，哪裡是思解放婦女地位，擺明了是「生產和政治」活動。這恐怕才是〈查戶口〉最值得探究的部分。〈查戶口〉並非小說集《尹縣長》中最具議題性的作品，但對女性地位卻饒富觀察空間。與樸實直述歸國學人婚姻無著的〈耿爾在北京〉、天真幼兒喊反動口號入了檔的〈晶晶的生日〉比較，〈查戶口〉除了政治還涉及了社會主義治下食色性的面相。

關於「食」在中國，夏志清點出陳若曦小說透露她看到的大陸「吃非常重要」、「只有吃還比較實惠」現象，[④]吃是沒有出路的知識分子最後的寄託，耿爾海外老友訪中吃飯敘舊後：

---

③劉悠揚：〈女性主義在中國〉，《深圳商報》，2007年10月22日。

④夏志清：〈陳若曦的小說〉，〈聯合副刊〉，《聯合報》，1976年4月15日。

夜深了，他起身告辭，老同學依依不捨地直送到大門口，還用英語說：「老友，你再想想看，還有我能替你辦的事沒有？」

他真想了想後，笑了，「有的，你們常常回來觀光，我好跟你們走走高級館子，這對我也是莫大的享受了。」⑤

〈查戶口〉裡的女主人公彭玉蓮對吃也別有寓意：「我的原則是買得到就吃，存到肚子裏保險，不像人家把錢存到銀行裏。」⑥食之外，夏志清亦提到彭玉蓮是《尹縣長》中生活最不正派、唯一我行我素利用女性身體交換利益的「妖精」，⑦這就點出〈查戶口〉的特別之處，要知道陳若曦寫《尹縣長》，都是根據真實故事，小說多集中描述知識分子景況，〈查戶口〉的彭玉蓮菜農家庭出身根正苗紅，丈夫冷子宣是才子型南京大學副教授，「百家爭鳴」運動中攻擊黨的文教措施成了勞改常客，是沉默寡言典型的書呆子。相反的，彭玉蓮活潑熱情，一徑「雪白整齊的牙齒」、「水汪汪的眼睛」、「曲線突出」、「種種風情」，是眾人口中的「破鞋」。夫妻倆知識程度、年齡極不匹配。都什麼時代了，彭玉蓮活脫是偷漢子的現代「潘金蓮」，居民委員會決定捉姦公審，藉著查戶口的名義上門搜人，攻防數回合，仍沒有拿到人證。成為鄰里公敵的彭玉蓮，沒事人般來

⑤ 陳若曦：〈耿爾在北京〉，《尹縣長》（臺北：遠景，1976年版），頁134。年版

⑥ 陳若曦：〈查戶口〉，《尹縣長》（臺北：遠景，1976年版），頁73-74。

⑦ 夏志清：〈陳若曦的小說〉，《聯合副刊》，《聯合報》，1976年4月15日。

去自由，學校建議冷子宣提離婚，偏偏他毫無表情：「如果彭玉蓮要離婚，我隨時答應，我自己絕不提出。」[8]陳若曦解釋問題不在離不離婚，是什麼呢？「冷子宣是個硬骨頭，硬骨頭的人有時迫得只好採取沉默作武器。」[9]共產制度在中國掀起翻天覆地的變化，這對夫妻卻是不吵不離逆勢而為，是對人民力量最大的嘲諷。弔詭的是，書出後有讀者的感想是：「這對夫婦愛情真偉大呀！女的為了讓男的不去勞動，竟演紅杏出牆，男的為了避掉勞改，也忍痛帶上綠帽子。」無論我們對「文革」題材接受度如何，陳若曦以地道「光復後接受國民政府教育長大的本省子弟」見證「文革」，在《尹縣長》裡一改臺灣國語運起「京腔」說「文革」，開創個人「引號文學」體例，[10]見諸此階段作品，《尹縣長》題材揀擇老到，文字語言敘述樸素簡潔，創作演變過程與早期小說反差極大，我以為正因為陳若曦寫出了很不一樣的人性詮釋與女性角色，這未嘗不是她的書寫解放。

---

⑧陳若曦，《尹縣長》（臺北：遠景，1976年版），頁83。

⑨陳若曦：〈寫在《尹縣長》出版後〉，〈聯合副刊〉，《聯合報》，1976年3月30日。

⑩《尹縣長》出書後，陳若曦撰文回應讀者，自陳小說：「為了存真，很多字眼就加了引號，當然，引號多了讀者也許覺得突兀，……我對朋友說，自己對文學一向沒有貢獻，要有，便是首創這『引號文學』了。」見陳若曦：〈寫在《尹縣長》出版後〉。

查戶口

我跟彭玉蓮並不熟。雖然是緊鄰──我臥房的窗戶便對著她家的窗戶和大門──但因為工作單位不同，一向沒有什麼交談的機會。早晚上下班時，偶然撞見，她總是熱情地裂嘴一笑，露出一口雪白齊整的牙齒，水汪汪的眼睛滴溜溜送過來，叫人不由得跟著她的眼波打轉，忍不住也笑臉相迎。宿舍裏的老太太們背後叫她妖精，大概是嫌她這雙眼睛生得太迷人。

在我們女人眼中，彭玉蓮並非什麼美人。她個子生得很矮小，不過善於保護，注重穿著，身材總顯得很勻稱；胸部的曲線特別突出，這可就引人注目了。她的頭髮一向找鼓樓的一家大理髮店修剪吹風，一樣的短髮齊耳，但她的總是蓬鬆有致，顯得與眾不同，女孩子們都管那叫海派頭。皮膚黑黑的，鼻子微塌，一張大臉像圓盤，與她矮小的身材不相稱；然而一雙眼睛卻生得又大又亮，且富於表情，顧盼之間，似有種種風情，男人瞧著，不免魂不守舍，很多女人自然又嫉又恨。

我第一次同她打交道，還是在搬進宿舍以後一個冬天的早上。那天，我倆恰巧同時推著自行車出門，車上都掛了菜籃。她向我道早，我回答了她的招呼後，就一塊兒跨上車，往菜場去。夜裏剛下過雪，天氣冷得很，我把自己裹得厚厚的，棉襖、棉褲、棉鞋外，還罩上毛大衣和風雪帽，渾身臃腫不堪，跨上自行車時頗費了一把勁。可是彭玉蓮卻只穿著一雙上海出品的紫紅呢鴨舌便鞋，一襲花綢面的絲棉襖裹在身上，還能露出腰身來，紫紅的毛線帽子，配了黑手套，映著滿地的白雪，越發豔麗得奪人眼目。

敢穿得這麼色彩鮮明，我心裏想，膽子不小呀！

瞧著鼻孔冒出的氣都凝成了霧，我說：「沒想到南京的冬天會這麼冷！」

「我從來不喜歡南京，」她直言不諱地說，「冬天冷得要死，夏天又熱得叫人不想活了。還是上海的氣候好，身體強的人冬天一件厚毛衣也挺得過。」

聽那誇張口氣，我猜想她是上海人。上海人總有那麼一份莫名其妙的優越感，直到今日，共產黨也無法把它改造掉。

「真是捉狹鬼！」她突然罵了起來，腳下狠狠地蹬著自行車的腳踏板。「選下雪的夜來查戶口！昨晚也查了你家吧？」

「是。」

想起夜裏從溫暖的被窩裏爬出來，接受盤問，等重上床時，手腳被窩一片冰冷的情景，我忍不住打個寒噤。

「每次查戶口都有我家，真是他媽的！」

第一次聽到女人用三字經，我嚇了一跳，一時難為情地低了頭，不敢瞧她。

要說查戶口，我也有一肚子牢騷。普查戶口時，家家都查，倒也無話可說；有時卻是抽查，一棟宿舍大樓往往只查幾家。大家都說：「有問題的人家是每次必查的。」我家便是每次必查。心裏儘管不服氣，我可是連大氣都不敢哼一聲。

「昨天不知為什麼又抽查起戶口，」我搭訕地說。

「左不過吃飽飯沒事做罷了。」她說完後冷笑了一聲。「聽我們鐘錶廠的人說，就為尼克森馬上要來北京，各地都採取保安措施，大概這就保到我們這些人頭上來了。」

說到這裏，我們已騎到了菜市場。因為人群雜沓，我們也無心說話，彼此就分手，各自排隊買菜去。

這以後，這特別注意到她還是因為她丈夫冷子宣的緣故。他們夫婦給我一種不相稱的感覺。首先，兩人的年紀好像差了一大把，彭玉蓮雖然跨進了中年，但神情、打扮總像抓著青春的時光不放，不像她丈夫暮氣沉沉。冷子宣據說五十歲還不到，頭髮已半白了，兩穴禿禿的，前額寬得像平原，一臉的褶紋不亞於剛犂過的田畦。他尤其近視得厲害，雖然架了近視眼鏡，注視事物時，還得套拉了頭，弄得弓背哈腰似的。同他太太相反，他臉上難得見到笑容，沉默寡言的，同我們這些鄰居都不打招呼。看他這一臉呆滯失神的表情，我總懷疑他有什麼解不開的結扣在心頭。有一個夏天的傍晚，我在窗口瞥見他背靠著自家的大門，呆呆瞧著天空，嘴巴半張著，整個人像塊化石一般。一直到他女兒出來喊他吃飯，一再地拽他的衣角，他才像夢中醒來似地，眼光落下地來。進門時，他還伸出手扯拉著眼鏡角，惶惑地瞪女兒一眼。

這簡直是個老頭子嘛！我當時忍不住替彭玉蓮嘆口氣。

不過，我剛搬進宿舍的頭一年裏，卻也沒見過冷子宣幾回，原因是他長年在外面勞動。

記得剛搬進宿舍那天，我的系黨委書記特地跑來向我介紹鄰居的政治面貌，也提到冷子宣，一再說他是「老右派」。以後，偶而也聽到同事們喊他「老運動員」，因為幾次政治運動都搞到他頭上。他不但在「清理階級隊伍」中被關了一年多，連最近的「一打三反」運動也出了紕漏。後一場禍更是闖得莫名其妙。不知是那個教員在一張廢紙上寫了「中國共產黨」幾個字，這冷子宣卻在它們下面添了「的狗」兩個字。紙團偏被人從廢紙簍撿了出來交上去，於是新帳加舊帳，翻了一番，免不了總是勞動改造。這樣，一個副教授便成了五七幹校的「勞動常委」，經年不著家門了。

我真正對彭玉蓮感興趣還是一九七二年夏天的事。有一個晚上，系裏的周敏來找我，要我去居民委員家開會。周敏不但與我同事，也與我住同一棟宿舍。我喜歡她性情溫厚，彼此常有往來。

「又開什麼會呀，小周？」我問她。「還搞計劃生育，我可不去啦，已經開了多少次會，填了幾回表了！」

「不是，不是，」周敏說著，吃吃笑起來。「這回是潘金蓮的事。」

「潘金蓮？」

「就是你的貴鄰彭玉蓮呀！」

她指指我的臥房窗戶，接著連連催我：「走吧，到居委會你就知道了。」

居委會就設在另一棟樓的常木匠家。常太太不做事，一直就當主任委員，每次婦女一開會，就把常木匠轟出去。這一晚，我們到達時，屋裏已坐滿婦女。我放眼一瞧，冷家的左鄰右舍全到齊了，街道委員全出席，連老態龍鍾的郭奶奶、施奶奶也來了，正七嘴八舌，說得好不熱鬧。我和周敏找了個床角坐下來。細聽了一陣，我才明白，是商量著怎麼監視彭玉蓮，大家懷疑她有外遇了。

「這……到底有證據沒有？」我側過頭，問旁邊的周敏。

「證據？」

坐在我前面的施奶奶想是聽見了，轉過頭來，頗為詫異地衝著我說開了：「有的是證據！都被人瞧見幾回了。有一回還是我親眼見的呢！一大早，一個男的從她家後門溜出來……呸，什麼好東西！還有一次是三更半夜，有人瞧見有個黑影推門進去，鬼鬼祟祟的，能有正經事嗎？真夠不要臉了，也不想想女兒都十歲了！」

怪不得施奶奶罵人，這老太太年輕就守寡了，一手撫養大兩個兒子，後來一個參軍，一個入了黨，她在我們宿舍裏也算得上個德高望重的人物，眼睛裏自然看不得一點邪。

「是不要臉！」七十高齡的郭奶奶也罵開了，「男人在下面勞動，她這裏放膽偷漢子！怎麼能帶好自己的女兒？我每瞧見她那妖怪打扮就作嘔！」

「可不，」周敏也加進來批評，「這奇裝異服被群眾批判幾次了，真是屢教不改！」

「不但不改，還囂張得很呢！」施奶奶興致勃勃地接下去說。「記得去年夏天吧？她穿一件粉紅的綢襯衫，衫子既薄又透明，她又把個奶子繃得高高的，走起路來一搖一顛的，在大院子裏招搖過市。閻奶奶說了她兩句，反而被她搶白了一頓，說什麼：『你想要大奶子叫男人多咬幾口就得了！』你聽！當場把個閻奶奶臊得滿臉通紅，幾呼哭著回去！」

「常主任不是也去批評過她的服裝嗎？」彭玉蓮右邊的鄰層乘機出來揭發了，「她當面不敢頂撞，等主任後腳一跨出去，她就在屋裏嚷起來了：男人還沒有死，先要我作寡婦打扮呀！」

常主任一聽，氣呼呼地說：「再不整整她，我們宿舍的風氣都要敗壞乾淨了！年輕姑娘要是跟她學，不就糟了？」

說完，主任拍拍手掌，集中了大家的注意力後，會就開始。

「文老師，」——沒想到主任第一個找到我頭上來——「你住她對門，看到什麼破綻沒有？」

「破綻？沒有注意……」

因為出乎意料，又當著大庭廣眾，我竟口齒不靈起來。

「今天請你來，就是一起商量怎麼捉她一回，」主任說。「你的窗口正好對著她的大門和窗口，裏面有什麼動靜，聽得見，又看得清楚，前門這一關就靠你了。」

我不敢答應，推辭又不是，正在左右為難，周敏用指頭戳戳我的背，我只好硬著頭皮承應下來。

「好了！」主任提高了聲音，滿意地環視著大家。「前面這一關解決了，後面就由施奶奶等幾家把守。現在接下去商量具體的步驟吧。」

「我說呀，」郭奶奶雖然年紀一大把，但開會總是踴躍發言，「一發現有男人進去，我們得到院裏保衛科找人來抄她家，當場捉她一回，開個批鬥大會狠狠鬪她才好！」

大家都異口同聲地贊成。突然周敏說：「她要是硬不開門呢？」

「對呀，」主任也躊躇了，「得找個藉口進去才行。」

「查戶口！」不知是誰先叫了出來。

「好呀！」好幾個人拍手附和。

「說查戶口，那個敢不開門？」

於是定下了步驟，誰家發現有男人進去彭玉蓮家，得立刻報告居民委員會。居委會接著佈置前後門的釘梢，然後打電話找學校裏的保衛科，糾集人來捉姦。

本來會到此也就完了，然而彭玉蓮是個熱門人物，一提起便放不下，個個似乎忘卻了一天的疲勞，唯恐漏了任何新聞，莫不拉長了脖子，歪著腦袋聽。我本來對彭玉蓮的事就不太清楚，現在突然被派了個釘梢的任務，自然想了解一下被釘的對象，也就從頭到尾，吞進了所有的閒話。

原來這還不是彭玉蓮的第一次失足。

早在一九六三年「四清」運動時，冷子宣隨工作隊到射陽縣「三同」——與公社社員同吃、同住、同勞動——他系裏的黨委書記馬遂便藉口關懷教工家屬，來接近彭玉蓮，不時問寒問暖地獻殷勤。這馬遂生的小白臉一張，兩片嘴又會說，彭玉蓮禁不住引誘，便被他搞上了手。

那時，鄰居全都看在眼裏，但馬遂是党支書呀，誰敢哼一聲？起先還是乘空來幽會，斯纏一回兒也就走。後來便明目張膽了，有時馬遂的老婆出差，他乾脆夜夜宿在冷家。這事不但我們宿舍裏的人都知道，連他老婆也風聞了，卻裝聾作啞。大家雖氣憤，到底不忍心透露給冷子宣。

這馬遂在彭玉蓮之後，又搞上了學校裏一個鍋爐工的老婆。事情作得不密，叫人家丈夫發現，鬧了開來，不得已寫了檢討，校黨委書記親自施加壓力，才勉強把醜事遮蓋下去。正好，「文化大革命」起來了，那鍋爐工起來造反，他老婆親自上臺揭發，造反派就勒令馬遂坦白交代。等坦白書一交出來，群眾都譁然了。原來連彭玉蓮在內，馬遂前後勾引了五個本校的女教工，手段、情節都惡劣透頂。

那一陣子，批判馬遂的大字報滿天飛，從校門口一直貼到食堂裏，觀眾絡繹不絕。冷子宣直到那時候才知道老婆的醜事，據說才幾天功夫頭髮就白了一半，走路都蹣跚了，好像老了十年都不止。很長一段時間，他對誰都不講話，像個白癡。有些人還替他捏了一把汗，怕他尋短見。

「這醜事抖了出來，夫婦不吵死啦？」我問周敏。

周敏笑了。她說：「怪就怪在這裏。施奶奶住在她們家後門的斜對過，也十年多了，據說從不曾聽見他倆吵過嘴！」

「真的？」我也感到納悶。「不過，既然鬧得滿城風雨，彭玉蓮也要寫檢討啦？」

「檢討？」施奶奶又回過頭來插嘴了，「快別提她的檢討啦！我們找她談了多少話，幾乎說破了嘴，好不容易才擠出她一張檢討書來。我是不識字，沒有看，她們看的人都不滿意。你猜怎麼著？不老實得很呢！硬給自己叫屈，說什麼跟馬遂來往是為了找機會給冷子宣摘掉右派的帽子呀，發生關係是不得已的呀，又說什麼怕聲張開來對丈夫不利呀……她還夢想人家給她樹牌坊哪！」

正說著，常木匠推門進來。大家一看鐘，已經過了十點，趕緊收住話頭，都起身散了。

有一天，我下班後步行到幼稚園，接了小孩子回家。剛轉出小巷口，迎面碰見彭玉蓮騎車過來，車把上的尼龍網兜了一隻蘆花母雞。她見了我們，立刻剎住了車，跳了下來同我打招呼。

「今天怎麼沒騎車呀，文老師？」她笑眯眯地問。

「同事借走了，」我也含笑回答。

我瞧她滿面春風，一副心安理得的神氣，大眼睛黑得發亮，就是那黑皮膚，襯著雪白的牙齒，也帶著幾分俏。這天，她穿了一件的確涼襯衫，外面罩了一件金黃色的細絨毛衣；一條藍布褲子穿在她身上，不像別人顯得肥大臃腫，而是輕巧利落，尺寸恰到好處。這一身衣著，顏色配得鮮亮，連穿法也與眾不同。在南京，毛衣一向穿在外套裏面，不敢露出來的──聽說只有上海的年輕女工才敢把毛衣穿在外面，也常沿路受到注目禮呢。這彭玉蓮敢這麼穿著，在高等學府的宿舍裏招搖過市，難怪被認為眼中釘。

孩子看見了雞，早張大了眼睛瞧著，這時突然指手畫腳地喊起來：「媽媽，雞！雞！」

我正為無話可說而發窘，聽到孩子叫，就順口說：「那兒弄到這麼一隻大母雞呀？」

「燕子磯的社員掮到我們廠的附近來賣的。」說著她又是裂嘴一笑。「三塊半一隻，貴是貴。雞可是好雞。我的原則是買得到就吃，存到肚子裏保險，不像人家把錢存在銀行裏。」

說完，她自得地笑起來。看見孩子目不轉睛地瞪著雞，她彎下腰來問他：「你叫晶晶吧？喜不喜歡吃雞？」

孩子立刻來拉我的衣角了。「媽媽，我要吃雞！」

我還來不及說話，彭玉蓮已經轉過臉來，很認真地問我：「你要嗎？這就讓給你，我常常買到雞的。」

「不要，不要，」我急忙推辭。

「要不，我下次替你捎一隻好不好？」她說話那表情絲毫不像是客套。這反而叫我急得發慌，怎好沾這名女人的光？又是搖頭，又是搖手，我一疊聲地說：「不要！不要！我……不喜歡吃雞。」

「是——嗎？」

遲疑地，她凝視了我一眼，笑容逐漸收斂，臉色頓時暗了下來。我只好避開了她的眼光，隱隱感到兩頰發熱。

「那就算了，」她說，語調聽得出來有些不自然。「再見吧，我先走了。」

看著她輕飄飄地飛馳而去，我如釋重負地吁了一口氣。

「小文！」

我回頭一看，周敏不知何時從後面走過來。

「什麼事跟潘金蓮攪在一起呀？」

我把路上相遇及讓雞的一節講給她聽。「這個人也還爽快利落。」

周敏點點頭。突然，她低低地對我說：「你不知道，她以前還是模範工人呢！」

「模範工人？」我有些不相信自己的耳朵。

「一點不假！」

周敏看我吃驚的樣子，不禁微笑起來。當下，她拉了孩子的手，三個人慢慢走向宿舍。路上，她告訴我：「彭玉蓮除了愛打扮，偷漢子，別的也沒什麼毛病。要講出身，父親是上海閔行的菜農，屬於響噹噹的『紅五類』分子。她很早就是共青團員，本來也快入黨了，就為了同馬遂有關係，才被開除了團籍。」

「這處分也不輕了，」我說。

「這還是我們學校的造反派再三催促，南京鐘錶廠不得已才採取的行動呢。他們起先藉口說：既然是受誘成奸，責任在男方，不在女方。」

「這次這個男的可知道是誰嗎？」

周敏搖頭。「據施奶奶說，不是我們附近的人，多半是他們鐘錶廠的人。」

「如果捉到了，鐘錶廠可該沒話可說了！」

周敏揚了揚眉，微笑地說：「也很難說。南京鐘錶廠出的紫金山錶現在供不應求，他們抓產量都還來不及，那顧得上這個？何況男女關係的問題在工廠裏是司空見慣了，比不得政治問題可以無限加碼，左不過是生活腐化而已，頂多寫張檢討罷了。那馬遂的情節多惡劣！民憤多大！大家都要求從嚴處分。院裏只好報上省裏，請求降級減薪，結果被省裏駁了下來。」

「為什麼駁了下來？」

我又一次難以相信自己的耳朵。

「省裏說，雖然影響很壞，但不屬於強姦，幾個教員、工人都是心甘情願嘛！還是屬於生活作風問題，那就加強加強教育吧。學校當然很為難，不好向大家交代，後來幾經交涉，省裏才把馬遂調到另一個大學去。」

「真是沒得……」我沉吟了下，還是把「是非」兩字強咽下喉去，只淡淡地說：「難怪彭玉蓮一犯再犯。」

說著彭玉蓮，忽然想起她丈夫的模樣，總覺得格格不入的。我說：「小周，你不覺得彭玉蓮和冷子宣有些不配嗎？女的還生氣勃勃，男的已經老朽了似的。」

「冷子宣這幾年是老得快，」周敏也有同感，只是話裏帶著惋惜的語氣。「說來你可能又不相信啦，從前可是彭玉蓮追求冷子宣的呢！」

「啊？」

我叫了起來。

「有這回事？」

周敏看我吃驚的樣子，得意地笑了，但馬上就鄭重其事地向我說：「你不知道，反右以前的冷子宣同現在簡直判若兩人呢！他是五六年提升為副教授的——我記得很清楚，我正好那年被分配到學校來教書的。那時，老婆剛死了一年，冷子宣本來不打算再結婚的，偏無意中在一個同事家邂逅了彭玉蓮。女的一見就傾心了，主動找他到玄武湖划船。冷子宣很快就掉下水，一下子打得火熱的，三個月後就結婚了！」

「這麼快？」我聽得將信將疑的。

「咳！那時候的冷子宣自然神氣不同，瀟灑得很呢！你想，三十歲出頭就當了副教授，胸脯挺得高高的，走路都有派頭——還有人專門學他走路的樣子呢！他是我們南京大學——他那時候還叫金陵大學——的高材生，出了名的才子，賦詩填詞，樣樣都出人頭地。就是太自命不凡，也太天真了。在『百花齊放，百家爭鳴』那一陣子，他真相信了號召，跑出來大放了一通，攻擊共產黨和政府的文教措施，結果是我們學校第一個戴上右派的帽子。」

「真是……」我想說「典型的書呆子」，又不忍心，只好長長嘆了一口氣。

「有個時候，他們系裏也有意給他摘掉這頂帽子。偏偏這個時候，他們組長發現了他填的一首『沁園春』，題目也叫『雪』，只是大反其調，滿紙蕭殺之氣。人家認為他這是成心唱對臺戲，惡毒諷刺毛澤東，自然罪該萬死了。這右派帽子不但摘不掉，只怕要戴進火葬場了！」

「你看過這首詩沒有？」我好奇地問。

周敏搖搖頭。

「冷子宣骨頭也真硬，檢討書寫了幾回，就是一口咬定寫實寫景，死不承認是諷刺。有人要求公佈全首詞，但系裏領導認為不宜擴大影響，連檢討書在一起，一概不公開。就這樣，整個系熱轟轟地批討了一番，一般人卻不知道這棵『毒草』的內容！」

這時候，我們已經進了宿舍大門。也許顧慮耳目眾多，周敏不再說什麼，彼此道了再見也就分手回家。

有一天夜裏，我夢中恍惚聽到打門的聲音。醒來後側耳細聽，果然是有人在敲打冷家的門。我想，這彭玉蓮也睡得真死，我都被敲醒了，她竟沒有動靜。接著便傳來一個男子不耐煩的喊聲：

「開門！查戶口！」

又是查戶口！我一聽便厭煩起來，知道這下半夜是再也睡不成了。我一向有些神經衰弱，睡眠很差，夜裏如果醒來，就難再合眼。我家既然是必查戶，我想，乾脆起來等他們吧，省得臨時慌張，把孩子也攪醒了。

於是我扭亮了燈，爬起來穿上了衣服，把戶口本找出來，然後坐在窗口的書桌前等候。這時，壁上的掛鐘明朗敲打開來。十二點整，正是典型的查戶口時間。我拉開了一角窗簾，朝外張了一眼。外面一團漆黑，只有冷家的燈火是亮的，大門半張著，窗口有人影幌動，只是隔著窗簾，也看不清楚。我隨即放下了簾子，回身拿了一本書，在燈下隨意翻看。

果然，一杯茶不到的工夫，我家的門便有人來敲打。我從容不迫地走去，拉開了門，隨手就把戶口本子遞給第一個跨進門的人。

「哎呀，對不起啦，我們不是來查戶口的。」

第一個進來的竟是居民委員會的常主任，她說話時臉上難得地帶著幾分道歉的神色。

一聽不是來查戶口，我反而不安起來。再看看那陸續跨進門的，兩個男的是學校保衛科的，另一個女的有些面熟，大概是本校員工的家屬。

「是這樣，」還是常主任說話，「我們懷疑彭玉蓮不老實，晚上有人看見一個男的溜進她家，一直沒有出來過。剛剛我們藉查戶口撞門進去，只是沒搜到人。那彭玉蓮一臉通紅，硬是做賊心虛的樣子。只是她沒犯法，我們也不能翻箱倒櫃地抄查，只怕人被她藏起來了也說不定。現在特地來打聲招呼，請你留意一下，看到什麼動靜，千萬告訴我們居委會一聲。」

我只好滿口答應下來。主任又囑咐了幾句後，四個人才離開。

我除非吃飽飯沒事幹才管這閒事！心裏恨恨地想著，我立即脫了衣服，熄了燈，又躺上床去。

果然不出所料，經過這一折騰，我睡意全消了，躺在床上，只是翻來覆去，就像是喝了多少濃茶似的，精神越來越好。該死的彭玉蓮！久久睡不成覺，我不禁暗罵起來。她闖了禍，卻弄得鄰居為她失眠！繼而一想，她幾乎當眾出了醜，也夠險的了，似乎又為她慶幸起來。只是這男人是誰呢？我就住在她家對面，竟從來不曾注意到有什麼面生的男人進出她家。我想，這大宿舍裏，密密麻麻的多少戶人家住著，人多自然嘴雜，說不定那個好事的隨口亂說，結果人云亦云，弄出了一場無謂的騷擾。

胡思亂想了一陣，也不知是什麼時刻了，只見窗戶微微現出曙色，窗戶的輪廓也逐漸明朗起來。既然沒有絲毫的睡意，我決定爬起來燒茶喝，寫日記自娛。

穿好衣服後，我推開了一角窗簾，隨意往外瞧瞧。誰知這一瞧，倒把我嚇得倒抽了一口冷氣。只見那冷家的門悄無聲息地向裏斜開出一道縫，一個人頭探了出來，左右張了一眼後，悄無聲息地閃出身子，垂著腦袋，帽沿拉得低低的，輕踏著步子，朝宿舍的後門方向走去。匆促之間，我沒看清他的臉，但無疑是個男子，怎麼也不會看差的。再看冷家的門，早已合上了，屋裏沒有亮燈，窗簾也低垂。不，下面的一角被拉開了，一張臉突然貼上了玻璃。我們四目相對，彼此都慌得縮回頭，忙不迭地放下簾角。

好長一段時間，我呆呆地站在窗邊，兩隻腳棉軟軟的，兩隻手緊緊揣在一道，蓋住胸口，極力想把撲通亂跳的心鎮壓下來。如果我這輩子再見不到彭玉蓮，我也忘不了她那雙睜得滾圓的眼睛。是驚慌？羞愧？還是叛逆？我無法知曉。

一天不到的時間裏，彭玉蓮的事就傳遍了學校和宿舍。事情也真湊巧，那天周敏一大早起身，就看見一個帽子戴得低低的男子慌慌張張地走向後門，用鑰匙開了門出去。常主任早上來打聽消息，她就如實彙報了。周敏並沒有看見他從那家出來，但大家一口咬定那就是彭玉蓮偷的漢子無疑。據說夜裏查戶口時，居委會主任曾看見桌上有一把鑰匙，估計是彭玉蓮把人藏在房裏惟一的一只大衣櫃裏，但慌亂中來不及藏鑰匙，因而丟在桌上的。常主任想通後，連連頓腳，大叫「可惜呀！可惜！」但後悔也無用，沒有拿到人證，自然奈何彭玉蓮不得。她照樣騎著自行車，在宿舍裏來去自由，就像沒事人一般。

這件事免不了也傳到蘇北的「五七農場」，估計冷子宣也略有耳聞了。在新年前幾天，農場放假。冷子宣要回南京的前夕，他的組長找他談話，把事情告訴了他，並說由於彭玉蓮是一犯再犯，如果冷子宣想到離婚的話學校願意考慮他的要求。誰知冷子宣竟毫無表情，只說：「如果彭玉蓮要離婚，我隨時答應，我自己絕不提出。」

這話一傳出來，大家又議論紛紛了。有人嘖嘖稱奇，稱他「寬宏大量」；有人罵他孬種，抱著「破鞋」不放；又有人幸災樂禍地預言，夫婦一見面，冷子宣不把她打個半死才怪！

然而冷子宣到家那天，彭玉蓮滿面春風地拎了一隻老母雞回家，拔雞毛時嘴裏還哼著曲子。鄰居們豎長了耳朵聽，可是到天亮也沒聽見一句吵嘴的聲音。接著，學校通知冷子宣開語文課，他就沒再去勞動。這一來，我便常常看見他了，有時候在校園裏踽踽獨行，有時候在宿舍裏憑窗對著天空出神，一呆就是半天。早晚上下班時，我也常碰見彭玉蓮。她仍是笑眯眯地向我招呼，只是再也不肯停下來同我搭訕。

蘇偉貞（1954-）

作家介紹

蘇偉貞（1954-），廣東番禺人，出生於臺灣臺南。一九七三年考入政治作戰學校影劇系，一九七七年畢業後，歷任軍職八年，後獲香港大學文學碩士、文學博士學位。曾任《聯合報・聯合副刊》副主任兼《讀書人周報》主編，淡江大學中文系講師，中國文化大學中文系助理教授，現任成功大學中文系專任教授。

主要作品有：中篇小說〈紅顏已老〉（1981）、〈世間女子〉（1983）、〈流離〉（1989）；短篇小說集《陪她一段》（1983）、《人間有夢》（1983）、《舊愛》（1984）、《離家出走》（1987）、《我們之間》（1990）、《熱的絕滅》（1992）、《封閉的島嶼》（選集）、《魔術時刻》（2002）、《倒影台南》（2004）；長篇小說〈有緣千里〉（1984）、〈陌路〉（1986）、〈離開同方〉（1990）、〈過站不停〉（1991）、〈沉默之島〉（1994）、〈夢書〉（1995）、〈時光隊伍〉（2006）；散文〈問你〉（1984，後易名〈來不及長大〉1989）、〈歲月的聲音〉（1984）、〈單人旅行〉（1999）、〈私閱讀〉（2003）；論著《孤島張愛玲——追蹤張愛玲香港時期（1952-1955）》（2002）、《描紅——臺灣張派作家世代論》（2006）等。

蘇偉貞的作品曾多次獲得聯合報文學獎、中華日報文學獎、中央日報文學獎、梁實秋文學獎、中國時報文學百萬小說評審團推薦獎、九歌出版社年度小說獎、府城文學獎等。

蘇偉貞是二十世紀七〇年代後期崛起於臺灣文壇的重要作家，她的小說創作，最先以對女性的情感世界深度刻畫為焦點，接著加入對眷村歷史的重塑，最後發展成將兩者加以結合，並在形而上的層次上對男女情慾與關乎生死的抽象問題加以追問和思考。如果說在小說中，她的女性、歷史和生死的「話題」有一個線性的發展過程和漸次交織的運行軌跡的話，那麼在她的散文創作中，對生命脆弱的強烈感受和對生死的深刻思考，則一以貫之。

作品導讀

對於蘇偉貞的小說世界，王德威的評說最為全面深刻。在王德威看來，蘇偉貞的寫作一方面在政治擾攘的社會氛圍中書寫愛慾糾纏，另一方面，她的情慾書寫自成一格。「就算寫最熱烈的偷情、最纏綿的相思，蘇的筆鋒是那樣的酷寂幽深，反令人寒意油生。以冷筆寫熱情，這是作家的獨到之處了」，「蘇偉貞筆下的男男女女是情場上的行軍者，他（她）們厲行沉默的喧嘩，鍛煉激情的紀律，並以此成就了一種奇特的情愛景觀」[①]——而在情慾書寫中隱含「行軍」和「紀律」的氣質，顯然又與蘇偉貞的軍旅生涯有關，這就牽涉到她的另一個重要的書寫領域：眷村世界（以及與此相關的軍人生活）。對此，王德威也所論甚詳，指出「在蘇偉貞的筆下，眷村兒女多血性，有義氣」，蘇偉貞寫的是眷村世界，可是「重心毋寧仍是在一齣齣或慘烈、或詭異的愛情傳奇上」。[②]到了《沉默之島》，王德威發現，蘇偉貞「要勘探的是（女性）情慾流淌、永不確定的抽象本質」，「蘇偉貞的新女性在八〇年代已經豪爽過了，她們現在越發明白自己飽滿而無名目的欲望，反而變得謙卑起來。她們是沉默之島——這島卻是由欲望的海洋托負著，陰陰獨立，深沉而傲

① 王德威：〈以愛欲與興亡為己任，置個人死生於度外——試讀蘇偉貞的小說〉，蘇偉貞：《封閉的島嶼》（臺北：麥田，1996年版），頁7-8。

② 王德威：〈以愛欲與興亡為己任，置個人死生於度外——試讀蘇偉貞的小說〉，蘇偉貞：《封閉的島嶼》（臺北：麥田，1996年版），頁18-19。

岸」。③

王德威關於蘇偉貞的論述，可以說道盡了蘇偉貞小說的根本特點。正如王德威所說，以女性立場和軍人氣質，來看待、挖掘、書寫和沉思男女情慾、眷村生活並昇華出自己的獨特認識和獨特風格，是蘇偉貞的獨到之處。

〈陪他一段〉發表於二十世紀七〇年代末，是蘇偉貞的成名作也是代表作之一，小說發表後不但在臺灣文壇引起轟動，而且也成為海峽兩岸許多學者的評說對象。對於這篇小說，蘇偉貞自己認為與〈重逢之路〉、〈離家出走〉、〈舊愛〉、〈熱的絕滅〉等作品同屬「離開」主題，而「離開即放棄」。並且，蘇偉貞還自豪地認為「如果我創造情感是為了完成一種『放棄』的模式，我深信裡頭還具有基本的人性」。④

〈陪他一段〉的故事非常簡單：「長得不怎麼樣」但「笑的時候讓人不能拒絕」的費敏，愛上了「他」——「一個並不顯眼卻很乾淨的人」，而「他」卻對舊愛李眷佟難以忘懷，可是為了「他」，費敏願意「我陪你玩一段」而不計後果。最後的結果是，費敏在陪「他」玩了「一段」之後，終於「離開」和「放棄」了「他」——自殺了。

③王德威：〈以愛欲與興亡為己任，置個人死生於度外——試讀蘇偉貞的小說〉，蘇偉貞：《封閉的島嶼》（臺北：麥田，1996年版），頁21。
④蘇偉貞：〈封閉——《封閉的島嶼》自序〉，《封閉的島嶼》（臺北：麥田，1996年版），頁27。

這篇小說能夠吸引人並打動人之處，除了蘇偉貞特殊的敘述方式所帶來的閱讀效果之外，[5]最重要的，還是小說中的人物關係和情感形態令人感到震驚。在小說發表之際的臺灣（二十世紀七〇年代末），現代社會都市消費文化的蔓延，已經無孔不入無所不在——情感世界自然也概莫能外，在男女交往中潛在的彼此算計和自我掂量的「賺賠邏輯」，[6]大概已經成為費敏那個時代愛情「市場」中的基本法則，在這樣的「賺賠邏輯」和「市場法則」面前，費敏對「他」那種不計得失「奮不顧身」的愛情，就讓人覺得有點不合「邏輯」和匪夷所思。

然而，這正是費敏的愛情感人、不同於常人和令人震驚之處——因為不計較得失，所以才能奮不顧身；因為為了所愛的人可以犧牲自己，所以才能無條件地「陪他一段」！在某種意義上講，費敏其實是在一個「消費」愛情的時代，兀自追求一種純粹唯「情」的古典愛情！看上去費敏是在用一種當代社會的「時尚」語言——「我陪你玩一段」——來給她的愛情罩上一種玩世不恭的現代色

⑤陳思和教授在〈多重迭影下的深度象徵——試析蘇偉貞小說創作中的三個文本〉一文中，認為蘇偉貞在〈陪他一段〉中「既不是全知的第三人稱敘述，又不是敘述者或者日記主人的第一人稱的完全獨白，用的是雙重第一人稱轉化為第三人稱——即敘事者為第一人稱，她閱讀了主人公費敏的日記（第一人稱），但是，敘事者又是用第三人稱的形式在轉述日記的內容，文本中經常出現費敏日記的獨白，也經常夾雜著敘事者對費敏的評價，但這些第一人稱話語卻都通過第三人稱話語表述出來。除了開始部分敘事者以第一人稱敘述外，很快地就轉變為日記的讀者與複述者，這與一般西方短篇小說的框形架構（即由敘事者的第一人稱過渡到某文本的第一人稱獨白體）的敘事方法不同。」該文為陳思和教授提交給成功大學中文系於二〇一〇年三月六-七日在臺灣文學館舉辦的「感官素材與人性辯證」學術研討會的發言稿。

⑥王德威：〈以愛欲與興亡為己任，置個人死生於度外——試讀蘇偉貞的小說〉，蘇偉貞：《封閉的島嶼》（臺北：麥田，1996年版），頁10。

彩，可是在這種「現代性」背後，具有力量的不是「陪你玩一段」的「現代」表象，而是內含在其中的「問世間情是何物，直教生死相許」的「古典」實質！生死尚且不計，豈會在乎賺賠？

在一個講究「情慾政治」的時代，費敏在還沒有開始這個「政治」之前，就已經放棄較量和博弈，自甘「下風」了，「費敏根本不是談戀愛的料，她從來不知道『要』」——在愛情中只知付出（「給」）不知索取（「要」）的費敏，註定要「賠」得很慘了。

可是這個「賠」對於費敏來說，不是鬥爭失敗的結果，而是自我有意的選擇。在下決心「陪他一段」之前，費敏「去了一趟蘭嶼，單獨去了五天」，回來之後，她下定決心，義無反顧地走上了「陪（賠）他」的道路。

因為「陪他一段」是費敏經過仔細考慮（或內心鬥爭）後的自我選擇，這就使得她的這種具有自我「犧牲」意味的愛情，帶有了一種主動性——就此而言，費敏的「古典」愛情，其實是現代女性的現代演繹，它並不是被動的人生安排，而是女性自覺的愛情追求。也就是說，是費敏自己要在這場愛情中「賠」掉自己的——別忘了，是費敏在「陪他一段」，「陪」這個行為的發出者是費敏，因此在「陪他一段」這個表述的背後，其實隱含著一種強烈的「主動性」。如果說〈陪他一段〉這個小說具有女性主義意識，那它的核心應該就在這裡。

當然費敏作為現代女性，要想在愛情中真正做到「無我」、「忘我」，也絕非易事，因此她對愛情付出越多，她自己的痛苦也就越大。事實上，費敏是個「需要很多很多的愛」的現代女性，要她真正做到「情至深處無怨尤」是個難以企及的境界，因此她才會有「戀愛真使一個人失去了自己嗎」的疑問，然而，費敏的意義恰恰就在這裡：她並不是超人聖人，在愛情中她也想要擁有（很多很多的愛），也會有計較心（與李眷佟相比），也會有痛苦（發現「他」其實更愛李眷佟），可是即便如此，她還是自覺地選擇為愛付出，為愛犧牲，「陪他一段」，並在這個過程中實現自己的「真愛」。當她在這個矛盾中無法承受愛情之重時，她選擇了「離開」和「放棄」——自殺，成全了「他」也完成了自己。

至此，我們可以說，〈陪他一段〉中費敏這個人物和她的「愛情故事」所具有的震撼性，在於一個現代女性以「自我犧牲」（從「賠」到「自殺」）的方式追求在她看來可以生死相許的古典愛情，雖然這一追求從結果上講是失敗了，可是追求這種愛情的選擇本身，卻因其主動性和自覺性而實現了現代女性意識的塑造及呈現。蘇偉貞說：「對我而言，感情不是那麼表面的，它必須經過人生的儀式，至少要愛過，才可以被放棄」。[7]蘇偉貞的這個既具女性主義意味同時又深含「基本的人性」的愛情宣言，正是費敏在〈陪他一段〉中，用「文學的」形式「說」過的「話」。

⑦蘇偉貞：〈封閉——《封閉的島嶼》自序〉，《封閉的島嶼》（臺北：麥田，1996年版），頁27。

陪他一段

費敏是我的朋友，人長得不怎麼樣，但是她笑的時候讓人不能拒絕。

一直到我們大學畢業她都是一個人，不是沒有人追她，而是她放在心裏，無動於衷。

畢業後她進入一家報社，接觸的人越多，越顯出她的孤獨，後來，她談戀愛了，跟一個學雕塑的人，從冬天談到秋天，那年冬天之後，我有三個月沒見到她。

春天來的時候，她打電話來：「陪我看電影好嗎？」我知道她愛看電影，她常說那是一個活生生的世界在你眼前過去，卻不干你的事，很痛快。

她整個人瘦了一圈，我問她那裏去了，她什麼也沒說，仍然昂著頭，卻不再把笑盛在眼裏，失掉了她以前的靈活。那天，她堅持看「午後曳航」，戲裏有場男女主角做愛的鏡頭，我記得很清楚，不僅因為那場戲拍得很美，還因為費敏說了一句不像她說的話——她至少可以給他什麼。

一個月後，她走了，死於自殺。

我不敢相信像她那樣一個鮮明的人，會突然消失，她父母親老年喪女，更是幾乎無法自持。昨天，我強打起精神，去清理她的東西，那些書、報導和日記，讓我想起她在學校的樣子；費敏寫得一手灑脫不羈的字，給人印象很深，卻是我見過最純厚的人。我把日記都帶了回家，我不知道她的意思要怎麼處置，依她個性，走前應該把能留下的痕跡都抹去，她卻沒有，我想弄懂。

費敏沒有說一句他的不是，即使是在不為人知的日記裏。

她在採訪一個「現代雕塑展」上碰到他的——一個並不很顯眼卻很乾淨的人；最主要的是他先注意到她的，注意到了費敏的真實。費敏完全不當這是一件嚴重事，因為他過不久就要出去了，她想，時間無多，少到讓他走前恰好可以帶點回憶又不傷人。

但是，有一天他說：「我不走了。」那天很冷，他把她貼在懷裏，嘆著氣說：「別以為我跟妳玩假的。」口氣裏、心裏都是一致的——他要她。費敏經常說——人活著就是要活在熟悉的環境裏，才會順心。這是一件大事，他為她做了如此決定，她想應該報答他更多，就把幾個常來找她的男孩子都回絕了，她寫道——我也許是；也許不是跟他談戀愛，但是，這也該用心，交朋友是要花一輩子時間的。

費敏在下決心前，去了一趟蘭嶼，單獨去了五天，白天，她走遍島上每個角落，看那些她完全陌生的人和事，入夜，她躺在床上，聽浪濤單調而重複的聲音，她說——「怨憎會苦，愛別離苦」，這麼簡單而明淨的生活我都悟不出什麼，罷了。

我想起她以前常一本正經的說——戀愛對一個現代人沒有作用，而且太簡單又太苦！

果然是很苦，因為費敏根本不是談戀愛的料，她從來不知道「要」。

他倒沒有注意到她的失蹤，兩人的心境竟然如此不同，也無所謂了，她找他出來，告訴他——我陪你玩一段。

我陪你玩一段?!

從此，他成了她生活中的大部分。費敏不愧是我們同學中文筆最好的，她把他描繪得很逼真，其實她明白他終究是要離開的，所以格外疼他，尤其他是一個想要又不想要，是一個深沉又清明，像個男人又像個孩子的人，而費敏最喜歡他的就是他的兩面性格，和他給她的悲劇使命，讓她過足了扮演施予者這個角色的癮。費敏一句怨言也沒有。

他是一個需要很多愛的人。有一天，他對費敏說了他以前的戀愛，那個使他一夜之間長大的失戀，那個教會他懂得兩性之間愛慾的熱情；費敏就是那個時候認識他的──他最痛苦的時候。他說──也許我談戀愛的心境已經過去了，也許從來沒有來過，但是我現在心太虛，想抓個東西填滿。費敏不顧一切的就試上了自己的運氣：他對她沒有對以前女友的十分之一好，但是，費敏是個容易感動的人。

開始時，他陪費敏做很多事，徹夜把臺北的許多長巷都走遍了，黑夜使人容易掏心，她寫──他是一個驚嘆號，看著妳的時候都是真的。有次，他們從新店划船上岸時已經十一點了，兩個人沒說什麼，開始向臺北走去，一路上他講了些話，一些她一輩子也忘不了的話──我需要很多很多的愛。費敏見他眼睛直視前方，一臉的恬靜又那麼熾熱，就分外疼惜他起來。她一直給他。

他們後來好的很快，還有一個原因──他是第一個吻費敏的男孩。

她很動心。在這之前，她也懷疑過自己的愛，那天，他們去世紀飯店的群星樓，黃昏慢慢簇擁過來，費敏最怕黃昏，一臉的無依，滿天星星升上來，他吻了她。

有人說過──愛情使一個人失去獨立。她開始替他操心。

他有一個在藝術界很得名望的父親，家裏的環境相當複雜；他很愛父親，用一種近乎崇拜的心理，所以，把自己幾乎疏忽掉了，忘記的那部分，由費敏幫他記得，包括他們交往的每一刻和他失去的快樂。她常想，他把我放在那裏？也許忘了。

他是一個不太愛惜自己的人，尤其喜歡徹夜不眠；她不是愛管人的人，卻也管過他幾次，眼見沒效，就常常三更半夜起床，走到外面打電話，他低沉的嗓音在電話裏，在深夜裏讓她心疼，他說：我坐在這裏完全不知道該怎麼辦。費敏就到他那兒，用力握著他的手，害怕他在孤寂時死掉。因為他的生活複雜，她開始把世故、現實的一面收起來，用比較純真、歡笑的一面待他。那到底是他可以感受的層次。

費敏是一個很精緻的人，常把生活過得新鮮而生動；我記得以前在學校過冬時，她能很晚了還叫我出去，扔給我一盒冰淇淋，就坐在馬路上吹著冷風，邊發抖，邊把冰淇淋吃完，她說——冷暖在心頭。有時候，她會拎瓶米酒，帶包花生，狠命的拍門說——快！快！醉鄉路穩宜頻到，此外不堪行！生活對她而言處處是轉機。她不是一個多話的人，卻很能笑，再嚴重的事給她一笑，便也不了了之，但是她和他的愛情，似乎並不如此。

剛開始的時候，費敏是快樂的，一切都很美好。

春天來了，他們計畫到外面走走，總是沒有假期，索性星期五晚上出發，搭清晨四點半到蘇澳的火車。他們先逛遍了中山北路的每條小巷，費敏把笑徹底的撒在臺北的街道上，然後坐在車廂裏等車開。春天的夜裏有些涼意，他把她圈得緊緊的，她體會出他這種在沉默中表達情感的方式。東北部的海岸線很壯觀，從深夜坐到黎明，就像一場幻燈片，無數張不曾剪裁過的形象交織而過，費敏知道一夜沒闔眼的樣子很醜，但是他親親她額頭說——妳真漂亮。她確信他是愛她的。

南方澳很靜，費敏不再多笑，只默默的和他躺在太平洋的岸邊曬太陽，愛情是那麼沒有顏色、透明而純淨，她心裏滿滿的、足足的。他給了她很多第一次，她一次次的把它連起來，好的、壞的。費敏就是太純厚；不知道反擊，好的或壞的。

回程時，金馬號在北宜公路上拐彎抹角，他問她：「我還小，妳想過什麼時候結婚嗎？」她明明被擊倒了，卻仍然不願意反擊，是的，他還年輕，比她還小，他拿她的弱點輕易的擊倒了她，車子在轉彎時，她差點把心都吐出來。車子又快到了世俗、熱鬧的臺北時，她笑笑：「交朋友大概不是為了要結婚吧？」樣子真像李亞仙得知鄭元和高中金榜時，說道：「我心願已了，銀箏，將官衣誥命交與公子，我們回轉長安去吧，了我心願與塵緣。」那般剔透。

晶瑩的到底祇是費敏，他給了她太多第一次，抵不上他說一句「我需要很多很多愛」時的震撼，是的，她不忍心不給。

回到臺北，她要他搭車先走，她才從火車站走路回家。第一次，她笑不出來，也不能用笑詮釋一切了。

第二天，他就打電話來叫她出去，她沒出門，她不能聽他的聲音，費敏疼他疼到連他錯了也不肯讓他知道，以免他難過的地步。他倒找上她家，看到費敏仍然一張笑臉，就講了很多話，很多給她安全感和允諾的話。費敏在日記裏寫著——都沒有用了，他雖然不是很好，卻是我握不住的。費敏的明淨是許多人學不來的，很少有人能像她一樣把事情的各層面看得透澈，卻不放在心上，而她的善解人意，便是多活她二十歲的人，也不容易做到。

以後，她還是笑，卻祇在他眼前，笑容從來沒有改變過，兩個人坐著講話，她常常不知不覺地精神恍惚起來，他說：唉！想什麼？她看著他，愈發是恍如隔世。她什麼也不要想。

她常問他——怎麼跟李眷佟分手的？他從來不說，就是說了，也聽出多半是假的。他總說——她太漂亮，或者她太不同於一般人，我跟不上。即使是假的，費敏也都記在心裏，她希望有天開獎時，對對自己手上的運氣。跟他談戀愛後，她把一切生活上不含有他的事物都摒棄一邊，看他每天汲汲於名利，為人情世故而忙，她就把一切屬於世俗的東西也摒棄。跟他在一起，家裏的事不提，自己的工作不提，自己的朋友不提，他們之間的濃厚是建立在費敏的單薄上，費敏的天地既祇有他，所以他的天地愈擴大，她便愈單薄，完全不成比例。日子過得很快，他們又去了一趟溪頭，也是夜半。他對她呵護備至，白天，他們在臺中恣意縱情，痛快的玩了一頓，像放開轡繩的馬匹。

溪頭的黃昏清新而幽靜，罩了一層朦朧的薄紗。他們選了很久，選了一間靠近林木的蜜月小屋，然後去走溪頭的黃昏，黃昏的光散在林中，散在他們每一寸細胞裏；他幫她拍了很多神韻極好的黑白照片，她仰著頭一副旁若無人、唯我獨尊的神氣。費敏的確不美，然而她真是讓人無法拒絕。我們一位會看相的老師曾經說過，費敏長得太靈透，不是福氣。但是，她笑的時候，真讓人覺得幸福不過如此，唾手可得。

夜晚來臨，他們進了小屋，她先洗了澡，簡直不知道他洗完時，該用什麼表情來面對他。她看了看書，又走到外面吸足了新鮮空氣，她真不知道怎麼跟他單獨相處。

他洗完澡出來時，她故意睡著了，他熄了燈，坐在對面的沙發裏抽烟，就那樣要守護她一輩子似的。在山中，空氣寧靜得出奇，他們兩個呼吸聲此起彼落特別大聲，她直起身說——我睡不著。他沒扭亮燈，兩個人便在黑暗裏對視著。夜像是輕柔的撣子，把他們心靈上的灰，拭得乾乾淨淨，留下一眼可見的真心。

她叫他到床上躺著，起初覺得他冷得不合情理，貼著他時，也就完全不是了，他抱著她，她抱著他，她要這一刻永遠留住的代價，是把自己給了他。

現在輕鬆多了，想想再也沒有什麼給他了。而第一次，她那麼希望死掉算了，愛情太奢侈，她付之不盡，而且越用越陳舊，她感覺到愛情的負擔了。

回去以後，她整天不知道要做什麼，腦子裏唯一持續不斷的念頭，就是——不要去想他。夜裏沒辦法睡，就坐在桌前看他送的蠟燭，什麼也不想的坐到天亮。她不能見他，想到自己總有一天會全心全意要佔有他方會罷手，就更害怕，她的清明呢？她一次次不去找他，但是下一次呢？有人碰到她說：「費敏，妳去那裏啦？他到處找妳。」她像被人抓到把柄，抽了一記耳光，但她依舊是一張笑臉。他曾經要求她留長髮，她頭髮長得慢，忍不住就要整理，這次，倒是留長了些。她回到家裏，又是深夜，用心不去想那句詩——揀盡寒枝不肯棲。拿起電話，她一個號碼慢慢的撥—七—○—二—八—九—七—四—。四字落回原處時，她面無表情，那頭——喂——，她說——嗨——，兩人沒有聲音，終於她說——我頭髮長長了些。他仍然寂寞想用力抱住她。他情緒不容易激動，這次卻祇叫了——費敏，便說不下去。如果能保持清醒多好，就像坐在車裏，能不因為車行單調而昏昏欲睡，隨時保持清醒，那該有多好？她太了解他了，她不是他車程中最醒目的風景。費敏不是一個精打細算的人，對於感情更是沒有把握。放下電話，她到了他的事務所，在六樓，外面的車聲一輛輛劃過去，夜很沉重。他看著她，她看著他，情感道義沒有特別的記號，她不顧一切的重新拾起，再行進去。有些人玩弄情感於股掌，有些人局局皆敗，她就是屬於後者。

有天，她見到李眷佟，果然漂亮，而且厲害。她很大方的從他們身邊走過，拿眼睛瞅著他——沒有愛、沒有恨，也不把她放在眼裏，他原本牽著她的手，不知不覺收了回去。費敏沉住氣走到天橋上時，指指馬路，叫他搭車回去，轉過頭不管他怎麼決定，就走了。人很多，都是不相干的；聲音很多，不知道都說些什麼。費敏一開始便太不以為意，現在覺得夠了。車子老不來，她一顆顆淚珠掛在頰上，不敢用手去抹，當然不是怕碰著舊創，那早就破了。車子來了，她沒上，根本動不了，慢慢人都散光了。她轉過身去，他就站在她後面，幾千年上演過的故事，一直還在演，她從來沒有演好，連臺步都不會走，又談什麼臺辭、表情呢？真正的原因，是這本劇本太老套，而對手是個沒有情緒的人，他牽著她，想說什麼，也沒說，把她帶到事務所，祇是緊緊的抱著她，親著她，告訴她——我不愛她。

費敏倒寧願他是愛李眷佟的，他的感情呢？

她覺得自己真像他的情婦，把一切都看破了，義無反顧的跟著他。

後來費敏隨記者團到金門採訪，那時候美匪剛建交，全國人心沸騰。她人才離開臺北，便每天給他寫信，在船上暈得要死，浪打在船板上，幾千萬個水珠開了又謝，她趴在吊床上，一面吐、一面寫——人魚公主的夢為什麼會是個幻滅，我現在知道了。到了金門，看到料羅灣，生命在這裏顯得悲壯有力，她把臺灣的事忘得乾乾淨淨，她喜歡這裏。

就在那一個月，她把事情看透了——這一生一世對我而言永遠是一生一世，不能更好，也不會更壞。她寫著。每天，他們在各地參觀、採訪，日程安排的很緊湊，像在跟砲彈比速度。她累的半死，但是在精神上卻是獨立的。離愛情遠些，人也生動多了，不再是黏黏的，模模糊糊的，那裏必須用最直覺、最原始的態度活著。她看了很多，反共的信心，刻苦的生活；看到最多的，是花崗岩，是海，是樹，是自己。

住在縣委會的招待所樓上，每天，吃完晚飯，砲擊前，有一段休閒時間，大家都到外面走走，三五成群，出去的時候是黃昏，回來時黑暗已經來了。她很少出去，坐在二樓的陽臺上，腦子裏一片空白，看著這些人從她眼簾裏出現、消失。團裏有位男同事對她特別好，常陪著她，她放在心裏。碰過太多人對她好，現在，卻寧願生活一片空，她把一切都存起來，滿滿的，不能動，否則就要一瀉千里。

她寫信時，不忘記告訴他——她想他。

她買了一磅毛線，用一種異鄉客無依無靠的心情，一針一針打起毛衣來，灰色的，毛絨的，打到最後就常常發呆，寫出去的信都沒回音，她還是會把臉偎著毛衣，淚水一顆顆淌下來。那男同事看不慣，拖著她，到處去看打在堤岸上的海浪，帶她去馬山播音站看對面的故國山色，帶她去和住在碉堡裏的戰士聊天，去吃金門特有的螃蟹、高粱，但是從來不說什麼。一個對她好十倍，寵十倍，了解十倍的感情，比不上一句話不說讓她吃足苦頭的感情，她恨死自己了，十二月的風，吹得她心底打顫。

毛衣愈打到最後，愈不能打完，是不是因為太像戀愛該結束時偏不忍心結束？費了太多心，有過太多接觸，無論是好是壞，總沒有完成的快樂。終於打完了，她寄回去給他。

回到臺北，她行李裏什麼都沒增加，費敏從來不收集東西，但是她帶回了金門特有的獨立精神，不想再去接觸混沌不明的事，他們的愛情沒有開始，也不用結束。

他現在更不放心在她身上了！

有天，採訪一件新聞，三更半夜坐車經過他的事務所，大廈幾乎全黑，只有他辦公室那盞罩著黃蔴罩子的檯燈亮著，光很暈黃，費敏的心像壓著一塊大石頭透不過氣來。他父親是個傑出的藝術家，有藝術家的風範、骨氣、才情、專注和成就，但是在生活上很多方面卻是個低能的人，他母親則是個完全屬於這個世界的人。很多人不擇手段的利用他父親，他父親常常不明就裏，全力以赴的去吃虧上當，家裏的一切都靠他母親安排，愈加磨練了一副如臨大敵，處處提防別人的性情。他父親的際遇使他母親用全副精神關照他，讓他緊張。他很敬重父親，自己的事加上父親的事，忙得喘不過氣來。現在，夜那麼深了，他不知道又在忙什麼？一定是坐在桌前，桌上計畫堆了老高，而他一籌莫展。無論做什麼，他都不願意別人插手。

費敏需要休息一陣了，她自己知道，他一定也知道。

費敏從此把自己看守得更緊。日子過得很慢，她養成了走路的習慣，漫無目的地走，她不敢一個人坐在屋裏，常常吃了晚飯出去走到報社，或者週末、假日到海邊吹風，到街上被人擠得更麻木。

從金門回來後二個月，她原本活潑的性情完全失去了，有天，她必須去採訪一個文藝消息，到了會場，才知道是他和父親聯合辦雕塑展的開幕酒會，海報從外面大廈一直貼到畫廊門口，設計的很醒目。她不能不進去，因為他的成功是她要見的。展出的作品沒有什麼，由他父親的作品，更加襯托出他的年輕，但是，她看得出，他的作品是費心掙扎出來的，每一件都是他告訴過她的——讓我們的環境與我們所喜愛的人生緊緊地結合在一起。人很多，他站在她一進門就可以看見的地方，二個月沒見，他一定是倒過又站了起來，站得挺直。她太熟悉他了，他的能力不在這方面，所以總是在掙扎，很苦。這些作品不知道讓他又吃了多少苦，但是，他沒有把它們放在眼裏，她不敢再造次。真的要忘掉他說的——我需要很多很多的愛。他們之間沒有現代式戀愛裏的咖啡屋、畢卡索、存在主義，她用一種最古老的情懷對他，是黑白的、人性的。他們兩人都能理解的，矛盾在於這種形式，不知道是進步了，還是退步了。

他走了過來，她笑笑。他眼裏仍然是寂寞，看了讓她憤怒，他到底要什麼？

他把車開到大直，那裏很靜，圓山飯店像個夢站在遠方，他說——費敏，妳去那裏了，我好累。她靠著他，知道他不是她的支柱，她也不是他的，沒有辦法，現在祇有他們兩個人，不是他靠著她，就是她靠著他，因為祇有人體有溫度，不會被愛情凍死。

他問費敏——那些作品給妳感覺如何？費敏說——很溫馨。他的作品素材都取自生活，一籃水果，一些基本建材，或者隨時可見的小人物，把它整理後發出它們自己的光，但是，藝術是不是全盤真實的翻版呢？是不是人性或精神的再抒發呢？以費敏跑過那麼久文教採訪的經驗來說，她清楚以人性的眼光去創造藝術，並不就代表具有人性，必須藝術品本身具備了這樣的能力，才可以感動人。他的確年輕，也正因為他的年輕，讓人知道他掙扎的過程，有人會為他將來可見的成熟喝采的。

她不願意跟他多說這些，她是他生活中的，不是思想層次中的，他不喜歡別人干涉他的領域，他更有權利自己去歷練。夜很深，他們多半沉默著、對視著。兩個月沒見，並沒有給他們彼此的關係帶來陌生或者親近。他必須回家了，他母親在等門。以前，由費敏說——太晚了，走吧！現在，他的夜特別珍貴，不能浪擲。他輕輕的吻了她，又突然重重的擁她在懷裏，也許是在為這樣沒結果的重逢抱歉。

以後，她開始用一種消極的方式拋售愛情，把自己完全亮在第一線，任他攻擊也好，退守也好，反正是要陣亡的，她顧不了那麼多了。

他生日到了，他們在一起已經整整渡過一年，去年他生日，費敏花了心思，把他常講的話，常有的動作和費敏對他的愛，記了一冊，題名——意傳小札。另外，用錄音帶錄了一卷他們愛聽的歌，費敏自己唱，有些歌很冷僻，她花了心血找出來。她生日時，他給了她一根大蠟燭，費敏對著蠟炬哭過幾百次；這次，費敏集了一百顆形狀特殊的相思豆給他。那天晚上，他祖母舊病復發，他是長孫，要陪在跟前，他們約好七點見，他十一點才來，費敏握著相思豆的手，因為握得太緊，五指幾乎扳不直，路上人車多，時間愈過去，她的懊悔愈深。

他突然出現在她眼前時，費敏已經麻木了。他把車停在外雙溪後，長長噓了一口氣，開始對她說話，說的不是他的祖母，而是李眷佟。她父親病了；連夜打電話叫他去，他幫她想辦法找醫生，西醫沒辦法，找中醫，白天不成，晚上陪著，而他自己家裏祖母正病著。費敏不敢多想，有些人對自己愛著的事物渾然不覺，她想到那次在街上李眷佟的神情，她捏著相思豆的手把相思豆幾乎捏碎。他看費敏精神恍惚，搖搖她，她笑笑，他說：費敏，說話啊？

費敏沒開口，她已經沒有話可說了。她真想找個理由告訴自己──他不要妳了！

可是她有個更大的理由──她要他。

他問費敏，有錢嗎？借我二萬？爸爸的事情要用錢，不能跟媽要。費敏沒有說話，他就沒有再問了。

第二天，費敏打電話給他──錢還要用嗎？她給他送去了。他一個人在事務所裏，那裏實在就是一個藝廊，他父親年輕時和目前的作品都陳列在那兒，整幢房子是灰色的，陳列櫃是黑色的，費敏每次去，都會感覺呼吸困難，像他這一年來給她的待遇。他伸了長長的腿靠坐著書桌，問費敏，錢從那裏來的？從那個對她很好的男同事手裏。費敏當然不會告訴他，淡淡的說──自己的。這一次，他很晚了還不打算回去，費敏看他累了，想是連夜照顧祖母，或者李眷佟生病的父親？她要他早點回去休息，臨走時，他說──費敏，謝謝。看得出很真心。

費敏知道李眷佟父親住的醫院，莫名的想去看看她，下班後，在報社磨到天亮，趁著晨曦慢慢走到醫院，遠遠的，他的車停在門外。

他是個懷舊的人？還是李眷佟是個懷舊的人？而她呢？她算是他的新人嗎？那麼，那句——祇見新人笑不見舊人哭，該要怎麼解釋呢？

太陽出來了，她的心也許已經生銹了。

費敏給他最大的反擊也許就是——那筆錢是從他的情敵處借來的。說來好笑，她從他情敵處借來的錢給她的情敵用。

情至深處無怨尤嗎？這件事，費敏隻字不提。

過年時，她父母表示很久沒見到他了。為了他們的期望，費敏打了電話給他——來拜年好嗎？費敏的父母親很滿意。然後她隨他一起回他的家。那天，他們家裏正忙著給他大姊介紹男朋友，他祖母仍然病著，在屋內愈痛愈叫，愈叫愈痛，家裏顯得沒有一點秩序，她被冷落在一旁，眼看著生老病死在她眼前演著。她一個人走出他們家，巷子很長，過年的鞭炮和節奏都在進行，費敏一直很羨慕那些脾氣大到隨意摔別人電話、發別人瘋的人，戀愛真使一個人失去了自己嗎？

後來在報上看到李眷佟父親的訃聞，他們終於沒能守住他父親出走的靈魂。她打電話去，他總不在，那天李的父親公祭，她去了，他的車停在靈堂外，李眷佟哭的很傷心，那張漂亮的臉，塗滿了悲慟的色彩，喪父是件大慟，李需要別人分攤她的悲哀，正如費敏需要別人分攤她的快樂，同樣不能拒絕。而他說——我不愛她。

是嗎？她不知道！

多少年來，她在師長面前，在朋友面前，都是個有分量的人；在他面前，費敏的心被抽成真空，是透明的。在日記裏，費敏沒有寫過一次他說愛她的話，但是，他會沒說過嗎？即使在他要她，她給他的情況下？費敏是存心給他留條後路？他們每次的「精神行動」不能給他更多的快樂，但是他太悶，需要發洩，她便給他，她自己心理不能平衡；實體的接觸，精神的接觸，都給她更多的不安，但是，她仍然給他。

事情並沒有因此結束，費敏放心不下，怕誤會了他，卻又不敢問，怕問出真相。他們保持每個星期見一次面，現在費敏是真正不笑了，從什麼時候開始她不會笑的？她也不知道。兩個人每次見面，幾乎都在他車裏，往往車窗外是一片星光，費敏和他渡過的這種夜，不知道有多少，她常常想起群星樓外的星星，好美，好遠。他們之間再也沒有提起李眷佟，除了完全放棄他才能拯救自己外，其他的方法費敏知道不會成功，她索性不去牽扯任何事情。有一天，費敏說，出去走走好嗎？那段時間他父親正好出國，事情比較少，他母親眼前少了一個活靶，也很少再攻擊，他便答應了。

他們沒走遠，祇去了礁溪，白天，他們穿上最隨便的衣服，逛街，逛寺廟，晚上去吃夜市，小鎮給費敏的感覺像沉在深海中的珍珠，隱隱發光；入了深夜，慢慢往旅館走，那是一幢古老的日式建築。貝光沉澱在庭園裏，二個人搬了籐椅、花生和最烈的黃金龍酒，平靜的對酌著，淺淺的講著話。「開始」和「結束」的味道同出一轍，愛情的滋味，有好有壞，但是費敏分不出來。

回到臺北，等待他的是他父親返國的消息，等待費敏的是南下採訪新聞的命令。

費敏臨行時，給他打了電話，他說——好，我來送妳。費敏問——一定來？他答：當然。她從十二點最後一班夜車發出後，便知道他不會來了。火車站半夜來過三次，二次是跟他。夜半的車站仍然生命力十足，費敏站在「臺北車站」的「站」字下面沒有動過，夜晚風涼，第一班朝蘇澳的火車開時，她一點感覺也沒有了。時間過得真快，上次跟他去蘇澳似乎才在眼前。高雄的採訪成了獨家漏網。

她回家後就躺下了，每天瞪著眼睛發高燒，咳嗽咳得出血；不敢勞累父母，就用被子蒙住嘴，讓淚水順著臉頰把枕頭浸得濕透，枕頭上繡著她母親給她的話——夢裏任生平。費敏的生平不是在夢裏，是在現實裏。

病拖了一個多月，整個人像咳嗽咳得太多次的喉嚨，失去常性，但是外面看不出來。她強打起精神，翻出一些兩人笑著的相片，裝訂成冊，在扉頁抄了一首徐志摩的「歌」——當我死去的時候，親愛，你別為我唱悲傷的歌，我墳上……要是你甘心忘掉我……

那本集子收的照片全是一流的，感覺之美，恐怕讓看到的人永遠忘不了，每一張裏的費敏都是快樂的，甜蜜的。

她送去時，天正下雨，他父親等著他，他急著走，費敏交給他後，才翻開，整個人便安靜了下來，眼裏都是感動，不知道是為集子裏的愛情還是為費敏。她笑笑，轉身要離去時，告訴他——「你放心，我這輩子不嫁便罷，要嫁就一定嫁你！」雨下得更大，費敏沒帶傘，冒著雨回去的。這是她認識他後，所說過最嚴重的一句話。

她曾經寫著——我真想見李眷佟。他們去礁溪時，她輕描淡寫的問過他，他說——我們之間早過去了，我現在除了爸爸的事，什麼心都沒有！說來奇怪，我以前倒真愛過她。

她還以為，明白存在他們之間的問題是什麼了呢？她真渴望有份正常的愛。見不見她其實都一樣了。

國父紀念館經常有文藝活動，費敏有時候去，有時候不去。她常想把他找去一起欣賞，鬆鬆他太緊的弦，但是，他們從來沒有機會。那天，她去了，是名聲樂家在為中國民歌請命的發表會，票早早賣完了，門口擠滿沒票又想進場的人群。費敏站在門口，體會這種「群眾的憤怒」，別有心境。群眾愈集愈多，遠遠的他走過來，和李眷佟手握著手，他們看起來不像是遲到了四十分鐘，不像是要趕場音樂會，他們好像多的是時間，是費敏一輩子巴望不到的。費敏離開了那裏，國父紀念館的風很大，吹得費敏走到街上便不能自己的全身顫抖，怎麼？報應來得那麼快！她還記得上次他們牽著手碰見李，如果李愛過他，那麼，她現在知道李的感覺了。

晚上，她抱著枕頭，壓著要跳出來的心，十二點半，她打個電話去他家，他母親接的，很直截了當的告訴她——沒回來，有事明天再打。他們最近見面，他總是緊張母親等門，早早便要回去，也許，他母親騙她的。

他們最後一次見面是在群星樓，他一看到她便說——昨天我在事務所一直忙到十二點多……。費敏不忍心聽他扯謊下去，笑笑的說——騙人。他一怔，她便說——音樂會怎麼樣？

他們怎麼開始的，費敏不知道，也許從來沒有結束過，但是，都不重要了，他們之間的事是他們的，不關李眷佟的事，費敏望著他那張年輕、乾淨的臉，這個世界上有很多演壞了的劇本，不需要再多加一個了。費敏不敢問他——你愛我嗎？也許費敏的一切都夠不上讓他產生瘋狂的愛，但是，他們曾經做過的許多事，說過的許多話，都勝過一般愛情的行為。他可能是太健忘了，可能是從來沒有肯定過，也許他們在一起太久了，費敏一句話也沒多提，愛情不需要被提醒，那是他的良知良能。群星樓裏有費敏永遠不能忘記的夢；他們一直坐到夜半，星星很美，費敏看了個夠，櫻桃酒喝的也有些醉了。

她習慣了獨自擋住寂悶不肯撤離，現在，沒有什麼理由再堅守了。她真像坐在銀幕前看一場自己主演的愛情大悲劇，拍戲時是很感動，現在，抽身出來，那場戲再也不能令她動心，說不定，這卻是她的代表作。

日記停在這裏，費敏沒有再寫下去，祇有最後，她不知道想起什麼，疏疏落落的寫了一句——

我需要很多很多的愛。

王安憶（1954-）

作家介紹

王安憶（1954-），生於南京，兩歲時隨母親茹志鵑遷至上海讀小學，一九七〇年初中畢業後赴安徽淮北農村插隊，一九七二年考入徐州地區文工團工作，一九七八年回上海，任《兒童時代》編輯。一九七八年發表處女作短篇小說〈平原上〉，一九八六年應邀訪美。一九八七年進上海作家協會專業創作至今。現為中國作家協會副主席，上海市作家協會主席，復旦大學中文系教授，復旦大學中國當代文學創作與研究中心主任。

自從一九七八年開始發表作品以來，三十多年間王安憶筆耕不輟，創作了大量的作品，代表性的作品計有中短篇小說集《雨，沙沙沙》（1981）、《黑黑白白》（1983）、《流逝》（1983）、《小鮑莊》（1986）、《荒山之戀》（1988）、《海上繁華夢》（1989）、《傷心太平洋》（1995）等，長篇小說〈69屆初中生〉（1986）、〈黃河故道人〉（1986）、〈流水三十章〉（1990）、〈米尼〉（1992）、〈紀實和虛構〉（1994）、〈長恨歌〉（1995）、〈富萍〉（2000）、〈上種紅菱下種藕〉（2002）、〈桃之夭夭〉（2003）、〈遍地梟雄〉（2005）、〈啟蒙時代〉（2007）等，散文集《母女漫遊美利堅》（與茹志鵑合著，1986）、《蒲公英》（1988）、《尋找上海》

（2001）等，論著《故事和講故事》（1992）、《心靈世界——王安憶小說講稿》（1997）等。

王安憶的作品多次獲得全國優秀短篇、中篇小說獎，〈長恨歌〉獲「第五屆茅盾文學獎」。一九九八年獲得首屆當代中國女性創作獎。二〇〇一年王安憶獲馬來西亞《星洲日報》「最傑出的華文作家」稱號。

王安憶的小說，多以平凡的小人物為主人公，注重從小人物平凡生活中的不平凡經歷與情感中，挖掘生活的內在底蘊。在藝術風格上，王安憶較為多變，既有早期小說常在平靜的敘述中內含憂鬱而又抒情的筆調，也有二十世紀八〇年代不拘一格的先鋒實驗，更有二十世紀九〇年代以後，在沉靜和細緻中展現的從容和大氣。

作品導讀

在二十世紀的中國女作家中，王安憶無疑是個重要的存在。她的小說創作不但數量大，而且品質高，特別是，王安憶的小說創作經常呈現出一種不斷變化、不斷突破的發展態勢。這種變化和突破既體現在她的小說主題和題材方面，也體現在她的藝術技巧方面。有評論家用「尋找與發現」來概括王安憶小說創作的這一特點，相當準確。

從〈誰是未來的中隊長〉到〈本次列車終點〉，從〈窗前搭起了腳手架〉到〈流逝〉，從〈雨，沙沙沙〉到「三戀」（〈荒山之戀〉、〈小城之戀〉、〈錦繡谷之戀〉），從〈海上繁華夢〉到〈傷心太平洋〉，從〈小鮑莊〉到〈香港的情與愛〉，從〈黑黑白白〉到〈長恨歌〉，從〈富萍〉到〈啟蒙時代〉……王安憶在她的作品中所涉及的題材領域，遍及中學生生活、知青／鄉村生活、上海市民／都市生活、進城者／底層民眾生活；表現的主題則包括了對知青返城的觀感，對「文革」歲月的反思，對上海歷史的審視，對小市民悲歡的同情以及對人性不懈的挖掘。在藝術上，王安憶的作品有以故事情節見長的現實主義敘事，也有以意識流動結構全篇的心理表現主義，有突破禁忌大膽表現慾望的震撼書寫，也有表現神秘力量的先鋒實踐……大陸文學自二十世紀五〇年代以來從蘇聯傳承的寫實傳統，以及新時期（一九七八年之後）以來向歐美乃至拉美學來的各色現代主義、後現代主義的實驗技巧，在王安憶那裡可以說「相容並包」，並最終熔煉成具有王安憶個人特色的一種敘事基調、結構方式和文字風格——王安憶的敘事基調和結構方式從總體上看是平實沉穩的，可是總有令讀者驚奇的變化閃爍其間；王安憶的文字風格總體上看是優雅細膩日常生活化的，可是冷不丁也會有讓讀者大吃一驚的動盪跳躍、粗獷奔放和殺伐凌厲。

王安憶雖然是位女作家，但她對於評論界把她歸為女性主義作家並不認同。在王安憶看來，她寫的是人而不僅僅是女人，她描寫的歷史和社會屬於所有人而不僅僅只屬於女人。很顯然，王安憶不願意自己的文學世界因女性主義的標籤而縮小了格局和範圍。事實上，王安憶雖然身為女作家，在作品中自然會對女性的處境和命運給予更多的關注，並常常自覺不自覺地流露出女性的視野和立場，但從總體上看，她確實不是一個特別注重和強調「女性」身分的作家──如果說她的作品中透露出了女性的色彩，那更多的是體現在她觀察的細膩、感悟的入微，而不是濃烈的女性意識。

〈雨，沙沙沙〉是王安憶「雯雯系列」中最有代表性的一篇作品。創作這篇小說時，王安憶與筆下的雯雯，在年齡上大概相距不遠。那時的王安憶，對世界和人生的看法，或許也與雯雯一樣，充滿「夢」的憧憬和樂觀──當然，雯雯身上的少女情懷，也許多少也有王安憶自己心境的投影。這就使〈雨，沙沙沙〉帶有了一種抒情的意味。雯雯是個工廠的女工，一次因為下班後單位領導要為她介紹男朋友，談話晚了，沒趕上最後一班公車，又恰逢雨天，正當雯雯一籌莫展的時候，一個騎車的男青年主動提出用腳踏車送她回家，猶豫之後雯雯坐上了這個男青年的車子。在路上，雯雯一直對這個男青年心存戒心，可是男青年的熱情、坦誠、體貼特別是對生活中美的敏感，令雯雯深受感動，並因此在心中深深地喜歡上了這個用「愛」和「美」面對生活的小伙子。然而，雯雯和這個小伙子在那個雨夜分別後從此再也沒有重逢──即便是雯雯在又一個雨夜有意落下最後一班公車，騎車的小伙子也沒能如她所期待的那樣再次出現。

在這篇小說中，王安憶賦予了雯雯這樣的特質：看似柔弱實則剛強，看似被動實則主動。作品中王安憶通過雯雯的視角，借助騎車小伙子這個人物形象所要表達的，是人不論在任何時候，都不要失去對生活的詩意感受和充滿希望的夢想。這篇小說寫的當然是一種不限於女性生活的普遍「共性」，但從「女性」的角度對之進行分析，也是看取這篇小說的一個視角。

少女坐在陌生男性的腳踏車後座，並因此引發心理悸動和意識波瀾，在李昂的〈花季〉中也出現過。不同的是，李昂〈花季〉中的少女對男性在防範的同時更期待有什麼發生——浪漫和對異性的幻想是正處於青春期的「我」的心理基礎和意識核心，而在王安憶的〈雨，沙沙沙〉中，雯雯對騎車小伙子的提防，卻是源於生活經驗的積累和對男性追求女性時慣用伎倆的洞察——剛剛經歷過「文革」浩劫的現實人生已教會了雯雯怎樣用一種「務實」的眼光看待世界，對於和騎車小伙子的雨中奇遇，雯雯最初根本就沒有任何浪漫的想法。然而，如同〈花季〉中的「我」浪漫的期待落空一樣，雯雯的「務實」精神也在小伙子的詩意生活態度面前徹底瓦解——「我」和雯雯從男性那裡收穫的都是與她們的期待／判斷截然不同的「意外」，正是在這種「意外」中，「我」和雯雯的女性身分，得到了凸顯。

坐在陌生異性的腳踏車上，大概只有女性才會思緒萬千，心中滿懷疑慮和提防。如果說〈花季〉中的「我」坐上花匠的車子是主動選擇的話，那麼雯雯在那個雨夜坐上陌生小伙子的車子，則是別無選擇的選擇。看上去雯雯是被動的，可是在路上，雯雯卻一直以戒備之心掌握主動，選擇性地回答小伙子的問題，當小伙子溫柔地把雨披披到雯雯的肩上並對生活中的美（天藍色的路燈）表現出一種詩意時，雯雯被深深地打動了。她的「戒備」終於消除了，她把家庭住址毫無保留地告訴了小伙子——雯雯的主動由「戒備」轉成了「信任」，而當她在心中把這個小伙子當成自己的「朋友」（在八〇年代的中國大陸，青年人口中的「朋友」就是戀人的意思），並告訴了經別人介紹正在「處」的朋友小嚴的時候，她也是主動的。當然，當又一個雨天來臨時，她選擇了不上末班車而期待與騎車小伙子重逢，她還是主動的。

二十世紀八〇年代的中國大陸，走出「文革」還沒多久，與男性比起來，女性在「文革」中遭受的挫折也許令她們更加刻骨銘心，對社會和他人的不信任感，導致了雯雯（們）心中應有的浪漫和詩意已然枯萎。好在，騎車小伙子的感召，使雯雯心中蟄伏的浪漫和詩意得以復活，她終於主動地接納並尋求人生的浪漫、詩意和夢。王安憶以少女雯雯的心路歷程和愛情表現，昭示了一個新時代的來臨，也為二十世紀的中國文學，提供了一個雖受磨難，卻沒有泯滅愛、美和夢的能力的女性形象。

雨，沙沙沙

天，淅淅瀝瀝地下起小雨。等末班車的人們，紛紛退到臨街的屋檐下。一個穿扮入時的姑娘沒動彈，從小巧的手提包裏取出一把折疊傘撐起來。路燈照著傘上的孔雀羽毛花樣，看起來，像一隻開屏的孔雀。雯雯也沒動彈，只是用白色的長圍巾把頭包了起來。這顯得有點土氣，上海時髦的女孩子，有的已經在鬈髮上斜扣著絨線帽了。不過雯雯不在乎，泰然地站在「孔雀姑娘」身邊，一點兒都不回避這鮮明的對比。一同從農村回上海的同學，都迅速地燙起頭髮，蹬上高跟鞋，見了雯雯就要說：「你太不愛漂亮了。」而雯雯就會立即反問：「誰說的？」她不承認。

遠處亮起兩盞黃色的車燈，公共汽車來了。躲雨的人走出了屋檐，候在馬路邊，「孔雀姑娘」也收起了「屏」。可雯雯卻躊躇不決地退了兩步，她似乎在猶豫，是否要上車。

汽車越來越近，車上的無線傳話筒，清楚地傳來女售票員的報站聲，那是一種濃濃的帶著睡意的聲音。人們急不可耐地向汽車迎去，又跟著還在緩緩行駛的車子走回來。其實車子很空，每個人都能上去。可在這深夜，想回家的心情變得十分急切。只有踏上了車子，回家才算有保證。雯雯不由自主地向車門跑了兩步。一滴冰涼的雨點打在她腦門上，雯雯的腳步停住了。

「喂，上不上啊？」這聲音顯然是向雯雯嚷的，因為車站上只有她一個人了。雯雯醒悟過來，上前一步，提起腳剛要上車，又是一大滴雨水打在腦門上。這雨點很大，順著她的鼻樑流了下來。

是在下雨，和那晚的雨一樣。雯雯收起腳往後退了。只聽得「嗤──砰！」一聲，車門關上開走了。「發痴！」是售票員不滿的聲音。在這寂靜的雨夜，通過靈敏度極高的揚聲器，就好像全世界都聽見了，在雯雯心裏引起了回聲：

「發痴！我是發痴了？」雯雯問自己。一個人站在突然寂靜了的馬路上，想到要走七站路才能到家，而且夜要越來越深，雨會越來越大，雯雯不禁縮了下脖子。不過她又並不十分懊惱，她心裏升起一個奇異的念頭：也許他會出現在面前，披著雨衣，騎著自行車……他不是說：「只要你遇上難處，比如下雨，沒車了，一定會有個人出現在你面前。」說完一蹬踏腳，自行車飛出去了。飛轉的車輪鋼條，在雨洗的馬路上，映出兩個耀眼的光圈。現在出現在面前的該是誰呢？除了他，雯雯想像不出別的形象。

雨點子很細很密，落在地上，響起輕輕的沙沙聲。雯雯把圍巾緊了緊，雙手深深地插進外套口袋，沿著公共汽車開去的方向走著。兩輛自行車從身後駛來，飛也似駛去，一眨眼就消失在濛濛的雨霧中。下著雨，人人都急著奔回去，可她──

「我是發痴了？」雯雯在心裏又一次問自己，她放慢了腳步。可是又有什麼辦法補救呢？算了，走吧！反正末班車開跑了，確實沒辦法了。是啊，沒辦法了，和上次一樣。上次怎麼會「脫班」的？啊，想起來了，是老艾和她說話呢，一下扯晚了。老艾是雯雯他們的車間主任，同時又是個慈祥的老阿姨。她喜歡雯雯，雯雯的媽媽又特別信任老艾。人家說老艾和雯雯有緣分。老艾給雯雯介紹了一個男朋友，姓嚴，是高考制度改革後入學的大學生。媽媽對雯雯說：「可以互相了解了解。」雯雯輕輕地說：「為什麼要了解？」媽媽遲疑了一下說：「為了愛情。」雯雯更輕地說：「愛情不是這樣的。」她總覺得這種有介紹人的戀愛有點滑稽，彼此作好起跑準備，只聽一聲信號槍：接觸——了解——結婚。唉，雯雯曾對愛情充滿了多少美麗的幻想啊！哥哥說：「天邊飛下一片白雲，海上漂來一葉紅帆，一位神奇的王子，向你伸出手——這就是你的愛情。」雯雯對著哥哥的挖苦，不承認也不否認，只是牽動一下嘴角。她不知道愛情究竟是白雲，還是紅帆。但她肯定愛情比這些更美、更好。無論是在海上，還是天邊。她相信那總是確確實實地存在著，在等待她。愛情在她心中是一幅透明的畫，一首無聲的歌。這是至高無上的美，無邊無際的美，又是不可缺少的美。假如沒有它，生活將是不完全的。要說，這也是過去的想法了，這美被風吹日曬得漸漸褪了色。可是，那也絕不是一聲信號槍可以代替的。不是，啊，決不！雯雯堅決地搖搖手。

哥哥又說了：「天邊飛下一片白雲，海上漂來一葉紅帆……」不等雯雯牽動嘴唇，他就加快速度，提高嗓門接著往下說：「船只進港，在吳淞口要受檢查，來歷不明進不來上海港。王子沒有戶口就沒有口糧布票白糖肥皂豆製品。現實點兒吧，雯雯！」這位七〇屆海洋生物系大學生，學了一年專業，搞了四年「革命」，農場勞動一年後，分配在中學教音樂——天曉得。現在，他常常發愁沒有好海味來發揮他的烹調術，這也許是他過去的愛好和專業，留下來的殘餘之殘餘了。

聽了這一席話，媽媽重重地說了三個字：「神經病！」而雯雯「撲哧」一聲笑了。笑了，但笑得無可奈何而辛酸，好像是在笑自己的過去。那位小嚴先生，看來也是個自尊的人，他沒有死皮賴臉地來纏雯雯，這也博得了雯雯的好感。她真的猶豫了，然而她在猶豫的階段停留得太久了。整整三個月，還沒給人一個准信。那天晚上交接班時，老艾拉住雯雯在更衣室裏，說：「那孩子是我看著長大的。」等她把此人生平敘述完後，雯雯跑出廠門直奔車站，可末班車「嘟」的一聲開跑了。天又下起雨來。……

和這會兒一樣，開始是一滴一滴落在雯雯額頭上，然後就細細綿綿地下個不停。那「沙沙沙」的聲音，就像是有人悄聲慢語地說話。

雯雯的額髮濕了，滴下冰涼的一顆水珠。她伸出舌頭接住水珠，繼續向前走去。不知不覺，一個站頭過去了。雯雯又問了自己一遍：「我是發痴了？」「不！」她很快就否定了。他說不定會來的，在人意想不到的時候，在人差不多要絕望了的時候。就像那天——

那天，雯雯朝著開跑的汽車叫了聲：「等等！」隨即就撒開腿追了。其實她很明白腿和汽車的速度懸殊，可她還是追了。這是她能做的唯一的努力，人總是不那麼容易放棄希望。只要尚存一線，就要拼命地追啊追，儘管無望。一輛自行車趕過了她，但還被汽車拋遠。而雯雯仍然追著，又叫了聲「等等！」這聲音在深夜聽來，顯得絕望而可憐。汽車越跑越遠，而那輛自行車卻轉回了頭。在空無一人的馬路上，這聲「等等！」是滿可以認為在招呼他的。自行車一直駛到雯雯身邊，停下了。

「不不，我不是叫你。」雯雯搖搖手，眼睛望著慢慢消失的汽車尾燈，又下意識地抬頭看看滴滴答答沉著臉的天。

「坐我的車也可以的。」騎車人說。他披著雨披，雨帽遮去了上半個臉，但能感覺出這是個小伙子。

「坐你的車？」雯雯的眼睛發亮了，可只閃爍了一下，她立刻警覺起來，這會不會是無聊的糾纏？她搖了搖頭，「不！」

「不要緊，交通警下班了。萬一碰上，你看，我就這樣，（他舉起左手）你趕快跳下車。」他的誤解和解釋，雯雯倒喜歡，這使她放心了一點兒。可她還是搖搖頭，頭髮梢上甩下幾滴水珠子。雨下得不小，遠遠走七站路，確實是件要命的事。她不由回過頭看了一眼自行車。

雨帽遮住他的眼睛，他沒看見雯雯的猶豫不決，催促道：「快上車吧，雨大了。」是的，雨越下越大了，「沙沙沙」的聲音幾乎變成了「嘩嘩嘩」。

「你不上？那我走了。」那人淡然地，說著就跨上了車。

「啊，等等。」雯雯急了。他這一走，這空蕩蕩的馬路上，就只有她一個人，冒著雨，走七站路。她顧不上猶豫了，跑上去，果斷地坐上了車後架。

他一蹬踏腳，車子衝出老遠，雯雯身子一晃，伸手往前抓，但又趕緊縮回來抓車架。她忽然緊張起來，這是個什麼人？他要把我帶到哪兒去？哎呀，雯雯太冒失了，她不覺叫出聲來：「你往哪兒去？」

這聲音委實太響，而且太突然，使得他哆嗦了一下。他放慢了速度說：「順著汽車的路線，錯了？」

沒錯，可他也未免太機靈了，這更加危險。

「對嗎？」他轉過頭問，雨帽滑到腦袋後頭了。

雯雯點點頭，不吭聲了。她看見了他的眼睛，很大很明亮，清清澈澈，好像一眼能望見底，雯雯的緊張情緒鬆弛了一點兒，但她仍然不能放心這個陌生人，儘管他有一雙誠實的眼睛。眼睛？哼，雯雯自嘲地微微聳聳肩。眼睛能說明什麼？曾經有過一雙好眼睛，可是……雯雯不由得嘆息了一聲。

小伙子奮力踏著車子，頂風，又增加一個人的負擔，看來有點吃力。他身體前傾，寬寬的肩膀一上一下。而雯雯坐在這寬肩膀後頭，倒能避避雨了。雯雯抬起頭，望著他的背影，腦子裏老是纏繞著一個念頭：他會不會有歹心？他完全可能拐進任何一條小路，小弄堂。馬路上靜悄悄，交通警下班了，可是他一直順著亮晃晃的汽車路線騎著，沒有一點兒要拐進小胡同，拐進黑暗中去的意思。已經騎過三個站牌了，在騎過一個街心花園時，他忽然鬆開車把，滿頭滿臉抹下一把雨水，一甩，不偏不倚正好甩在雯雯臉上。雯雯緊閉眼睛低下了頭，心裏有點暗暗好笑自己的多疑。

「你家住在哪兒？」小伙子發問。

啊，開始了，雯雯明白了，接下去就該問姓名，然後作出一見如故的樣兒說：「認識認識吧！」哼！雯雯在心裏冷笑了一聲。這一套她見過，過去那個人，進攻的方式要抒情得多，他第一句話是：「我好像見過你。」可後來呢！雯雯不無辛酸地合了合眼。

「你家在什麼地方？該在哪兒停？」小伙子又問了。雯雯這才想起來這不是公共汽車，不是到站就停車的。但隨便怎麼也不能告訴他住址。她只說：「停在前面第三個站頭上好了。」

小伙子不作聲了。雨下得小了點兒，可卻像扯不斷的珠子。儘管有人家肩膀擋著，雯雯的外套仍然濕透了，頭髮直往下滴水。她乾脆低下頭閉起眼睛，任憑雨細細綿綿地侵襲。

「真好看！」小伙子輕輕地讚賞著。

什麼好看？雯雯睜開眼睛，這是怎麼啦？雨濛濛的天地變作橙黃色了，橙黃色的光滲透了人的心。雯雯感到一片溫和的暖意，是不是在做夢？

「你看那路燈！」小伙子似乎聽到雯雯心裏的發問。啊，原來是路燈，這條馬路上的路燈全是橙黃色的。「你喜歡嗎？」

「誰能不喜歡呢？」雯雯真心地說。

「嗯，不喜歡的可多了，現在的人都愛錢。錢能買吃的，買穿的，多美啊！這燈光，摸不到，撈不著。可我就老是想，要是沒有它，這馬路會是什麼樣兒的呢？」說著他回頭望了望雯雯。

「豈只是馬路？」雯雯在心裏說。這時她發現自行車停了下來，小伙子下了車。他快手快腳地解下雨披，沒等雯雯明白過來，就將雨披掄出個扇形，披上了雯雯的肩。不知是小伙子看到落湯雞似的雯雯冷得打戰，還是這燈光的美使他溫柔了。

「不要！不要！」雯雯抬手去扯雨披。只是這時的推辭中，已經沒有戒備了，是真心感到過意不去。

「要的！要的！我身體棒，雨一落到身上，馬上就烤乾。你瞧，都在冒烟呢！」真的，他的腦袋上騰起一縷熱氣。「你家離站頭有多遠？」

雯雯不假思索地告訴了他，幾條馬路，幾弄幾號幾樓，統統告訴了他，在這麼一個橙黃色的溫存的世界裏。

「你看前邊。」小伙子壓低聲音說，好像怕驚擾一個美好的夢似的。

前邊，是一個藍色的世界。那條馬路上的路燈，全是天藍色的。「我每天晚上走過這裏，總是要放慢車速。你呢？」

「我都是擠在汽車裏，沒有注意過。」雯雯老老實實地說，心裏不覺有點遺憾。

「以後你就不會放過它了。」小伙子安慰雯雯。

車子騎得很慢，顯出不勝依依。可是，這路畢竟只有一段，不一會兒就過去了。從這天藍色中走出，忽然感到暗了許多，冷了許多。夜更深了，更靜了，而那已經克服了的戒心和疑懼悄悄地上了心頭。好在，前邊就是雯雯的家了。車子緩緩地停穩了，雯雯下了車，跳進門廊，動手就解開雨披，交給了小伙子，說：「多虧了你，謝謝！」

小伙子繫著雨披，儘管一身濕透，但仍然興致勃勃：「謝什麼？不碰上我，碰上別人也一樣。」

這句很平常的話，卻使雯雯十分驚喜：「真的嗎？」到了家，她心裏踏實了，輕鬆了，這個陌生的小伙子也變得很值得信任了。

「真的！」小伙子認真地說，「我在農村插隊時，有一次騎車上公社領招工表。到了公社才知道，名額被別人頂了。氣得我呀，回去時，從壩子上連人帶車滾了下來，腿折了，不能動！十里八里也沒個莊子，不見個人，我乾脆閉上眼睛，隨便吧！忽然，貼著地面的耳朵聽見遠遠走來的腳步聲。我想看看這人的模樣，可眼睛睜不開。只感覺到他在我腿上放了一株草，一定是靈芝草。我一鼓勁就站起來了。」

「是個夢。」雯雯忍不住插嘴了，她聽出了神。

「是個夢，不過這夢真靈。不一會兒，來了一夥割豬草的小孩，硬把我給抬到了公社醫院。」

雯雯由於對小伙子發生了好感，因此，他的遇難得救，也很使她高興。

「真的。只要你遇上難處，比如下雨，沒車了，一定會有個人出現在你面前。」他說完，一蹬車子，頭也不回地消失了。

……走過第二個站牌了，並沒有人出現在面前。雯雯不由停下了腳步，朝四下望了望，她發現自己太傻氣了，也許那小伙子只不過是隨便說說，她怎麼當真了。他的話固然挺動人，可是雯雯在十來年的生活中失去的信念，難道會被這陌生人的一席話喚回？誰又知道他這些話是真的還是編的。雯雯責備自己怎麼又被這些話迷惑住，她早該覺悟了。當那白雲紅帆送來的人對她說：「我們不合適」的時候，她就該醒悟了。

白雲紅帆送來的人呵！不知是從天邊，還是海上來的。他站在滿地的碎玻璃片上，陽光照在玻璃上，將五光六色折射到他身上……

那是「復課鬧革命」的時候，雯雯背起久違的書包，高高興興來到學校。而學校剛結束了一夜的武鬪，教學大樓上一扇扇沒有玻璃的窗口，像失去了眼球的眼睛。雯雯拎著書包，踩著碎玻璃慢慢向校門走去。

這時，她看見了他。他沒戴紅袖章，也拎了個書包。他在等什麼？是在等雯雯？不知道。當雯雯走過他身邊時，他也轉身隨著雯雯一起走出了校門。他忽然說話了：

「我好像見過你。」

「一個學校嘛！」雯雯淡淡地說。

「不是在學校裏見的。」他又說。

雯雯困惑了，停住了腳步。

「在什麼地方呢？」他認真地想著。

雯雯困惑之極，卻恍惚覺得是在別的什麼地方見過。

「在夢裏。」他嘴唇動了一下。不知確實說了，還是雯雯在想。反正，雯雯微笑了。

他們認識了，相愛了。他們不用語言來相互了解，他們用眼睛。那是雙什麼樣的眼睛啊！真誠，深邃，包含著多多少少……透明的畫，有了色彩；無聲的歌，有了旋律。雯雯全身心地投入了這愛情，她是沉醉的，忘記一切的。忘記了自身的存在，忘記了時間的存在。可時間在走，一屆屆的中學生，莫名其妙地畢業了。他焦躁不安，當接到工礦通知後，又欣喜若狂。雯雯也高興，是因為他不再焦愁。

很快就輪到雯雯分配了，一片紅，全部插隊。雯雯有點難過，因為要和他分兩地。堅貞的愛情本來能彌補不幸的。可是他卻說：「我們不合適。」這真是雯雯萬萬沒想到的。愛情，就被一個戶口問題，生計問題砸得個粉碎。這未免太脆弱了。可卻是千真萬確，實實在在的，比那白雲紅帆都是要確實得多。雯雯哭都來不及，就登上了北去的火車。心中那畫呀，歌呀，全沒了，只剩下一片荒漠。可是，不知什麼時候起，這荒漠逐漸變成了沃土，是因為那場春雨的滋潤嗎？

自從那場春雨過後，雯雯晚上出門前，總先跑到陽臺上往下看看；下中班回家，離這兒有十幾步遠時，也總停下往這邊瞧瞧。深怕哪棵樹影裏、哪個拐角上，會閃出那人，一臉懇切鍾情的樣兒：「我們又見面了！」現在的人可狡猾了。他們付出，就是為了加倍地撈回。那雙眼睛，看上去倒是十分磊落，可誰敢保證？

不過，那人並沒有露面。十天，二十天，一個月，一直沒有露面。雯雯慢慢地放鬆了戒備，可她還是常常從陽臺上往下望。或許這成了習慣，然而，在這習慣中，還包含著一點，一點期待。為什麼？不知道，或許就因為他不再露面。雯雯開始想起他們的分手，分手前的幾句話……在她的思緒回溯中，那緊張和戒備，全都無影無踪。照耀始終的是那橙黃和天藍的燈光。

……

透過烏濛濛的雨霧，雯雯看見了第四個站牌。發現雨停了，「沙沙沙」的竊語聲悄然消失，屋檐上偶爾滑下一顆水珠濺在地上。雯雯輕輕地嘆了口氣，從頭上放下圍巾，然而心中又冉冉地升起了希望：也許他預料到今天這場雨不會下大，不會下久。也許是下一次，下一次，真正是下雨的時候，真正是碰上難處的時候……唉，連雯雯自己都不能解釋，這希望，怎麼會是這樣不滅不絕的。這只是自己一個美麗的幻想，而她卻是怎樣地信任這個幻想啊！她把信任毫無保留地交給了他。

那個星期天，雯雯對難得上門的小嚴先生說：「我有朋友了。」小嚴走了。不難過也不動氣。這人倒實在，不虛假。只要不裝，他們的分手本不會有難過或動氣。他剛走，在廚房炒魚片的哥哥就衝進房間，說：「雯雯你瘋了！你哪來的朋友？」

雯雯不耐煩地說：「給你說有了，就有了嘛！」

媽媽溫和地勸雯雯：「老艾對你們雙方都了解。這樣認識的朋友比較可靠。」

「我有了！」雯雯抬高了聲音說。她又想起在那橙黃的燈光下，小伙子說：「這燈光，摸不到，撈不著。」

「啊，我知道了。在那天邊，在那海上……」

雯雯忽然發火了，怒氣沖沖地打斷了哥哥的話：「我說你倒該回到海上去。你曾經做過多少海的夢，現在它們都到哪兒去了？哪兒去了？油鍋裏去了！」

哥哥被妹妹的搶白嗆住了，張大著嘴說不出話來。他在毛線衣外頭繫了條嫂嫂的花圍裙，樣子很可笑。可他只愣了一小會兒：「這就是生活，生活！而你是青天白日做大夢！」他走到妹妹面前，伸手抱住雯雯的肩膀，懇切地說：「你不能為那朦朧縹緲的幻想耽誤了生活，你已經付出過代價了。」

雯雯掙開哥哥的雙手，轉過身子，將臉貼在陽臺的落地窗上，她的眼睛下意識地在陽臺下的樹影中尋找著。

……

幾架自行車載著鄧麗君軟軟的歌聲和一陣笑語，從身後駛來。小伙子的車後架上各帶了一位姑娘，也許是剛結束舞會。人去了好遠，還留給寂靜的馬路一縷歌聲：「好花不常開，好景不常在……」

雯雯重重地搖搖頭，濕搭搭的短辮子打在腮幫上。不知什麼時候，細雨又悄無聲息地下起來了。生活中是有很多樂趣，一定也包括夢想的那一份。雯雯別的都不要，只要它。儘管她為它痛苦過，可她還是要，執意地要。如果沒有它，生活會是怎麼樣的……而她隱隱地但卻始終地相信，夢會實現。就像前面那橙黃色的燈。看上去，朦朦朧朧、不可捉摸，就好像是很遠很遠的一個幻影。然而它確實存在著，閃著亮，發著光，把黑沉沉的夜，照成美麗的橙黃色，等人走過去，就投下長長的影子。假如沒有它，世界會成什麼樣？假如沒有那些對事業的追求，對愛情的夢想，對人與人友愛相幫的嚮往，生活又會成什麼樣？

雯雯在這柔和親切的橙黃色中走著，她走走停停，停停走走，心裏充滿了期待。他會來嗎？也許會，他說：「只要你遇上難處，比如下雨，沒車了，一定會有個人出現在你面前。」

「你是誰？」雯雯在心裏響亮地問道。

「我是我。」他微笑著。

「你是夢嗎？」

「夢會實現的。」

前邊那天藍色的世界，真像披上了一層薄紗，顯得十分純潔而寧靜。雯雯微笑著走進去了。

雨，綿綿密密地下著，發出「沙沙沙」的悄聲慢語。雨水把路洗得又乾淨又亮堂，使得這個天藍色和「沙沙沙」組成的世界明亮了。

西西（1938-）

作家介紹

「西」就是一個穿著裙子的女孩子兩隻腳站在地上一個四方格子裡。如果兩個西字放在一起，就變成電影菲林的兩格，成為簡單的動畫，……從一個格子跳到第二個格子，跳跳，跳跳，跳格子。[1]

西西（1938-），本名張彥。作為香港具實驗性、探索性的代表作家，創作以來，自最早的《東城故事》（1966）已超過四十年。但要論寫作分水嶺，則非《我城》莫屬。[2]《我城》的意義給出了西西小說重要的主題，「出現一個地圖上沒有的新大陸，大家可以搬到那裡去。」[3]一九七〇年中期發表的《我城》[4]想像香港歷史地理，西西可謂開山始祖，由城而發展出「肥土鎮系列」，

---

① 西西：〈造房子〉，《像我這樣的一個女子》（臺北：洪範，1984年版），頁2。
② 何福仁：〈胡說怎麼說〉，西西、何福仁：《時間的話題——對話集》（臺北：洪範，1995年版），頁198。
③ 何福仁：〈胡說怎麼說〉，西西、何福仁：《時間的話題——對話集》（臺北：洪範，1995年版），頁198。
④ 《我城》出版有四個版本，分別是一九七九年香港素葉出版刪減版、一九八六年臺灣允晨文化版、一九九八年香港素葉版、一九九九年臺灣洪範書店版。若未說明，本文所標示出版年皆為洪範版。

《飛氈》（1996）是此系列的大整合。肥土鎮，一般認知即香港，但西西小說已表明她筆下建構的是一個只有「城籍」而無「國籍」的地方，[5]換言之，這正是香港（人）的身分，論者洛楓亦提醒我們兩者間的「寓言性」，即肥土鎮不等於現實世界的香港。[6]虛構「我城」異質空間、美學、文學觀念，《美麗大廈》（1990）、《我城》、《飛氈》等，可說與羅蘭・巴特（Roland Barthes）「城市文本」（city as text）形成最具體的對話。西西創作另一不容忽視的主題，是她自一九八〇年代著手建構的香港女性日常生活史的「白髮阿娥系列」，《白髮阿娥及其他》（2006）為長期經營始成形之書。

〈像我這樣的一個女子〉發表於一九八二年九月六、七日《聯合報・聯合副刊》，並獲次年聯合報第八屆小說獎推薦獎，推薦理由：「〈像我起樣的一個女子〉，用散文詩的方式寫作小說，雖然篇幅很短，但結構均衡完整，採第一人稱的內心獨白，語氣上的緊密程度非常迷人。小說一路鋪陳下來，有一個比較沉重的主題，觸及生命比較底層的某些東西，把哲學和思想的思考和小說結合在一起，是一篇非常吸引人而且分量很重的小說作品。」[7]就此西西廣受臺灣文壇注目。著有詩集、散文、長短篇小說《西西詩集》、《剪貼冊》、《鬍子有臉》、《我的喬治亞》、《縫熊志》等近三十種。

---

⑤ 西西：《我城》（臺北：允晨文化，1986年版），頁143。

⑥ 洛楓：〈歷史想像與文化身分的建構──論西西的《飛氈》〉與董啟章的《地圖集》〉，《中外文學》，總第334期，2000年3月，頁191-192。

⑦ 〈大風起兮──聯合報第八屆小說獎暨附設散文獎總揭曉〉，《聯合報》，第8版，1983年9月16日。

西西小說創作最鍥而不捨的追求：講故事的方式。⑧

《一千零一夜》是我深愛的舊典範，講故事的人由漫漫長夜一路講到天亮，不斷思索也不停搜索，留神聽客的反應，隨時變換敘述的策略，照福柯所說（Michel Foucault）所說，這其實是一種抗拒死亡的方式，當然，這遲早證明終究是徒勞的努力……然而，在真實與虛構之間，我以為講故事的人，自有一種人世的莊嚴。⑨

西西書寫是看重「遊戲心態」的，那也幾乎成為其最初的創作宣言，（香港文化人何福仁用「始終如一的遊戲心態」，導引不太說話的西西與之對談出一本對話集《時間的話題》。）⑩事實上，並不避言對童話天真世界愛好的西西，更向童話體借鏡實驗「輕鬆愉快的語調」，甚而「就想

⑧ 鄭樹森：〈讀西西小說隨想〉，西西：《母魚》（臺北：洪範，1990年版），頁3。

⑨ 西西：〈後記〉，《母魚》（臺北：洪範，1990年版），頁218。

⑩ 西西：〈說出本書來〉，西西、何福仁：《時間的話題——對話集》（臺北：洪範，1995年版），頁i。

寫得快樂些，即使人們以為我只是寫嘻嘻哈哈俏皮的東西」。[11]但喜歡創新的西西，並不止於「輕鬆愉快」的創作實驗，[12]她把在稿紙上創作，比擬為一種跳格子的遊戲，小女孩一個又一個格子跳著，「那是一種熱鬧的遊戲，也是一種寂寞的遊戲。」[13]這樣一徑的童趣快樂，難怪招來「故作天真之虞」的評論，[14]但我以為這種「天真本色」[15]既是西西的創作宣言，也是她的創作姿態。她總是旁觀自外，以「另外一種眼光去看，另外一種態度，一種樂觀、善意的態度」來寫作，並進行——語言的實驗。[16]針對這樣的書寫姿態，我們其實要問，女作家的「天真」書寫能不能在女性主義理論中找到一個「嚴肅」的位置？這或者是很好的解讀〈像我這樣的一個女子〉的角度。就因為這樣的天真本色，所以與理性對立。〈像我這樣的一個女子〉中的女子從事的工作是為死人化妝，可說

---

⑪何福仁：〈童話小說——與西西談她的作品及其他〉，《像我這樣的一個女子》（臺北：洪範，1984年版），頁207-208。

⑫西西自言寫小說：「我希望能夠提供讀者一樣東西：新內容，或者新手法。」見何福仁：〈童話小說——與西西談她的作品及其他〉，《像我這樣的一個女子》（臺北：洪範，1984年版），頁207。

⑬西西：〈造房子〉，《像我這樣的一個女子》（臺北：洪範，1984年版），頁2-3。

⑭王德威在一篇比較西西《我城》與《美麗大廈》的評論文章裡，指出《我城》中「西西汲汲追求富有童趣的詩化意象，亦時有故作天真之虞。」見王德威：〈都市風情——評西西的《美麗大廈》〉，何福仁編：《西西卷》（香港：三聯書店，1992年版），頁413。

⑮此為陳麗芬論文名，見陳麗芬：〈天真本色〉，張美君、朱耀偉編：《香港文學@文化研究》（香港：牛津大學出版社，2002年版），頁517-530。

⑯何福仁：〈胡說怎麼說〉，西西、何福仁：《時間的話題——對話集》（臺北：洪範，1995年版），頁頁202、204。

是「不平常環境中的平常人」，[17]這個身分成為所有朋友人目中「恐懼的幽靈」，[18]這令人害怕的手藝由一生未婚的姑母傳授，姑母表示：「不必像別的女子那般，要靠別的人來養活你。」[19]也意味著從此與愛絕緣。姑母傳藝給「我」，主要的原因是面對亡者，「我並非一個膽怯的人」。[20]從小失去父母，「我」其實是一個不懂得保護自己的女孩，對愛情的天真想像，於是像個小女孩般「毫無保留地表達了我的情感」，且一直對男友隱瞞化妝的對象。於是，當男友要求參觀「我」的工作時，直接複寫當年姑母的男友「失聲大叫，掉頭拔腳而跳」出化妝工作斗室故事，[21]此將落實姑母之前的預感「我的命運或者和她的命運相同」嗎？[22]小說並未提供結局，而這樣的女性角色訴求，西西顛覆了長久以來主流文學裡女性作家／角色的天使形象，符合了桑德拉・吉伯特（Sandra Gilbert）和蘇珊・古芭（Susan Gubar）《閣樓裡的瘋女人》（*The Madwoman in the Attic*,1979）裡女性作

---

⑰ 阿巴斯（Ackbar M. Abbas）著，蕭恒譯：〈香港城市書寫〉，張美君、朱耀偉編：《香港文學@文化研究》（香港：牛津大學出版社，2002年版），頁304。

⑱ 西西：〈像我這樣的一個女子〉，《像我這樣的一個女子》，（臺北：洪範，1984年版），頁111。

⑲ 西西：《像我這樣的一個女子》，（臺北：洪範，1984年版），頁115。

⑳ 西西：《像我這樣的一個女子》，（臺北：洪範，1984年版），頁121。

㉑ 西西：《像我這樣的一個女子》，（臺北：洪範，1984年版），頁頁121。

㉒ 西西：《像我這樣的一個女子》，（臺北：洪範，1984年版），頁頁122。

家召喚來的怪物瘋女人。[23]小說中「我」的獨白、自嘲、疏離，正是站在與世隔絕的閣樓位置，這是「閣樓裡的瘋女人」成人童話版了，而最悲哀的是，這裏面，沒有療愈的可能。

所以，令人好奇的是，如果西西寫的是「像我這樣的一個男子」，還有什麼看頭？

㉓ 托莉・莫（Toril Moi）著，國立編譯館主譯，王奕婷譯：〈書寫女人和關女人的書寫〉，《性／文本政治：女性主義文學理論》（臺北：巨流，2005年版），頁69-71。

像我這樣的一個女子

像我這樣的一個女子，其實是不適宜與任何人戀愛的。但我和夏之間的感情發展到今日這樣的地步，使我自己也感到吃驚。我想，我所以會陷入目前的不可自拔的處境，完全是由於命運對我作了殘酷的擺佈，對於命運，我是沒有辦法反擊的。聽人家說，當你真的喜歡一個人，祇要靜靜地坐在一個角落，看著他即使是非常隨意的一個微笑，你也會忽然地感到魂飛魄散。對於夏，我的感覺正是這樣。所以，當夏問我：你喜歡我嗎，的時候，我就毫無保留地表達了我的感情。我是一個不懂得保護自己的人，我的舉止和語言，都會使我永遠成為別人的笑柄。和夏一起坐在咖啡室裏的時候，我看來是那麼地快樂，但我的心中充滿隱憂，我其實是極度地不快樂的，因為我已經預知命運會把我帶到甚麼地方，而那完全是由於我的過錯。一開始的時候，我就不應該答應和夏一起到遠方去探望一位久別了的同學，而後來，我又沒有拒絕和他一起經常看電影。對於這些事情，後悔已經太遲了，而事實上，後悔或者不後悔，分別也變得不太重要。此刻我坐在咖啡室的一角等夏，我答應了帶他到我工作的地方去參觀，而一切也將在那個時刻結束。當我和夏認識的那個季節，我已經從學校裏出來很久了，所以當夏問我是在做事了嗎，我就說我已經出外工作許多年了。

那麼，你的工作是甚麼呢。他問。

替人化粧。

我說。

啊，是化粧。

他說。

但你的臉卻是那麼樸素。

他說。

他說他是一個不喜歡女子化粧的人，他喜歡樸素的臉容。他所以注意到我的臉上沒有任何的化粧，我想，並不是由於我對他的詢問提出了答案而引起了聯想，而是由於我的臉比一般的人都顯得蒼白。我的手也是這樣。我的雙手和我的臉都比一般的人要顯得蒼白，這是我的工作造成的後果。我知道當我把我的職業說出來的時候，夏就像我曾經有過的其他的每一個朋友一般直接地誤解了我的意思。在他的想像中，我的工作是一種為了美化一般女子的容貌的工作，譬如，在婚禮的節日上，為將出嫁的新娘端麗她們的顏面；所以，當我說我的工作並沒有假期，即使是星期天也常常是忙碌的，他就更加信以為真了。星期天或者假日，總有那麼多的新娘。但我的工作並非為新娘化粧，我的工作是為那些已經沒有了生命的人作最後的修飾，使他們在將離人世的最後一刻顯得心平氣和與溫柔。在過往的日子裏，我也曾經把我的職業對我的朋友提及，當他們稍有誤會時我立刻加以更正辯析，讓他們了解我是怎樣的一個人，但我的誠實使我失去了幾乎所有的朋友，是我使他們害怕了，彷彿坐在他們對面喝著咖啡的我竟也是他們心目中恐懼的幽靈了。這我是不怪他們的，對於生命中不可知的神秘面我們天生就有原始的膽怯。我沒有對夏的問題提出答案時加以解釋，一則是由於我怕他會因此驚懼，我是不可以再由於自己的奇異職業而使我周遭的朋友感到不安的，這樣我將更不能原諒我自己；其次是由於我原是一個不懂得表達自己的意思的人，而且長期以來，我同時習慣了保持沉默。

但你的臉卻是那麼樸素。

他說。

當夏這樣說的時候，我已經知道這就是我們之間感情路上不祥的預兆了。但那時候，夏是那麼地快樂，因為我是一個不為自己化粧的女子而快樂，但我的心中充滿了憂愁。我不知道，在這個世界上，誰將是為我的臉化粧的一個人，是怡芬姑母嗎？我和怡芬姑母一樣，我們共同的願望仍是在我們有生之年，不要為我們自己至愛的親人化粧。我不知道在不祥的預兆冒升之後，我為甚麼繼續和夏一起常常漫遊，也許，我畢竟是一個人，我是沒有能力控制自己而終於一步一步走向命運所指引我走的道路上去；對於我的種種行為，我實在無法作出一個合理的解釋，我想，人難道不是這樣子的嗎，人的行為有許多都是令自己也莫名其妙的。

可以參觀一下你的工作嗎？

夏問。

應該沒有問題。

我說。

她們會介意嗎？

他問。

恐怕沒有一個會介意的。

我說。

夏所以說要參觀一下我的工作，是因為每一個星期日的早上我必須回到我的工作的地方去工作，而他在這個日子裏並沒有任何的事情可以做。他說他願意陪我上我工作的地方，既然去了，為甚麼不留下來看看呢。他說他想看看那些新娘和送嫁的女子們熱鬧的情形，也想看看我怎樣把她們打扮得花容月貌，或者化妍為醜。我毫不考慮地答應了。我知道命運已經把我帶向起步跑的白線前面，而這注定是必會發生的事情，所以，我在一間小小的咖啡室裏等夏來，然後我們一起到我工作的地方去。到了那個地方，一切就會明白了。夏就會知道他一直以為我為他而灑的香水，其實不過是附在我身體上的防腐劑的氣味罷了；他也會知道，我常常穿素白的衣服，並不是因為這是我特意追求純潔的表徵，而是為了方便我出入我工作的那個地方。附在我身上的一種奇異的藥水氣味，已經在我的軀體上蝕骨了，我曾經用過種種的方法把它們驅除，直到後來，我終於放棄了我的努力，我甚至不再聞得那股特殊的氣息。夏卻是一無所知的，他曾經對我說：你用的是多麼奇特的一種香水。但一切不久就會水落石出。我一直是一名能夠修理一個典雅髮型的技師，我也是個能束一個美麗出色的領結的巧手，但這些又有甚麼用呢，看我的雙手，它們曾為多少沉默不語的人修剪過髮髭，又為多少嚴肅莊重的頸項整理過他們的領結。這雙手，夏能容忍我為他理髮嗎？能容忍我為他細意打一條領帶嗎？這樣的一雙手，本來是溫暖的，但在人們的眼中已經變成冰冷，這樣的一雙手，本來適合懷抱新生的嬰兒的，但在人們的眼中已經成接撫骷髏的白骨了。

怡芬姑母把她的技藝傳授給我，也許有甚多的理由。人們從她平日的言談中可以探測得清清楚楚。不錯，像這般的一種技藝，是一生一世也不怕失業的一種技能，而且收入甚豐，像我這樣一個讀書不多，知識程度低的女子，有甚麼能力到這個狼吞虎嚥、弱肉強食的世界上去和別的人競爭呢。怡芬姑母把她的畢生絕學傳授給我，完全是因為我是她的親姪女兒的緣故。她工作的時候，從來不讓任何一個人參觀，直到她正式收我為她的門徒，才讓我追隨她的左右，跟著她一點一點地學習，即使獨自對著赤裸而冰冷的屍體也不覺得害怕。甚至那些碎裂得四分五散的部分、爆裂的頭顱，我已學會了把它們拼湊縫接起來，彷彿這不過是製作一件戲服。我從小失去父母，由怡芬姑母把我撫養長大。奇怪的是，我終於漸漸地變得愈來愈像我的姑母，甚至是她的沉默寡言，她的蒼白的手臉，她步行時慢吞吞的姿態，我都愈來愈像她。有時候我不禁感到懷疑，我究竟是不是我自己，我或者竟是另外的一個怡芬姑母，我們兩個人其實就是一個人，我就是怡芬姑母的一個延續。

從今以後，你將不愁衣食了。

怡芬姑母說。

你也不必像別的女子那般，要靠別的人來養活你了。

她說。

怡芬姑母這樣說，我其實是不明白她的意思的。我不知道為甚麼跟著她學會了這一種技能，就可以不愁衣食，不必像別的女子要靠別人來養活自己，難道世界上就沒有其他的行業可以令我也不愁衣食，不必靠別的人來養活麼。但我是這麼沒有甚麼知識的一個女子，在這個世界上，我是必定不能和別的女子競爭的，所以，怡芬姑母才特別傳授了她的特技給我，她完全是為了我好。事實上，像我們這樣的工作，整個城市的人，誰不需要我們的幫助呢，不管是甚麼人，窮的還是富的，大官還是乞丐，祇要命運的手把他們帶領到我們這裏來，我們就是他們最終的安慰，我們會使他們的容顏顯得心平氣和，使他們顯得無比地溫柔。我和怡芬姑母都各自有各自的願望，除了自己的願望以外，我們尚有一個共同的願望，那就是希望在我們的有生之年，都不必為我們至愛的親人化粧。所以，上一個星期之內，我是那麼地哀傷，我隱隱約約知道有一件淒涼的事情發生了，而這件事，卻是發生在我年輕的兄弟的身上。據我所知，我年輕的兄弟結識了一位聲色性情令人讚羨的女子，而且是才貌雙全的，他們彼此是那麼地快樂，我想，這真是一件幸福的大喜事，然而快樂畢竟是過得太快一點了，我不久就知道那可愛的女子不明不白地和一個她並不傾心的人結了婚。為甚麼兩個本來相愛的人不能結婚，卻被逼要苦苦相思一生呢。我年輕的兄弟變成了另外一個人了，他曾經這麼說：我不要活了。我不知道應該怎麼辦，難道我竟要為我年輕的兄弟化粧嗎。

我不要活了。

我年輕的兄弟說。

我完全不明白事情為甚麼會發展成那樣，我年輕的兄弟也不明白。如果她說：我不喜歡你了。

那我年輕的兄弟是無話可說的。但兩個人明明相愛，既不是為了報恩，又不是經濟上的困難，而在這麼文明的現代社會，還有被父母逼了出嫁的女子嗎？長長的一生為甚麼就對命運低頭了呢。唉，但願在我們有生之年，都不必為我們至愛的親人化粧。不過，誰能說得准呢，怡芬姑母在正式收我為徒，傳授我絕技的時候曾經對我說過：你必須遵從我一件事情，我才能收你為門徒。我不知道為甚麼怡芬姑母那麼鄭重其事，她嚴肅地對我說：當我躺下，你必須親自為我化粧，不要讓任何陌生人接碰我的軀體。我覺得這樣的事並無困難，祇是奇怪怡芬姑母的執著，譬如我，當我躺下，我的軀體與我，還有甚麼相干呢。但那是怡芬姑母唯一的一個私自的願望，我必會幫助她完成，祇要我能活到那個適當的時刻和年月。在漫漫的人生路途上，我和怡芬姑母一樣，我們其實都沒有甚麼宏大的願望，怡芬姑母希望我是她的化粧師，而我，我祇希望憑我的技藝，能夠創造一個「最安詳的死者」出來，他將比所有的死者更溫柔，更心平氣和，彷彿死亡真的是最佳的安息。其實，即使我果然成功了，也不過是我在人世上無聊時藉以殺死時間的一種遊戲罷了，世界上的一切豈不毫無意義，我的努力其實是一場徒勞，如果我創造了「最安詳的死者」，我難道希望得到獎賞？死者是一無所知的，死者的家屬也不會知道我在死者身上所花的心力，我又不會舉行展覽會，讓公眾進來參觀分辨化粧師的優劣與創新，更加沒有人會為死者的化粧作不同的評述、比較、研究和開討論會。即使有，又怎樣呢？也不過是蜜蜂螞蟻的喧嚷。我的工作，祇是斗室中我個人的一項遊戲而已。但我為甚麼又作出了我的願望呢，這大概是支持我繼續我的工作的一種動力了，因為我的工作是寂寞而孤獨的，既沒有對手，也沒有觀眾，當然更沒有掌聲。當我工作的時候，我祇聽見我自己低低地呼吸，滿室躺著男男女女，祇有我自己獨自低低地呼吸，我甚至可以感到我的心在哀愁或者歎息，當別人的心都停止了悲鳴的時候，我的心就更加響亮了。昨天，我想為一雙為情自殺的年輕人化粧，當我凝視那個沉睡了的男孩的臉時，我忽然覺得這正是我創造「最安詳的死者」的對象。他閉著眼睛，輕輕地合上了嘴唇，他的左額上有一個淡淡的疤痕，他那樣地睡著，彷彿真的不過是在安詳睡覺。這麼多年，我所化粧過的臉何止千萬，許多的臉都是愁眉苦臉的，大部分的十分猙獰，對於這些面譜，我一一為他們作了最適當的修正，該縫補的縫補，該掩飾的掩飾，使他們變得無限地溫柔。但我昨天遇見的男孩，他的容顏有一種說不出的平靜，難道說他的自殺竟是一件快樂的事情？但我不相信這種表面的姿態，我覺得他的行為是一種極端懦弱的行為，一個沒有勇氣向命運反擊的人，從我自己出發，應該是我不屑一顧的。我不但打消了把他創造為一個「最安詳的死者」的念頭，同時拒絕為他化粧，我把他和那個和他一起愚蠢地認命的女孩一起移交給怡芬姑母，讓她去為他們因喝劇烈的毒液而燙燒的面頰細細地粉飾。

沒有人不知道怡芬姑母的往事，因為有一些人曾經是現場的目擊者。那時候怡芬姑母仍然年輕，喜歡一面工作一面唱歌，並且和躺在她前面的死者說話，彷彿他們都是她的朋友。至於怡芬姑母變得沉默寡言，那就是後來的事了。怡芬姑母習慣把她心裏的一切話都講給她沉睡了的朋友們聽，她從來不寫日記，她的話就是她每天的日記，沉睡在她面前的那些人都是人類中最優秀的聽眾，他們可以長時間地聽她娓娓細說，而且，又是第一等的保密者。怡芬姑母會告訴他們她如何結識了一個男子，而他們在一起的時候就像所有的戀人們在一起那樣地快樂，偶然中間也不乏遙遠而斷續的、時陰時晴的日子。那時候，怡芬姑母每星期一次上一間美容學校學化粧術，風雨不改，經年不輟，她幾乎把所有老師的技藝都學齊了，甚至當學校方面告訴她她已經沒有甚麼可以再學的時候，她仍堅持要老師們看看還有甚麼新的技術可以傳給她。她對化粧的興趣如此濃厚，幾乎是天生的因素，以致她的朋友都以為她將來必定要開甚麼大規模的美容院。但她沒有，她祇把她的學問貢獻在沉睡在她前面的人的軀體上。而這樣的事情，她年輕的戀人是不知道的，他一直以為愛美是女孩子的天性，她不過是比較喜好脂粉罷了。直到這麼的一天，她帶他到她工作的地方去看看，指著躺在一邊的死者，告訴他，這是一種非常孤獨而寂寞的工作，但是在這樣的一個地方，並沒有人世間的是是非非，一切的妒忌、仇恨和名利的爭執都已不存在；當他們落入陰暗之中，他們將一個個變得心平氣和而溫柔。他是那麼地驚恐，他從來沒有想到她是這樣的一個女子，從事這樣的一種職業，他曾經愛她，願意為她做任何事，他起過誓，說無論如何都不會離棄她，他們必定白頭偕老，他們的愛情至死不渝。不過，竟在一群不會說話、沒有能力呼吸的死者的面前，他的勇氣與膽量完全消失了，他失聲大叫，掉頭拔腳而逃，推開了所有的門，一路上有許多人看見他失魂落魄地奔跑。以後，怡芬姑母再也沒有見過他了。人們祇聽見她獨自在一間斗室裏，對她沉默的朋友們說：他不是說愛我的麼，他不是說不會離棄我的麼，而他為甚麼忽然這麼驚恐呢。後來，怡芬姑母就變得逐漸沉默寡言起來，或者，她要說的話也已經說盡，或者，她不必再說，她沉默的朋友都知道關於她的故事，有些話的確是不必多說的。怡芬姑母在開始把她的絕技傳授給我的時候，也對我講過她的往事，她選擇了我，而沒有選擇我年輕的兄弟，雖然有另外的一個原因，但主要的卻是，我並非一個膽怯的人。

你害怕嗎？

她問。

我並不害怕。

我說。

你膽怯嗎？

她問。

我並不膽怯。

我說。

是因為我並不害怕，所以怡芬姑母選擇了我作她的繼承人。她有一個預感，我的命運或者和她的命運相同，至於我們怎麼會變得愈來愈相像，這是我們都無法解釋的事情，而開始的原因也許是由於我們都不害怕。我們毫不畏懼。當怡芬姑母把她的往事告訴我的時候，她說：但我總相信，在這個世界上，必定有像我們一般，並不畏懼的人。那時候，怡芬姑母還沒有到達完全沉默寡言的程度，她讓我站在她的身邊，看她怎樣為一張倔強的嘴唇塗上紅色，又為一隻久睜的眼睛輕輕撫摸，請他安息。那時候，她仍斷斷續續地對她的一群沉睡了的朋友說話：而你，你為甚麼害怕了呢。為甚麼在戀愛中的人卻對愛那麼沒有信心，在愛裏竟沒有勇氣呢。在怡芬姑母的沉睡的朋友中，也不乏膽怯而懦弱的傢伙，他們則更加沉默了，怡芬姑母很知道她的朋友們的一些故事，她有時候一面為一個額上垂著劉海的女子敷粉時一面告訴我：唉唉，這是一個何等懦弱的女子呀，衹為了要做一個名義上美麗的孝順女兒，竟把她心愛的人捨棄了。怡芬姑母知道這邊的一個女子是為了報恩，那邊的女子是為了認命，都把自己無助地交在命運的手裏，彷彿她們並不是一個個活生生有感情有思想的人，而是一件件商品。

這真是可怕的工作呀。

我的朋友說。

是為死了的人化粧嗎，我的天呀。

我的朋友說。

我並不害怕，但我的朋友害怕，他們因為我的眼睛常常凝視死者的眼睛而不喜歡我的眼睛，他們又因為我的手常常撫觸死者的手而不喜歡我的手。起先他們衹是不喜歡，漸漸地他們簡直就是害怕了，而且，他們起先不喜歡和感到害怕的衹是我的眼睛和我的手，但到了後來，他們不喜歡和感到害怕的已經蔓延到我的整體，我看著他們一個一個在我的身邊離去，彷彿動物面對烈焰，田農驟遇飛蝗。我說：為甚麼你們要害怕呢，在這個世界上，總得有人做這樣的工作，難道我的工作做得不夠好，不稱職？但我漸漸就安於我的現狀了，對於我的孤獨，我也習慣了。總有那麼多的人，追尋一些甜密溫暖的東西，他們喜歡的永遠是星星與花朵。但在星星與花朵之中，怎樣才顯得出一個人堅定的步伐呢。我如今幾乎沒有朋友了，他們從我的手感覺到另一個深邃國度的冰冷，他們從我的眼看見無數沉默浮游的精靈，於是，他們感到害怕了。即使我的手是溫暖的，我的眼睛是會流淚的，我的心是熱的，他們並不回顧。我也開始像我的怡芬姑母那樣，祇剩下沉睡在我的面前的死者成為我的朋友了。我奇怪我在靜寂的時刻居然會對他們說：你們知道嗎，明天早上，我會帶一個叫做夏的人到這裏來探訪你們。夏問過：你們會介意嗎。我說，你們並不介意。你們是真的不介意的吧。到了明天，夏就會到這個地方來了，我想，我是知道這個事情的結局是怎樣的，因為我的命運已經和怡芬姑母的命運重疊為一了。我想，我當會看到夏踏進這個地方時魂飛魄散的樣子，唉，我們竟以不同的方式彼此令彼此魂飛魄散。對於將要發生的事情，我並不驚恐，我從種種的預兆中已經知道結局的場面。夏說：你的臉卻是那麼樸素。是的，我的臉是那麼樸素，一張樸素的臉並沒有力量令一個人對一切變得無所畏懼。

我曾經想過轉換一種職業，難道我不能像別的女子那樣做一些別的工作嗎？我已經沒有可能當教師、護士、或者寫字樓的秘書或文員，但我難道不能到商店去當售貨員，到麵包店去賣麵包，甚至是當一名清潔女傭？像我這樣的一個女子，祇要求一日的餐宿，難道無處可以容身？說實在的，憑我的一手技藝，我真的可以當那些新娘的美容師，但我不敢想像，當我為一張嘴唇塗上唇膏時，嘴唇忽然咧開而顯出一個微笑，我會怎麼想，太多的記憶使我不能從事這一項與我非常相稱的職業。祇是，如果我轉換了一份工作，我的蒼白的手臉會改變它們的顏色嗎，我的滿身蝕骨的防腐劑的藥味會完全徹底消失嗎？那時，對於夏，我又該把我目前正在從事的工作絕對地隱瞞嗎？對一個我們至親的人隱瞞過往的事，是不忠誠的，世界上仍有無數的女子，千方百計地掩飾她們愧失了的貞節和虛長了的年歲，這都是我所鄙視的人物。我必定會對夏說，我長時期的工作，一直是在為一些沉睡了的死者化粧。而他必須知道、面對，我是這樣的一個女子。所以，我身上並沒有奇異的香水氣味，那是防腐劑的藥水味；我常常穿白色的衣裳也並非由於我刻意追求純潔的形象，而是我必須如此才能方便出入我工作的地方。但這些祇不過是大海中的一些水珠罷了。當夏知道我的手長時期觸撫那些沉睡的死者，他還會牽著我的手和我一起躍過急流的溪澗嗎？他會讓我為他修剪頭髮，為他打一個領結嗎？他會容忍我的視線凝定在他的臉上嗎？他會毫不恐懼地在我的面前躺下來嗎？我想他會害怕，他會非常地害怕，他就像我的那些朋友，起先是驚訝，然後是不喜歡，結果就是害怕而掉轉臉去。怡芬姑母說：如果是由於愛，那還有甚麼畏懼的呢。但我知道，許多人的所謂愛，表面上是非常剛強、堅韌，事實上卻是異常地懦弱、萎縮；吹了氣的勇氣，不過是一層糖衣。怡芬姑母說：也許夏不是一個膽怯的人，所以，這也是為甚麼我一直對我的職業不作進一步的解釋的緣故，當然，另外的一個原因完全由於我是一個不擅於表達自己思想的人，我可能敘說得不好，可能選錯了環境、氣候、時間和溫度，這都會把我想表達的意思扭曲。我不對夏解釋我的工作並非是為新娘添粧，其實也正是對他的一場考驗，我要觀察他看見我工作對象時的反應，如果他害怕，那麼他就是害怕了。如果他拔腳而逃，讓我告訴我那些沉睡的朋友：其實一切就從來沒有發生。

可以參觀一下你工作的情形嗎？

他問。

應該沒有問題。

我說。

所以，如今我坐在咖啡室的一個角落等夏來。我曾經在這個時刻仔細地思想，也許我這樣做對夏是不公平的，如果他對我所從事的行業感到害怕，而這又有甚麼過錯呢，為甚麼他要特別勇敢，為甚麼一個人對死者的恐懼竟要和愛情上的膽怯有關，那可能是兩件完全不相干的事情。我年紀很小的時候，我的父母都已經亡故了，我是由怡芬姑母把我撫養長大的，我，以及我年輕的兄弟，都是沒有父母的孤兒。我對我父母的身世和他們的往事所知甚少，一切我稍後知悉的事都是怡芬姑母告訴我的，我記得她說過，我的父親正是從事為死者化粧的一個人，他後來娶了我的母親。當他打算和我母親結婚的時候，曾經問她：你害怕嗎？而我母親說：並不害怕。我想，我所以也不害怕，是因為我像我的母親，我身體內的血液原是她的血液。怡芬姑母說，我母親在她的記憶中是永生的，因為她這麼說過：因為愛，所以並不害怕。也許是這樣，我不記得我母親的模樣和聲音，但她隱隱約約地在我的記憶中也是永生的。可是我想，如果我母親說了因為愛而不害怕的話，祇因為她是我的母親，我沒有理由要求世界上的每一個人都如此。或者，我還應該責備自己從小接受了這樣的命運，從事如此令人難以忍受的職業。世界上哪一個男子不喜愛那些溫柔、暖和、甜美的女子呢，而那些女子也該從事一些親切、婉約、典雅的工作。但我的工作是冰冷而陰森、暮氣沉沉的，我想我整個人早已也染上了那樣的一種霧靄，那麼，為甚麼一個明亮如太陽似的男子要結識這樣一個鬱暗的女子呢，當他躺在她身邊，難道不會想起這是一個經常和屍體相處的一個人，而她的雙手，觸及他的肌膚時，會不會令他想起，這竟是一雙長期輕撫死者的手呢。唉唉，像我這樣的一個女子，原是不適宜與任何人戀愛的。我想一切的過失皆自我而起，我何不離開這裏，回到我工作的地方去，世界上從來沒有一個我認識的人叫夏，而他也將忘記曾經結識過一個女子，是一名為新娘添粧的美容師。不過一切又彷彿太遲了，我看見夏，透過玻璃，從馬路的對面走過來。他手裏抱著的是甚麼呢？這麼大的一束花。今天是甚麼日子，有人生日嗎。我看著夏從咖啡室的門口進來，發現我，坐在這邊幽黯的角落裏。外面的陽光非常燦爛，他把陽光帶進來了，因為他的白色的襯衫反映了那種光亮。他像他的名字，永遠是夏天。

喂，星期日快樂。

他說。

這些花都是送給你的。

他說。

他的確是快樂的，於是他坐下來喝咖啡。我們有過那麼多快樂的日子。但快樂又是甚麼呢，快樂總是過得很快的。我的心是那麼地憂愁。從這裏走過去，不過是三百步路的光景，我們就可以到達我工作的地方。然後，就像許多年前發生過的事情一樣，一個失魂落魄的男子從那扇大門裏飛跑出來，所有好奇的眼睛都眼蹤著他，直至他完全消失。怡芬姑母說：也許，在這個世界上，仍有真正具備勇氣而不畏懼的人。但我知道這不過是一種假設，當夏從對面的馬路走過來的時候，手抱一束巨大的花朵，我又已經知道，因為這正是不祥的預兆。唉唉，像我這樣的一個女子，其實是不適宜與任何人戀愛的，或者，我該對我的那些沉睡了的朋友說：我們其實不都是一樣的嗎？幾十年不過匆匆一瞥，無論是為了甚麼因由，原是誰也不必為誰而魂飛魄散的。夏帶進咖啡室來的一束巨大的花朵，是非常非常地美麗，他是快樂的，而我心憂傷。他是不知道的，在我們這個行業之中，花朵，就是訣別的意思。

（本文出自洪範2007年版，頁101-119）

朱天文（1956-）

作家介紹

朱天文（1956-）出身文學家庭，受父母朱西甯、劉慕沙影響，一九七二年八月第一篇小說〈仍然在殷勤地閃耀著〉刊於《聯合報‧聯合副刊》，揭開登上創作舞臺序幕，那年她才高一，十六歲。日後妹妹朱天心亦加入寫作行列，成了一家子都是寫作人的文學家庭美談。如此安於純粹的寫作生活，毋寧出於性格上的一種靜定及對生活方式的擇揀。

朱天文寫作之路的岔出，是一九八二年參加聯合報「愛的故事」散文徵文，〈小畢的故事〉雖僅得佳作獎，卻因被改編搬上螢幕，並獲一九八三年金馬獎最佳影片、最佳導演，成為一般公認開啟臺灣新電影重要序幕之作。一九八三年與侯孝賢合作《風櫃來的人》，從此開啟兩人長期合作的關係，日後侯孝賢成為國際重要導演，他的作品《悲情城市》、《好男好女》、《戀戀風塵》、《海上花》、《最好的時光》等，都看得見朱天文的筆意。

朱天文出道雖早，但論社會參與，恐怕終得談到《三三集刊》。受胡蘭成煽動青春，「熱切想到一個名目去奉獻」，一九七七年四月《三三集刊》創刊，直接促成「三三書坊」一九七九年的成立，「朱家班」是主要成員。一九八一年胡蘭成去世，「三三群士」不久散夥，朱天文自道：「下課鐘還沒敲呢，都紛紛跑光了。」覺得「我們是始作俑者，更不可原諒。」及至讀到梁啟超諫告臺灣民族運動先驅林獻堂，「切莫以文人終身」，物傷其類，難免感嘆。①

朱天文在八〇年代後期出版《炎夏之都》，可說是寫作生涯的重要轉折，一九九〇年的《世紀末的華麗》，持續推上高峰，並與一九九四年獲時報小說大獎的《荒人手紀》，連成一道黃金稜線。

二〇〇〇年啟筆，朱天文在睽違多年後交出長篇小說《巫言》。首章〈巫看〉於二〇〇三年九月刊於《印刻文學生活誌》，同時宣告進入「陽春白雪『只寫表面』離題再離題的寫作（生活）之境。」我們對這樣的表白不該意外，回想起來，早有寄寓，《荒人手紀》寫完，朱天文自道：「鋒芒斂盡，成了個孤僻隱者。」②而此時朱天文已近中年。只是，詹宏志評《世紀末的華麗》寫出了「年紀」言猶在耳，朱天文及身而返偏離更遠。

「熬煉七載形成魂魄」，③二〇〇八年春《巫言》出版，距《荒人手紀》已十三「冬」。這次，朱天文從荒人「生成」巫者。④

---

① 朱天文：〈花憶前身〉，《花憶前身》（臺北：麥田，1996年版），頁63-64。

② 朱天文：《花憶前身》（臺北：麥田，1996年版），頁頁95。

③ 《巫言》的出版宣傳文案。

④ 黃錦樹論述朱天文《荒人手記》與《巫言》，認為作者自我的分化，原是小說寫作的慣用技藝之一。見黃錦樹：〈巫言亂語——關於兩部長篇小說的評注〉，「舞鶴作品研討會」論文，高雄中山大學哲研所主辦，2008年6月20日。

作品導讀

要瞭解朱天文小說的女性角色，或者該逆時由她拿到小說大獎的《荒人手記》[5]往前回溯及〈這一天〉。黃錦樹論《荒人手記》寫作究竟，為步入中年的朱天文，「悄悄穿起少女時期的神姬之服，幽幽的向她的蘭師跳起巫女之舞，是禮敬，也是對他當年期許的一個回答。」[6]蘭師不是別人，正是胡蘭成，三三的精神導師。朱天文青年時期起便受胡蘭成啟蒙，論女人是其中很重要的一部分。在他許多論女人文章的基本看法是：「史上是女人始創文明，其後是男人將它理論學問化。」他在一九八一發表的〈女人論〉中不僅重申他的推理：「新石器時代的女人的發明，都不靠理論，而靠感。」更進一步期許朱天文再造「新石器女人文明時代」，難怪寫於一九九〇年的〈世紀末的華麗〉，朱天文即已先演練胡蘭成賦予她的使命，〈世紀末的華麗〉那段讓人驚豔的「女性主義宣言」（黃錦樹語）是這麼寫的：

> 湖泊幽邃無底洞之藍告訴她，有一天男人用理論與制度建立起的世界會倒塌，她將以嗅覺和顏色記憶存活，從這裡並予以重建。[7]

---

⑤《荒人手記》得到一九九四年中國時報首居百萬小說大獎首獎。

⑥黃錦樹：〈神姬之舞——後四十回？（後）現代啟示錄〉，朱天文：《花憶前身》（臺北：麥田，1996年版），頁300-301。

⑦朱天文：〈世紀末的華麗〉，《世紀末的華麗》（臺北：遠流，1990年版），頁192。

但朱天文的女性主義宣言並非直接過渡到《荒人手記》，在〈日神的後裔〉裡，朱天文曾演繹上述所說的「女性主義宣言」意念：

一生裡女人們的啟蒙季節到來的時候，她的身體，她的心智，她的全部人橫蕩展開像一座新琴，沉默如深淵，沃黑似星空，等待人們來打開她彈出清越華麗的樂章。[8]

只是〈日神的後裔〉寫到一九九二年第七章便「寫不下去」，雖停筆未完，〈日神的後裔〉仍潛藏著要回答的「女人論」企圖：「那是一部觸角遍及臺北、古今中外、歷史、神話的女性故事。」[9]非常清楚的〈日神的後裔〉裡的女性故事，日後穿越到《荒人手記》的同志（另類女人），「女人論」這才轉換完成，且可說是「女性主義宣言」的一次完整演出。可要連結「女人論」的日常生活版，這就得回到〈這一天〉及〈敘前塵〉，寫於一九八二年十月的〈這一天〉，卻是寫於一九八三年〈敘前塵〉故事的續集，兩篇併著看，才會明白沒有胡蘭成的口傳心授，朱天文的女性思考與對象是什麼樣子。〈敘前塵〉是朱天文同業父母朱西甯與劉慕沙的真實故事，小說中林傳麗（劉慕沙）客家小姐雙十那天寅夜私奔，委身外省軍官方海成（朱西甯），其任俠烈性義無反顧，讓人想起胡蘭成對朱家姊妹的調教：「女人做的是格物，男人是致知。民間說『男有剛強，

⑧ 朱天文：〈日神的後裔〉，《花憶前身》（臺北：麥田，1996年版），頁219。
⑨ 張啟疆：〈「我」的裡面有個「她」──專訪朱天文〉，〈人間週刊〉，《中國時報》，1994年4月6日。

女有烈性』，果然比說女有溫柔對。」[10]就因烈性，劉慕沙，不，林傳麗才「倔爆性子」的，由方海成的拜把老五接應，新竹南下鳳山嫁了有一海票光棍哥們的窮大兵，在一個完完全全的男人世界，二十歲就當了八個拜把兄弟之家的一員。弟兄們隻身來臺理所當然的視林傳麗，不，劉慕沙的家是自己的家，沒有什麼公主王子的浪漫故事，但傳奇也就在於，背景徹頭徹尾不同的男女居然可以把日子過得平凡熱鬧體己沒散夥，十五年過去了，愛動愛笑熱性子林傳麗，修成正果，父母諒解了，弟兄們早拿她當「自己人」，日子來到十月十日「這一天」，是國慶也是家慶，拜把老五帶了個女孩請三哥三嫂掌眼，活脫十五年前再上演，傳麗忙得興頭裡外兼顧，遠近親疏也拿捏得剔透分寸，看著真是叫人眼熱，也就很難不越過小說往裡望到小說背後的真實性。如果這故事發生在女性主義掛帥時代或個人主義一點的女子身上，「這一天」哪會到來？想著就好慶倖，還好朱天文的女性主義宣言要到九〇年代才成形。

而〈這一天〉好就好在是個家常故事，有了人性與生活溫度，袁瓊瓊以作家之眼指出朱天文其人其文是個性內與文字風格潑辣俐落互為呼應，真一語中的。[11]而我以為，林傳麗憑直覺跟了方海成，不是「感」是什麼？豈不正合了「女人論」的宗旨，回返最初，這篇看似簡單的故事，也因此才有了深意。

---

⑩ 朱天文：〈花憶前身〉，《花憶前身》（臺北：麥田，1996年版），頁71。
⑪ 袁瓊瓊：〈天文種種〉，朱天文：《最想念的季節》（臺北：三三書坊，1984年版），頁10。

這一天

國慶也是家慶。方太太起了個早，先把冰箱裡的排骨拿出來解凍，然後飽瓠瓜，八個青不溜丟的瓜夠飽一氣了，昨天豬肉李送來四斤餃肉，當方家是開館子的呢。早些年沒熱水器的時候，還不是煮餃子的大鍋也拿來燒洗澡水。今天的主客是老五。

十五年前的今天，方太太仍是林家傳麗，就在這一天離家出走，到鳳山跟上尉大兵方先生結婚的。前一晚老五在院牆外先把林家大小姐的行囊運了出去，次日傳麗只說到小學校帶合唱，火車坐至新竹，會合了老五，平快直達高雄，方先生是日公務在身，千忙萬忙中來車站接著他們，將傳麗暫時安置到表哥家，待租了房子後才補行儀式。

說起那年頭，真還都是一群大孩子，拜把兄弟方先生排行三，傳麗年紀輕輕二十歲，讓大家三嫂長三嫂短喊著，論實際年齡，老八跟她同年。放假過節什麼的，老三有家了，光棍兄弟們便來家裡泡一天，也是傳麗好客，投了他們大兵粗裡來大裡去的脾氣，皆喜這位愛笑愛動的新嫂子。兄弟們哪個不是少小離家，隻身渡海來到台灣，自然更視傳麗家是自己家了。

傳麗跟老五最投緣，且都是倔爆性子，不見的時候叨唸，見面講沒兩句話倒又槓起來。然而這個老五好叫人心疼！

若是太平盛世，老五在四川的家開米行，很殷實的人家，上面六個姐姐，他么兒，從他結實孩子氣的臉膛，方口方鼻，爽朗而有時帶一點邪惡的笑，不難想像少年的他定是被女眷寵慣了的，是那種聰明不肯下功夫，桀驁，不馴，自尊，骨子裡其實仁慈而優柔的少年，娶個溫婉的妻子，終生恩愛。十八歲那年，向文君表妹家裡提親，就是那年，日機轟炸時全家死了，唯大姐二姐嫁在外地，剩下他跟六姐，六姐迅速嫁了位公務員；他從軍，同條船來，結識了方海成。

第一次見老五即在新竹火車站上，她不認識他，他卻從海成那裡看過她的照片，傅麗徬徨在月臺邊等候招領，一壁耽心撞見熟人，一壁恐怕和老五錯過了。國慶日，站上遍插國旗，大風大太陽，旗子漫天劈叭亂響，異常攪人倉皇，沙塵颳著碎紛紛的日影有一盪沒一盪貼地打來，沙沙沙把人也礫礫揉碎了。傅麗掉在空前絕望的沙谷裡，漸感覺到遠遠有人走近來，走近了、近了，她一抬頭，獵獵的旗海裡彷彿忽然昇起一座礁巖，她仰視才看見了他的額髮，眉宇，和俯視她的一雙澄褐的眼睛。「林小姐？」

「老五！」她不記得是不是一把抓住他臂，只覺地平天穩都踏實了。

約好的，昨晚趁喂狗飯的吠聲亂裡，聽見院外牆根下一聲低喝：「老五。」便將一包行李隔牆遞了過去，聽見枯吃枯吃踩著麵包樹落葉的腳步跑遠去，一跌坐在柴堆旁，清澈聽著狗脖上拴的鐵鍊與狗食盆觸擊的淒唧唧響，不知怔了多久，直給蚊子咬痛了。素昧平生，她就那麼信任老五是自己的人。

老五領她到車上坐下，許是見她黃塵塵臉兒，去洗手間擰濕了帕子來給她擦，一擦一褶黑，擦了整條帕子，洗過後晾在前座椅背上。老五說：「林小姐你放心，我們三哥是好人，你跟他絕不會錯。」

問他昨晚住哪裡，就在火車站對面一家旅社，老五笑起來，一口搶眼的白牙，「整晚沒睡，都是臭蟲。」

老五跟他講海成的兄弟們，大哥寧波人，滿嘴阿拉阿拉怕她要聽不懂的，且要忍忍大哥一腦子的冬烘思想，見面時若當場來個三從四德誡令不為怪，但願莫責她淫奔之女就算開通了。二哥瘟，四哥烈，一個皖南，一個皖北，皖南瞧不起皖北土，老五大手大腳大嗓門學給她看，「喏，你們皖北人見過這個沒有？還是都用石頭揩？」一包草紙扔到四哥懷裡，惱得老四蹦起來揍人，就樂了二哥。傳麗聽得哈哈大笑，兩人言笑驚動四座。

老五說他們八兄弟是大宋楊家將，當時傳麗並沒有聽過楊家將的故事，老五告訴她京戲裡的楊五郎是花臉扮，傳麗也不曉得花臉是何物。戲臺上五郎還未出，先聽見幕後一聲叫：「好酒——」是楊五郎與遼戰敗，削髮為僧，是日背了師父下山去赴牛羊大會，吃得醺醺大醉回來，聽說寺裡借宿了一位壯士，就要盤問，其實這位壯士便是當年戰場失散的楊六郎。五郎六郎一問一答，從楊府令公爺楊繼業，夫人佘太君，一路問下來。那楊大郎、替宋王長槍喪命，楊二郎、短劍下一命身亡，楊三郎、被馬踹屍如泥醬，四郎八郎、失落在番邦，楊七郎、芭蕉樹上亂箭穿心、楊六郎、鎮守三關的楊六郎。那楊五郎，有呀，楊五郎，棄紅塵當了和尚——老五人一仰，椅背上一癱，「我家都炸死了，台灣就我一個人。」

傳麗轉臉看他，以為他哭了，卻朝她咧嘴一笑。

她想說一些安慰的話，老五倒也沒有哀傷的意思。因為實在講了很多話，遂倦睏著了。傳麗盹盹醒醒，始終警覺，覺得老五口中的另一個世界陌生極了。她與海成相識兩年，見面統共四次，照她林家家世，海成一個外省人、窮大兵，註定是無望的，但她就相信他，在還不懂得他之前就相信他了。海成生活裡她最先實感到的世界是老五，另一個、完完全全的男人的世界，她從不曾知道的，忽然叫她宛轉清惻，眼淚汩汩流了一臉。老五睡死了不知，一起一伏的酣息在她身邊呼呼吹著，傳麗兀自感動，好像此刻才明白自己真是與海成不能分離的了。

十五年過去，女兒都唸高中了，兄弟們各自成家生子，唯老五一個孤家寡人，幹到蛙人隊隊長，四十初幾，仍然軍服皮帶一紮，肚子不凸一點。仍然豁豁佻佻一副蛙人亡命之徒本色，過今天沒明天，薪餉下來大半也花在他們一家身上，什麼年頭呀家常過日子的，來就又是五爪蘋果、又是水蜜桃，一包包巧克力糖，牛肉乾分給孩子，帶孩子們到西門町看狄斯耐卡通片，一人一筒冰淇淋，上孔雀行買新衣。便是軍人保險受益人亦給了大丫頭。孩子們最喜歡這位五叔叔，個頭魁梧，故叫做大叔叔，從小喊慣了「大嘟嘟」，至今不改。

日前老五突然寫來一信，約定今天帶一位女人來家請三哥三嫂掌眼，夫婦倆著實吃一驚。方先生笑說：「這個老五該打，保密成這樣，怕我們拆散他！」

方太太另邀了二哥八弟來，陪客都到了，主角還沒來。眾皆揣想老五是個玩家，眼界高，交的準夫人十九不離譜，個個已摩拳擦掌猴看美人兒了。

人沒到門口，聲音先到，「丫頭三個，大嘟嘟來啦。」才成家時老五每戲傳麗，砰砰拍著門唸白道：「三姐，開門來──」倒成了一別十八年的薛平貴。

「該罰，該罰，一屋子就等你們這對嬌客。」

「交通管制嘛。」老五做個大揖。介紹女朋友，于小姐。

才一眼，都把于小姐過了一遍，說不上來，只覺碩大骨感，大眼睛大嘴巴、寬顴，腳下登雙高跟鞋，仰之彌高。眷舍矮門淺戶，于小姐走動一下，不是磕了門楣，就撞了燈泡，遂找著一處安份坐下。電唱機上一團桃簇簇紙紮花圈，是大丫頭上午參加總統府前慶典，她們學校負責站萬歲的萬字，從螢幕上實況轉播看到，的確壯觀。于小姐寡言，傍在唱機旁默默端坐，籠罩著霞光紅影，自成一種含蓄。

方太太看得清楚，心中一熱，麻油做醬油盪刺倒了一碗蛊。眼梢跳跳一剪人影飛到身後，笑問：「三嫂你看怎麼樣？」

仍被嚇一跳，方太太噌道：「還這樣騷包兮兮。」

老五向來會賣小，頓時塌了笑容，「三嫂不喜歡？」

方太太鬥性又起。「什麼嘛，才見，話都沒講兩句。」

老五一臉的晦喪，說：「她就是有點嘴禿──看不出，那麼大個兒，講起話比蚊子叫還聽不見。三腳踩不出個屁來！」說著嘿嘿笑起來。

「擋光啦。」方太太老聲老氣斥他。

老五讓到門側，潑進半邊天光，窄膩的廚間乍時分了陰陽，方太太在陰地，老五在陽地。依稀多年多年以前曾有這麼一刻的恍惚，當時幾家合一塊天井做廚房，老五出營至三嫂處，踢門來見傳麗蹲在地上生炭爐，竹籬笆篩進一隙隙燦黃斜陽，橫隔院中，悄無聲息像時間的沙流金沉沉流過，將兩人浴成凝澱。老五揚起手上一串排骨，「三嫂，咱們晚上燉豆角吃，上次三哥從表舅那裡拿來一包，我記得只吃了一半——」

「吃個頭！」傳麗撒手站起，煙爨的還是氣哭的，踢爐一腳。

老五忙接過炭柴鉗子，撥弄撥弄一晌就起了火，仰臉衝傳麗一咧齒，「這不就好了。」

傳麗破涕為笑，卻不服輸。「怪了，這爐子都聽你們的話！」一拔身，提著排骨虎瞪瞪進屋去了。

誰不是，都曾經想要不平凡、不尋常，結果是平凡的結婚生子，時光流轉從風華到平素，怎麼也難以承認。不才昨兒的事，大丫頭扔給翁媽媽帶，她跟海成老五到市里看電影，就有那麼瘋，連看兩場，還記得片名，一部天鵝公主，一部宮本武藏。回家時已滿天星斗，三人經過燒窯場停下來，守著窯口看了好一會兒，燒透的紅成了凍凍的橘金，像會碾出蜜汁，老五講著文君表妹，那樣錚錚一條漢子，也濃楚得化不開了。

也許方太太是替老五不平，好難說。國恩家慶呀，到底是應當高興的日子。方太太手底下理好一碟滷味拼盤，抬頭見老五倚在門側發愣，當他已去前間了。責道：「怎麼把于小姐一個人丟在客廳。」

老五說：「我們長官介紹的。也蠻可憐，父親金門砲戰那時候打死了，她老大，下面兩個弟弟，商職唸完她就出來做事供弟弟唸書，書都唸得不錯，大的現在美國讀碩士，小的在輔仁。她又孝順母親……一拖就到這個年紀——」

方太太說：「老實就好。我看于小姐很文靜，不錯的。」

老五開心了。「我跟她說，在台灣我沒別的，三哥三嫂就是我的親人。她嘛嘴禿是真的，不會喊人一聲——。」

方太太說：「你喜歡，哥兒們還有什麼話說。」

老五雙腳叭響一併，接了拼盤要端前去，方太太笑說：「以後不要再買那些東西，什麼五爪蘋果，吃起來跟地瓜也沒不一樣。」見他露一口白牙笑，嘆氣：「聽到沒，老——五。」老五嘻著臉逕自去了。

晚上，大家走到村後山丘頭看放煙火，小小一塊草坡來了不少村人，男一堆，女一堆，小孩四處流竄玩魚火花。山腳下，笑語揚盪上來，一列紅燈籠冉冉經過村門口，轉個彎，隱在夾竹桃叢籬中搖搖爍爍走遠去，遊行隊伍到海軍村子去了。方家小女兒倏地劃著一枝火花，高舉著：「于阿姨，好玩。」

于小姐只不敢接，又迫又羞，一疊聲怯笑幼稚得很。男人堆裡拋來老五的大嗓門，「玩玩，又不會炸，哪兒這麼膽小。」

魚火花到了于小姐手中，眾皆鼓掌喝采，掌聲未落，火花星星碎碎撲地而滅，黑黝裡亦知于小姐一團炭熱，詫異怎麼火花到手便熄了。頃刻間，遠天地平線上開出一蓬銀紫流星。又一蓬翠霧，溶溶凝成金急雨，紛紛跌下，那麼遠在天邊，卻近得淋了個透。

李渝（1944-2014）

作家介紹

李渝（1944-2014）六〇年代初臺大外文系三年級時因選聶華苓的課，開始小說寫作，早期作品〈四個連續的夢〉（1964.7）、〈夏日．一街的木棉花〉（1965.5）、〈水靈〉（1965.5）、〈彩鳥〉（1965.11），多刊於《文星》、《現代文學》。筆下流露虛無感傷存在主義風格，與小說家丈夫郭松棻被歸為臺灣現代主義文學的先驅實驗與創作者。大學畢業後赴美專攻中國傳統藝術史和文學史，獲柏克來加州大學博士學位，長期任教紐約大學。七〇年代初始與郭松棻、劉大任等參與中國留美學生保釣運動，停筆十多年，一直要等到一九八三年以〈江行初雪〉得到中國時報小說首獎，才又重與臺灣文壇接續上，因執念「小說是隱私性的，是寫給自己的」，遲至一九九一年才出版第一本短篇小說集《溫州街的故事》。一九九七年夏，正待出版第二本小說集《無岸之河》，收一九六五至一九九六年的十二個短篇，時間跨度足足三十年，已然見出創作上對題材、形式、文字等的踟躕索求與反覆思辯，卻在三校版面時，六月三十日郭松棻凌晨中風倒地，李渝落入不可名狀的驚恐和燥狂，以致精神崩潰，經歷種種地獄般的治療再重回人間，朋友勸責他們必須放棄文學，因為文學「只會製造像你們這種病人和瘋子」，李渝也對自己說，再不寫不出版什麼了，「活著是一點意義都沒有」，這是現代主義內在的應答了。李渝自剖從憂鬱症回來，「任何時候腳下裂開，就能又掉進去」，體悟人生「盼見地面能落腳」，於是將《無岸之河》改名《應答的鄉岸》，一九九九年出版。①

哪知難關重現，二〇〇五年同樣六月三十日郭松棻再次中風，於七月九日辭世。二〇一三年李渝重寫舊作或放棄原文另起新文交出《九重葛與美少年》，唯不動早期發表的〈水靈〉，「謹以青澀文字記誌與松棻共度的少年時光」。另李渝曾言：「松棻說我寫到現在，寫不過第一篇〈夏日・一街的木棉花〉，一種純摯的小說氣質再難自動流露。」②

二〇一四年五月五日，李渝在美國紐約家中自殺過世，郭松棻逝世十年，李渝從未走出傷痛。

李渝早慧而作品不多，出版長、短篇小說集《金絲猿的故事》、《溫州街的故事》、《應答的鄉岸》、《賢明時代》、《九重葛與美少年》及美術評論文集《族群意識與卓越風格》等。

---

① 以上引言皆出自李渝：〈作者序〉，《應答的鄉岸》（臺北：洪範，1999年版），頁1-5。

② 這段句子出自李渝：〈作者序〉，《應答的鄉岸》（臺北：洪範，1999年版），頁1-5。文末標記時間為一九九七年初夏。指出「現在」的時間點。

作品導讀

李渝真耐讀。沉思吟哦，如品味書法繪畫。

寫作多年，李渝的小說，從現在到最初，怎麼看，她那「不知所措的心情」的基調一直都存在。[3]即使寫至最深情嚮往處，下筆仍踟躕節制絕不鬆手，乍看下似工筆精描，但回味起來又覺是隱去線條寫意畫，或者美術專業訓練，造就了李渝式美學，時間是共同的主體：《溫州街的故事》寫的是「失敗了卻以巨大的身影」倒映溫州街（過去了的）舊日時光；《應答的鄉岸》擴大及於「走過來的日月」；[4]《金絲猿的故事》往返於臺北城市秘林與大陸西南蠻荒地金絲猿故鄉的恩怨糾葛；《賢明時代》為歷史故事，寫武則天永泰公主、韓王舞陽刺客聶政、印度巴布爾王夢中花園之新編。李渝自言「學習美術史的人喜歡依年序早晚來排列事物」，[5]可以這麼說，李渝作品內容、題材、手法不離時間，亦有著年序感。

就因為藝術浸透如畫痕，她筆下的溫州街憶往顯得純粹令人神往。溫州街地理位置在臺北市南區一隅，臺灣大學教授宿舍基地，一九四九前後不少來臺傳奇知識分子（「當年的才子，學運的領袖呢」、「中國第一本歐洲文藝復興史，誰寫的——」）[6]落腳於此。李渝父親任教臺大地理系，

③李渝：〈集前〉，《溫州街的故事》（臺北：洪範，1991年版），頁2。
④李渝：〈序〉，《應答的鄉岸》（臺北：洪範，1999年版），頁1。
⑤李渝：〈集前〉，《溫州街的故事》（臺北：洪範，1991年版），頁2。
⑥李渝：〈朵雲〉，《溫州街的故事》（臺北：洪範，1991年版），頁186、195。

亦其中一員。溫州街故事，多由少女眼光收束而成，〈煙花〉裡的阿蓮，〈朵雲〉、〈菩提樹〉的阿玉等便是。上一代的人生動亂，織入女孩成長過程，編寫獨特的生命情調。〈朵雲〉的角色、情節、時空背景看似單一狹仄，但以十六歲少女阿玉為視角的第三人稱書寫，並沒有我們以為的二元對位：青春／滄桑、清純／內斂、幸福／寂寞……反而阿玉從來都不天真地摻揉父輩沉鬱際遇，直言直敘，淡墨皴擦手法：

> 窗緣上邊鑲著隨樑，五、六寸寬的橫木，鏤空刻了幾筆山還是水的線條。黃昏又從那裡模進來，落在阿玉腳旁的席面上，就留下了一排鬱金色的山水畫。[7]

李渝是以山水人物來寫角色的，淡泊出塵，不帶半絲煙火味。溫州街就是畫卷裡的一條長河。一故事結體簡潔幾筆線條便勾勒出曖曖含光意境。阿玉十六歲那年，父親拿到專任教授聘書，一家人搬進了溫州街宿舍，整幢日式房子石灰板分成前後兩半，另一半住著夏教授（女兒若在身邊，也有阿玉大了）。[8]隻身來臺的夏教授用了個頭臉收拾乾淨的歐巴桑幫傭，婦人鄉下有丈夫，隔壁總是緘默，「一朵雲，輕輕飄過禮拜天的藍天」，[9]阿玉房間面對後院。阿玉成為仲介與視角。經

---

⑦李渝：〈朵雲〉，《溫州街的故事》（臺北：洪範，1991年版），頁180。
⑧李渝：〈朵雲〉，《溫州街的故事》（臺北：洪範，1991年版），頁194。
⑨李渝：〈朵雲〉，《溫州街的故事》（臺北：洪範，1991年版），頁181。

過夏教授身邊：

看見他闔上眼，進入了恍惚。黃昏的天色反映在他兩小片圓鏡片裏；有一朵雲，無著無落地飄過。[10]

後院廊柱搭起了竹架種絲瓜，茸茸的絲光菱角葉爬上了瓜架，父親帶回了校園八卦：「都知道這回事。」和下女的事。

從瓜架的空隙，有一朵遠雲飄過。[11]

這一段緊接續：

家裡來客人打牌，母親要阿玉去隔壁借幾個蛋加菜，看見夏教授「光著的腳，正由歐巴桑的雙手捧著，搓撫在自己寬敞而又溫暖的胸前。」[12]

找個門當戶對的填房，不是好些嗎？張教授的聲音。

⑩李渝：〈朵雲〉，《溫州街的故事》（臺北：洪範，1991年版），頁186。
⑪李渝：〈朵雲〉，《溫州街的故事》（臺北：洪範，1991年版），頁191。
⑫李渝：〈朵雲〉，《溫州街的故事》（臺北：洪範，1991年版），頁194。

老夏太太還在大陸，填什麼房，母親說。

再娶再嫁吧，這年頭。另一個說。

可知道，父親的聲音，中國第一本歐洲文藝復興史，誰寫的——

——

老夏呢。二十幾歲呢。

——誰不二十幾？張教授說。

一車車給拉走的，連麻袋都來不及蓋的，也都二十幾呢。

不都給清了，二十幾。⑬

李渝的視角轉換總是如水墨自然無縫暈染開來。無論阿玉還是其他聲音，沒有批判，只有哀矜，為小說定音。封閉敘事，交迭夏教授暮年，阿玉青春期，如書法雙勾描摹手法，墨暈不出字外。

說來，故事最動人的細節就在描寫二位知識分子夏先生的滄桑蘊藉及阿玉父親含蓄哀感的身影。這樣的原型人物，不是別人，正是李渝的父親，「父親是很好看的，有種從裏邊發出來的彬彬文質」。⑭也是父親把她帶進溫州街。

⑬ 李渝：〈朶雲〉，《溫州街的故事》（臺北：洪範，1991年版），頁194-195。

⑭ 李渝：〈郎靜山先生．父親．和文化財〉，《溫州街的故事》（臺北：洪範，1991年版），頁222。

李渝前期寫作深受父親與其同輩知識分子故事影響：「其他不標明『溫州街的故事』的故事，也都是溫州街故事的延伸。」[15]父親與父輩的作用，我認為促發了李渝「多重渡引」美學：「小說家布置多重機關，設下幾道渡口，拉長視的距離，讀者的我們要由他帶領進入人物，再由人物經過構圖框格般的門或窗，看進如同進行在鏡頭內或舞臺上的活動。」[16]

修華特（Elaine Showalter）觀察女性文學傳統發展有三個階段：第一階段女性化（Feminine，模仿男性傳統），第二階段女性主義者（Feminist，反抗男性標準和價值），第三階段成為女性（Female，自我發現，尋求自我認同新身分）。[17]寫下溫州街故事，此以父親形象為記憶中心的國度，刻畫了「一種想與遙遠的父親和過去了的溫州街再連結的心情」，[18]某種程度的李渝，始終沉溺在極個人書寫狀態裡，奇特的是，十足女性化，夷然自若。

呂絲・伊希嘉荷（Luce Irigaray）《另一個女人的窺視鏡》（*Speculum of The Other Woman*）書中關於父權主宰論點，談到女人主體性，女人若要超越男人，必須「封閉自己」，[19]從以上角度看，女性創作姿態，李渝無疑逆返而行。

---

⑮李渝：〈集前〉，《溫州街的故事》（臺北：洪範，1991年版），頁3。
⑯李渝〈無岸之河〉，《應答的鄉岸》（臺北：洪範，1999年版），頁8。
⑰伊蘭・修華特（Elaine Showalter）著，張小虹譯：〈走過荒野中的女性主義批評〉，《中外文學》，第14卷第10期，1986年3月，頁65-66。
⑱李渝：〈台靜農先生・父親・和溫州街〉，《溫州街的故事》（臺北：洪範，1991年版），頁232-233。
⑲托莉・莫（Toril Moi）著，國立編譯館主譯，王奕婷譯：《性／文本政治：女性主義文學理論》（臺北：巨流，2005年版），頁164-165。

朵雲

阿玉曾經十六歲。那時候，天比較藍，太陽比較亮，風比較暖和。

父親拿到專任教授的聘書，一家人特別高興，坐了三輪車，從信義路的違章建築，經過羅斯福路盛開的木棉花，來到宿舍區溫州街。

灰舊的日式木房，屋簷低低覆蓋在防盜木條上。矮冬青長得很密，一棵棵連成了圍牆。沒有大門，碎石和水泥壓成的門樁分立在中間，算是到了進口。

兩三尺寬的通道，已經泱泱掩過來茅草，窸窸撩著阿玉的腳。

阿玉抱著裝滿碗盤的籃框，抬起頭，看見簷角伸著很長的渦花，棕櫚的流蘇葉，正輕輕拂弄著青灰色的屋瓦。

黃昏落在瓦上。

父親把腋下的書包放在臺階旁，彎起修長的手指，細細撫摸著門框。

上好的楠木呢，父親說。

拉開木門，從黝暗的玄關攏來陰濕的霉味，腳下的瓷磚已經踩出了水泥底。阿玉把碗籃擱在腳旁，解開球鞋的帶子。

榻榻米的綠邊已經有幾段碎裂，席面濕唧唧的，弄潮了襪子。

窄長的穿廊倒是光亮，滑淨的木板地，長排的紙門。廊緣底下斜伸出一叢羊齒，翠綠的細葉整齊對生著，葉尖彎彎垂到了地面。

阿玉把籃子放到廚房的木桌上，再去看別的房間。

一下進了裏屋看不見，阿玉摸著牆，一間走過另一間。

走到後頭的一間，面對阿玉迎來一扇小窗。黃昏已經過來窗前，小貓似地落到了阿玉的腳旁。窗緣上邊鑲著隨樑，五、六寸寬的橫木，鏤空刻了幾筆山和水的線條。黃昏又從那裏摸進來，落在阿玉腳旁的席面上，留下了一排鬱金色的山水畫。

可是山水到牆邊就不見了；這只是半間房；本是從前什麼人家的一整幢房子，都在中間用石灰板隔開，分成了兩半。

阿玉走到窗前，踮起腳，看見竹籬笆那邊的後院，擺著一盆綠底紅邊的寬葉海棠。

考上第一志願真不容易，父親說，這間面對後院的小房間，就全給了阿玉用。

剛洗過的榻榻米還散著草席香。阿玉把被往上拉，蓋住下巴。還是搬來的第一個禮拜天。

誰家鴿子排在屋簷，咕嚕嚕咕嚕嚕擠來擠去，搓摻著脖子。

有幾隻飛遠去。

一朶雲，輕輕飄過禮拜天的藍天。

躺到十點多，阿玉才想起父親囑咐的窗簾還沒買。

從巷子出去，往右拐，一直往前走，看著小學校旁擺出地攤，就快到菜市場了，母親說。給了阿玉二十塊錢。

阿玉穿上綠襯衫黑裙子，拉開木板門，跨出腳，看見矮冬青的那邊門前，站著一個婦人，手裏拿著一個小包，用報紙捲成了三角形。

婦人把鑰匙放進了洞眼，正要開門，看見阿玉從這邊出來，就轉過頭，和氣地朝阿玉笑了笑。

婦人的頭髮梳得真水亮。

布店就在魚攤旁。阿玉買了兩碼綠色的格子布；父親的書房有兩扇對開的木窗。

有點知識份子味呢，父親說。

阿玉捧著針線盒，把小凳子搬到後院，垂著齊耳的短髮，就著斜斜的陽光，穿過一根綠色線。

啄，啄，啄，竹籬笆那邊傳來輕輕的叫喚。

阿玉斜過頭，從籬縫看過去，一個小老頭，仰頭站在屋簷下。

頂上的頭髮都朝後翻，透著茅草般的光亮。

從手裏的小三角包，抓出一把穀子。

吃呀，吃呀，仰頭對著一個籠子，小老頭低聲說。

阿玉縫完了窗簾，給父親掛好，回來自己的房間，爬上書桌。

屋簷底下掛著烏黑的籠子，一對通體金黃的鳥，尾羽閃著墨紫色的光澤，啾嗞嗞地在叫。

第一回看到夏教授，還以為是個老頭子，其實跟父親差不多的年紀。

母親拿回來一只大竹籠，還有兩把乾稻草，說是用一支舊枱燈，跟前巷養雞人家換來。

過幾天，又拿回一隻黑母雞，和二十個雞蛋。

黑母雞孵出了十隻蘆花，十隻洛島紅。毛茸茸的小雞搖搖擺擺抖開來，一堆堆絨線球似的。

就在我的窗前，不能放遠點，父親說。

這太陽多，天也快涼，母親說。

一天父親叫過來阿玉。要是看到什麼秧秧，給我挖幾棵回來，父親說。

還有丈把遠，阿玉就看中了那棵絲瓜秧。跳下腳踏車，從書包找出一把化學尺，撩起裙子的一角，跨過水溝。已經抽出了好幾片大葉呢。

父親把絲瓜種在廊腳，請巷口雜貨店的大兒子過來幫忙，沿著廊柱，搭起了竹架。

夏天還有一陣熱，絲瓜抽出茸茸的菱角葉，爬呀爬的，爬上了竹架，遮住了那籠母雞和小雞。

吐著棉絮的沙發抬出去，又換回來兩只舊藤椅。

父親把小凳放在藤椅旁，凳上擱著抽煙斗的件件東西。

父親坐下藤椅，輕輕吐出一口氣。側身從小凳上拿起煙斗，把一根白色的細絨絲放進柄裏，抽了幾下。打開小皮夾，拿出一撮透黃的煙絲，放進斗裏。用枝小鐵柄按緊，劃亮了火柴。

送給自己的禮物，還是從西門町買回來，慶祝拿到聘書。

叭叭試吹了幾口，才滿意地靠去椅背。

白煙裊裊升上的天空，已經出現了幾顆星子。

知道老夏的事麼，父親說。

嘩啦的水聲裏，阿玉聽不見母親說什麼。

一個人住，倒也是寂寞。父親接著說。

婦人用日文叫夏教授「神澀」，額頭梳得滑淨滑淨的，每根頭髮都攏到了後面，圓髻整齊地兜在網子裏，還斜插了一串月彎似的茉莉。

裏外都是花香；父親帶回一把玫瑰，說是農學院自己培養的。在廚房四處找，不知道放到了哪裏，那只用報紙跟賣酒矸換來的洋酒瓶。

我過生日，你怎不記得買點花。母親說，嗞嗞刮著魚鱗。

中國人不作興這套，父親說，就著刮魚的水槽裝滿五分水，拿著剪刀去客廳。

洋紅色的玫瑰剪得一般齊，浸在墨綠色的長瓶裏。

今年玫瑰開得長，入秋了，還是緊緊的苞，父親說。輕輕哼起一首歌。

廚房傳來煎魚的聲音。

楠木房子透明地亮起，羊齒展開輪生的細葉。

婦人膝上放著一張綠葉，端坐在後院，半舉起渾圓的白臂膀，拆開支支髮夾，揭開發網，一傾頭，抖散了髮。

流泉似地披下來，在早上八、九點的陽光裏，一頭一肩一背都是。

拿起一把琥珀色的篦子，沿著臉線，往後微傾著頭，一片片篦到了腰際。

再把篦尖點在泡著刨木花的瓷碗裏，掠起一點水，拂在每一片髮上，通體梳得水光光。

放下了篦子，十個指尖撩著捲著，流泉變成了幽澗。

繞過來肩頭，嘴裏咬著一截紅頭繩，把辮尖紮緊了，夾在兩個指節間，絞呀絞，絞成了烏溜溜的圓髻；用一支銀簪穿過去，貼貼地別在腦後。

從膝頭碧綠的芋葉裏，然後拿出一串新月形的茉莉。

只是先生的髮，無論在一天的什麼時候，都蕭瑟得像秋日的乾草。

教堂的鐘聲響起，沉重而緩慢地擴散在青瓦上。

夏教授在路中央停住了腳，向鐘聲的方向微仰起頭。

阿玉放學，從夏教授的身旁騎過，看見他闔上眼，進入了恍惚。黃昏的天色反映在他兩小片圓鏡片裏；有一朵雲，無著無落地飄過。

鐘聲迴盪著迴盪著遠去，從一排排篦梳般的青瓦間。

當年的才子，學運的領袖呢，父親說。點上了煙。

白煙裊裊穿過瓜葉，昇去近夜的天。

可是—，那時候，誰又不是左派，誰又不是革命志士哩。洗碗水聲間，父親逕自低聲說。啾溜溜地，全身金黃的鳥，開始叫晚食。

隱約的咳嗽聲，黃鳥的啾吱聲，還有窸窸窣窣的縫衣機聲。

婦人一邊給人家作裁縫。

為了做條體育課穿的黑褲，阿玉還是第一次進來這邊。

和家裏的格局真是像，只是一入門，就用作了書房。臨窗放著一張舊木桌，牆上排滿了書。書架漏空的角落，斜撐著一個鏡框。起黃的黑白照裏，一對年輕的夫婦，男的穿著小翻領西裝，女的梳著鬈鬈劉海，並排靠肩坐著，中間有個小女孩。三個人，都淺淺地在笑。

阿玉跟在婦人的身後。穿廊旁邊的泥地上，有一株桂花開著米黃色的小花。婦人的房間就是隔壁自己的那間；放書桌的地方放了一架舊縫衣機。牆角棉被摺得方方正正。紫紅底上開著幾朵大紅的牡丹。

雖然不喜歡寬肥的燈籠褲，可是母親說要做這樣的也沒辦法。班上的同學都穿緊腿的短褲了。

量好了尺寸，從裏頭出來，阿玉在鳥籠前停下腳，用指甲輕輕叩了叩籠子的細木條。兩隻小鳥嚇得擠去了邊旁，一聲不響，黑珠子似的眼睛，動也不動地瞅住阿玉。

是斑文鳥呢，婦人說，從鄉下特別給先生帶來。

阿玉走到門口，不知怎樣說謝謝。

先生叫我歐巴桑，婦人淺淺笑著說。

臺灣人喜歡用日文，母親說，端出兩杯熱茶。

老夏給日本人關過，在牢房裏，給灌辣椒水，父親說。

已經快勝利了，說是作地下工作。從鼻子。

傷了肺了，母親說，在另只藤椅上吹著茶面。

還記得沙坪壩那幾年？

懷裏塞幾個饅頭，透早出去，洞裏就是一天。

是啊，是啊，怎不記得。

炸彈隔著洞壁扔下來，那麼薄薄一層。

一頭一臉的沙，出洞連自己都不認得了。

戰爭在瓜架底下進行，黃昏惶惶地不安起來，後牆那邊人家的窗口，有一盞沒有罩子的電燈，大概才被人手擰開，還兀自輕輕在搖晃。

鴿子都回家。靜悄悄的青瓦上面，橫過去三兩條寂寞的電線。天色紅絳絳地落下。

阿玉從榻榻米上直起腰，輕輕掩上門，把戰爭關在門外，從桌上拿起書，翻開來。

還是夏教授星期天給的這本。

那天下午下起雨，早上沒帶雨衣，騎到雜貨店也快濕透了。

夏教授撐著大黑傘，正從那頭過來。

下來吧，小妹。

阿玉煞住了車。

夏教授把書夾到腋下，把傘換過一隻手，移過來傘面。

書包背這邊，別弄濕了，夏教授說。

學校喜歡嚒。

阿玉低頭嗯著，算是回應。

數理喜歡嚒。

什麼都能考得好的阿玉想了想，一時也答不上來。

史地呢？

英文學得好？

一句沒一句，夏教授一邊走，一邊和氣地問。

阿玉看著眼前傘緣掛著水；幾步路的巷子，竟走了這樣久。

小妹，小妹。禮拜天的早晨，夏教授從牆那邊叫她，要她過來一趟，說是在學校附近的書攤，看到這本泰戈爾。

青色的底面，畫了幾筆水紋，標題下面飛著一隻白色的鳥。

阿玉打開書。黃昏從她肩後悄悄過來，溫暖的落在書頁上。

放學遇到夏教授的時候並不多。

下課以後，夏教授經常要在研究室待一會，等偌大的文學院靜下來。撫著冰涼的扶手，一步步走下臺階，繞過前廳黝暗的石柱，沿著上灰下藍的牆壁，經過空無一人的教室。

後門水塘旁，那株春日早開的芙蓉已經結子。

若是鬱悶地傳來咳嗽聲，就是到家了。

然而無論在不在家，黃昏一過，隔牆就緘默起來。

只有這有一聲沒一聲的咳聲，像低吹著的簫管，寂寞地提醒還有人在。

都知道這回事，父親輕聲說。

什麼事？母親花拉拉收著碗筷。

和下女的事。

也真是，堂堂一個教授——

父親沒接話，低頭清理著煙柄，換上一斗新絲，劃亮了火柴，嘶嘶點上了煙。

從瓜架的空隙，有一朵遠雲飄過。

一個人住，可也真寂寞，父親說。

送褲子過來時，歐巴桑還帶了一小包刨木花，要送給母親。說是丈夫從鄉下新刨來，選了杉木，特別刨得細，還留著香氣吶。

阿玉把燈籠褲扔進壁櫥，爬到書桌上。那邊院子的泥地邊，蹲著一個穿卡其短褲的男人。把鳥籠放在跟前，瞇著眼，正看得專心。

雖然黑黑瘦瘦，倒是個清秀的男人。

除了種田以外，還養了幾籠鳥，歐巴桑說。

先生養的這對，就是自己孵出來的吶。

可是男人不好意思留在房裏，先生一回來，就退到院子去。先生要他一塊來吃飯，只是在院子裏點頭，始終不肯進來。

要他留一晚也不要，說是會吵了先生，況且鳥也得自己餵才放心。

吃過了飯就要走，先生給了幾件褲子衣服，都是好料子，先生自己都還捨不得穿吶。

天也黑得真快。

挽著一只紫底飛著白鶴的布包，歐巴桑跟在男人身後，一前一後出了巷口。

送到了0南站，給他買了票，把布包交到他手上，看他上了公共汽車。

下次再來，還是自己回去，怕要等過年了。

黃花落下，露出拇指大的蒂。

吃不到瓜的，天黑得早，父親說，撿起地上的花。

可是喜歡繞院咯咯跑的黑母雞，每早都在窩裏留下一個白晃晃的蛋。

阿玉，去借幾個蛋來，母親在廚房叫。

家裏來了助教小王和理學院的張老，說是要打幾圈。

阿玉按鈴按了好幾下，沒人出來應。阿玉又揚聲叫了一次。

前庭落了一地的棕櫚葉，木板門是閂上的。

防盜木靜悄悄立在窗前，沐染著郁黃的晚光。

阿玉撩起裙角，撥開冬青的短枝，把臉掛在木條間，卻沾到一眼瞼的蜘蛛絲。

隔著朦朧的玻璃，努力看進去。

從木的間隔，斜斜落進一條條鬱暗的陽光，灰塵金粉似地在跳動。

桌上有壺茶，細細冒著白氣。

梳著劉海的少婦在鏡框裏，靜靜地對阿玉淺笑。

可是，屋裏沒有人。

阿玉挑開忍冬，沿了屋側，小心往後頭走去。

通廊上也沒人，一條過道浸在黃昏裏，撒了一地米色的小花。

阿玉繞過廊緣；海棠在院中逕自舒展著寬葉。

看見阿玉突然出現在眼前，吱溜的雙鳥一下又噤了聲，縮擠到籠那邊，斜瞅著阿玉。

阿玉把臉藏在鳥籠後面。

窗前攤著一塊藍底的花布。暮色已經進來，把縫衣機的影子長長投在榻榻米上。機影斜入暈暗的牆角。

在牆角，阿玉看見，蓬鬆著一叢秋草似的頭，正陷睡在枕中。沒戴眼鏡的眼睛，消失在迷濛的眼縫後。

瘦小又白皙的臉，像沉睡的孩子，身上幾朶牡丹開得盛，掩蓋了覆在底下的身子，倒讓一雙嶙嶙的光腳，落到了棉被的外頭。

棉被的外頭，蹺腿背著阿玉，坐著一個婦人，上半身的衣服搭疊在腰際，坦露出滑潤的雙肩和背脊，在朦朧的光線裏。

黃昏穿過隨樑的鏤花，在這平廣豐腴的背脊上，映出一排鬱金色的山水。

阿玉側過一點頭，看見光著的腳，正由歐巴桑的雙手捧著，搓撫在自己寬敞而又溫暖的胸前。

女兒若在身邊，也有阿玉大了，父親說。

找個門當戶對的填房，不是好些麼？張教授的聲音。

老夏太太還在大陸，填什麼房，母親說。

再娶再嫁吧，這年頭。另一個人說。

可知道，父親的聲音，中國第一本歐洲文藝復興史，誰寫的──

──

老夏呢。二十幾歲呢。

──

誰不二十幾？張教授說。

一車車給拉走的，連麻袋都來不及蓋的，也都二十幾呢。

不都給清了。二十幾。

一塊錢還能買不少東西。母親說。吃了一張牌，碰了一張牌，攤開來，和了三番。

為了不好讓人聽見，牌桌設在裏屋，上面還加了床軍毯。人聲和牌聲都從軍毯底下悶著出來。

一盞青白的日光燈，圍著四張蒼黃而又衰疲的臉。

颱風快來的前一天，天特別亮。乾爽的空氣浸漫著肥皂香。歐巴桑抖開一件圓領衫，把兩隻袖子穿過竹竿，順著竿子拉平了。搭在牆上的那頭，已經晾出了幾件白衣白褲，還有小碎花的裙子。

陽光長長的，水滴滴答答地落著，掛下一排玻璃珠子。衣服輕輕在風裏拍打。鳥在籠裏啾啾地鳴叫。

婦人用裙擺擦乾濕手，扶了扶髮髻，仰起光淨的頭。那片藍天真明亮。阿玉把下巴擱在窗緣，覺得天光從來沒有這樣的遙遠。

可是夜裏起了風，一陣陣加緊，風裏又帶來了雨，涮涮打在窗玻璃上。後院的竹籬笆給吹倒，是一點左右的事，嘩地一聲斜擦下來，倒過來阿玉家這邊。還在準備明天的小考，阿玉吃了一驚，慌張站起身，把臉貼上玻璃。外頭一片渾暗，自己窗前的弱光裏，雨絲羅網似地在捲織。

牆那頭突然亮起了燈。過了好一會，隨著拉門的聲音，出來披著雨衣的人身，蹣跚去了院子，掙扎著彎下腰。為了用手臂捧起已經翻倒的海棠，卻讓披衣從肩上滑了下來。

本是慢性氣管炎，吃了夜雨，轉成了急性肺炎。

老夏的肺本就不好，這下——

父親搖著頭，要母親選兩隻雞送過去，那是夏教授出了院，父親從隔壁看他回來的那天。

阿玉一手抓著蘆花，一手抓著洛島紅，就這麼伸長臂膀，離自己遠遠倒提著。一路翅膀掀打得睜不開眼睛。

小妹是麼——

經過穿廊回家時，裏屋傳來細弱的聲音。

阿玉跟在歐巴桑的身後，澀澀地站到了房門口。

進來吧——

阿玉低頭走到床側，嚅嚅地喊了聲夏伯伯。

從棉被底下抽出一隻手，輕輕拉住了阿玉的。

潮濕卻很溫暖的手。

書看了嗎？他微笑著說：

還喜歡麼？

若是喜歡，就多看。自己去前面書房找。喜歡什麼就抽出來看。

其實，夏教授慢慢地說，中國的東西更好，可惜這裏看不到。

過來玩，自己去書房，喜歡的就帶回家去。

阿玉走到房門口，夏教授還殷殷叮囑。

果真接著幾個禮拜天，當牌局在裏屋設起，黃昏變得無奈，阿玉就會走到隔壁的木門前。

梳著水光光的髮髻的歐巴桑，總是款款淺笑拉開門，彎身禮貌地讓阿玉進來。

夏教授的臉色有陣也像回復了往常。那天還起來，在書房陪了一會阿玉，給她說了些書的名字。從一大排史記的後面，摸出一本薄薄的小冊子。

沒有封面，四邊起黃的書頁；阿玉拿在手裏，翻開第一頁。

人睡到不知道時候的時候，就會有影子來告別，說出那些話——

多奇怪的句子，阿玉停住了手，心裏想。

中國人，是不能不看的。

夏教授在身旁說。

阿玉把沒封面的書帶回來房間。當黃昏溫暖地爬上自己的雙肩，她再翻開書，看到了一段句子：

……然而我又不願意他們因為要一氣，都如我的辛苦輾轉而生活，也不願意他們都如閏土的辛苦麻木而生活，也不願意都如別人的辛苦恣睢而生活。他們應該有新的生活，為我們所未經生活過的。

當少年離自己愈是遠去的以後，阿玉常想起那幾個深秋的黃昏，灑著一地桂花的通廊，瀰散著茶香的書房，本本沒有封面的小書，病中的夏教授給她列出的中國作家的名字。還有《故鄉》裏的句子，一段段，總是忠心地載負著阿玉的日子。

夜晚的溫州街開始滴滴答答地落起小雨，夏教授去世的一陣子。

這一落，就要落到明春了，父親說。關上通廊的紙門。

纏綿而又無望的秋日已留在廊外。

冬天來到溫州街。兩排低矮的木房愈發黯下來，怯怯縮在冬青的後面。只有低覆在屋上的瓦，仍舊端莊地排列著，閃著青光，勾著渦花，向灰空伸著望鄉的手。

冬天不好照顧，蘆花和洛島紅慢慢都變成了紅燒雞。不過黑母雞給留了下來，說是明春再孵一籠。

挺會帶小雞的，母親說。

父親不用再惦掛絲瓜長得密不密，也不儘往根底鋪煙灰，倒茶汁了。何況架子也吹倒，還是那次颱風來的晚上。

可是他對盆栽又生了興趣。

沿著後牆搭起磚頭架，放上瓦盆，要母親把蛋殼都留著。
彎著腰，在手裏細細揑碎了，一點點鋪到土上。

這只是準備工作，父親說。

等春天再來，天再暖，園藝系的周公要送給他六棵日本楓。

天黑得真快，歐巴桑跟男人回去的那天，才不過走到巷口，一前一後的兩個身影就昏恍起來。
只有歐巴桑手腕底下的那隻白鶴，準是布上的色料沾著螢粉，反而特別清亮地映照著早來的夜光。

白鶴一顫一顫閃出灰黯的溫州街，阿玉再也沒見它回來。

一九八五年二月

邱妙津（1969-1995）

作家介紹

邱妙津（1969-1995）作為一名作家、女同志，同志書寫，從個人身世到創作感呈現一種完整性。她在生命最後時光，一口氣寫了二十封書信，置入《蒙馬特遺書》建構出一座私人「殘酷劇場」舞臺，獨白道：「唯一完全獻身的那個人（她的名字叫絮）」背棄，愛情不能實現、世界並不接受之後，[1]一九九五年六月二十五日在她選擇於異鄉巴黎自殺身亡，以身證道，譜寫同志書寫出手最重的一章，激盪絕對的愛，絕對的餘震。她生前出版的《鱷魚手記》，[2]逝後得到中國時報小說獎推薦獎，《鱷魚手記》中的「拉子」、「鱷魚」亦成為臺灣女同志自我代稱最獨特的符碼，因著她的死加重曝光。但無論如何，邱妙津終究要與世界斷裂，生的掙扎與死的決心也是邱妙津創作極重要的主題，他在《鬼的狂歡》中自言：

> ……我開始進行與世界絕裂、自我封固的防衛工事，因為被告知一批關於我生存條件的密碼，由於這

---

① 邱妙津：《蒙馬特遺書》（臺北：聯合文學，1996年版），頁9-10。

② 邱妙津《鱷魚手記》有多個版本，最早版本為時報文化於一九九五年五月一日的初版。

批密碼似乎會冒瀆震怒世界，我無可救藥的被世界單獨劃割出來。[③]

《鱷魚手記》中的我，既是拉子也是鱷魚，以文本演譯自身角色：鱷魚／拉子／邱妙津。生之密碼冒瀆了世界，預言了她的終極演出：

……我既慌亂又有某種冷酷的鎮靜，一把利劍藏在我的咽喉裡，我想與我殘忍的命運對決的時候了，我下了個毒誓，如果這次我還是眷戀著她，那無論如何屈辱，我都要跟著她，直到死在她面前。

……我在這裡，我被世界徹徹底底推出來，……無論我心裡是怎樣的人，……甚至沒有「不公平」或「道德」的問題，因為世界根本就沒有看到我。[④]

生前即書寫遺書，中外文壇不乏這樣的例子，法國浪漫主義大師夏多布里昂（Franqois-Rene de Chateaubriand）即是「一個雖然還活著，卻已經告別了世界的作者」，他的《墓中回憶錄》

③ 邱妙津：〈自序——抽象小說〉《鬼的狂歡》（臺北：聯合文學，2003年版），頁1。
④ 邱妙津：《鱷魚手記》（臺北：印刻，2006年版），頁208-209。

（*Memoires d'outre tombe*）在在提醒讀者，「這是一個死去的人在講述他和世界、和歷史的糾葛」。⑤

邱妙津對女同志書寫領域影響深遠，寫作以來以，〈囚徒〉獲中央日報短篇小說文學首獎（1988）、《寂寞的群眾》（1990）獲聯合文學中篇小說新人推薦獎，曾拍攝三十分鐘十六釐米同志題材影片《鬼的狂歡》，《蒙馬特遺書》亦由魏瑛娟改編導為《蒙馬特遺書──女朋友作品2號》二〇〇〇年搬上國家劇院。種種風潮，可稱之為邱妙津現象。

⑤夏多布里昂（Franqois-Rene de Chateaubriand）著，郭宏安譯：《墓中回憶錄》（臺北：網路與書，2007年版），頁15。

作品導讀

一般咸認邱妙津的訣別書《蒙馬特遺書》變成為她壓卷之作。帶著陰陽縫隙的身體死去的邱妙津，[6]〈玩具兵〉裡則如明月前身，預告了她擬仿男性身體強渡關山的疲困。為何疲困？我以為正繫於保加利亞裔法國學者茱莉亞・克莉斯蒂娃（Julia Kristeva）的「反抗」概念：「反抗是關係到我們的心理機能，我們的精神生活，以及做為生命的一種心理現象。」[7]同樣的反抗情境，放在邱妙津／作品中，具體化為小說中不斷出現的強烈的分裂的性別差異呈現風格化的身體的理想／幻想，創造出的「怪物」身體意象。邱妙津自評「從我獨特的眼看自己，是個類似希臘神話所談半人半神的怪物」，[8]這樣的借寓比比皆是：

⑥關於身體縫隙，涉及的是身體的陰陽性，邱妙津是這樣形容的：「在positive（陽）─passive（陰）的意義上，Laurence的熱情型態更positive於我，她的熱情更飽滿、堅實於我，而使我的身體在與接觸時，能夠成熟到我過去所無法成熟的全部縫隙。這些縫隙，是過去男人身體將我作為一個女人身體而進入的時候，或是在我最熱烈地與一個女人相愛的時候，都不曾成熟顯現出來的縫隙。」也就是說，在她世俗定義的女性身體，存在著一個縫隙，是陽性熱情讓邱妙津體悟到所謂的縫隙飽滿。見邱妙津：《蒙馬特遺書》（臺北：聯合文學，1996年版），頁171-172。

⑦茱莉亞・克莉斯蒂娃（Julia Kristeva）著，納瓦蘿（Marie-Christine Navarro）訪談，吳錫德譯：《思考之危境》（臺北：麥田，2005年版），頁59-60。轉引自托莉・莫（Toril Moi）著，國立編譯館主譯，王奕婷譯：《性／文本政治：女性主義文學理論》（臺北：巨流，2005年版），頁181。

⑧邱妙津：《鱷魚手記》（臺北：印刻，2006年版），頁106。

長得奇醜無比，脾氣又古怪……像某種怪物……⑨

我是個「怪物」，這個怪物用牠的手撫摸擁抱你，用牠的嘴親吻你，用牠怪物的慾望熱烈渴望著妳的身體，……我在心中與這個「資格」掙扎，無能將「怪物」的自我體驗從心上的肉拔開……⑩

這樣的將自我從女性身體「流放」（exilé）出去，正是茱莉亞・克莉斯蒂娃（Julia Kristeva）謂之的「賤斥」（abjection），亦即人看到不潔物，油然生厭而嘔吐，厭惡感來自身體與心理對外在的抗拒，克莉斯蒂娃認為此種抗拒，始於當主體的形成而「與母親的分離」，也就是說「賤斥」儀式是嘔出我、驅除我，借一種推離行為，排出雜質，完成「我」。⑪

這個「我」，「轉世」為男身Zoë身分：

一個抽菸斗，留長頭髮，騎腳踏車，熱衷學小提琴，重新恢復創作小說，並開始按進度寫詩，……交遊廣闊，個性開朗瀟灑，俊秀漂亮的Zoë，……如果我「可以」轉世成功，……我將要吻她……⑫

⑨ 邱妙津：《鱷魚手記》（臺北：印刻，2006年版），頁60。
⑩ 邱妙津：《鱷魚手記》（臺北：印刻，2006年版），頁118。另以「賤斥理論」解讀邱妙津部分請參考傅淑萍：〈第三章以克莉斯蒂娃的「賤斥」理論解讀邱妙津〉，《卑賤、荒誕與儀式的完成：邱妙津研究》（台南：成功大學中國文文學研究所碩士論文，2011年版），頁51-106。
⑪ 茱莉亞・克莉斯蒂娃（Julia Kristeva）著，彭仁鬱譯：《恐怖的力量》（臺北：桂冠，2003年版），頁5。
⑫ 邱妙津：《蒙馬特遺書》（臺北：聯合文學，1996年版），頁53。另這個怪物身體，還會奇特的讓邱妙津逆向感覺自己「在變成一個『女人』（一個庸俗般的『女人』定義）」。見邱妙津：《蒙馬特遺書》，頁125。

可以這麼說〈玩具兵〉正是以「轉世」的男人身體，顯示出困在女性身體中男性潛在的對快樂幸福健康的世俗渴望，〈玩具兵〉中（男性）作者與筆下小說「我」既虛構也鋪陳現實的文本與對話，交待了麥傑這個角色的自我驅逐的歷程，麥傑和二男里奇、小飛及二女晴、雯租住在一幢五間房木屋中，麥傑、里奇、小飛都是藝術學校立志當畫家的狂人，晴、雯則是念文學的好友，他們的住屋名為「憂夢小屋」，麥傑喜歡收藏玩具兵，五人曾合買過一組很貴的法國玩具兵，一組五個，取名「憂夢兵團」，他們在憂夢小屋同住了五年，從二十歲到二十五歲，晴個性開朗活潑，雯沉默陰鬱，麥傑和雯成了一對，五人中最能居中緩衝的是小飛。他們同住的最後一夜，小飛不在，麥傑喝醉強暴了晴，里奇拖出他狠打，雯目睹這一切無助哭泣，第二天小飛回來不知道發生了什麼事，一切成了謎，之後麥傑離開了，「憂夢兵團」不見了，他展開一個人的記憶之旅：「走路、坐車到一個地方，做苦工換錢，再走路、坐車到另一個地方，幸福快樂無比。」[13]小說以倒述展開，先定調「幸福快樂」的多義記憶，接著故事由作者／小說角色的同步進行，五年後，麥傑一個個走訪故友尋找救贖，談話都圍繞回憶玩具兵，最後一站是探望雯，玩具兵成為拒絕現實與傷痕的象徵，在雯問麥傑的話裡見出核心思考：

「『憂夢小屋』小屋裡的那組『憂夢兵團』是被你偷走的吧？」

⑬ 邱妙津：〈玩具兵〉，《鬼的狂歡》（臺北：聯合文學，1991年版），頁110。

「我只能靠這樣來拒絕現實，否則我無去抵擋必須離開你們的現實。……」

「為什麼回來的？」

「為了一句話——我要原諒的事太多了。」

「要原諒什麼事？」

「原諒命運的殘忍、原諒現實已是這樣、原諒我心裡的痛苦。」⑭

若說「反抗」是〈玩具兵〉是邱妙津擬仿男性身分寫作的原創表徵，那麼幸福健康快樂，便是她作品的終極追求，也是〈玩具兵〉反覆演練的詞語：

目前為止，我都一直過著幸福快樂的日子，那就像我坐在背景寫著「幸福快樂」四個字所拍攝下的巨幅照片，我就定格在這畫面上。……

……你有關於「幸福快樂」四個字的想像或實際保存的畫面嗎？要過幸福快樂的日子，才是高尚的人噢，且幸福快樂的日子愈多，就愈高尚。⑮

⑭ 邱妙津：〈玩具兵〉，《鬼的狂歡》（臺北：聯合文學，1991年版），頁120-121。

⑮ 邱妙津：〈玩具兵〉，《鬼的狂歡》（臺北：聯合文學，1991年版），頁105。

我希望死前記得自己一生都幸福快樂，我可是很重視我一世「幸福快樂」的英名！[16]

〈玩具兵〉裡的作者／小說角色一再把自己拋擲出去，表面上看是現實與夢想的抗拒，深一步往裡看，「憂夢兵團」正是邱妙津轉世與棲身的空間，未嘗不可視為邱妙津以男性身體對真實殘忍的女性的賤斥最奇特的書頁。

⑯ 邱妙津：〈玩具兵〉，《鬼的狂歡》（臺北：聯合文學，1991年版），頁123-124。關於幸福健康快樂的追求，邱妙津的小說《鱷魚手記》中有：「我無話可說……祝你們幸福快樂！」見邱妙津：《鱷魚手記》（臺北：印刻，2006年版），頁223。另《蒙馬特遺書》最後一章也引了希臘導演安哲羅浦洛斯（Theo Angelopoulos）的詩文──我祝福您幸福健康。見邱妙津：《蒙馬特遺書》（臺北：聯合文學，1996年版），頁194-196。

玩具兵

你大概就是撿到玩具兵的人吧？不一定用撿的，可能是別人送給你的、原來的屋主留下的、從拾破爛那裡買來的，或者你就住在垃圾堆裡，還有一種可能——偷的。

到目前為止，我都一直過著幸福快樂的日子，那就像我坐在背景寫著「幸福快樂」四個字所拍攝下的巨幅照片，我，就定格在這張畫面上，我的生活，就等於幾千幾萬個日子坐在那裡，不動。

你若是認得「幸福快樂」四個字，就會知道為什麼我要坐在那裡，不動，埃及法老住在金碧輝煌的金字塔裡，就會幸福快樂得，不動。值得的，你有關於「幸福快樂」四個字的想像或實際保存的畫面嗎？要過幸福快樂的日子，才是高尚的人噉，且幸福快樂的日子愈多，就愈高尚。

我很早就推論出這個邏輯，所以我把「幸福快樂」的照片掛在床尾的牆壁上，每天起床後，就跳進「幸福快樂」前面坐著，晚上睏了再從照片裡爬出來睡覺，一天下來，骨頭總是很痠。為了怕我腦裡的軟東西忘記「幸福快樂」四個字，起床後我讓自己躺著大聲喊十次「今天我很幸福快樂」，甚至怕未來我死時說什麼胡話，我更是加緊訓練自己，每天睡前大聲喊二十次「我幸福快樂地死去」，我可是很重視我每天「幸福快樂」的榮耀和一世「幸福快樂」的英名噉！

「很早」到底是什麼時候？可以說從拍攝照片那一刻起，我的記憶就是「幸福快樂」，然後接著「同前、同前、同前……」。前面的日子到底在幹什麼，完全忘記了。奇妙得很，忘記的空白後

面卻緊接著一段像工筆畫般細緻清晰的紀錄，似乎是空白部分沒洗乾淨的尾巴。所以我的記憶可以分成漂亮的三段

尾巴之前——空白

尾巴之間——工筆畫

尾巴之後——幸福快樂

（作者按）敘述的我名叫麥傑，幾歲不詳，起碼三十歲以上，男。他曾從事過推銷員、地攤小販、磨蠟工人、畫家、小說家、乞丐等十數種行業，至今尚存在人世。至於住在哪裡，也無法考察。他是個沒人知道的小人物，連他的家人都忘了他曾存在過，因為他也忘記別人的存在。他狂熱的只有兩件事，不斷遷徙變換生活環境，和收藏玩具兵。

除了各式各樣的玩具兵外，他行囊裡一直保留的還有一幅照片，他坐在「幸福快樂」四個字前，小丑似地對著鏡頭笑。他每天睡前、起床後必取出來，對著它默默流淚。他刻意隔絕親人和年輕時期的朋友，背著簡單的行李，遠離所有的記憶，和沾染記憶的地方，變成一個不斷被記憶追逐的人。

昏暗的暮色中，遠望小小的黑點，曳著歪倒在斜坡上的條影，趕無盡的路。（待續）

替「我」取了名字後，作者才比較安心，他無法忍受主角沒有名字的小說，就像無法忍受有一天他要出現在小說裡，只用「作者」兩個字來代表他一樣。看了「我」的敘述後，他想他看的時候

作者是「我」，現在他要把這段敘述寫成他的小說，作者就是他了，他必須為習慣他的小說的讀者負責。若完全改寫，超過交稿期限要扣錢，只好靠添補的敘述，把「我」這個人改造成符合現實邏輯的人物。

作者把半截香菸戳進座位窗邊的鐵盒裡，火車行駛發出細嘶聲，窗外景色如長卷的膠卷拖過，一格滑過一格。他把筆夾在耳縫，覺得修補後還是有兩處不完美。

(1)他安排「我」曾是小說家，但以「我」所做不合人性的敘述，真是詆毀「小說家」三個字。

(2)根本不可能有人拍「我」所說的，背景是「幸福快樂」四個字那種照片，他卻還得把這個東西努力寫成真的，讀者一定會嘲笑他。

作者摘下耳後的筆，繼續在他隨身攜帶的畫板上寫，腿上的畫板盛著繼續被製造出，扭動的字。

●

你應該也很喜歡玩具兵，我最好這麼安慰我自己，因為你還有可能是個玩具兵的狙擊狂，每天不幸個玩具兵就沒法睡得著覺。有這種人吧？連吸血鬼都有人幹，但應該讓你長什麼樣呢？左下巴長了塊十塊錢大的黑斑，然後你為了這塊大黑斑淪為玩具兵狙擊狂，就是這樣。

關於那段空白部分沒洗乾淨的尾巴，我曾經試過把水灌進腦袋裡，但怎麼樣都沒辦法把它沖出來，我想腦袋裡的排水管還是滿細的。那是沒頭沒腦的一段記錄，從我記得我有記憶以來，它就嵌在我記憶帶中間，長長的空白之後首先放映的就是這段工筆畫一般的記錄。我像看著自己在演外國語言發音的片子，雖然每天倒帶幾遍推敲，卻還是覺得它只是我腦裡取不出的炸彈破片，寫著一九八〇年出廠，如此而已。

畫面一開始，我站在郊外一條四線的大路上，高舉雙手用身體攔住一輛往北滿載豬的大貨車，司機竟然願意讓我搭便車。

「你身上怎麼比豬還臭？」司機從口袋裡取出口罩戴上。

「我不知道欸，別人比豬還香嗎？」

「從哪裡來？」

「我忘了」這句話是現在加的，原來的字幕是突然模糊，跳到下一幕。但那時候我穿著一條破布般的牛仔褲和像中了散彈的褐色汗衫，頭髮長到肩上，和鬍子連成一片亂草，背著一個沾滿泥巴的直筒狀大登山袋，像是隱居在山裡的野人。

貨車開了三個小時，進了一座我還頗熟悉的城市，當車迴旋在滑入城市的螺旋形交流道時，整車的豬發出驚人的尖叫，我也被一股力量驅迫得尖叫起來，像在惡夢裡以我所能發出最大聲音的方式尖叫，熟悉會使人產生恐懼的電流，你相信嗎？

豬司機把我丟在市中心，密密麻麻的眼睛都像要鑽進我的衣服裡撕破僅剩的布料。我在公共電話上按了幾個鍵，現在還記得是九三五七八二八。然後就有一個男人從密密麻麻的眼睛裡擠出來，用強壯的胳臂緊緊抱住我，放開，帶我回他家。

「媽，我帶我的朋友回來了，五年沒見面的老朋友。」不知道為什麼我就是知道這個男人叫小飛，小飛的媽媽坐在長形餐桌的一端，他們正在吃午餐，桌上還擺了小飛飯吃一半的碗。

「看你那副乾癟的德行，快坐下來吃幾碗公飯。」小飛拿起大碗公挖了滿滿的飯。

「你是要把這五年沒讓他吃夠的飯都塞滿他的嘴巴，是不是？」飛媽看不過去他這孩子氣的舉動。

「你想如果豬跟我們一起坐在餐桌上，牠會不會點點頭，說牠能吃光碗公的飯？」

「瘦的豬會，肥的豬不會。」

「好吧！我是瘦的豬。」我只好乖乖地扒那碗公飯。

電視機上還擺著一具十五公分高的玩具兵，頭戴黑色圓高帽，紅色雙排扣制服，黑色半短褲，綁著交叉鞋帶的銀色長統靴，腰間背著鼓，扭緊發條就會「咚咚咚」地敲起鼓來。它高高地站在那裡，像是整個屋子的指揮官。

「你果然是你，緊盯著玩具兵的眼珠子還在，以前你總是拖著我到處搜購各式各樣的玩具兵，這個城市裡絕大部分的玩具店老闆都跟我們很熟。哪，那就是你，它也叫麥傑！」（註：作者修改成麥傑，實在沒料到「我」後來會替自己取名字。）

小飛拿著玩具兵帶我進他的房間，我坐在床上把玩「麥傑」。

「你走掉後，憂夢小屋就退租了，雯在大家發現你不見之後就先發覺，留信說她受不了，半夜離開了。里奇在雯走後，天天酗酒，後來身體搞壞，被家人硬接回家。晴把工作辭掉，哭著說她要去找你。我老爸跟著過世，我只好把五把鑰匙一起退還房東，回家陪老媽。伙伴這五年過得怎樣？」

「走路、坐車到一個地方，做苦工換錢，再走路、坐車到另一個地方，幸福快樂無比。」這段話就比較像是屬於我的記憶。

「去看看晴吧！她一直都在等你回來。當初到底為什麼離開？」

小飛抓起吉他，翻開一本老歌譜，把空白帶放進錄音機卡帶夾，要我把過去常和他搭檔合唱的老歌錄下來，說不知道下次還有沒有機會聽我唱。下午的陽光從窗戶照在他專心調弦的臉上，我突然想起，算算他也三十歲了。

我扭緊「麥傑」的發條，它振奮地敲著鼓，「咚咚」聲伴著吉他錄進去。

這幅工筆畫清晰得讓我頭痛，可能是老天爺造我時嵌進我腦袋的某種啟示，會不會是關於第三次世界大戰。所以現在我把它寫在一張紙上。

小飛送我到教堂前面的街頭，小飛叫她晴的女人遠遠在教堂前向小飛招手，我慢慢地走過去，她竟也飛奔地朝我跑來，不，是朝著小飛，醒紅的襯衫從我肩旁擦飛而過，我搔搔頭。

「剛才為什麼不叫住我，讓我還追到小飛家，被他糗了一頓。」

「我坐在這裡看一件紅衣服飛在人群裡，蠻好看的啊！」

這教堂建在熱鬧的街上，教堂前面有個小廣場，爬下廣場的階梯就是兩旁連接著商店街的走道。我和她坐在廣場外緣高臨街道的短牆上，黃昏透亮的黃在紫紅的磚格上緩緩浮游。

「這五年吃了不少苦吧，你怎麼忍心讓我看到你這副模樣？」她撥弄著我散亂的頭髮。

「滿輕鬆的，來的時候還有運豬的貨車願意載我來。」

「這幾年我從北到南住了七、八個城市，每到一個地方，除了白天工作，晚上就到各公共場所去找你，尤其是向玩具店的老闆打聽，直到今年年初才死心，回到這裡，逃避我們就是全部你要做的嗎？」

「也許吧？為什麼理由活著都可以嘛！」我把雙手抱緊彎曲的雙腿，像隻受驚的鳥。

「你看過小飛了，這幾年他真的長大了。有一天我和他站在一棟高樓頂看黃昏七彩的晚霞，他突然轉頭對我說：『晴，我覺得我很老了，老得不再是你們以前認識的小飛。我要好好照顧我媽，還有，好想再看看麥傑一次，老到只有這兩個願望嘛！』」我不知怎的難抑熱淚盈眶，沒理由眨一眨眼。

我們垂著的腳下，稀稀落落的人無謂地穿梭，一個老人推著載滿玩具的腳踏車，停在我們正前方的街道上。玩具箱外掛著一個帶刺刀的機器玩具兵，扭緊發條雙腿會踏步，它斜睨著眼，驕傲地瞅著我們。

「記不記得以前我們住在憂夢小屋時，你經常半夜還一個人坐在客廳，一起扭緊幾十個玩具兵的發條，讓它們打鼓的打鼓、踏步的踏步，然後自己高興得像個孩子。現在不覺得自己也像它們一樣在原地踏步嗎？」

「我現在搜集的是會前進的玩具兵了！」

「如今，那個彼此擁抱的世界已經荒涼死寂了，我仍然不懂，不懂那樣一個世界是如何結束的，不懂、不懂，哈哈……」

「整個過程只是場陰謀而已，像堆積木，堆得再高還是會倒的，不再堆就是了。」「你曾經有一次想過要娶我嗎？」

「沒有欸，一次也沒有。」

「能不能拜託你勉強說一次有，一次就好！」

「晴，這幾年謝謝你了，對不起！」我彎著身向她鞠躬。

天色漸漸完全暗下，教堂的廣場上亮起白色的球狀燈，每叢三球，披被著寧靜的溫柔。她從袋子裡拿出一把剪刀，就著通明的白光為我修齊亂髮，黑色的髮輕輕鋪落在紅磚上。

（作者按）麥傑二十歲那年，在藝術學校裡認識小飛和里奇，三個人當時都是立志當畫家的狂人，因臭味相投，決定租下一個房子合住。他們找到市郊一間獨棟的大木屋，由於共有五間房間，所以又招租了兩個房客，就是晴和雯這對唸文學的好朋友。他們共同為這個家取名作「憂夢小屋」，因為他們全都二十歲，正處在熱烈追逐夢想實現的年齡，整屋子擠滿了夢，特別不知道夢在哪裡。那是一個夢很容易碎的年代。

麥傑和里奇兩人個性都剛硬倔強，所以既是彼此欣賞的知己又是互較短長的對手，經常因藝術觀點而爭得面紅耳赤，小飛則經常扮演協調者，他是個稚氣很重的大頑童，對很多事總是漫不經心，所以能居中緩衝麥傑和里奇的硬脾氣。小飛和麥傑又特別親近，兩人經常像最佳拍檔一樣，合作唱歌、玩鬧，麥傑由於是五人中最早出生，又特別把小飛當弟弟疼。

晴就像她的名字一樣開朗活潑，很快就和三個男生打成一片。雯卻剛好相反，沉默而略帶陰鬱，經常一個人關在房裡整天，她的美完全表現在她那手用乾淨的字跡寫成的詩上，她對詩的熱情和她外表的冷漠正好顛倒。

他們在「憂夢小屋」裡合住了五年，從二十到二十五歲。（待續）

作者把頭探出火車窗外，深吸一口新鮮空氣。他愈寫愈順利，「我」所敘述嵌進他腦裡莫名其妙的故事，竟然能被他改寫成他所要的小說，「我」到死也想不到吧。而「我」似乎是知道等一下車一到站，就有人等在剪票口要向他拿稿，所以「我」的敘述也愈來愈具真實感，雖然還是偶有一、兩句不識相的打岔，破壞連貫的氣氛，但基本上需要他修補的是愈來愈少了，下車應該就可以交稿，他難掩心中的得意。

只是，作者仍不免抱怨「我」這種沒頭沒腦的敘述方式，完整地交代所發生故事的過去和結局是身為作者的責任，這正是讓讀者接受它的真實性所在，否則小說有什麼樂趣可言，好在，「我」根本不可能是小說家。火車開進漆黑的山洞。

正當我在完整地記錄下這片炸彈破片的全貌時，說來荒唐，我竟然愈來必須花愈大的力量克制我自己，讓我的理智清醒地辨別清楚，我所正在記錄的不是我，只是用我這個人，或說跟我長得一模一樣的人去演的戲，然後戲拍成影片後又嵌進我的腦袋裡，真是愈說愈邪門。總之，我不能亂感動就是了。趕快把這張紙寫好塞進玩具兵的鼓裡。

●

「還頗帥的嘛，跟從前沒什麼兩樣，小飛怎麼在電話裡告訴我，說你像野人？」

「唷看不過去，替我拔了頭髮，你倒是比我更像野人！」

小飛幫我和里奇安排在這家地下酒吧見面，我們就坐在彩色噴泉旁的兩隻黑色高背鐵椅上，中間一張圓形石椅。噴出噴泉的是有對白色翅膀的天使雕像，周圍一圈迷離的雷射燈。

里奇滿嘴鬍渣，一頂寬邊帽蓋住眼睛，偶爾露出的眼眶布滿血絲，大吊帶褲上沾了些油彩，手緊握住酒杯。

「你倒是很性格。說撇下人家就撇下，說要看人家，勾勾手她就得來讓你看，然後呢，拍拍屁股又走人，這算什麼？」

「關於五年前晴的事，你還是不能原諒我？」

「這不是原不原諒的問題，如果我還有五年前的體力，老實說，我會替晴在這裡宰了你！」

「如果是那樣就好了，乾脆我們再回到五年前，你把我宰了，這樣我就不用搭運豬的車五年後再趕回來！」對呀，這樣我也不用在這裡辛辛苦苦地記錄。

「麥傑，你這個該死的傢伙，你把我心中尊敬的麥傑打破了，你怎麼會了解你帶給我多大的痛苦。如果連麥傑也會幹那種事，那麼這世界就醜陋得令人難以忍受一秒鐘。我想厭惡你，但那就等於厭惡整個世界，你知道嗎？」

「你沒有必要為我幹的醜事付出那麼大的代價，你只須要唾棄我就夠了！」就是啊，我看不出這有什麼相關。

「說得倒輕鬆，記不記得你是怎麼認識我的？那時我還是個吸毒的人渣，一個晚上被一群人迷迷糊糊打得血肉模糊，你把我救走。你說報答你的方法就是戒掉所有壞習慣，專心畫畫。跟你住在一起後，我不分晝夜地畫，就是為了超越你，我的標杆，哈哈……」

吧枱上響起叮叮噹噹的音樂，一座玩具兵的旋轉燈座轉動著，五個玩具兵繞著軸成一個圓圈，隨著轉動似乎很快樂地忽上忽下，每個玩具兵在燈罩頂配一枚鵝卵形的小燈泡，像住在溫暖的天堂裡。

「我們五個以前合買過一組很貴的法國玩具兵，剛好有五個，各取了我們的名字，你還替它們做了個漂亮的木屋子，叫『憂夢兵團』，記得嗎？可惜已不見踪影了。」里奇拉開帽子欣賞旋轉燈座。

「眼睛裡的血絲不會是畫上去的吧。」我請侍者換了大酒杯。

「酒畫上去的，我已經是個沒有酒活不下去的廢人了，沒有地方敢用我，我老爸還像傻瓜似地默默養我。我們都是被打敗的士兵……。麥傑，你原來不是的。」他把噴泉的水撈上來抹在臉上。

「雯呢？怎麼沒和她在一起？」我猛猛喝掉半瓶酒。

「和她在一起？你這個王八蛋！」他「啪」打了我一巴掌，我把一口酒噴在石桌上。「你最清楚她是什麼樣的女孩子——執著剛烈，只要她認定跟一個人，別人就絕對不會再有接近她的機會，而十年來她認定的就是你，但你也毀了她。」

「我不配，她也永遠不會再接受我了！」

「我更是不配，從一開始就不配，只能偷偷地看她快樂地和你在一起。但那沒有關係，我最恨的是，我雙手奉上我最心疼的人給你，你竟然把她摔成碎片！」

「這一切都像是摔破的瓷器，雖然每一塊都還在，但哪一塊和哪一塊無論如何卻再也對不起來了，滿眼都是裂痕。或許過去真的太美好完整了，我花了五年還沒有習慣忍受破碎，雖然這才是一生的常態。」

我和里奇默默地對飲，痛快地喝乾幾瓶酒，旋轉燈座已熄滅，天使仍然噴著純真的噴泉，沁涼的空氣包圍著。我背起爛醉的里奇踉蹌離開酒吧，他喃喃說著：

「麥傑，不要再走了！我會戒酒，專心畫畫……嗯，我們五個再擁抱在一起……在寒冬中。」他的眼淚溼了我的褐色汗衫。

載著里奇的計程車開動，在深夜裡揚起輕柔的灰粒。就快消失了，我像觸電般大吼——「再見，里奇！」

（作者按）他們五個人彼此相愛，在那樣的日子裡，即使寂寞也是一種熱鬧溫暖的寂寞，即使孤獨也是一種擁擠黏膩的孤獨，似乎心一出聲立即可以得到迴響，眼一點亮就能觸到回報的眼眸。他們經常穿著相同圖案的T恤一起上街，像五胞胎，手牽手擠成一橫排過街，天不怕地不怕。「憂夢小屋」進門就可以看到正對面的牆上掛著一張放大的照片，五個人穿著厚外套、戴著聖誕老公公的尖形帽，緊緊擁抱在一起像團大雪球，背景在山林裡，飄著白點點的雪。

而他們的關係也像「連連看」的圖形一樣複雜。里奇從雯一搬進來住就經常盯著她的一舉一動，晴則對麥傑情有獨鍾，總是把麥傑的生活起居照顧得無微不至，前兩年小飛非常忙碌地穿梭於撮合他們這兩對，卻總覺得少了點鹽巴或醬油什麼的調味料。直到有一天晚上，三個人撞到麥傑和雯搭著肩並坐在海堤邊聽海風，大家才明白兩個人的戀情已經在暗中持續很久了，為了怕破壞五個人和諧親密的生活，所以不敢讓大家知道。

從此，五個人訂下公約：絕對不能讓私下的男女感情破壞五個人的生活，還是像以前一樣五人同進同出，不能特別把誰和誰孤立看待。

他們住在一起的最後一年的最後一夜，里奇半夜二點闖進晴的房間，拖出喝醉酒強暴了晴的麥傑，小飛不在，里奇發了瘋地用拳捶打、用腳踹踢倒在客廳的麥傑，抓起他的頭髮，將額頭往大理石桌緣猛撞，皮綻血流。晴縮在房間的角落，抱緊身子放聲哭嚎，雯衝出房間，從背後拖住滿臉淚痕的里奇，邊喊「住手，你會打死他的」，邊無助地嗚咽著。最後雯清除了里奇砸在麥傑身上的幾十具玩具兵，扶起滿臉血淚模糊的麥傑，抱著坐在客廳的地上，黑暗中再也沒有任何聲音。

隔天小飛回來時，一切已經結束，他只能把所有玩具兵運到垃圾場，永遠解不開心中的謎。（待續）

作者站起來把火車的窗戶向上再推高，推到窗框的極限，因為他覺得氣氛沉悶得有點難過。他轉了轉手上的筆，是一輛反向的火車像飛彈一樣穿過，尖銳的汽笛聲鑽進耳孔裡，他突然有種奇怪的感覺──（多麼希望這不是「我」寫的莫名其妙的故事，而是完完全全屬於他的小說。）但已經來不及把「我」的口氣徹底抹除了，這篇小說已註定要當一隻兩頭的怪鴕鳥。

但他愈來愈克制不住另一種想法──（說不定他所填補的真正故事的真相，連「我」也不知道的，沒有任何人能說它不是。）他把手上的筆轉得愈來愈快，他笑著想，所以他還是唯一的作者。

若是這樣，就得解決一個問題──（到底要安排誰偷了「我」所說塞著他寫好紙的玩具兵），作者邊摸著鼻子想。火車猛然震動了一下，推到極限的窗戶「碰」一聲，關上。

寫完四分之三了，我覺得很無奈，對天發誓噉，這些真的不是屬於我的記憶，我好像愈寫愈變得百口莫辯，連我自己在寫到跟那個叫什麼里奇的人對話時，自己也好像被一股力量捲進去，把我催眠成裡面的「我」，我用鑽子鑽著我的腦袋，也才只能勉強冒出一兩句我的聲音，提醒你「真正的我在這裡啊」，但還是非常吃力。我這麼說。你就知道我帶著這片炸彈碎片的歲月有多無辜，每把自己的記憶倒帶一次，就要經歷一次這種苦惱。像桌上擺著一對雙胞胎的我，穿一樣的衣服，要費力去辨認哪一個的肚臍旁一顆黑痣，就是這樣。

如果一切都照我安排的進行，你就會是打破鼓拿出這張紙的人。

●

送走里奇後，我照著里奇給我的地址，趕到雯駐唱的餐廳門口等她，這一整條街的夜空綴滿各色霓虹招牌，黑裡閃爍著發光的亮點，雨就這麼不疾不徐地飄了起來。

「雯——」午夜十一點，餐廳的門湧出一批人，瘦弱的她左肩背著吉他，右肩背著一個大背包，擠在人群裡，艱難地移動。我恐慌地大聲喚著她的名字，好怕她被人潮沖走，心裡翻湧上陣陣心酸。即使現在只是敘述，酸液仍然在翻湧著。

她抬起頭觸到我的眼神那剎那，很痛苦地緊閉著眼，幾秒後才張開，奮力地朝我移過來。

「你回來了呀？」她輕輕地說了這句，神情安詳，像是我們倆昨天才見面般自然，飄動的水藍色長裙似在跟我打招呼，它是我送給她的二十五歲生日禮物。

「我有好多好多話要對你說。」我幫她背過來左肩的吉他和右肩的背包，一起站在走廊上望穿雨林。

「太遲了，一切都像對不準焦點的老相機了。」

「為什麼？只要你原諒我，一切都還來得及。」

「我從來沒有不原諒過你，你也為自己贖夠罪了。是傷害，我們五個人心裡所受的傷害。五年來每過一天就刻上一痕傷害，完美破碎的傷害、分離的傷害、思念的傷害、再也回不去的傷害。一件刻滿傷痕再也沒有地方刻的回憶，只好丟掉，我們要不起的，會痛。」

她從背包裡拿出一把雨傘，撐開，遮著我走向前面紅磚道的公車站牌。雨傘的木頭傘柄刻成戴著圓高帽的玩具兵頭形，我伸出手握住推著玩具兵傘柄的她的手。

「『憂夢小屋』裡的那組『憂夢兵團』是被你偷走的吧？」

「我只能靠這樣來拒絕現實，否則我無法抵擋必須離開你們的現實。要離開的那一夜我被殘忍撕裂了，我從來不知道世界上有那麼可怕的現實等著要一口餵我吞下。」

「『憂夢兵團』幫助你面對現實了嗎？」

「沒有，我離現實愈來愈遠，我們仍然一起活在『憂夢兵團』裡的幻覺在我和世界間建起一道透明的牆，我躲在裡面。只要想到已經和你們分離，必須一個人在沙漠裡踽踽獨行，就痛苦難當。」

「這幾年我也很少和其他人連絡，每次偶然見到面總是很悲傷，好像老天爺砍了一斧頭後，每個人身上都裂開一條縫，拼在一起是一條很美的大裂縫。見面就會看到彼此裂痕上手工粗糙的縫線。」

「我也見過他們三個人了，去碰觸那麼巨量的記憶卻無法悲傷，悲傷不起，那是無意義的。」

「我們的感情會像手足一樣永遠交纏在心底的。」

她說這句話時冷靜得彷彿在唸一句台詞，白皙的臉上像塗了層剛強的風霜，我注視著她嘴唇上唯一柔和的線條，像個被拋棄的小孩般，害怕即使把她磨成灰她也不會溫柔地看我一眼，如她從前看我的一眼。

「為什麼回來的？」

「為了一句話——我要原諒的事太多了。」

「要原諒什麼事？」

「原諒命運的殘忍、原諒現實已是這樣、原諒我心裡的痛苦。」

「看我們之後就能原諒了嗎？」

「至少我總算面對破碎的現實了，彌補起過去和現在的裂縫，或許能給我力量鑿穿阻隔住我和世界的牆……」

閃爍不熄的霓虹燈交映在柏油路上，一塊塊淺淺的水窪晃動著油光，三五成群的人反覆地踩碎油光，濺起水漬，從站牌前走過。

我快速地掃過她的眼角，發現她眼裡敷著薄薄的一層淚光，我心裡為她貯藏的一大塊溫柔剎那間融化開，漾成溫熱的一片。

「雯，我們不該長大的，長大使我們和最愛的人分離。」我平靜地說。

「嗯，長大也使我們懂得了自己的限制和世界的規則，都是些想不到的。」她仍然煥發著堅強的眼神定位在前方某點上。

「我們倆的限制和規則就是永遠的分離嗎？」

「點頭說你懂好嗎？麥傑，從破碎的現實缺口站起來，從現在開始向前走，去創造幸福好嗎？」

「你相信會再找到綠洲嗎？」

「一定會的。」她咬緊嘴唇猛點著頭。

公車從轉角彎進街頭，我心裡皺縮成一團，慌亂得想抱住她不讓她走。

「車來了，我要走了。嗯，傘拿去，不帶傘的老毛病還是不改。」

她把吉他和背包搶過去，將傘柄硬塞進我的手掌，我早已僵如木頭。車停在站牌前，她踏上車門的踏板，回頭深深地看我一眼，眼角淌出一大顆淚。終於以她從前的溫柔看我一眼了，我想一切都夠了。

車開動，我踏著地上的水追喊著──

「請放心……我會懂的……」雨繼續下。

背起地上的大登山袋，把傘收進袋裡，淋雨走到水果攤，買了一大包紅西瓜。一輛載滿豬的貨車打著刺黃的前車燈對著我猛按喇叭，讓我搭便車來的豬司機讓我再搭便車回去。我坐在貨車前座快樂地吃起紅西瓜，一塊緊接著一塊，來不及吞嚥多餘的口水，整個眼眶都裝滿西瓜，又紅又鹹，卻不知要回去哪裡唷。

終於寫完四分之四了，我的手已累得發抖，雖然最後和雯這個女人的部分是最可怕的，寫得我心驚膽跳，像在通過鬼門關，腳一沒站穩就要掉進萬劫不復的深淵一樣。我緊憋著氣，這次反而我的聲音哼都不敢哼一聲，怕被裡面兇狠的「我」發現了，把我整個拖進去，啃個精光，然後再跳出來大剌剌地當起我來。這可不是好玩事兒，也許你已經先被拖進去啃個精光，開始相信我和炸彈碎片裡的「我」是同一個人了，不過那可是你自己的不幸，我沒有力氣再發第二次誓。

我要把我收藏的幾個玩具兵，連同這一個一起放在火車最後一節車廂的車尾，我想它們會喜歡我這個主人的最後安排吧？火車開動後，它們可以站著瀏覽風景，像高尚的貴族。我不得不這麼做，我要是不把這段寫下來交給玩具兵們送走，炸彈碎片就會繼續嵌在我記憶帶的前頭，我太無辜了。我希望死前記得自己一生都幸福快樂，我可是很重視我一世「幸福快樂」的英名！

其實你就是第二個偷玩具兵的人，你為什麼要偷玩具兵呢？所有關於玩具兵的象徵意義在炸彈碎片裡都有寫，你自己找找看吧！所以就算你看完這張紙後要如何改寫「我」的故事，你還是早已被炸彈碎片寫進去了，這是我第一次發現炸彈碎片的好處。最後請你好好照顧我的玩具兵們。

再見了，憂夢兵團！

●

作家花了十幾分鐘的力氣，總算把剛才「碰」一聲關上的窗戶再推高到極限，然而火車已進了他該下的站。他從座位底下拿出一個黑色手提箱，按了開關打開箱蓋，抓起散放在地上的五個玩具兵，丟進琳琅滿目的玩具兵堆裡，蓋上箱蓋，鎖住。

隔著剪票口，他把一疊稿紙和另一張破紙交給等稿的編輯，輕鬆地交代。

「除了最後一個『待續』改成『完結』外，剩下的四分之一照著這張破紙抄就可以了。」提起黑色手提箱，吹著口哨通過剪票口。

朱天心（1858-）

作家介紹

朱天心（1858-）的說法：「現在想來，長大依然是一件苦事，要割捨丟棄的太多太多了。」這段敘述出自她的第一本書《方舟上的日子》（1977，言心版），寫於一九七五年，那年，朱天心十七歲，已經自覺距離「小時候」很遠很遠了。寫作，朱天心早慧，雖生長於文學家庭，父母朱西甯、劉慕沙，姊妹朱天文、朱天衣，但她的心性與關懷和同業家人路途之上其實殊異，是袁瓊瓊的話：「兩個人（朱天文、朱天心）的作品我都看得很熱心，覺得是天才小孩。因為性情，我一直比較偏愛天心，天心的東西火熱，而且老有種孩子氣的新鮮。」[①]挑明朱天心其人其文。所以有評者把朱天心的早期作品劃入「閨秀文學」派，我以為是一種誤解，詹宏志或者說對了，那時期的作品可歸結是朱天心藍色時期的人性數學推演想像。評者公認朱天心寫作的轉向，始於《我記得》的社會政治觀察成篇，《想我眷村的兄弟們》將其寫作思考推至另一高峰。之後的《古都》及父親朱西甯去世後神形無所至也無所不至的《漫遊者》，朱天心引領文風、議題的能力，往往勾出閱讀者最躁動的憂患與悲傷。

①袁瓊瓊：〈天文種種〉，朱天文：《最想念的季節》（臺北：三三，1984年版），頁9。

受胡蘭成禮教啟蒙，一九七七年與朱天文、馬叔禮、謝材俊諸子創「三三集刊」，亦成為現當代華文文學家族人數最眾的文學團體，對七〇年代青年文藝追隨者影響深遠。出版有《擊壤歌》、《想我眷村的兄弟們》、《學飛的盟盟》、《小說家的政治周記》、《古都》、《漫遊者》、《獵人們》等。

作品導讀

我以為，〈新黨十九日〉[2]是得和《擊壤歌》[3]併著看的。

十九歲，朱天心（小蝦）的《擊壤歌》寫出了北一女三年黃金時光，成了高中生的校園聖經，女孩們的故事，不脫吃喝玩耍考大學友誼夾纏，這群總愛各處亂逛的死黨們，街道校園海邊呼呼而過，童女度日，真有股逆向而行的志氣。但高中總要結束，走出校園的小蝦，得等到朱天心寫出〈新黨十九日〉，我們才得以見到女孩們長大進入社會後的切片，而此時，朱天心剛滿三十歲。

這裡，且撇開朱天心近年涉入甚深的政治、族群認同議題不談，光從女性處境來看《擊壤歌》裡「世上總有那麼兩件事會叫我哭，愛和國家」[4]的小蝦，和〈新黨十九日〉裡的女主角為丈夫燒獅子頭調味時自況：「調理出的有新鮮、刺激、冒險、自由、而且好像與經國大事有那麼一點兒關係。」[5]一以貫之有著一向關注家與國的痕跡，也就看出朱天心之感傷所在。

〈新黨十九日〉當了十幾年的家庭主婦逐漸失去了現實感，生活（命）重心圍著丈夫定吾、女兒咪咪、兒子毛毛。卻從被表姊遊說買了股票開始，人生有了驚人的變化。早上家人前腳出門，她

---

② 朱天心：〈新黨十九日〉，《我記得》（臺北：遠流，1989年版），頁129-172。
③ 朱天心：《擊壤歌——北一女三年記》（臺北：長河，1977年版）。
④ 朱天心：《擊壤歌——北一女三年記》（臺北：長河，1977年版），頁194。
⑤ 朱天心：〈新黨十九日〉，《我記得》（臺北：遠流，1989年版），頁157。

後腳趕去號子（家／學校的變形），認識（死黨）了股友賈太太，在那個新空間，她看報紙（即使只看不懂的財經版）、坐速食店（以前那裡洋化得像租界）、買專業財經雜誌（學生期買參考書後第一次），然後像灰姑娘辛德瑞拉，趕在丈夫孩子前面回去，做飯。

直到財政部宣布開徵證所稅，她跟著股友腳步走上街頭，夾在同黨隊伍中搖旗吶喊要執政黨財政部長郭婉容下臺，她甚至把腳步伸到從沒去過的立法院、國民黨中央黨部遊行抗議呼口號。股票使她有了自己的黨。

這場政治洗禮的處境，之於這位家庭主婦，有點像俄共中央婦女工作部長柯崙泰（Alexandra Kollantai）的革命行徑。這位世界上第一位女部長、女大使，是社會女性主義的老前輩，在其《新婦女論》中提出讓婦女走出廚房，加入社會生產行列，主張「廚房和結婚分開，這和宗教和國家分開同樣，是婦女命運史上的重大變革。」[6]壯哉斯言，如果柯崙泰的主張早被實踐，女人還要革命上街頭嗎？當年柯崙泰的部分主張只經過短暫的實驗便無疾而終。佐證〈新黨十九日〉裡的「她」要走出廚房進入社會真是談何容易，君不見將「她」趕回廚房是家庭內外眾人的共識。她的家人先上場，臨近開晚飯時間，電視正播出波灣戰事，她深恐影響手上的股票，加入視聽，結果丈夫兒女齊喊餓，「三人同聲合力把她趕回廚房」。[7]相對，她的家人認同亦開始鬆動。丈夫極專注的與來

---

⑥ 柯崙泰：〈生活的革命〉，顧燕翎、鄭至慧主編《女性主義經典》（臺北：女書文化，1999年版），頁404、405。

⑦ 朱天心：〈新黨十九日〉，《我記得》（臺北：遠流，1989年版），頁141-142。

訪同鄉談大陸近況，她好駭異他關心的事如此遙遠，內心吶喊著：

好想去搖那枝自己選擇的旗子，跟一群比咪咪毛毛定吾要與她熟悉多了的陌生人齊心喊口號，喊好大聲，關不關乎股市徵稅真的都無所謂。[8]

股市長黑，遊行隊伍更壯大，已不僅是「生活的革命」，更演變成為「黨的革命」，於是當這位街頭新人面對隊伍中「藍中有綠，綠中有藍」的群眾，油然而生「她與眼前這些好多手搖小綠旗的人是對不一樣的」維護之情。[9]及至警方祭出鎮暴部隊、迅雷小組、噴水車應對，她還是「好壯烈」的參與同黨某次遊行，（小蝦：有時亂的時代是比治的時代要來得偉大和應該的。[10]）隊伍突然大亂起來：「逮人啦！」她慌極隨眾人翻越分隔島欄杆，望見賈太太對面向她招手獲救似跑了過去，（我要做隻大鵬鳥，下一次風起的時候，我可要凌風飛起。[11]）卻是一記「當頭棒喝」朝她重重敲下：

⑧朱天心：〈新黨十九日〉，《我記得》（臺北：遠流，1989年版），頁159。
⑨朱天心：〈新黨十九日〉，《我記得》（臺北：遠流，1989年版），頁163。
⑩朱天心：《擊壤歌——北一女三年記》（臺北：長河，1977年版），頁133。
⑪朱天心：《擊壤歌——北一女三年記》（臺北：長河，1977年版），頁139。

一名警察快步倒退中差點撞到她們生氣的喝道：「還不趕快回去煮飯，你們這些歐巴桑真不要命。」

她應聲掉下淚來。[12]

這位新生股票「菜籃族」，曾經有那麼幾分可能走上柯崙泰的新女性之路，卻在此刻逼出眼淚被打回原形。（小蝦參加結業典禮，女孩子們正興奮得不可開交，校長突然對著麥克風吼道：「你們怎麼這樣不守婦道！」[13]）

她仍堅持去示威，和賈太太在速食店裡看晚報，全因「這些是她的最後據點」。[14]直到第十九日，大夥冷靜下來，遊行現場一個不見，清掃的老先生說：「剛才就這麼嘩一聲的全部跑回去，又有得錢賺囉。」昔日同黨如今正穩穩坐在號子裡打趣那場亂發高燒似的日子，「但是她，跟他們是不一樣的」。[15]端的是孤家寡人，竟找不到一個人表白。哪知重返家庭，另一波更大的挫敗才撲來，她翻越馬路分隔島的模樣登上了雜誌：

⑫ 朱天心：〈新黨十九日〉，《我記得》（臺北：遠流，1989年版），頁167。
⑬ 朱天心：《擊壤歌──北一女三年記》（臺北：長河，1977年版），頁190。
⑭ 朱天心：〈新黨十九日〉，《我記得》（臺北：遠流，1989年版），頁170。
⑮ 朱天心：〈新黨十九日〉，《我記得》（臺北：遠流，1989年版），頁170。

數名男女正狼狽不要命的翻越馬路分隔島上的欄杆，最近鏡頭的一人——她才知道自己的臀部從背後望去竟如此龐大滯重。⑯

表面上，她不僅跨出廚房，還飆上了社會政治版，但反觀此時此刻，她的「親人」呢？於是，我們看見這位離開《擊壤歌》校園後進入社會／家庭的失聯者：

對著眼前三名高高矮矮的陌生人嚎啕起來，垂著手，哭得好大聲好無助，像一個稚齡迷路的小孩兒。⑰

⑯ 朱天心：〈新黨十九日〉，《我記得》（臺北：遠流，1989年版），頁172。
⑰ 朱天心：〈新黨十九日〉，《我記得》（臺北：遠流，1989年版），頁172。

新黨十九日

她開始喜歡並習慣每天下午在速食店裡的時光。因為長年夏涼冬暖的室內空調總使愛坐臨窗位子的她長期下來快失去了現實感，尤其有好陽光的天氣，透過每一小時就有工讀生出來擦一次的白色木框方格玻璃窗望出去，她完全忘了外面夏熱冬涼的現實而相信自己置身的果真是一個美麗的城市。

她有時獨自一人，有時和才認識兩個月住民生社區的賈太太面對面坐著，桌上的咖啡好香但好難喝但那無關緊要，總之是氣氛裡不可少的一部分。雖然賈太太比她有錢得多，但她們的默契是當日誰的股票上漲便誰付帳，自然事情之前的好長一段時間都是兩人搶付。

她們中學女生一樣的一面吃炸薯條洋蔥圈一面搶著訴說上午聽來的種種，好興奮國家大事原來也可以被她們談論，例如那天下午她們談的主題是：郭婉容之所以恢復開徵證所稅，是為了要與她的表哥彭明敏裡應外合一起整垮國民黨。

那前一日的話題是：力主開徵證所稅的是俞國華，目的是要給李登輝難看，要他在雙十閱兵的同時另外得閱十萬名抗議股友。

至於再前一日的話題則是：證所稅的開徵其實是李登輝幕後主使支持的，用意在架空俞國華的財經決策權，至於萬一股市因此崩盤，帳一定會算在一向沒有人緣的俞身上，到情況糟得差不多時李再以救星姿態出面挽救股市。可謂一箭雙雕。

起初，很長的一段時間裡，她都不敢、也從未一人獨自進過速食店，覺得那裡洋化得像一個外國在台的租界似的，其實她也出過國，咪咪考上高中那年暑假母女兩人參加旅行團去東南亞玩過一趟，泰國住過五星級飯店，新加坡在萊佛飯店飲過新加坡司令，香港時定吾的表弟還請她們在半島酒店喝咖啡，那維多利亞式的裝潢都沒讓她覺得怎麼，只二樓的樂隊正好奏著一首她做家商學生時很熟悉的西洋流行歌叫她好高興，女兒咪咪當然不知道是什麼歌，定吾的表弟告訴她那是首老歌叫做「壽喜燒」，並說當年唱這首歌的日本歌星前不久在日本國內空難死掉了等等，因此三人莫名其妙的只好嚴肅起來為一個他們都不認識的人致哀。

可是好奇怪的連在香港不同語言、價錢只要一半、因此咪咪大喊一定要吃個過癮的速食店都沒讓她有任何異樣的感覺，反倒回了台北、事隔三年咪咪進大學第一次拿家教費請她去吃家鄉炸雞時她有種在異國之感，先是咪咪夾著英文點東西，然後被服務生快速有禮的詢問連帶影響的催問她要點什麼，她覺得咪咪變得好陌生，以至她都不敢猶疑問咪咪傳統快餐與傳統全餐的差別，只好隨便亂點。

用餐時她客氣的說著品嚐心得並勉以家庭主婦的眼光表示唯一的缺點是牛油味重了些，咪咪好認真的分辯起來，說他們的品管非常嚴格，炸油超過一定的時間就得整個倒掉換新，而且從營養健康的標準是絕不可能用動物油的，並舉例她一些在速食店打工的同學親身所見。

她因此有些恍惚也有些寂寞的拿起咪咪說新推出的熱巧克力喝著，並很不以為然咪咪怎麼會點二十塊錢一杯的紅茶，那一個茶包買起來不用一塊錢，但最讓她吃驚的是，吃完東西咪咪竟然老老實實的收拾乾淨並乖乖拿去丟棄處理，做得好自然家常，因為咪咪和弟弟毛毛從來在家裡是吃完飯拉開椅子就走的，她曾經命令或要求或甚至在母親節那天都無法使他們破十幾年的例，僅僅只是飯後把碗筷拿到廚房水槽，遑論洗碗或其他家事。

但是四、五月以後，整個變得如此不同。

起先她只是禁不起表姊的遊說，把一筆她根本不想標下但被抽籤分配的到期會款隨表姊拿去買了些股票，然後半個月不到便淨賺兩萬多的獲利令她好奇起來，每天早上好不容易等咪咪毛毛和定吾前腳才出門，她後腳便迫不及待的趕去號子裡。中午十二點下了課似的就近揀家速食店還好尚未吃膩的叫份傳統全餐邊吃邊看報，她通常不管看不看得懂的工商、經濟日報隨意換著看，很喜歡那一面喝咖啡一面看報的氣氛，很像電視裡雀巢咖啡的廣告，也有點像印象裡每天早上的定吾，但是定吾吃的是泡飯臭豆腐乳和金蘭小菜心，且定吾看的是成家以來一直訂的中央日報，直到年初報禁開放經毛毛反覆抗議後才改為聯合報。

但她總無法忘情以家庭主婦的眼光估計那幾塊炸雞的成本至多不過二、三十元，還好當天一個漲停，帳面上的多出數千元實在可不用如此計較，而且那些報紙起初她根本就都看不懂呢，只好翻來覆去找尋她握有的那幾家公司或該行業的相關報導。

沒認識賈太太時，她常可如此翻弄報紙其間並不好意思的再叫杯飲料的坐到四點，不久隔窗便可清楚看到不遠廊下書報攤的晚報送達，什麼報先到便買什麼，因此幾乎沒看過中時晚報。她當然先打開股市分析版，一一印證上午號子裡聽得的各種利空或利多的消息，但往往棄報起身回家時總是更迷惑，例外清楚的是，她可以十分確定該報的財經記者大概買的是哪幾家的股票。

她總控制很好的在其他三人回家前至少半小時到家，打開所有房間的燈，抽油機開得轟轟響，並確實趕著做晚飯，因此好長一段日子他們似乎都沒有察覺她大不相同的生活，其實已經有好幾年，他們根本就不知道他們不在家的時間她都在做些什麼。

開始覺得有點兒奇怪的還是定吾吧。她從廚房端盤剛炒好的菜到餐桌上，遠遠聽到電視新聞裡冒出幾個她熟悉的詞兒，便忘了其他的立在那兒看，有時記掛著爐上的油還熱著，便要定吾開大聲點她好聽得到，定吾摸索著可能陷在屁股底下的遙控器邊好奇怪的看她一眼，的確自家裡有電視以來，她肯定沒看過的節目就是晚間新聞，因為那個時間她通常正在廚房裡忙。

有次正在報國際新聞，她忍不住站近電視好緊張的生怕波斯灣又有什麼緊張狀況，雖然她只有一點點的南亞股。那次不僅是定吾仰頭看了看她，連咪咪都很不習慣她此時此刻出現在這裡似的皺了皺眉，見她菜洗一半手還濕淋淋的正滴著水，更不習慣了，撒嬌似的怨怪她：「媽人家中飯沒吃肚子快餓死了。」毛毛也粗聲附議，三人同聲合力把她趕回廚房。

於是她也自覺有些失職的加緊手下的動作，等湯滾開前的片刻看到映在玻璃上自己的臉孔，說不上什麼心情的對自己做了個頑皮的鬼臉，有些迫不及待的想趕快把他們打發吃完飯，收好善後，趕快上床，黑夜過了她又可以去號子裡看盤，一個上午聽來的話題加起來抵得過她有生以來知道的全部，有荒謬的有有道理的，有她懂的有她不懂的，但那無關緊要，甚至錢，都並不是那麼重要，她短線進出過幾回，本錢不可思議的早已回來，這其中有所謂賈太太那裡某某任要職的親戚傳來的可靠內線消息，也有自己的一番判斷──後來證實是錯的──，但買錯了都還賺，簡直是場幼年時做的撿錢夢，拜託拜託千萬千萬不要醒，哪怕每天只小家子氣的賺個車費加中飯錢加報費就好，只因為她太喜歡那樣的生活，和那些個美麗充實的下午時光。

有個晚上，她居然等定吾睡了、毛毛咪咪各自回房後，一人在餐桌上攤開她下午買的一本專業財經雜誌，是她做學生買參考書後的第一次買書，因此大為驚異一百多塊的書價如此貴。

她給自己泡了杯茶，不管待會兒萬一失眠，──其實她都看不懂哩，尤其那些圖表、數字、公式，可是她很有興致的細細咀嚼著那些名詞：美國道瓊指數、日本日經指數、香港恆生指數、野村證券、美林證券（好像胡立陽就是當過這家公司的副總裁）、IBM、日本電信電話、艾克森、殼牌石油集團、伊藤忠商事……，燈下，她眼睛暖暖的感動起來，原來世界如此之大、卻又與她是這樣近，唸唸就都到眼前來，所以她好喜歡和賈太太談鄰居朋友般的你一句王永慶張榮發如何如何，我一句蔡家或吳家兄弟又怎樣怎樣，她們甚至談自己親人似的細數阿布拉除了國賓年底好像要介入太平洋建設股、亞聚陳又開始回老本行塑膠股、老雷最近做的是中纖可是偶爾也碰一碰台塑南亞和華紙、海山劉……、還有威京小沈，重心還是擺在造紙股裡的士紙台紙榮成和南港輪胎上，她尤其把小沈當自家人似的好記得他的種種事蹟，例如去年威京和東京士搶標八德路一塊唐榮廠地，結果小沈連稅以十五億多得標；還有小沈也是眷村出生，也當過海員，因此她好覺親愛的把他當作是那個自小就保護她也欺侮她、海專畢業跑船第一年就死在海上的唯一弟弟的後半生，好光榮的很以他出人頭地為傲，因此曾忠實的跟隨他買台紙土紙，乃至小沈後來自組一家證券公司，她還感情用事的次日便跑去開戶，雖然那兒離她的家要遠多了，搭公車甚至還要轉車。

這一切，都讓她有了年輕、並且成長的感覺，好幾年來她第一次覺得每天認真看副刊和影劇版的大學生女兒原來還是比她幼稚，還有大她十歲、從結婚以來就事事教她像教他的學生們似的定吾，絕對不會知道美國中西部穀物今年是豐收還是旱荒，也絕對不知道張榮發是當今全球首屈一指的航業鉅子而非歐納西斯一族，雖然定吾是教地理的；她更不怕只要毛毛在家便開著不停的ICRT電臺，雖然她依舊聽不懂，但她一定比毛毛知道什麼是GATT、OPEC或NICS（起碼字面上的意思）……

她覺得才不過幾個月來，自己偷偷長得好高好大，好像回到青春期時代每晚洗澡時的打量自己的身體變化，好陌生、可是大概是好的吧。她掩藏一個謎底似的仍然日日如常面對家人，時時要忍住快漏出來的笑意，覺得自己好頑皮、好快樂。

但是那之後，整個全都亂掉了。

回想起來她算運氣好的，居然就在那天一來基於數日來居高思危的心情二來早答應咪咪要趁放假幾日逛遍一定會打折的百貨公司而賣掉了一些股票。然後中飯未吃的便趕回家，因為是星期六，咪咪和定吾會回去的。

結果過午不久便和早已等不耐煩的咪咪出門了，市區裡的車輛反常的少，大約都出城度假或回南部，但百貨公司卻滿滿是人。她看不得咪咪那種在化粧品專櫃前流連不去、好像幼時看到別家小孩吃東西的貪饞相，便隨她意思買下伊莉莎白雅頓的口紅、腮紅和眼影，說有打折結果仍只是贈送香皂，好貴！但一旁照樣好多太太小姐買起保養品一買就是全套並面不改色，她友善的對她們匆匆一笑，很容易斷定她們一定都是她的股友們。

付完帳，咪咪吃驚高興得臉兒又紅又燙，她看了頓覺咪咪變得好幼小可憐，便提議去體育用品部給毛毛買雙鞋並允她自己也挑一雙，雖然家裡的鞋櫃有一大半是被她的各式鞋子佔滿。結果咪咪自己挑了一雙又不肯打折的旅狐休閑鞋，試穿時遲遲決定不了要綠色的還是黃色的，她一旁等著好高興自己大方的並沒有被那幅廣告海報的男女挑逗姿勢給弄得臉紅，於是一口氣要店員把兩雙都包起來，並又給毛毛挑了雙Reebok。咪咪大概是奇怪她的金錢如此充沛，竟一反在家的跋扈，對她認生且羞怯起來。

於是她又好心軟的請咪咪到地下食品街喝咖啡吃蛋糕，並隨這些日子的習慣想買份晚報，但經過該有賣晚報的幾個販賣點都說賣光了，她當時還無甚知覺，只喝咖啡時習慣如在號子裡似的隨時全副警戒豎耳聽壁角，於是她收聽到了一些憤怒咒詛的字眼，對象是郭婉容、俞國華、李登輝、國民黨、武則天、慈禧太后、毛婆江青……，這些破碎的字眼絲毫拼湊不出任何訊息，但她仍毅然的決定中止要替定吾和自己買些東西的下半場逛街而打道回府。

家裡定吾正在看電視新聞，她好自然的問定吾有沒有什麼新聞，定吾說：「這郭南宏說高速公路不收費，還不是老樣子塞得一塌糊塗，還好這個中秋不用回你家。」

她只好問定吾：「我聽到街上有人在說什麼郭婉容……」定吾隨即潦草的告訴她下午財政部宣

布明年要恢復開徵一種股票的什麼稅，於是開始罵起玩股票的人。她想大概就是前不久號子裡盛傳的證所稅吧，她第一個只想到從此大概無法瞞住定吾她也在弄股票的事了吧，有些憂煩起來，顧不得咪眯在一旁的深深注視著她。

接下去的連續假日怎麼那樣漫長，咪咪和毛毛比正常上學日還要早出晚歸的在外面瘋，定吾老僧入定在家電視從早開到晚，因此她照顧一個大嬰兒作息似的侍候著定吾無法抽身出去，就算出門去得了，號子也休市四天，賈太太那裡她這才想起雖然兩個月來熟得老同學似的但交情結果也只限於號子和速食店裡，並沒有彼此家裡的電話可奔相走告一下，她覺得自己像失了群的某種飛禽，有些孤單失落，好想念群居的日子，因此一到晚報出報的時間便趕快去買，覺得那是她和這世界的唯一聯繫，但原本只是略為寂困的心，卻被報上官方一片安慰解釋之聲弄得好慌張，原來事態可能真的會變得很可怕，她暗自盤算著，雖然本錢早回來了，而且就算被套牢也不是借貸來的錢，何況她持有的大多是績優股，或許忍耐熬過一長段時間總有回升之日吧……，可是大概還是不能這樣計算，否則那日和咪咪的亂花錢就花的是自己的了，好夢方酣，多不願意這一切、這些個日子以來的生活被改變。

她乏力的坐在靜黯的餐廳忘了開燈，彷彿又回到這十幾年來的生活，永遠屬於這屋子這家裡最幽荒的一角，以前她並不在意，現在想起來卻不耐煩不甘願了。

假日的第三天，她認真而定吾瞌睡懵懂的一起看完了電視現場轉播的財政部記者會，並非受定吾影響的，她也覺得郭婉容「有所得就該繳稅」所言甚是，也很安心現場有如此多的記者比她緊張萬分，所追問的問題也遠急切過自己，而定吾的心情似乎很好，頻頻嘆道：「就是該這樣做，否則我們這些拿死薪水的快活不下去嘍。」

她說不上什麼心情的略微有些不好意思，起身去廚房準備晚飯。

當晚，沒想到表姊來了電話，快哭出來的聲音說：「你看她還一直笑，還笑得出來！一定是和倪文亞星期六就全部賣光了。」

她才知道表姊罵的是郭婉容，便問她被套了多少，表姊痛喊起來：「本來上禮拜三才差不多賣光光，禮拜五聽她在立法院說還不征那個稅，我禮拜六聽人家說了全部給它買台鳳的買到還好高興，完了我下半輩子要當台鳳的老板娘了！」接著隨即要她今後幾天全天候待命等她的通知上街頭去，她覺得不可思議，表姊罵她：「你還真聽那個瘋女人的話哎呀什麼上街頭難為情，難為情，當然她自己先溜乾淨了。」

接著告訴她一大堆大戶如何得內線消息早就跑個精光的事，好比老雷前一陣子竟在行情大好時天天大殺中纖股，就是國民黨給他以往愛國大戶的酬謝；還有最可靠的是黨政關係一向最好的遠紡徐有庠向來喜歡自己的股票漂亮，可是上星期在旗下的亞東證券大賣了兩百多萬股的遠紡；辜家的中信從九月中旬起每天都在大賣，國信週六中午只兩小時就賣出六億多，還有榮安邱早幾個月前跟中央黨部要員打高爾夫球時，就已獲得「這回不要再玩了」的確實消息，兩星期前把台鳳農林股早出光了，「只有我那麼傻，居然一點消息都沒有，跑去當台鳳老闆娘！」

亂糟糟的接不上話中，她居然還匆匆想到威京小沈，不知道他也適時的跑成了沒，表姊聽她半天沒聲響，罵她：「你知不知道這次就是國民黨等著看好戲，看那些做官的和大戶財團聯手宰我們這些散戶，所以我們散戶要大團結，不要急著賣了中計，你整天沒事最應該上街頭，我老公國民黨的也都要翹班幫我們去鬧。」

她訥訥的問著：「可是我們要說什麼呢？」

「取消徵稅啊，要不就休市，什麼有所得就要繳稅，根本擺明瞭要打壓行情嘛，我老公說，國民黨這招是學黑道勒索六合彩贏家，把人家冒險賺來的錢提高抽頭坐享其成撈光光。」

她這也才覺得事態有些嚴重，乖乖的應答：「我後天一早會去號子裡看看。」

表姊再三約束她：「千萬不要掛藍單，我們打算成立個自救會，第一步就是大團結，不要自己洩了人氣，必要時拉你家咪咪毛毛一起上街，反正真崩盤了全家誰也活不成！」

起先頭一日還好，雖然果然長黑收盤，可是號子裡滿滿是人跟行情旺的時候一樣很熱鬧，一家人討論家中大事般的有說要仿效去年崩盤時去錢純家丟石頭的去郭婉容家，便有人接口郭這回是靠俞國華背後撐腰所以該去俞家扔石頭，但也有人說真正主使者是李登輝，那麼就要好好準備到雙十閱兵典禮那天給他好看，也有的說哪還能等到那時不如先分頭打電話給所有的號子立委、要他們在院會內聯合砲轟郭婉容下台或起碼取消恢復課稅、不然明年選立委一票都不給他們，於是更有人主張打電話給各報的財經記者明天報上立即見效，反正他們大多也遭套牢，更多的堅持求助於民進黨，「國民黨不要股票，我們就不給它選票！」一個跟表姐年紀身分相仿的女人大聲喊出結論，引得了全場喝采。

接著有個男人趁熱宣布明天上午十點半在立法院前集合，並激大家別的號子今早已經有好多人去了，只有我們這家沒有。

於是那日，她和賈太太如常的中午離開號子後便在附近的速食店裡盤桓，認真的討論上午的話題。賈太太有近千萬被套牢，還好那筆錢據當初她的說法是她先生給她玩的，隨便她要老實買珠寶細軟或出國旅遊什麼的，任她花用總之弄光了也就那麼多，她先生倒看得真開，因為賈太太最後持有的都是台塑南亞績優股，她先生說早晚總會漲回來，「假使連王家都垮了我一千萬也認了。」賈先生如此說。

因此她們反倒落落大方的不動氣，自覺很像印象中各自丈夫在男人堆裡聊天的景象，賈太太甚至勉強說英文：「所以你看這Shirley Kuo根本沒把她老公放在眼裡嘛，不然星期五院會裡那些立委問她證所稅的事她咬死不肯說，第二天卻主動召開記者會宣布，還故意不在立法院，存心不給她老公面子，想想也是，當初三十幾嫁一個大自己二十幾的老頭說什麼也不是十幾歲小孩的不顧一切，所以是早算好的，有朝一日爬得夠高時就來整國民黨吧，說好聽是跟西施一樣美人計。」又說她先生大學裡還給郭的表哥彭明敏教過，好像家裡有一本彭所寫的書，答應明天帶來看看。

那日的奇異的結論竟使她帶著一顆很柔和的心返家。做飯時聽到定吾一面看電視新聞一面痛罵，並要一旁的毛毛替他牢牢記下立委的名字，「媽的這些股票立委，老子下次一票都不投你，這種敗類丟盡我們國民黨的臉。」正在看報紙的毛毛也在附和但罵的是報紙記者，她侍候他們用餐，沉默不語的覺得面對面坐著的自己丈夫和兒子變得好陌生，並奇怪著十幾分鐘前還痛怒的定吾怎麼此刻正涎著臉問她好久沒吃紅燒獅子頭了，那一刻，她好同情郭婉容，忍受大自己二十幾歲丈夫的老來顳頇的痛苦，應該遠勝過才五十出頭的定吾所帶給她的吧……

次日，號子裡的人開始稀了，她和賈太太不等收盤就去喝咖啡，邊亂翻著賈太太帶來的書，好奇一向足登起碼兩寸高跟鞋的賈太太今天怎麼穿雙簇新的球鞋，她多看了一眼，認出是咪咪替毛毛挑的那個Reebok牌，賈太太笑起來，說自救會的講這幾天隨時可能會有狀況，主要還要看中南部的投資人什麼時候上來，「萬一到時候警察追才好跑啊！」兩人偷偷笑得東倒西歪，不知為什麼好期待好快樂，好像回到小學遊藝會的表演前夕，於是也打定主意明天跟咪咪借雙球鞋來穿，並越發堅信證所稅的開徵是郭婉容和彭明敏島內外聯手打算整垮國民黨以便於海外台獨組織的接收……，但如此的結論亂亂的想不出與今後自己利益或這群股友或相反的定吾那邊的人要如何調理清楚，只肯定好同情彭明敏的失去一條手臂，雖然那是美國人炸斷的，且是在日本，並不關國民黨的事。

於是賈太太開口提議去立法院前看看有什麼狀況也算盡些力。如此的心情下哪想回家，便欣然同意前去。

結果等賈太太取了車並上路，兩人才知道彼此都不曉得立法院在哪兒，不知這事為什麼那麼好笑的笑不止，只好接力著回憶電視上幾次在立法院前鬧事的都是把市議會前的圓環堵得個大癱瘓，那麼到了市議會再下車步行，反正哪裡人多就往哪去。做好決定，兩人繼續笑得快歇斯底里，只覺得好興奮、又好可怕、也有點好壯烈。

她們自然很快的就找到了立法院前的人群，人雖然好多，卻各自三五成群的站著聊著，並無印象中會有的若何激烈行動。

她和賈太太四處遊走著，只要哪裡有人大聲講話她們就趨前去，例如好幾個戴著墨鏡但仍被賈太太認出是某電視台的演員和歌星，其中一人忿忿的說道：「繳這個稅我不反對，可是政府這樣偷偷摸摸就不對，防我們跟防賊一樣，下次再有什麼總統府升旗什麼團結自強大會我絕對不那麼傻還去參加，他們給我們什麼回報，消息都不肯先透露一點兒！」

她和賈太太無法附和的互望了望，順手接下一名口呼「郭婉容下台！」但已快喊不出聲的中年男子散發的傳單，下面只潦草寫著：要求郭婉容自殺以謝國人，郭婉容電話七〇〇六九六六，地址台北市敦化南路五三九巷十一樓之一。賈太太看畢很覺幽默的說：「幸虧他們命大住十一樓，雞蛋石頭丟不上去。」

此時一名同號子裡的熟面孔男人看到她們，便主動前來搭話且問她們來多久了，她們說才剛到，男人便熱心的報告戰況，說剛剛朱高正也被喊出來啦，有什麼用，平常那麼神勇現在一看到我們就跟看到大便一樣唯恐沾髒了他，一點都不肯替他們出氣，「我就說請願書上幹嘛都寫民進黨的立委，什麼民進黨國民黨，找被套牢的就沒錯，也不用那麼多，一個許榮淑一個吳德美就好，愛錢的女人叫起來比誰都兇，管他花貓黑貓、會抓老鼠的就是好貓。」隨即意識到她們兩個正巧也是女人，會站在這裡也一定是被套牢的，便客氣的邀請她們去前面簽血書，一人只需5CC血，她們同聲說好，趕快隱入人群中，差點撞到一名舉張蔣經國遺像的白髮老頭，老頭唸經似的逢人就說：「要是蔣經國還在，一句話休市就休市，延長一年就延長一年，問題早解決了才不會這麼亂！」這才發現他所舉的木牌兩旁還各有一行毛筆字：返鄉費套牢，國民黨跌停。

兩人都同時發現有人朝這裡攝影，趕忙推開彼此，事後並約定隨時提防再有任何相機或攝影機，「我老公要是在電視上看到我不瘋掉才怪！」賈太太有些撒嬌味道的說。

她也想到萬一被定吾看到那才不知道會出什麼樣的狀況完全不敢想下去，於是一起往人稀處走去，那裡有好多小攤子，賈太太搶掏錢買了一人一枝沾滿花生粉的豬血糕，不自覺的邊走邊吃逛起其他攤子來，都覺得很像小時候過年的氣氛，而且垃圾竟可順手亂丟，更像在廟前看野台戲時一模樣。

但愉快的心情迅速被那書攤上各種聳動驚慄的書名字句給嚇光光，翻都不敢翻的只得又趕忙朝人多處擠去，那裡有名好像在報上看過的面善男子正拿著麥克風立在略高處演講，他以台語說：「過去咱攏只關心自己的利益，每當別人受害，別的團體在抗議，我們都不關心，農民五二〇抗議，我們會說自己種水果了錢還要來抗議，股友今天抗議大家就罵他們投機愛錢，其實咱大家攏是國民黨的受害人，咱大家應該團結起來，有一部分人受害，大家都應該支援他們的利益，建立一點整體感。」

她聽了也忍不住隨眾鼓起掌，認為這是這些個日子以來說得最有理最大派的話。繼續聽講中，有人一路散發過來並遞給她和賈太太一人一支小旗子，面對手中那支綠白相間的小旗子，她乍然滿臉通紅但說不出是什麼一種感覺，她望望賈太太，賈太太也有些發愣，隨即開玩笑似的舉起來亂搖兩下，笑著說：「管他的，誰幫我們說話我們就靠誰。」

此時小雨落起，氣氛卻轉熱烈起來，有人站在高處揮著大些的綠白旗子高呼：「郭婉容下台！俞國華下台！」

她和賈太太也搖撁著手裡的東西同聲喊起來，隨時有一大片噓聲和吆喝聲，她尋聲望去，見一警察高舉警告二字木牌，上面小字寫著「行為已違反動員戡亂時期集會遊行法，應立即停止並解散」，左下方是警察單位及年月日時等。

她和賈太太見了當下也噓起來，此時有人重振旗鼓高喊：「民進黨萬歲！民進黨萬歲！」因為那人雲霄的聲音實在太大了，事後她竟完全想不起到底自己喊了沒，只回家前發愁要如何處置手裡的小旗子……最後決定不帶回去，趁橫越馬路時偷偷扔在中山南路的安全島上，很容易便被為了十月慶典而插滿了的國旗旗海掩蓋住了。

當天晚上，電視新聞果真有播出下午立法院前的那一場。她遠遠立在餐廳一角慎防萬一螢光幕上蹦出自己搖小綠旗的鏡頭好預作準備。

定吾邊看邊對毛毛罵：「我說國民黨已經夠笨了還有這什麼民進黨也這麼笨，這種唯利是圖的選票你也要，除非股票一路跌到明年選舉前一天，不然只要一回升他們比誰都現實、還不趕回號子去，比誰都怕亂，亂黨亂黨，到時候一有錢賺你看他們比誰都怕民進黨，恨不得離得愈遠愈好！」

看報紙的毛毛也搭腔：「對啊，我們歷史老師說國民黨是股票黨，民進黨是投機党，我們公民老師說李煥這下可慘了，俞國華這次事情從頭到尾都不買他的帳，不過最高興的一定還是李登輝。」說完怪笑幾聲。

不僅她聽不懂，連定吾也很煩躁的答不上話，只得把香港腳抬到茶几上一陣猛摳。好在鏡頭早已經離開抗議現場、移入立法院內，一名立委正激動的大力抨擊郭婉容，名字打出來，她認出熟朋友似的脫口而出：「這是大順證券的老闆啦。」又換一個立委，見了名字她又好高興的喊道：「這個是板信的老闆。」再換一名好兇霸的女子，她也認出來了：「是寶來的……」差點說出來就是打算向她請願的。

定吾聞聲回頭看了她半天，很沒力氣的呵斥她：「你不要什麼都聽阿梅亂講。」阿梅就是她那表姐，早以玩股票聞名於他們一家。

於是她趕緊收斂起來，回廚房繼續那好費工夫的紅燒獅子頭，猛然之間，呼一口大氣，深被自己連日來的大膽行徑嚇一跳，搖著一面有別於國旗的旗子在街頭人群中呼口號，是幾個月，甚至幾天前她想都想不到的事，但那滋味似乎並不壞——手下不忘記把鹽的分量下得很小心，定吾年過五十後開始很留心這些——勉強調理出的有新鮮、刺激、冒險、自由，而且好像與經國大事有那麼一點兒關係，當然最順便最希望的是因此能回到這一切混亂之前的那些個她深喜愛的日子，美麗而充實飽滿。

於是接下去的日子，要不就是早上去號子打個轉——那裡通常只有一些新貼的各式標語，例如該日出現一張「股票對折出售，請電洽」，以及人潮退盡因而顯露出來的幾名中興保全警衛——然後速食店裡吃早餐看早報，下午去街上搖旗吶喊，或顛倒過來，上午去遊街，下午看晚報喝下午茶，端視當日街頭活動的時間、地點而定。

她甚至在一個星期三上午去了國民黨中央黨部前，希望能親身向來開會的黨政要員們表示抗議，但只老遠的看到好多黑頭車魚貫駛入駛出；有天他們激動起來差點闖過正搭建的閱兵觀禮台而到總統府前，但卻適時的被各種警察攔住，因此決定去李登輝官邸，才走到弘道國中又有人倡議不如等次日會齊南部上來的兩千名股友再說。

還好那幾天天氣實在很好，她清爽的穿著咪咪的球鞋，隨身提包裡裝一些水果零食，在城中區四處遊走著好像小學時的秋季遠足，那十月光朗的氣氛使得附近囤滿待校閱的各個兵種所不時發出的轟轟軍歌聲才沒顯得好肅殺，這其中若有任何擔心處，就是希望學校就在立法院不遠的毛毛不要哪天在路上碰她個正著，因此她回家前一定仍狠心的把那拿了一日的小綠旗扔掉，所幸第二天只要街頭一站總很快的就能得到充沛不絕的補給，有天她還多拿了方布條，上面墨汁淋漓好慘烈的一個「恨」字，她也因而有些難為情起來——邊想邊接過一名民進黨市議員宣傳車所散發的豆漿與麵包——決定明年年底的選舉（不知是選什麼，立監委或市議員縣市長？）她一定要認真投給民進黨，甚至想辦法拉來咪咪的那一票，往年，定吾沒叮的時候她都忘了投，定吾叮的時候只好一起去並聽從定吾指點投下與定吾一致的選票。

這期間有兩日她沒出去，一來那兩日自救會發起的活動是在國父紀念館前合染一大幅血書，一來正巧是假日，起碼定吾一定在家。

她默默不語的侍候著一家人起居飲食，幾度快要盹著的聽一個來訪的定吾同鄉談聊大陸現況的種種（他才以非公務員身分探親歸來），見定吾少有的專注清醒的神情，暗暗駭異定吾所真心關切的事物怎麼跟自己如此遙遠，好怕他會一時興起把前些時她替他買、且瞞住價錢的那些名牌背心夾克及兩套好醜好土卻好暖好貴的膚色英國羊毛內衣褲一股腦托人全送給大陸的親人。

晚飯吃得早，客人走後，定吾居然興致昂揚的提議全家去中正紀念堂前看放焰火，咪咪臭一張臉忍痛答應，毛毛攤屍在沙發上說要留在家看錄影帶，天啊她忽然無法忍受眼前所有這一切，好想好想，好想依昨天看過的通知傳單去大同國小參加民進黨中央黨部辦的演講會，她好想去搖那枝自己選擇的旗子，跟一群比咪咪毛毛定吾要與她熟悉多了的陌生人齊心喊口號，喊好大聲，關不關乎股市徵稅真的都無所謂，例如她也好想大聲替農民們喊冤，顧不到早上買菜時還憤憤不解沒有任何天災菜價為什麼總是居高不下：好想支持那些被石化工業汙染或反六輕設廠的居民，但隱隱擔心因此會影響到自己手中雖然只有一點點的南亞股；也好同情隨地可見到處請願的榮民老兵，很希望他們的戰士授田證能賣得愈高愈好，雖然不明白那與自己的利益是何關係；也十分贊成海外所有同胞均能任意返鄉，雖然有點恐懼著其中激烈者若當權得道會把像定吾這種純種外省人給丟進台灣海峽；更全心支持國會全面改選，因此極為反常的在這點上與國民黨籍的定吾倒恰巧一致。

那晚的結局是，她什麼都沒做的隨定吾咪咪擠在中正紀念堂前的台階人叢中看焰火，本不想來的咪咪也很快的隨眾興奮的歡呼尖叫著，她望著沒有焰火的另一片黲黲的天幕，好大的風裡她寂寞的落下以為早已枯乾了的家庭主婦的眼淚。

次日，她一早就去號子裡，兩日的各種國慶盛典原來還是一場虛幻，根本對大局毫無半點影響，只一名男子正袖手站在那平日顯得好小現在空盪盪甚至有回音的電視牆前不求對象的發表演說：「人家中共宣布要收回香港都還提早十五年通知，讓居民來得及辦移民或買賣不動產，反倒我們自己政府說幹嘛就幹嘛，全不顧我們的死活，簡直比中共還土匪，還敢說我們不要臉！」見她站在那兒發呆，便告訴她今天所有號子聯合一起上街頭，催她怎麼還不快趕去。

她聞言趕忙趕去中山南路，努力往人多或有綠旗出現處走，但那日街頭氣氛甚奇怪，到處掉了一地的小旗子，她只好向一名站在路邊看似生氣的年輕女人問發生什麼事，女人說：「還好你躲過了！」告訴她剛剛警察來抓人，抓走四個，其中一個是他們自救會會長，「我們台灣人真的太好欺負了，應該團結起來學人家韓國丟汽油彈，你看俞國華敢不敢再護郭婉容，她先生是李登輝都沒有用！」

她拾起兩支小旗子，揮揮乾淨，一支遞給那女人，一面自己持著，不知人群都轉戰到哪裡去了，只得到處走走，半天一個熟面孔也見不到，遂只好訕訕的把那面小旗子又藏在安全島的樹叢裡。

吃中飯時，老地方碰到賈太太，賈太太也只聽說但沒碰上早上的那一場，便互相複誦聽來的，有點生氣，也有點害怕起來，賈太太拍拍自己胸口說：「我老公昨天還說要我這幾天不准出門，說國慶過了一定會開始抓人了，我說怎麼可能，沒想到我老公說的還真准。」

旁桌也有幾個女人頻頻驚呼得好大聲，也是同號子裡的熟面孔，化粧穿著一看就知道是上班的，怪道每天早上居然還都起得來，總盤據住號子裡靠飲水機那角落的幾個位子旁若無人的說笑得好大聲，嘰喳快樂得像一群國中女生，而其實並不用真正關心漲跌似的很叫人妒嫉，有時好撒嬌的故做虔誠認真的聽一名隔座的熱心男子發表獨家小道消息或上一堂好專業的股市行情分析，結果總是完全聽不懂的充滿著天真與依賴的問：「那你說我到底應該簽哪支？」尚改不了玩那好土的大家樂六合彩的舊用語，叫她一旁聽了又好氣又好笑，很想當場向人聲明，無關乎職業，她與她們是絕對不一樣的。

因此好幾天來第一次認真問賈太太：「你先生真的不怪你？」

「要怪有一百個比我該怪的，郭婉容number One。」賈太太都不認真回答，起身饞饞的又去買份洋蔥圈。

她只好想回自己身上，要是定吾早晚發現她也是他天天痛罵——甚至有天還以老國民黨員署名寫了封讀者投書痛罵黨籍立委陳適庯，不知登出來沒——的對象，不知道會是一種什麼景況，奇怪的是她並不感到害怕，也絕不承認自己是定吾或報紙輿論版上非投資人所批評的那樣唯利是圖，她也不覺得民進黨像定吾說的那樣不堪，雖然這幾天在街上帶他們抗議最力並請他們吃麵包豆漿的那名民進黨市議員是個被大套牢的股市名作手，但這些在她看來都不怎麼重要，反倒清楚的記起一些賈太太上回帶給她看的那本郭婉容的表哥所寫書中的片段，一些她不很明白的理想、民主，足以使一些人終身不懈甚至數度坐牢的去追求與維護，那麼這些日子以來在街頭的那些搖旗吶喊的行徑，在她看來彷彿遙遙的與那些有某種關聯，原來自己所能做的事還好多，至少不是個無用之人，如此的發現又讓她暖暖的感動起來。

於是第二天早上趕計程車去國民黨中央黨部，才剛過央行就因前面交通管制被趕下車，無暇顧及正找著錢的司機罵的是投資人還是郭婉容，只管小跑步住那裡趕去。

大約是開中常會並且前一日報上刊載南部將有好幾十輛遊覽車的股友要北上會師，有好多的鎮暴部隊，站在週邊一個抱著公事包的年輕男人告訴她今天出動了二十幾組鎮暴部隊、還有迅雷小組和好幾輛噴水車，她覺得不可思議，男人又告訴她到時務必要躲開噴水車，因為那噴出來的水加了化學藥劑，回家叫你癢三天，「就跟五二〇一樣啦！」

她聽了說不出話來，那男子便繼續熱心的告訴其他人相同的話，她不禁朝一處正發出驚呼聲的人堆走去，被圍觀的是一個像定吾年紀的男人，正在燒聯合報中國時報等，邊燒邊罵道：「退報退報大家團結不要訂啦，每天把我們罵得像落水狗一樣……」旁邊站立著一名斯文老者被氣氛感染似的從口袋掏出本什麼也扔進火堆裡：「退報我還退黨呢，媽的B李登輝台灣人不管我們大陸人死活了，這個、這個民進黨萬歲。」

有人笑出聲來，也有人跟她一樣好尷尬，這時一個唸唸叨叨的白髮老頭搖支綠旗從她面前走過，她認出他是好幾天前舉蔣經國遺像的那個人，說不上一種什麼心情的好想正式加入民進黨，好想在一個掛張大旗的大堂內與一群同志舉手宣誓並背誦一些莊嚴的字句，好想為一些共同的理想努力奮鬥，她與眼前這些好多手搖小綠旗的人是絕對不一樣的，例如那一個身穿韓國五彩亮片衣、手挽一隻大概是真的鱷魚皮包的歐巴桑，一名穿著年紀跟咪咪一樣、手抱隻馬爾濟斯狗的女孩，一名口嚼檳榔正用旗桿搔背的工人模樣的男人——好像那個幫她們家修個馬桶修了一星期只因為其間頻頻被六合彩攪珠打斷的可恨水電工——，還有一個年紀打扮跟她相仿的家庭主婦，當場把旗子扔在地上只為了騰出一隻手來多搶幾份宣傳車正散發著的飲料……

此時人群中忽然一陣有人以凍得像石頭般的飲料丟向羅列整齊的警察陣中，混亂中她正無法決定要跟進還是後退，前面的人們忽然獸群一樣的向她奔來，後面追擊的是如雷震天的敲打聲，她當然也一起跑得好快，然後不約而同的止了步，回身望去，好在鎮暴警察只是敲盾牌嚇人並沒抓人打人，但他們與鎮暴警察的盾牌陣之間的十來公尺地上，卻零亂的掉了一地垃圾和小綠旗，那似颱風過後的災難場景忽然讓她覺得非常淒涼，這才有人劫後餘生似的發出歇斯底里的笑，也有人開始痛罵警察是國民黨家養的狗奴才，很快的匯出結論：「所以我完全不反對納稅，可是要我們冒了高風險繳出的錢用來養狗咬主人我不幹！」

有人為他這番話喝采，但他迅速被一名跛腳的濃妝中年女子拖走：「夭壽啊緊替我找我這雙Bally鞋的左腳，落去啊啦。」此事不知為什麼那麼好笑，聽到的人都痛笑一頓，沒聽到的人只好笑得更大聲。

近中午時，有消息傳出國民黨中常會今天早上根本沒討論有關股市已長黑十天了的事，一名男子立刻暴怒起來：「媽的擺明瞭不要我們這幾百萬張選票，不怕我們造反就走著瞧，大家衝啊！」

大家正都席地而坐並沒有人站起來跟進，卻熱烈的在傳遞一批剛補充到的小綠旗，一名男子邊意興闌珊的接過她傳的旗子邊撇撇嘴：「民進黨也沒用啦，姚嘉文還親口對記者說，郭婉容是我大學老師我不便批評，連他黨主席都這樣表明立場了。」

一個胖胖的老婦聽了好吃驚：「敢有影？」

一名頭上綁條白布的男人插嘴：「有啦，他有幫我們講話啦，前天晚上他在大同國小有說喔，當初滿清就是把四川鐵路收回國有才引起革命，今天股市風暴搞不好會叫國民黨提早下台，換我們民進黨做。」

先前的男子衝他：「將來你們姚嘉文當總統許榮淑當財政部長就不用徵稅啦!?到時候還不是一樣，他要用錢不跟我們老百姓拿跟誰拿？」

亂糟糟的叫她也想不出任何話來，但每個人這時都舉起旗子搖得好熱烈起勁，剎那間舉目所及整個都是綠色的旗海，不遠處站著的好多記者之類的人都舉起相機來搶拍，她好恨自己忍不住又把頭低了低。

過午不久，忽然席地坐的人紛紛起身，有人告訴她說是自救會要帶大家遊行，大軍開拔的混亂中竟然碰到表姊，形容狼狽不堪，不等她問，表姊自己開口解釋：「剛才跟鎮暴部隊面對面罵得好兇，結果被霹靂小組衝出來拖了好遠摔在路邊。」她想不出話來安慰，表姊嘆口氣：「反正我什麼都不在乎了，你姊夫說要跟我離婚，我說那我以前替家裡賺來的那麼多呢，他才換的那輛新車呢，都不算數啦，他打牌的人會不知道有贏會沒有輸！」

不知為什麼她雖同情卻很不喜歡聽表姊講的這些話，並覺得快落單了的向前跟上去，表姊拉住她：「算了，都沒有用，我們去吃點東西。」

結果她選擇了去遊行，以為只是單純的錯過了一頓午餐，不知事情怎會發展成那樣。

起初她們浩浩蕩蕩走過忠孝西路時，還有些中午休息的上班職員和一些不知是抗議什麼的什麼人陸續加入，整個隊伍變得臃腫難行。直到近台北火車站時，前面有人傳來消息說隊伍的前導車被鎮暴警察攔住了……，「逮人啦！」好多人這樣喊，大亂起來，包括她，不記得喊了沒，慌慌張張隨眾人翻越那分隔島上的欄干，好高好難著力並差點摔下來，但其實三兩下就爬過它了，好像到處都是警察，盾牌敲得她心慌意亂，她好恨他們這麼殘酷冰冷使她變得跟只躲死的蟑螂一樣慌張可憐，遲疑之間，忽然看見賈太太立在不遠的廊下向她招手，獲救似的怎麼也就那麼簡單無阻攔的幾步就跑到賈太太跟前，賈太太抓住她的手、不知道是誰的在發抖的告訴她：「我正在裡面吃中飯，看到你在那裡……」

她才發現此刻原來就在常去的速食店幾步之遙處，一名警察快步倒退中差點撞到她們，生氣的喝道：「還不趕快回去煮飯，你們這些歐巴桑真不要命。」她應聲掉下眼淚來，發呆的望著遠遠近近掉了一地的小綠旗，而自己手中那支五分鐘前還迎風高舉的小旗子怎麼什麼時候也丟到哪裡去了，賈太太拍拍她的手臂：「我們趕快進去吧，喝點東西。」

室內的氣氛竟然這麼溫暖安和，頭上歪戴小帽年紀與咪咪相仿的女侍正禮貌愉快的問她要點些什麼、在這裡用餐還是外帶，她回頭望望外面，不能置信。

她從洗手間梳妝整齊了出來，賈太太不知是不是為了安慰她的準備了一大堆新鮮消息，有什麼好靈的文曲居士說十月底必將有個反彈，因為股市的斗數命盤是文昌化忌，十月的流月是貪狼忌祿沖，祿被沖破當然沒有漲勢，等乙丑月天梁化權、天機忌祿沖、太陰忌權沖，起碼會有個中級反彈，意思就是即使回不到今年最高點，但再叩七千大關是指日可期的，見她聽得不專心而且大概聽不懂，告訴她一些較著邊際的，比如她們都持有的一家上市公司在某平原的土地政府即將開放使用用途，而且捷運系統也要經過那裡等等……

由她坐的靠窗位望出去，恰巧被一棵好大的馬拉巴栗樹給擋去大半，看不到街景，也因此無法想像剛剛人們是不是就這樣散了，就如同她一樣，滿心忠誠熱切的想做些什麼，然後也不是如何大的災難甚或尚未及身，就這樣此刻坐在這裡安然的喝咖啡，尋常自若如室內的每一個其他的人。

那日回家的路上堵塞得好厲害，到家居然已是新聞時間，毛毛好大一個人蹲在沙發上罵：「太過分了，賭博也要有點賭品，輸了連人家火車都攔下來媽的無恥極了！」都聽到她開門進來的聲響，轉過臉來看她並喊餓，她瞪毛毛一眼，討厭他說粗話和坐沒坐相。

抽油機和油爆的響聲中，她一點都聽不到電視新聞的播報聲，也奇怪一點都不好奇，甚至懶得去想毛毛剛才說的話：心緒很潦落，也好不想做飯菜，只想坐下來發個呆，但廚房裡一張椅子都沒有，此時定吾卻發話了，立在她身後不知有多久的嚇了她一大跳，因為定吾是典型的君子遠庖廚，除了偶爾找辣椒大蒜是從不進廚房的，定吾問她：「你表姊傍晚打過電話來問你安全到家沒，你也在跟人家玩股票？被套牢了多少？」

她老實的回答：「我有些績優股，那都是投資沒影響。」沒一點力氣多做解釋，定吾大概在她身後瞪她很久吧，臨了拋下一句話：「什麼投資你那叫投機！投機不成只好投資，都一樣。」

當晚，她雖疲倦卻不想睡覺的獨自坐在餐桌旁，泡一杯咖啡，不想喝，純為了掩蓋住桌中那一小碟不用收冰箱的蝦醬蒸肉所散發出的臭味和壞情調，並取出兩個月前買的那本財經雜誌，一頁頁的翻，仍然看不懂的但一切文字卻一致顯得如此荒謬，大標題說年底前股市必將漲破一萬點，振振有詞的分析各種利多或利空的因素，還有油價的漲跌、台幣匯率的未來走勢、乃至PVC和PE價的預估，巧巧的全都正相反，不知有沒有讀者會像打電話到氣象局抱怨一樣的打到雜誌社怨怪做此預測的作者，她突然煩躁起來，大異於前時讀此的心情，想不通北歐式管理和POS販賣系統與她有何干係，統一要開銀行味全要在泰國設味精廠楊鐵工具機居然在歐洲得品質金星獎便由它去吧，奇怪知道申請紐西蘭移民的資格條件以及德航計劃將與中共合資在北平設立航空維修工程公司於她有何益處，老實說就算是日本要買下上海市或台灣是世界第一大黃金輸入國她都樂觀其成不願吃驚。

放棄了閱讀「馬克的谷底」、「美元對日元的下限」等圖表，她以最後殘存的求知欲選擇一篇題目叫「窮人有福了」的文章，以為其內容於她最近好想做些事的心情會有所啟發，結果發現原來是聯合國如何建議給予第三世界賴債聯盟國家的債務打個七折以利於它們還債的可能……，下面就看不懂了，也不想再看了，伏在桌上很快的就睡著了，直到半夜被起來上廁所的咪咪給搖醒。

接下去的數日，她仍不顧定吾警告的天天出去，行屍走肉似的搖旗亂走再無法融入同伴們的任何起落的情緒，她仍常在速食店裡看晚報，但都只隨意的瀏覽就一丟，反正才五塊錢，而且很厭倦其中所發出的各種哀號或爭吵聲。她且冷眼看身邊的人們，置身事外的覺得他們好可憐，乾淨西式的環境、彌漫不去的奶油香咖啡香和鎮日播放的流行45情歌熱唱的卡帶，言談間再夾一兩個英文單字兒，一定就以為自己是在美國或其他類似諸國了。

她其實非常不想這樣破壞自己的心情，畢竟不知為什麼，這些是她的最後據點。

第十九日，她為了等咪咪出門再走而弄得很遲，到中山南路時已經十點多了，卻幾乎一個人都沒有，除了零星幾個好自然的過往行人，她納罕起來，見有幾名清潔隊人員在整理街道，地上之物是這些日子以來習於見到的各色垃圾和白布條標語和一些綠旗，一棵行道樹下很突兀的擺著一面大綠旗和一幅蔣經國遺像。

大概是見她佇立良久，一名在她附近清掃的老先生好心的告訴她：「剛才就這麼嘩一聲的全部跑回去，又有得錢賺嘍。」說完彷彿覺得很好笑的笑起來。

她想一定是有什麼利多的消息或甚至郭婉容真的決定延徵一年證所稅吧，她說不出什麼感覺的就近揀了張白鐵椅坐下，看他們把那些垃圾或旗子或遺像，不分黨派的都集中好，倒入路旁停著的垃圾車裡——這些日子來的種種片段咔嚓咔嚓隨那倒垃圾的速度一疊照片似的攤撒在她眼前——覺得自己像發了一場高燒，好虛弱，清楚見到好多好多、好多這些日子曾跟她一起在街頭搖旗吶喊的人，現正擠在電腦螢幕前、或拿著磁卡無意識的在自動回報系統上沒事的刷來刷去，忙亂中一定搖搖頭暗笑起來，也一定想怎麼搞的那段日子跟發一場高燒一樣失了魂魄，並偷偷為自己的大膽行徑咋舌不已……但是她，跟他們，是不一樣的，她急切、但不知道該去向誰的如此表白著。

星期六的晚上，一餐飯全家人吃得氣氛怪異無比，她想他們一定全都知道了，洗著碗生起氣來，不知為什麼這事會變得如此羞恥不可告人，一不小心手頭太重的打破一隻碟子，客廳也應聲傳出一聲咪咪的驚呼，她尋聲出去，客廳茶几圍著的三張臉正瞪大眼睛看她，太複雜的神情讓她當下害怕起來，然後毛毛把几上的一本雜誌遞給她，她接過來，是周末時定吾通常報紙看完只好巷口小店隨意買來亂看的雜誌，她還不及發問，眼睛也迅速被一張相片吸引過去，台北市的街頭，亂紛紛逃竄的人群，地上落著好多眼熟的小旗子──心臟因此一陣亂跳撞得肋骨發疼──數名男女正狼狽不要命的翻越馬路分隔島上的欄干，最近鏡頭的一人──她才知道自己的臀部從背後望去竟如此龐大滯重──更眼熟的是灰底黑樹枝紋的毛衣外套、外銷成衣店三九九元買的假皮黑長褲、咪咪的白球鞋、蟑螂逃生的可憐樣子，照片旁邊有一行說明文字：「逃命要緊，支持什麼黨以後再說。」

看完文字，她無法再次確認她今生從未看過的自己的背影，因為淚水早已經漫過眼睛，好燙的滑滿一臉，她一點都不想去拭，只放下雜誌，對著眼前三名高高矮矮的陌生人嚎啕起來，垂著手，哭得好大聲好無助，像一個稚齡迷路的小孩兒。

黃碧雲（1961-）

作家介紹

黃碧雲（1961-）的成長多元複雜，她出生於香港，高中曾赴臺灣就學，大學於香港中文大學主修新聞，研究所時期則在香港大學攻讀犯罪學碩士學位，之後取得合格律師執照。一九八七年出版首部散文集《揚眉女子》，已見出日後作品的原型：揚眉、展眉。論者不止一次提到她對人世的「絕望」，香港文化人顏純鈎看她小說「寫死亡，兇殺，分手，精神分裂，癌症，打打殺殺」，進而詰問：「對人生真的那麼悲觀絕望嗎？」黃的回答很簡單：「我真的解釋不來。……我不覺得絕望兩個字可以總結我的小說。」[1]楊照則謂，黃碧雲寫盡各種絕望姿態，神學裡有所謂懶惰、貪婪、驕傲等七宗罪不被寬恕，而黃指向最無可寬恕的第八種罪正是「絕望」。[2]

二〇〇二年黃碧雲曾進入律師樓專職律師工作（她們說你不要寫了，讀者都不明白你在寫什麼。我就覺得很絕望。——黃碧雲〈沉默詛咒〉），兩年後，辭掉工作（我從此得到自由，自由也必成為我的詛咒。——黃碧雲〈沉默詛咒〉），赴西班牙南部城市西維爾（Sevilla）長期習佛朗明

---

①顏純鈎：〈與黃碧雲聊天〉，《文學世紀》，第2期，2000年5月，頁22-23。

②楊照：〈人間絕望物語〉，黃碧雲：《突然我記起你的臉》（臺北：大田，1998年版），頁3-8。

哥舞，（為了推銷自己的小說，便立心不良的做了一個讀書小劇場《媚行者》，做完以後更加懊惱；小說沒推銷成功，一樣賣那永不可踰越的二千本。……所有的追求只不過是一個姿勢。[3]）多年輾轉香港、西班牙，其人生動線：「也從此進入省減時期：真的不需要那麼多。我甚至不再需要一個姿勢。不需要那麼激烈。」[4]七年後，「經歷長長的沉默」，[5]二〇一一年八月推出中篇小說《末日酒店》，二〇一二年出版《烈佬傳》。

多年來堅信自己小說銷售無法跨過「永不可踰越的二千本」矩陣，這位「從來不容許觀眾，讀者，編輯，或任何人，決定我的作品」[6]的香港作家，著有《溫柔與暴烈》、《七宗罪》、《烈女圖》、《媚行者》、《十二女色》、《血卡門》、《沉默。暗啞。微小。》、《末日酒店》等書。

---

③黃碧雲：〈虛假和造作的〉，《沉默。暗啞。微小。》（臺北：大田，2004年版），頁202。

④黃碧雲：〈虛假和造作的〉，《沉默。暗啞。微小。》（臺北：大田，2004年版），頁206。

⑤黃碧雲：〈小書小寫〉，《末日酒店》（臺北：大田，2011年版），頁116。

⑥黃碧雲：〈虛假和造作的〉，《沉默。暗啞。微小。》（臺北：大田，2004年版），頁207。

作品導讀

（葉細細）她是這麼一個有條理的女子……鋼鐵般的意志……她不是那種追求浪漫的人……[7]

我但求做一個清醒合理的人。[8]

黃碧雲筆下人物葉細細、趙眉、陳玉、詹克明、許之行……忽而情人忽而糾纏難容，忽而眉清目秀忽而精神失常，不斷以不同的身分反覆出現於黃碧雲小說文本，彷佛透過作者／敘述者／旁觀者雙重、三重身世發聲，黃碧雲還是葉細細？趙眉抑或陳玉？攪得我們頭昏，不如來看黃碧雲對角色的詮釋可能明白些：「冰涼而憐憫的，對生命的透視，或許這是陳玉。葉細細是一個縱情生活的人。透過這兩個人物，我不知可否將反反覆覆，互相參照與衝突的存在狀態，鋪陳得清楚可讀。」[9]她書寫的重點是人物及他們如何行世。（我只是一個安份的女人，想與一個人發展一段單

⑦黃碧雲：〈嘔吐〉，《突然我記起你的臉》（臺北：大田，1998年版），頁19。
⑧黃碧雲：〈後話〉，《她是女子，我也是女子》（臺北：麥田，1994年版），頁201。
⑨黃碧雲：〈後話〉，《她是女子，我也是女子》（臺北：麥田，1994年版），頁202-3。

純的感情關係。何以世皆不容我。）[⑩] 她早期著作《溫柔與暴烈》揭櫫兩大人物原型：溫柔與暴烈，〈我身，我說〉更進一步闡述：「溫柔與暴烈的意思是，如何以溫柔包圍暴烈。不是征服，是包圍。」[⑪] 楊照曾概言，讀黃碧雲小說得先懂得什麼是耽溺。亦即黃碧雲以她獨具耽溺，反覆、參照、衝突手法，呈現秩序及扭曲。[⑫] 董啟章更以作家之眼，看出黃碧雲的反覆、參照正是執行理性、秩序的訴求與策略：

> 黃碧雲的藝術精粹，在於節制。……黃碧雲最追求理性，……巴哈是黃碧雲的重要參照座標。……巴哈大提琴無伴奏組曲，代表理性、邏輯、因果、反覆、對照、格律形式之美，賦格的藝術。[⑬]

董啟章提供我們不以表象的暴烈來理解黃碧雲小說的路徑。所以，解讀〈嘔吐〉，我們不妨從黃碧雲的第一篇小說〈她是女子，我也是女子〉開始，這篇小說中，與〈嘔吐〉女主人公同名的葉細細已經登場，葉細細可以稱得上是黃碧雲小說的原初角色，〈她是女子，我也是女子〉裡，葉細細愛上同是女子的許之行，兩人都喜歡歌手湯姆．威茲（Tom Waits），讀克莉斯蒂娃（Julia

---

⑩ 黃碧雲：〈她是女子，我也女子〉，《她是女子，我也是女子》（臺北：麥田，1994年版），頁7。
⑪ 黃碧雲：〈我身，我說〉，《後殖民誌》（臺北：大田，2003年版），頁22。
⑫ 楊照：〈人間絕望物語〉，黃碧雲：《突然我記起你的臉》（臺北：大田，1998年版），頁3-4。
⑬ 董啟章：〈節制的藝術〉，《同代人》（香港：三人出版社，1998年版），頁139-140。

Kristeva）、安潔拉．卡特（Angela Carter），兩人情誼不為學校所容，許之行離開，葉細細咬牙面對：

> 「不要流淚。不要埋怨。」我希望成為一個明白事理的人——凡事都有跡可尋。[14]

〈她是女子，我也是女子〉裡的女同志葉細細，來到〈嘔吐〉成為一名黑白混血女孩，九歲目睹母親葉英被人姦殺，受到驚嚇，從此不斷嘔吐。葉英姐妹淘詹太太將細細接回家由在國外念醫學院放暑假回港的兒子詹克明照顧，細細一見詹克明：「拿著我的掌，合著，便在其中嘔吐起來。」[15]詹克明假期結束要回學校，行李被細細吐滿陣陣酸餿物並暴力攻擊詹克明，被制服後的細細低聲對詹克明說：「不要走。」詹克明有了女友，細細失蹤墜落陋巷，克明循嘔吐物找到她問：「為什麼？」

> 細細抱著我，在我耳邊微弱的道：「我愛你，詹克明。」這是我所知道的、最荒謬的愛情故事了。[16]

---

⑭黃碧雲：〈她是女子，我也是女子〉，《她是女子，我也是女子》（臺北：麥田，1994年版），頁17。
⑮黃碧雲：〈嘔吐〉，《突然我記起你的臉》（臺北：大田，1998年版），頁15
⑯黃碧雲：〈嘔吐〉，《突然我記起你的臉》（臺北：大田，1998年版），頁23。

從此，愛─嘔吐─暴力，成為兩人聚散的循環模式。一直要到詹克明與細細做愛之際升起了欲嘔吐感，才明白了：「感情如此強烈，無法言語掌握，只得劇烈嘔吐起來。」[⑰]陰陽、是非、溫柔暴烈，愛不愛……詹克明或許沒說對，這其實是一個最最溫柔深情的故事，因為原初的信任。談到這篇小說的嘔吐意象，黃碧雲並不諱言與〈嘔吐〉同收在集子裡與張愛玲小說同名的〈創世紀〉、〈心經〉的模稜兩可，簡直與她筆下角色神出鬼沒如出一轍：

> 〈創世紀〉寫的是創世紀，〈心經〉寫的是心經，〈嘔吐〉寫的是沙特的嘔吐，……〈山鬼〉寫的是山鬼。在廣西河池的苗族山區，我在那裡迷了路，……回來讀〈離騷〉、〈天問〉、〈山鬼〉……山鬼是名之再造：〈創世紀〉不是創世紀，〈心經〉也不是心經，〈嘔吐〉不是嘔吐……我寫那沒有寫的。[⑱]

當〈嘔吐〉與法國存在主義大師沙特（Jean-Paul Sartre）小說《嘔吐》（*La Nausee*）同名，我們不免又是一番好奇，沙特《嘔吐》的主角羅昆丁（Roquentin）是個對周遭世界嫌惡極深的男子，那種嫌惡經常引發心理上嘔吐的欲望，小說強調存在的絕望，黃碧雲筆下的「〈嘔吐〉不是嘔吐」時，細細對詹克明以（做）愛毀愛，將自己拋擲愛的軸心走掉：「決定不再愛我（詹克明），做一

---

⑰黃碧雲：〈嘔吐〉，《突然我記起你的臉》（臺北：大田，1998年版），頁31。

⑱黃碧雲：〈記述的背後〉，《突然我記起你的臉》（臺北：大田，1998年版），頁173-174。

個正常的人。」[19]這樣的決絕，體現了黃碧雲的潔淨美學，理性達於「恐怖的力量」。根據克莉斯蒂娃《恐怖的力量》中的「賤斥」（abjection）論點，一種強烈的厭斥，如嘔吐出不屬於自身系統的異質殘渣，嘔吐物即卑賤體（abject），依照克莉斯蒂娃的說法，卑賤體與主體「我」（je）對立、抗衡，卑賤體作為遭徹底逐出的墮落物，從未停止它對主人的挑戰，在我驅逐「我」、嘔出「我」的行動中，我在嘔吐的暴力中，把「我」生下，「我」變成一個他者。[20]這恐怕正是葉細細「做一個正常的人」的終極意義吧？

---

[19] 黃碧雲：〈嘔吐〉，《突然我記起你的臉》（臺北：大田，1998年版），頁23。

[20] 茱莉亞・克莉斯蒂娃（Julia Kristeva）著，彭仁郁譯：《恐怖的力量》（臺北：桂冠，2003年版），頁3-5。

嘔吐

在一個病人與另一個病人之間，我有極小極小的思索空間。此時我然想起柏克萊校園電報大道的落葉，以及無盡的陽光。是否因為的秋天脆薄如紙，而加州四季如秋。在我略感疲憊，以及年紀的負擔的一刻，記憶竟像舊病一樣，一陣一陣的向我侵襲過來。

我想提早退休了，如此這般，在幻聽、性格分裂、言語錯亂、抑鬱、甲狀腺分泌過多等等，一個病人與另一個病人之間，我只有極小極小的思索空間。從前我想像的生命不是這樣的。

那時陽光無盡，事事都可以。

落葉敲著玻璃窗。

最後一個病人，姓陳，是一個新症，希望不會耽擱得太久。我對病人感到不耐煩，是最近一、兩年開始的事情。病人述說病情，我漫無目的，想到一瓶發酸牛奶的氣味，一個死去病人的眼珠，我妻扔掉的一塊破碎的小梳妝鏡，閃著陽光，一首披頭四的歌曲，約翰・藍儂的微笑，我以前穿過的一件破爛牛仔上衣，別著那枚鏽鐵章，我母親一件像旗袍的式樣，自己的長頭髮的感覺……

「詹醫生，你好。」

「我如何可以幫你呢，陳先生？」

病人是一個典型的都市雅痞，年紀三十開外，穿著剪裁合適的義大利西裝，結著大紅野玫瑰絲質領帶。恐怕又是另一個抑鬱症，緊張、出汗，甚至夢遊、幻想有人謀殺等等。我解掉白袍的一顆鈕釦，希望這一天快點過去。

病人忽然墜入長長的靜默。

另一片落葉敲著玻璃窗。

「我見過你的，詹醫生。」

「哦。」

病人咬字清晰，聲音正常。

「在一間電影院，大概已經是兩、三年前的事。那時放映的是『碧血黃花』。你當時可能剛下班，穿著襯衣西褲，而且身上帶一種藥味。我已經記不清你的臉容，因為當時很幽暗，電影已經開始了。」空氣漸漸的冷靜下來，而且感覺冰涼。畢竟是秋天了吧，每逢我想起葉細細，我便有這種冰涼的感覺。

那天我剛巧接到一個病人跳樓自殺的消息。他來看我已有五、六年，有強烈的自殺傾向，這次結果成功，我可以合上他的檔案了。然而我的心情很抑鬱，於是去看了一部六十年代的舊電影，在幽暗的電影院裡，碰到葉細細，她走過來，緊緊捉著我的說：「是我是我是我。」我一怔，道：「是你。」她已經走了，依稀身邊有一個男子。

「細細失蹤了。」

不知能否說葉細細是我一個病人。我第一次見她的時候，是一九七〇年。當時我還在柏克萊的醫學院，在一次校內的反越戰示威，警察開入校園，用水炮及警棍驅散示威的學生。我在拉扯間受了傷，頭被打破，小縫了十多針。母親知道我在校內惹了事，便到加州來找我，半迫半哄地把我拉回香港放暑假。我傷了頭，逼得剪掉了長頭髮，母親又扔了我的破牛仔褲，我只有穿新衣服，儀容便由此整齊了很多，母親才敢帶我去見她的朋友。母親本來是一個小明星，年輕時跌蕩不羈，後來嫁了我父親，父親死後，母親繼承了父親幾間製衣廠，也似模似樣，算是有好下場，不過，她的舊友並不全像她這樣幸運。她的一個金蘭姊妹叫葉英，跟了一個黑人導演，到了美國，後來黑人扔了她，她帶著一個混血的女兒，再回香港覓食，偶然在電視肥皂劇裡當閒角，又到夜總會裡唱歌，一夜被人姦殺。她的女兒當時在場，受了很大的驚嚇，忽然患了一種病，便是不斷地嘔吐。葉英死後，母親暫時照顧她的女兒，把她帶回家來，一個骯髒瘦弱的小女孩，皮膚微黑，頭髮是黑人那種蓬鬆，雙眼非常非常大，如此靜靜地看著世界，充滿了驚惶與好奇。她看見我，也不言也不語，忽然輕輕地碰一下我的手，拿著我的掌，合著，便在其中嘔吐起來。我雙手盛著又黃又綠的嘔吐物，酸臭的氣味一陣一陣地襲過來，我也不期然地作嘔。這個小女孩，九歲，在我手掌裡嘔吐，全身發抖。她母親被姦殺，而她只是靜靜而驚惶好奇地目睹性與死亡，我在此刻忽然記得毆打我的黑人警察的面容，是否因為如此，我差點亦要嘔吐出來。

這是我第一次見葉細細。以後有關葉細細的回憶總是非常痛楚。

那個夏天葉細細在我家暫住。傭人洗乾淨她，為她換上了碎花紗裙，頭髮束起，結一只血紅大蝴蝶。葉細細待我，卻有一種非常詭異的、近乎成人的性的誘惑的親暱。她見著我，總拖著我的雙手，小臉孔就埋在我雙手間，如同在此嘔吐，低低地叫我的名字：「詹克明，詹克明。」她從不肯叫我「哥哥」、「叔叔」或其它。她又要與我玩騎馬，讓我緊緊地抱她。晚上就哭鬧，要與我同睡。我拗不過她，也就撫她的背，哄她入睡。她有時夜半會發病，渾身發抖，然後嘔吐，嘔得我一臉一身。漸漸嘔吐的酸餿之氣，成了我這個夏天的生活的一部分。隱隱的，猶如一種難以抗拒的刺激，細細又喜歡在我身邊講話。編很多的故事，小嘴唇如蝴蝶，若有若無地吻我的耳後。我反正心裡沒多想，也由著她，她又喜歡用小手抓我的背。

夏日將盡，每天的陽光愈來愈早消失。空氣蘊藏冰涼的呼吸。我也要收拾行裝，返回柏克萊。母親亦為葉細細找了一間寄宿學校，將她安頓，又她掌管葉英留下一些錢財，一筆小錢，足夠供細細上大學，算是盡了金蘭姊妹的情誼。啟程在即，我也不再與細細廝混，日間到城裡買點日用品、幾件衣服、行李箱、幾件隨身用的電器，先在家擱著，晚上又與幾個中學同學敘舊話別。這天夜裡母親在姊妹家玩小麻將，傭人因丈夫生病，告了假。我回到家已經近深夜，家裡靜悄悄的，只聽到園子裡細碎的蟲鳴，以及一片落葉，輕微清脆的聲音。我想細細已經睡了，便返回房間，開燈，燈沒有亮，大概停了電。陽臺有月色，淡淡地照進房間來。我挨挨摸摸，想找一個手電筒，忽然聽到了咿咿呵呵的聲音，同時一陣強烈的酸餿味，陣陣向我襲來，我站在房中央，輕輕道：「細細，細細。」也尋找嘔吐聲音的來源。走向了我的行李箱，並不見細細，但卻分明聽到了聲音。我打開行李箱，在衣服、電風筒、手提錄音機之間，看到了葉細細，小貓似的，伏在那裡嘔吐。不知是那種挑釁的酸餿氣，還是那咿咿呵呵的聲音，我大力地拉她出來，喝她：「葉細細，妳是男孩我便打死妳。」細細便看著我，在黑暗裡，她黑暗的皮膚就只像影子——生命如影子。忽然她開始打我，不是小女孩撒嬌那種，而是狠毒的，成年女人的失望與怨，抓我，咬我，甚至踢我的下體。我一手揪起她，狠狠地刮她的臉。她一直掙扎，以致大家精疲力竭，我渾身都是抓痕，她滿嘴是牙血。月色卻非常寧靜而蒼白。這血腥、酸餿、人的氣息，在荒誕寧靜的夜，令我突然想哭泣，我便停了手，細細還在掙扎，微弱地抓我，我便在我的藥箱裡，在針筒裡注了鎮靜藥。

這是我第一次為她注射鎮靜劑。她沒有反抗，只是非常軟弱地靠著我，低聲道：「不要走。」我為她抹臉、洗澡。她靜靜地讓我褪去腥餿的衣服。在黑暗裡我仍然看見她萌芽的乳，淡淡的粉紅的乳頭，如褪色紙花。我其實也和幾個女友做過愛，但此刻看見她的孩童肉體，也停了手，不敢造次。鎮靜藥發作，細細就在浴缸裡，伏著，沉沉睡去。我輕輕地為她洗擦肉體，莫名其妙同時感受到恐怖的親暱。

這也是我第一次接觸她，同時想避開她。

再見細細已經是幾年後的事情。

那是一個秋天。我才知道香港有影樹，秋天的時候落葉如雨。陽光漸漸昏黃與暗淡，年光之逝去。現在的我與那個來自柏克萊、長了長頭髮的青年，已經隔了一種叫年紀的東西。年紀讓我對事事反應都很平淡，雖然細細還能牽動我最深刻而沉重的回憶，但我只是淡然地問我這個「病人」：

「她又怎麼失蹤的呢？」

「我們住在同一層樓宇，兩個相對的單位。我沒有她公寓的鑰匙。她堅時要有她私人的空間，我只好尊重她，但我連續幾天按她的門鈴，總是無人接應，我又嗅到強烈的腐爛氣味，心底一寒，便報了警。消防員破門而入。她的客廳很整齊，跟平日一樣。書桌上還攤著一本《尤茲里斯》，不知是什麼作家的書，只是她喜歡讀，桌上還擱著咖啡，印著她喜歡的深草莓口紅。只是客廳的一缸金魚全死了，發出了強烈的臭味。她的床沒有收拾，床邊有一攤嘔吐物，已經乾了，但仍非常的餿臭。令我作嘔及登時流汗。家裡的雜物沒動，不過她帶走了所有現款、金幣及旅行證件。」

「有沒有反常的物件呢？」

「唔……桌上還釘了一堆聘請啟事，接待員、售貨員、金融經理，其實對她沒用，她是個正在行內竄紅的刑事律師……」

「她是自己離開的，陳先生。」

「但不可能。她是這麼一個有條理的女子……鋼鐵般的意志，追一件案子熬它三天三夜……每天游泳，做六十下仰臥起坐，絕不抽煙。她不是那種追求浪漫的人……」

「葉細細是一個可怕的女子。她的生命有無盡的可能性。」

我再見到葉細細，她已經是一個快十三歲的少女，手腳非常修長，胸部平坦，頭髮紮成無數小辮，縛了彩繩，穿一件素白抽紗襯衣，一條淡白的舊牛仔褲。見著我，規規矩矩地叫：「詹克明。」她仍不肯叫我「哥哥」或「叔叔」，我見她如此，亦放了心，伸手撫她的頭：「長大了好些。」她忽然一把地抱著我，柔軟的身體緊緊與我相貼，我心一陣抽緊，推開了她。

當年為一九七三年，我離開了燃燒著年輕火焰的柏克萊大學城，心裡總是有點悵然有所失。我回港後要在醫院實習，並重新考試，學業十分沉悶。香港當時鬧反貪汙、釣魚臺學生運動，本著在柏克萊的信仰，我也理所當然的成了一份子：沒有比自由更重要。那天我在同人刊物的大本營，相約與同志往天星碼頭示威，抗議港英政府壓制言論自由。港英當局發了通牒；誰去示威便抓誰。在去示威的途中，我縛了頭帶，手牽著同志的手，右邊是吳君，左邊是趙眉，迎著一排防暴警察，這時我腦海裡漫無目的，想到柏克萊校園一個黑人警察打傷我以前的表情，約翰・藍儂的音樂，大麻的芳香氣味，葉細細的嘔吐物，她的萌芽的乳，及加州海灣大橋的清風。記憶令我的存在很純靜，我身邊的吳君，此時卻說：「他們都走了。」我回身一看，果然身後所有人都走了，只剩我們數人，面對著防暴警察。

他們開始用警棍打我們了，在血腥及汗的氣味裡，我想起了葉細細。

有關她的聯想與記憶，總是非常痛楚。

她與母親來拘留所看我。母親怕我留案底，自此不能習醫，因而哭得死去活來。細細只站在她身邊，一眨一眨她的大眼睛，微黑的皮膚閃閃發亮，肩膊有汗，如黎明黑暗的一滴露珠，她一直沒作聲，離開前緊緊地捉著我的手。

回家後我得臥床休息，整天頭痛欲裂，吳君和趙眉偶然來看我。趙眉是一個溫柔羞怯的女子，來到我家，總是拘拘謹謹，反而是我逗她說話，只是她總來看我，攜著百合、玫瑰、鬱金香，先在我房裡坐得遠遠，慢慢地坐到我床沿來，有時念一首她寫的詩。我握著她的手，感到著實的親密溫柔。我也首次生了與一個女子結婚的意思。

細細還在寄宿學校。偶然回來。一個週末下午，趙眉來看我，走的時候就在客廳碰到葉細細。我聽得聲響，便想到客廳裡做介紹，但已聽得細細在問：「妳是誰？妳為什麼來看詹克明？」我到客廳裡看見趙眉，非常驚懼而無助，細細雙眉挑得老高，在打量趙眉，趙眉匆匆低頭說：「我先走了。」便風似地去了。

細細和我在客廳對坐，她戴上黑眼鏡，點了一支煙，而我頭痛欲裂。空氣如水，靜靜地淹沒。她良久方問：「你愛她嗎？」我十分煩惱，不禁道：「為什麼女子總愛問這樣的問題。」她忽然走近我，扯起我頭上的繃帶，咬牙切齒地道：「你好歹尊重我們一些。」然後她放下我，收拾她的手提大袋，回到房間去。細細畢竟長大了，不是那個在我手掌裡嘔吐的小女孩了。我竟然有點若有所失。

細細後來失了蹤。我的頭傷痊癒，細細的學校打電話來，發覺細細離校出走，已經兩、三天。母親現在老了，很怕麻煩，想脫掉葉細細監護人的身分，正跟校長糾纏，我立刻四出尋找葉細細，趙眉陪我，去哪裡找呢？城市那麼大，霓虹光管如此稠密，連海水也是黑的、密的，像鉛。城市是這麼一個大秘密。這時我才發覺，我根本不認識香港。

我找遍了細細的同學，一個女同學透露：一個男子將細細收容在一間空置的舊房子裡，在深水埗，我和趙眉便踏著彎彎曲曲的街道去找她，而我又不慎踩到了狗屎，幾個老妓女在訕笑。吸毒者迎上來向我拿十塊錢。單位在一間鐵廠的閣樓，晚上鐵廠在趕夜班，一閃一閃地燒焊，「嘩」的著了一朵花。我踏著微熱的鐵花，感到眼前的不真實，便緊緊地捉著趙眉的手。趙眉也明白，安慰道：「一會兒便好了。」

單位沒人應門，裡面一片漆黑。外面是天井，可以從天井跳入單立去。我叫趙眉在外等我，便賊似地貓著腰，潛入單位裡面。我立刻嗅到熟悉的嘔吐物餿味，這種氣味，讓往日的日子在黑暗裡回到我眼前。外面是慘白的街燈。我嘆一口氣，道：「細細。」在黑暗裡，看不清楚細細的黑皮膚，但我知道她在。一會兒一個修長的影子迎上來，緊緊地抱著我。她全身發抖，腸胃抽搐，顯得非常痛楚。細細臉上有明顯的瘀痕。「為什麼呢？細細。」我低低地說。細細抱著我，在我耳邊微弱的道：「我愛你，詹克明。」這是我所知道的、最荒謬的愛情故事了。我抱著她，慘白的燈光照進來，像一盞舞臺的照燈。她在我耳邊道：「你可以愛我嗎？」我只好回答：「妳知道嗎？你有病，葉細細，讓我照顧妳一生，我是妳的醫生。」她道：「但你可以愛我嗎？」我只重複道：「你有病，葉細細。」細細竟然狠狠地咬我的耳朵，痛得我不禁大叫起來，外面的趙眉立刻拍門。細細又陷入歇斯底里的狀態，我只好打她，乘機替趙眉開門，兩人合力制伏了她。

那夜我又為她注射了鎮靜劑，自己卻無法成眠，便到客廳裡，打開陽臺的門，看山下的維多利亞港，半明不暗。我抽了一支又一支的煙，被捕之後同志紛紛流散。趙眉和我只變回普通的情侶，她甚至喜歡弄飯給我吃。我將來會是什麼呢？一個精神科醫生，每天工作十六小時。我的一生是否如此完成呢？我只是十分迷惘。此時細細靜靜地走進客廳來，坐在我面前。我不理她，繼續抽我的煙。她抱著她自己，也沒動。巨大的黎明就此降臨了，從遠而近。細細慢慢解掉她的睡袍。她的聲音很遙遠而平淡。「他們就這樣解掉媽媽的衣服。」這是我第二次看見細細的裸體，非常非常的精緻，淡淡巧克力色。細細又拿起我的手，輕輕地碰她。她的臉、她的肩、她的胸前、她的乳、她的肚皮。不知她上次出走遭遇了什麼，她渾身都是瘀痕，只是她絕口不說。如今我碰她，很奇怪，並不色情，只讓我碰到她成長的諸般痛楚。她讓我的手停在她的膝上，然後，再劃她的小腿。一劃，便劃出淡淡的白痕，一會兒便沁出鮮紅的血。她手中不知何時拿了一把裁紙刀，邊道：「他們這樣劃破媽媽的絲襪。」然後葉細細這樣倚著我，道：「你要我嗎？像他們要媽媽一樣。」我閉上眼，道：「找可能，葉細細。」我嘆一口氣，便做了一個決定。「妳不能再留在我身邊。妳要去英國寄宿，不然我還給妳妳的錢，我離開我們家。」

葉細細是一隻妖怪，她有病。

「你知道她有病嗎？」我如今才仔細打量我這個病人，只是奇怪的，覺得非常眼熟。他那種低頭思索的姿態，一臉無可奈何的表情……如同讓我照到了鏡子。

天色開始昏暗。我的登記護士下班了。

「我是她律師樓的同事，你知道，她很吸引人。她的思維跟行動都快；高跟鞋跳躍如琴鍵。跟她合作做事，像坐過山車……我們一直都很愉快。直到我第一次和她做愛。」病人此時也仔細地打量我：「你不介意吧？」

「唔。」

「她開始叫一個人的名字。聽不清楚她叫什麼，後來我仔細聽清楚，姓詹……詹什麼明。然後她開始咬我。不是挑情那種咬，是……想……咬掉我……我很痛，實在很怕，不知如何是好。而且……哎……每次做愛她都嘔吐。完事之後她便嘔吐，像男人有精液一樣。很可怕。」

「你沒有離開？」

「沒有。此外她一切都很好。她很溫柔，又很堅強。我炒金炒壞了，她去跟經紀講數。她借錢給我。去旅行她訂酒店，弄簽證，負責一切。我家的水龍頭壞了，她來替我修理。我跟她生活，感覺很好。雖然如此，我時常覺得無法接近她。」

「你覺得很好，她呢？」

「我不知道。我真的不的不知道。」

「這樣，你為何要來找我呢？」

「因為現在我想離開她。」

葉細細離開之後，我的生活得到表面的平靜。我開始在政府醫院工作實習，和趙眉結了婚，很快有了孩子。香港經濟開始起飛，每一個人在賺錢的過程裡有無限快樂。因此昔日的戰友更作風雲散。吳君當了一個地產大王的助手。小明當了諧星。還有進大學教書，都開始禿頭、長肚子。這種生活非常沉悶，我卻無法擺脫它。我除了當醫生，我什麼也不會做，我甚至不會打字，或使用吸塵器。工作、女兒花了我絕大部分的時間，我的頭髮在不知不覺間斑白。有時下班回來，很累很累地抱著女兒，在她睡床邊朦朧睡去，依稀聽到了披頭四的音樂，我在柏克萊城張貼標語，懷裡卻是葉細細，才九歲，受盡了驚嚇。這一次和我眼前的一切沒有關係。

窮極無聊，我決定自己開業，好歹賺點錢。在山頂找了一間小房子，窗外有落葉，迎著西。趙眉嫌租貴，地點又偏遠。但我堅持租下，因為在此，很像在加州，可以看到窗外金黃的季節。

細細在英國期間，回來度過幾次假；她住在曼徹斯特。我總是避著她，與趙眉、女兒一起見她。她看來亦很正常，衣著趨時，像任何一個美麗的黑人混種少女。她那種流於俗套的青春美，反而讓我心安。因為她正常，我便不會受她誘惑。反正這些青春美女，一毛錢一打，每年港姐選舉都大把大把的任人觀賞評點，此時我行年三十六，年近不惑，對於皮膚的美麗，只讓它僅止於皮膚。細細有同年紀的男友，相伴而遊，她與我之間，似乎就已圓滿結束。

後來母親心臟病猝發逝世，細細回來奔喪，在喪禮中招呼親友，張羅飲食，竟也十分周到。我並不悲痛，只是十分沉重，吃了鎮靜劑，只得一個軀體，心底有一種很徹底的疲倦。趙眉跟女兒自然也不知道，女兒如常撒嬌，趙眉如常哄護。母親遺體火化時，我和細細就站在火化爐外面等。遠處見到濃煙，也不知是哪一個屍體。細細伸手握著我的手，她的手很溫柔而堅定，就像當年趙眉的手，跟她小時候不大一樣。然後她低低地問我：「詹克明，你對你的生命滿意不滿意？」我一怔，看著那燒屍體的濃煙，在空中漸漸散去。暮色蒼茫，此時我內心非常哀傷。

我和細細晚上相約在中環一間義大利館子見面。我診所關了門，特地回家換衣服，洗了澡，穿了一雙新襪子，才去見葉細細。因為心情有點緊張，抽了根煙，出了家門，又覺得不好，折回家，擦牙。如此折騰，自己也覺得好笑。細細早到，見得我，站起身來迎我，大家都非常禮貌而客氣。她將蓬鬆的頭髮束起，戴了一雙長及胸前的吊墜耳環，穿一件銀紅的絲襯衫，非常的俗艷。我們開始交割她母親款項的問題，有信件，要她簽署。她亦年滿二十一，母親和我已經完成了我們的責任。細細決定放棄大學二年級的課程，回港定居，她討厭英國。我們叫了冰凍的新酒，嚐點義大利起士。細細說她在義大利被打劫的情況，一會兒又談到巴塞隆那的米羅博物館，布拉格的城堡與水晶，相對起來，我的工作就很單調，愈來愈像幼稚園教師。她聽了，靜下來，很嚴肅地問：「有沒有像我這樣的女病人？」我笑。「沒有。」她又問：「有沒有碰她們呢？」我老老實實回答：「沒有。」她忽然又問：「你是個好男人嗎？」我想想，道：「那麼要待別人來評定。」她堅持：「我問你。」我只好答：「我想我是。」她便說：「我懷孕了。」

這是我第三次接觸她的裸體。麻醉師為她注射麻醉劑的時候，她拉著我的白袍，問我：「詹克明，你可否愛我呢？」我一怔，反應很慢的，道：「葉細細，我不可以。」但她已經失去知覺了。我到手術室，拿著鉗子與吸盤，充當一個護士，我的舊友非常熟練地張開她的陰道。她很快的流了血。細細堅持要我在場，不知是一個陰謀還是一個誘惑。她的血就像是生命的傷害，很多很多地湧出來。鉗子非常冰冷。我抬頭看見手術臺的燈。吸盤抽出了胎兒，在膠袋裡盛了一攤血肉，來自細細體內，我輕輕地碰一下她的胎兒，猶有溫熱。此時我忽然想與她有一個孩子。

她的身體很虛弱，我便把她接回家去。告訴趙眉她做了腸胃的小手術。也事有湊巧，趙眉患了急性胰臟炎，要入院住幾天，做點小手術。一下子我身邊有兩個親密的病人，實在分身不暇。有一天實在累極，下午沒有預約，便提早關了診所，回家休息。小女兒到趙眉母親家裡去。下午的家靜悄無人，細細想來已經休息。她有點低血壓，體力恢復得很慢。回家我又聞到一陣淡淡的酸餿氣息，回憶一陣一陣地向我襲過來。這許多年了，此情此景都似曾相識，但其實那些日子都不會回來了。盛夏炎炎，我感到了一陣冰涼。倒了一點威士忌，加很多很多的冰，就此在客廳睡了，醒來是黃昏，眼前卻有一個黑影，我以為是我自己死亡的影子，心裡一驚，便醒過來了。細細以背向我，正在喝我剩下的威士忌酒，想來酒已暖了。我不動聲色地看她，她穿著白色絲質睡衣，沒穿睡褲，只有一條白絲小內褲，皮膚黑亮，腿上卻一滴一滴地承接了眼淚。細細哭了，我不敢驚動她。不知她為何而哭，或許只是為了生存本身：如此風塵閱歷。鐳射唱機開動，隱隱傳來貝多芬的「莊嚴彌撒曲」。「彌撒曲」恐怕是貝多芬最莊嚴而哀傷的曲子了。此時我亦感到了與葉細細有一種非常莊重的接近。好一會兒，她的淚停了，開腔道：「你為什麼不愛我？」把我嚇了一跳。我伸手揩抹她膝上的淚水。「妳知道，愛情並不是一切。我是妳的醫生，我時常都是。」細細低聲道：「對你的愛情是一種病吧，我渴望病好。」我說：「妳渴望，便得著。」——多麼像耶穌基督，我幾乎要笑出來。她轉身看著我：「詹克明，你可否令我幻滅？不再愛你？」我慢慢的撫摸她：「可以。我原來是一個不值得的人。」我輕輕地撫她的乳。「妳長大了，不再追求不存在的事情。」這樣她便吻我了，唇那麼輕而密。如玫瑰色的黃昏小雨。她褪去她的睡衣，她的皮膚如絲。我只是怔怔地讓她擺布，我心裡卻非常清楚，我們愈接近幻滅了。我很想進入她的身體，同時我內裡卻升起一種欲嘔吐的感覺。此刻我突然明白細細的嘔吐；感情如此強烈，無法言語掌握，只得劇烈地嘔吐起來。細細緊貼我的身體，如此豐盛廣大，如雨後的草原。我無法不進入她，如同渴望水、睡眠、死。她在低低地呻吟，說：「我希望做一個正常的人，詹克明。我不要再愛你了。」我一動，便說：「好。」她的淚一滴一滴地流下來。她剛做完手術，內裡非常的柔軟敏感而且痛楚。她額上沁了一滴一滴的汗。我想退出來，她緊緊地纏著我：「不要走。」她的臉孔扭曲，卻又笑著，分不清是痛苦還是什麼，非常詭異。我緊緊地按著她的肩膊（她的肩非常瘦而堅硬），劇烈地動起來，也不管她的痛楚，此時我若有小刀還是手槍，我會毫不猶豫地殺死她的。我不知道為什麼。我很快便射了精。而且從來沒覺得這樣疲乏，幾乎虛脫。她看著陽臺外的夜色，一城的燈細細碎碎地亮起來。我感到十分難堪，立刻穿回衣服。她赤裸著，抽根煙，神情十分冷漠，猜不透，我十分懊惱，大力地捏自己的臉孔。她便邪惡地笑我：「就像一個失節的女子。這年頭，即使是女子，也無節可守呀。」我隨手拿起水晶威士忌杯，摔個稀爛，便大步走出家門。

我沒開車，獨自走下山去。路上急走，只看著自己的腳步，也沒多想。到了城中心，下班的人潮已開始散去。有人在地車站口賣號外：「中英草簽號外！中英草簽！」抬頭仍然看見銀行的英國旗。主權移歸了，世界將不一樣。我走過中環的中央公園，有學生在表演街頭劇，鼓聲咚咚作響，在現代商廈之間回聲不絕，如現代蠻荒。一個戴面具的學生道：「我一覺醒來，英國變了中國……」這世界跟我認識的世界不一樣了；不再可以決定自己的命運了，在情慾還是政治層面均如此。但以前不是這樣的。在柏克萊，在六十年代……以前不是這樣的。

我不敢再回那個家，在酒店住了幾天，再接趙眉出院，趙眉十分虛弱，倚著我身上，十分的信任，連我也覺得安全，畢竟是一個妻。我也緊緊地挽著她。還沒有進家，已經嗅到一陣焦味。我急步進門，大吃一驚，那張我和細細在上做愛的沙發，我在加州時用的行李箱，以前我穿的舊衣服，細細兒時的玩具，都擱在客廳裡，燒個焦爛，天花板都燻黑了。我急怒攻心，就在客廳裡瘋狂地將遺骸亂踢踢傷了腳。我要告她、用木棍打她、殺死她。但其實我知道，我永遠不會再見到她了。

細細走了。她決定不再愛我，做一個正常的人。

我在盛怒中忽然流了眼淚，此時我體內升起一陣欲嘔吐的感覺，強烈得五臟都被拆個稀爛，我衝到洗手間，只嘔出透明唾液，眼淚此時卻不停地流下來。

我的過去已經離棄我了。

此時我突然心頭一亮；在黃昏極重的時候，眼前這病人和年輕的我如此相像，低頭思索的姿態，一臉無可奈何的表情。

「為什麼你想離開她呢？」我問。

「我想……她有病。她看起來卻一切都很正常。大概是去年冬天吧，聖誕節假期之前，她和我都留得比較晚。我埋頭在寫報告，抬頭已是晚上十時。我去找她吃飯。她在影印，我站在她身後，一看，她在影印的全是白紙。我叫她，她便開始伏在影印機上嘔吐。好可怕。嘔得影印盤上全是又黃又綠的嘔吐物。她在嘔吐間，斷斷續續地告訴我，很厭倦。不知道她厭倦些什麼。」

「那天後她就拒絕與我做愛。」

「那時她開始有病吧。很奇怪，她在很突兀的時候嘔吐，譬如與一個客人談價錢，在法庭裡勝訴，或在吃東西，看色情刊物等等。」

「我為了她的嘔吐想離開她。」

「她失了蹤你應該很高興。」

「我應該是。但我……」

那次在戲院裡碰到細細是她走後唯一的一次。我輾轉知道她當了兩年的空姐，因為涉嫌運毒被起訴，所以停了職，後來罪名不成立。她就到了倫敦念法律。她決意做一個正常人，正常的職員，有一個正常的男朋友。閒來挽著手去看電影，她的生命便從此沒有我的分兒，我想理應如是，但那天她在電影院來將我的手緊緊一握，我在電影院裡非常迷亂，連電影裡的六十年代也無法牽動我。電影還未完我便走了。

此時天已全黑。我們兩人在小小的枱燈前，兩個影子，挨湊著，竟然親親密密。我脫掉白袍，要送我的病人下山。我關掉空調，病人猶坐著不動，我不禁問他：「我還有什麼可幫你的呢？」他才答：「我應否去找葉細細呢？」「啪」的我關掉了燈。一切陷在黑暗裡。我說：「她已經離棄你了。」聲音如此低，就像跟我自己說：「不用了吧，她會為她自己找尋新生活。」

病人與我一起離去時，我才發覺，他跟我的高度相若，衣著相若，就像一個自我與他我。我們都是細細在追尋的什麼，可能是愛情，也可能是對於人的素質的要求，譬如忠誠、溫柔、忍耐等等。我們不過是她這過程中的影子吧。病人也好，我也好，對她來說可能不過是象徵。我們兩人在車裡都很沉默，很快我們便下了山，病人要到中環去赴一晚餐的約。快要抵達目的地時，他忽然問我：「詹醫生，你和細細有沒有做過愛？」紅燈一亮，我登地煞了車，兩人都往前一衝。「沒有，」我說：「為什麼？」他更答：「因為細細有一次說，她曾經有過你的孩子。」綠燈亮起，病人不等我回答，便說：「我到了，謝謝，再見。」便下車去了。我呆在那裡，不知他的話是何意思。是細細的幻想還是真的。我這生或許沒有機會知道了。我亦不明白我自己。

我分明與葉細細做過愛（她的內裡非常柔軟敏感而又充滿痛楚），我竟要騙他。我如此懷念六十年代，現在我的生命卻如此沉悶而退縮。香港的主權轉移，到底是為什麼。收音機此時卻播起約翰・藍儂的「幻想天堂」來。美麗的約翰・藍儂。美麗的加州柏克萊。美麗的葉細細。金黃色的過往已經離開我。我身後的車子響聲徹天。我此時感到整個世界都在搖搖欲墜，難以支撐。我便下車來，在車子堵塞的一個紅綠燈口，想起我的前半生，我搖搖擺擺地扶著交通燈桿，這前半生就像一個無聊度日的作者寫的糟糕流行小說，煽情、做作、假浪漫，充滿突發性情節，廉價的中產階級懷舊傷感，但畢竟這就是我自己，也實在難以理解。而這時候其實已經是冬天了。秋日的逝隱在城市裡並不清楚，新夜裡我感到一點涼意，胃裡直打哆嗦，全身發抖，我彎下腰去，看到灰黑的瀝青馬路，我跪下，脾胃抽搐，就此強烈地嘔吐起來。

陳雪（1970-）

作家介紹

陳雪（1970-），本名陳雅玲。二〇〇九年交出進入「圓熟期」最重要的長篇小說《附魔者》，這部既鄉土又都會、既現實又心理、既情慾又性別、既傳記又虛構的小說，同步交待了陳雪創作以來的題材關懷，可視為陳雪向以往的告別之作。

陳雪早期作品著重挖掘女同性戀內在情慾題材，一九九三年以〈尋找天使遺落的翅膀〉參加「聯合文學新人獎」，雖未得獎，但彷佛啟開了陳雪的創作天眼，視見小說角色草草巡遊男／女／女情慾遊戲，最後身心深受女同志阿蘇啟發，成為陳雪日後同志、亂倫、情慾、自傳等創作人物及題材的原型。〈尋找〉一文幾經周折才與〈異色之屋〉、〈夜的迷宮〉、〈貓死了之後〉收於《惡女書》（1995）出版，奠定了陳雪（惡）女同性戀小說書寫的基石。可以這麼說，陳雪此時期作品集中「同性戀身分為主題採成長小說方式書寫」，[1]而《惡女書》的出版正值臺灣九〇年代中期同

① 劉亮雅：〈邊緣發聲：解嚴以來的台灣同志小說〉，《情色世紀末：小說、性別、文化、美學》（臺北：九歌，2001年版），頁83。

志運動蓬勃展開之際，[2]是在此基礎上的歧路展演，使得相關議題能夠凝聚共生。之後《夢遊1994》（1996）收〈色情天使〉、〈蝴蝶的記號〉、〈夢遊1994〉等篇，掀動亂倫、雙性戀、戀母異色議題按鈕，體現了「或許因為女同志受到了性與性別的雙重壓制，女同志小說較常出現對認同困境的探討」的議題面向，進一步銜接打造個人創作軸線。[3]弔詭的是，正是透過《惡女書》陳雪才能構築復返之路，以前傳統形式重回迷宮夢境打造的家庭劇場重建與解構之《橋上的孩子》中那個異變的惡女形象。若說《惡女書》逆返跨越身世之牆往事追憶錄的《橋上的孩子》是為前傳，那麼「眼都不眨一下」（朱天心言）凝神逼視小說女主人公陳春天從家庭、情人多次絕決放逐的《陳春天》（2005）和具有「恐怖的力量」永遠的逃跑者、失神者、離開現場者、遺棄者「不存在的女兒」（駱以軍語）的《附魔者》，便勾勒出陳雪自傳三部曲。

二〇〇九年，陳雪宣布與女友早餐人結婚訊息。二〇一二年兩人合作出版《人妻日記》。

---

② 臺灣第一個女同志團體「我們之間」於一九九〇年二月成立，張老師出版社於一九九〇年所出版的《中國人的同性戀》是臺灣本土第一本關於同性戀的論述，臺灣第一個同志專業出版社「開心陽光」在一九九五年成立，開始出版同志相關書籍。一九九四年國內第一家女性主義書店「女書店」開幕，一九九五年第一個校園女同志社團「臺大女同性戀研究社」成立，同年首屆「校園同志甦醒日」在臺大舉辦，一九九五年男同志團體「臺灣同志社」成立，一九九六年二月「同志空間行動陣線」在新公園舉辦園遊會，一九九七年「彩虹・同志夢・公園」園遊會在臺北新公園舉行，建立臺灣在六月同志驕傲月舉辦大型活動的傳統。這些都帶動了同志運動的蓬勃發展。

③ 劉亮雅：〈邊緣發聲：解嚴以來的臺灣同志小說〉，《情色世紀末：小說、性別、文化、美學》（臺北：九歌，2001年版），頁83。

作品導讀

「為什麼必須讓女同性戀情慾遠離日常境界？」楊照如是問。

陳雪寫於一九九三年的〈尋找天使遺失的翅膀〉是以第一人稱告白體形式呈現的女同志情慾短篇小說，成為日後她寫作的主調。二〇〇四年同樣充滿自傳色彩的長篇小說《橋上的孩子》出版，小說家駱以軍言：「是一次無論對她個人，對我這樣一個讀者或同輩同業來說，皆十分珍貴的書寫實踐。」[4]此實踐之於陳雪探勘情慾性別路途的伊於胡底當然是未知數，可知的是，之於小說創造的女性角色，陳雪卻習慣性注入「我」的成分，以「我」入小說，偏偏這個「我」卻總是「不存在」似的缺乏一種現實感，[5]愈發襯托她以作家之筆一再藉著文本否認現實之於人生的可能，她筆下的人物，幾乎沒有個人生活，楊照早便看出：「為什麼必須讓女同性戀情慾遠離日常境界？」[6]〈尋找天使遺失的翅膀〉便像一篇世界曾經存在於現實或現實曾經存在於世界的否定之作：

「我寫作，因為我想要愛。」

我一直感覺到自己體內隱藏著一個封閉了的自我，是什麼力量使它封閉的，……

④駱以軍：〈讀《橋上的孩子》〉，陳雪：《橋上的孩子》（臺北：印刻，2004年版），頁7。
⑤陳雪：〈新版自敘〉，《惡女書》（臺北：印刻文學，2005年版），頁8。
⑥楊照：〈何惡之有〉，陳雪：《惡女書》（臺北：印刻，2005年版），頁24。

> 於是我寫作，企圖透過寫作來挖掘潛藏的自我。……
>
> 第一篇沒有被我撕毀的小說是〈尋找天使遺失的翅膀〉，阿蘇比我快一步搶下它，那時只寫了一半，我覺得無以為繼，她卻連夜將它讀完，讀完後狂烈地與我做愛。[⑦]

小說主述者草草，十歲時父親車禍身亡，十二歲便從母親邪惡淫穢的男女關係明白了性，引為罪惡並仇恨，從此拒斥推開母親。大學時母親割腕自殺而逝，失去了母親的草草開始瘋狂寫作，一日闖進一家酒吧，六杯血腥瑪麗下肚遇見了阿蘇，阿蘇如此酷似草草母親，是草草慾望的化身，育孕她的子宮，「透過你，我才重逢了自己。」[⑧]每每與阿蘇女女做愛後，往事重組，一步步逼進母親赤裸的心靈，發現誤解了母親的淫蕩。

阿蘇的出現具有尋找意味，尋找什麼呢？阿蘇說：「我們需要的是一雙翅膀，只要找到它就可以重新自由地飛翔。」[⑨]

草草拼命寫作，小說完稿，草草失去了阿蘇的所有記憶，甚至無法確定她是否真正存在過。草草跳上車找去父親墳墓，父親墓旁是母親的墳，刻著「蘇青玉」名字。仰望天上雲朵，幻化成一雙翅膀。

---

⑦ 陳雪：〈尋找天使遺失的翅膀〉，《惡女書》（臺北：印刻，2005年版），頁32-33。

⑧ 陳雪：〈尋找天使遺失的翅膀〉，《惡女書》（臺北：印刻，2005年版），頁46。

⑨ 陳雪：〈尋找天使遺失的翅膀〉，《惡女書》（臺北：印刻，2005年版），頁50。

阿蘇，就是母親，就是作品。

逃逸否定難以歸檔的人生，陳雪召喚、挖掘、追憶往事與現實抗衡，這也使得她筆下的角色和故事，透過一次次的穿插補敘，如同編織產生拼接布般的變貌與變形效果，但我們還是要問，到底什麼是自傳文本的原型與鏡像主體呢？

關於編織與文本（text）的關係，班雅明（Walter Benjamin, 1892-1940）考證text字源為拉丁文textum，原意正是編織texere。⑩〈尋找天使遺失的翅膀〉裡的草草「我總是無法編年記述，我的回憶零碎而片段，事實在幻想與夢境中扭曲變形……即使我努力追溯，仍拼湊不出完整的情節……」，失去了時間與現實感。

正是這些故事幻影餵養著草草在面對人世最基本真實的死生、愛慾、物質……顯得那麼難以面對的以自白形式卻又抽離，那些折射零亂的心影錄，淆惑了作者主體身分，才好偕筆下人物安全的躲在角色織網後面製造情節張力，我認為這是陳雪（讓她的角色）留在第一人稱、女性聲音敘事的原因吧？

> 我從來沒有寫過非第一人稱的小說。很多人把第一人稱的小說等同於作者的自傳，……通常一個女作家這樣寫，別人會說她的格局不夠大，文學技巧不夠，沒有實驗性等等，但我不覺得。我覺得第一人

⑩本雅明（Walter Benjamin）著，張旭東、王斑譯：〈普魯斯特的形象〉，《啟迪》（北京：生活・讀書・新知三聯書店，2008年版），頁216。

稱是很有挑戰性的。……我堅持用女性的聲音，而且是非常陰性的聲音。⑪

如此反復編織，符合了羅蘭・巴特（Roland Barthes）所言，正是主體隱沒於織物的紋理內，於是自我消融了，如蜘蛛化於牠所創造出來的蜘蛛網的分泌物中。⑫

也難怪陳雪小說中角色總是在玩尋找、逃離、重現的戲碼，小說最後草草倒臥於母親墓前，「宛如蜷縮在她的子宮」，牙牙學語，敘述主體呈現了：「我回來了，逃離你多年之後我終於回來了。」

⑪ 邱貴芬：〈在情慾中翻轉身分定位──訪談陳雪〉，《臺灣文藝》，第158期，1996年12月，頁122-123。

⑫ 羅蘭・巴特（Roland Barthes）著，屠友祥譯：〈文論〉，《文之悅》（上海：上海人民出版社，2009年版），頁79。

尋找天使遺失的翅膀

當我第一眼看見阿蘇的時候，就確定，她和我是同一類的。

我們都是遺失了翅膀的天使，眼睛仰望著只有飛翔才能到達的高度，赤足走在炙熱堅硬的土地上，卻失去了人類該有的方向。

●

黑暗的房間裡，街燈從窗玻璃灑進些許光亮，阿蘇赤裸的身體微微發光，她將手臂搭在我肩上，低頭看著我，比我高出一個頭的地方有雙發亮的眼睛，燃燒著兩股跳躍不定的火光……

「草草，我對你有著無可救藥的慾望，你的身體裡到底隱藏著什麼樣的秘密？我想知道你，品嘗你，進入你……」

阿蘇低沉喑啞的聲音緩緩傳進我的耳朵，我不自禁地暈眩起來……她開始一顆顆解開我的扣子，脫掉我的襯衫、胸罩、短裙，然後我的內褲像一面白色旗子，在她的手指尖端輕輕飄揚。

我赤裸著，與她非常接近，這一切，在我初見她的剎那已經注定。

她輕易就將我抱起，我的眼睛正對著她突起的乳頭，真是一對美麗得令人慚愧的乳房，在她面前，我就像尚未發育的小女孩，這樣微不足道的我，有什麼秘密可言？

躺在阿蘇柔軟的大床上，她的雙手在我身上摸索、游移，像唸咒一般喃喃自語。

「這是草草的乳房。

「這是草草的鼻子。」

……

從眼睛鼻子嘴巴頸子一路滑下，她的手指像仙女的魔棒，觸摸過的地方都會引發一陣歡愉的顫慄。

「草草的乳房。」

手指停在乳頭上輕輕劃圈，微微的顫慄之後，一股溫潤的潮水襲來，是阿蘇的嘴唇，溫柔的吸吮著。

最後，她拂開我下體叢生的陰毛，一層層剝開我的陰部，一步步，接近我生命的核心。

「有眼淚的味道。」

阿蘇吸吮我的陰部我的眼淚就掉下來，在眼淚的鹹濕中達到前所未有的高潮，彷彿高燒時的夢魘，在狂熱中昏迷，在昏迷中尖叫，在尖叫中漸漸粉碎。

我似乎感覺到，她正狂妄地進入我的體內，猛烈的撞擊我的生命，甚至想拆散我的每一根骨頭，是的，正是她，即使她是個女人，沒有會勃起會射精的陰莖，但她可以深深進入我的最內裡，達到任何陰莖都無法觸及的深度。

我總是夢見母親，在我完全逃離她之後。

那是豪華飯店裡的一間大套房，她那頭染成紅褐色的長髮又蓬又捲，描黑了眼線的眼睛野野亮亮的，幾個和她一樣冶豔的女人，化著濃妝，只穿胸罩內褲在房裡走來走去、吃東西、抽菸，扯著尖嗓子聊天。

我坐在柔軟的大圓床上，抱著枕頭，死命地啃指甲，眼睛只敢看著自己腳上的白短襪。一年多不見的母親，這究竟是怎麼回事？她原本是一頭濃密的黑色長髮，和一雙細長的單眼皮眼睛啊！鼻子還是那麼高挺，右眼旁米粒大的黑痣我還認得，但是，這個女人看來是如此陌生，她身上濃重的香水味和紅褐色的頭髮弄得我好想哭！

「草草乖，媽媽有事要忙，你自己到樓下餐廳吃牛排、看電影，玩一玩再上來找媽媽好不好？」

她揉揉我頭髮幫我把辮子重新紮好，塞了五百塊給我。

我茫然地走出來，在電梯門口撞到一個男人。

「妹妹好可愛啊！走路要小心。」

那是個很高大、穿著西裝的男人。我看見他打開母親的房門，碰一聲關上門，門內，響起她的笑聲。

我沒有去吃牛排看電影，坐在回家的火車上只是不停地掉眼淚，我緊緊握著手裡的鈔票，耳朵裡充滿了她的笑聲，我看著窗外往後飛逝的景物……就知道，我的童年已經結束了。

那年，我十二歲。

完全逃離她之後，我總是夢見她。一次又一次，在夢中，火車總是到不了站，我的眼淚從車窗向外飛濺，像一聲嘆息，天上的雲火紅滾燙，是她的紅頭髮。

●

「你的雙腿之間有一個神秘的谷地，極度敏感，容易顫慄，善於汩汩地湧出泉水，那兒，有我極欲探索的秘密。

「親愛的草草，我想讓你快樂，我想知道女人是如何從這裡得到快樂的？」

阿蘇把手伸進我的內褲裡搓揉著，手持著菸，眯著眼睛朝著正在寫稿的我微笑。

我的筆幾乎握不穩了。

從前，我一直認為母親是個邪惡又淫穢的女人，我恨她，恨她讓我在失去父親之後，竟又失去了對母親的敬愛，恨她在我最徬徨無依時翻臉變成一個陌生人。

恨她即使在我如此恨她時依然溫柔待我，一如往昔。

遇見阿蘇之後我才知道什麼叫做淫穢與邪惡，那竟是我想望已久的東西，而我母親從來都不是。

阿蘇就是我內心慾望的化身，是我的夢想，她所代表的世界是我生命中快樂和痛苦的根源，那是育孕我的子宮，脫離臍帶之後我曾唾棄它、詛咒它，然而死亡之後它卻是安葬我的墳墓。

●

「我寫作，因為我想要愛。」

我一直感覺到自己體內隱藏著一個封閉了的自我，是什麼力量使它封閉的？我不知道；它究竟是何種面目？我不知道；我所隱約察覺的是在重重封鎖下，它不安的騷動，以及在我扭曲變形的夢境裡，在我脆弱時的囈語中，在深夜裡不可抑制的痛苦下，呈現的那個孤寂而渴愛的自己。

我想要愛，但我知道在我找回自己之前我只是個愛無能的人。

於是我寫作，企圖透過寫作來挖掘潛藏的自我。我寫作，像手淫般寫作，像發狂般寫作，在寫完之後猶如射精般將它們一一撕毀，在毀滅中得到性交時不可能的高潮。

第一篇沒有被我撕毀的小說是〈尋找天使遺失的翅膀〉，阿蘇比我快一步搶下它，那時只寫了一半，我覺得無以為繼，她卻連夜將它讀完，讀完後狂烈地與我做愛。

「草草，寫完它，並且給它一個活命的機會。」

阿蘇將筆放進我的手裡，把赤裸著的我抱起，輕輕放在桌前的椅子上。

「不要害怕自己的天才，因為這是你的命運。」

我看見戴著魔鬼面具的天才，危危顫顫地自污穢的泥濘中爬起，努力伸長枯槁的雙臂，歪斜地朝向一格格文字的長梯，向前，又向前……

●

曾經，我翻覆在無數個男人的懷抱中。

十七歲那年，我從一個大我十歲的男人身上懂得了性交，我毫不猶豫就讓他插入雙腿之間，雖然產生了難以形容的痛楚，但是，當我看見床單上的一片殷紅，剎那間心中萌生了強烈的快感，一種報復的痛快，對於母親所給予我種種矛盾的痛苦，我終於可以不再哭泣。

不是處女之後，我被釋放了，我翻覆在無數個男人的懷抱中以為可以就此找到報復她的方法……

我身穿所有年輕女孩渴望的綠色高中制服，蓄著齊耳短髮，繼承自母親的美貌，雖不似她那樣高挑，我單薄瘦小的身材卻顯得更加動人。

旁人眼中的我是如此清新美好，喜愛我的男人總說我像個晶瑩剔透的天使，輕易的就攫獲了他們的心。

天使？天知道我是如何痛恨自己這個虛假不實的外貌，和所有酷似她的特徵。

我的同學們是那樣年輕單純，而我在十二歲那年就已經老了。

「天啊！你怎麼能夠這樣無動於衷？」

那個教會我性交的男人在射精後這樣說。

他再一次粗魯的插入我，狠狠咬齧我小小的乳頭，發狂似的撞擊我，搖晃我。他大聲叫罵我或者哀求我，最後伏在我胸口哭泣起來，猶如一個手足無措的孩子。

「魔鬼啊！我竟會這樣愛你！」

他親吻著我紅腫不堪的陰部，發誓他再也不會折磨我傷害我。

我知道其實是我在傷害他折磨他，後來他成了一個無能者，他說我的陰道裡有一把剪刀，剪斷了他的陰莖，埋葬了他的愛情。

剪刀？是的，我的陰道裡有一把剪刀，心裡也有！它剪斷了我與世上其他人的聯繫，任何人接近我，都會鮮血淋漓。

●

記不得第一次到那家酒吧是什麼時候的事了？總之，是在某個窮極無聊的夜晚，不分青紅皂白闖進一家酒吧，意外地發現他調的「血腥瑪麗」非常好喝，店裡老是播放年代久遠的爵士樂，客人總是零零星星的，而且誰也不理誰，自顧自的喝酒抽菸，沒有人會走過來問你：「小姐要不要跳支舞……」當然也是因為這兒根本沒有舞池。

就這樣，白天我抱著書本出入在文學院，像個尋常的大學三年級女生，晚上則浸泡在酒吧裡，喝著他調的血腥瑪麗、抽菸、不停地寫著注定會被我撕毀的小說。他的名字叫ＦＫ，吧檯的調酒師，長了一張看不出年紀的白淨長臉，手的形狀非常漂亮，愛撫人的時候像彈鋼琴一樣細膩靈活……

後來我偶爾會跟他回到那個像貓窩一樣乾淨的小公寓，喝著不用付錢的酒，聽他彈著會讓人骨頭都酥軟掉的鋼琴，然後躺在會吱吱亂叫的彈簧床上懶洋洋地和他做愛。他那雙好看的手在我身上彈不出音樂，但他仍然調好喝的血腥瑪麗給我喝，仍然像鐘點保母一樣，照顧我每個失眠發狂的夜晚。

「草草，你不是沒有熱情，你只是沒有愛我而已。」

ＦＫ是少數沒有因此憤怒或失望的男人。

看見阿蘇那晚，我喝了六杯血腥瑪麗。

她一推開進來，整個酒吧的空氣便四下竄動起來，連ＦＫ搖調酒器的節奏都亂了……我抬頭看她，只看見她背對著我，正在吧檯和ＦＫ說話，突然回頭，目光朝我迎面撞來，紅褐色長髮抖動成一大片紅色浪花……

我身上就泛起一粒粒紅褐色的疙瘩。

我一杯又一杯的喝著血腥瑪麗，在血紅色酒液中看見她向我招手；我感覺她那雙描黑了眼線亮亮野野的眼睛正似笑非笑地瞅著我，我感覺她那低胸緊身黑色禮服裡包裹的身體幾乎要爆裂出來，我感覺她那低沉暗啞的聲音正在我耳畔呢喃著淫穢色情的話語……恍惚中，我發現自己的內褲都濡濕了。點燃我熾烈情慾的，竟是一個女人。

她是如此酷似我記憶中不可觸碰的部分，在她目光的凝視下，我彷彿回到了子宮，那樣潮濕、溫暖，並且聽見血脈僨張的聲音。

我一頭撞進酒杯裡，企圖親吻她的嘴唇。

在暈眩昏迷中，我聞到血腥瑪麗自胃部反嘔到嘴裡的氣味，看見她一步一步朝我走近……一股腥羶的體味襲來，有個高大豐滿多肉的身體包裹著我、淹沒了我……

●

睜開眼睛首先聞到的就是一股腥羶的體味，這是我所聞過最色情的味道。

頭痛欲裂。我努力睜開酸澀不堪的眼睛，發現自己躺在一張大得離譜的圓床上，陽光自落地窗灑進屋裡，明亮溫暖。我勉強坐起身，四下巡視，這是間十多坪的大房間，紅黑白三色交錯的家具擺飾，簡單而醒目，只有我一個人置身其中，像一個色彩奇詭瑰麗的夢。

我清楚的知道這是她的住處，一定是！我身上的衣服還是昨晚的穿著，但，除了頭痛，我不記得自己如何來到這裡？

突然，漆成紅色的房門打開了，我終於看見她向我走來，臉上脂粉未施，穿著T恤牛仔褲，比我想像中更加美麗。

「我叫阿蘇。」

「我叫草草。」

來了！

●

當我第一次聞到精液的味道我就知道，這一生，我將永遠無法從男人身上得到快感。

剛搬去和母親同住時，經常，我看見陌生男人走進她房裡，又走出來。一次，男人走後，我推開她的房間，看見床上零亂的被褥，聽見浴室傳來嘩嘩的水聲，是她在洗澡，我走近床邊那個塞滿衛生紙的垃圾桶，一陣腥羶的氣味傳來……那是精液混合了體液的味道，我知道！

我跑回房間，狂吐不止。

為什麼我仍要推開她的房門？我不懂自己想證明什麼早已知道的事？我彷彿只是刻意的、拼命的要記住，記住母親與男人之間的曖昧，以便在生命中與它長期對抗。

那時我十三歲，月經剛來，卻已懂得太多年輕女孩不該懂的，除了國中健教課上的性知識以外，屬於罪惡和仇恨的事。

對於過去的一切，我總是無法編年記述，我的回憶零碎而片段，事實在幻想與夢境中扭曲變形，在羞恥和恨意中模糊空白，即使我努力追溯，仍拼湊不出完整的情節……

所有混亂的源頭是在十歲那年，我記得。十歲，就像一道斬釘截鐵的界線，線的右端，我是個平凡家庭中平凡的孩子，線的左端，我讓自己成了恐懼和仇恨的奴隸。

那年，年輕的父親在下班回家的途中出了車禍，司機逃之夭夭而父親倒在血泊中昏迷不知多久。母親東奔西走不惜一切發誓要醫好他，半個月過去，他仍在母親及爺爺的痛哭聲中撒手而逝。

一個月後，母親便失蹤了。

我住在鄉下的爺爺家，變成一個無法說話的孩子，面對老邁的爺爺，面對他臉上縱橫的涕淚，我無法言語，也不會哭泣。

我好害怕，害怕一開口這個惡夢就會成真，我情願忍受各種痛苦只求睜開眼睛便發現一切不過是場可怕的夢，天一亮，所有悲痛都會隨著黑夜消逝。

我沒有說話，日復一日天明，而一切還是真的，早上醒來陽光依舊耀眼，但我面前只有逐漸衰老的爺爺，黑白遺照上的父親，和在村人口中謠傳紛紜、下落不明的母親。

「阿蘇，為什麼我無法單純的只是愛她或恨她？為什麼我不給她活下去的機會？」

我吸吮著阿蘇的乳房，想念著自己曾經擁有的嬰兒時期，想念著我那從不曾年老的母親身上同樣美麗的乳房，想著我一落地就夭折的愛情……不自覺痛哭起來……

一開始我就知道，阿蘇是靠著男人對她的慾望營生的。她周遊在男人貪婪的目光中滋養她的美麗與驕傲，誰也無法掌握她。

那晚她從酒吧把醉得一塌糊塗的我撿回去，她說我又哭又笑還吐了她一身。醒來後我在床上呆坐許久，而後她推開門走進來。

「我叫阿蘇，你以後就住在這兒吧！

「我一眼就看出你是個沒有家的幽靈。」

是的阿蘇我沒有家，母親為我買下的公寓是個空洞的巢穴；房租昂貴，學校旁邊三坪大的地下室裡住的只是我的書本和軀殼；像ＦＫ這樣的男人，他們各式各樣的房子不過是我的港口，我帶著天使般的容顏在世上飄來蕩去恍如一隻孤魂，我尋求的其實是一個墳墓，用以安放我墮落虛空的靈魂。

而阿蘇那個經常穿梭著不同男人的大房子卻讓我想到了家，那兒到處充滿了阿蘇腥羶的體味讓我覺得好安全。

我就這樣走進了她奇詭瑰麗的世界。白天搭她的積架去上課；晚上陪她參加一個個富商豪紳的酒會；夜裡醒來發現報上知名的建築師赤裸地仰臥在我與阿蘇之間，萎縮的陰莖猶如猥瑣的糟老頭……和她比起來，我母親算得上什麼淫穢與邪惡呢？

阿蘇所擁有的武器，除了美貌、聰明冷酷的手腕之外，最重要的是她的敗德與無情，對男人絕對的無信無情，使她在所有的逐獵之中永遠是個贏家。

而我可憐的母親所擁有的，只是一張零亂的床鋪，和一顆哀傷絕望的心。

那些口袋塞滿鈔票的男人渴望獵取阿蘇的肉體，阿蘇渴望喚醒我已死寂的愛情，我所渴望的呢？

是死亡，在母親死後心甘情願做她的陪葬。

●

我坐在酒吧的吧檯上寫稿，ＦＫ今天調的血腥瑪麗酸得像胃液一樣，簡直難以下嚥。和阿蘇在一起之後，我第一次回到這裡。

「ＦＫ，你很反常喔！血腥瑪麗調得像馬尿一樣。」

抬起頭一看，才發現ＦＫ變得如此虛弱蒼老。

「認識阿蘇兩年多，沒見過她用那種眼神看人。」

「草草，她愛上你了。」

ＦＫ在我身邊坐下，一口喝掉半杯伏特加。

「起初我只是想要她的身體，那也不容易，花了很多心思很多錢，等她那天高興了才可以上床，當然比我更慘的人也有，大把鈔票丟進去，咚一聲就沒有了，連手指頭都別想摸一下。

「做過愛之後我躺在她身邊好想擁抱她，她推開我的手站起來，低下頭看我，微微笑著，然後念起波特萊爾的詩……

「草草，那時我就知道自己完蛋了，我想要的不只是射精在她體內而已，我居然，居然愛上她了。

「她說：別浪費錢了，沒有用的。

「是的，沒有用的！我一直以為她是個冷血動物，現在我才知道，原來她愛的是女人！我永遠也沒有希望了……」

看見FK臉上流露出我不曾見過的哀傷，阿蘇愛上我了？我知道，但是，又怎樣呢？又怎樣呢？想起我們三個人之間微妙的關連，一切顯得如此荒謬，FK那雙好看的手在阿蘇身上彈得出音樂嗎？

阿蘇，你愛的是女人，那麼，你愛你的母親嗎？你會因對她不明確的愛與恨而痛苦不已嗎？

●

上國中之後母親要求接我同住，我因此上了一所明星國中。

無論搬到那兒，飯店、賓館、廉價公寓，或者豪華別墅，我總有屬於自己的房間，和用不完的零用錢。我沒有朋友，只有滿屋子的書籍唱片，和沉默寡言的自己。

我們很少交談，她和幾個多年要好的姊妹，經常夜裡喝得醉醺醺回來，一群漂亮時髦的女人手裡拎著高跟鞋在馬路上又哭又笑。

夜裡驚醒過來，發現她坐在床尾流淚，我趕緊繼續裝睡，卻再也無法入睡……早上在學校裡瞌睡一整天，回來看見她還是冷眼相向。

我對她的心在十二歲那年就死了，無論如何努力，也只是使我們更加痛苦而已。我一方面要對抗聯考的壓力，一方面還要抗拒她的關愛，正值青春期的我，被剛萌生的情欲折磨得不成人形……

終於，我考上第一志願的高中，可以理所當然的搬離她的生活圈。她看著我的入學通知，露出了難得的燦爛微笑，隔天，她買了一整套志文出版的翻譯小說給我，一本本深藍色封面像海水一樣翻滾在我眼前……

「別老是躺在床上看書，眼睛會弄壞。」

她把書本一一擺上書架，說話的時候並沒有看我，我也拿起書，卻遲遲無法放進其實並不高的架子裡……

許久以來，我第一次落淚，在她的背後，無聲的，淚水一滴滴落在書頁上……是卡繆的，異鄉人。

我搬到學校附近專門租給學生的公寓，開始了我與男人之間的種種遊戲，像一株染了病的花，開到最盛最璀璨時，花心已經腐爛了。

●

「草草我愛你，雖然我知道你需要的其實不是我的愛，然而我愛你，如果不能愛你我的生命就無法完整。」

我頹然倒臥在散落一地的稿紙中，因自己虛弱的敘述能力而哀號著，阿蘇伸手托起我的下巴，散亂劉海下的眼神好空洞，像個巨大的黑洞要將我吞蝕讓我好驚惶，她愛人時的表情就是這樣嗎？

我將她擁入懷中，不停地吻她，愛撫她。

阿蘇我不懂，我不懂自己有什麼值得人愛的地方，我不懂你愛我的方式，我更不懂為什麼愛我的女人總是把自己浪擲在男人的慾望中，面對我時卻一點一點逐漸空洞蒼老？如果我們誰也不愛誰只是使勁的做愛，日子會不會快樂一點？

我不懂愛情，我只知道我那在男人懷抱裡冰冷痲木的身體，在阿蘇的愛撫中就復活了，火熱地燃燒起來，變得那樣敏感、狂野，彷彿全身的毛孔都張開大口呼吸，任何細微的觸動都可以令我顫慄狂呼。

「阿蘇，我要你，雖然我還不能愛人，但是我要你，你是我生命中等待已久的那個女人，透過你，我才重逢了自己。」

我真的記不清了，關於母親的種種。

高中的時候，我奔波在學校與男人之間，功課始終保持在頂尖的狀態，男朋友一個換過一個，普通高中生困擾的東西我都能輕易克服，但我真正想要的東西卻一件也得不到。靠著母親送我的小說支撐我度過崩潰的邊緣，在輾轉不能成眠的夜晚，我甚至邊讀卡夫卡一邊手淫。

每個月沒有月亮的晚上和母親吃晚餐，在燈光柔和放著輕音樂的餐廳，面對面，各自抽著菸，沉默著，或者說一些不相干的無聊話……

不知是牛排的黑胡椒太多，或是煙霧的刺激？我看見她的眼睛濡濕著，眼眶下面微微發青，濃妝之下的皮膚爬滿細碎的皺紋，笑起來，像摔倒在滿是泥濘的地面上，一身狼狽尷尬……

夜裡電話偶爾響起，電話那頭的她哽咽著，酒精的氣味自話筒傳出，熏得我頭好痛。

我知道，我們的生命都已走到盡頭，雖然只要伸出手，就可以挽救彼此於絕望的邊緣，然而，我們終究沒有伸手相援，或者，我們都已經使盡全力伸長手臂，最後，還是錯失了彼此的方向？

我一直都無法回頭。

直到，遇見了阿蘇。

她是如此酷似我的母親，以致我每每與她做愛之後，夢中就會出現我已經拋卻或遺忘的往事，一樁一件，清晰地在我的記憶中重組，我沉醉在阿蘇淫蕩的笑聲中無意間發現自己對母親的誤解。

一步一步，逐漸逼近母親赤裸的心靈，才知道自己一向是如此殘酷不公地對待她。

是我，是我的自私和懦弱將我們雙雙逼進了痛苦的深淵……

●

我想起來了。母親，我漸漸想起你卸妝後的面容，哭泣後腫脹的眼皮瞇成細縫，和我童年時依戀的你，完全一樣！

考上大學那個暑假，我在一家西餐廳打工，開始留長頭髮，學會開車。

九月中旬，有天晚上下班，發現母親坐在餐廳前的一輛迷你奧斯汀裡，高挑的身材和矮小的車身顯得那樣格格不入。我坐上車，看見她脂粉未施，一身素白，專注地開著車，不知在黑暗中要奔向何處？

我們來到父親的墓地。第一次，父親下葬後我第一次與她來到這裡。

夜晚的墓地是如此安詳寧靜，高大的芒草中穿梭著點點螢火，銀白的月光下，白衫白裙的她悠悠穿過芒草，彷彿一個美麗的女鬼，離地飄浮。

「這是草草，我們的孩子，很美吧！像你一樣聰明。

「她沒有辜負你，考上了大學，我們終於等她長大了。

「而我是這樣想念你……」

夜風習習，她的聲音清清亮亮，輕快的，像小學生放學回家一路上哼唱的歌聲。

我看見墓碑上刻著父親的名字，土堆上長滿的雜草猶如他雜亂的頭髮，我已經遺忘的父親忽然來到我眼前，騎著老舊的腳踏車，戴著黑框眼鏡，離家門老遠就大聲喊著：

「草草，爸爸回來了！」

他還是那樣年輕。

我轉頭看著母親，發現她剪短了頭髮，笑意盈盈的臉蛋變得好孩子氣，蹲在地上，雙手輕輕撫摸著石碑猶如愛撫著她心愛男人的胸膛，臉上洋溢著幸福的表情……

那一刻我突然好想緊緊抱著她，大聲告訴她我愛她，其實我一直都愛她，無論她做過什麼都不會改變我對她的愛。

然而我並沒有，雖然我的心沸騰著，但我全身卻像石塊一般僵硬，動彈不得……一切，都太遲了……

我不知道如果當時我能勇敢地擁抱她，讓她知道我心裡真正的感受，會不會改變她的決定？我想不會，事情不會在那時候改變，那時的我不過是一時激動，其實我還沒有真正原諒她，也沒有原諒自己。

她於三天後自殺。赤裸的身體飄浮在放滿水的浴缸，自她的右手腕上汩汩湧出一道血紅的溪流。

我失去了她，得到一筆數目不小的存款，一層三十多坪的公寓，以及那輛迷你奧斯汀。

上大學後我成為一個沒有過去的人，成天在酒精中載浮載沉，並且開始瘋狂地寫作。

●

阿蘇一直是個謎。我們的相處就像一場夢，不是隨著她穿梭在各種光怪陸離的場合，便是在她的房子裡不停地喝酒、抽菸、隨處翻滾做愛、談笑，或是呢喃著片段的詞語，阿蘇不在的時候我不是拼命寫作，就是沉湎在拼湊回憶的白日夢裡。沒有任何正常、具體的細節足以組織我們生活的面貌，我們從不干涉或詢問對方的隱私，以致我們對彼此的全名、背景和過去都一無所知。

「最愚蠢的事莫過於要別人完全而徹底的明白。」

阿蘇的座右銘。

她一直是個謎，至於謎底是什麼並不重要，我從不曾費力去探索別人的秘密，我在乎的是其中代表的涵義。

我隱約覺察到有某個東西在某處等待著我，等我向它走近，然後，我就會明白。許多年我一直苦苦找尋，卻始終徒勞無功，直到阿蘇出現，她的出現是指引我的指標。我究竟在尋找什麼？會明白什麼呢？我不知道。

「我們需要的是一雙翅膀，只要找到它就可以重新自由地飛翔。」

開始的時候，阿蘇曾經這樣說。於是我著手寫了一篇名叫〈尋找天使遺失的翅膀〉的小說，如今，小說已接近尾聲，阿蘇，我們的翅膀呢？

「草草，只要你不停的寫作，你就會在稿紙中看見我，看見自己。

「我所做的一切都是為了向你揭示這件事，寫作，永不停止的寫下去，除此之外別無選擇，這是你的命運。當我初見你的剎那，就看見你臉上有著寫作者那種狂熱的表情。

「是那種狂熱將我帶進你的生命中。」

「寫作，阿蘇我知道我必須寫作，但，關於我們已經遺失的翅膀呢？」

那天夜裡，我們最後一次的交談。

「在某個地方。」

她緊握住我的手，手心微微冒汗，微微顫抖。

我做了關於阿蘇的夢。

夢中，我們在空中飄浮，周圍被一層像冰塊般的透明物件包裹著，四處游移，我們身上著了火，就著熊熊烈火盡情翻滾，恣意做愛。生命對我們而言是如此輕盈，在旁人眼中我們不過是一陣煙塵，誰也不會在意。

突然，阿蘇鬆開我的手，飛了出去，我眼睜睜看著她翩翩飛起，愈飛愈高遠，我卻無法掙脫束縛，反而感覺到周遭的壓力更加沉重……

「阿蘇！救我！」

我大叫著醒來，只記得阿蘇從空中拋出一句話。

「草草，一切都得靠你自己了。」

●

醒來後發現自己置身於從前住的地下室裡。

書桌上散亂著寫滿字的稿紙，標題是「尋找天使遺失的翅膀」，最後一張寫著大大的兩個字：THE END。

小說已經寫完了！阿蘇，你看，小說已經寫完了，我大叫著，阿蘇呢？為什麼我回到原來的地方，阿蘇卻不見人影？小說裡明明白白寫著的，阿蘇究竟去了那裡？

我收拾好稿子，決定去找她。

走出門外，外頭陽光亮得好刺眼，我呆立在十字路口，車子一輛輛自我面前飛逝，紅燈亮完綠燈亮，綠燈亮完黃燈亮，我注視著眼前來來往往的人群，眼淚突然滑落。

想不起來，我竟然完全想不起阿蘇住在什麼地方？一個線索都沒有，什麼路，幾號、幾樓，完全不知道！我努力搜尋小說裡每一個細節，沒有，都沒有！連她究竟叫什麼都不知道！

這是怎麼回事？

我想起ＦＫ，他一定知道阿蘇在那裡！

「阿蘇？誰是阿蘇啊！漂亮的女人我一定不會忘記，可是沒有一個叫阿蘇的啊！」

ＦＫ的頭像波浪鼓似的搖晃著。

「沒有沒有，沒有什麼阿蘇，草草你是不是喝醉了？」

我失去她了！我緊抱著稿子，茫然地在街道上晃蕩，我身上還殘餘著阿蘇腥羶的體味，那樣色情的味道，我怎麼會弄錯了呢？

入夜後我回到自己的住處，癱瘓在床上，思索著關於阿蘇的一切。

「我叫阿蘇。」

我仍清楚地記得阿蘇說話的聲音。低低啞啞的聲音，笑起來狂妄而響亮，我們走在路上時，所有的男人都在看她，而她的眼睛只注視著我，從頭到腳反覆打量我，彷彿用目光將我的衣服一件一件剝光，看得我臉紅心跳，手足無措。

「草草，你怎麼能夠這麼美？我看見你內褲就濕透了。」

她低頭附在我耳邊低聲地說，還輕輕咬了我的耳垂。

我仍記得阿蘇喜歡伏在我的小腹上，手指撫弄著我的陰部，邊愛撫我邊唱歌。

「小羊兒乖乖，把門兒開開，

「快點兒開開，我要進來。」

我強忍著呻吟，顫抖著把歌接下去。

「不開不開不能開，

「你是大野狼，不讓你進來。」

我們就大笑著在床上翻滾，滾到地板上，發狂似地做愛直到精疲力竭為止。

我記得，阿蘇第一次看我的小說，看完之後捧起我的臉，端詳了許久許久，深長地嘆了口氣。

「唉！

「草草，你真是令人瘋狂。」

我不是什麼都記得嗎？阿蘇，我的小說是為你而寫的，但你到那兒去了？

●

不知過了多少天？白天我總在街道上漫遊，在每一個人身上尋找阿蘇的影子，夜裡則在床上反覆地溫習阿蘇的氣息。

然而，漸漸地，我的記憶開始模糊，我幾乎無法確定她是真正存在過，或者只是一場夢？

「在某個地方。」

我想起阿蘇說的，在某個地方，答案一定在那兒。

在什麼地方呢？

我必須找到它。我跳上公車、我坐上火車，甚至，我可能搭上飛機。我不知道自己用了什麼方法，但我知道有個聲音在呼喚我，我正逐漸逼近它。

赫然我發現自己來到一座墳場。

墳墓？原來我尋找的是一個墳墓。

我父親的墳墓旁立著另一座墳，我走近它，矗立在地面上的大理石墓碑刻著幾個字：

「蘇青玉……」

蘇青玉，那是我母親的名字。

母親，我回來了，逃離你多年之後我終於回來了。

我倒臥在母親的墓前宛如蜷縮在她的子宮，我喃喃地敘述著不曾對她表露的情意，彷彿牙牙學語般艱澀吃力。在長期飄浮遊蕩之後，我第一次感到土地的堅實可靠，我終於可以清楚的分辨我對母親的感情。

「我愛你，千真萬確。」

依稀聽見阿蘇的笑聲自天際響起……抬起頭，我看見天上的雲朵漸漸攏聚成一個熟悉的形狀，左右搖擺，搖擺著……

是一雙翅膀。

黎紫書（1971-）

作家介紹

黎紫書（1971-），本名林寶玲，出道以來，即連獲三屆馬來西亞花蹤文學獎馬華小說首獎、聯合報文學獎小說大獎。①譜寫傳奇，一則說明她筆下主題既特殊又共象受到關注的事實；二則宣告了黎紫書寫作時代的崛起及虔誠於文學的姿態。因著黎紫書創作過程與馬華文壇的息息相關，探析黎紫書創作特色與馬華性，她自己的句子：「我的文字終於會成為這時代的另一種異端邪說」，是很適合的切入點。②

晚近馬華作家在臺灣文學獎頻頻大放異彩，小說的表現尤其亮眼，李永平、商晚筠、潘雨桐、張貴興、黃錦樹、賀淑芳、陳志鴻……儼然編織一張馬華作家世代譜系，並蔚成臺灣文壇「無馬不成文」的現象。在這個得獎隊伍裡，黎紫書是唯一非學院出身且未在臺受教育的作家，但黎紫書的得獎紀錄何其傲人，的確「異端」、「異數」（馬華詩人傅承得語），而所謂「邪說」大多來自她選材帶有史話成分的家族故事及鋪陳抑鬱陰森的創作手法，王德威進一步指出她的書寫毋寧更在探

①花蹤文學獎每兩年舉辦，黎紫書分別於一九九五、一九九七、一九九九年獲獎；聯合報文學獎黎紫書分別於一九九六、二〇〇〇年獲首獎，二〇〇五年獲推薦獎（二獎）。

②黎紫書：〈另一種異端邪說〉，《天國之門》（臺北：麥田，1999年版），頁11-13。

討人性深的慾望與恐懼。她得聯合報小說首獎的〈蛆魘〉（1996）寫人如鬼魅活在祖屋最後罪孽難達，第三屆花蹤文學獎〈把她寫進小說裡〉（1994）及第四屆花蹤文學獎〈推開閣樓之窗〉（1996）都寫「如何逃離，或弔詭的逃向罪的禁忌與誘惑」[3]主題，皆可作如是觀。〈把她寫進小說裡〉的女主人公江九嫂莫可名目的剋父剋母、弟弟逃家、丈夫落跑的陰暗乖訛命運，〈推開閣樓之窗〉也有相似的女性角色。作品反覆探勘人性陰暗面，難怪馬華文化人傳承得也要說閱讀黎紫書小說「不會是愉快的經驗」。但不爭的是，類此「異國情調」文本，精確傳達出作家創作「屬於我的年代」路途上「省視自我和卑瑣人性的過程」[4]之書寫企圖與掙扎；多年來，看過馬華文壇的經典之爭、現實派與現代派的怨仇、本土與留臺作家的愛恨糾纏，她的結論：「這真是一個精采的年代。」並且，她的小說宣誓是：「我將會快樂而瘋狂地繼續創作。」[5]

出版有短篇小說集及散文集《天國之門》、《微型黎紫書》、《山瘟》、《無巧不成書》、《簡寫》、《野菩薩》、《暫停鍵》，二〇一〇年推出第一本長篇小說集《告別的年代》。

---

③上述王德威論點皆引自王德威：〈黑暗之心的探索者〉，黎紫書：《山瘟》（臺北：麥田，2001年版），頁5。

④傅承得：〈異數黎紫書〉，黎紫書：《天國之門》（臺北：麥田，1999年版），頁7-9。

⑤黎紫書：〈另一種異端邪說〉，《天國之門》（臺北：麥田，1999年版），頁13。

作品導讀

誠如馬華詩人傳承得所言，閱讀黎紫書小說不會是愉快的經驗，卻足以促發「領悟和成長」。[6]這不愉快的經驗，正是深化〈蛆魘〉拉出雙重視角的關鍵，既形構馬華族群滄桑詭譎圖騰，亦交出女性歷史處境的思考。〈蛆魘〉小說中的敘述者是一名落湖而亡的女子，遊魂回家並沒有目的，以一個抽離生命與自身存在的狀態穿梭記憶與現在時間，無聲窺看母親、繼祖父阿爺及同母異父的弱智弟弟。敘述者窺伺之眼壓縮在夜晚短暫時空，當下發生和過往事件如影片般時而快速倒帶時而慢鏡頭敘事，她以鬼女身驚駭目睹阿弟討好阿爺幫阿爺口交，「記憶的輪盤轉啊轉」，[7]引發她不斷陷入生父抓到母親姦情受辱喝殺蟲劑自殺、繼父哮喘病發作她餵錯藥導致死亡及弟弟因她背去淋雨高燒失智諸回憶，她落湖的關鍵是阿弟保有她無意造成繼父死亡的秘密：

> 我忽然萌起要把阿弟推入湖裏的念頭，……這項心理活動變得超離現實般，……我看見自己的雙手慢慢往阿弟背上……一咬牙，便要使力，阿弟卻兀地俯身前傾，……我心下一沉，腳下卻煞不住去勢，直往湖中衝去。[8]

---

⑥傳承得：〈異數黎紫書〉，黎紫書：《天國之門》（臺北：麥田，1999年版），頁7-9。
⑦黎紫書：〈蛆魘〉，《天國之門》（臺北：麥田，1999年版），頁47。
⑧黎紫書：〈蛆魘〉，《天國之門》（臺北：麥田，1999年版），頁49。

重回家庭，但這樣的窺探距離與無著對女子是奇異而不習慣的新鬼經驗，她成為自己的「他者」，另一方面，人眼無法視見她，隱身旁觀，時空交織，家人陰暗面醜態一一浮現但家人卻渾不知覺，她成為家人的「異者」，這種既回憶又疏離的組構畫面，勾勒了宋美瑾將「家族象徵為一個百年腐爛長蟻的祖屋」論點，深刻反映了「人生的觀照絕對黑暗」的一面。[9]持相同看法的還有鄭樹森，他指出〈蛆魘〉採用對角色「肉體和精神上的損傷」的怪誕模式，華文小說中比較少見，[10]所謂「肉體和精神上的損傷」，這就連結上前文對敘述者滄桑詭譎及女性自身處境的思索，廣義上來說，這是一對患了失語症的姊弟：

我是一個患上輕微自閉症的女孩。直至阿弟出生，……自誕生以來即鮮少哭泣，也顯然不喜歡說話。[11]

女性文義學者呂絲．伊希嘉荷（Luce Irigaray）的《癡呆的語言》（*The Language of dementia*）中對老年癡呆症病患語言模式的論點，或者可以挪用在〈蛆魘〉無法發聲的女鬼及阿弟身上：

---

⑨ 楊錦郁記錄整理：〈怪誕．諷刺．象徵──短篇小說獎決審會議紀實〉，〈聯合副刊〉，《聯合報》，1996年9月16日。

⑩ 楊錦郁記錄整理：〈怪誕．諷刺．象徵──短篇小說獎決審會議紀實〉，〈聯合副刊〉，《聯合報》，1996年9月16日。

⑪ 黎紫書：〈蛆魘〉，《天國之門》（臺北：麥田，1999年版），頁29。

> 癡呆的人被語言說而不是說語言，被迫發話而不是主動發話，因此他不再是主動的發言主體……。⑫

> 不僅於此，女性亦是家族中的他者：⑬

> 阿爺向來非常疼惜這個孫兒，他說阿弟才真正是他家的香火。⑭

遊魂似的角色當然不是正常人，母女倆更是阿爺口中的「災星」，除了異類更接近「瘋女人」造像，關於這樣的角色我們並不陌生，女性主義學者桑德拉．吉伯特（Sandra Gilbert）和蘇珊．古芭（Susan Gubar）談到中外作品不乏「瘋女人」形象，而「瘋女人」的聲音雖詭譎卻真實，論述中頗具爭議的是，吉伯特和古芭都強調作者與人物身分的認同，亦即文學人物（瘋女人）是作者的分身，小說人物是作者己身焦慮和憤怒的投射：

---

⑫托莉・莫（Toril Moi）著，國立編譯館主譯，王奕婷譯：〈反思父權：呂絲・伊希嘉荷的魔鏡〉，《性／文本政治：女性主義文學理論》（臺北：巨流，2005年版），頁127。

⑬伊希嘉荷《此性非一》（*This Sex Which Is Not One*）談到女人無法逃脫父權思唯，「她」只是自身的「他者」。見托莉・莫（Toril Moi）著，國立編譯館主譯，王奕婷譯：〈反思父權：呂絲・伊希嘉荷的魔鏡〉，《性／文本政治：女性主義文學理論》（臺北：巨流，2005年版），頁145。

⑭黎紫書：〈蛆魘〉，《天國之門》（臺北：麥田，1999年版），頁34。

很多女性所寫的詩和小說都召喚這個瘋狂的生物，使女作家得以應付一種女性特有的破碎感，……在她們真實自我和被期望扮演角色差距間取得妥協。⑮

誠如王德威所言，相對馬華文學者書寫國族寓言的成就，黎紫書的巧思與才情展現在她探討人性深處的慾望與恐懼主題上，亦即對「黑暗之心」的探索，罪的投射，可以是一幢鬼影云云。⑯但當遊魂再也承受不了雙重身分與記憶的重量，百年祖屋隨時可能頹然坍塌，這時遊魂心臟一陣絞痛，嗅著了滿屋子霉味：

我奮力嘶喊，這氣味竟冤冤不息，縱使我多方逃避，它卻緊緊追纏住我。⑰

被召喚來的瘋女人他者，唯有退回與世隔絕的湖底，身心俱傷，進入無生命軀體，不再是自己與家族的他者：

⑮ 托莉・莫（Toril Moi）著，國立編譯館主譯，王奕婷譯：〈書寫的書寫女人和關於女人的書寫〉，《性／文本政治：女性主義文學理論》，（臺北：巨流，2005年版）頁69-71。
⑯ 王德威：〈黑暗之心的探索者〉，黎紫書：《山瘟》（臺北：麥田，2001年版），頁5。
⑰ 黎紫書：〈蛆魘〉，《天國之門》（臺北：麥田，1999年版），頁50。

經過陽光蒸曬，她將無法掩飾皮肉血脈及骨髓透發的腐臭，到時候，總會有人追循這氣味而來。[18]

沒有了焦慮和憤怒，人物不再是作者的分身，黎紫書回到單純小說作者的位置。

[18] 黎紫書：〈蛆魘〉，《天國之門》（臺北：麥田，1999年版），頁50。

蛆魔

水，從額前的發絡滑落，沿著臉頰的曲線蜿蜒滾到下頷，墜，復淌過我的脖子。抬眼，那一綹黑髮的尖梢又凝聚了新的水珠，一陣顫嗦，迅雷不及掩耳的滴下，緩緩犁過我的臉、腮。像淚，在我清冷的皮膚上，清清楚楚是一道晈潔的水痕。

我真的覺得冷。

雙手緊抓住岸上的馬齒莧，兩隻手指還穿過長條綠葉，插進潮濕的軟泥。我使了點力，右手把初生的水涘草莖連根拔起，帶起一把褐黃的泥沙，以及撲鼻的草根與泥香。水上的空氣立即漾起了甜味。

這是生命的氣息。我著實錯愕，多麼熟悉而又湮遠的氣味。水上的暮色如雨，傾盆從天空倒下，攪拌了這早寢的湖，以致水色墨黑。我看不見自己浸在水中的半身。只有漣漪微波的聲音浮過黑夜，以及被湖畔葉影剪碎的月光飄流在水面，我探手可及的地方。

岸上蛙鳴四起，每一叢野草都似乎埋伏了無可預測的危機。我奮力攀上岸，赤腳踏實在軟泥和雜生的野草上，立即驚動了某些潛藏在黑暗中的動物迅速竄過，撩起窸窣的草聲，噗通縱入水中，漩起漣漪輕微的回聲。

外面的世界比水底更冷。我雙手在胸前交疊，環抱著哆嗦的身體。心愛的碎花裙子濕淋淋地黏在身上，緊貼著像一層新皮。黑暗與寒冷迅即挨了過來，附在我的身體，變成揮之不去的寄生蕨，瘋狂吮吸我僅剩的一點體溫。

該回家了。我回頭看看那身體，擱在一叢密生的芒草之間，半身還泡在水中，雙手高舉。漆黑中看不真她臉上的表情，大概是不瞑目的，一雙比夜色更濃的眸子反射著月亮鬱藍的光芒，像磷火，像螢光。兩隻被湖水浸得青筋暴凸的手還死死抓住一把枯萎的水草。月華銀亮，稀釋地染上那一雙手臂，慘澹中更顯蒼白絕倫。

身體已微微發脹，完全擺脫過往瘦骨嶙峋的體態，豐腴得像個陌生的婦人，穿著我最心愛的裙子。水珠猶掛在她額前的髮絲上，滑下，簌簌流經她掛著弔詭笑意的嘴角，落到圓潤的下巴。我打了一個寒顫，還是不能接受這真相，彷彿連夜色都成了騙局，殘酷地分割著我的記憶。

她的雙唇微齜，露出兩排陰森森的牙齒。依稀是一句還未說出口的詛咒。我好奇地凝視從牙縫間鑽出頭來的細草，揣測那些被咬得即將斷裂的辭彙。稍頃，婦人的笑意竟在不以為意中慢慢膨脹，演化成猙獰的面目。她的確還有些不吐不快的語言。

我被一種突如其來的驚駭緊緊勒住，似乎害怕她會出奇不意地抓住我的裙裾，再次把我拽到水底。於是我旋身，飛跑，踩著湖畔的幽徑狂奔。暗夜的涼風與猖獗橫生的芒草在路上攔截，拂打在我的身上，竟像利刃劃過，立即印了淡紅卻火辣的血痕。

走出湖與月光的範疇，鑽入恍如群鴉遮蔽的莽林。我覺得身體越來越輕盈。衣裙逐漸被風乾，身體吸收著所有迎面而來的寒冷。是飛的速度。林中某些飛禽走獸攀附在樹幹或屹立於枝椏上，雙眼線光閃現，一恍，便退成流線。

回家，回家……我叨念著林子盡處稀落的燈光，從每一扇開啟的窗戶流瀉而出。直至跨越了最後一棵紅樹綿延展伸的根節，我站在薄霧氤氳的斜坡上臨摹其下燈火棋佈的村子，終於重逢了村子上空蒼白而單薄的月亮，像一張淡彩剪紙被隨手釘在那兒。

似乎沒那麼冷了。

胸口護著慢慢燃燒起來的一絲暖意，我像一只斷線紙鳶輕飄飄地乘風歸去，徐緩落入萬家燈火的油畫景致中。回家的決心落實為沉重的意念，我飛奔著衝進村口。沉鬱的月光與疏落的路燈局部映照著眼前的街衢弄巷、凌亂的新舊建築物、殘磚敗瓦、路旁食寮幾個腆著肚腩大喊「飲勝」的漢子，以及在屋簷上躡足而過的野貓。一切都是我所熟悉的場景，似乎閉上眼睛也可以將整座村子的歷史默讀出來。

向前走，轉過一段曲折的路，古舊的橡膠廠像個巍峨的怪物矗立在幾棵榕樹之後，煙囪還冒著淡淡的白煙，散發類似腐物加上某種硫酸的工業氣味。兩個印度女工相攙走入樹蔭最濃的巷口，留下一長串印度話的餘音在空洞的路上迴響。一切都如過往，我再度回到記憶的斷口，延續那咬在牙齦間即將碎裂的故事。

家，就在數十步之遙的前方。我急步直衝，惹得鄰家豢養的狗隻爭相狂吠。有的戒備在各自的屋子前對我怒目而視，齜露白得令人目眩的牙齒，狺狺有聲。我輕蔑地越過它們的目光，朝其中最破落的木板屋子走去。院前雞寮裏的雞隻起了騷動，母親的聲音隨之響起。

「搞甚麼鬼，這麼夜了還亂吠，人家要睡呀再吵明天把牠們給閹了煮了吃了。吵吵吵，吵死人啦。」

廳裏燈光昏黃，電視機正放映著淡米爾片，一些快樂的歌舞場面。阿爺和母親都坐在靠窗的籐椅上，燈下的臉孔顯得如泥土一樣赭黃樸實，只有螢幕上放射的光影在其上晃動，陰晴不定。他們出奇明亮的眸子與深陷的輪廓竟如同某些西洋面具，陌生而誘惑。

「別罵了罵了也沒用，狗怎麼聽懂妳在罵甚麼。牠們要懂就不是狗了。妳發脾氣也別吵我看電視。」阿爺目不轉睛，像被電視勾住魂魄似的，勉力把老花眼鏡內的雙眼睜開一線細縫，貪婪地吸收著螢幕上搖曳閃爍的亮光。

阿爺這雙眼是早年患上頑疾而半盲的。白日猶好，一入夜便幾乎無法視物了，據說他只看見光，和光線中模糊的動影，便知道自己還沒瞎。母親在背地裏稱他做「盲公」，他不知有沒有耿耿於懷，只是每日少話，大清早即扭開麗的呼聲，下午就連電視也不放過，把經過電子儀器過濾的聲音，單調、平板地散播在木板屋子寬大的空間。

淡米爾片的歌樂喧騰起來，劣等的擴音器將歌聲傳送到屋子的每一個角落。母親朝阿爺翻了一個白眼，大概是不耐煩的。「開得再大聲，也不見得家裏會有人氣。」她經常這麼說，語氣滿塞怨懟，像是寂寞到了無法抑制的境地，一不留神，言詞便露了端倪。

寂寞，像蠱毒。我曾經作過這樣的比喻，對阿弟。他不甚理解，黑白分明的眼珠子滴溜溜地左右顧盼，像是害怕那叫「寂寞」的怪物會突兀現身，殺戮，吞噬。我對於他這個表情不無迷惑——

除了惶恐，他絕大部分的時候都像其他智障兒童一般，目光呆滯，面帶憨笑。

母親不喜歡我對阿弟說這些話。「講甚麼鬼，妳讓他懂那麼多是害了他。」她認為做為一個白癡，阿弟自有其宿命。太著痕跡的改革，恐怕會帶來厄運，並且加速毀了這個孩子。

我知道母親對我存著戒心。在怡保工藝學院寄宿的時候，她偶爾托人來信，隻字片言也不提阿弟。多年來養成的敏銳觸覺讓我立即便洞悉了她的心事——從小，我對待阿弟的態度總嫌殘忍了些。

「……下個月學校放假，妳就留在那兒溫習吧，橫豎妳不喜歡家裏。怡保有那麼多朋友和同學，總比在這兒遊盪的好。

「橡膠的價格終於有起色了。村裏的橡膠廠常常加班趕工，妳最討厭的污煙和那嗆鼻的氣味，整日都在村子每一條街巷飄盪著。我知道妳還是不習慣，雖然妳其實就在這村裏長大。

「我很好，不必掛心。你阿爺也還是老樣子，行動依然非常狼狽，記性似乎也越來越不堪了。就是這樣子，半死不活的，一整天都把收音機或電視機開得很大聲，妳回來一定會埋怨無法在這裏靜下心讀書。

「我想，當初妳堅持要到怡保寄宿，也許真有妳的理由……」

就是因為她絕口不提阿弟，我才覺得內疚難安。母親一直把阿弟當作是我命中最隱密的瘡疤，盡量不去揭開它，即便是迫不得已，也努力要將之輕描淡寫，怕我痛，流血流膿。

母親不知找誰代筆，字體娟秀，語氣輕淡得不像我素來認識的那個幹粗活講粗話的女人。她向來都沒有忌諱過一個母親的形象，尤其是她的男人去世後，就表現得更肆無忌憚了。離家到怡保之前的一段日子，正是阿爺的眼疾轉向惡化的時期。窗外的太陽才向西山沉下一半臉，阿爺就必須摸索著板牆尋找他的臥房。母親收拾飯桌，到後院的澡室洗滌留在身上的膠汁、油煙和汗酸的氣味，出來便只是以一張毛巾裹住身子，拖趿淌水的拖鞋，從後院直走到飯廳一側的臥房。

我在房裏閱讀的時間，往往會瞥見母親哼著走調的舊曲，大剌剌地行經那掀起一角門帘的臥房門口。幽黯的走廊染了一盞孤燈的昏色，母親裸露在毛巾以外的肉體卻像一個發光體，招搖著炫目的光幻晃過。胸前深陷的乳溝微微顫悚，雖然皮膚層明顯出現了摺痕，卻一樣充滿妖魅般的誘惑。

我向她抗議過。開始時用冷靜淡漠的語氣，嘗試說得不露痕跡。但是母親只以一個沒有意義的單字應得漫不經心，或是向阿爺臥房的方向努一努嘴巴，說：「反正他已經沒有眼福了。」有一次我嗅到她慣用的洗髮精濃俗的香味盪過房外，便衝出房間，朝著她的背影嘶喊：「妳還要臉嗎別以為阿弟是個白癡便不會想，妳這像甚麼樣？」

說完，我怒氣沖沖的大力關上房門，年久失修的板牆負荷沉重的歷史微微晃動，抖落了一些蛛絲與塵埃。我坐在床沿上，豎起耳朵聆聽門外的動靜，母親依然沒有發怒，似乎是走進睡房了。我悵然若失，獨自守在房裏，鼻端嗅著逐漸淡遠的洗髮精的香味，依稀竟像茉莉花自遠方飄香；耳際則細細咀嚼著白蟻在樓板下聳動不休的運作聲響。

如今，我站在阿爺和母親之間，耳膜過濾了電視的聲音以後，依然可以聽到屋子四周的木板、橫梁及柱子，隱隱透來白蟻蠕動與啃蝕食物的微弱響聲，像工廠內的機械操作一樣井然有序。我的聽覺遠比以前更清明了。被一池湖水洗滌過的耳道擁有類似新生嬰兒對世界的觸覺，敏銳，卻脆弱。

他們沒有提起我。我不禁納悶，難道阿弟沒有把我的事告知家人嗎？難怪家裏沒有辦過任何儀式的跡象。接下來的疑竇是：縱使阿弟沒有能力意識到事情的嚴重性，然而我才回來幾天便突兀失蹤，難道母親和阿爺均不曾懷疑或擔憂過我的行蹤嗎？這樣想，心裏突然又涼了半截。

從怡保回來的下午，母親正在前院收起晾得半乾的衣物。微風拂過，空氣中漾開了雨季裏陰濕的霉味，夾帶雞屎與木物腐朽參雜的鄉土的味道。阿弟在一旁的楊桃樹下盪著麻繩掛成的鞦韆，搖晃的臉孔浮著模糊的歡樂。

「阿姐回來了。」阿弟忽然躍下，瘦弱的身子輕盈得像一隻飛燕。

母親轉身，還未來得及抖下瞳孔內的疑惑，與錯愕，我已經站在她跟前了。她昂首，似乎不能在錯落間相信眼前的人會是當日離家時與她平高的女子。她清澈的眼潭立即反射了一種驚喜而嘆喟的目光，我猜測她在那一瞬間看到我的眼鏡片上放映著她的歲月。

「你怎麼回來呢？」

「學校放假了，幾個室友都回鄉去。」

母親點點頭，霎時間不曉得該如何將談話接駁下去，只得聳聳肩。「嗯，也好。」

回鄉到底是一時的衝動，我甫接觸到阿弟那純淨的目光便心生悔意。他手持一把野牽牛站在母親背後，明顯剛經過修理的短髮如同青苔，蔓生在他腦頂微凸的頭上。除了身高以外，他的外貌與氣質都恰如往昔，彷彿從未被光陰所動。我聽到他彆扭地輕聲喚了一聲「阿姊」，然後便把手上的牽牛花遞到我的鼻端。花香淺淡，卻刺激得我鼻頭發酸，險些淌下淚來。

這是我的家。我再一次告誡自己，視線便朦朧了。我轉身，噙著滿目淚水向通往廚房的長廊行去。走過母親的臥房，碧綠大紅新門帘——飯廳，沒上燈——阿爺的臥房，洗得發白的素藍門帘和一股久積的霉味——再來是阿弟和我的房間，褪色的碎花帘子被掀起一角，露出阿弟的半張臉。目無表情。透著青影的蒼白臉孔上，彷彿鑲著的是一對沒有感情的寶石。我一愣，記憶的玻璃盒子忽然墜地破碎。我看到許多年前那個梳著辮子的小女孩，隨著母親進入這房間。房內幽黯，殘喘的夕陽看見人來便迅速攀過窗花，竄到隔鄰屋頂的梓板上。蜘蛛在每一個牆角佈下天羅地網，母親冷眼掃過，探手抓下一把。

「你就睡在這裏。是暗了點，加一盞五十燭的燈就成了。」母親放下我的行李，回頭對我嫣然一笑。

那時候，母親還是一個很好看的女人，堪稱丰姿綽約。我還記得她穿著那一襲平日只等飲宴才穿的絲質套裙，桃紅，敞開的荷花領子，眼角春意游動，大概是每個新娘子都掩飾不住的喜悅。我卻一點也感受不到當中的喜氣，只是無來由的覺得害怕，竟忍不住哭了，眼淚潸然。

「我們回家吧，我們的家比這裏好。」我扯著母親的裙擺嚶嚶哭泣。

母親無所表示。一個陌生男人自門外鑽出頭來，黝黑的臉上泛著可憎的油光。不知怎地，我這就停下眼淚，木然等待著這男人在我與母親的身上施行新的命運。

男人與母親各自撫一撫我毛髮稀疏的頭頂，便相偕走出房間。我心弦一緊，慌忙追上去，掀開一角門帘，凝視兩人逐漸隱沒在長廊一端的身影。爾後的記憶便只剩一灘墨黑，以及在其中晃動的兩個人體的弧線，還有一些野獸喘息般的微弱呻吟。在每一個靜夜，屋裏建得老高的天花板下，盤旋。

從此我是一個患上輕微自閉症的女孩。直至阿弟出生，阿爺遷來以後，我才察覺自己的世界多了一些人聲。阿弟不擅表達，自誕生以來即鮮少哭泣，也顯然不喜歡說話。他重新懂得喊媽媽爸爸爺爺以後，過了大半年才懂得再喚我姊姊。我總是不應聲的，縱使阿爺把芭蕉葉一樣的手掌摑在我臉上，我也只是咬著牙齦悶聲衝進房裏，關上門和窗戶，不理會任何一把叫門或喚我吃飯的聲音，晚上也不讓阿弟進來就寢。

有一次把阿爺惹惱了，他從後院拿了一把砍柴用的巴冷刀，猛砍我的房門。我瑟縮在蚊帳四下的床鋪上，聆聽門外嘈雜喧嘩的聲音。早已鈍鏽的巴冷刀砍在木門上哐啷哐啷的聲響，母親和她的男人對罵的連篇髒話，還有阿弟悶聲啜泣時擤鼻涕的聲音。這些雜亂的聲量大得超乎尋常，轟得我久閉的心靈忽然炸開了真正的恐懼。我第一次感覺到死亡，近得竟像就在床前，向我伸手。

砰嘭。門被撞開了，阿爺手持巴冷刀闖進房裏，左手把蚊帳連架子扯了下來，立即揮掌重重地摑了我兩記耳光，打得我向後翻倒，後腦猛地撞在板牆上。我感覺到一股腥甜從五臟直湧上口腔，嘴角便淌下溫熱的液體，沿流到下頷，滴落，在灰白的床鋪上綻放一朵小紅花。

是血。我抬起脖子，眼前是幾個背光的巨大身影，彷彿頃刻間便會向我壓迫過來。我極力要看清每一個人的表情，然而景象浮動，搖——晃，我的眼皮愈漸沉重，天地旋轉，身體終因平衡不了而向前伏倒。

在消失知覺前的一瞬間，我的腦中一片清明，只聽到阿弟的慘呼在呆滯的空氣中爆裂開來。他在喊我姊姊。

那一刻，我經年被囚禁的懼意與怨恨都突然獲得釋放。對這世界最後的印象是圓滿的漆黑與安寧，我的心裏平和如鏡，似乎再沒有絲毫戀棧與牽掛。這與我在湖底喝下最後一口水的心情幾乎完全無異。我昂起臉，視線穿過湖水和成群款擺而過的游魚，依稀看到阿弟站在湖畔，臉上猶展示著他那與世無爭的無辜神情。我真的覺得快樂，雖然這感覺何其短暫，但是它在我心裏一閃而過，立即焚燒了我生命中的七情六欲。

然而我畢竟回來了。當我醒來，發覺自己擱淺在芒草叢裏，雙手正緊抓住一把水草時，黑暗與寒冷竟都成了切膚之痛，直教我無所遁形。原來死亡僅是一種電光石火的快感，而我的愛恨終究藕斷絲連，像湖底那一叢水草纏住我的足踝之於我致命的羈絆。

「為甚麼你不把我的事告訴他們？」我正要掀開那門帘，準備向阿弟大肆質問時，有人踩著動人心弦的木屐聲趨步漸近。我轉過臉，阿爺已近在眼前了。發黃的汗衫掛在那一副嶙峋暴露的瘦骨上，搖擺，更凸現了人皮底下每一根肋骨猙獰的面目。汗水的味道混合老人的體味撲鼻而來，我立刻嗅到白蟻與朽木同時迸發的腐臭。

阿爺睨阿弟一眼，死魚翻肚般的眼珠在他稍嫌寬大的眼眶內轉了兩圈，似乎對自己的視覺感到難以置信。

「阿弟你睡了嗎，你阿媽又出去搓麻將了。你起來陪我，到後院拿我的痰盂。你起來吧。」他說著伸手要掀開門簾。阿弟卻像觸電似地往後挪了一步，只露出半張清癯的臉龐。一隻右眼的瞳孔彷彿蒙了灰翳，只有點滴的憂傷逐漸凝聚，脹破那薄膜，緩緩滴下。

他不語，眼看著阿爺那凋葉一樣筋骨裸露的手掌攀住了門簾，摸索著要觸及他的臉。莫名其妙地，他忽然輕聲咳嗽，伸出手來抓住阿爺蒲扇那樣的大掌。「我們走吧。」聲調宛如囈語，虛弱得甫離開他的口腔便融化在空氣裏。

我跟隨在兩人身後。他們都穿著汗衫短褲，只是高瘦的阿爺裹了一層烏黑卻失去油光的老皮，皺摺與汗斑遍佈其上；阿弟卻因長年蟄居而養了一身白皙的皮膚，瘦長的四肢還泛著一圈古玉般樸實凝重的光華。阿爺走得顛簸，當阿弟拉著他穿入漆黑如墨的廚房時，他突然驚叫起來。

「沒亮燈是嗎？快，快去開燈。這裏太黑了。」

「阿弟不怕。」

「不怕也得去，誰知道黑暗裏有沒有藏著毒蛇甚麼的，去。」

阿弟沉默不語。大約在十數秒後聽到啪嚓一聲，灶頭上的煤油燈遂被亮起。前面兩人的影子被燈火染在一旁的土牆上，恍如醉酒的巨人，卻單薄得一如蟬翼。沿著狹長的空間，是他們忽明忽滅的身影，在赭厚齷齪的土牆演出一出皮影戲。

阿弟推開通往後院的鐵門，依呀，古舊的門扇發出生銹的沙啞聲音，在這遺失歷史的祖厝裏猶如一聲哀號。阿爺忽地抓緊阿弟的手臂，哭一樣的聲音嘶喊起來。「別走，阿爺尿急，憋不住了。」說著，他倉卒拉起寬大的褲管，右手隨即探進管子裏搜索，卻還沒來得及把他的傢伙掏出來，已經在褲襠處撒了一灘水漬。

阿爺遂停止他搜尋的動作，頹然垂下眼皮。尿液頓時奔放開來，從褲襠散開，沿著褲管往下淌。那濁黃的液體一直順著他的大腿內側簌簌流下，漫過了洋灰地上覆蓋著的綠絨無異的青苔，發出淡淡的羶腥。他渾身一抖，幽幽長嘆。

「老了，老了啊。」

阿弟好奇地凝視著每一滴從褲管墜下的水滴，如葉梢抖落的露珠一樣滋潤了地上的青苔。他牽動嘴角展示一個不明其義的笑容，暗動的燈影如流水波紋漾過他深陷的五官。

阿爺當然沒看見這弔詭的笑臉，他一咬牙，吩咐阿弟到他的睡房裏拿一件短褲來。「快去，別留下我待在這兒。」他大力朝阿弟的肩膀推了一把，把阿弟推得魯莽朝回頭的方向撲跌過去。

拖鞋趿過洋灰地的叭噠叭噠聲散盡以後，只剩下阿爺扶牆站立在原地。他在那兒豎起耳朵聆聽阿弟離開後的動靜，未幾，便以非常緩慢的動作褪去短褲。其時燈光炫幻妖惑，阿爺除去短褲後即露出胯下那委靡猥縮的生殖器，猶如一台古鐘，吊掛在那一叢寒酸敗落的枯草中，輕輕搖盪。

像一台遭人遺忘的古鐘。阿爺把它放在掌心輕輕搓弄，兩眼沒有焦點似的直眺著遠方。我不知道他心裏想著甚麼，只見到濃濁的鼻涕像一條蠕蟲鑽出他的鼻孔，沿著人中爬到他的上唇。阿爺把它將去，一把擲到身邊的牆上，變成一條瘦長的黃蚯蚓，慢慢滑下。

正當煤油燈裏的火花忽然爆開了幾點流光，阿弟已經拿著短褲回到這裏。他輕輕走到阿爺跟前，卻不說話，只是像一尊石像似地保持一種對峙的姿態。阿爺大概聽到了他呼吸的聲音，他扶著牆向前踏進一小步，臉上的表情竟變得莫名地悲憤。

「是阿弟嗎，怎麼不出聲？」他向前揮動著右爪，一把勾住了阿弟的脖子。「連你也不聽話了，你也敢欺負我眼盲，狗娘養的。」他猛然搖擺阿弟那纖弱的身體，鼻涕猶如蠕蟲再度滑下，迅即黏上他乾癟枯裂的雙唇。他也不理會，喉結突兀劇烈顫動，右手猛地一推。多年提膠桶的手臂爆發了出乎意料之外的力度，將阿弟推得失去重心，連退幾步以後，終於軟弱地摔倒在水溝旁。

「不要。」阿弟抬頭，瞳孔在眼球裏發生異變。他嚥下一口唾液，像受驚的野貓一樣豎起全身的汗毛。

我就站在阿弟身後，一時不知所措。印象中的阿爺向來非常疼惜這個孫兒，他說阿弟才真正是他家的香火。還記得他每說起這話便愛白我一眼，再從鼻孔裏噴出一聲冷哼。如果他不是我家的人便不會被人家害成這個樣。他說。

面對這些刻薄的言詞與他怨恨的白眼，我每每如坐針氈卻無力反抗。直到現在我仍舊分不清這樣的沉默是無聲的抗議抑或根本是無從狡辯。我每次激動得要把各種惡毒尖酸的反擊從口腔裏釋放時，母親那歉疚的臉孔便會清晰地浮印在我的腦際。冤孽啊，都是命。她流下眼淚。

我記得那是一個下雨的晚上，透過半啟的窗戶總可以看到遙遠的夜空閃過樹根一樣的光紋，悶雷便會像阿爺喉中的濃痰反覆滾動。我在床上翻來覆去，耳畔是蚊蚋四處巡迴的哨聲。我翻過身子，視線正好落在阿弟的臉上。那一年他才五歲，身體已經比一般年齡相仿的孩子瘦弱，每逢雨季來臨，總是免不了傷風感冒，身上長年被層疊的寒衣包裹得非常臃腫，像粽子。

當時他正睜大眼睛看著我，電光幾次在窗前劃過，映得他的小臉慘若金紙，兩片失血的薄唇微微顫嗦。好冷。這句話像兩隻抖動的蛆蟲，還未完全進入我的耳道便已凍僵在寒冷的空氣裏。我不說話，把右手從被窩裏伸出來，手掌輕輕印在他雙眉糾結的額頭上，只覺燙得像剛關上電源的熨斗。

你發燒了，我從床上跳起。好燙呢。我再試探性的摸一摸自己的額角。怎麼辦，要去叫醒阿媽帶你看醫生嗎？

他搖搖頭，星子般的眼睛眨了幾下。看醫生就要打針了，媽媽會罵我。說著，臉上薄弱的肌肉忽地抽搐，於是他把身子蜷縮得更像一隻蝦米。姊姊你聽，外面下雨了。

是嗎？我不再說話，果然聽到雨水滴落的聲音在屋頂的梓板上彈了起來。很快的，那滴督滴督的雨聲便從屋頂縱跳到外頭的芭蕉葉上，還未趕得及聽個真切，便已經漫成嘩啦嘩啦的雨潮，一下子淹沒了整個黑暗的世界。下雨了，阿弟說。我看看他，只見到一雙嚮往飛行的白翅膀在他的眼裏拍動。

後來，我像著魔似的背著阿弟到後院淋雨。等到母親發現我與阿弟渾身濕透的站在她的睡房門外時，地上已經濕了一大片，只有幾滴水珠勉強從我們的褲腳落在那一灘死水中。阿弟發燒了，要淋一淋冷水。我說著把背上的阿弟放下，兩隻手臂已痛得發痠。

阿弟從醫院裏回來以後，已經不懂得喊我姊姊。母親的男人當著全家人的面，把我捆在後院的波羅蜜樹幹上毒打一頓。我依稀還記得阿爺就在一旁向我揮動他的大掌，母親時而指著我的臉痛罵，時而撲到她男人的背上奮力要把他拉開。母親那張涕淚斑駁的臉與夜梟似的號哭固然令人難忘，但我最痛的記憶還是阿弟就在那兒靠牆坐著，兩手抓起地上的塵沙不斷把玩，偶爾抬頭，那如洋娃娃一樣清澈的眼睛內，除了一閃而滅的恐懼，再也沒有任何感情。

我永遠無法撫平那目光鞭撻予我身上的痛楚，也忍受不了那種毫不知情的天真模樣──就像他此刻的表情。

寫在阿弟臉上的哀求顯然無法打動即將失明的阿爺，這年近古稀的男人突然被阿弟啜泣的聲音惹得暴跳如雷。他胡亂向前踹了兩腳，其中一腳就踩在阿弟的腰眼上，痛得阿弟慘叫起來，立即抱著肚腹蜷成一團。

「丟那媽前世殺人放火了今生只剩你這狗養的，你說你說，你除了哭以外還懂做甚麼？我們家都敗在你這白癡手裏了。他媽的都怪你那死老爸，哪裏娶來野女人，把兩個災星都帶進門了。」阿爺震聲咆哮，火光悄悄自他的耳根燃起，映得他那瘦得筋肌不全的臉上陰晴難定。

阿弟換了狗伏似的姿態，他以兩手掩臉，抽泣的聲音卻繞過十隻形狀扭曲的手指，從疏落的指縫間流瀉出來。阿爺更怒了，他揮拳朝滿積油污的土牆轟了一下，聲音竟像一聲悶雷。「沒出息的龜兒子，造孽啊……」語氣稍挫，一口濃痰如箭一般飛射而出，恰恰落在阿弟的腳踝。「我們全家抱著一起死掉算了，反正白活一把年紀，再賴下去也沒有甚麼面目。」語音還未吐盡，他又再抬起左腿，正欲使力，卻被阿弟爬前來緊緊抱住。這舉動太過出其不意了，以致他霎時失去重心，幾乎便要跌跤。阿爺臉色頓時大變，雙手盲目地亂舞一通，終於扶住牆壁穩住身子。「你，幹甚麼。」

阿弟哭喊：「不要，阿爺不要生氣，阿弟不要死……」混濁的眼淚把阿弟的輪廓糊成一團，已經辨不出悲歡了。他不由阿爺分說，忽然把臉部往阿爺的胯下竄去，動作伶俐純熟，倒似是一尾刁鑽的游魚。我一愣，只見阿爺連打幾個哆嗦，鼻息突兀粗重迫急，一張老臉同時閃過痛恨與竊喜的神色，骷髏一樣的身子禁不住發生劇烈震動。

「夠了阿弟——夠了——阿爺不得好——死——」淚水自他的眼眶落下，都沿流進那洞開的，深邃如幽窟的嘴巴。他不等話說完，竟張開兩爪，抓緊阿弟的頭顱，然後身子以意想不到的弧線向後彎去——直至負痛般的獸鳴響過，他頹然垂下手臂，任由唾液自嘴角淌流，徒留一道白色的軌跡。

寒冷的感覺沿著脊椎骨緩緩攀爬，所經過的每一根骨節都隱隱生痛。一剎那的驚愕中，我實在無法接受眼前的情節。傷痛的感情猶如一把利刃將我開膛破肚，復又分裂了每一只肝臟。彷彿有一雙悲傷的小手在我身上抽絲剝繭，一絲一縷，落實成無以名之的痛楚。就在我懷疑自己即將魂飛魄散的一刻，我親眼看到塵灰從頂上的橫梁撒落，數以億萬計的白蟻正孜孜蛆食著這間百年老屋。

阿弟退開，臉上已經還原了一種豁達睿智的神情。他大口嚥下舌床上的穢物，末了竟伸出舌尖繞著雙唇舐了一圈，似笑非笑。我赫然，霍地發覺這表情似曾相識。

記憶回到一個炙熱局促的下午。我放學回來，母親和阿爺都出門收膠杯去了。家裏只剩下阿弟，獨自蹲在神龕一側的牆角裏，閉起一眼朝手上的一只醬油罐裏張望。看見我推門而進，他忽然慌張地把雙手挪到身後，意欲藏起那只可疑的罐子。

「那是甚麼？」我趨前蹲下，腦裏飛轉過許多孩童誤服毒藥而喪命的新聞報導。「給姊姊看，我不沒收你的。」我微笑著把兩隻手掌攤開在他面前。

阿弟搖搖頭，身子更往後移得貼上板牆了。

我不由自主地皺起眉頭，不耐煩的怒瞪他一眼。「別鬧，不然我把你關在阿媽的房裏，等你阿爸的鬼魂出來把你掐死。」說時，我把十指屈成爪形，在他面上劃過。

阿弟「哇」的一聲怪喊，手上一鬆，那罐子便哐啷掉在地上。「不要，我怕。」他回過身去撿起那厚重的玻璃罐，把它貼近我的鼻尖。「你看，要還我。」

我接過那罐子時，無意瞥見阿弟的嘴角略略轉歪，眼中連續閃動一種興奮喜悅的光芒。對於幼年即喪失了表達能力的阿弟來說，這一連串表情委實豐富得異乎尋常。於是我不期然心頭怦動，指頭略一遲疑，終於觸到了冰冷的玻璃罐。

罐子外頭貼上標籤紙，大大張的印刷紙裹住罐子轉了一圈半，沒有留下多少間隙讓人看到罐裏的乾坤。只有塑膠蓋子被人用利器割開一個不規則的圓形小洞，依稀可見罐裏正有某些物體蠢蠢蠕動。我把左眼湊近洞口，只見裏頭盛了一把木糠，無數隻半透明的白蟻拖著鼓脹的肚腹，爬滿了木糠堆成的山丘，聳動，在這小洞天內持續它們蠶食世間一切木質的天性。

胃中麻癢，像是白蟻就在我的胃壁鑽動。我頓覺胸中一陣翻騰，胃裏的白蟻似乎已蔓上喉腔的吊鐘，在細細啃食我的神經。我唐突擲下那罐子，手摀著嘴巴在那兒乾嘔起來。「哪裏找來的鬼東西，神經病，丟了它。」

阿弟倉皇搶過罐子，站起來擺了一個對抗的架勢。「不，阿媽也讓我玩啊。」他把罐子抱在胸前，箭一般的從我身邊竄了過去。

我回頭，怒目瞪他，凌厲的眼光把他嚇得兩腳發軟，忽然衝著我的胸懷撞過來，把臉部埋在乳房的位置左右摩擦。我一驚，兩手朝他肩膊一推，把他推得向後仰翻，便下意識地用兩手撐著地面。握在手上的罐子掉在地上，滾了好幾圈，瓶蓋終於鬆脫，漏出了一小撮木糠與興奮得滿地竄爬的白蟻。

「幹甚麼。」我怔忡地凝視著阿弟那連續閃現驚懼的臉龐。顯然，他的錯愕並不下於我。「你發瘋了。」

阿弟狐疑地伸手抓一抓後腦，眼中浮起一抹隱約的淚光。「看，牠們都跑了，抓不回來了。」他指著那只橫躺的罐子，淚光連閃，好一陣子才滾過眼眶，豆點大的淚珠便款款落下。

看著那一副可憐兮兮的表情，我突然覺得自己著實太粗暴了些。於是我噗哧一笑，極力要鬆弛臉上繃緊的皮肉。「算了，別哭。」一頓。「你別再玩那些噁心的東西吧，媽知道準要狠狠撕開你的耳朵。」抬頭，阿弟正要拭去滿腮濕痕，口中竟伸出精巧尖細的舌尖，舐去了逗留在嘴角的淚水。他眼中依然灰翳滿佈，卻又突然暴現滿足而貪婪的精光，像是在品嘗那淚水的濃度。

就是這副神情了。

那天晚上，午夜夢回，膀胱脹得幾要破裂。醒來，卻見門帘落下，阿弟的背影在門外一晃而過，倒像是粵語片中款擺水袖飄然行過的孤魂。我暗自心驚，口中咬住了即將衝口而出的名字，阿弟。真的是阿弟嗎，我心中嘀咕。要是在平常，阿弟斷然不敢自己上茅房，他不怕黑，卻害怕埋伏在黑暗處處的蟾蜍，怕牠們高高縱起，那醜惡粗糙而又黏著濃汁的皮膚會擦過他的腳跟，冷得沁入骨髓。

反覆的思索不過都是無謂的揣測，我在床上換了一個睡姿後，終於決定要在滿腹的疑竇中尋求開脫。我躍下床來，畢竟還是在窄小的睡房裏徘徊了好一陣子。房裏的梳妝鏡子冷眼凝視我焦慮不安的身影，野貓叫春的聲音在窗外的每一戶屋頂傳來，宛如嬰兒啼哭般令人毛骨悚然，心神不定。我細細數算自己的踱步，漆黑中竟見到腳上每一片指甲都泛著藍光，屋內的氣氛倏而詭秘得似要把我吞噬融化了。

我掀起帘子，長長的走廊撐起一盞昏暗的黃燈。我沿著長廊往母親的房間走去。是的，當時是一種毫不猶豫的心情，我的思想已碰到了一幅冰冷的銅牆鐵壁，完全沒有回轉退避的餘地。剎那間，我兀地省覺自己原來並非一無所知，這屋子其實暗藏了許多肉眼無以看見的危機，就像那鑽在每一塊木板、柱子與橫梁內的白蟻，若非等到阿弟一一將之展示、揭曉，我便僅願自己永遠不知道實情。

我以一種悲痛欲絕的心情站在母親的房門外。屋子陷在一片深色的墨黑中。只有在那樣孤立的位置內，我才能平息胸中狂燒的傷痛，用全然澄靜的心靈去接納外間一草一木的動靜。我聽到野貓交媾的鳴叫、壁虎追逐蟲蟻時發出的尖細訊號……以及母親幾經壓抑的呻吟。

我就屹立在那兒，當中的心情彷彿與多年前背著阿弟站在這裏時，完全一致。那時候房裏傳來的也是這種聲音。母親的嗓音絲毫未變，像在咀嚼著極度的痛苦，又像是要撕裂滿嘴淌血的歡樂。在一度的錯覺中，我又回到遺失的記憶裏，重複感受著歷史同樣驚惶的呼吸。

我想起我的父親。午夜，一個披著雨衣的男人衝進屋子裏，手上抓住一把斧頭。我驚醒，看見他像狂風那樣襲捲前來，把躺在沙發上睡眼惺忪的小女孩一手揪起。那男人滿臉流著水痕，面目變成一團爛糊。雨水混雜淚水的效果竟如同硫酸，溶解了他的五官輪廓。我失神地凝視男人那漲滿血絲的眼球，遲遲仍喚不出一聲阿爸。

以後的記憶似乎曾遭人刻意擾亂，像上緊的陀螺被拋在生命的軌道，旋轉的高速已讓人看不清它的本相。我記得那男人的雨衣上恆常流著水滴，他抱著我撞開母親睡房的一扇薄門，把我小小的身軀撞得幾乎從他懷中飛脫。當門板應聲而啟，我們乘著一擁而上的流光，看見一對裸身男女霍地從床上彈起。手抱稚兒的男人目睹別人的狼狽，竟反而冷靜下來，朝著那慌張尋找遮掩的女人冷笑。

多年以後，我在校園的鳳凰樹下想起這一副笑臉，依然不能肯定那笑容裏蘊藏了怎樣的含義，只知道在那一層久經暴曬雨淋的鬆厚臉皮底下，積存經年的淚水突然脹破了淚腺，像一道缺隄的瀑布翻滾著燙過他的臉。我伸手替他拭去連綿淌下的眼淚，只覺得那臉上的皮膚像鋪了沙礫似的粗糙、冰冷，而沸騰的淚水卻在其上急速輾過。

隔天清晨，當我擠在情緒高漲的人群當中，最後一次瞻仰父親的遺容時，發覺他黧黑的臉上透著淺淡的紫色，緊抿的雙唇彎成扭曲的弧形，倨傲而痛苦。遺留在他眼角的淚珠就好像屍體旁邊的「巴拉刈」殺草劑空瓶子一樣，出賣了父親的尊嚴。我並不察覺自己的悲痛，只是胸中那精緻的心臟突然變得輕若敗絮，仿似有人從中掏空了所有血肉。

人群裏大聲議論與輕聲猜測的聲音此起彼落，家中一貫死寂的氣氛就因父親的死亡而沸騰起來。我緩緩在人群的聳動與碰觸中穿插過去，與許多洋溢著汗臭與狐臭的身體相擦而過，也打斷了一些興致勃勃的話題。直至我蹲在父親的屍體旁，再次為他揩淚時，人群裏依然沒有人願意為此停下他們正在進行中的活動。

我以食指抹去凝聚在父親眼角摺痕內的水珠，發覺它比掛在草尖葉梢的朝露更寒更冷。

視線重新回到牆上巨大的黑影時，阿爺已經換上另一件短褲。「去漱口吧，髒死了。」他扣上褲頭的扣子，忽然憶起甚麼似的說了這一句話。煤油燈閃耀不定的光影在他臉上連連蕩漾，竟如魑魅，魍魎招搖，更凸顯了他眼中戰兢未熄的欲火。

阿弟站起來，轉頭向水溝吐了一口唾液。他逕自走到擱放茶壺杯子的木架上，倒了一杯開水，便往口裏灌去。直至兩腮鼓脹，他遂仰頭緩緩噴氣，製造一陣滑稽的「咕嚕咕嚕」聲響。待他覺得該停止的時候，便向阿爺瞄了一眼，爾後一口氣把水嚥下。

阿爺依然保持他臉上尊貴無匹的神情。他像個耳聽八方的戰士，腰骨挺得很直，神色肅穆悲戚，靜靜地留意著周遭的風吹草動。「漱口了嗎？記得啊，別把剛才的事告訴別人，不然……」

沒等他說完，阿弟便往碗櫥與擱茶架子之間的間隙裏瑟縮鑽去。「阿弟不說，說了阿爸的鬼魂會回來，掐死阿弟。」他的臉色發白，說話時一陣羶腥難聞的氣味從口腔裏釋放出來，竟與膠廠煙囪傳來的工業氣息非常相似。

阿爺點點頭，嘴角猶掛著稱許的微笑。他隨便朝一個方向招手，半瞇著眼睛，還原為我曾經朝夕相對的七旬老翁。「來，去後頭拿我的痰盂。」說罷，他旋過身子，復又回轉頭來，淡笑。「不要把今晚的事說出來，阿爺不要你的母親知道，也不要你告訴阿姊喔。阿弟最乖最聽話了。」

兩人蹣跚跨過後門的門檻，纖瘦的背影融入門外濃稠墨黑的夜色。直到茅房的燈火亮起，我霍然覺得地動天搖，這百年的祖屋似已支撐不住天空壓在屋頂的重量，竟然搖搖欲墜，彷彿隨時將頹然坍塌。我清楚聽到千萬隻蟲蟻在木頭內鑽過通道的聲響，正從每一根柱子與橫梁裏傳來，開始了牠們嘉年華似的騷動。

我覺得冷。

「阿弟乖，阿弟最聽話了……」母親的男人彌留之際，我也曾經對阿弟說過同樣的話。我並不願意掀起蓋在記憶上的布幔，然而往事正使盡力氣向我緊壓過來，把我迫得節節敗退，無所遁形。我忽地察覺自己也變成一隻白蟻，一直往生命中錯縱複雜的洞孔與隧道內亂鑽。

我記得母親當時正伏在床沿上痛哭流涕，而阿弟的父親躺在床上，兩眼直勾勾的凝視著天花板。阿爺在睡房門外徘徊踱步。從門帘下的縫隙窺去，是好幾根被踩得扁扁的菸蒂，以及阿爺蹬著木屐的腳丫。

我的手心冒汗。擂鼓似的心跳由弱轉強，一顆心像要衝破胸膛，然後血淋淋地剖裂開來。我不期然握緊阿弟的手臂，把他的正面扳向我。「你答應過我的，你不說。」他迷惘的目光無力地從我臉上游過，似是垂死的蝌蚪，令我更感忐忑。「你答應過不講的啊！」尖細的聲音鑽過牙縫擠出我的口腔，冷汗從髮根沁出，迅速滑下我的額角。

與此同時，母親突然扯破嗓門淒厲嘶喊。你別走，這個沒良心的，留下我一個。這對白分明與她當年伏在父親的靈柩上哭泣時，講的一字不差。這讓我在驚愕與錯亂中，忍不住爆裂了一聲冷笑。沒有人發覺我的異動，而阿爺闖進來時，母親的哭聲正熾，高高的掩蓋了我欲振乏力的笑聲。

「你阿爸死了。」我抓住阿弟的脖子。「別忘記你答應過的，不然他的鬼魂會回來纏你。」雙手沿著脖子的曲線蔓上他大驚失色的臉龐，直按在他的眼瞼上。「別怕，聽話就沒事了。阿弟乖，最聽話。」

阿弟確實是一個聽話的孩子，我確信在後來的數年裏，他為了替我保守秘密而長期活在他父親之死所帶來的陰影中，因而變得沉默寡言，繼而逐漸遺忘了許多日常生活中必要的語彙。我發覺他屢次因為不擅辭令而把要說的話哽塞在喉結之處，一會兒便因氣餒而放棄了要說話的意圖。這種表現令我對他安下心來，甚至因為他的緘默而慢慢忘卻了這個原本屬於我的秘密。

記憶的輪盤轉啊轉，回到最清晰的場景。我赫然，阿弟蹲在湖畔，把殘碎的鳳凰花瓣拋落湖面。我就站在他身後，看著火紅的碎瓣在清澈的湖水上流轉，緩緩流落並羈絆在浮萍與紫蓮依偎聚集的岸邊。豔陽當空，微風輕輕梳過湖面，波紋四方擴散。我深深呼吸一口氣，頓時心胸豁然開朗。那真是一個美麗的地方，我在這村子土生土長，卻要等待多次的離開和歸來，才在一個偶然的機會之下，由阿弟領著，第一次臨摹這在過往的記憶中全然不存在的風景。

面對那天然的罈子一般的湖泊，湖水澄清，有如一面鑲在大地上的明鏡，明晃晃的倒映著低雲重疊的藍天，以及阿弟那眉鋒略揚，專注而痛苦的神情。我忽然感動於世界還為我留下的這片淨土，心情兀地高漲，如鷹之展翅，直拔而上。在那一刻，我打從心底為阿弟對人世善惡美醜的懵然而悲憫不已，同時也再一次為當年背他淋雨的行為，感到懊惱。這一輩子我都欠你的。我幽幽地說。

「甚麼？」阿弟回過頭來，眼中瞬間展現了他的迷惑與茫然。「你說話嗎？」

我頷首。湖上映著我和藹的面容，與那淺留在頰上的笑意。「我說，你該回去了，不然曬多了便會中暑，你又得打針吃藥。」

阿弟猛地搖頭。「不要，不要迫我吃藥，爸就是吃藥死的，我記得。」

如雷貫耳。仿如承受了千萬噸斤量的重擊，我跌坐在初晨沾滿露水的草坡上。臀部迅即透來一陣涼意。殘紅在湖上漾開，每一片都牽起一些零碎的記憶。我記起那個下午，當我經過母親的臥房外，聽到房內傳來她男人的呼喚。他的哮喘病發作了，我把頭探進門洞裏，看到昏黑的空間內，有一隻手臂自白帳裏伸出來，舉起。「拿，拿我的藥，去，去啊。」

接下來是一連串高速旋轉的影像，那男人痛苦得痙攣的臉龐與我在走廊上飛跑的身形不斷重疊——藥罐子墜在地上，撒落了滿地紅黃藍橙的藥丸——血從我的指尖汩汩流下，發出一股淡淡的血腥——盈滿一掌的藥丸與玻璃碎片，和著血，每一粒藥丸都似乎具有各自的象徵意義——一隻發抖的手掌把血和藥丸都塞在男人的口裏，鼻端立即嗅著嘴巴深處噴出的惡臭──把開水灌進去，嗆得他鼻孔裏溢出清水，血絲──轉身掀開門帘，一對憂鬱的眼睛正擋在我眼前。

我始終認為這一生遭遇太多不可饒恕的無心之失，以致稍懂人事以來，一直活得鬱鬱寡歡。是無心之失嗎？我忽然萌起要把阿弟推入湖裏的念頭。現在回想起來，還是不能相信在其時陽光明媚的景色中，我居然會在心裏萌生殺機，於是這項心理活動變得超離現實般，不可置信。我看見自己的雙手慢慢往阿弟的背上摸去，眼看著就要碰到了，我一咬牙，便要使力，阿弟卻兀地俯身前傾，去撿起掉落湖中的一朵紅花。我心下一沉，腳下卻煞不住去勢，直往湖中衝去。

半身浸入水中之時，我看見一圈完美的漣漪從我的腰際擴散，一圈比一圈淡隱。往事也同時在我腦中漾開，我剛要苦笑，湖水已從四面八方淹沒我的頭頂，繼而湧入鼻喉。

我真的以為這就是我心生邪念的報應了，所以我極力要以恬然的心境去接受這種了斷的方式，讓湖水洗去我一身的污穢。從此，我不必再活在既往的邪惡與懊悔之中。我看見湖上透著阿弟的臉，如一面變幻莫測的哈哈鏡，多面呈現他真正的睿智。我快樂地閉起兩眼。然而當我從湖中升起，看到的卻是自己圓睜而暴凸的眼睛，手上一把水草，和緊咬在牙齦間的咒語。

一陣絞痛從心臟的位置傳來，我痛苦地緊摀著臉部，搶天呼地的哭了起來。這世間沒有一種罪名能夠以死解脫啊！我脫離了那終究腐朽的軀體，卻發現真正的潰爛並非來自肉身。

誰家飼養的公雞從遠處傳來一聲罕聞的夜啼，我只覺渾身一顫，立即嗅著了滿屋子的霉味。是白蟻散播在空氣裏的氣息，又像是橡膠廠製造的煙霧，瀰天蓋地的覆蓋了我。我奮力嘶喊，這氣味竟冤冤不息，縱使我多方逃避，它卻緊緊追纏住我。

我想起那與世隔絕的湖底。於是我落力狂奔，穿越屋裏長長的走廊、飯廳、客廳、前院、狂吠的狗群、膠廠、街衢弄巷、斜坡、幽黯的莽林……這些場景一幕一幕退去，直至我回到湖畔，在那一面天然的明鏡之前，再次與耽擱在芒草叢中的肉身相對。

湖水已經照不出我憔悴的形體。我涉水，沒有水聲漾起，沒有漣漪。最後，我轉頭再看一眼那擱淺的身體。明天，或是後天，經過陽光蒸曬，她將無法掩飾皮肉血脈及骨髓透發的腐臭，到時候，總會有人追循這氣味而來。他們將看見千萬隻蛆蟲鑽出這副餵養它們二十餘年的肉體，縱使在失去意識以後，依然任由這些現形的蠕蟲，繼續牠們生生世世的繁衍。

當湖水淹沒頭頂，已經不覺得冷了。

一九九六年五月

平路（1953-）

作家介紹

平路（1953-），本名路平。一九八二年開始寫作，一九八三年以〈玉米田之死〉得到聯合報小說徵文首獎，時隔六年，一九八九年以〈台灣奇跡〉再獲聯合報小說首獎。早期她的作品無論主題、角色、材料、敘述……皆「非關男女」，如〈人工智慧紀事〉、〈郝大師傳奇〉、〈椿哥〉等，既實驗性也多以男性發聲，她自己也說：「之前，我其實不喜歡在文字中談論自己。再久以前，矯枉過正吧，我的小說主人翁性別多是男的，刻意去規避與我本人做出任何聯想。」[1]在八〇年代崛起的同代女性作家裡，她稱得上是「異類」。

是從一九九四年《行道天涯》開始，她翻寫孫中山、宋慶齡的革命與結盟故事，尤其對宋慶齡的愛情、女性纖巧的心思，發生無比的興趣。她透露開始要行走的寫作路線：「我看自己及接下來的作品，覺得有愈來愈多自己內心的聲音，以前這種聲音好像比較少，在《行道天涯》裡，我聽到較多自己女性、自由的聲音，我的下一部小說，[2]是非常自我，有很多女性，也是我自己的聲

---

①平路：〈文字懸絲〉，《巫婆の的七味湯》（臺北：聯合文學，1998年版），頁131。

②下一部小說應指《百齡箋》。

音……」[3]意味著她的小說視角的改變。

作為「女性的聲音」的分界線，以及之後接續的《百齡箋》、〈婚期〉、《凝脂溫泉》，甚至散文集《巫婆的七味湯》、《我凝視》，都顯示平路著力的改變，二〇〇二年更進一步出版《何日君再來》，副題「一位大明星之死」，主角人物指向傳唱〈何日君再來〉的臺灣女歌者，女歌者紅遍華人世界，突然病逝異邦轟動一時，對照其人其主題：「她畢生最大難題是：怎麼樣才能逃離別人的眼光。」說來不無自況之意，這恐怕亦是平路的人生寫照了。

③楊光記錄整理：〈在時代的脈動裡開創人文的空間〉，《文訊》，第130期，1996年8月，頁81-86。

作品導讀

平路在一篇討論作家作品經驗與母女關係文章裡，援引貝爾·切夫尼（Bell Chevigny）觀察女性寫作與母親內在關係，「是某種程度再造自身」，無異繪出一條「母女關係」路徑，④我們不妨循由這條路徑切入〈婚期〉，再回返她筆下自身母女關係的書寫，印證切夫尼「再造」之說，發現她的作品不僅再再多所著墨「再造自身」的痕跡，打造作品中的作品，平路究竟有何心事、意圖？譬如她自白母女關係，便十足耐人尋思：

佛洛伊德說過：「沒有任何地方像母體一樣，我們可以多麼確定的說，我們曾在那裡。」曾經孕育過我？我曾經在那個身體裡？我其實不那麼確定。⑤

平路的心事呼之欲出，「母女關係」竟成她晚近小說最主要關注的題旨。據此，我們大膽推測，〈婚期〉有相當程度的自白，失去什麼？才是這篇小說的重點，亦就是，表面上小說寫一名女子「失婚記」的內外種種，骨子裡其實寫的是「失親記」，失親者，失去母親。誠如美國當代女性

---

④平路：〈傷逝的週期——張愛玲作品與經驗的母女關係〉，楊澤編：《閱讀張愛玲》（臺北：麥田，1999年版），頁212。

⑤平路：〈母親的小照〉，《我凝視》（臺北：聯合文學，2002年版），頁8、9。

主義詩人安卓・里奇在（Adrienne Rich）在《女人所生》（*Of Woman Born*）所寫：「母親失去了女兒，女兒失去了母親，那是最主要的女性悲劇。」延伸來看，母女關係，一直是女性小說極重要的主題。

〈婚期〉敘述及故事都簡單，作家身分的職場三十八歲女子，因縱火燒掉自宅而進了警局，詢問員警不僅調出了她的資料，也複印了她的小說〈愛情屋〉。〈愛情屋〉有著類似的燒屋劫毀情節，只不過〈愛情屋〉燒的是模型（假）屋，女主人公燒的是和母親住的套房。小說就從〈愛情屋〉展開牽引出如俄羅斯娃娃一個套著一個的故事，是前面所說女性寫作者、母親關係、再造自身的演式與變形。小說中女子與中風的母親同住，父不詳加上長期母女關係悖逆，古怪的是，做為女兒她哪兒都沒去，照理行動不便的母親又能奈她如何？因此，選擇留下來成為彼此的對手，亦是角力的開始：

> 夢裡，睡在我旁邊的母親分明比我年輕，對照她自己的過去，甚至比整天坐在縫衣機後面的時日還年輕些。醒來之後我不平地想道，我，作她的女兒，分明被她逼老的。[6]

在這場角力戰裡，每天，女兒從外頭帶便當回家，菜色永遠一樣，母親卻從不吭聲，似乎說出

---

⑥平路：〈婚期〉，《中外文學》，總第299期，1997年4月，頁10。

來，就是哀求投降，這是一場母女肉搏戰：「難道我們母女倆一直在無聲無息地比賽什麼？她若贏了，我就輸了！」[⑦]就因是肉搏戰，肉身存在的意義便在於它既是生命的載體，也是意志精神的傳輸器，當然，也是武器，或者說，是愛與不愛的試溫計。母女兩人角力多年，身心內外練得嫻熟精到，招招見血，譬如拿身型做文章：

> 像她從小對我的咀咒，……，反反覆覆罵道：「大手大腳，這個福薄的囡啊！」[⑧]

我們不禁就連結到平路的散文〈母親的小照〉落段：

> 我從小身形瘦長、大手大腳，加上扁闊的骨架，母親說，那都是女人命苦的徵兆。[⑨]

再有〈婚期〉裡女兒對身體的畏懼：

> 從小，我就畏懼身體的接觸。與母親睡一張床的時候，我多害怕她的呼吸吹到我臉上，會有一種黏膩

---

⑦平路：〈婚期〉，《中外文學》，總第299期，1997年4月，頁11。
⑧平路：〈婚期〉，《中外文學》，總第299期，1997年4月，頁11-12。
⑨平路：〈婚期〉，《中外文學》，總第299期，1997年4月，頁7。

不潔的感覺。[10]

平路〈母親的小照〉則有近似的描寫：

從來都很少碰觸母親。我們母女關係中並不包括身體的接觸。[11]

明明暗暗的對峙較勁，直到女兒意外的有了婚姻對象——振維，終於盼到有人可以把她生命中的暗影趕走，希望乍現：

第一次見到振維，我坐在咖啡館牆角的暗影當中，他從玻璃門外的光亮向裡面走。……他不會明瞭把一個人從黑暗拉扯到光明一端的價值。……[12]

可這畢竟是母女之間的戰役，三人遊戲，振維註定是出局的那個人。婚期近了，女兒卑微地要求振維至少拍組婚紗照，振維勉強答應了，偏偏拍照那天烈日當頭，強光耀眼，活脫把振維照出原型：

⑩ 平路：〈婚期〉，《中外文學》，總第299期，1997年4月，頁15。
⑪ 平路：〈婚期〉，《中外文學》，總第299期，1997年4月，頁8。
⑫ 平路：〈婚期〉，《中外文學》，總第299期，1997年4月，頁10。

好像在跟自己作最後的掙扎。「太假了！」只聽到他大吼一聲，手裡撕扯著捆在腰際的布。……鬆掉領結，愈走愈快，很快跨越安全島的柵欄，穿過馬路……失去蹤影。⑬

振維帶走了唯一等待到的光明，到頭來，她擁有的，只有母親：

我彷彿聽見母親濁重的鼻音，那是夾雜著啐罵的夢囈，她口腔內的氣息？……她追趕到了？⑭

她追趕到了嗎？女兒與母親，竟如此難逃於天地間。即使在平路寫得最男性觀點的小說裡，我們也很少見到這樣的絕望。

---

⑬ 平路：〈婚期〉，《中外文學》，總第299期，1997年4月，頁18。

⑭ 平路：〈婚期〉，《中外文學》，總第299期，1997年4月，頁19。

婚期

我的一個疑問是：什麼人，擅自抄襲我腦海裡的意念？

我的另一個疑問是：當意念強烈起來，憑腦海裡的意象，算不算犯罪？

我在現場周遭徘徊，要找一個答案。直到你拉起我的手臂，把我帶到這裡來。

1

小時候，你一定玩過火。

你一定試過那種滋味：火柴在手指上愈來愈短，神經末梢傳來灼燒的感覺，痛痛的、麻麻辣辣的，你要趕緊丟掉，但在一瞬間，又捨不得看著火光熄滅。

中元普渡的時節，你見過蜷曲在火光裡的金紙：焦黑鑲著豔紅的邊，跟著妖嬈的火舌，在鐵盆中翻滾。我蹲在那裡，覺得地面上燥熱起來。直到臉薰得紅通通地，腳麻了，我還在翻找，找那些沒有化為灰燼的金紙……

「南無阿彌多佛夜，哆他伽多夜……」彷彿幽冥與人世的對話，往生咒的唸誦聲中，紙人放進火裡。「阿彌唎哆，毗迦蘭帝，阿彌唎哆，毗迦蘭多……」燒成灰，我想也是一個了結的辦法——

了結人世間算不清的恩怨吧！

2

你太認真了，辦個案子居然費盡苦心，想知道我的過去——我苦笑地看著你手裡我的舊作，一個叫作「愛情屋」的極短篇。

你數數複印的頁碼，一份收進檔案夾，一份放在我面前。

我自己寫過的文字，在這裡讀到反而陌生起來。

簡單的故事，男人對著一棟自己設計的房子在自言自語。他回想過去，頗為內疚的樣子。因為，

「他們住的環境一直不理想：雙拼的公寓，擠在嘈雜的巷弄裡，摸黑爬三層髒兮兮的樓梯，屋子小，建材太舊了，」

他為什麼自責，也關係著本身的職業：

「……營造公司做職員的他，近幾年，替客戶畫了不少幅設計圖，監督工人拼製成了好幾幢樣品屋，

薪水雖然還可以，他沒辦法送給妻子一棟親手設計的房子。」

這一次，他終於有了機會：

「……根據設計圖，新房子最別致的還是樓頂有一角菱形的天窗。晴時，光線從天窗洒向地板，亮晃晃的，彷彿錯落了幾盞水晶燈花。雨天，水珠一顆顆砸碎在玻璃上。此後漫長的歲月裡，他可以想像妻子聽著雨聲凝思的眼神。」

「他不喜歡那些俗豔的色彩，假兮兮的。為了別出心裁，他規劃的房子底層有一圈白色的迴廊。夏夜涼風習習，想像中，他的妻子便可以坐在迴廊的搖椅上，水溶溶的月色，就順著她白皙、覆了些絨毛的後頸流瀉下來。……」

「文字很細密。」你搖著手裡的檔案夾，不怎麼相信地望著我，想從我呆滯的表情裡發現一些什麼。當然，讓你更有興趣的是那個出人意表的結局：

「如今他抬起頭，望著依然毫無怨色的妻子，鏡框裡的女人正眼睜睜地——看他親手把這幢新落成的房子捧進火裡。」

我一時也覺得詫異。火？一把火燒了，當年，我怎麼能夠預知後來的結局？

3

那可能就是我最有才氣的作品了，一篇叫作「愛情屋」的短小說。年輕的時日，中文系出身的我，曾經有過一些文采。一年年辦公桌坐下來，損害的正是文采。到現在，我還是會用想像力塑造看不見的細節，譬如，站在我與母親三平不到的房間裡，化腐朽為神奇一般，我的眼睛會把舊的壁紙剝落，然後換上織花的帷幔。微風吹拂，白緞的穗子翻飛到窗外……啊，好不翩躚。

我一直喜歡玩這樣的遊戲，走到一處風景美好的地方，我會癡癡地想，將來，要跟心愛的人到這裡，再在沙灘上走一次。事實上，幾年前，並沒有適切的對象，但我連環島蜜月的路線都計畫好了，金沙灣有一個小旅館，就在海的岬角，那裡是我蜜月旅行的第一站。

這樣的遊戲百玩不厭，包括向外國訂閱新娘雜誌。我花很多時間研究白紗禮服流行的趨勢，有什麼新的樣式與剪裁，彷彿就要輪到我了。有時候在想像中，我也為自己的婚禮布置場地，小小的教堂就好，雖然我不信教，但我喜歡教堂的氣氛。我看過人家婚禮上綴著玫瑰花的拱門，甬道鋪滿玫瑰花瓣，紅色玫瑰代表愛情，婚紗一路拖曳過去，那是一扇通往幸福的門扉。

音樂呢？好不好用教堂的風琴作樂器？'We've only begun'的曲調，迢遙的長路這才開始……多麼羅曼蒂克！

我總在思索一些服裝設計的細節：禮服的領口是心形的，為了拉抬上身的長度，造成高䠷的錯覺，腰身要低下去，袖子要墊起來，在手肘上換成透明的鏤空紗。裙子四周嘛，多年前我已經想好用心形的縐褶作裝飾，拖著白緞子蝴蝶結，要不要戴帽子？我喜歡寬寬的帽緣，環扣上同樣的大蝴蝶結，走在音樂的節奏裡會飄飛起來；但寬闊的帽緣可能遮蓋了禮服肩線的優美剪裁……小時候看多了衣服圖樣，我對細部的設計相當有把握，也因為對細節的掌控能力，站在那扇穿衣鏡前面，不用實地走進現場，我都能夠目睹懸垂下來的蕾絲燃燒成熊熊的火柱，長長的尾紗作了助紂為虐的易燃物，那是一幅驚心動魄的畫面！

我彷彿看見前一瞬間還沉醉在幸福光景裡的新娘，從試衣室跑出來，提著長裙倉皇地逃逸……雜沓的步履間，地下滾動著從衣服上鬆落的珠串，迎著火光映出斑斕的異彩。下個分秒，高熱中光澤褪盡，好像火葬場裡燒出來的舍利子……

無動於衷地想像災劫後的情境，我自己知道，我的本性中本來有異常殘忍的一面。

真是殘忍吧！長久以來，我期待某種了結殘局的方式：

上個月，我們住的大樓失火。半夜，有人急促地拍打我的門，我下床，門開了一條縫往外望——走廊上是奔跑的腳步。「後面出口，不要走前面」，人聲嚷嚷地。對我而言，噩夢成真，我一向的恐懼就是電梯不能搭，難題是怎麼把母親抱上輪椅，輪椅又怎麼樣下去那個生銹的安全梯？床上的母親骨碌碌轉著眼珠，伸出細瘦的手臂，卻已經掙扎著要起來。我彎下腰，費了好大力量，扶她趴在我的背脊上。腿不能用力，她手臂緊緊地攫捉住我。背負著她，我幾乎不能喘氣，怎麼再走那道只有一人寬的梯子？我勉強把她挪移到樓梯口，人聲已經遠了，大概都疏散到了樓底下。間歇地，我只聞到母親頭上黏膩的髮油味，感覺她身上惡濁的體熱，一種腐臭的氣息，從她口裡散發出來。火燒起來了嗎？可能已經熄滅，或者只是個無聊的玩笑。那一秒鐘，心裡突然生出邪惡的念頭，鬆開她的手，讓她掉下去呢？……人們發現半身不遂的老太婆倒在血泊中，旁邊的女兒儘管扯著喉嚨哭號（我可以裝得很像），沒有人會露出太驚異的表情：火場時常發生的不慎失足事件。

多年前，母親不也編造過同樣離奇的故事？

站在那裡，我已經知道，火足以撩撥起人們心裡最邪惡的意念；而且更關鍵地，適足以掩滅一切的罪證，留下來都是灰燼。

念頭只是一閃就閃了過去。第二天，我又照樣坐在母親對面，看她津津有味啃魚頭，從喉嚨裡發出一種奇特的響聲，再把魚刺好整以暇地吐了滿桌，等著我去收拾。整天坐在輪椅上，奇怪的事情發生了，她顯然比我更享受食物的滋味，食量比我大得多。每到吃晚飯，看她那副好胃口的樣子，我就像童年時候一樣恨她，恨她讓我成為同學的笑柄，用客人剪剩的布拼起來給我做制服，……我哭著不肯上學，她拿起量布的尺，一下一下，打在我身上。

不能還手的緣故嗎？——童年感覺的疼痛，以為結了疤，其實如影隨形跟著我，跟著我愈長愈大。

然後她放下筷子，咂咂嘴巴。她總是發出一個很響的飽嗝，聲音那麼大，沒有外人，我一樣替她覺得窘迫。她打嗝的聲音一年比一年響亮，她就是故意給我聽的，它能夠做的事情不多，要我不得不注意她的存在。

打個飽嗝，過兩個鐘頭，再打幾個大大的呵欠，那就是母親重要的生活內容。我們幾乎從來不交談，更接近事實的說法是：我才不給她跟我講話的機會，這是消極的抵制。此外，我還在各種細微的地方從事我有限量的報復：譬如，我知道她多麼盼望出來透透氣，我可以推輪椅帶她到外面吃飯，但我沒有，我寧可包進去，上上下下太麻煩了，我告訴自己。我寧可每天傍晚站在自助餐攤子前，等阿巴桑打包兩盒燴飯。

「小姐，不換一換？」阿巴桑好心地問一聲。不了，我面無表情地搖搖頭，等她在盒子裡裝上半條紅燒魚與一瓢空心菜。

「你家代誌真簡單，天天咁款。」阿巴桑自言自語。

我在心裡苦笑了……如果可以選擇，誰喜歡千篇一律的日子？誰又會拒斥迎向光明的生活？第一次見到振維，我坐在咖啡館牆角的暗影當中，他從玻璃門外的光亮處向裡面走。門推開了，他的臉上還留有外面行道樹上的陽光，一剎那間，我的兩頰熱燙燙地，心跳無緣無故加快起來……

以振維的優越條件，他卻不會明瞭把一個人從黑暗中拉扯出來的價值，正好像他也不會明瞭什麼叫作徹底無望的日子！

4

多年來，規律到近乎遲滯的日子是愈陷愈深的泥沼，就這麼一步一步地陷了進去。早晨醒了，總要費好大的勁才把眼睛睜開。

沒有生病，只是懨懨地缺乏生氣。還沒邁開腳步，黑暗的力量已經由四面八方包裹過來。也怪我自己愈來愈胖，多出一些贅肉的緣故：腰身變臃腫不說，脖子也粗了，短袖的袖口失去活動的餘裕，令人驚異的是連鞋子尺碼都一年比一年大半號！

能夠逆反歲月的似乎只有我母親，中風以後她反而神奇地停止了老化。自己推著輪椅在屋裡繞來繞去，她臉上的黑斑逐漸退卻，顯出之前從沒有出現過的血色。

夢裡，睡在我旁邊的母親分明比我年輕，對照她自己的過去，甚至比整天坐在縫衣機後面的時日還年輕些。醒來之後我不平地想道，我，作她的女兒，分明被她逼老的。

每天夜晚，聽著她咳嗽、吐痰、清喉嚨，聽她把身體從床上挪移到輪椅上，輪椅嘎嘎地往前走，再把自己從輪椅挪移到馬桶上，然後是拉扯衛生紙的聲音、馬桶沖水的聲音、靠著手臂用力把身體挪移上輪椅的聲音（圈圈上照例會留下幾滴尿液）……我知道，單單與母親的生活糾結在一起，就足以讓我對一切事物失去了興趣，是的，我在這些年裡失去了許多：生育的能力正急遽衰滅（我已經三十八歲）、各種感官正急遽鈍化，看著我以前寫過的文字，那是我寫的嗎？漸漸不再想起自己曾用文字編織故事……

心情沮喪的時候，每一天的日子都不容易……必須說服自己才能夠繼續過下去，而母親瞞著我，像個小女孩一樣咿咿呀呀唱些舊日的老歌。我進門她才陡然打住，做錯事一樣地慌忙掩住口。母親只知道我怕噪音，我索性告訴她，從小，我就受夠了她縫衣機單調的聲音。母親抬起臉來望著我，眼色好像一頭受傷的小獸。從此，我在家的時候她儘量不弄出任何響聲，我去上班她才敢打開電視。

難道我們母女倆一直在無聲無息地比賽什麼？她若贏了，我就輸了！母親臉上的老人斑愈來愈淡，淡得快要看不見了；照鏡子時發現，我顴骨上方出現一塊銅錢大小的黑斑。

很多個晚上，臥在床上，我知道她沒有睡，黑暗裡瞪住我，天花板上一隻伺機而動的貓。同時，我感覺到平躺著的自己正一點點地下沉、一寸寸地滅頂。

我急需一個出口，急遽的改變，似乎是我唯一可以抓住的希望。而遇到振維，以為找到了那個出口，好像在地下匍匐向前爬，突然看見隧道盡頭的那點光亮……

我猜，對幸福的人，一份心動的感覺，替他們增添的不過是額外的一些什麼；對我這樣的人，卻帶來所有的補償：生命有了令人期待的允諾！

那些時日，我卻看見母親臉上譏誚的神情，她必然發現了我的異常情況（我偶爾晚歸，其實不太晚，吃了晚餐就回來），她坐在輪椅上等我進門，臉上有一絲掩不住的陰沉笑意。母親其實一直都知道的（她為什麼知道？），像她從小對我的詛咒，當年，坐在縫衣機後面，她已經反反覆覆罵道：

「大手大腳，這個福薄的囡啊，你不會孝心到幫我縫壽衣，休想我歡歡喜喜看妳穿嫁衣？」

5

多年來，我一直喜歡讀購屋的廣告：一個一個小方格數過去，終於選定外型可愛的那一棟——然後設想自己住在那棟房子裡，有好幾間屋子需要布置，我會挑壁紙的花樣、窗簾的顏色，然後選家具、選桌布、選床單……，我搭積木一樣地在心裡繪製家的圖樣。

想來，這也是為什麼當年會寫「愛情屋」那篇小說。置身想像的房子裡，我看到外面的風吹拂窗簾布，鵝黃色的泡泡紗拂過我的面孔，布不夠長，下面鑲著同樣色系的荷葉花邊。

小時候，母親的縫衣機旁就是層層疊疊的布，別人拿過來做衣服的。母親不准我的手去碰，「弄髒了怎麼賠？」，坐在那裡，就用想像的——依我的意思，為那些五顏六色的布一件一件配上洋裁書的式樣……

縫衣機後面有一片牆，貼著從雜誌上剪下來的圖片，都是眉目清秀的日本女人。穿著洋裝或套裝，大大的扣子作裝飾，鎮上醫生娘身上常見的式樣，與我沒什麼關聯。惟獨一張是結婚禮服：蓬蓬裙，短到膝蓋，戴著一雙長長的長到肘部的白手套。

大概是當年流行的婚紗樣式，我最喜歡那幀圖片，常常用手指頭去摸，想像那種鑲花的布料

（特別那片胸前透空的白紗），碰觸起來是什麼感覺？

「穿那款衫，你要有那款命！」母親習慣對著發愣的我斥罵一聲。

生起悶氣，我就想像劃一根火柴，把縫衣機上那堆布料燒個精光，不知道會不會放出衝鼻的異味？好像母親常做的那樣，點個火在布邊晃晃，然後要客人鼻頭湊近嗅一嗅，告訴客人有沒有買到假的毛料！

有一回，母親還煞有介事告訴我，我爸是消防隊員，死在一場大火裡。

我從來沒有認真地相信她，身分證上，父親一欄就是「不詳」兩個字。

鄰家二嫂偷偷跟我咬耳朵，俊俏的後生在店裡幫忙，頭家肚子大了他腳底抹油。跑走那天店裡無緣無故失火，沒燒起來就被熄滅，還是二嫂澆下去的第一盆水。

難道因為那把火，母親才有了「消防隊員」的說法？

二嫂的話當然比較可靠。母親有一次漏了嘴，罵我不肯學洋裁，踩縫衣機又倒輪卡住。那回母親順口道：

「像那個夭壽的，針車也會踩到針斷掉！」

母親還在想那個人嗎？除了這次露了一點口風，再沒有任何蛛絲馬跡。

說不定，我與母親就在這些地方相似，我們都是決絕的人。男人離開她，在她心上，劈劈啪啪燒成了灰！

情愛的範疇裡，原來無有妥協的餘地──要不，燒成熊熊的大火，要不，根本燃點不起來……

碰到振維之前，我不是沒遇見過其他的男人，甚至是與我一樣憧憬婚姻的男人。總有熱心同事替我作媒，催我不要太挑剔，老大不小了，揀什麼呢？然而往往一頓飯的光景，已經發現自己失去了耐性：對那些挖鼻孔的、舐嘴巴的、刀叉會響的、刮盤子刮到精光的，以及兩片嘴唇之間黏稠的唾液沾連成細絲的男人，一旦被我看出破綻，噁心的感覺翻湧上來，我就一概敬謝不敏，絕對不會再有第二次的機會！

哎，死囡仔真是死心眼喲，像我母親以前常罵我的。

振維就要在我生命中出現的時候，我做過一個夢，有個男人的影子，面孔看不清，伸出手等著我把一隻手遞上去。夢中，我意會他要一步步牽我走，我碰觸到他的手，清涼的感覺像軟軟的砂流過掌心，很少有那麼寧靜甜美的夢境。

振維推門進來的那一瞬，坐在咖啡館的暗影裡，我陷入某種恍惚的情境：受到夢的影響嗎？還是寂寞的太久了？……我眼睛定定地盯住振維那張臉，在冗長的等待之後，是他，夢裡難辨眉目的那個人。

然後我們開始交往，對我來說，那是無休無止在心裡期盼（不如說是乞憐？）的日子：總在下班後約會，振維一定叫餐廳裡當日的特餐。他客氣地笑，例行幾句寒暄的話（「這幾天又熱起來了」，「公司事忙，呃，總是忙。」……），然後從容地拿起刀叉，把食物切成小塊放在嘴裡，他垂著眼皮細細地嚼，坐在對面的我，並不存在於他的世界裡。

名為約會，我也會懷疑他只是要在下班後有一頓比較悠閒的飯。吃完了，他送我上計程車，跟我說下星期再見。

時日久了（其實是我自己在穿衣鏡前站久了），多希望他也會從我平凡的顏面上看到吸引他的什麼（我上司有一次在心情很好的時候告訴過我，我是耐看的，看多了，就會看出一種楚楚可憐的美感），我塗上新買的口紅，學著穿高跟鞋走路（包括有一次差點扭傷腳踝），這一切都由於對一個男人的情緒牽扯──

幾個月相處過程中，確實想過告訴振維我心裡的感受，但我更害怕這一類的攤牌會驚嚇到他。如果他嚇得再不找我了，我便像自由落體一樣，直直墜回原先毫無起色的日子……

相反過來看，如果門開了一條縫，當時他有一點點喜歡我，對我來說，就是不可言喻的幸福了。

我相信……只要給我一段時間，共同生活的許諾之下，坐在我布置的房子裡，面前，鋪著我精心選來的桌布，桌上是我為他親手烹調的菜色，他會開始理解我，有一天，他可能真正愛我，甚至就此離不開我。

他畢竟沒有給我那樣的機會。

6

振維始終不明白把一個人拖出泥沼的價值！

認識振維之後，我的生活充實多了，與他會面的機會不多，我卻在精巧的想像世界裡益發流連忘返：我一次次進去百貨公司，走入寢具部門布置想像中的臥房，床罩是細碎的小花與糾結的藤蔓，我最喜歡的那一種。床單呢？我揀選的是同樣設計的碎花布，但是少了藤蔓，我在設想這樣參差的效果。

另一方面，我從來不敢去想，被兩個身體壓縐了的床單，會是怎麼個模樣？我們見面，隔著一張餐桌，振維總是坐得很端正。不拿刀叉的時候，他的手臂緊貼著身體兩側。彷彿有一道無形的藩籬，他從來沒有僭越的勇氣。

從小，我就畏懼身體的接觸。與母親睡一張床的時候，我多害怕她的呼吸吹到我臉上，會有一種黏膩不潔的感覺。雖然這些年來，一周一次，我必須把母親抱進澡盆，看著她垂到肚臍前的乳房，失去重量地漂浮起來，她花白的陰毛，經過水溫的滋潤而怒張著。

認識振維後，我花更多的時間坐在澡盆裡，用絲瓜瓤做成的刷子搓洗自己的身體：包括凹陷的肚臍、潮濕的腋窩、還有底下陰唇一道道曲折的溝迴。我泡在水裡用蓮蓬頭沖刷，不厭其煩地刷洗乾淨，擔心有腐壞的氣味吧，一再無意識地重複同樣的動作。

有時候會問我自己，為什麼洗得那麼乾淨？我在準備什麼樣的儀式？

振維甚至沒有牽我手的意圖。

面對面坐在餐桌前，飯菜還沒端上來的時刻，振維也會有一搭沒一搭跟我說話，「今天雨真大，為什麼最近老在下雨？」他並不期待我的回答。

而我喜歡聽振維說話的嗓音，好像淙淙的雨聲，讓我可以踟躕於那間想像的房子裡，窗簾在潮濕的空氣中翻飛起來，露出織花的紗幔，水珠一顆顆砸碎在窗玻璃上，……振維說了些什麼，我沒有聽清楚。我們兩人都活在自足的世界裡，他跟我說話，並不等我回答；他說話的時候，也不看我的眼睛，會碰上不小心洩漏的秘密似的——

坐在他對面，我常有暈眩的感覺。好像泡在澡盆裡，過一會悠然醒來，天花板好像轉了一個方向，剛剛盹著了麼？

怕他看出我的不經心，我有些慌張地趕緊坐直身子。

就是在我們常去的那家「芳鄰」餐廳，振維語氣平淡地告訴我他的提議。他喝完湯，用餐紙揩揩面頰，不疾不徐地說：

「如果你不反對，我們不妨辦個結婚手續，了卻家人的心願，老人家也會安心。」

他在求婚嗎？跟我求婚嗎？他開始喜歡我了？決定跟我共同生活？……來得那麼突兀，事前一點徵兆也沒有。我用手扶住桌子，真不敢相信，那瞬間，我的心盪漾在模糊的喜悅裡。

他不等我回答，兀自又說道：

「不必改變既定的生活形式，你還是可以住原來的地方，結婚，」他沉吟了一下，「對現代人，經常是個必要的手續。」

一時之間，我不知道該說什麼。

半天，只想起了一件事。順著他的語氣，囁囁嚅嚅地，聽起來倒像在懇求他：

「婚紗照，呃，總要拍的？」

然後我抬起頭，看見他臉上浮現出蕭索的神色——

「作個紀念也好，你要，就拍吧。」半晌，他語氣和緩地說。

7

婚期愈近（就是訂好去法院公證的日子），我們見面的次數反而愈來愈少。振維的公司正巧在忙。除了餐廳裡見面，默默地陪我吃完一頓特餐，都是我自己在張羅婚紗的事。

這才想到在我多少次的擬想裡，看見的也只是披上新娘紗的自己，旁邊並沒有其他人。中山北路一家店裡，找到了我要的禮服式樣，居然符合想像中增刪多次的設計圖：心形領口、公主腰線、蓬蓬的裙子拖到地，四周有心形的縐褶，白緞子蝴蝶結……站在鏡子前面，我左顧右盼，穿了貼身馬甲之後，腰細了一圈，人顯得苗條許多，鏡子裡……好像夢境成真一樣！

記得有一次，還沒有認識振維，我經過一家觀光酒店，借上那裡潔淨的廁所。從廁所走出來的時候，天窗的光線灑下，塗了一層淡淡的金箔，恰巧一對穿結婚禮服的新人站在那裡，臉孔微微上仰，在折射的光線裡，臉孔顯得柔和又明亮。世界上如果有一種東西叫作幸福，我相信……那，就是所謂的幸福了。

我決心把自己鑲進那一天的光亮當中。

愈是患得患失，回到家，我愈要裝得若無其事，努力不讓母親覺察到一點異樣。

同時，我始終不敢要求振維多做一點事情。

後來回想，振維恐怕還是將信將疑（面對我的時候，他其實頗有愧色），他不相信，我只要他站在那裡，站在我旁邊就好，他不必做任何事的——

每天，我都會去婚紗攝影的店裡轉一轉，翻翻他們作為招徠的大照相簿，總有一些瑣細的小事要我做決定。

去的次數多了，我注意到那個煙囪一樣的迴旋梯。有天下午，從梯子上面走下來的時候，幾乎被比我身高要長的禮服絆倒（衣服修改到合身，那是後來的事）。剛開始試穿，踩著店裡出借的高跟鞋，我還要踮著腳，才不會踩到過長的裙擺。

每次都是我一個人，去改禮服、選鞋子、配耳環，禮服試一次，再試一次，再回來修改，……好像一個人扮家家酒似的。

正式排演的日子，必須振維來到現場。回想起來，要說錯……或許做錯了這個決定。

振維準時走進棚裡，瞧見我上妝後粉白的臉，他眼望著地，還是被我看到一絲駭異的表情。

造型師替他敷粉、為他畫眉毛，他受罪似地閉上眼睛。導演要他牽起我的手，對我作出含情脈脈的樣子，看得出來，他配合得有些勉強。

午後，按照計畫是到戶外拍外景。跟著扛在肩上的攝影器材，幾個人前前後後指揮，振維顯得愈來愈不耐煩。他的眉毛挑起又放下，似乎努力在壓抑自己。那時候，我真希望他能夠回頭看我一眼，看見我懇請他的眼神。

安全島上找了一個定點，喇叭聲尖銳刺耳，照出的卻是如茵的青草地，攝影師自顧自解說這幾張保證有歐洲風味。大太陽底下，我撐一把秀氣的小傘，梳麻花大辮子；振維的臉上架了一副細框的金邊眼鏡，腰上捆綁著晶亮的布，襯衫在胸前打了密匝匝的縐褶。

烈日下拍照，振維背後滲出了大塊汗漬。他本來不矮，腰部束上寬幅的布，兩條腿顯得粗短許多。

那時候，我才意會到應該替振維找個更適合的造型。

一隻手拿鏡子，讓化妝師用粉撲補妝，我還不放心地看著振維。那位攝影師正比手劃腳教他怎樣擺姿勢。

突然間，不知誰的聲音高昂起來，我趕緊放下鏡子望過去，振維臉上現出我從沒有見過的激動表情，好像在跟自己作最後的掙扎。

「太假了！」只聽到他大吼一聲，手裡撕扯著捆在腰際的布。

他甩開那截彩布，鬆掉領結，愈走愈快，很快跨越安全島的柵欄。穿過馬路，人行道上跑了起來……

我眼巴巴看著他在下條街的轉角處失去蹤影。

之後，他沒有再找過我，一個電話都沒有！

過了幾天，婚紗攝影店裡的經理告訴我，未付的餘額已經結清。振維又托人捎來口信，很對不起我。而我當然知道，一旦這麼說，我們之間的一切就結束了，原本沒什麼穩固的基礎，這樣一來，什麼都結束了。

荒唐的尤其是，那家店把放大加框的沙龍照送到我與母親的公寓裡，擺在我睡覺的床上，大紅緞帶紮著，像是喜氣洋洋的禮物。

我沒言沒語的母親，在我上班的時候，已經瞇著眼，看清楚這一場我不必解釋的鬧劇。其實她早就洞悉的，正如她多年前的詛咒，命，我哪裡有這款樣的好命？

望著照片上嘲弄我的笑靨，倒讓我記起多年前的往事：小時候，跟母親鬧彆扭，就把她洋裁簿上的小布塊撕下來，順手貼到另一頁去。別人的尺碼，別人的款式，母親照樣做了起來。結果，我被關在屋裡挨了一頓木尺。

「錯了，錯了，錯了……」跪在冰冷的水泥地上，不停地喃喃唸著。

對著放大的婚紗照，我清楚聽到自己的聲音：錯了，就沒有挽回的機會了。

8

幸福其實相當脆弱，隨時可以化為灰燼。你說是不是？

那個往上旋轉的樓梯上，我輕輕挪移，我的動作帶起一陣風。我舉高手中的燭火，照亮了像框內一對對新人。

暗影裡，我彷彿聽見母親濁重的鼻音，那是夾雜著啐罵的夢囈。我感覺手心黏膩的汗意，她追趕到了？……四周的空氣愈來愈燥熱起來……

我想著自己，穿一件拖曳白緞帶的大蓬裙，人堆裡倉皇地奔逃。蒸騰的濃煙中，走在我身旁的你，會牽我一把？你理當牽起絆倒在地下的女人。

我燃一支火柴，把婚紗照片放進火裡。像框燒起來了，高熱變形的壓克力、往後傾倒的模特兒、以及垂掛下來的帷幔，混出一股奇異的惡臭。……儷影一雙雙燒成了焦黑的窟窿，這是我為幸福送終的方式。

你一定不相信的，理由何其薄弱：一組送錯了地方的婚紗照，也會構成縱火的動機？

但是你要知道，有一種渴望，如同仰著脖子等待光明，而那份渴望——總在四顧無人的黑夜裡益發熾烈起來！

賴香吟（1969-）

作家介紹

賴香吟（1969-）生於長於府城臺南。臺灣大學經濟系畢業，轉而攻讀日本東京大學「總和文化研究」獲碩士學位，一九九五年以《翻譯者》獲聯合文學小說新人獎首獎後，終於走到文學路上。賴香吟的作品不多，然寫作起步早，如收在《島》中的〈蛙〉、〈虛構與紀實〉都寫於一九八七年，那年，十八歲的賴香吟才大一新生。出身商學院，卻心繫小說，一路走來常與文壇睽違錯過，轉折再轉折，豈非《翻譯者》主題？我們不過是生活在一個翻譯再翻譯的世界，翻譯，只為了達成某種程度的溝通與理解。

崛起於九〇年代，九〇年代亦成為賴香吟小說書寫再書寫的主題，出版於二〇〇〇年的《島》的後記題名「告別九〇年代」，不僅連結了八〇年代後期作品，更宣示了向九〇年代告別，小結賴香吟寫作生命前行階段。其中「島」系列，為島嶼性格的聯想成篇，充滿記憶與歷史的辯證，清新耐讀，與《翻譯者》題旨，都是跨族群翻譯與歷史書寫常討論的課題。賴香吟生性、文學話語都節制隱晦，離開了「翻譯者」轉譯媒介，要真告別九〇年代卻也不是那麼容易，畢竟九〇年代如刻印青春稚氣的史前歲月，因此在賴香吟更具難言的意義，她總是強調那是她和同世代作家的「黃金傷痕歲月」，於是九〇年代遂成為她書寫的主軸。如果九〇年代代表了時間線性，而九〇年代的「島」系列代表了地理空間，拼貼時空，「島」系列主要講尋找，甚至是離開了才能尋找，一直在是不能尋找的。年代也一樣，必須告別才能回看，果然，二〇〇七年賴香吟出版了《史前生活》，序〈回看九〇年代〉，只這麼一告別再回看，又是七年，《史前生活》還收一九九四年未發表中篇小說〈蟬聲〉。幸而，書寫架構清楚了，不再逃逸，回憶，於焉展開。二〇一二年，交出以青春結伴寫作的友朋邱妙津為訴說對象的「關於我自己，其後與倖存之書」的《其後》。

作品導讀

一九八七年島上解嚴，同時開放兩岸探親；一九九六年島上第一屆民選總統出爐。現在再來談戒／解嚴、離／返鄉內容小說用以見證這個時空，會不會是愛臺灣、本土化的一種悖論？

偏偏賴香吟的小說既有解嚴，還有一九九六年後以「島」命名的小說系列，更怪的是出身臺南的賴香吟，居然寫出了島上「返鄉」的題材，男主角的名字，索性就叫「島」。真是皇天后土，其心昭昭。賴香吟的筆下人物有種原型，性格性向模糊，總是欲語又止，有些退縮，〈虛構與紀實〉、〈滋味〉、〈蟬聲〉裡的角色都是，就因這樣，我以為臺南女兒的府城足跡並不在見證什麼大歷史，說是回望南都自身小歷史還親切些，敘述過程中，無奈也好，不耐也好，是這一代小兒女的心事了。

〈島〉寫於一九九九年，作者自言以此「對整個九〇年代告別」。[①]世紀末人人在告別，弔詭的是，賴的告別，卻是一種「回到」。小說故事點集中於十天年假，北城廣告媒體工作的女子「林」，和小她七歲的同居男友「島」計畫一路南下旅行，島對古都南城充滿熱情想像，接下了南城深度旅遊手冊稿約，年假前一天，林賭氣抹煞南城：「有什麼特殊之處。」島拂袖而去，島不見了，這成了小說最重要的線索。林的消極抵抗有著「君自故鄉來」的焦慮，出身南城邊陲貧窮的魚

---

① 賴香吟：〈告別九〇年代〉，《島》（臺北：聯合文學，2000年版），頁198-200。

塭鹽鄉，哪來什麼文化？是根本不想回到的記憶黑洞，她拒絕響應島對南城種種浪漫懷想，終演成島出走。[2]反過來說，島不見了，她才好開始耽溺在一個一個夢中，與「島」及自己展開對話，呼喚不見的島及南城出現。熟悉佛洛伊德學說的人，不免聯想他觀察孫子玩拋線球遊戲演繹出的「不見了／在那裡」論證。線球拋出後，孫子發出「fort」（不見了），找回時則叫「da」（在那裡）。線球即母親（體），「不見了／在那裡」——通過遊戲，小孩表現了「他所能掌握物件的消失和回復」能力。[3]轉換成這篇小說主題，首先就線球／母親來說，不言而喻，鄉土常用來象徵母親，再說「不見了／在那裡」的意義。林的故鄉「不見了／在那裡」，和島「不見了／在那裡」對立，絕非偶然，誠如島父說林：「是歷史太多的女人，而島的未來可以是一片遠景。」[4]千絲萬縷的，不僅是個人歷史「不見了／在那裡」、記憶「不見了／在那裡」、故鄉「不見了／在那裡」，也是情感「不見了／在那裡」之辯證。如此來看，島的拋擲出去（不見了），也才有了意義。一如林離鄉才能回鄉；島不見了，才促發了林直視兩人之間：熱情／冷感、坦白／隱匿……糾結，內心才會吶喊：「告訴我，島在哪裡——」[5]可，此島何島？島和她，她和南城，一直有模糊的連結性。島父說她歷史太多，而島的未來可以是一片遠景。彷佛有歷史就沒有未來。島父有所不知，因島太年

---

② 賴香吟：〈島〉，《島》（臺北：聯合文學，2000年版），頁159。

③ 劉毓秀：〈精神分析女性主義〉，顧燕翎主編：《女性主義理論與流派》（臺北：女書文化，2000年版），頁170-171。

④ 賴香吟：〈島〉，《島》（臺北：聯合文學，2000年版），頁165。

⑤ 賴香吟：〈島〉，《島》（臺北：聯合文學，2000年版），頁166。

輕，她曾許下約誓，不問兩人未來；相對，南城不也是有歷史才吸引了島，換句話說，島喜歡林不就因為林有歷史。走到這一步，在哪裡真不重要了，尋找的過程才重要，不說明白才是正道。

第八天，她回到南城尋找島，此舉使她走進了「從前」也是「未來」。先說「從前」那部分，她像個觀光客，買了市街地圖，「沿途複習這條過往的路線卻使她感到回憶如此可疑，那樣一段歲月真正存在過嗎？」[6]同時靠著外地人「島」留下的筆記為視角，「模模糊糊看出了自己，一個小女孩。」[7]那個曾經不見了的她。至於「未來」那部分，涉及了林如何通過此行（從前）過渡到未來。這就必須從「島」同系列下篇〈熱蘭遮〉裡找答案，但先把〈島〉做個了結吧。旅程將結束，林絕望了：「找不到島，或許這就是答案了。」沿海岸線續行，忽然眼前出現一大片海埔新生地，她再也難掩疲憊焦慮，大叫道：「那條舊港的出海口呢？」[8]沒有出海口了，在找不到的盡頭，給了她一個新的線索。（賴香吟在公共電視「文學風景」第十集接受專訪的說法。）果然，〈島〉下篇〈熱蘭遮〉裡，島死了，給出了新線索，林回到南城待產，她懷了島的孩子，她將成為母親，一個「母體」，作為一個從沒有出現過的男主人公，看來島才是那個掌控者。以小說解，這胎兒顯然是島留下的所有訊息，什麼訊息呢？賴香吟通篇寫來，語多保留，仍是她含蓄濃鬱又輕描淡寫的筆意，但我們也許可以在小說結尾答客問，尋找到一點蛛絲馬跡，這關乎小說的主題，島／南城的命

⑥ 賴香吟：《島》（臺北：聯合文學，2000年版），頁167。
⑦ 賴香吟：《島》（臺北：聯合文學，2000年版），頁169。
⑧ 賴香吟：《島》（臺北：聯合文學，2000年版），頁170。

運將如何？

「孩子的父親是怎樣的人？」

「一般的人。」

「去哪裡了呢？」

「不知道。」

「不想談嗎？」

「嗯。」

「你要叫他什麼名字？」

「島。」⑨

一脈傳承，記憶相生，這就是「島」的未來。

⑨賴香吟：〈島〉，《島》（臺北：聯合文學，2000年版），頁197。

島

年假的第一天，她在午寐的惡夢中驚醒，發現島仍然沒有回來。

依照原來計畫，此刻她應該已經和島踏上旅程了，自北一路南下，島將領她看到一片全新的視野，島孩子氣的快樂使她對這趟旅程充滿了期待。

然而幾天前的一次爭吵，切斷了他們之間的連絡，島自那晚便沒有回來，她繼續在辦公室沒日沒夜地忙，她想自己可沒閒工夫賭氣，現階段她得牢牢抓穩的是工作，而不是島，島還年輕，她可沒有。

如此直到休假前一天，她仍然沒有收到島的任何訊息，連通電話都沒。她不由得起了牽掛，打了幾次島的手機，無人回應，她倔強地不肯留言，她不想他知道她等著他……

昨夜她回來已經非常晚，有許多工作必須在休假前處理完，回來的車上她與自己打賭，進門會不會看見一個沉睡的島，或是正在浴室沖澡的島，她想賭贏了，就什麼都不問，但是，若賭輸了呢——

就去睡覺吧。她很累。

結果她輸了，打亮燈，她連個鬼影子也沒看見。

按籌碼她該倒下就睡，假期終於開始了，閉上眼睛她可以睡到天荒地老，再也不用在鬧鐘聲響裡掙扎，島既然不出現，那麼旅行大約是取消了吧，她望著空空的行李袋想，真可笑，我指望什麼。她衣服也沒力氣換便癱床躺下，以為自己很快就會睡熟，結果仍然不是，她的腦中不斷浮現出島，她失眠了。

■

第二天，她繼續待在家裡，然而已經轉入耽溺的睡眠。她不斷做夢，夢見手槍，夢見辦公室的水杯，或是夢見燥熱不已的城市，其中一夢她還看見手槍跟著島去旅行。

醒來她覺得十分孤單，手槍是她一手養大的貓，上月才病逝，如今竟在夢裡歡樂地不認識她了。島一手駕車，一手撫摸著手槍，車裡正放著新搖滾唱腔的臺灣民謠。

你們去哪裡？她不高興地問。

出走南城囉。島搖下車窗說。

出走個什麼頭，你是厭倦了北城所以要去南城。

話一出口她想完了。果不期然，車子揚長而去。

她伏在窗邊，一邊吸菸一邊回想夢境，其中島的神情讓她感到陌生，看起來似乎是慎重其事的，他要去哪裡，她止不住揣測，莫非真去南城，它不懂為什麼島對南城那樣幻想。說點南城的事給我聽。島常這樣要求她。但她總不喜歡談，基本上她是個沒有耐心敘述細節的人，再說，島如同他人那樣私心迷戀南城並不使她感到歡喜。她是個土生土長的南城人，但在來到北城之前，她從未瞭解這有什麼特殊之處。王城府城，寺廟城堡砲台老街，她聽他人提及故鄉總是如此沉重久遠，不由得詫異自己生命前半竟能過得那麼無輕無重。

我離開南城許多年了；她有時賭氣否認：我算不上是南城人。

我算不上是南城人。那天爭吵她似乎也說了這句話，島拂袖而去，譏諷她是個冷感的女人。事後她心中大痛，是的，她必須承認島這樣的說法對她而言過於殘酷，因此她與他僵持了許多天，互不連絡，她想島終會自己回來，他一向是這樣子，使使性子氣過之後又什麼事都沒有地拉著她說他的新發現新計畫，他熱情得像個孩子。

然而夢裡他如個成熟男人般駕車走了，她醒來趕不走那些被遺棄的感受，只好歸罪於這個無所事事的假期。她捻熄第三隻菸，關上窗，打電話去辦公室關照，又上網讀了幾份雜誌，最後決定出門去。

■

第三天，她穿一件黑色低胸短上衣，鐵灰色長窄裙，細步走在鬧區，想起島說她太像個北城人。你是故意的吧？他懷疑她，街上人人都故作教養。島不在的今夜她頸上圈了一條白色短鍊，甚至撒了幾滴鮮豔的香水，她自己也很難說得清楚，其實是這些色澤與氣味使她感到安全。

夜街吵鬧不已，她先逛了家新開幕的個性家具店，又到巷弄深處一間曾經與島同去的怪餐廳吃飯，老闆如常帶著尼泊爾男帽巡桌和客人聊宗教，之後她把玩街面各式精品直至商家打烊，路過柳樹垂蔭的茶藝館，有個同事隔著玻璃認出她。

嘿，你不是和島去旅行了嗎？

她吱吱唔唔感到臉上一陣熱，不知如何應對。同事好熱情地邀她進去聊天，她坐不住很快又告辭出來，她向來不愛茶藝館的風雅調。代我向島問好囉！同事送她出來時又說了一遍島的名字，她落荒而逃，無論如何說不出島失蹤了。

她仰望夜空，想起島的樣子，固執而魯莽。有什麼不可以？我愛你你愛我有什麼不可以？他身手矯健地往溪澗攀爬。你多吃我七年飯是幹什麼用的？膽小鬼！他伸手過來拉她，她猶豫著，然而當他真放下她獨自往前涉去，她又忍不住喊：島！

他回頭看她，之間隔著清澈的溪水，山谷裡一個人都沒有。

你需不需要我？他問。

這算什麼問題？她氣惱極了：你很過分。

不這樣問你永遠也不會回答。

那是兩年前的事。她站在那兒無論如何料不到生命還會遇見一個比自己年輕七歲的男子，愛與不愛恐怕她都敗勢連連。終了是島心軟過來拉她，涉水行路，雙方默默沒再答問什麼，但似乎就此成了默契。之後，島更常來找她，她不肯吐露心事島便兀自講著自己，讀了什麼想什麼，討厭什麼愛什麼……

後來島在關係中的坦白與樂觀經常令她感到羞愧，相對她如此隱匿，如此悲觀抑制著正常的情慾，這一點後來擴散成為他們諸多爭吵的根本原因——島愈一頭熱，她就愈無法自制地潑他冷水，好比島愈熱衷於跑田野，她就愈質疑這個工作的含糊性，她也不贊成島接下那個南城深度旅遊手冊的稿約，而這正是島出走的理由，她拒絕回應島對南城的種種浪漫懷想。

你啊，對他人冷漠，對自己也冷漠，都市人的宿疾。

她推門走進夜闇酒館的瞬間，想起島的臉。

館內氣氛正熱，樂團演唱也在迷醉邊緣，滿室情緒宛如下過毒的酒，她單點一杯琴，模仿島的喝法，島的姿勢；她不得不承認自己等待著島，整個晚上她無一不在追溯她與島所定過的路程。

午夜十二點，她撥了家裡的電話號碼。

倘若島已歸家他便會接聽。

鈴聲拉過二十響，她知道自己屋子怎麼樣也沒那麼大，掛斷電話。

如此她結束假期的第三日，旅行的可能性愈來愈低。她路過吧台再點了杯琴，計算在凌晨打烊之前絕不離開這裡。

■

好久沒有來過這裡了。母親說。

彷彿身在南城，四周望去只是一片鹽田。母親說海邊風大，她探探頭：海在哪裡？

有鹽田當然就是離海不遠囉，傻孩子。

傻孩子。她睜開眼，身邊果真一陣冷風。

第四天，她再度由夢中醒來，窗戶不知什麼時候被吹開了。

離開南城多年，她初次夢見童年的風景。

島仍未歸家。

她開始翻他桌上的書籍資料，想從其中抓住可能的線索。

歷史散步，府城搜奇，聖蹟採訪。她益發確定他是去南城了。

出走南城。

車子輕快地跑，天壇，北極殿，她彷彿看見旅人島按圖索驥探訪著南城最精華的景點，赤崁樓，天后宮，清代大街，報恩堂，手槍咕嚕咕嚕發出愉快的聲響。

而她被遺棄在北城夢著偏遠的南城景色，阡陌縱橫的荒漠鹽田或是魚塭，鹿耳門溪滄海桑田而成的廣闊海埔，那裡的確是她生命的來處，因此，她的確算不上是個南城人，因為那是南城最邊陲也最貧窮的區域。

猶記兒時最初的遠足經驗，日正當中她隨隊伍魚貫而行在那片高鹽分的熱土地。我們很快就要到四草了，小朋友。老師騎著腳踏車前前後後地巡看他們，那是她童年所去最遠的地方，但印象中並不雀躍，全程每個人都渴得像條發臭的魚乾。

如此歷歷如繪記起這段久違的旅程，使她口乾舌燥，想到兒時居住的地理每每令她感到燥熱，怪的是方才夢裡那麼冷瑟。她起身倒了一杯水，並隨手打開電視，更可怪的是島的父親正神色枯萎地在螢幕裡講課：慈禧扼殺了戊戌變法，引來一場幾乎使國家毀滅的滔天大禍，等到洋兵進入北京，倉皇出奔，有同喪家之犬，知道她今後的命運繫於洋人……

多麼冷門的時段，島的父親看來又老了一些。

她不由得想起初次與島去家中拜訪父親的情景，那是一個富足而自認教養的家庭，家族相簿裡的島無邪又稚氣，父親手枕著書神情威嚴，家族三人穿戴如此整齊端坐如山——

林小姐，我想島還年輕，不懂事，有機會還請您多給他開導開導。

父親如此一句客套話便簡潔地遏止了她與島的願望。

此刻她坐在電視機前審視這個老人的面容，並不怨怪他作為一個父親的心情。那個下午，父親幾次替她倒茶，若有似無探詢著她的生活與職業，其間島總不知輕重地替她回答，並且吹噓操作媒體廣告的她是多麼字字珠璣，甚至炫了幾句她製造的發燒廣告詞。她默默看著父親的微笑，這樣子嗎，嗯，這一行的確是要有點腦筋。那種笑容裡有一種她這年紀已經能夠理解的世故，謹慎的言辭之中其實什麼都沒有，或者說，所有言辭都在禮貌地表示距離，一種最好是愈拉愈遠的距離。

待會什麼都不要說。她不由得勸阻了島：你我的事就不要明說吧。

於是終了她便如同一個長姐般地在晚餐前告辭，儘管彼時島的激情已經完全將她纏繞住，島很堅定，她也的確動了心，雖然還不至於要承諾一個立即且明確的關係，但那天他們的確有試探父親心意的念頭。結果算是挨了悶棍，她與島繼續無所承諾地相處著，激情慢慢沉澱，而父親也快速衰老了。

■

第五天，她決定不再出門，面對自己的等待。

她開始打掃屋子，把島塞得滿屋的書報雜誌，海報名片節目單，菸盒藥物說明書，瓦片石頭土屑等等無數紀念物，一一整理歸位，然後坐在他的桌上看了終日的書。

或許眾人都以為她去旅行了，電話像斷了線般地無動無靜。

入夜她打開島的電腦，伏在鍵盤上自言自語起來：

島，不知道你帶著手槍究竟去哪裡了？我待在家裡無聊地度著假，哪裡也不想去……我怕自己一旦去了哪裡就再也不回來了……島，雖然我比你更清楚，且是我說下約誓，不問我們的未來，但是，有時我還是會想啊，島，我們兩人，真可以站在一起看著什麼遠方嗎？那遠方，你在那裡嗎？或是，有更多的人在那裡？而，我會不會因此離開，或是，我根本不會往那裡去，而只能戀棧著今日的安逸，或隨時隨地準備抽身而退……

■

第六天，吹進來的風有些躁熱，老人們擠在茂密的榕樹蔭裡，下棋搖扇，古書上寫赤崁夕照，昏鴉千百，啞啞亂啼，至曉始終。然而，她百思不解，南城如何會有烏鴉。

她看盡島桌上所有資料，腦裡所有南城印象幾近重新洗牌，難以相信赤崁與安平之間曾是一片汪洋海域。熱蘭遮，普羅民遮，台江內海，五條港，彷彿一場太空漫遊，她在她所居住過的南城漂漂蕩蕩腳下踩不到底。

北城開始下雨，她閉上疲澀的眼睛，趴在桌上睡著了。

直到門鈴響起，她驚跳起來。

島的父親站在門口。

我很久沒有看見島了。他眼裡充滿父親的直覺。他坐在島的桌前說，他有辦法可以讓島重新回到醫院，畢竟那才是島的本行。

您說是不是？林小姐。

她笑一笑。

父親說她是個歷史太多的女人，而島的未來可以是一片遠景。

請你離開島吧。他臨走前說：請明白我這作父親的心意吧。

■

第七天。惡夢終日。

熾熱的鹽田白茫茫地在大地無盡展開，彷彿是正午，她睜不開眼，朦朧看見三兩個小孩蹲在田埂溝前釣魚，挖來作餌的半條蚯蚓已經晒成了乾，乾扁扁的線索——

告訴我，島在哪裡——

她在夢裡對著烈日開槍。

砰！

她被後座力震倒在地，島從後頭嚎哭而來，宛若已然失去心愛的人，她夢裡夢外分不清地看見自己如死魚僵躺於地，島抱起她，奔跑……

奔跑……

手槍軟如絲絨偎在她的懷裡，喵聲如淒如訴，她覺得自己或將死去……

■

第八天，陽光從雲後露臉，山影已經完全無蹤無跡了，路旁展開一片盛夏平原稻作，她已接近南城，長途開車使她頭昏腦脹。

進入市區，她停下來買了一份市街地圖，如同一個外地來的觀光客。

她沿圖搜尋曾經熟悉的街名，但實際街景情調多已不同，她實際目睹到，無論是跟她的記憶比，或是跟那些古書比，南城都變得很多。

島在哪裡？

她如狗專心嗅聞這城市的氣氛，希望自己能像指南針般感應出島的方向。

東西南北，寺廟城堡砲台老街。這很可笑，她在南城最熱鬧的街道對自己說，我就不能自己來旅行嘛。

於是她驅車跑離南城，無目的地在省道上奔馳，永康，新市，安定，西港，佳里，七股，她似乎從來也沒搞清楚過這些鄉鎮名稱的順序，而只是一條跑盡了又再彎進另一條，一區路過了又再路過另一區，她有點氣餒，旅行過於單調，且她似乎快要迷路了，跑過這麼大片土地，留在她腦中只成了幾個零星的光點，像幼時那種玩連連看的遊戲，連不起來……

要等到她跑過那個叫新寮的聚落時，她才確定自己又回到了南城。

那是她的出生地，位在南城行政區的最邊陲，雖然沒有住過很長的時間，但記憶總還是在的，比如說，街道彎口的小廟，總是無人等候的公車站牌，某棟沒有更改的建築物。她在一家超商前停車歇息，訝異認出此間似是外婆總差她來買醬菜的那家舊雜貨鋪，店內收銀台的少女正專心地在看漫畫。

如此一個村莊竟在這兒過了這麼多年，啊，她不由得發出嘆息。之後，她溯游記憶的道路，追

隨兒時公車，經過安南區的市集，越過鹽水溪，走公園路，然後在民族路口下車，一路夜市逛到赤崁樓底，多麼奢侈歡快的記憶──

她的確因此順利回到了南城市中心，可是，沿途複習這條過往的路線卻使她感到回憶如此可疑。那樣一段歲月真正存在過嗎？時間空間彷彿折疊成一只大盒子，將所有足供指認的人證物證都秘密收藏起來，然後置放在生命的某個角落，讓人再次打開之際已經恍然搞不清存在的時間，所在的空間……

她很難將這條繁華道路重新置回二十多年前的場景，儘管公園路口那家王冠銀樓確確實實還矗在那裡，兒時她總是看到這個路標就準備拉鈴下車；她懷疑那個小孩變個魔術是否就成為今日的自己，或者根本是個不相干的人，某部電影充滿懷舊的畫面罷了。

當夜她來不及離開南城，躺在故鄉的旅館，她感覺自己心底有道堅強的堤防正在被大浪沖毀，她期待島能出現，引領她走完這趟沒有計劃的旅行。

黑貓手槍在黎明的夢裡喵喵哭泣，她揉揉眼睛，看見它蜷縮在遺跡的牆垣，與島失散，成了一隻流浪貓……

■

第九天，她遊遍南城中區數十個景點，再涉昔日台江內海層層淤積，憑弔西區傳奇又滄桑的遺容。之後，她繼續朝西走，無比驚訝地發現所有運河魚塭都已不復存在。南城完全已經填海造陸，毫無章法可言的高樓建築傲慢地更改了安平區的景觀。

過去孤懸河外的荒蕪史蹟如今變得花俏且繁華，在商家與小販的環繞中等待波又一波的遊人。她走進安平窄巷之間曲曲折折地尋找島，印象中這是島最常來的地方，一條龍，單伸手，三合院，她帶著他密密麻麻的筆記，慢慢學著辨認，燈洞，牆門，八角窗，她模模糊糊看出了自己，一個小女孩，一個尋常愛憎怨喜的女人，循著昔日運河後街風月繁華之跡尋島到此，仍然不見島的蹤影。

向海續行，她暗計跑盡防風林邊最後一條道路便結束這趟尋找島的旅程。找不到島，或許這就是答案了。車子愈開愈快，沿途漸漸一個人都沒有了，她詫異地看著眼前的新土地——

那條舊港的出海口呢？她大叫。

土地大片大片浮湧出來，她不免手足無措地握緊了方向盤，防風林盡頭岔開一條新路忽地將她送上一座從未來過的大橋，橋上風勢強勁，安平一下子退到身後，而前方路標大字指示出四草，她張望許久發現橋下這片汪洋大水正是鹽水溪，而橋竟如此臨危蓋在海口之上。原來安平四草之間最後的海域已經完全被連結起來了，她很猶豫是不是要再順橋駛往那片遼闊廣袤的鹽田，事實上，依照未來的計畫，那兒將更新成為南城的科技工業區，島會去那裡嗎？

她站在那條無窮大無窮大的跨海橋上，完全見識到自然浩沛的海勢，南城的滄海桑田……

島，這是假期的第十天，你還記得我們的約定嗎？

你的父親來找過我，不過，不要多想，他對我可說是很和善的，只是，我想他真是老了，就像任何一個老人一樣，渴望著與孩子和解，等待著孩子歸家，島，我親愛的小朋友島，不要誤會我的意思，我想你真該回家了。

此刻我身在南城，是的，我來找你，想要與你相見。但我不知道你在哪裡，你還在與我賭氣吧，我收不到你的任何訊息。你不在這段日子裡，我想了很多，也起了念頭想和你們一同編寫那本南城深度旅遊手冊，也許我知道得不夠詳盡不夠專業，但我總算有了一點信心去做，就算是你給我一個機會吧，或是我來與你分工，就像你所希望的，我們可以分憂解勞……呵，寫到這個句子使我如此創痛，島，與你相處這麼久，我從來沒有清楚對你傳達到什麼，你說我對自己太生疏，對過去太枉然，或許這些你都是對的，也是我沒對你負到責任的地方，但我不同意你說我拿著愛情來填補生活的空隙，真的，島，無論我再如何地年長於你，愛情在我心中的重量與純度絕對不下於你，也是因為那樣，我才不言不語，這你會明白嗎？

當然，我也有不是的地方，就像我從來不曾給你寫著這樣的文字，我過於擔憂且如強迫症般地，節省著自己的言語與情緒，以至於有時我真正什麼也不感應，什麼也呼喚不到了，這就是我使你氣惱的地方，是不是？島。找尋你的旅程把我帶到這個城市，看著南城人熙攘地走在鬧街，好相熟地相互招呼，這些景象之中的確存在著某些情愫在呼喚我……島，關於你想知道的我的過往人生，我的記憶，我會慢慢去想的，不，事實上我是經常想著的，只是我還不想潦草地告訴你罷了，給我一點時間，也給你自己一點時間，好嗎？

在這一次的分離裡，我經常夢見手槍，不禁訝異自己生命畢竟和牠如此甜蜜相關。島，我不知道何時你才會回北城，也不知道你是否願意回新店山坡上的家？至於我，我是希望你回去的，因為我很喜歡那個山坡，特別是從山坡上望去的北城風景，且你的父親還在那兒等你……我在南城已經沒有任何親人了，這次回來，第一次深刻明白到這一點，是個遲來的感悟，但也隱約敲開了心中的冰層……我沒法再寫下去了，我的假期即將結束，島，讓我們下次相見再重頭說起，好嗎？

穿過荒野的女人——華文女性小說世紀讀本

主　　編｜蘇偉貞、劉俊

發 行 人　黃煌煇
發 行 所　財團法人成大研究發展基金會
出 版 者　成大出版社
總　　監　洪國郎
執行編輯　吳儀君
地　　址　70101 台南市東區大學路1號
電　　話　886-6-2082330
傳　　真　886-6-2089303
網　　址　http://ccmc.web2.ncku.edu.tw

銷　　售　成大出版社
地　　址　70101 台南市東區大學路1號
電　　話　886-6-2082330
傳　　真　886-6-2089303

法律顧問　王成彬律師
電　　話　886-6-2374009

排　　版　菩薩蠻數位文化有限公司
印　　製　秋雨創新股份有限公司
初版一刷　2016 年 1 月
定　　價　600 元
I S B N　9789865635138

國家圖書館出版品預行編目（CIP）資料

穿過荒野的女人：華文女性小說世紀讀本 / 蘇偉貞, 劉俊主編. -- 初版. -- 臺南市：成大出版社出版：成大研發基金會發行, 2016.01
面；　公分

ISBN 978-986-5635-13-8（平裝）
857.61　　104028473